Körperlich Verstörte, so heißt es, erfahren für ihr Leiden häufig einen gelinden Ausgleich, indem sie sich in anderen Sinnesbereichen besonders befähigen. Die Hauptperson Franz Lindner in Gerhard Roths Roman ›Landläufiger Tod‹ ist stumm. Er muß genauer als andere beobachten und nachdenken, und wenn er sich ausdrücken will, muß er es aufschreiben. In seinen Niederschriften entsteht ein poetisches Bild seiner Umgebung und unserer Zeit, in dem »alle Menschen und Geschichten aus der Luft gegriffen sind«. Lindner erzählt in diesem Buch ganz real Stationen seines Lebens, entwirft sich in ausschweifenden Episoden die Welt neu und zeichnet vor allem den verwirrend vielfältigen Mikrokosmos eines kleinen Dorfes auf, in dem es alles, nur keine Idylle gibt. Auswegloses Elend verbindet die Bewohner des kleinen südostösterreichischen Fleckens. »Roths Phantasie beginnt dort zu arbeiten«, schrieb ›Der Spiegel‹ zum ›Landläufigen Tod‹, »wo menschliche Erkenntnis aufhört. Sie füllt die Leerstellen, in die Wissenschaftler und Philosophen nicht eindringen können.« Roths Roman von der »Verrücktheit« Franz Lindners ist zugleich das Buch von dessen Hellsichtigkeit.

*Gerhard Roth* wurde 1942 in Graz geboren. Nach einem Medizinstudium war er mehrere Jahre Organisationsleiter im Rechenzentrum Graz; er debütierte 1972 mit dem Roman ›die autobiographie des albert einstein‹; seither zahlreiche Romane, Erzählungen, Essays, Theaterstücke, Drehbücher für Film und Fernsehen; unter anderem wurde er mit dem Preis der Bestenliste des Südwestfunks, dem Alfred-Döblin-Preis und dem Marie-Luise-Kaschnitz-Preis ausgezeichnet. Gerhard Roth lebt abwechselnd in Wien und in der Steiermark.
Die Werke von Gerhard Roth sind bei S. Fischer und im Fischer Taschenbuch Verlag erschienen.

# Gerhard Roth
# Landläufiger Tod

Mit Illustrationen von
Günter Brus

Fischer Taschenbuch Verlag

Die Archive des Schweigens
Band 3

Alle Personen und Geschichten
sind aus der Luft gegriffen

Veröffentlicht im Fischer Taschenbuch Verlag GmbH,
Frankfurt am Main, April 1994

Lizenzausgabe mit freundlicher Genehmigung des
S. Fischer Verlags GmbH, Frankfurt am Main

Druck und Bindung: Clausen & Bosse, Leck
Printed in Germany
ISBN 3-596-11403-9

*Gedruckt auf chlor- und säurefreiem Papier*

# Inhalt

# 1. Buch

# Dunkle Erinnerung

# Circus Saluti

## 1

Wenn der Zirkus kommt, fahre ich zur Abendvorstellung nach Wies. Natürlich versuche ich, in Begleitung meines Freundes zu sein, ohne den ein Gespräch nicht zustande käme, da ich stumm bin. Mein Freund ist gleich alt wie ich, studiert in Graz Jus und ist wegen der langen Semesterferien und der zahlreichen kirchlichen Feiertage häufig bei uns.
Wir trinken im kleinen und schäbigen Café an der Bundesstraße Bier, und mein Freund unterhält sich mit einem Zirkusarbeiter, der uns beim Abschied verspricht, vor dem Eingang auf uns zu warten.
Das Zelt ist hinter dem neuen Rüsthaus der Feuerwehr neben der Friedhofsmauer aufgestellt. Noch bevor ich es sehe, erblicke ich es in den Pfützen, denn ich bin mit gesenktem Kopf gegangen.
»Du kannst sicher sein«, sagt mein Freund, »wir werden uns amüsieren. Amüsiert uns nicht die Großartigkeit, dann amüsiert uns die Armseligkeit. So oder so ist es dasselbe.« Er erwartet nicht, daß ich ihm antworte. Nur wenn ich auf ihn zornig bin oder meine Meinung allzusehr von seiner abweicht, stoße ich einen Laut aus oder schüttle heftig den Kopf und schreibe auf ein Stück Papier (das ich immer bei mir habe), was mich bewegt.
Die meisten Zuschauer kommen mit Traktoren, in deren Anhänger Frauen, Kinder, Verwandte und Nachbarn hokken, die kleinen Berge und Hügel herunter, fahren stumm durch die Ortschaft bis zum Zirkus und treten dort flüsternd oder raunend in das große Zelt oder gehen mit Verwunderungsrufen von einem zum anderen Käfig der Tierschau.
Wir müssen häufig an den Straßenrand treten, um den Fahrzeugen auszuweichen.

Entlang der Straße, die schwarz und von Reifenspuren durchfurcht ist, wuchert Unkraut. Über die Gräber im Friedhof schauen wir auf den gelben Kirchturm mit der runden Uhr und dem zwiebelförmigen Dach.
Nach der Vorstellung erzählt uns der Zirkusdirektor, daß er durch Begräbnisse, die gleichzeitig mit der Nachmittagsvorstellung stattfänden, des öfteren gestört würde. Er ist ein kleiner, untersetzter Mann mit einer gebrochenen Nase, einem dunklen Schnurrbart, langen, nach hinten gekämmten Haaren und einem breiten Gesicht. Besonders das Glockenläuten vom Kirchturm und die Trauermärsche der Musikkapellen seien ärgerlich gewesen, manchmal aber auch die Grabrede eines Vereinsobmannes oder Pfarrers und das laute Gebet der Trauergäste. Er wiederum könne sich denken, fährt er fort, daß seine über Lautsprecher verstärkte, von Schallplatten kommende Zirkusmusik oder seine eigenen Ansagen über das Mikrofon und das darauf folgende Gelächter, aber auch der Applaus des Publikums bei einem Begräbnis beanstandet würden. Solche Zusammentreffen ließen sich jedoch nicht vermeiden. Er könne wegen eines Begräbnisses nicht die Nachmittagsvorstellung absagen, und die Angehörigen des Toten könnten wegen des Zirkusses nicht die Beerdigung verschieben. Er sei ohnedies geschickt und nehme auf alle Zwischenfälle, soweit es ihm möglich sei, Rücksicht.
(Da ich dem Ablauf der Ereignisse vorgegriffen habe, möchte ich gleich auf die Eigenart, mit der der Zirkusdirektor seine Gedanken vorbrachte, eingehen.)
Der Schankraum im Wirtshaus ist dunkel, und wir sind mit den Tierwärtern die letzten Gäste. Stets blickt der Zirkusdirektor zuerst meinen Freund und dann mich an und richtet nach unserem Gesichtsausdruck seine Erzählweise ein; er wird eindringlicher, wenn unser Interesse nachläßt, gelingt es ihm trotzdem nicht, uns zu fesseln, wechselt er das Thema. Andererseits wiederholt er Sätze

oder läßt sich mit dem Fortführen der Geschichte Zeit, sobald er bemerkt, daß wir ihm aufmerksam folgen; er lehnt sich zurück, stellt eine Frage und wischt sich mit dem Handrücken über den Schnurrbart. Nie verliert er die Beherrschung, weder wird er von Erinnerungen gerührt, noch überkommen ihn Nachdenklichkeit oder Freude. Er lacht nur aus Lust, uns mit seinen Geschichten im ungewissen zu lassen, während er das Ende längst kennt. Zumeist beginnt er mit einer Frage:
»Der Bauer, auf dessen Wiese ich mein Zelt aufstellen wollte«, fragt er, »ist vor meinem Eintreffen plötzlich gestorben. Was habe ich gemacht?«
Oder: »Meine Pythonschlange ist, weil die elektrische Wärmelampe ausfiel, verendet – raten Sie, was ich getan habe.«
Oder: »Die Gendarmen haben mir das Aufstellen von Zirkusplakaten ohne behördliche Genehmigung verboten, was war zu tun?«
Eine andere Frage: »Zwei Zirkusarbeiter sind plötzlich verschwunden, wie sollte ich rechtzeitig das Zelt aufstellen?«
Und: »Jemand aus dem Publikum will meine Zauberkunststücke stören, da er meine Tricks durchschaut hat, und meldet sich als Versuchsperson. Was hätten Sie an meiner Stelle gemacht?«
Schließlich: »Die Fliege, wie in der Sprache der Schausteller ein Zuschauer genannt wird, der einem Artisten nach vorheriger Abmachung bei einem Kunststück behilflich ist, meldet sich bei der betreffenden Nummer nicht – und jetzt?«
Für die Antworten meines Freundes (mir wäre ohnedies nichts eingefallen), die der Zirkusdirektor jedesmal abwartet, indem er seitlich zu Boden blickt, hat er nur ein kurzes Kopfschütteln übrig, dann erklärt er rasch, was er unternommen hat, um meinem Freund nicht die Möglichkeit einer zweiten Antwort zu geben (denn er würde es

nicht ertragen, wenn jemand anderer auf dieselben Gedanken käme wie er). Übrigens machte er jedesmal das Einfachste und Naheliegendste, während mein Freund stets an das Entfernteste und Komplizierteste dachte.
Der Frau des verstorbenen Bauern, auf dessen Anwesen er sein Zelt aufstellen wollte, habe er mit einem Kranz einen Besuch abgestattet, worauf sie ihm die Wiese für die gewünschte Zeit »um ein Spottgeld« vermietet habe.
Die erfrorene Pythonschlange wiederum habe er im Gebüsch hinter dem Zirkuszelt versteckt und in der nächsten Vorstellung bekanntgegeben, daß sie entflohen sei. Auch habe er die Zuschauer gebeten, ihm bei der Suche behilflich zu sein, was diese mit großem Eifer getan hätten. Nachdem das Reptil gefunden worden sei, habe er erklärt, es sei erfroren, weil es aus dem geheizten Käfig entwichen sei. Das habe ihm – wie er es nannte – »Propaganda« eingebracht. Auf die Frage eines »Provinzjournalisten« – hier gebe es eine Reihe merkwürdiger, aber von den Bewohnern häufig gelesener Zeitungen wie die »Weststeirische Rundschau«, das »Neue Land«, die »Sonntagspost«, den »Fortschrittlichen Landwirt«, die »Landwirtschaftlichen Mitteilungen« sowie Fachzeitschriften für Jäger, Fischer und Bienenzüchter (die auch mein Vater bezieht) und natürlich verschiedene Pfarrblätter, Kirchenzeitungen und Gemeindenachrichten, über die er nicht lächle, sondern die er zu benutzen trachte (die meisten, so behauptet er, ohne dabei ein Triumphgefühl verbergen zu können, seien stolz darauf, daß er sie verständige oder ihnen Eintrittskarten mit der Bitte um eine Ankündigung schicke) – auf die Frage eines »Provinzjournalisten« also, welchen Wert die Schlange gehabt habe (»Was glauben Sie, habe ich zur Antwort gegeben, als er mich gefragt hat, welchen Wert eine Pythonschlange besitzt?«) – habe er erwidert: Für ihn sei das Tier mehr wert als ein »Mercedes«, dadurch hätte er die Phantasie des späteren Lesers angeregt, sich vorzustellen, welchen tatsächlichen Wert

eine Pythonschlange habe. Es sei allgemein bekannt, was ein »Mercedes« koste, also könne man sich leicht ausrechnen, welcher Preis für das Reptil bezahlt werden müsse. (Natürlich koste es nicht soviel wie ein »Mercedes«, er habe jedoch ohnedies nur behauptet, daß es für *ihn* denselben Wert darstellte.)
Den Gendarmen wiederum, die ihm das Plakatieren verbieten wollten, habe er eine größere Anzahl von Eintrittskarten geschenkt, worauf die Tafeln hätten stehenbleiben dürfen. Und was die verschwundenen Zirkusarbeiter betreffe, so nehme er auf der Fahrt zum nächsten Ort, in dem Vorstellungen geplant seien, stets Anhalter mit. Den Anhaltern gebe er Geld mit der Aufforderung, zum Friseur zu gehen, denn zumeist seien Autostopper, die von einem Zirkus mitgenommen werden wollten, verkommen und ungepflegt. Er kümmere sich jedoch nicht darum, ob die Betreffenden wirklich einen Friseur aufsuchten. Dieses Verhalten leuchte ihnen gleichzeitig ein und verblüffe sie. Sie glaubten, Dankbarkeit zeigen zu müssen, und böten – als Nächstliegendes – an, ihm beim Aufstellen des Zeltes behilflich zu sein. So komme ihn, den Zirkusdirektor, die Arbeit billiger, als wenn er Hilfskräfte bezahlen müsse. Auch fragte er absichtlich nie nach der Vergangenheit der Gelegenheitsarbeiter, denn Herumstreunende, die zum Zirkus wollten, seien zumeist Irre oder Vorbestrafte.
Den Zuschauer schließlich, der »auf meine Kosten«, wie er sich ausdrückte, beabsichtigte, seine Zauberkunststükke zu stören, und dem seine Tricks und versteckten Handgriffe durch mehrmaligen Besuch der Vorstellungen bekannt seien, beschimpfe er mit zwar flüsternder, aber scharfer Stimme; er scheue auch nicht davor zurück, ihm ins Ohr zu spucken, und gebe ihm sodann Befehle. Eine »Versuchsperson« sei – um ein Beispiel anzuführen – zu seiner Taschendiebnummer mit leeren Hosensäcken und ohne Uhr in die Manege gekommen, so daß es nichts zu

stehlen gegeben hätte. Dies habe er sofort erkannt, sie auf einem Stuhl Platz nehmen lassen und beschimpft. Im Scheinwerferlicht, wenn plötzlich das Publikum um sie sitze, gehorchten die Menschen aufgrund der neuen Situation automatisch. Auch die Übelsten hätten schließlich widerspruchslos seine Anweisungen befolgt. Da es nichts zu entwenden gegeben habe, habe er die »Versuchsperson« statt dessen hypnotisiert. Zumeist verwende er beim Hypnotisieren ein oder zwei Fliegen (also Besucher, mit denen er sich im vorhinein abgesprochen habe). In Fällen, in denen er rasch handeln müsse, sei er jedoch gezwungen, auf Fliegen zu verzichten. Um so besser müsse dann die Ansage gelingen. Sie habe so gehalten zu sein, daß das Publikum schon in den Bann der kommenden Ereignisse gezogen werde. Sei sie geschickt vorgetragen, würde jeder Hypnotiseur, der nur einigermaßen Bescheid wüßte, Erfolg haben. Die »Versuchsperson« würde nämlich die Befehle, ohne zu zögern, ausführen, aus Angst, ansonsten wirklich hypnotisiert zu werden. Auch wenn ihm das eine oder andere Vorhaben mißlinge, sei es nicht weiter schlimm, denn dies würde nur »Mundpropaganda« für den Zirkus zur Folge haben. (Die Leute merkten sich nämlich den Vorfall und erzählten ihn weiter, was das Wichtigste sei.) Bei dem Zuschauer, der mit leeren Hosensäcken auf die Bühne gekommen sei, sei ihm geistesgegenwärtig die Ansage, die er beim Hypnotisieren verwende, eingefallen, und schließlich sei es ihm auch gelungen, dem Burschen seinen Willen aufzuzwingen. (Wie die Ansage für das Hypnotisieren lautet, verschwieg uns der Zirkusdirektor.)
Und zuletzt erklärt er uns auch, was er unternehme, wenn eine Fliege sich nicht, wie abgesprochen, im Zuschauerraum befinde. Dann, so belehrt der Zirkusdirektor mit erhobenem Zeigefinger und hochgezogenen Brauen meinen Freund – mich beachtet er wegen meines Schweigens nicht, dessen Ursache ihm ja unbekannt ist –, suche er

sich im Publikum einen Menschen aus, der einen ungeschickten Eindruck erwecke. Mit der Unbeholfenheit jenes Menschen, über die er sich lustig mache, lenke er die Anwesenden ab, und im Falle, daß der tölpelhafte Mensch tatsächlich nicht in der Lage sei, auf die gewünschte Weise mitzuspielen, frage er die Zuschauer, ob sich nicht ein Gewandterer zur Verfügung stellen könne. Dieser (den er sorgfältig aus den sich Anbietenden auswähle) sei dann stets bis zur Unterwürfigkeit bemüht, zum Gelingen des Kunststückes beizutragen, da er ja seine Geschicklichkeit unter Beweis stellen wolle.
So redete mit uns der Zirkusdirektor, indem er vom Hundertsten ins Tausendste kam; er aß (nur) Eis und trocknete sich den Schweiß ab. Meinen Freund sprach er des öfteren mit: »Sie als gebildeter Mensch...« an. Die Bewohner jedoch bezeichnete er als »Gelbfüßler« und »Gscherte« (worüber mein Freund laut auflachte)*.

## 2

Als wir das Zirkusgelände betraten, entdeckte uns der Arbeiter aus dem Café und lud uns, obwohl wir unsere Eintrittskarten bereits gelöst hatten und in den Händen hielten, ein, die Vorstellung zu besuchen. Rasch fügte er hinzu, daß er in Wirklichkeit Tigerdompteur sei, er studiere jedoch seine Nummer erst ein und dürfe im Augenblick daher nicht auftreten. Wir sind durch die weiß und blau gestrichene eiserne Absperrung über eine Holzbrükke, die unter einen von brennenden Glühbirnen geschmückten Girlandenbogen führte, gegangen und ste-

* Wir heißen »Gelbfüßler«, da es bei uns eine Hühnergattung gibt, nach deren gelber Fußfarbe man uns nennt; als »Gscherte« bezeichnen uns aber nur Städter, ohne zu wissen, daß der Ausdruck von »Geschorener« kommt (die Bauern waren bis in das vorige Jahrhundert Leibeigene und durften als Zeichen dafür keine Haare auf dem Kopf tragen).

hen mit dem Rücken zum Zelt. Die Eintretenden halten vor den Plakaten an, auf denen Dompteure in blauen Uniformen mit brennenden Reifen in den Händen zu sehen sind, springende Löwen und Tiger, Clowngesichter, als Maharadschas verkleidete Zauberkünstler, sowie Krokodile mit weit aufgerissenen Rachen.

»Wir haben keine Krokodile«, sagte der Zirkusarbeiter, »Sie verstehen: Die Plakate hängen wir nur auf, um die Dorfbewohner neugierig zu machen.«

Der Zirkusdirektor ergänzte später voll Stolz, es handle sich um italienische Plakate, auf die er nur den Namen seines Unternehmens drucken lasse. Er bestelle sie in großen Mengen und hänge sie überall auf, um Publikum »anzulocken« und es »in die richtige Stimmung zu versetzen«, so daß es förmlich darauf warte, an der Nase herumgeführt zu werden.

Würde bei der Vorstellung dann »der Schwindel« ausbleiben, würden die Zuschauer sich sogar betrogen vorkommen. Der Zirkusdirektor meint, daß er uns empfänglich für Illusionen machen müsse. Aber ich widerspreche ihm. Ich nehme das Papier aus der Tasche und schreibe: »Nicht wir sind stumpf – wir sind es gerade, die sich in Träume stürzen, unser Leben ist ein einziger Wachtraum. Nur weil wir die Bereitschaft haben zu träumen, weil wir die Eigenschaft besitzen, in Träumen zu leben, nur darum können Sie Ihre Geschäfte machen.« Ich schiebe dem Direktor das Papier hin, und als er es nicht beachtet, nimmt es mein Freund und zeigt es ihm.

»Kannst du nicht sprechen!« fährt mich der Direktor an. Ich sage nichts. Der Direktor wendet sich meinem Freund zu, streckt kurz die Zunge heraus und verdreht die Augen, um anzudeuten, ich sei schwachsinnig. Vor Wut steigen mir Tränen in die Augen, warum liest er nicht, was ich aufgeschrieben habe?

»Er ist in Ordnung«, sagt mein Freund, und ich hasse ihn in diesem Augenblick. In Ordnung! In Ordnung! Was will

er damit ausdrücken? Daß ich so bin wie er, wie alle? Und hat er nicht bemerkt, daß der Direktor mich duzt?
Mein Freund, der mich kennt, weiß, wie mir zumute ist, und fängt mich zu loben an.
»Erst durch einen Unfall in unserem Sägewerk« (er meint das Sägewerk seines Vaters) »hat mein Freund seine Stimme verloren... sehen Sie die Narbe an seinem Hals... wir haben gemeinsam das Gymnasium besucht, müssen Sie wissen...« – Nachdem ich mit der Faust auf den Tisch geschlagen habe, hört er zu reden auf, und ich gehe auf die Toilette hinaus. Als ich zurückkomme, bemerke ich, daß der Zirkusdirektor über mich Bescheid weiß. Ich lasse mir jedoch nichts anmerken, nehme einen Schluck Bier aus meinem Glas und zünde mir eine Zigarette an.
»Vergessen Sie nicht, daß ich seit dreißig Jahren einen Wanderzirkus betreibe«, sagt der Direktor unvermittelt (und natürlich fällt mir auf, daß er nun per Sie mit mir spricht), »ich muß also wissen, wovon die Menschen träumen. Glauben Sie mir, sie träumen nur Träume, die ihnen vorgeträumt werden. Ich träume ihnen einen Traum vor, und sie träumen mit. Alle Träume, die diese Menschen träumen, sind längst erdachte, längst gelebte Träume. Was Sie als Absolvent eines Gymnasiums nicht überraschen wird: Die Menschen lieben die Wiederholung. Durch sie erst fühlen sie sich bestätigt, während sie das Neue, das wirklich Neue stets abstößt. Mit nichts können Sie größeren Schrecken oder größere Wut erzeugen als mit Neuem. Die Menschen wollen sich bestätigt fühlen und wiedererkennen. Im Geläufigen eben fühlen sie sich wohl... Nur eine einzige Vorstellung anzusehen und sich keine Gedanken darüber zu machen, was im Zirkus geschieht, auf welche Weise die Artisten leben, ist der wirkliche Traum. Der wahre Traum ist die Illusion, die Illusion von Zeitlosigkeit, Besitz, Macht. Die Menschen würden erschrecken,

wenn die Illusion sich als Wirklichkeit herausstellen würde.«
Als ich daraufhin schreibe, er benutze die Menschen, antwortet er, ohne eine äußere Regung zu zeigen, er sei zwar auch ein Menschenverächter (»Das Leben hat mich dazu gemacht, wie Sie sich denken können.«), andererseits möge ich berücksichtigen, daß er Irren und Verbrechern Arbeit gebe.
Darauf will ich nicht weiter eingehen. Ich schreibe nur, daß die Motive, aus denen er Irre und Verbrecher beschäftige, mit den Folgen nichts zu tun hätten, und er erwidert: »Am liebsten würde auch ich Ihnen schriftlich antworten, hahaha, Herr ... ich weiß nicht einmal Ihren Namen.«
»Lindner«, antwortet mein Freund, und ich bin neuerlich wütend auf ihn.
»Herr Lindner. Ich könnte Bücher schreiben, glauben Sie mir, aber es fehlt mir an Zeit. Beurteilen Sie mich nach den Tatsachen und nicht nach den Absichten, die Sie mir unterstellen. Ich kann mich ja selbst nur nach Tatsachen richten, von den Absichten will ich gar nichts wissen, verstehen Sie?« Meinen Einwand, den ich in fliegender Eile und unter dem Gelächter und den spöttischen Bemerkungen des Zirkusdirektors niederschreibe, »daß man Tatsachen und Absichten kennen müsse, um zu einem Urteil zu kommen«, liest er laut vor, fragt: »Was heißt das?« Und als er auf diese Weise endlich die Aufmerksamkeit aller gewonnen hat, ruft er unter allgemeinem Gelächter: »Dieser Herr ist ein Philosoph und schreibt Traktate.« Aber mit unerwarteter Plötzlichkeit macht er ein ernstes Gesicht, wodurch auch das Gelächter der übrigen verebbt, und beantwortet mein Schreiben mit einem Redefluß, bei dem er wieder vom Hundertsten ins Tausendste kommt und der ihn von unserem Gesprächsthema abbringt.

## 3

Der Zirkusarbeiter ist plötzlich verschwunden, und während mein Freund nach Bekannten ausschaut, werfe ich einen Blick in das Zelt: Das Abendlicht fällt durch die gelben und blauen Streifen der Planen und das weiße Zackenmuster, das aussieht wie das Gebiß eines phantastischen Tieres. Das Zelt ist an mehreren Halb- und Kranmasten befestigt. Lange Reihen von Klappstühlen sind auf die gemähte, grünleuchtende Wiese hingestellt. Dahinter stehen die Heuhaufen des Bauern (einige ragen darüber hinaus durch Schlitze ins Freie), und sogar Obstbäume erheben sich zwischen den Sitzreihen. Der Zirkusdirektor ist der Ansicht, es sei am besten, alles: Bäume, Sträucher, Kürbishaufen, kleine Maisfelder in das Zelt miteinzubeziehen, wenn es keine ordentlichen oder billigen Wiesen zu mieten gebe. In Bad Gleichenberg habe er fünf oder sechs Pappeln mit dem Zelt überdeckt, in Eibiswald eine Wallfahrtskapelle. Das störe ihn nicht, die Verpächter der Wiesen hingegen wünschten, möglichst wenig Umstände zu haben, und die Bewohner seien sowohl den Anblick der Natur als auch ihrer Kapellen gewöhnt. Außerdem stelle er nicht die Bänke auf wie in der Stadt, in die er nur selten komme. Denn würde er noch die Bänke aufstellen, fasse der Zirkus mehr als 1000 Besucher. »Und wo soll ich jeden Abend 1000 Zuseher hernehmen?« schloß er.
Inzwischen ist der Zirkusarbeiter wiedergekommen, wir sprechen jedoch nicht miteinander, bis er sich vorstellt. Er heißt Friedrich Sommer und stammt, wie er übergangslos hinzufügt, aus Klosterneuburg. Früher habe er im »Circus Althoff« Eisbären vorgeführt, dann aber sei er ohne Engagement gewesen und zum »Circus Saluti« gegangen. Es komme oft vor, daß ein Artist von einem Unternehmen nicht mehr länger verpflichtet werde, erklärt er, für ihn habe sich jedoch die Angelegenheit zum Nachteil entwik-

kelt, denn die Dame, die seine Nummer beim »Circus Althoff« übernommen habe, sei schon bei der ersten Probe von den Eisbären angefallen und getötet worden. Das sei in Jugoslawien geschehen. Um möglichst lange beim »Circus Althoff« bleiben zu können, habe er nämlich die Eisbären auf Angriff und nicht auf Belohnung abgerichtet. Dadurch sei er zwar bei den Vorstellungen und Proben selbst ständig in Gefahr gewesen, er habe jedoch die Hoffnung gehabt, daß kein anderer Dompteur es wagen würde, seine Nachfolge anzutreten.
Der Dompteur ist ein mittelgroßer, muskulöser Mann mit langem braunem Haar, dünnem Schnurrbart und Pickeln im Gesicht, seine Augen sind grau und lebhaft und mustern mich die ganze Zeit über, während er mit mir spricht. Er ist schäbig gekleidet, trägt einen abgerissenen Pullover und gestreifte Hosen, die ebenfalls Löcher aufweisen. An seinem Handgelenk fällt mir eine billige Uhr mit Kunststoffband auf, am Hals ein Silberkettchen mit einem Anhänger, auf dem ein Engel über einer blauen Wolke schwebt. Schon als wir ihn im Café sahen, tat er mir leid. Auf welche Weise kann ich ihm zeigen, daß ich sein Schicksal begreife? Andererseits schäme ich mich, etwas aufzuschreiben, was ihn vielleicht trösten könnte. Ausgerechnet von mir einen Zettel vor das Gesicht gehalten zu bekommen, müßte seine Niedergeschlagenheit noch vertiefen. Auch kann er nicht wissen, daß ich mich auf eine ähnliche Weise wie er mit Tieren beschäftige. Mein Vater ist Bienenzüchter. Nach meinem Unfall, bei dem ich in die Kreissäge geriet, bin ich zu Hause geblieben und arbeite als Imker. Nicht, daß ich mich mit dem Dompteur auch nur im entferntesten vergliche, aber es besteht ein, wenn auch winziger, Zusammenhang zwischen der Tätigkeit eines Bienenzüchters und der eines Dompteurs. (Die Bienen sind nämlich Wildtiere geblieben, obwohl sie seit Jahrtausenden von den Menschen genutzt und gepflegt werden.)

Der Zirkus lebe von der Veränderung, fährt der Dompteur fort. Nur um dem Zuschauer Abwechslung bieten zu können, müßten die Artisten immer wieder aus dem jeweiligen Zirkus ausscheiden und anderen Platz machen. Die Unternehmer seien gezwungen, wenn sie nach einiger Zeit wieder in derselben Stadt gastierten, fremde Artisten und unbekannte Illusionen zu zeigen, die das jeweilige Publikum dann für neu halte. Kein Besucher wünsche nämlich nach ein paar Jahren wieder dasselbe Programm zu sehen, während in anderen Städten und Landstrichen gerade das alte Programm unbekannt und darum neu sei. Weil die bewußte Dame im »Circus Althoff« aufgetaucht sei und angegeben habe, sie wolle mit seinen Eisbären arbeiten und mit ihnen jene Nummern einstudieren, die sie selbst am besten beherrsche, habe er endgültig den Abschied nehmen müssen... Wäre der Dompteuse nicht – wie er insgeheim gehofft habe – der tödliche Unfall zugestoßen, hätten auch andere Hippodrome ihm Bären anvertraut, so aber fürchteten sie, der Fall könne sich wiederholen und ihre Tiere würden, wenn er mit ihnen arbeite, für zukünftige Dompteure unbrauchbar.

»Wollen Sie die Tierschau besuchen?« fragte er unvermittelt. Mein Freund, der sich mit niemandem, wie ich bemerken konnte, verabredet hatte (denn die Frauen kommen zu einer Zirkusvorstellung zumeist in Begleitung), antwortete, daß wir ohnedies beabsichtigt hätten, die Tiere noch vor der Vorstellung zu sehen: Es bestünde ansonsten die Gefahr, daß man sie, wenn man sie bereits in der Manege beobachtet habe, nachher in den Käfigen als eine Art verwandelter Menschen betrachte. Aus den Tieren spreche jedoch nur der Dompteur. (Mein Freund schweift, hat er einmal zu reden begonnen, leicht ab.) Er studiere die wechselhafte Wirkung von Eindrücken von Berufs wegen, erläutert er unserem schweigenden Begleiter. Denn gerade in den Rechtswissenschaften, mit denen

er sich befasse, komme es darauf an, die Dinge von verschiedenen Seiten zu betrachten. Die Frage nach Schuld zwinge einem geradezu diese Vorgangsweise auf. »Mich interessieren in erster Linie Tatbestände und die Ursachen von Ereignissen«, fährt er fort, »und ich bin zur Erkenntnis gekommen, daß es keine Schuldigen gibt, aber auch keine Unschuldigen.« Schuld und Unschuld seien Ausschnitte, die zu praktischen Zwecken herausgegriffen würden. In einem höheren Sinne gebe es nur Ankläger und Angeklagte. Was nun die Tiere betreffe, die eingesperrt, abgerichtet und vom Menschen zerstört mit dem Circus reisten, so wünsche er ihr ganzes Elend zu sehen, bevor sie ihm noch durch ihre Geschicklichkeit im Scheinwerferlicht der Zirkusarena den Eindruck von menschlichen Wesen vermittelten.
Der Halbmond steht blaß über dem Zelt, und wir begeben uns zu den Wagen, in denen die Tiere in der Dunkelheit schlafen oder kauend auf uns starren. Der Dompteur zeigt uns, während wir von Käfig zu Käfig gehen, die Löwen, den Leoparden, den Puma, den Steppenwolf und den Mungo, den Rhesusaffen, das Lama, den Polarfuchs, die Paviane und die Kragenbären, aber ich kann die Zirkustiere nicht ohne Bedrückung ansehen. Zum Schluß führt uns der Tierbändiger vor den Tigerkäfig. »Ich brauche noch ein halbes Jahr für die Nummer, bevor ich auftreten kann«, erklärt er uns, inzwischen betätige er die Zugmaschine, die das Zirkuszelt und die Masten von Stadt zu Stadt schleppe.
»Sie sollten sich jetzt in das Zelt begeben«, schließt er, »damit Sie die Vorstellung nicht versäumen.« An unserem Schweigen hat er erkannt, daß uns der Anblick der Tiere betroffen gemacht hat.
Wir nehmen auf den Klappsesseln Platz, aus den Lautsprechern tönt Musik, und auf der Bühne in der Manege steht ein Raubtierkäfig. Dort, wo die Masten in der Kuppel mit dem Zelt verbunden sind, können wir, wenn wir

die Köpfe heben, zwischen den blendenden Lichtern von Scheinwerfern den nachtblauen Himmel sehen. Ein Trapez hängt über uns, und bei dem Gedanken, ein Mensch werde sich an ihm durch die Luft schwingen, werden wir vom Schwindel erfaßt. Im zusammenlegbaren Eisenkäfig entdecken wir die blau- und rotbemalten Gestelle, auf denen die Raubkatzen Platz nehmen. Der Boden der Holzbühne selbst ist mit einem großen gelben Stern bemalt, der vom blauen Boden absticht und wie eine geheimnisvolle Einteilung aussieht. Es riecht nach frischgemähtem Gras, die Zuschauer – das Zelt ist halb voll – warten auf den Klappstühlen, und der Sohn des Zirkusdirektors, der eine große Brille trägt, schminkt sich in einer leeren Reihe mit einem Rasierspiegel in der Hand als Clown zurecht. Auf dem Boden neben ihm liegt ein Fernrohr aus Pappmaché, daneben steht ein großer Koffer.
Später sagt der Zirkusdirektor, ein guter Clown müsse alt sein. Das Alter und eine damit verbundene, zumindest andeutungsweise vorhandene Gebrechlichkeit seien die Voraussetzung dafür, daß ein Spaßmacher das Publikum allein durch seine Erscheinung zum Lachen bringe. Natürlich könne ein Spaßmacher auch jünger sein, wenn seine Gebrechlichkeit dafür um so stärker hervortrete, jedoch würden selbst stark behinderte Clowns erst im Alter den Höhepunkt ihres Könnens erreichen. Nicht behindert zu sein bedeute für einen Clown einen groben Mangel. Infolgedessen müsse er ein Gebrechen vortäuschen. Das sei äußerst schwierig, da die Darsteller leider dazu neigten, ihre vorgeblichen Gebrechen zu übertreiben, was mit der Zeit ermüdend wirke. »Auch Sie lachen doch am herzlichsten über jemanden, der tatsächlich stottert und nicht über das nachgemachte Stottern irgendeines zweitklassigen Schauspielers«, sagte der Zirkusdirektor, »oder denken Sie nur an die schlechtgespielten Hustenden und Betrunkenen, die über unsere Bühnen

torkeln, während die tatsächlich Hustenden oder Betrunkenen uns zum Tränenlachen reizen.« Der Sohn des Zirkusdirektors ist im Gegensatz zu den Behauptungen seines Vaters höchstens 20 Jahre alt. (Mißtraut der Zirkusdirektor den anderen? Will er mit ihnen nicht die Clownnummer einstudieren? Geht es ihm vielleicht gegen den Strich, sich von ihnen in den Hintern treten, mit einem Kübel Wasser anschütten oder ohrfeigen zu lassen? Womöglich befürchtet er, daß, verlöre er im Spiel den Respekt, er ihn alsbald auch im täglichen Umgang nicht mehr besäße, weshalb er es vorzieht, mit dem eigenen Sohn aufzutreten, als – und wenn auch nur im Spiel – Opfer der Späße von anderen zu werden.)
Ohne Ankündigung oder irgendein Vorzeichen ist es dunkel geworden, die Stimmen der Zuschauer verstummen, und nur ein Scheinwerferlicht, das kegelförmig auf die Bühne fällt, erhellt das Zelt. Sogleich erfaßt es den Direktor, der in einem schwarzen, von goldglitzernden Fäden durchzogenen Smoking auftritt. Er hat, so können wir an den zischenden »S« feststellen, ein künstliches Gebiß und bemüht sich auf eine Art, die uns Scham empfinden läßt, leutselig zu sein. Zwei Löwenweibchen und ein Löwe werden durch einen Tunnel in den Käfig getrieben, indessen hält der Zirkusdirektor einen Stab mit Fleischstücken in der Faust: Sobald die Raubtiere seine Anweisungen befolgt haben, füttert er sie, stößt ihnen jedoch gleich darauf mit dem Eisenstab in den Körper, damit sie nicht auch nur für einen Augenblick seine Macht vergessen. Wir sitzen ganz nahe hinter den Löwen und können, wenn sie ihre Haltung verändern, sehen, wie es beim Atmen aus ihrem Maul dampft. Mein Freund und ich werfen uns einen Blick zu, der keinen Zweifel darüber läßt, daß wir uns vor den Löwen fürchten.
Der Zirkusdirektor aber sagt uns später, daß unsere Furcht »umsonst« gewesen sei. Wären die Löwen auf Angriff dressiert und hätte er nicht selbst die Abrichtung

vorgenommen, so wagte er sich naturgemäß nicht in den Käfig. Mit Löwen aber, die auf Belohnung dressiert seien, könne jeder umgehen, der über genügend Mut verfüge ... (Seine Frau beispielsweise, führt der Direktor aus, die erst am heutigen Tag von der Geburt ihres neunten gemeinsamen Kindes aus dem Krankenhaus entlassen worden sei, habe, obwohl sie für mehr als 14 Tage getrennt gewesen seien, bei der Dressurnummer nicht einmal in das Zelt geschaut, so sicher wisse sie ihn im Löwenkäfig.) Mit den Tieren umzugehen und sie abzurichten, sei in erster Linie eine Sache der Beobachtungsgabe. Mein Freund und ich geben ihm recht. (Ich kann darüber hinaus, was die Bienen betrifft, von derselben Erfahrung sprechen. Mein Vater beobachtet sie sein ganzes Leben lang – auch durch häufige Stiche läßt er sich nicht davon abhalten. Und obwohl er dieselben Schmerzen bei den Stichen verspürt wie am Anfang – nur die Schwellungen bleiben aus –, ist er durch nichts davon abzubringen, mit ihnen umzugehen. Bei unseren Völkern und in den Stöcken kommt es daher kaum zu Zwischenfällen, die uns überraschen könnten, da mein Vater schon die kleinsten Vorzeichen zu deuten weiß.)
Zum Mut gäbe es weiter nichts zu sagen, fährt der Zirkusdirektor fort, denn er müsse vorhanden sein, was jedoch die Beobachtungsgabe betreffe, wolle er einige Bemerkungen machen: »Wenn Sie, um nur ein Beispiel zu nennen, wünschen, daß eine Ziege lernt, rückwärts zu gehen, wie würden Sie das bewerkstelligen?« fragt er uns.
Da wir die Frage nicht beantworten können und mein Freund – Unkenntnis zeigend – die Hände und Schultern hebt, antwortet der Direktor nicht ohne Schadenfreude über unsere Ahnungslosigkeit, man müsse ihr bloß die Nasenlöcher zuhalten, dann gehe sie von selbst zurück.
Oder ob wir wüßten, daß ein Krokodil sein Bewußtsein verliere, wenn man es auf den Rücken lege? Solche Erkenntnisse dürfe ein Dompteur nicht außer acht lassen,

sondern habe sie für sich nutzbar zu machen. Die Menschen wüßten einfach nichts, wüßten und dächten nichts, das sei der Grund ihrer Verwunderung im Zirkus. In Wirklichkeit beruhe alles auf Beobachtung, alten Tricks und selbstverständlich auf der Darstellung. Auf die Darstellung komme es zumeist in gleichem Maße an wie auf die genaue Beobachtung, wenn nicht gar die Darstellung das Wichtigste überhaupt sei. Denn was nützen alle Kenntnisse, was nütze das gesamte Wissen, wenn man es nicht gegen das Publikum ausspielen könne und nicht jene vorgetäuschte Wirklichkeit zu erzeugen in der Lage sei, die die Menschen unsicher werden lasse, ob nicht am Ende doch alles mit rechten Dingen zugegangen sei ... Gebannt verfolgen wir, wie die Löwen durch einen brennenden Reifen springen (was mir wie ein merkwürdiges Gleichnis erscheint). Sodann befiehlt der Zirkusdirektor den Raubtieren, die Mäuler aufzureißen, um ihnen seinen Kopf in den Rachen zu stecken. Und obwohl es mich bei der Vorstellung schaudert, die Löwen könnten zubeißen, empfinde ich mit derselben Aufwallung die Erniedrigung, die mit der Geste des »Den-Kopf-in-den-Rachen-Steckens« verbunden ist. Doch selbst wenn die Löwen diese Demütigung nicht hinnehmen würden, selbst wenn sie in einer plötzlichen Rückbesinnung auf ihre Kraft den Schädel des Zirkusdirektors mit ihren Kiefern zermalmten, was könnten sie anderes gewinnen als den Tod? (Denn der Rückweg ist ihnen abgeschnitten.)

## 4

Aus der Dunkelheit des Zuschauerraumes ist der Sohn des Direktors als Clown verkleidet mit Geschrei auf die Bühne gestürmt, er trägt riesige rote Schuhe (die der Anlaß seines unsicheren Ganges und unseres Gelächters sind), den Koffer, aus dem Wasser rinnt, und das Fernrohr, durch das er blickt, als schaute ein Forschungsrei-

sender in einer unendlich weiten Landschaft nach einem Punkt aus, der es ihm gestattet, sich zurechtzufinden. Tatsächlich entdeckt er den Zirkusdirektor und beginnt mit ihm schon von weitem zu zanken, und beide schreien in einer verstümmelten Sprache aufeinander ein, von der wir kein Wort verstehen. Inzwischen gibt der Zirkusdirektor vor, ein Kunstschütze zu sein, der versucht, dem Clown Luftballons aus der Hand zu schießen; jedesmal jedoch, bevor er nach gründlichem Zielen abdrücken könnte, ist der Ballon durch die Unbeholfenheit des Clowns bereits mit einem lauten Knall zerplatzt.
Als der Zirkusdirektor schließlich eine brennende Kerze aus der Hand seines Sohnes schießen will, ißt dieser sie blitzschnell auf, beugt sich vor und zeigt dem Kunstschützen, und damit auch uns, ein Licht, das in seinem Hintern brennt. Dann tritt er ab, und der Zirkusdirektor tut, als widmete er sich mit größtem Eifer kleinen Zaubereien, die er mit bunten Tüchern und Bändern vorzeigt. Wir haben inzwischen längst bemerkt, daß sein Sohn wieder auf die Bühne gekommen ist und nun stillschweigend ebenfalls damit beginnt, Kunststücke zu machen. Gerade als der Vater seine Ausführungen beendet hat und auf Applaus wartet, zieht der Sohn hinter einem Tuch verschiedene Tiere: ein lebendes Küken, einen Frosch, einen Kanarienvogel und eine Ringelnatter hervor, die er in seiner Jackentasche verschwinden läßt. Daraufhin steigert sich die allgemeine Heiterkeit. (Vielleicht sind wir deshalb geradezu lachbereit und benötigen nur den Hauch eines Anstoßes, die kleinste Anregung, weil das Entsetzliche am stärksten zum Lachen reizt. Wie haben wir aufgejubelt, als der Sohn des Zirkusdirektors die Ringelnatter »irrtümlich« in seine Jacke stopfte, und wie nahm unsere Begeisterung noch zu, als er in jäher Einsicht, daß er dabei war, eine Schlange einzustecken, erschrocken aus dem Zelt lief, während das Reptil noch aus seiner Tasche baumelte... und wie müssen wir weiterlachen bei dem

Gedanken, was nun in der Jackentasche vor sich gehen mag, in der sich unversehens ein Küken, ein Frosch, ein Kanarienvogel und eine Schlange zusammengefunden haben! Im Zirkus vermuten wir uns in Sicherheit, wähnen uns von Vorspiegelungen und Fingerfertigkeit ohnehin auf die Probe gestellt, und was könnte das Spiel mit dem Erschrecken anderes für uns sein als der Einfall eines Zauberkünstlers!)
Im Gasthaus fragt uns der Direktor: »Machen Sie auch das, was die Leute wollen? Entsprechen Sie ihren Wünschen?« – Mein Freund schweigt, ich aber schreibe auf das Papier: »Wenn ich den Wünschen ›der Leute‹ entspreche, dann nur, sofern ich dazu gezwungen bin (manchmal jedoch auch aus Mutlosigkeit). Ist es nicht eigenartig, daß die Vorstellung, mit der wir unsere Person im Alltag schützen, auf uns den Zwang ausübt, tatsächlich scheinheilig zu sein! Nur weil wir unsere eigenen Schwächen und Wünsche, unsere Eigenschaften und Meinungen zurückhalten in dem Glauben, die anderen wollten es so, entschädigen wir uns mit der nächsten Lüge, daß dies richtig sei. Was wir uns verbieten, glauben wir als monströse Wucherung an uns festzustellen, während wir annehmen, die anderen dächten und seien so, wie sie sich nach außen hin geben. Wir empfinden uns gegenüber Scham, weil wir glauben, wir seien mit bestimmten Gedanken und Taten allein oder in der Minderzahl, und helfen dadurch – ohne es zu wissen – mit, daß dieser Zustand für alle anderen ebenso aufrechterhalten bleibt wie für uns selber. Indem wir machen, was ›die Leute‹ wollen, erhalten wir die Scheinwelt aufrecht, in der wir und die anderen leben.«
»Ich meine etwas anderes«, antwortet der Zirkusdirektor, bevor er noch mein Schreiben zu Ende gelesen hat. Und nach kurzen Nachdenken: »Mir ist es egal, was einzelne von meinen Darbietungen halten, solange nur das Publikum davon angezogen wird.«

## 5

Nach einer kurzen Unterbrechung kündigt der Zirkusdirektor eine Akrobatin an, ein zwölfjähriges Mädchen, das er als Luft- und Vogelmenschen bezeichnet, wobei er uns nicht verheimlicht, daß es sich um seine Tochter handelt. Er bittet um äußerste Ruhe.
Sofort ist es so still, als hätte uns die Erde verschlungen. Unter einem Arm des Mädchens kann ich – als es einen Handstand auf den Schultern seines Vaters macht – deutlich ein Loch im Trikot erkennen. Wie ein an den Köpfen zusammengewachsenes siamesisches Zwillingspaar stehen sie jetzt vor uns. Der Reihe nach kommen die jüngeren und jüngsten Söhne des Zirkusdirektors in blauen, silberbestickten Anzügen aus der Kulisse und führen die verschiedensten Körperkunststücke vor.
Die Mücken im Zelt stechen uns eifrig, und so schlagen wir – die Stille durchbrechend – ab und zu auf unsere Rücken ein, versetzen uns klatschende Ohrfeigen, geben uns Klapse auf die Handrücken, kratzen Arme, Beine und Schenkel, was sich insgesamt komisch anhört und wodurch die ganze Zeit über im Zirkuszelt eine eigentümliche Bewegung herrscht. Endlich erscheint auch der italienische »Kraftkünstler«, auf den wir schon sehnsüchtig gewartet haben. Viele erheben sich von den Stühlen, lassen sich erst auf die Zurufe der hinter ihnen Sitzenden wieder nieder oder treten vollends bis zur Bühne vor, um den Ereignissen aus der Nähe folgen zu können. Der »Kraftkünstler« ist ein junger Mann mit langem, schwarzem Haar und den Gesichtszügen der Athleten. Ohne die geringsten Anzeichen von Mühe oder Schmerz zerschlägt er Ziegelsteine, Stuhlbeine, ja sogar Felsbrocken, um dann unter unserem Beifall mit einem Schritt aus dem Scheinwerferkegel in die Dunkelheit zu verschwinden.

6

Nach der Pause läßt der Direktor einen bemalten Kasten auf die Bühne tragen, durch den er 12 Schwerter bohrt; sodann öffnet er eine Seitenwand und fordert uns auf zu überprüfen, ob die Klingen den kleinen Schrank vollständig durchstoßen haben. Natürlich läßt er ihn in alle Richtungen drehen, damit sich jeder von uns überzeugen kann, daß die Schwerter im Kasten stecken. Wir bestätigen das durch Kopfnicken, Raunen und Flüstern, daraufhin schließt der Zirkusdirektor die Wand wieder, um einen Deckel abzuheben und unsere Verblüffung zu genießen, als seine Tochter graziös heraussteigt und vor uns einen Knicks macht.

7

Der Zirkusdirektor ist mit einem Turban und einer schwarzen Augenbinde auf dem Podium erschienen. Was hat er vor? Wozu der Turban, wenn wir doch wissen, daß es sich um den Zirkusdirektor handelt? Warum wechselt er in einem fort seine Anzüge, während sein Auftreten immer dasselbe bleibt? – Er will unseren »inneren Vorstellungen gerecht werden«, erklärt er im nachhinein meinem Freund, denn die Leute verbänden in ihrer Einbildung alles mit bestimmten Erwartungen und seien enttäuscht, wenn diese nicht erfüllt würden. Er wolle sich jedoch nicht selbst schaden, sondern in jedem Augenblick den Anforderungen, die an einen Zirkus gestellt würden, gerecht werden. Und schon kündigt er sich als »Hellseher« an. Bei dem Wort »Hellseher« wird es im Zirkus dunkel, und nur ein Scheinwerfer beleuchtet die Bühne mit seinem Lichtkegel. Kaum haben wir ausgelacht, läßt der Zirkusdirektor einen seiner Söhne aus einer Glastrommel den Abriß einer Eintrittskarte ziehen und die Nummer aufrufen. Er selbst sitzt mit dem Rücken zum Publikum. Als der betreffende Zuschauer die Bühne be-

tritt, befiehlt er ihm stehenzubleiben, dann herrscht Stille.
Nach einer Weile nennt er zögernd den Namen des Mannes, seinen Beruf und das Alter. Wir kennen den Zuschauer, er ist nicht jemand, der mit dem Zirkusdirektor Absprachen trifft. Und während wir noch staunen und dabei sind, uns von unserer Verblüffung zu erholen, fährt der Zirkusdirektor fort: »Waren nicht Sie es, der gegen einen gewissen Resch im Kartenspiel ein Schwein verloren hat?« Auch das stimmt. Der Mann ist so unsicher geworden, daß er nicht mehr weiß, wie er sich verhalten soll, und der Zirkusdirektor nutzt die Gelegenheit und schickt ihn als Verdatterten zurück auf seinen Platz.
Im Gasthaus erklärt uns der Zirkusdirektor seine Hellseherfähigkeit. Nur wenn es ihm gelinge, einen im Dorf beheimateten Arbeiter anzuheuern, der ihm beim Aufstellen des Zeltes behilflich sei, trete er überhaupt als Hellseher auf. (Denn natürlich müsse er jede Einzelheit vorher genau genannt bekommen.) Zu diesem Zweck sitze der Arbeiter mit ihm im unbeleuchteten Kassawagen und nenne ihm zwei oder drei Personen, die gerade eine Karte kauften. Er, der Zirkusdirektor, notiere sich in der Folge die Nummern der Eintrittskarten, die der Betreffende erstehe, und alles, was der Arbeiter über ihn wisse. (Sein Sohn müsse sich sodann nur mehr die angegebenen Nummern merken.) Daher sei es für ihn nicht weiters schwer, wenn es darauf ankomme, das Notwendige zu erraten. Zur Sicherheit sitze der Arbeiter während der Vorstellung hinter einem chinesischen Wandschirm, der im Dunkeln aufgestellt sei, und warne ihn, wenn Karten oder Personen vertauscht würden. In so einem Fall schikke er die betreffende Person mit der Begründung, daß er keine »Einstellung« zu ihr gefunden habe, in den Zuschauerraum zurück. Das mache ihn nur noch glaubwürdiger. Nachdem uns der Zirkusdirektor schon eine Reihe von Taschenspielertricks verraten hat, überraschen uns

seine Ausführungen nicht mehr. »Glauben Sie mir«, brüstet er sich, »es würde nicht einmal einen Unterschied machen, wenn die Leute Bescheid wüßten, wie ich sie hineinlege. Denke ich beispielsweise an meine Hellsehernummer, so müßte ich meine Sätze und Inhalte nur noch schärfer formulieren. Ich brauchte den Leuten nur mitzuteilen, wovon sie ohnedies Kenntnis haben, und das Gelächter wäre womöglich noch größer. Über nichts unterhalten sich Menschen mehr, als wenn sie von einem Fremden bestätigt bekommen, was sie selbst längst wissen. Ich könnte Betrüger als Betrüger entlarven, Trinker als Trinker bezeichnen, ich könnte alles und jeden beim Namen nennen, denn ich ziehe weiter und bin im Grunde über nichts im Bilde.« Die Ortsbewohner hätten ihre Schadenfreude, und die Bloßgestellten, das sei die Überraschung, kämen sich dadurch, daß man über ihre Geheimnisse und Heimlichkeiten, ihre schamvoll gehüteten Eigenschaften und Vorlieben Bescheid wisse, früher oder später befreit vor, und nach einem Jahr könne er wieder auftauchen, ohne irgendwelche Folgen befürchten zu müssen. Im Gegenteil, er sei der Überzeugung, daß seine Hellsehernummer dann mit noch größerer Spannung erwartet würde als zuvor. »Zunächst aber denke ich nicht daran, sie zu ändern«, bekräftigt der Zirkusdirektor. Erst wenn bekanntgeworden sei, wie es sich damit verhalte, werde er sie möglicherweise umstellen. »Der Schwächepunkt der neuen Nummer wäre nämlich, daß meine Informanten aus Angst vor der Rache der Dorfbewohner ausbleiben könnten. In diesem Falle wäre nicht nur meine alte, sondern auch die neue Hellsehernummer ›gestorben‹. Sie können sich vorstellen, wie die Zuschauer darauf reagieren, wenn sie erwarten, jemand würde ihnen die Wahrheit ins Gesicht sagen oder die Lebenslüge ihres Nachbarn aufdecken – und ich muß die Nummer ausfallen lassen, weil mir niemand Bescheid gegeben hat. Trotzdem habe ich keine Angst, daß die Arbeiter, die mir im

Kassawagen die Auskünfte geben, hernach in den Gasthäusern mit ihrem Wissen aufschneiden – letztlich ist auch der aufgedeckte Schwindel nur Reklame für mich.«
Beim Sprechen hat der Zirkusdirektor seinen wuchtigen Oberkörper über den Tisch gebeugt. Als er noch Artist gewesen sei, führt er aus, habe er sich eine Eisenplatte zwischen die Schultern geklemmt und bis zur Zirkuskuppel daran hängend hochziehen lassen, wobei sich noch zwei andere Männer an ihm festgehalten hätten. Er studiert meine Zettel, die vor ihm liegen, und sagt plötzlich zu mir: »Ihr Schreiben hat mich übrigens auf die Idee gebracht bekanntzugeben, auf welche Weise ich hellsehe. Das ist der Unterschied zwischen Ihnen und mir: Sie haben geschrieben«, er nahm den Zettel in die Hand und suchte die Zeile: »Wir empfinden uns gegenüber Scham, weil wir glauben, wir seien mit bestimmten Gedanken und Taten allein oder in der Minderzahl, und helfen dadurch – ohne es zu wissen – mit, daß dieser Zustand für alle anderen ebenso aufrechterhalten bleibt wie für uns selber... ›Wenn das wahr ist, habe ich mir gedacht, während ich noch mit Ihrem Freund und Ihnen gesprochen habe, könnte ich mir Ihre Erkenntnisse für mein Geschäft nutzbar machen. Und ich gebe zu, daß Ihre Einsichten für mich mittlerweile interessant geworden sind. Der Unterschied zwischen Ihnen und mir ist, daß Sie Beobachtungen machen und darüber nachdenken, hingegen nichts beeinflussen können. Ich aber vermag die Erkenntnisse, die ich gewinne, zu meinem Vorteil anzuwenden, während Sie damit die Menschen höchstens belästigen oder belustigen.« Er wiederholt die beiden ähnlich klingenden Wörter aus Freude, mich damit vielleicht zu treffen. Schon der Tonfall, in dem er zu mir spricht, ist eine Verhöhnung, und gleich darauf macht er sich noch einmal über mich lustig, indem er genußvoll die Zettel einsteckt.

## 8

Am meisten bewundern wir die Tochter des Zirkusdirektors. Sie trägt ein goldenes Trikot und wird an einem Seil in die Zirkuskuppel gezogen, wo sie hoch über uns mit den Füßen am Trapez hängt, worüber wir insgeheim erschrocken sind. Der Zirkusdirektor steht in der Manege, den Kopf gespannt in die Höhe gereckt, bereit, sie aufzufangen. Aber wer sagt uns, daß er dazu imstande ist? Das Haar des Mädchens hängt schlaff, bewegungslos, das Gesicht verdeckend herunter wie vom Körper einer Toten. Die Schallplatte, von der die Musik durch die Lautsprecher ertönt, rauscht, und das Zirkuszelt ist jetzt in ein gelbes Licht getaucht. Wir sind auf gespenstische Weise fröhlich. Einerseits können wir unsere Augen nicht von der Tochter des Zirkusdirektors lassen, wie sie, nachdem sie sich wieder mit einer Schlaufe am Seil befestigt hat, langsam einen Spreizschritt macht, als sei es die natürlichste und genußvollste Sache der Welt, andererseits hüllt uns im Augenblick eine so angenehme Atmosphäre der Unwirklichkeit ein, daß wir in ihr verbleiben wollen und tatsächlich nur durch den Sturz der Akrobatin aus ihr gerissen würden, wenngleich wir nicht sicher sind, ob ein tödlicher Unfall unsere Gefühle nicht noch verstärkte. Die junge Artistin schlingt sich um das Seil, berührt wie ein knochenloses Wesen mit dem Kopf die Zehen und beugt sich weit, mit ausgestreckten Armen in den Raum hinaus, als wollte sie jetzt und jetzt den Fuß aus der Schlaufe ziehen und durch das Zirkuszelt fliegen wie ein goldener Vogel. Schon bilden wir uns ein, sie schweben zu sehen, schon glauben wir nicht mehr daran, daß sie das Seil benötigt, um sich festzuhalten, als sie jählings vor unseren Augen herabstürzt, im gleichen Augenblick, wie sie – was wir erst nachträglich wissen – vom Seil zurückgerissen wird und über unsere Köpfe schwebt, so daß wir vermeinen, ihr Haar berühre uns. Als sie wieder auf festem

Boden steht und vor uns einen »Spagat« macht, können wir die blauen Flecken auf ihren Beinen sehen, die sie sich beim Üben und den täglichen Vorstellungen zugezogen hat, und obwohl wir nicht allzusehr davon überrascht sind, holt uns diese Beobachtung doch wieder auf unsere Stühle zurück, auf denen wir uns sitzen spüren. Und erst als das Mädchen mit einem Glaskrug im Zuschauerraum abzusammeln beginnt, fühlen wir uns nicht mehr wohl. Die Tochter des Zirkusdirektors hat ein schläfriges Gesicht aufgesetzt und bleibt vor jedem gelangweilt stehen – als suche der Betreffende in seinen Taschen nach Münzen, fände sie jedoch nicht – und löst dadurch endlich den Griff nach dem Geldtäschchen aus, während sie so lange wartet (und damit dem Zuseher die Sicht verstellt), bis es im Glaskrug klimpert. Sie bedankt sich nicht, schaut niemandem in die Augen, sondern hat ihren Blick in die Ferne gerichtet (auch als mein Freund sie anlächelt). Indessen ist der Zirkusdirektor mit dem Programm fortgefahren. Zu unserer Überraschung hat er zwei Sulmtaler Hühner mit gelben Füßen hereingetragen, von denen wir sofort annehmen, daß es sich nicht um dressierte Tiere handeln kann, da sie aus unserer Gegend stammen. Andererseits ist es natürlich möglich, daß gerade unsere Hühner besonders intelligent und für Zirkuskunststücke zu gebrauchen sind.*

* Oft ist darüber gerätselt worden, woher die Bezeichnung »Gelbfüßler« stammt. Ist vielleicht der gelbe Lehm daran schuld, den es bei uns allerorten gibt, oder das Kukuruzfutter? Sind es wirklich die Hühner, nach denen man uns nennt? – Mit Sicherheit schließen wir jedoch jene Eierlieferung nach Schönbrunn aus, die man uns in Nachrede stellt. Der Kaiser habe, wie erzählt und immer wieder behauptet wird, die Sulmtaler Eier wegen der gelben Dotter geschätzt, daher sei eines Tages der Aufruf an die Landbewohner ergangen, Eier für den Monarchen zu sammeln, was sie als obrigkeitstreue und obrigkeitsgläubige Menschen umgehend befolgt haben sollen. Es hätten sich, so sagt man weiter, Kisten, Körbe, Koffer, Fässer voller Eier um den Bahnhof in Pölfing-Brunn angesammelt, die übereinandergestapelt das Stationsgebäude vollständig verdeckt hätten. Aus Wien sei ein Sonderzug gekommen, mehrere braune Wag-

Der Zirkusdirektor hat die Hühner sogleich in die Höhe gehoben, sie uns betrachten lassen, ist zur ersten Sitzreihe gegangen, hat sie herumgezeigt und von uns die Bestätigung verlangt, daß es sich um völlig gesundes und normales Sulmtaler Geflügel handle, er habe es von einem Landwirt, der sich unter den Zusehern befinde, gekauft, und er weist auf einen älteren Mann mit einem braunen Hasenbalghut, der uns vom Sehen her bekannt ist. Daraufhin ist der Zirkusdirektor wieder auf die Bühne gesprungen mit der Ankündigung, er werde die Hühner hypnotisieren. Das ist mehr, als wir vertragen können. Schon bei der Ankündigung unterhalten wir uns königlich. Unsere Hühner! – Im übrigen sind wir dadurch sogar noch mehr gefangengenommen, daß der Zirkusdirektor Kunststücke mit den Tieren vorführt, die wir kennen, und nicht mit exotischen! Denn unsere Hühner kennen wir, und da kann uns niemand etwas vormachen. Wir sind äußerst wachsam, werfen unsere Spenden rasch in den Glaskrug der jungen Artistin, um nur ja nicht durch einen Moment der Unaufmerksamkeit etwas zu übersehen, was wir dem Zirkusdirektor als Entdeckung *höhnisch* an den Kopf werfen könnten. Der Zirkusdirektor reicht eines der Hühner seinem Sohn, kniet nieder und drückt das andere Huhn am Hals gegen den Boden, dann holt er ein Stück

gons mit dem kaiserlichen Wappen und ein Salonwagen mit kaiserlichen Beamten, die das Verladen überwachten, mit Spazierstöcken, Zylindern, Monokeln und dicken Zigarren herumstanden und abgelehnt hätten, Most zu trinken, der ihnen in geblümten Krügen gereicht worden sei, jedoch später mit dem auf Vulkanerde wachsenden Wein so zufrieden gewesen seien, daß man hätte befürchten müssen, in der Folge mehrere Eisenbahnzüge Welschriesling nach Wien liefern zu müssen, wenn nicht die Waggons so rasch beladen und angefüllt worden wären, ohne daß auch nur die Hälfte der Gefäße verstaut gewesen sei. Daraufhin hätte ein Verladearbeiter versucht, mehr Platz in den Fässern und Körben zu schaffen, indem er in sie hineingestiegen sei und – als handle es sich um Weintrauben – die Eier mit den Füßen zu zerstampfen begonnen hätte. Diesem Beispiel seien alle übrigen gefolgt, worauf man sie »Gelbfüßler« genannt habe. (Selbst der Bahnhof sei derart mit Dotter bespritzt worden, daß er seither seine gelbe Farbe besitze.)

Kreide aus der Tasche und macht vom Schnabel weg einen Strich. Wir trauen unseren Augen nicht, aber das Huhn bleibt mit nach hinten gedrehtem Kopf und aufgestellten Füßen auf der Bühne liegen und starrt den Kreidestrich an. Noch ehe wir uns fassen können, ist der Direktor mit dem zweiten Huhn auf dieselbe Weise verfahren. In der Zwischenzeit hat der Sohn ein weiteres Paar Hühner hereingetragen, mit dem der Direktor dasselbe anstellt, während ein Zirkusarbeiter schon mit dem nächsten wartet. Erst als zwei Dutzend Hühner auf der Bühne liegen, ist die Nummer beendet, und wir kommen aus dem Staunen nicht heraus. »Lauter Gelbfüßler«, ruft der Zirkusdirektor. Wir begreifen den Spott, die Zweideutigkeit seiner Erklärung, trotzdem können wir ihm unsere Achtung nicht versagen. Zwar lacht keiner der Zuschauer auf diese Bemerkung hin, aber wir klatschen uns nahezu die Hände wund. (Am nächsten Tag haben wir übrigens alle versucht, unsere Hühner zu hypnotisieren, und je länger der Zirkus gastierte, desto mehr verbreitete sich diese Seuche. Hypnotisierte Hühner lagen in Vorhäusern und Küchen, in Schlafzimmern, Kaufhäusern, Gaststuben. Mein Freund und ich konnten nicht umhin, von Massensuggestion zu sprechen. Der Wahrheit halber geben wir jedoch zu, daß auch wir unsere Hühner hypnotisiert haben. Mit den gelben Beinen in der Luft, die Augen starr auf den Kreidestrich gerichtet, lagen sie in unserem Hof. Manchmal konnten wir in diesen Tagen, wenn ich mit meinem Vater unterwegs war, um Bienenmagazine zu überprüfen, ganze Bauernhöfe voller hypnotisierter Hühner sehen. Mein Vater erzählte sogar, in der Kirche seien einige gelegen, aber niemand konnte sagen, wie sie dahin gekommen waren. Uns ging es bald auf die Nerven, in jedem Haus und jedem Hof auf hypnotisierte Hühner zu stoßen. Von weitem hatte man den Eindruck, massenweise abgestochenes Geflügel zu sehen. Nur die in die Luft gestreckten gelben Beine waren ein untrügliches Zeichen dafür, daß die Hühner nicht tot, sondern nur vorübergehend hypnotisiert waren. Sie blieben stundenlang in derselben Stellung liegen, bis man sie aufhob, dann liefen sie, wie beim Zirkusdirektor am Ende der Nummer, herum, als sei nichts geschehen, waren nicht verschreckt, schliefen nicht ein, waren nicht besonders hungrig. Es machte den Eindruck, als hätten sie vollständig vergessen, was mit ihnen geschehen war, so daß wir sie unverzüglich wieder packen und mit einem Strich auf den Boden in Trance versetzen konnten. Erst als der Zirkus abreiste, wurden auch keine Hühner mehr hypnotisiert. Derzeit mag bei uns niemand vom Hühnerhypnotisieren auch nur mehr das geringste hören.)

Die aufgeweckten Hühner läßt der Zirkusdirektor herumstolzieren, zwischen den Sesselreihen nach Würmern in der Wiese picken und nur allmählich von den Zirkusarbeitern einfangen, die alles ohne viel Aufsehen zu erledigen trachten. Aber wir sind erfahrene Hühnerfänger, schließlich machen wir uns einen Spaß daraus, dem Geflügel ein Stück nachzulaufen, es einzufangen und den Zirkusarbeitern zu übergeben, wodurch eine merkwürdige Unruhe in die Vorstellung kommt.

Der Zirkusdirektor lacht, während er redet, und spricht glucksend, als sei er glücklich. Er hält sich, so sagt man uns später, für einen Schauspieler, mehrmals nennt er sich selber »Wir Komödianten«. (Ich habe übrigens die gesamte Vorstellung noch einmal gesehen. Ich bin dem Zirkus nach Schwanberg nachgefahren. Es war ein trüber, nebliger Abend. Im Zirkuszelt war es feucht, und aus dem Wiesenboden ragten große Erdflecken hervor, und da so wenig Besucher anwesend waren, hatte der Zirkusdirektor nur die halbe Beleuchtung eingeschaltet. Jeden Satz sprach er in demselben zugleich unterwürfigen wie aufmüpfigen Tonfall, jedes Wort betonte er gleich, er lachte auch so glucksend-glücklich an derselben Stelle der

Ansage wie in Wies.) Aber noch während wir Jagd auf die Sulmtaler Hühner machen, die erschrocken auffliegen oder, schwerfälligen Vögeln gleich, über die Sesselreihen flattern, so daß Wirbel von kleinen Federn zu Boden tanzen, während wir uns noch anstrengen, sie zu fangen, indem wir ihnen unter den Stühlen durch das Zelt nachkriechen, ja, sie sogar gackernd anzulocken versuchen, was allgemeine Heiterkeit auslöst und schließlich in ein offenes Gegacker mündet, mit dem wir die Hühner und unsererseits den Zirkusdirektor verhöhnen, beginnt dieser mit neuen Zaubereien, indem er unser Gegacker einfach übergeht (im nachhinein jedoch kommen mir Zweifel, ob er uns nicht alle hypnotisierte, denn er läßt uns gackern, lächelt und fährt fort, seine Kunststücke zu machen). Er versucht nicht einmal, uns umzustimmen, während einige von uns sich schon Tränen lachend und gackernd von den Sitzen erheben und mit den ausgestreckten Armen Flatterbewegungen machen, andere, als seien sie aufgezogene Maschinenwesen, in einem fort gackern, darüber längst ihr Lachen vergessen und vor Atemlosigkeit rote Gesichter haben. Ich verspüre keine Lust zu gackern. Auch könnte ich es nicht. Mein Freund lacht böse, gackert jedoch nicht.
Vergeblich hat der Zirkusdirektor einen Geldschein, auf den wir unter anderen Umständen in Kürze unsere schweigende Aufmerksamkeit richteten, aus der Hand eines Zuschauers (der gackernd und stöhnend vor Gelächter auf die Bühne kam) in eine zuvor mit einem Seidentuch verbundene Hand einer Frau gezaubert – obwohl gerade dieses Kunststück ansonsten die größte Heiterkeit hervorriefe, diesmal geht es in unserem Gegakker unter. Der Zirkusdirektor läßt den Mann und die Frau zurück auf ihre Plätze gehen, wobei der Mann von der Bühne flattert und sich dem allgemeinen Gegacker wieder anschließt und die Frau vor Heiterkeit die Augen überdreht und die Hände zusammenschlägt. Prüfend

blickt der Zirkusdirektor ins Publikum, dann zeigt er auf einen Burschen, der sich durch ein besonders lautes, eifriges und bösartiges Gegacker auszeichnet und winkt ihn mit der Frage, ob er sich als Versuchsperson zur Verfügung stelle, zu sich herauf. Es macht geradezu den Eindruck, als wollten wir mit unserem Gegacker erreichen, daß die Vorstellung abgebrochen wird, oder als hypnotisierte uns der Zirkusdirektor dermaßen, daß wir vor Scham am nächsten Tag nicht in den Spiegel blicken können. Der Bursche kommt auf die Bühne, gackert zu uns hinunter und dem Direktor ins Gesicht, als dieser ihn plötzlich heftig am Arm packt, ein Messer von einem Tablett nimmt, das ihm von einem Zirkusarbeiter gereicht wird, und eines der Hühner von seinem – noch immer als Papageno verkleideten – Sohn hereintragen läßt. Sodann fordert er die »Versuchperson«, wie er sich ausdrückt, auf, dem Huhn den Kragen abzuschneiden, was wir laut und deutlich vernehmen. Er zwingt den Burschen, das Messer zu nehmen, und hält seinen Arm so fest, daß er nichts anderes tun kann, als ihm zu gehorchen. Wir können deutlich sehen, daß der junge Mann, durch welchen Einfluß auch immer, in den Händen des Zirkusdirektors willenlos wird, was zuerst unterhaltsam und verblüffend wirkt.

»Stechen Sie zu«, fordert der Zirkusdirektor ihn auf, »weshalb stechen Sie nicht zu?« und schüttelt die Arme des Burschen, daß es den Anschein hat, er zittere am ganzen Körper vor Angst, und tatsächlich breitet sich ein Schütteln über all seine Gelenke aus, die Knie schlottern, die Hände zittern, die Schultern zucken. »Schlottern Sie nicht«, schreit der Direktor ihn an und läßt ihn los, aber ich kann hören, daß er ihm flüsternd befiehlt weiterzuzittern, wahrscheinlich haben wir alle es gehört, denn langsam ist das Gegacker verstummt, nur noch vereinzelt ist es zu hören, und als wir die »Versuchsperson« auf der Bühne zittern sehen, verstummen wir vollends und sitzen mit offenem Mund da. Der Zirkusdirektor bringt es im Handumdrehen so weit, daß sein Opfer ihm vollständig gehorcht. Zu unserem Entsetzen schneidet der Bursche auf seinen Befehl mit einer einzigen Bewegung dem Huhn den Kragen durch und hält nur noch den glotzenden Hühnerkopf in der Faust, während der gefiederte Körper, Blut verspritzend, aus dem Zelt flattert. Ohne uns abgesprochen zu haben, ohne überhaupt eine Möglichkeit zur Absprache zu finden, stehen wir alle unter dem Eindruck, daß der Zirkusdirektor zu weit gegangen ist. Der junge Mann mit dem Hühnerkopf und dem Messer in der Faust ist verstummt wie wir, als der Direktor ihn auffordert, sich das abgeschnittene Ende in den Mund zu stecken, so daß der Hühnerkopf sichtbar bleibt. Und ohne zu zögern, gehorcht der Bursche auch diesem Befehl. Es sieht so aus, als hätte er ein lebendes Huhn verschlungen. Seine eigenen Augen sind starr wie die eines gesättigten Reptils, die Arme hängen idiotenhaft herunter, der Oberkörper ist nach vorne gebeugt, und nun fängt er an zu flattern, den Hühnerkopf an die Lippen zu pressen wie eine Trompete und zu gackern, und schließlich läßt ihn der Zirkusdirektor sich vorbeugen und befiehlt ihm, ein Ei zu legen, welches er ihm im selben Atemzug aus dem Hintern zieht und in seinem Ärmel verschwinden läßt; noch eines und noch eines, worauf wir, wie um uns aus dem Zauber zu erlösen und wieder in die Wirklichkeit zurückzukehren, zu applaudieren und zaghaft zu lachen beginnen. In Windeseile wird dem Zirkusdirektor ein schwarzes Tuch gereicht, hinter dem das Messer und der Hühnerkopf, den er der »Versuchsperson« aus dem Mund nimmt, verschwinden, und als er das Tuch zusammenlegt und in die Luft wirft, flattert statt dessen das Huhn, dem der Kopf abgeschnitten wurde, gackernd auf die Bühne, wird vom Papageno aufgefangen und hinausgetragen, wir können nur noch staunen und Beifall spenden. Aber noch immer ist der Zirkusdirektor nicht fertig, er läßt den Kopf und

den Körper des geschlachteten Huhnes wieder auf die Bühne tragen (also wurde es tatsächlich getötet!), was unsere aufkommende gute Laune wieder dämpft, sodann zerreißt er den Körper mit einer entschlossenen Bewegung, worauf Sägespäne aus dem Bauch des Huhnes auf die Bühne quellen (war das Huhn demnach schon vorher tot?), und auf ein Händeklatschen verwandelt er den Kopf neuerlich in ein vollständiges und gesundes Huhn (nun sind wir gänzlich verwirrt). Wenn wir auch den Eindruck haben, daß wir das Opfer von Fingerfertigkeit und Schwindel geworden sind, so haben wir doch eine Erinnerung an die Grausamkeit zurückbehalten.
»Natürlich wurde das Huhn abgestochen«, erklärte der Zirkusdirektor im Gasthaus, »wo denken Sie hin? Während ich ansonsten den Anschein gebe, Unwirkliches sei wirklich, habe ich bei diesem Kunststück Wirkliches in Unwirkliches verwandelt. Das hat Sie erschreckt, nicht wahr?« Er sei, fährt er fort, viele Jahre als Zauberer aufgetreten. Manchmal lehre er das Publikum aus Spaß das Zaubern, gebe ihm Einblick in die Schwarze Kunst. Dabei sei es am wichtigsten, daß die Zuseher sich fortwährend dumm vorkämen und daß Zwischenrufe durch besonders schwer zu durchschauende, aber äußerst langsam vorgeführte Tricks zum besten gehalten würden, indem ein entscheidender Handgriff, nur eine einzige, aber maßgebliche Erklärung ausgelassen würde. Das Lehren sei nämlich die beste Ablenkung. Wenn er dem Publikum Einblick in ein Kunststück verschaffe, jedoch das Kunststück nicht vollkommen erkläre, dann sei die Bewunderung der Zuseher noch größer. Der teilweise Einblick, das genaue Vorführen des Unwesentlichsten eines Zauberkunststückes sei gleichzeitig ebenso ein Trick.
Nachdem der Zirkusdirektor also das geschlachtete Huhn zum Leben erweckt und wieder in eine Puppe oder Attrappe verwandelt oder gegen sie ausgetauscht und dann

neuerlich in ein lebendes Huhn verwandelt hatte, schickte er den Burschen zurück in den Zuschauerraum, und kaum hatte dieser, noch verdattert durch die Ereignisse, Platz genommen, als er abermals auf die Bühne mußte, denn der Zirkusdirektor hatte ihn – ohne daß es jemand bemerkt hatte – bestohlen. Wir erkannten gleichermaßen den Spaß und die Demütigung, als der Bursche seine Uhr, das Portemonnaie und ein Taschentuch mit seinem Monogramm in Empfang nahm und sich dafür auch noch höflich bedankte.
(Der Zirkusdirektor erklärte uns obendrein im Gasthaus, daß er seine Opfer nur bestehlen könne, wenn sie mitmachten. Freilich bemerkten sie, daß ihnen die Uhren abhanden kämen, freilich verspürten sie einen Schlag, wenn er ihnen in die Hosentasche greife, aber zumeist würden die Menschen schweigen, weil sie nicht wüßten, was auf sie zukäme. ((Er führt mir sogar vor, auf welche Weise er zum Beispiel meine Uhr stiehlt, er drückt meine Hand, läßt dann meine Finger wieder aus und gibt mir den Bleistift zurück, den er mir währenddessen unbemerkt aus der Jackentasche gezogen hat.)))

## 9

Nach der Vorstellung begleiten wir den Zirkusdirektor in der Dunkelheit zuerst in den Wohnwagen, der voller Kleider und Hüte ist. Als wir über die Zeltwiese gehen, sagt er mitten in seinem Redefluß: »Passen Sie auf!« , was auf mich den Eindruck macht, ich solle vor dem, was er sagt, auf der Hut sein und zugleich achtgeben, nicht in eines der zahlreichen Löcher zu treten. Bevor er aber mit uns das Gasthaus aufsucht – mein Freund hat ihn zum Essen eingeladen –, schwitzt er sich im Wohnwagen aus. Sodann öffnet er eine Schranktür, zieht sich dahinter um und tritt mit uns ins Freie. Diesmal schweigt er den ganzen Weg über, wohl aus Erschöpfung, erst im Schank-

raum, in dem schon die Arbeiter sitzen, erholt er sich, und letztlich kommen wir aufgrund seiner Beredsamkeit kaum noch zu Wort.
Unter den Arbeitern entdecken wir auch den Feuerschlucker. Neben ihm zwei zahnlose Männer, von denen sich herausstellt, daß sie als Tierwärter arbeiten: ein älterer mit einem Schnauzbart und mit Wasser frisiertem Haar, groß, die Nase gekrümmt wie ein Vogelschnabel, und ein kräftiger mit breitem Gesicht und einer Tätowierung auf dem Unterarm. Er sei zum Zirkus gegangen, weil er ein Einzelgänger sei, erklärt uns der Tätowierte (die anderen nicken wortlos). Was er beginne, stoße auf Schwierigkeiten. Er nehme sich zwar vor, allen möglichen Hindernissen aus dem Weg zu gehen, aber sein Leben sei nur eine Aneinanderreihung von Schwierigkeiten. Kaum habe er die eine überwunden, stehe er vor der nächsten. Jedesmal müsse er für irgend etwas den Kopf hinhalten. Die Untätigkeit sei oft die einzige Möglichkeit, den Problemen auszuweichen, doch selbst für das Nichtstun werde er bestraft. Im Gegenteil, wenn er untätig sei, um auf keine Hindernisse zu stoßen, werde er zumeist geradezu verfolgt. Die Schwierigkeiten holten ihn ein, und er müsse wieder tätig werden, ob er wolle oder nicht. Aber kaum daß er tätig sei, gebe es neue Schwierigkeiten, denn dadurch, daß er Dinge in Bewegung setze, störe er automatisch jemand anderen. Er habe sich damit abgefunden, könne es aber nicht begreifen. Nun habe er sich entschlossen, die »Republik« kennenzulernen. Erst seit einigen Monaten sei er Tierwärter, er habe jedoch nicht vor, länger als ein Jahr mit dem Zirkus zu reisen. (Der Feuerschlucker unterbricht ihn mit der Bemerkung, auch er habe einmal einen ähnlichen Vorsatz gefaßt gehabt, jetzt aber sei er schon vier Jahre unterwegs.)
Der Zirkusdirektor hat in der Zwischenzeit an der Schank einige Worte mit seinem Sohn gewechselt. Und ohne Umschweife beginnt er, zum Abschluß unserer Unterhal-

tung im Stehen zu erzählen, wie sein Zirkuszelt vor Jahren von Sturm und Hagel zerrissen worden sei. Das hätte das Ende seines Zirkus bedeuten können. »Wissen Sie, was ich gemacht habe?« fragt er nun schon von der Tür aus. Er habe, ruft er triumphierend und dabei die Tür öffnend, aus den Fetzen mit dem Klebstoff »Gummiarabikum« das gesamte Zelt wieder zusammengeflickt, »ob Sie es glauben oder nicht«.

## 10

Auch mich zog der Zirkus »magisch« – so hatte es der Zirkusdirektor ausgedrückt – an. Als ich noch am folgenden Vormittag auf das Zelt zugehe, fällt mir auf, daß es nicht besonders hoch ist; neben dem Friedhof jedoch sticht es unübersehbar aus der Landschaft, als habe sich ein Dinosaurier niedergelassen. Das Tier scheint zu schlafen, denn die Artisten ruhen aus und bereiten sich auf die Nachmittagsvorstellung vor. An der Friedhofsmauer und im ganzen Ort habe ich die Plakate gesehen. Die Hühner, die der Zirkusdirektor gestern abend hypnotisiert hat, trinken aus den Pfützen Wasser oder suchen sich auf der Wiese Nahrung. (Zu diesem Zeitpunkt haben wir unser eigenes Geflügel noch nicht hypnotisiert.) Als ich dem Direktor begegne, weiß ich nicht, wie ich mein Auftauchen begründen soll. Er trägt ein ärmelloses Leibchen und ist zu meinem Erstaunen barfuß. Er beachtet mich kaum, gerade daß er kurz aufschaut und zu mir herübernickt.

Der Kraftkünstler und der Sohn des Zirkusdirektors stellen im Zelt die Halterung für ein Drahtseil auf, indem sie mit Vorschlaghämmern Anker in die Erde schlagen. Ich sehe ihnen eine Zeitlang zu, wie sie rhythmisch mit den schweren Werkzeugen ihre Arbeit verrichten. Kurz darauf erscheint der Direktor und setzt sich zu mir. Mir fällt sofort auf, daß er keine Zähne im Mund hat.

Er erklärt mir, nachdem er mir zunächst die entsprechende Frage gestellt hat, die ich nur mit einem Kopfschütteln beantworten kann, daß er seit dem Frühling auf Tournee sei und – wenn es nicht schneie – bis Anfang Dezember Vorstellungen gebe. Ob ich eine Ahnung hätte, was ein Zelt koste, fragt er nach einer Weile. Ich spreize, Unwissenheit mitteilend, die Finger, ziehe aber die Mundwinkel herunter, um meine Teilnahmslosigkeit auszudrücken.
»Raten Sie einmal!« fordert er mich ungeduldig auf.
»Eine halbe Million«, sagt der Zirkusdirektor in mein Schweigen hinein. Er erhebt sich, und ich folge ihm zur Tierschau. In den Käfigen liegen halbabgenagte Rinderschädel, und in Eisenpfannen wird den Raubtieren gerade frisches Wasser zugeschoben. Während wir zum Zelt zurückkehren, begegnen wir dem Tigerdompteur. Er bleibt stehen und beklagt sich, daß der Käfig nicht aufgebaut sei. Noch ehe ich recht begriffen habe, worum es geht, fährt ihn der Zirkusdirektor an, er solle den Käfig gefälligst selber aufstellen. Und als der Tigerdompteur zögert, schreit der Direktor: »Worauf warten Sie noch!«, und treibt auf diese Weise den Mann im Laufschritt zum Käfig. (Übrigens haben die beiden Tierwärter in der vergangenen Nacht prophezeit, daß der Tigerdompteur seine Nummer niemals zustande bringen würde.)
Dann beklagt er sich, wieder zum Zelt zurückgehend, wie schwer er es habe. Der eine, so beteuert er, wolle nicht plakatieren, der andere drücke sich vor dem Aufstellen des Zeltes, wiederum ein anderer sei kaum zu bewegen, die Käfige zu reinigen. Bei ihm aber müsse jeder alles machen. Er selbst könne sich nicht davon ausnehmen und sei darüber hinaus noch für den Umgang mit den Behörden verantwortlich, für die Instandhaltung der Maschinen und den Ablauf der Vorstellung. Kürzlich sei ihm beim Aufbruch aus einem Dorf ein Löwe entkommen – während der Direktor so spricht,

habe ich im Gehen etwas aufgeschrieben und bemerkt, daß der Zirkusdirektor es sofort erfaßt hat –, der Löwe sei auf einmal zwischen den Wohnwagen gestanden und habe ihn angestarrt. Zuerst sei er vor Überraschung und Schrecken wie gelähmt gewesen, dann habe er den Löwen, der ihn langsam umkreist habe, angeschrien, wodurch sein Sohn aufmerksam geworden und ihm zur Hilfe geeilt sei. Inzwischen habe ich meine Mitteilung an den Direktor beendet und ihm mein Papier hingestreckt. Der Zirkusdirektor liest es nicht, sondern antwortet: »Schreiben Sie mir nichts mehr auf! Ich sehe, Sie sind am Zirkus interessiert, Sie werden von ihm angezogen ... nein, sagen Sie nichts ... ich habe eine Idee ... Ich bin sicher, mit Ihnen ins Geschäft zu kommen. Mir schwebt vor, mit Ihnen eine Nummer einzustudieren. Mit Ihrem Schweigen und meinen Fragen könnten wir die Zuschauer zum Tränenlachen bringen, glauben Sie mir – und natürlich mit Ihren beschriebenen Zetteln ... ich stelle mir vor, daß ich Sie mit Wasser übergieße, und Sie nehmen einen Zimmermannsbleistift, einen dicken roten Bleistift, und schreiben etwas auf, und ich lese es dem Publikum vor. Eine ganz neue Nummer fällt mir ein; ich zünde Sie an, und Sie schreiben Papierchen! Stellen Sie sich vor, wie ich Ihre Beschwerde vorlese, während Sie versuchen, mit ungeschickten Schlägen auf Ihren Hintern das Feuer zu ersticken!«
»Und das Ende?« schreibe ich auf das Papier.
»Was haben Sie da?« fragt der Zirkusdirektor. »Großartig. Ein Papierchen. Wir könnten bereits auftreten ...«
Inzwischen sitzen wir im vom Tageslicht erhellten Zelt, die Kinder des Dorfes sind gekommen und schauen zu, wie der Sohn des Direktors auf dem Drahtseil übt. Durch eine Öffnung sehen wir die weißgestrichenen hölzernen Zirkuswagen, auf denen mit blauen Buchstaben »Saluti« steht. Manche Wagen sind blau und haben eine gelbe Beschriftung.

Der Zirkusdirektor hält noch immer den Zettel in der Hand, auf dem meine Frage »Und das Ende?« steht. Geistesabwesend liest er ihn wieder, dann zerknüllt er ihn und steht auf.
Der Zirkusdirektor ist auch ein Abschiedsschwindler. Mit einem Ruck geht er hinaus.

# Totenstill

## 1

»Das Bezeichnendste für unseren Landstrich ist die Stille«, sagt mein Freund. Wir fahren nach Oberhaag zum Hof des Amokläufers Lüscher, da dessen Frau uns gebeten hat, ihren Mann im Gefängnis aufzusuchen. Im Winter vergangenen Jahres hat Lüscher zwei Männer und eine Frau erschossen, von denen er sich betrogen glaubte. Soweit bekannt ist, war er Mitglied eines Reitsportvereins, für den er in seiner Freizeit gearbeitet hatte. In erster Linie hatte er Zäune aufgestellt und Pferde abgerichtet, wegen eines Streites jedoch war er aus dem Verein ausgetreten und hatte Geld für seine Arbeit gefordert, aber man hatte ihn nur ausgelacht, schließlich war seine Klage vor Gericht abgelehnt worden, und er hatte die Kosten des Verfahrens und der Anwälte zu tragen. An einem Wintervormittag hatte er aus dem Haus des Nachbarn ein Gewehr an sich gebracht und (ohne daß es zu einer weiteren Auseinandersetzung, die man als auslösendes Ereignis hätte verstehen können, gekommen wäre) seine früheren Vereinsfreunde getötet. Sodann war er nach Jugoslawien geflüchtet, dort jedoch gefangengenommen und unseren Behörden ausgeliefert worden. Wir waren alle zugegen, als die Gendarmen ihn nach Oberhaag brachten, dort verhörten und schließlich in die Landeshauptstadt überstellten. Lüscher, der sich nebenbei mit Bienen befaßte, hatte Wachs bei uns gekauft. Jedesmal war er dann in der Küche sitzengeblieben, hatte schweigend ein Glas Wein getrunken, das er entgegen dem ausdrücklichen Willen meines Vaters bezahlte, indem er eine Münze auf den Tisch legte, und dann verschwand. Nie haben wir ihn im Gasthaus gesehen, nie bei einer Prozession oder Versammlung. Er half, ohne daß er dazu aufgefordert wurde, bei verschiedensten Arbeiten in der Umgebung. Ich weiß

nicht, wer ihn jemals gut gekannt hat, sicher war er mit niemandem vertraut, denn nach dem Vorfall wußte keiner genau zu erklären, was ihn zu seiner Tat bewogen hatte. Zwar gab es verschiedene Vermutungen, aber keine traf, wie wir die Umstände kannten, zu. Seine drei Opfer waren gesellig. Sie nahmen häufig an Reitveranstaltungen teil (die Lüscher hingegen scheute. Er beschäftigte sich lieber mit den Pferden). Seine Opfer waren (wie er) fleißig und ihre Wirtschaften, die größer waren als Lüschers, gut bestellt. Mit dem Geld, das sie ihm schuldeten – und heute denken wir auch, daß sie ihm das Geld im Grunde schuldig waren –, hätten sie nicht viel anstellen können. Teilt man es in drei Teile, so hätte sich jedes der Opfer ein Paar Sonntagsschuhe dafür kaufen können. Für den Amokläufer wiederum hätte der Betrag gerade gereicht, um ein Schwein zu erstehen. Darum aber – so vermuten wir – ist es nicht gegangen. Vielmehr hat man Lüscher das nicht gegeben, was ihm zugestanden ist. Wir alle wußten es, kümmerten uns jedoch nicht darum, weil es uns gleichgültig war.*
Das einzige, was uns auffiel, war, wie sich Lüschers Vereinskameraden über seine Ansprüche hinwegsetzten. Die meisten, die davon wußten, lachten darüber (schließlich hatte ja niemand genügend Einblick). Wenn Lüscher so dumm war, Stunden seiner Freizeit für Arbeiten auf fremdem Grund zu vertun, ohne daß er sich absicherte, war es seine Sache. (Ich dachte anders, aber ich hatte es schwer, meine Ansicht darüber bekanntzugeben.) Nach dem Mord fuhr ich nach Oberhaag zu Lüschers Frau und Kindern und brachte ihnen Wachs (sie hatten kein Geld

* Unsere ganze Gedankenkraft, unsere ganze Schläue, unsere geistigen Fähigkeiten sind nur auf einen Zweck gerichtet: den Besitz. Wir können stundenlang und tagelang, ja wochenlang darüber grübeln, ob wir ein Stück Vieh nicht zu billig verkauft, ein Stück Land, ein Haus nicht unter dem Preis, den wir erreichen könnten, verpachtet haben. Solche Gedanken quälen uns. Und was mit Lüscher vorgefallen war, das erfuhren wir nur nebenbei, wir haben unsere eigenen Sorgen.

und nahmen mein Geschenk erst nach langem Zögern an). Sodann setzte ich mich an den Tisch und schrieb auf, daß ich ihnen helfen wolle, die Frau antwortete, ihr Mann sei nun schon den zweiten Monat in Haft, ohne daß sie ihn gesehen habe, nur geschrieben habe er ihr, sie könne ihm jedoch aufgrund ihrer mangelnden Schulbildung nicht antworten. Daraufhin verfaßte ich, stellvertretend für die Frau, einen Brief des Inhalts, daß sie (ich schrieb den Brief in der Küche auf ein Blatt Papier und gab ihn ihr erst im nachhinein zu lesen) viel an ihn dächte, ihr die Gedanken an ihn keine Ruhe ließen. Sie grübele herum, weswegen er jene schreckliche und bis zu diesem Zeitpunkt unvorstellbare Tat begangen habe, werde jedoch bei allem Leid, das er ihr, den Kindern und anderen Menschen zugefügt habe, zu ihm stehen. Wie es seinen letzten Wünschen und Anweisungen entsprochen habe, habe sie, um zu verhindern, daß der Hof für die Ansprüche seiner Opfer versteigert würde, die Scheidung eingereicht und sich die Hälfte des Grundstückes überschreiben lassen. Diese Schritte seien ihr sehr schwergefallen, gestern habe sie den schriftlichen Bescheid erhalten, daß sie nun vor dem Gesetz getrennt seien. Sie wolle ihm mit diesem Brief jedoch die Gewißheit geben, daß dieser Bescheid, nur was das Grundstück und das Haus betreffe, Gültigkeit habe, nicht aber ihr beider Leben beeinflussen könne. Sicher werde er sich des öfteren gefragt haben, weshalb sie ihm auf seine beiden Briefe, für die sie sich bedanke, nicht geantwortet habe. Er wisse, wie schwer ihr das Schreiben falle, mehrmals habe sie es versucht und ergebnislos abgebrochen (nun nütze sie den Besuch des jungen Bienenzüchters aus, um zu antworten). Daß sie ihn in der Stadt nicht besucht habe, habe folgende Gründe: Schon vor der Stadt fürchte sie sich. Das Einsteigen in die Bahn, den »Roten Blitz«, sei mit einem so starken Aufwand an Entschlußkraft verbunden, daß sie die erste Zeit der Fahrt gegen ihre Tränen ankämpfen müsse. Jede der zahlreichen Haltestellen steigere noch ihre Befürchtung, den Bahnhof in Graz (und damit das Aussteigen) zu übersehen. Außerdem ängstige sie sich davor, daß ihr in der Stadt das Geld abhanden komme, sie sich in den Straßen nicht zurechtfinden und verirren könne, und schließlich wachse die Angst vor dem Gefängnis. Sie sei noch nie in einem Gefängnis gewesen. Die Vorstellung, das Gebäude zu betreten, erschrecke sie. Auch wisse sie nicht, was sie zu den Aufsehern sagen, wo sie sich melden solle und welche Papiere sie benötige. Er müsse wissen, daß ihr im Augenblick wenig Hilfe zuteil würde. Man meide sie, und sie wage niemanden um einen Gefallen zu bitten. Aber sie würde, wenn es ihr möglich sei, trotzdem zu ihm in das Gefängnis kommen, damit sie sich vor der Verhandlung sprechen könnten. Sie habe viel Arbeit. Die Kinder seien anfangs in der Schule »geschnitten« worden, nun sei es besser, der Bub habe Fieber gehabt, sei aber inzwischen wieder gesund. Der Mutter gehe es gut, sie arbeite soweit es ihre Kräfte zuließen, ohne sie habe sie oft nicht mehr weitergewußt. Er solle sich um seine Familie nicht sorgen.

Als ich das Schreiben fertiggestellt hatte, fuhr ich in das Gemeindeamt und bat darum, den Brief auf der Maschine schreiben zu dürfen, was man mir bewilligte. Hierauf brachte ich über die Gendarmen die Anschrift des Gefangenenhauses in Erfahrung und ging nochmals zurück zur Frau des Amokläufers. Sie hackte gerade Holz, ließ die Axt fallen und las im Freien den Brief. Ein paarmal gab sie ihn mir zurück, um sich die Tränen aus dem Gesicht zu wischen. Dann fragte sie mich, ob ich jemanden wüßte, der ihren Mann besuchen könnte (bevor sie es selbst tun würde). Sie war einverstanden, daß mein Freund als Jus-Student und angehender Anwalt den Weg für sie erledigen würde.

2

»Wer die Stille hier nicht erfahren hat«, sagt mein Freund, »kennt nicht ihre Macht. Es gibt niemanden, der sich ihr entziehen kann, geschweige denn einen, der nicht durch sie geprägt ist.« Wir fahren die Hügel auf und ab, wie auf Wellenkämmen. In den Senken ist es finster, rundherum scheinen wir von Erdwällen verschüttet zu sein, kurz darauf schauen wir links und rechts weit über das Land. Auf den Hügelspitzen stehen die Häuser. Als wir ins Tal nach Oberhaag abbiegen, sehen wir von weitem einen Mann. Auf dem Rücken trägt er den Motor einer Spritzmaschine mit der Propellerschraube, die so breit ist wie er selbst. Es ist eine alte Spritzmaschine, die nicht mehr funktioniert (wie wir sie des öfteren auf Fetzenmärkten in der Umgebung finden) und die wir wegen des einen oder anderen Ersatzteiles, das wir brauchen können, billig erstehen. Außerdem trägt er eine Uniform, ähnlich der eines k. u. k.-Soldaten. Rasch sind wir nähergekommen und im Schrittempo neben ihm hergefahren. Sein Gesicht ist weiß bemalt und starr, und er würdigt uns keines Blickes. Nicht einmal seinen Kopf dreht er zur Seite. An den Beinen trägt er schmutzige Lederstiefel. Wie ein Automat reißt er ruckartig Arme und Beine nach vorne, wie ein Automat geht er mit gleichmäßiger Geschwindigkeit dahin, nicht schneller, wenn die Straße ein wenig stärker abfällt, nicht langsamer, wenn sie ein wenig ansteigt. Gleich darauf kommen wir an einem Hof vorbei, eine Schar Hühner gackert über die Straße auf den Stall zu, aber der Mensch läßt sich nicht beirren, sondern tritt sie beinahe nieder, einzig ihr erschrockenes Aufflattern bewahrt sie davor. Um den Hals trägt er ein Schild mit der Aufschrift: CIRCUS SALUTI. Wir haben diesen Mann noch nie gesehen. Als mein Freund ihn anspricht, antwortet er ihm nicht. Er beachtet auch nicht die Bewohner, die aus dem Haus kommen, und die Kinder, die sich ihm in den

Weg stellen und erst im letzten Augenblick zur Seite springen. Er beachtet auch die Autos und Mopeds nicht, die ihm entgegenkommen, auch nicht die Traktoren, die ihn mit Schmutz bespritzen, und die Hunde, die ihn ankläffen oder an ihm hochspringen. Unaufhaltsam geht er seines Weges. Wir haben das Gehöft nun hinter uns gelassen, fahren neben dem Mann im Schrittempo einher. Man ruft ihm vom Gehöft aus nach, fragt ihn, ob er Durst verspüre und etwas zu trinken wünsche, aber sein Blick bleibt starr, das Kinn ist in die Höhe gereckt. Die Knöpfe seiner Uniform sind goldfarben, die Jacke ist dunkelblau, die Hose schwarz. Um seinen Leib trägt er einen schwarzen Gürtel, an einer silbernen Kordel hüpft ein Metallpfeifchen auf seiner Brust. Auch als mein Freund ihm anbietet, ihn hinunter nach Oberhaag mitzunehmen, beachtet er ihn nicht. So lassen wir ihn schließlich hinter uns. Natürlich rätseln wir, was er zu bedeuten habe, aber, so sind wir uns rasch einig, wahrscheinlich ist es nur ein Zirkusarbeiter, der im Auftrag des Direktors uns Bewohner unterhält, um beim Betteln und Einkaufen mit Entgegenkommen rechnen zu können.

## 3

»Wir selbst bilden uns auf unsere Stille etwas ein«, ist mein Freund fortgefahren, »weil wir sie mit Ruhe verwechseln. Unsere Stille hat mit Ruhe jedoch ebensowenig zu tun wie die Nacht mit der Finsternis eines Kellerlochs. Wir können hier weder dem Anblick des Himmels noch der Stille entkommen. Nur wenn wir nicht allein sind, vergessen wir diese Stille. Gleich jedoch ist sie da, sobald wir nichts anderes zu tun haben, als uns mit uns selbst zu befassen.« Wir biegen in den Hof Lüschers ein, ein Hund bellt, niemand ist zu sehen. So steigen wir aus, öffnen die Haustüre und sehen Lüschers Mutter vor dem Herd stehen und kochen. Eine Katze sitzt ihr zu Füßen, trinkt

Milch und eine zweite versucht an den Teller heranzukommen. Rasch ist die Frau des Amokläufers geholt und umständlich drückt sie uns ein Briefkuvert mit Geld für ihren Mann und eine Stange Zigaretten in die Hände. Wenn er es wünsche, so sagt sie, würde sie bei nächster Gelegenheit kommen, jedoch habe er ihr befohlen, vor den Kindern nicht mehr von ihm zu sprechen, damit sie ihn vergäßen und auch selbst alles zu tun, um ihn aus ihrem Leben zu streichen. Nur Geld benötige er, habe er betont. Das letzte Schreiben, das von mir verfaßt worden sei, habe er ein halbes Jahr nicht beantwortet, nun habe er es ihr freigestellt, zu kommen oder jemanden in ihrem Namen zu schicken, am liebsten jedoch sei ihm, er würde so schnell wie möglich vergessen. Das Geld möge sie allerdings unverzüglich schicken, denn es könne ihm das Leben im Gefängnis erleichtern.
Mein Freund hat das Kuvert an sich genommen. Mit einem großen Teeglas Zwetschgenwasser tritt die Mutter aus der kleinen Stube, in der sie schläft. Die Kinder sind in der Schule, nun, da wir alle in der Küche stehen und augenblicklich niemand am Hof arbeitet, denke ich daran, was mein Freund über den Himmel und die Stille gesagt hat. Durch das vergitterte Fenster schauen wir in den Wintervormittag. In diesem Augenblick kommt der Mann mit der Maschine auf dem Rücken über den Hof. Wir erblicken ihn, weil wir jede Veränderung rasch bemerken.* Fast gleichzeitig haben wir uns zum Fenster gedreht, fast gleichzeitig zum Nußbaum geschaut, an dem gerade der Mensch vorübermarschiert (unverändert nicht

* Bewegt sich etwas Ungewohntes auf dem Hof, auf der Straße, in der Wiese, auf den Äckern, fällt es uns sofort auf. Wir beachten unsere Tiere nicht, sofern sie sich in gewohnter Weise betragen. Wissen wir sie auf der Wiese vor dem Fenster, so schließen wir sie in die Landschaft mit ein. Taucht aber irgend etwas auf (ein Mensch, ein Tier, ein Fahrzeug), das nicht angekündigt ist oder zum Hof gehört, so spüren wir es instinktiv im voraus. Wir fragen uns gar nicht, weshalb wir den Kopf heben und die Ohren spitzen. Jede Veränderung fassen wir als Grund zur Vorsicht auf.

nach links und rechts schauend, in einer plötzlichen Drehung sich dem Hof zuwendend und durch ihn schreitend).

Starren Gesichts kommt er auf uns zu, er scheint jedoch durch das Haus hindurchzusehen und uns hinter dem Fenster nicht wahrzunehmen, einen Küchenstuhl, der im verlassenen Hof steht, tritt er nieder (wir haben den Eindruck, er hat ihn nicht einmal bemerkt), das Holz kracht unter seinen Stiefeln, gleich steht er vor dem Fenster, und wie von der Mauer zurückgeprallt, macht er kehrt und marschiert (ohne das Gleichgewicht zu verlieren oder auch nur zu taumeln) weiter. Er geht um den Eisenofen am Ausgang des Hofes herum, verschwindet in der Tenne, umkreist ein Fuhrwerk, immer in der gleichen Geschwindigkeit, zielbewußt und doch augenscheinlich ziellos. Da beginnen die Frauen zu weinen. Nicht einmal uns läßt der Mann gleichgültig! Nicht einmal meinen Freund, der nun mit seinem langen Wintermantel hinauseilt! Kaum, daß er den Unbekannten erreicht hat, redet er heftig auf ihn ein, ohne mehr zu erreichen, als daß der Mann mit seinen ruckartig ausschlagenden Armen seine Brust trifft, so daß mein Freund für einen Moment taumelt und die dicke Brille schief auf seiner Nase sitzt. Im nächsten Augenblick hat mein Freund dem automatischen Menschen ein Bein gestellt, über das dieser strauchelt und durch das Gewicht seiner Maschine (auf dem Rücken) zu Boden stürzt.

Ohne eine Schutzbewegung, ohne auch nur den Versuch zu unternehmen, sich mit einem Arm aufzufangen oder über die Schulter abzurollen, ist er vornüber gestürzt. Aber als sei selbst ein solcher Sturz in seinem (uns nicht bekannten) Konstruktionsplan vorgesehen, dreht der Mann sich mit einer eckigen Bewegung auf den Rücken und kommt auf die Maschine zu liegen, wie ein Käfer auf dem Rückenpanzer. Und gleich einem Insekt bewegt er die Gliedmaßen, als versuchte er sich an der Luft festzuhalten. Ich kann nicht anders, als hinauslaufen und diesen fremdartigen Menschen aus der Nähe beobachten! Im Laufschritt nehme ich wahr, wie der Mann mit einer plötzlichen und entschlossenen Bewegung auf seine Beine gekommen ist und, ohne daß ich es erwartet hätte (auch mein Freund hatte es, wie er mir immer wieder bestätigte, nicht bedacht, daß es dazu kommen könnte), hat er sich meinem Freund zugewandt und ihn mit einem heftigen Tritt zu Boden gestreckt. Als gehörte jedoch dieser gezielte Tritt zu nichts anderem als zu seiner gewohnten Fortbewegung, ist er über meinen Freund hinweggeschritten, der nur noch mit einem wütenden Laut nach einem seiner Füße greifen und ihn zu sich herunterreißen kann. Im Sturz aber hat der Mann nach chinesischer Kampfart eine Faust an sein Kinn gerissen und die andere meinem Freund ins Gesicht gestoßen. Sodann hat er sich über den Apparat auf seinem Rücken abgerollt, in der Aufstehbewegung nach seiner Mütze, die ihm vom Kopf gefallen ist, gegriffen und ist in nun schon gewohnter Art zum Hof hinausmarschiert.

»Warum hast Du ihn nicht aufgehalten? Weswegen hast Du ihn gehen lassen?« hat mich mein Freund angefahren.

»Weil ich nicht anders konnte«, habe ich auf ein Stück Papier geschrieben.

Im Haus des Amokläufers hat mein Freund seinen Mantel gereinigt, erst dann sind wir in die Stadt aufgebrochen.

## 4

Wir waren in der Ebene, als wir den Mann neuerlich erblickten. Wortlos wies mein Freund auf ihn hin und beschleunigte. Mit einer Geste wollte ich ihn abhalten, er wischte jedoch meine Hand wie ein lästiges Tier von seinem Arm. Daraufhin stieß ich einen langgezogenen, heftigen Laut aus und schüttelte meinen Kopf.

»Wieso nicht?« schrie mein Freund. Gleich darauf aber bremste er scharf. Der Mann vor uns drehte sich nicht um, nicht einmal auf das Bremsgeräusch hin erschrak er! Er hielt auch nicht an, sondern ging steif und wie aufgezogen weiter seines Weges (weniger wie ein Mensch als eine unheimliche Maschine). Schon wollten wir an ihm vorüberfahren – und ich befürchtete, mein Freund könnte abermals etwas gegen den Fremden unternehmen, da sah ich den Zirkusdirektor mit seinem Wagen auf der anderen Straßenseite uns entgegenkommen. Zum Unterschied vom letzten Mal hatte er den Wagen mit dem Namen des Zirkus beschriftet, so daß schon von weitem kein Zweifel bestand, um wen es sich handelte. Wir fuhren im Schritttempo hinter dem Mann her und warteten, was geschehen würde. Der Mann vor uns ging auf den Himmel zu. Unter dem großen, hellen Lichtgewölbe sah er einsam, ja, verloren aus. Etwas Trotziges ging von ihm aus. Zornig schien er die Beine im Soldatenschritt in die Höhe zu reißen – riß er sie hier, unter freiem Himmel, in der Ebene, auf der kaum befahrenen Landstraße sogar nicht noch höher? Und wenn der Mann nur auf den Zirkus aufmerksam machen wollte, weshalb bewegte er sich nicht anders, auch wenn er annahm, daß ihn gerade niemand beobachtete? Wir hielten gleichzeitig mit dem Zirkusdirektor, der seinen Lieferwagen jedoch wendete, heraussprang und die beiden Hintertüren öffnete. Mit demselben Handgriff schien er eine Rampe aus dem Wagen zu zerren, über die der Mann mit der Maschine auf dem Rücken unverzüglich schritt. Und ebenso unverzüglich wurden hinter ihm die Türen ins Schloß geworfen. Mein Freund hatte in der Zwischenzeit das Seitenfenster hinuntergekurbelt und den Zirkusdirektor angesprochen.
Eine Schar Krähen flog über unsere Köpfe. Links und rechts auf den verschneiten Äckern standen die kegelförmigen Maishaufen wie eine Armee erfrorener Soldaten.
Der Zirkusdirektor gab als Antwort nur ein Zeichen von

sich: Er machte mehrere große Kreise vor der Stirn. Was hatte er mit dem Mann vor? Der Zirkusdirektor schien meine Gedanken erraten zu haben, denn er öffnete nochmals die Türen seines Wagens und ließ uns einen Blick auf den Mann werfen. Mit seinem weiß geschminkten Gesicht hockte er auf einer Pritsche im dämmrigen Licht, die Stiefel und seine Uniform waren beschmutzt, noch immer hatte er die Maschine umgeschnallt, die Riemen schnitten sich förmlich in seine Schultern. Der Blick war unverändert starr – als habe er in der Dunkelheit des Laderaumes nur gegen die Tür gestarrt. Vor seinem Mund aber hatte sich ein Ballon aus Schaum gebildet. Dann stürzte der Mann lautlos zu Boden und wurde von Krämpfen geschüttelt. (Es hatte den Anschein, als sei er über unseren Anblick in Wut ausgebrochen.) Sein Kiefer trat herrisch hervor, er hatte, das konnten wir durch die Speichelblase erkennen, die Zähne gefletscht, die Augen überdreht und keuchte. Die Gelenke waren versteift und die Finger in einer eigentümlichen Haltung verkrümmt, als betete er zu einer uns unbekannten Gottheit, und die Absätze der Stiefel krachten gegen den Metallboden des Fahrzeuges. Hatte er einen Schrei ausgestoßen? Waren es die Krähen gewesen? Ich stieg aus und lief zum Wagen hin. Das Gesicht des Mannes war blau angelaufen, der Schaum vor dem Mund war blutig geworden, und er gab Tiergeräusche von sich in Form von Grunzen und Brummen. Mit einem flinken Handgriff schob der Zirkusdirektor ein Taschentuch zwischen seine Zähne. »Sie kennen den Mann?« fragte der Zirkusdirektor. Ich schüttelte den Kopf. Wäre er mir bekannt gewesen, hätte ich ihn trotz seiner Bemalung erkannt.
»Es ist der Läufer. Seit Jahren läuft er dieselbe Strecke von einem Dorf zum anderen und zurück. Mehrmals haben ihn Fahrzeuge niedergestoßen, immer wieder jedoch läuft er, kaum aus dem Krankenhaus entlassen, zwischen den beiden Dörfern hin und her. Kürzlich, als

seine Mutter verstarb, die für seinen Lebensunterhalt aufkam, nachdem er aus dem Staatsdienst ausgeschieden war – er war Gendarmeriekommandant –, erhielt ich Kenntnis von ihm und stellte ihn als Ankünder an. Ich kann ihn für nichts anderes gebrauchen, da ihn des öfteren Anfälle zu Boden werfen.« Vor dem Körper des Läufers hatte sich eine Lache Urin gebildet, und der Mann schnarchte nun erschöpft, nur noch einzelne Zuckungen überliefen seinen Körper.

»Bedauerlich«, sagte der Direktor in einem Tonfall, der wie eine Verabschiedung klang, und warf die Türen wieder zu.

»Wohin fahren Sie mit ihm?« fragte mein Freund.

»Zu Dr. Ascher«, antwortete der Zirkusdirektor.

Die Landstraße im Schnee führte wieder zu den Hügeln hinauf. Wir folgten dem Wagen des Zirkusdirektors. Mein Freund wohl deshalb, weil er sich schuldig fühlte, ich, weil ich dem Zirkusdirektor mißtraute. Ohne uns darüber vorher zu verständigen aber war uns klar, daß wir es dem Läufer schuldeten, auf ihn achtzugeben. Ich empfand mich nun selbst als winzig unter dem Himmel, den wir durch die Scheibe bergauffahrend vor uns sahen, farblos und hell. Die Fahrzeuge rüttelten und schaukelten das letzte Stück die unasphaltierte Straße hinauf. Ich dachte daran, wie der Läufer auf dem Boden lag, und an einen Haufen Kürbisse, die bei einer solchen Fahrt durcheinandergeschüttelt werden. Noch dazu hatte der Lieferwagen dort, wo der Läufer lag, keine Fenster, also befand er sich im Dunkeln. Schon holperten wir den Weg zum Haus des Doktors hinauf und sahen den kleinen japanischen Wagen unter dem Nußbaum. Der Zirkusdirektor sprang aus dem Auto und kam sogleich mit dem Doktor zurück. (Mir fiel auf, daß er vor der Helligkeit des Tageslichts zurückschreckte. Er griff sich an die Stirn und kniff die Augen zusammen.) Langsam trat er an den Lieferwagen heran, den der Zirkusdirektor inzwischen geöffnet hatte. Und für kurze Zeit sah ich den Läufer zusammengeknickt in der Ecke an der hinteren Wand liegen, einen Arm ausgestreckt, das Gesicht seitlich. Die Schaumblase vor seinem Mund war verschwunden, es sah aus, als schliefe er. Der Doktor stieg zu ihm in den Wagen – wir blieben sitzen. Kurz beugte sich der Arzt über den Läufer, stieg wieder aus, kam mit seiner Tasche und begann den Kranken abzuhören. Aus den Ohren des Doktors führten die roten Gummischläuche. Wir konnten nicht hören, was zwischen ihm und dem Zirkusdirektor gesprochen wurde. Aber an den langsamen Bewegungen des Doktors glaubten wir zu erkennen, daß er den Zustand des Läufers kannte und beherrschte. Zudem interessierte sich auch der Zirkusdirektor nicht mehr für die Vorgänge, sondern stand im Freien, vertrat sich die Füße und machte ein gelangweiltes Gesicht. Also war es an der Zeit, umzukehren und in die Stadt zu fahren, da die Besuchszeit im Gefangenenhaus zu Mittag ablief.

## 5

Nur manchmal, wenn wir mit dem Wagen fahren und ich neben ihm sitze, erinnere ich mich unwillkürlich an die Unansehnlichkeit meines Freundes. Er hat dicke Augengläser und struppiges Haar, die Augenbrauen wachsen über der Nase zusammen. Seinen Bart rasiert er sich allerdings gewissenhaft.*

* Was mich an ihm anzieht, ist seine Neugierde. Er ist von seiner Neugierde getrieben. Sein Denken ist widersprüchlich und kompliziert, mit einem Wort, er ist nicht berechenbar. Manchmal nachsichtig und gutmütig, kann er bei einer anderen Gelegenheit streng und voller Verachtung sein. Er ergreift nicht immer die Partei des Schwächeren, seine Vorstellungen von Recht entspringen häufiger seinen Launen. Wenn er auch nicht selten langmütig zuhört, so ist er doch eher ungeduldig. Langweilt ihn jemand mit seiner Ausführlichkeit oder Umständlichkeit, schneidet er ihm bald das Wort ab. Gegen Begriffsstutzigkeit ist er allergisch, sofern sie nicht aus tiefer Armseligkeit kommt. Feststellungen

»Ist es Dir aufgefallen«, fragt er mich, »daß der Läufer kein Wort gesprochen hat? Den ersten Laut gab er bei seinem Anfall von sich. Es ist ein gewöhnlicher Anfall gewesen. Gehirnkrämpfe dieser Art sind mir nicht fremd.« (Ich selbst habe schon mehrere solcher Krämpfe gesehen.) »Aber ist es Dir aufgefallen, wie sich alles in Stille vollzog? Die Stille hier bemerke ich seit der Zeit, als wir in das Internat gingen. Kam ich in die Stadt, so hingen die Geräusche wie eine Dunstglocke über unserem Leben

dieser Art könnte ich noch eine Menge treffen, jedoch scheint mir das wesentliche Merkmal seine Umgänglichkeit zu sein. Er ist kein Mensch, der dem Alleinsein etwas abgewinnen kann. Es ist ihm keine Gesellschaft zu minder. Trinkt er, dann paßt er sich jeder Gesellschaft an. Es liegt ihm auch dann daran, von ihr anerkannt zu werden. Vor allem aber spricht er selbst gerne. Ich weiß nicht, warum wir Freunde sind, vielleicht aus Gewohnheit. Natürlich ist er nicht ausschließlich mit mir zusammen, mir aber genügt seine Gesellschaft. Daß er sich mit mir abgibt, hat mit Sicherheit keinen Grund, der im Mitleid zu suchen wäre (auch fühlt er sich mir nicht durch die gemeinsamen Schuljahre im Internat verpflichtet); meine Gesellschaft ist ihm jedenfalls lieber als keine, aber es würde ihn auch nicht stören, wenn ich mit anderen seiner Freunde zusammen wäre. Er würde mich überall gleich behandeln. Ich will nicht vergessen, daß er häufig großsprecherisch ist: Von seinem Studium und seinen Unternehmungen spricht er immer nur in den größten Tönen, er nimmt aber auch Niederlagen hin, ohne zu klagen. Manchmal hält er sich mit dem Nebensächlichsten auf, obwohl er eher zur Großzügigkeit neigt. Und noch etwas: Er ist in einem größeren Ausmaß gewissenlos als andere. Mit einer Handbewegung setzt er sich über auch berechtigte Vorhalte hinweg. Über seine Fehler denkt er wohl nur im Geheimen nach. Und seine Betriebsamkeit benützt er, um sich zu betäuben. Es gibt nichts, was er lustlos macht. Sobald er lustlos wird, bricht er jede Sache in Kürze ab und geht zu einer anderen über. Dabei macht es ihm nichts aus, wenn man hinter seinem Rücken über ihn herzieht. Manchmal scheint er sich das gerade zu wünschen. Er verzeiht schnell, liebt es jedoch, denjenigen, der jemandem Unrecht getan hat, festzunageln. (Er hat nämlich die unangenehme Eigenschaft, bohren zu können, ja er kann sich regelrecht in etwas hineinbohren, um plötzlich aufzuhören und zu etwas anderem überzugehen.) Und vor allem ist er genußsüchtig. Er betrinkt sich gerne, liebt Frauen und gutes Essen. Ich kenne niemanden, der so schnell Sympathien gewinnen kann wie er, obwohl er es oft darauf anzulegen scheint, sie sich zu verscherzen. Mit einem Wort, er ist ein widersprüchlicher Mensch.

und gaben uns ein Gefühl der Gemeinsamkeit. Heraußen war es mir, als sei ich plötzlich tot. Ab und zu gackert ein Huhn, morgens kräht der Hahn, die Tiere regen sich im Stall, ein Hund bellt. Menschliche Laute sind selten. Eher hören wir das Summen eines Mopeds auf der Landstraße, das Rattern eines Traktors. Mittags im Sommer, wenn die Hitze auf uns lastet, ist es vollständig still, sonst hören wir das Zwitschern der Vögel, das Zirpen der Grillen oder Heuschrecken, an warmen Abenden quaken die Frösche. Natürlich lärmen bei uns im Sägewerk den ganzen Tag über die Maschinen. Natürlich hören wir das Rumpeln der Baumstämme, die Rufe der Arbeiter. Aber es bleiben immer dieselben Geräusche, allmählich versickern sie in die Stille und gehören zu ihr. Sie nehmen die Gleichgültigkeit dieser Stille an, ohne sie zu durchbrechen. Still brechen die Abende herein, still verbreiten sie Aussichtslosigkeit. Wenn man die Stille nicht erträgt, verwandelt sich alles in eine zermürbende Öde von Ereignislosigkeit. Wie ein vertrockneter See kommt dir dann die Landschaft vor. Diese Stille ist nicht nur Stille. Als Neuankömmling könnte man meinen, es ist uns wohl in ihr; wir haben uns ihr jedoch nur ergeben. Wir leben das Leben der Eidechsen und Salamander. Lautlos huschen wir durch die Tage und Nächte. Scheu und verborgen hausen wir auf den bewaldeten Hügeln. Manchmal nur pfeifen wir. Durch die Stille und Gleichgültigkeit tragen wir unsere Gedanken. Der Himmel nimmt unseren Köpfen nichts ab. Wir werden, wo wir sind, auf unsere Gedanken zurückgeworfen. Die Gedanken nisten sich in uns ein, brüten. Wir können sie nicht mehr verscheuchen. Die Stille wirft uns die Gedanken wieder zu, wie eine Wand, von der ein Ball zurückprallt. Und um nicht mehr denken zu müssen, handeln wir. So wie Lüscher. Er hat die Stille zersplittert wie einen Spiegel, in den er nicht mehr blicken wollte.«

## 6

Die ganze Zeit über habe ich nur auf den Asphalt geschaut, während mein Freund gesprochen hat. Erst im nachhinein fiel mir auf, daß wir an den Dörfern vorbei zur Autobahn gelangt waren, nun fuhren wir zwischen den weiten, abgeernteten, flachen Äckern. Es ist wahr, was mein Freund gesagt hat. Wir können uns vor unserer Angst, die durch die Stille bedingt ist, nur schützen, indem wir unseren Tätigkeiten nachgehen, als lebten wir ewig. Unsere Körper arbeiten gleich Automaten, unsere Gedanken denken wie von selbst. Das Merkwürdige ist jedoch, daß wir uns in unserer Einsamkeit und Stille beobachtet fühlen. Wir verhalten uns so, als seien wir nicht allein. Von Lüscher wissen wir, daß jede seiner Handlungen wie davon bestimmt gewesen war, es würde Zeugen für sein Verhalten geben. Er betonte, daß ihm niemand etwas nachsagen könne. Aber nicht nur Lüscher lebte in dieser Einbildung, auch wir sind von der Vorstellung eingenommen, daß es für die kleinsten Verfehlungen einen Zeugen gebe (und wenn wir der Zeuge selbst sind, den es drängt, sich zu verraten). Für Lüscher, der immer bestrebt gewesen war, sich nach dem Gesetz zu verhalten, war es daher mehr als eine Schande, daß er eine Gerichtsverhandlung verloren hatte. War es möglich, daß das Gesetz ihm die Anerkennung verweigerte, die er sich durch lebenslange Selbstzucht verdient zu haben vermeinte? – Das Töten sei über ihn gekommen, als ob er von einer fremden Macht gelenkt gewesen sei, hatte er sich verantwortet (es war für ihn nicht möglich, die Verantwortung für etwas zu übernehmen, das außerhalb des Gesetzes lag) . . .

»Das Töten«, sagt mein Freund in diesem Augenblick, als könnte er meine Gedanken lesen, »ist nichts Besonderes. Wir sind bereit zu töten.« Wir fahren durch die weiße, weite Landschaft, der Himmel ist groß.

»Es ist nichts Außergewöhnliches«, setzt er fort, »vielmehr liegt es in der Natur des Menschen. Die Menschheitsgeschichte ist nichts anderes als eine Geschichte von Verbrechern und Mördern.« Ich stimme meinem Freund zu. Damals, als Lüscher die drei Menschen in Oberhaag tötete, kam ich auf diese Gedanken.
(Als vor einigen Jahren der Gehilfe unseres Milchfahrers vom Anhänger des Traktors stürzte und sich den Schädel einschlug, eilten wir, so schnell sich die Kunde darüber verbreitete, von überall her, um den Verunglückten zu sehen. Im Gasthaus sprangen wir in die Fahrzeuge, auf den Feldern, im Wald ließen wir unsere Arbeit stehen . . . man hatte die Leiche neben eine Tenne gelegt und mit einem Jutesack zugedeckt. Einer nach dem anderen zog den Sack zur Seite, um den zerschmetterten Schädel und die starren Augen zu sehen. Es gab welche, die ihr Lachen nur schwer unterdrücken konnten, andere, die vor Witz sprühten, es herrschte eine allgemeine Freude und Erleichterung. Als man den Toten dann in St. Johann obduzierte, beobachteten wir den Gerichtsarzt verstohlen durch das Fenster der Totenkammer. Der Gerichtsarzt war über unser Verhalten nicht im entferntesten verwundert, wir nicht über seines. Er kam einmal kurz heraus, rauchte eine Zigarette und erkundigte sich nach einem Gasthaus. Wir erkannten, daß er zu Scherzen aufgelegt war und fragten ihn, wie lange es noch dauern würde. »Eine halbe Stunde«, sagte er, »will einer der Herren zuschauen?« Warum waren wir heiter, als hätten wir getrunken? – Und mit ebenderselben Neugierde fuhren wir nach Oberhaag, an dem Tag, als der Mord geschehen war.)
Wir haben den Stadtrand erreicht, und in mir ist alles voll Abwehr, sobald ich die hohen Häuser und den dichten Verkehr sehe. Wir achten auf die Fahrzeuge und sprechen so lange nicht, bis wir, nachdem wir an einem Fußballstadion vorbeigekommen sind, das Landesgericht erreicht haben.

## 7

Vor dem hohen, grauen Haus halten wir an und gehen – vom Portier angewiesen – durch lange, helle Korridore zum Gefängnistrakt. Unterwegs wechseln wir kein Wort. Als wir vor die Wachstube gelangen, sehen wir die ersten Wartenden, die sich um eine Besuchsgenehmigung anstellen. Es sind vor allem Frauen, manche fett und verwahrlost, andere blaß und unsicher. Rasch werden die Besucher abgefertigt, Fragen werden kaum gestellt. Als wir an der Reihe sind, werden wir von einem Polizisten mit Schnurrbart zur Ausweisleistung angehalten. Ob wir Verwandte seien? – Nein.
Keine Verwandten? Nur Verwandte dürften den Häftling besuchen. Es gehe nicht an, daß jemand anderer die Gefangenen besuche . . .
Ich will schon kehrtmachen, da hält mich mein Freund an der Kleidung zurück.
»Nicht ich bin der Verwandte«, entgegnet er, »sondern dieser Mann. Da er als Stummer mit seinem Stiefbruder nicht sprechen kann, begleite ich ihn. Wie Sie aus meinen Papieren ersehen, studiere ich Jus.«
Der Wachbeamte schaut uns an und fragt: »Haben Sie für den Häftling etwas mitgebracht?«
Wir legen das Geld auf den Tisch, unterschreiben eine Quittung und müssen bis unter den Dachboden zum Besuchsraum hinaufsteigen.

## 8

Es sind nur wenige Wartende vor uns, die alle durch eine Türklappe von einem uniformierten Wachbeamten aufgerufen werden. Vor der Tür herrscht Schweigen. Nicht einmal mein Freund und ich wechseln ein Wort, auch sehen wir uns nicht an. Niemand betrachtet den anderen und niemand versucht, mit einem der Warten-

den ins Gespräch zu kommen. Man vertieft sich in das steinerne Muster des Bodens, in das Weiß der Mauern oder blickt aus dem Fenster auf eine gegenüberliegende Hauswand mit vergitterten Fenstern. Nach einer Weile werden unsere Namen gerufen, die schwere eiserne Tür wird geöffnet, und wir werden zusammen mit weiteren sieben oder acht Besuchern in einen Raum geführt, in dessen Mitte ein langer Tisch mit grüner Plastikplatte steht, zu beiden Seiten sind gelbe Bürostühle aufgestellt, und dahinter mustern uns die Wachbeamten. Eine andere Tür wird aufgestoßen, und die Gefangenen werden hereingeführt, die sofort ihre Angehörigen erkennen und auf der gegenüberliegenden Seite des Tisches Platz nehmen. Augenblicklich ist der Raum erfüllt mit Stimmgewirr. Erst auf ein Winken meines Freundes hin ist auch Lüscher zaghaft zu uns gekommen und hat vor uns Platz genommen. Ich höre meinen Freund kaum, so laut sind die Stimmen der Besucher und der Gefangenen, und von Minute zu Minute werden die Gespräche lauter, da jeder den Lärm des Stimmengewirrs zu übertreffen sucht. Lüscher hat sich nach vorne gebeugt und eine Hand an ein Ohr gelegt, um besser verstehen zu können, welche Nachrichten mein Freund ihm überbringt. Sein Gesicht – das Gesicht eines Vogels – drückt noch immer Überraschung aus. Er ist klein, hat das Haar säuberlich mit Öl frisiert und trägt eine abgewetzte dunkle Jacke. Mein Blick fällt auf seine Hände, die noch immer Risse und Schwielen von der Arbeit aufweisen. Die Augen sind lebhaft, jedoch mißtrauisch, alles in allem drückt er eher Ablehnung als Freude über unseren Besuch aus. Erst als mein Freund ihm erklärt, daß ein größerer Geldbetrag für ihn beim Portier hinterlegt sei, nimmt er die Hand vom Ohr und lehnt sich zurück.
»Soll ich Deiner Frau etwas sagen?« fragt mein Freund. Als Lüscher keine Antwort gibt und sich nicht rührt,

wiederholt mein Freund seine Frage, aber Lüscher zuckt nur mit den Schultern.
An den Wänden sind gerahmte Landschaftsfotografien aufgehängt, eine Fliege sitzt auf einem See und putzt sich die Vorderbeine.
Ich kann nicht behaupten, daß ich von Empfindungen überwältigt bin. Ich bin nicht im geringsten überrascht, Lüscher auf diese Weise zu begegnen. Auch das Geschrei der übrigen erstaunt mich nicht, obwohl es nun bereits so stark geworden ist, daß man sich kaum mehr verständigen kann. Die gesamte Besuchszeit sitzen wir Lüscher gegenüber, ohne daß eine weitere Bemerkung fällt. Wir tun so, als schauten wir uns an, unsere Blicke treffen aber am Kopf vorbei oder haften am Ohrläppchen oder an der Nasenwurzel. Schließlich läutet eine Glocke, und wie auf einen Schlag hin verstummen die Gefangenen und die Besucher, nur das Rucken von Stühlen ist zu vernehmen. Die Tür geht auf, und die Gefangenen verschwinden wieder in dem von der Straße nicht sichtbaren Gefängnistrakt. Bevor Lüscher jedoch den Raum verläßt, hält er an, macht einen Schritt auf meinen Freund zu, und sagt: »Ich bin unschuldig.«

## 9

Auf der Rückfahrt biegen wir – wie versprochen – in den Hof Lüschers ein. Die Kinder und die Großmutter sitzen am Tisch, löffeln Suppe und starren uns an. Den Anweisungen Lüschers gehorchend, steht die Frau auf und führt uns in einen Abstellraum, in dem sich eine alte Kredenz, Marmeladegläser, Flaschen mit Slibowitz und ein Teigbrett befinden, und wartet, was wir ihr zu berichten haben. Von der Decke hängt ein Fliegenfänger, an dem noch die Insekten vom Sommer kleben. Mein Freund sagt das Übliche, erwähnt aber nicht, daß wir die längste Zeit über geschwiegen haben. Und bevor die Frau noch in Tränen ausbricht, drehen wir uns um und gehen, ohne jemanden anzusehen, ins Freie. Hühner gackern in einem umzäunten Hof, und gerade, als wir uns in das Auto setzen, kommt der automatische Mensch die Straße herunter. Auf dem Kopf trägt er einen Verband und die Uniform ist blutig. Mit glasigem Blick marschiert er geradeaus, als sei nichts geschehen.

# Auf dem Schneeberg

»Franz, da ich heute zu den Gräbern gehe, meine ich, ich erzähle Dir mein Leben. Das ist gerade die richtige Unterhaltung für unseren Weg. Du weißt, ich bin, was die Vergangenheit betrifft, nicht sehr gesprächig. Aber, da Du gezwungen bist zu schweigen, ist mir wohl bei der Vorstellung, einen verständigen Menschen zu finden, der mir zuhört.« Mit Güte und nachdenklich spricht so meine Tante zu mir, als sie beginnt, sich für den Friedhof anzukleiden. Sie hat eine kleine Nase, verwaschene, blaue Augen und helles, von Grau durchsetztes, langes Haar, das sie manchmal zu einem Zopf flicht, der bis zu ihren Hüften reicht. »Und Franz«, fährt sie fort, »nachdem ich mich noch nicht abgefunden habe, alt zu sein, habe ich niemanden, der mir zuhören will. Darum ist es auch das erste Mal, daß ich versuche, meine Gedanken zu ordnen.« Es ist das Licht des endenden Jahres, das durch die kleinen und vergitterten Fenster in die Küche fällt und den Eindruck von Dämmerung aufkommen läßt. Meine Tante steht vor dem gemauerten Ofen, auf dem die Katzen schlafen, die Herdplatte zischt vom kochenden Wasser in den Töpfen und Hefen. Ihre Gestalt ist nicht mager, aber auch nicht dick. Die Beine sind schlank, ihre Zehen kräftig, sie haben sich Löcher in die schwarzen Wollstrümpfe gebohrt, aus denen die Nägel ragen. Auf dem Tisch – ich sitze in einer Eckbank gegenüber dem Ofen – steht der Korb mit Astern. Jedes Jahr gehen wir, meine Tante, ihre Stiefschwester und ich, einen Tag vor Allerheiligen nach St. Ulrich, um die Gräber zu schmücken. Unterwegs schweigen wir, denn wir haben uns schon alles gesagt. Bereits am frühen Morgen bin ich in das Haus gekommen. Es liegt auf einem Hügel inmitten von Ribiselsträuchern und Pfirsichbäumen. Der Viehstall ist in die Erde hineingebaut, wie der Deckel einer Hutschachtel sitzt das Wohngebäude auf ihm. Direkt über dem Kuhstall ist die Küche, in der wir uns aufhalten. Nachts zeigen sich an den Wänden Hunderte von Schaben, die wir nur zu Gesicht bekommen, wenn wir schon einige Zeit geschlafen haben und aus irgendeinem Umstand in die Küche gehen müssen. Während meine Tante die Strümpfe von den Beinen rollt – sie tut es, indem sie die Ferse des Fußes auf das andere Knie legt –, fährt sie fort: »Wie Du weißt, wurde ich geboren, als der Erste Weltkrieg zu Ende ging. Mein Vater – wir lebten in Tombach – betrieb eine kleine Landwirtschaft. Ich war das vorletzte von neun Kindern. (Fünf meiner Geschwister sind gestorben, noch bevor sie zur Schule gingen, da unser Küchenboden aus Lehm war und wir barfuß herumliefen, so daß nahezu jeder von uns in seiner Kindheit an Lungenentzündung erkrankte.) Insgesamt hatte ich vier Brüder und gleichviel Schwestern, ich kann mich jedoch nur an zwei Brüder erinnern.« Meine Tante wechselt Ferse und Knie, rollt den anderen Strumpf hinunter, zupft ihn von den Zehen und läßt ihn auf einen Sessel fallen. Sie erhebt sich, streift die gestrickte Weste mit einer raschen Bewegung vom Körper und begibt sich im Unterkleid in das Badezimmer, wo sie sich wäscht. Durch den Türspalt sehe ich einen Teil der Badewanne, in der geschlachtete und gerupfte Hühner mit langgezogenen Hälsen schwimmen, bevor sie in die Tiefkühltruhe kommen. Schon als meine Tante die Tür öffnete, nahm ich den stickigen Geruch der Topfblumen wahr, die sie den Winter über in Regalen im Badezimmer aufbewahrt, um sie vor dem Frost zu schützen und erst im Frühjahr wieder in die Kästen vor die Fenster zu hängen, wenn sie die Winterfenster abnimmt. Ich höre jetzt nur das Glucksen von Wasser und das Ticken der porzellanen Küchenuhr. Mein Blick fällt auf die (Delle in der) Herdplatte, über der sich mein Onkel aus einer Patrone einen Zigarettenspitz zu machen versuchte, wobei die Patrone explodierte und ihm die Finger einer Hand wegriß. Die Delle in der Herdplatte in ihrer sanften Biegung erinnert uns stetig an die Explosion und das traurige Ereignis (von dem meine Tante noch mit der gleichen Lebhaftigkeit zu erzählen weiß, wie zu der Zeit, als es sich ereignete). Sich noch kräftig mit dem Handtuch das Gesicht reibend und Wasserflecken auf dem unebenen Bretterboden hinterlassend, kommt meine Tante in die Küche, versucht das Tropfen des Wassers abzustellen, indem sie den Hahn fester schließt, nimmt eine Gabel, die sie in der Abwasch vergessen hat, und legt sie in die Kredenzlade, reibt sich noch immer das Gesicht und fährt fort: »Vor jeder Mahlzeit haben wir gebetet. Wir haben es nicht gewagt, irgend etwas zu uns zu nehmen, ohne vorher gebetet zu haben. An Sonntagen gab es geselchtes Schweinefleisch, ansonsten das, was das Jahr brachte: Schwämme, Obst, Gemüse, Kartoffel, Sterz. (Alles, was wir ernteten, aßen wir längere Zeit hindurch, auch wenn wir es nicht mehr mochten.) Mein Vater ergänzte die Nahrungsmittel beim Kaufmann mit Zucker, Salz und Kaffee und fütterte mehrere Schweine, die er nur im Winter schlachtete. Das Fleisch selchte er mitsamt den Knochen und hängte es am Dachboden auf, wo die Ratten es nicht erreichen konnten, so daß wir immer, wenn wir den Dachboden betraten, Teile von getöteten Tieren sahen.« – Meine Tante geht auf den Zehenspitzen auftretend über den Steinboden des Vorzimmers, in dem die Fotografie mit ihrem Vater und k.u.k.-Soldaten aus dem Ersten Weltkrieg hängt. Dort steht auch die Kommode mit einem ovalen Spiegel, in dem wir uns kurz sehen können, worauf meine Tante rasch eine Hand vor den durch das Unterkleid verdeckten Busen hält. Sie kichert ihr Mädchenlachen, das sie von sich gibt, wenn sie etwas in ihren Augen Gewagtes sagt oder tut oder etwas Unangenehmes sprechen will. Vor allem aber, wenn von Verfänglichem die Rede ist, läßt sie dieses spitze, kichernde Lachen hören, jetzt aber versucht sie sich darüber hinwegzuspielen, daß sie kein Kleid trägt, was sie offensichtlich kurz vergessen hat. Wir sind aber – bis auf meine Tante und ein paar andere – nicht prüde. Gerne unterhalten wir uns zweideutig, machen mit Vorliebe Anspielungen, jedoch nur im Rahmen von Witzen und wenn wir unter uns sind. Nach außen hin aber geben wir uns eher verschämt (wir lassen uns nicht in die Karten schauen). Ich bleibe im Vorzimmer und stoße keinen Laut aus, den man als Lachen deuten könnte. Rechts von der Eingangstür steht die Waschmaschine, auf ihr Gläser mit eingemachten Pfirsichen, leere Flaschen und Kartons. Die Stube, in die sich meine Tante zurückgezogen hat und in der ich sie den Kasten öffnen und darin herumstöbern höre, liegt gegenüber der Eingangstür. Sie ist vollgeräumt mit Möbelstücken: einer Bettbank, Kästen, Stühlen, weiteren Blumentöpfen und Einmachgläsern und unbewohnt, seit darin vor mehr als zehn Jahren mein Onkel gestorben ist und drei Tage bis zu seinem Begräbnis im Sarg lag. »Unter der Ofenbank«, höre ich meine Tante dumpf, denn sicher spricht sie jetzt mit dem Gesicht zum offenen Kasten, in dem die Kleider ihre Stimme dämpfen, »hockten das ganze Jahr über die Hühner, legten Eier, sprangen auf den Tisch und pickten die Abfälle auf.« Meine Tante denkt nach oder zieht sich an, dann höre ich sie fortfahren, der Rauch der Küche sei schlau gewesen, denn im Winter habe er nicht zur Luke hinausgewollt, da habe ihre Mutter die Küchentür öffnen müssen, um ihn hinauszubringen. Nach weiterem Herumstöbern und einer Pause fängt sie an zu erzählen, daß sie mit der Stiefschwester im selben Bett geschlafen habe, ich kann an den Geräuschen feststellen, daß sie sich angezogen hat, gleich darauf kommt sie in einem schwarzen Kleid mit einem weißen gehäkelten Kragen heraus, das sie jedes Jahr zum Friedhofgang nimmt und das die Äderchen auf ihren Wangen, die zumeist von der frischen Luft gerötet sind, deutlicher zur Geltung bringt. Bei der Arbeit am Herd, wenn sie mich nicht eintreten sieht, hat meine Tante ein verdrossenes Aussehen. (Wenn sie im Obstgarten arbeitet, ist sie hingegen in sich versunken.) Aber sobald sie jemanden sieht, erhellt sich ihre Miene. Auch jetzt schaut sie mich freundlich an, und die Augen glitzern – ein Tropfen hängt an ihrer Nase. Nur einen kurzen Blick wirft sie in den Spiegel, dann öffnet sie eine weitere Tür. Ich folge meiner Tante in den schmalen Vorraum mit kleinen Fenstern, in dem sich das Telefon befindet. Weitere Blumenstöcke auf den Kommoden haben den Raum so verdunkelt, daß ich die Heiligenbilder nur, wenn ich nahe an sie herantrete, erkennen kann. Die Blätter der Pflanzen sind mattgrün durchleuchtet, und zusammen mit dem Geruch vermitteln sie den Eindruck eines Hauses aus Pflanzen. »Meine Mutter war gläubig, der Vater streng, er hat jedoch nie einen Fuß in die Kirche gesetzt«, sagt meine Tante, sich in die Schuhe zwängend, die unter einem Stuhl stehen. »Und obwohl ich zu Hause zur Arbeit angehalten wurde, hat mein Vater verlangt, daß ich gut lerne. Den meisten Bewohnern unserer Gemeinde war es gleichgültig, wie ihre Kinder lernten; ihre Bestimmung war es, auf dem Hof zu arbeiten. Uneheliche Kinder, deren Mütter bei den Bauern arbeiten mußten, kamen überhaupt nicht oder nur selten zur Schule. Von Anfang an waren sie dafür vorgesehen, einmal auf diesem, dann auf einem anderen Hof auszuhelfen. Der Lehrer hatte keine Macht, man überging ihn. Versuchte er aber, mit einem der Bauern über das Fernbleiben eines Schülers zu sprechen, so hat man ihn bloß angestarrt, und das Kind noch länger nicht zur Schule geschickt. Für uns waren die Lehrer Eindringlinge. Im Grunde hat man ihnen mißtraut. Was würde aus der gesamten Ordnung werden, wenn die Knechte gescheiter wären als die Bauern? Wozu mußten die Söhne zur Schule gehen, warteten nicht Land, Holz, Haus und Tier, daß die Nachkommen alt genug wurden, um die Arbeit weiterzuführen?«

Meine Tante beugt sich über die Topfblumen, zupft an Blättern und klopft an die Zimmertür der Stiefschwester. Da die Stiefschwester nie auf ein Klopfen und Fragen antwortet, da sie nur zu grüßen gewohnt ist oder manchmal im Zorn aufzubrausen, öffnet meine Tante und findet die Stiefschwester beim Flechten ihrer Haare. Sie sitzt dabei auf einem der beiden Betten, ihre Füße reichen nicht einmal bis zum Boden. Wie wir sehen, hat die Stiefschwester meiner Tante das Kämmen ihrer Haare noch nicht beendet, darum schließen wir wieder die Tür und gehen in das Zimmer des jüngeren Sohnes, der Bäckermeister ist.*

»In St. Ulrich bin ich 8 Jahre in die Volksschule gegangen«, höre ich meine Tante reden, »in jedem der drei Räume gab es zwei Abteilungen.« Der Schulleiter und zwei Lehrer hätten den gesamten Unterricht für rund fünfzig Kinder bewältigen müssen, ergänzte sie. Sie zieht die Decke auf dem Bett meines älteren Cousins zurecht, hebt ein Papierstück vom Boden auf und hält es in der geschlossenen Hand, während sie fortfährt: »Wir sind eine Stunde zur Schule gegangen, im Winter war der Weg tief verschneit. Jeder ist in die Spuren des Vorgängers getreten, daran muß ich oft denken. In der Schultasche trugen wir Holzscheite mit uns, für den eisernen Ofen. Wenn der Lehrer uns schlug, verwendete er einen Meterstab. Trotz allem habe ich geweint, als die Schule zu Ende war, denn ich hätte gerne weitergelernt, jedoch hat es an Geld gefehlt.« Der jüngere Sohn meiner Tante leidet an Roggenmehlallergie und hat vor kurzem seine Stellung verloren. Bestimmt denkt meine Tante jetzt daran, denn sie ist verstummt, während sie seine Kleidungsstücke über die Sessellehne faltet. Übrigens sind

* Die Zimmer meiner beiden Cousins sind mit Zeitungsbildern von Sportlern und Filmschauspielern geschmückt; ein Fernsehapparat, Tisch, Betten, Kästen, Teppiche aus Stoffresten bilden die Einrichtung.

auch in diesem Zimmer die Fenster klein und vergittert. (Im Bett liegend empfinden wir die meiste Angst. Schon das Gefühl, von außen durch einen Spalt im Vorhang beobachtet werden zu können – die Häuser sind ebenerdig –, das uns von Kindheit an nicht losläßt, hat etwas Erschreckendes, und erst die Geräusche in der Nähe des Hauses, die die Dunkelheit durchknacken, durchwispern, durchflüstern oder durchklirren, verdoppeln und verdreifachen dieses Angstgefühl, so daß wir mitunter auch als erwachsene Menschen wie gelähmt im Bett liegen, die Augen geschlossen, Schlaf vortäuschend, bewegungslos, in Wirklichkeit hellwach und schwitzend.)

Meine Tante hat eines der Fenster geöffnet, und sofort nehmen wir den Geruch des Stalles wahr. »In meinem zwanzigsten Lebensjahr habe ich bei der Hochzeit meines Bruders das erste Huhn gegessen«, sagt meine Tante. »Mein Vater ließ die Hühner vier Monate im Hof herumlaufen, hat sie dann zwei Wochen geschoppt und hierauf dem Marktlieferanten verkauft. Auch die Eier haben wir abgeliefert. Mein Schwager ist vierzig Jahre lang mit der gefüllten Butte täglich zum Bahnhof nach Pölfing-Brunn gewandert. (Einmal ist er im Winter zu Sturz gekommen und dabei auf den Rücken gefallen, wir haben darüber sehr gelacht, denn von den Eiern ist keines ganz geblieben.)«

Sie tritt vom Fenster weg, geht durch den Vorraum, verschwindet kurz auf dem Wasserklosett und kommt, das Kleid zupfend, heraus. »Ich war neun Jahre alt, als ich an Fieber erkrankte«, beginnt sie wieder zu erzählen. »Wir behalfen uns zuerst wie die anderen mit Hausmitteln. Es gab zwei Ärzte, die zu Fuß zu den Kranken gingen. (Erst später schaffte sich einer von ihnen ein Pferd an.) Wenn ich mich recht erinnere, war es ein Arzt aus Eibiswald, den mein Vater schließlich rufen ließ. Nach der Behandlung verlangte er einen so hohen Geldbetrag, daß man dafür hätte eine Kuh kaufen können.* Die meisten hier sind gestorben, ohne jemals behandelt worden zu sein. Mein Vater starb an Herzwassersucht und Leberzirrhose. Da meine Mutter ihn sehr liebte, holte sie des öfteren den Doktor, weshalb wir beim Tod unseres Vaters hohe Schulden hatten, die wir erst im Laufe von zwei oder drei Jahren zurückbezahlen konnten, nachdem mein Bruder das Geld vorgestreckt hatte.« Inzwischen kommt die Stiefschwester meiner Tante aus ihrem Zimmer. Sie holt ihre Handtasche aus der Schublade, kontrolliert, ob sich das Geldtäschchen, das Beichtbildchen, die Schlüssel und die Papiertaschentücher sowie die Lesebrille darin befinden und klappt sie zu. Auch die Stiefschwester meiner Tante ist in Schwarz gekleidet, mit schwarzen Strümpfen, nur auf dem Kopf hat sie ein hellgrau und weiß nach Kaschmirart bedrucktes Tuch. Ihr Gesicht drückt etwas von verschlossener Hartnäckigkeit aus, es ist faltig, man schaut es jedoch gerne an. Meine Tante stöbert ebenfalls in ihrer Handtasche, während sie fortfährt zu sprechen: »Da mein Vater Klarinettist beim Militär gewesen war, schickte er mich zum Schulleiter, damit er mich die Noten lehre. Der Schulleiter war ein kleiner Mann mit einem großen Schnurrbart und melancholischen Augen. Sein Gehrock schlotterte an ihm. Wenn ich an ihn denke, fällt mir ein, wie er an heißen Sommertagen im Staub vor der Schule stand, mürrisch, den Kopf gesenkt, als suchte er etwas. Kam er morgens gekämmt und rasiert zur Schule, so waren seine Haare gegen Mittag wirr gekraust, ein Schimmer von Bartstoppeln bedeckte sein Gesicht, sicher hatte er auch einen Hemdknopf verloren.« Bei dieser

* Eine Kuh kostete dreihundert Schilling. Eine Magd verdiente fünfzehn Schilling im Monat (bei freiem Quartier und Verpflegung), ein Knecht zwanzig Schilling, während ein Taglöhner je nach Arbeit ein bis zwei Schilling bezahlt bekam. Hatte er um vier Uhr früh mit dem Mähen begonnen und bis zum Einbruch der Dunkelheit gearbeitet, gab man ihm mehr, war jedoch nur der Kukuruz abzubrechen, so bezahlte man weniger.

Bemerkung lacht die Stiefschwester meiner Tante, auch meine Tante lacht, sie bindet ein Kopftuch unter dem Kinn zusammen und fügt im Tonfall, der den Abschluß eines Gedankens zeigen soll, hinzu: »Jedenfalls habe ich seither an jedem Sonn- und Feiertag bei der Messe, bei allen Begräbnissen, Prozessionen und Hochzeiten gesungen, wenn es erforderlich war oder gewünscht wurde.« Sie eilt in den Vorraum, betrachtet ihr Gesicht kurz im Spiegel und faßt dann zusammen mit der Tante nach dem Korb, den sie gemeinsam bis zur Tenne tragen. Durch unseren zielbewußten Gang verscheuchen wir die Hühner. Ich locke den Hund in die Gerätekammer, aus der wir Gartenwerkzeug nehmen und in den Korb legen und versperre rasch die Tür mit dem Vorhangschloß, den Hund hören wir noch länger wütend an der Brettertüre kratzen, zuletzt noch bellen und winseln.* Wir tragen unsere Mäntel und die schwarzen Strümpfe, um uns vor Kälte und möglichen Niederschlägen zu schützen und gehen zwischen den Ribiselstauden zur Straße hinunter. Ich nehme mir vor, aufzuschreiben, was meine Tante mir erzählt. »Es riecht nach Schnee«, sagt sie. Es ist ein trüber und dunkler Tag. Aus dem Graben zwischen den Hügeln hören wir einen Hahn krähen, und ein Schwarm Sperlinge fliegt in einem Bogen über den Wald. Meine Tante hat wieder zu erzählen begonnen, während die Stiefschwester schweigend zuhört. »Da es uns von Jahr zu Jahr schlechter ging, entschlossen sich viele zum Viehschmuggel. Wir kauften ›drüben‹** das Vieh und brachten es in der Nacht ›herüber‹. Drüben sei das Vieh billiger gewesen als her-

* Wir müssen unsere Hunde, seit bei uns Fälle von Tollwut aufgetreten sind, in die Häuser sperren, sie anhängen oder mit einem Maulkorb versehen, ansonsten würden sie erschossen; als Jäger hätte ich die Pflicht es zu tun, obwohl es nicht meinem Wunsch entspricht. Es ist jedoch die einzige Möglichkeit (so hat man uns aus der Landeshauptstadt wissen lassen), die Epidemie in Grenzen zu halten und die Menschen vor Schaden zu bewahren.
** In Jugoslawien.

üben, weswegen man es herüben mit größerem Gewinn habe verkaufen können. Nicht nur Kühe, Ochsen und Stiere seien auf diese Weise über die Grenze geschmuggelt worden, sondern auch Pferde. Zu diesem Zweck«, erklärt meine Tante bergab schreitend, wobei ich bemerke, daß ihre Füße um Sekundenbruchteile länger auf dem Boden haften bleiben als meine (dafür bewegen sich ihre Beine um so schneller), wodurch es aussieht, als würde sie bei jedem Schritt gleichzeitig tiefer in die Knie gehen als ich, »haben wir die Hufe verkehrt beschlagen, damit die uns verfolgenden Finanzer in die Irre geführt wurden und nicht wußten, ob sie die Spuren eines Pferdes vor sich hatten, das von herüben nach drüben oder von drüben nach herüben kam. Häufig stellten sie uns jedoch, bedrohten uns mit Gewehren, beschlagnahmten das Vieh, trieben es ins nächste Dorf und sperrten die Schmuggler ein. Sagten die Festgenommenen nicht aus, wurden sie mit Gewehrkolben geschlagen, bis sie das Bewußtsein verloren. Trotzdem schwiegen die meisten. Einmal wurde ich zu einem Freund in den Gemeindekotter gerufen, nachdem die Finanzer den Gefaßten so übel zugerichtet hatten, daß sein Gesicht bis zur Unkenntlichkeit verschwollen und die Hände zu Fleischklumpen geworden waren (die bewegungslos auf seinen Oberschenkeln lagen, wie erschlagene Tiere). Er bat mich, in der Nacht Pferde von drüben zu übernehmen, und da es mir nicht gleichgültig war, einen Freund den Finanzern ausgeliefert zu sehen, erfüllte ich seine Bitte. Am angegebenen Grenzpunkt übernahm ich die widerspenstigen Gäule und brachte sie in das Dorf zu einem Bewohner, der sie im Stall versteckte. Nach einiger Zeit stellte er ihnen den Viehpaß aus und verkaufte sie auf dem Markt.« Wir gehen durch den Wald, in dem das Laub wie vertrocknete, fliegende Blutfladen zu Boden taumelt.

»Niemand hier«, fährt meine Tante fort, »besaß damals Geld, in den Städten hatten die wenigsten Arbeit. Wie

Heuschreckenschwärme brachen die Handwerksburschen herein und verlangten Most und Brot, wir beherbergten jede Nacht fünf und mehr Gesellen, denn sie taten uns leid. Rasch sprach sich unter ihnen herum, welche der Dorfbewohner sie aufnahmen und welche sie verjagten. Kamen sie in der Dunkelheit zu spät und fanden keinen Schlafplatz mehr vor, so fielen sie nicht selten übereinander her und stritten sich um Plätze im Viehstall, in dem es auch im Winter warm war, bis wir einen oder mehrere von ihnen wieder in die Kälte schikken mußten, nicht ohne Furcht, sie könnten aus Rache unsere Häuser oder Wirtschaftsgebäude in Brand stecken. Die Menschenplage währte mehrere Jahre und ohne Unterbrechung, so daß sie gar nicht mehr wegzudenken war. Wir selbst schliefen in unseren Kammern auf mit Maisfedern gefüllten Säcken, die im Sommer von Flöhen befallen waren (von Kindheit an waren wir gewissermaßen gewöhnt, mit Ungeziefer zu leben).«* Wir können jetzt schon hinter dem Waldrand die blattlosen Obstbäume in den Wiesen mit den gelben Nestern von Mistelzweigen erkennen. Vom Nächsten bis zum Entferntesten wird alles heller und blasser: die Gräser, die Maispflanzen, die Kürbisse am Straßenrand. Der Wind reißt die Blätter von den Bäumen und biegt den Mais auf den Feldern. Im Tal, aus dem wir das Gekrächz der Saatkrähen hören, ist es dunstig grau geworden. »Damit will ich Dir zu verstehen geben«, fährt meine Tante fort, »daß unsere Lebensumstände die bescheidensten waren. Und nicht nur die herumstreunenden Handwerksburschen haben getrunken, auch wir selbst. Denn die meisten Bauern waren der Regierung gegenüber verschuldet und fürchte-

* Auch Wanzen waren keine Seltenheit (sie nisteten in Sofas und Matratzen und zerbissen uns), und schon als Schulkinder hatten wir Läuse, die wir oft nicht mehr loswurden. Nach manchen Arbeiten, die wir gemeinsam ausführten, suchten wir uns gewohnheitsmäßig gegenseitig nach Flöhen ab.

ten, Häuser und Acker zu verlieren, so daß sie sich, um schlafen zu können, betäubten. Andere lebten unter derartigen Verhältnissen, daß für sie das Trinken der einzige Ausweg war, den Wachzustand zu ertragen. Und da wir mit Arbeit auch die Kinder nicht verschonten und sie, wenn wir ihren Durst stillten, mit dem Most gleichzeitig berauschten, waren wir von Anfang an jenen schwebenden Zustand gewohnt, in den wir uns später als Erwachsene mit Hilfe des Zwetschgenwassers immer wieder brachten. Der Wein aber, der in der Umgebung gewonnen wurde, wurde verkauft, um wenigstens einen Teil der Schulden bezahlen zu können. Die eigenen Tiere wiederum konnten wir auf dem Markt nicht ohne Verlust loswerden, so trieben wir sie, ohne einen Käufer gefunden zu haben, nach Hause, und nicht selten warteten die Steuerbeamten in unseren Höfen. Waren wir nicht in der Lage, ihren Forderungen zu entsprechen, so zählten sie die Tiere, schrieben sie an der Gemeindetafel zur Versteigerung aus und verkauften sie an die Tschepperer. Die Tschepperer (so nannten wir sie) waren Betrüger, die das Vieh für die großen Händler erstanden.«*

Wir kommen am Haus des Tischlers vorbei, er hat eine Arbeit in Pölfing-Brunn angenommen und verwendet seine Werkstatt nur noch zum eigenen Bedarf. Es ist eine langgestreckte, braune Hütte mit einem Pappdach. Durch das Fenster kann man den halbfertigen Sarg an der Wand stehen sehen, den der Vater des Tischlers für sich anfertigte, bis seine Frau es ihm untersagte. (Daraufhin verwendete man den Sarg als Gewürztruhe, wohingegen der Sohn ihn nach dem Tod seines Vaters als Werkzeugtruhe

* »Trotz allem lebe ich manchmal lieber in meiner Erinnerung als in der Gegenwart, denn wenn auch die Knechte in den Ställen schliefen und die Kinder auf den Tennen im Winter mit vor das Gesicht gezogenen Decken (an denen am Morgen dort, wo sie durch die Atemluft aus dem Mund feucht geworden waren, Eiszapfen hingen), so waren wir uns doch näher als heute«, ergänzt meine Tante später.

gebraucht.) Der halbfertige Deckel lehnt am Schubkarren unter dem Dach des Vorbaus. Wir gehen, ohne uns umzusehen, an dem Haus vorbei, denn meine Tante spricht nicht mit dem Tischler, seit er ihr übel nachgeredet hat. Im offenen Stall steht seine Frau an der Maisschälmaschine mit zwei ihrer kleinen Kinder – das nehmen wir, ohne uns etwas anmerken zu lassen, aus den Augenwinkeln wahr –, sie stellt den Motor an und läßt ihre Kinder die Kolben auf das Fließband werfen, während sie selbst den geschälten Mais in den bereitgestellten Körben sammelt. Ich drehe mich um und sehe die großen, mit durchsichtigen Plastikplanen geschützten Maishaufen, zwischen denen jetzt der Hund hervorschießt und uns nachkläfft (ein Stück läuft er zornröchelnd hinter uns her, obwohl er nichts auf der Straße zu suchen hat). Die Frau, so stelle ich fest, indem ich mich erneut umdrehe, hat einen Korb auf den Kopf gesetzt und geht, ohne uns zu beachten, in das Vorhaus. Meine Tante, das Gebell und Knurren des Hundes noch immer im Rücken, ist inzwischen verstummt und schaut weitergehend in die Talsenke, bis sich der Hund zurückgezogen hat und auch das Rattern der Maschine kaum noch zu hören ist. »Als ich noch in Tombach lebte«, erzählt sie dann weiter, »nahmen wir einen anderen Weg zum Friedhof. Aus allen Richtungen führten Pfade durch das Gehölz, die jedoch, da jetzt immer weniger Ortsbewohner zur Kirche gehen, wieder verwachsen sind. (Meine Stiefschwester und ich hatten damals gemeinsam nur ein Paar Schuhe, die ihr zu klein und mir zu groß waren. Zu Hause mußte ich barfuß gehen, im Winter nahm ich Holzschuhe, jedoch konnte ich diese nicht für den Kirchgang gebrauchen. Meine Stiefschwester ging daher zur Frühmesse, während ich an der Spätmesse teilnahm. Wir mußten uns auch immer absprechen, wer von uns ins Dorf ging, um etwas einzukaufen, oder wer der Einladung zu einem Hochzeitsfest oder einer Bestattungsfeier Folge leistete.)« Sie denkt nach und sagt plötzlich: »Von Politik aber verstanden wir nichts. Wir verstanden weder etwas von der Monarchie noch von der Republik oder vom Nationalsozialismus. Insgeheim verachteten wir die Mächtigen, obwohl wir uns nach außenhin stets der Obrigkeit fügten und uns bemühten, ihr Wohlwollen zu gewinnen. Wir vertraten immer die Ansichten, die in der Luft lagen.«* Der kalte Wind läßt unsere Mäntel flattern und zerzaust die Kopftücher der Frauen. Als wir im Tal unter alten, gelben Bäumen hindurchgehen, schlagen einige Kastanien auf der Straße auf und zerplatzen. »Alle haben wir für den ›Anschluß‹ gestimmt«, sagt meine Tante, »bis auf eine Frau in Gasselsdorf. Noch am selben Abend wurde auf die Stallwand ihres Hofes der Satz: ›Dieses Schwein wählt nein‹ geschmiert. Kaum hatte die Frau die Worte entfernt, schrieb sie jemand anderer auf die Haustür. Nachdem die Haustüre frisch gestrichen worden war, standen die Worte auf dem Geräteschuppen. Die Frau übermalte sie, und sie waren auf der Tenne zu lesen. Dort ließ die Bäuerin den Satz endlich stehen, bis der Krieg zu Ende war. Und bald kümmerten auch wir uns nicht mehr darum. Alle unsere Schulden waren erlassen worden, für unsere Kinder bezahlte man uns einen monatlichen Geldbetrag, und die Menschenplage hörte über Nacht auf, denn man berief die Herumstreunenden zum Militär ein. Ich selbst trat dem Bund deutscher Mädchen bei, dem in Kürze alle

* Es sind fremde Worte und Sätze, die wir dann sprechen. Und nur dadurch, daß wir diese fremden Ideen, diese fremden Witze und Gedankengänge immer und immer wieder bei jeder Gelegenheit wiederholen, werden sie die unseren ... (Wir können über denselben Witz tausendmal auf dieselbe Weise lachen, als hörten wir ihn zum erstenmal, ja, wir fühlen uns dadurch, daß wir ihn aufs neue hören, in unserem Lachen bestätigt und lachen um so lieber. Auch Rätsel stellen wir uns gerne, obwohl oder gerade weil wir wissen, daß jeder die Lösung kennt. Und ohne den Fragesteller zu unterbrechen, hören wir ihm zu und geben hierauf lachend die Antwort. Unsere Freude ist noch größer, wenn jemand die Lösung eines Rätsels oder einen Witz vergessen hat, und steigert sich, sobald wir einen Fremden unter uns haben.)

angehörten.* Und schließlich glaubten wir Gedanken wiederzuerkennen, die wir uns längst gedacht hatten. Plötzlich kamen sie zum Vorschein, ohne daß jemand widersprechen durfte. Im selben Jahr dann, als der Krieg ausbrach, erschien ein unvorstellbares Nordlicht am Himmel, wir hatten dergleichen noch nie gesehen. Zwar hatten wir schon beobachten können, wie die Sonne sich verfinsterte«, führt meine Tante aus,** »auch an ein Erdbeben erinnere ich mich, jedoch auch dieses hat uns nicht so verwirrt wie das ungeheure und unfaßbare Nordlicht.***

* Wir sind im Grunde unseres Herzens für die Strenge. Wir haben nichts dagegen, wenn man uns Verantwortung abnimmt, uns Verbote auferlegt, solange uns gleichzeitig die Lebenssorgen abgenommen werden. Wir bewundern es, wenn mit unerbitterlicher Hartnäckigkeit die Ordnung aufrechterhalten wird; verbietet man uns den Mund, so haben wir insgeheim Achtung vor dem Unterdrücker.

** »Von einem Hügel aus habe ich es durch ein angerußtes Fensterglas verfolgt, wie sich der Mond als schwarze Scheibe vor die Sonne schob, wie die Erde sich verdunkelte, und gleichzeitig betroffen wahrgenommen, daß Stille sich über die Landschaft legte«, (da die Dorfbewohner ihre Arbeit liegengelassen und schweigend durch geschwärzte Gläser zum Himmel hinaufgestarrt hätten, bis ein schmaler Streifen Licht sichtbar geworden sei, worauf mit einem Schlag die Geräusche unter freudigen Ausrufen wieder eingesetzt hätten, wie sie ein anderes Mal erklärte). Im nachhinein erst sei den meisten aufgefallen, daß die Katzen sich verkrochen und die Hunde gewinselt hätten und das Vieh im Stall unruhig geworden sei. (Ihr Vater habe seither mehrere alte Zeitungen, die entweder Sonnenfinsternisse ankündigten oder schilderten, verwahrt. Immer wieder hatte meine Tante die alten Zeitungen herausgenommen und von neuem gelesen, auch ihr Vater habe sich manchmal im Winter an die gesammelten Artikel erinnert, eine kreisförmige Brille aufgesetzt – von der man überzeugt gewesen sei, daß er durch sie nichts gesehen habe – und vorgegeben, die Berichte zu studieren, tatsächlich aber sei er des Lesens nicht kundig gewesen, sondern habe die Artikel Wort für Wort auswendig gekonnt, nachdem sie der Lehrer ihm des öfteren vorgelesen hatte.)

*** Zwar seien durch das Erdbeben Teller klirrend von den Wandbrettern gefallen, fügt sie hinzu, seien Eier in der Tischlade zerbrochen, Gläser und Krüge auf dem Fußboden zersplittert, zwar hätten die Häuser gewackelt, so daß die Bewohner auf die Straße ins Freie stürzten (denn es sei das letzte Abendlicht im März gewesen, und sie hätten noch nicht so lange im Freien gearbeitet), zwar hätten sie hierauf für kurze Augenblicke die Landschaft schaukeln gesehen, als hätten sie sich auf einem

Selbst Brände, die wir am meisten fürchten, aber aus eigennützigen Zwecken schon selbst herbeigeführt haben, um mit den Versicherungen ein Geschäft zu machen (wir nennen es »ein Haus warm abtragen«) – haben uns nicht so erschreckt wie das Nordlicht im Jahre 1939*.« Wir haben begonnen, die Steigung nach St. Ulrich hinaufzugehen, und meine Tante legt eine kurze Pause ein,

riesigen Schiff befunden, das auf den grollenden Horizont zugeschwommen sei, zwar hätten sie trotz aller Anzeichen nicht begriffen, was geschehen sei (was den eigentlichen Schrecken ausgemacht hätte. Erst im nachhinein, als die Ruhe wieder eingetreten sei, hätten sie die richtige Erklärung gefunden), zwar seien sie minutenlang verwirrt gewesen und hätten nur staunen können und ungläubig, wie Träumende, Risse in den weißen Wänden, Glas- und Porzellanscherben sowie das zapfenförmige Uhrgewicht auf dem Küchenboden entdeckt, zwar hätten sie erst später die Geräusche der zerspringenden Gegenstände mit einer Art innerem Ohr wahrgenommen (das ihnen bis zu diesem Zeitpunkt unbekannt gewesen sei), so daß sie erst nach Tagen festgestellt hätten, daß sie die Teller, Gläser und Krüge im Augenblick, als es geschehen sei, lautlos hatten zur Erde stürzen gesehen, zwar hätten sie wie abwesend die Scherben aufgekehrt, die zerbrochenen Eier aussortiert und den Uhrzapfen wieder an der Kette befestigt, trotzdem aber hätten sie nachträglich gelacht, wenn sie vom Erdbeben gesprochen hätten, sich an den Schilderungen erheitert, die einander durchwegs geglichen hätten, und lange danach habe es genügt, das Wort »Erdbeben« auszusprechen, um Hochzeits- oder Tischgesellschaften und Schulklassen in einen Zustand unbändigen Lachens zu versetzen. Sogar über Überschwemmungen hätten sie nur gelacht, obwohl diese in Saggau große Schäden angerichtet hätten (jetzt ist der Fluß begradigt), obwohl das Wasser bei starken Regengüssen nachts lautlos in die Wohn- und Schlafräume gedrungen sei, die Möbel umspült und Unrat mit sich geführt habe, obwohl es manchmal so hoch gestiegen sei, daß kleinere Möbelstücke weggeschwemmt worden seien, bis die Bewohner erwacht seien und Alarm geschlagen hätten, obwohl sie weiters unter großer Mühe die Tiere in Sicherheit hätten bringen und das kostbare Gerät retten müssen, obwohl totes Getier, Abfall und Morast in ihre Häuser und Höfe geschwemmt worden seien und nach der Überflutung noch tagelang, ja sogar wochenlang der Gestank des Flusses die Häuser und Ställe verpestet habe…

* Denn auf Brände sind wir vorbereitet, auf Brände machen wir uns gefaßt. Unheimlich ist es, wenn das Feuer wütet, die Tiere vor Entsetzen brüllen, Dachstühle mit Gepolter einstürzen, Mauern auseinanderbrechen, schwarzer Rauch aus Fenstern, Türen, Dächern quillt und die Flammen brausen, knistern und Funken versprühen, das Geräusch des Windes verstärken oder knackend trockenes Holz befallen.

um zu Atem zu kommen. Wir sind an der weißen Kapelle vorbeigegangen und am Holzgestell mit den Milchkannen des Tischlers. Im Graben haben wir den Wind deutlicher gespürt und den Nachbarn meiner Tante beneidet, der mit Frau und Kind auf seinem Traktor an uns vorbeifuhr. »Auch Unwetter fürchten wir«, beginnt meine Tante aufs neue. »Jene trockenen Gewitter in heißen Sommern, auf die nicht selten Hagelschauer folgen, welche die Maispflanzen zu Boden werfen und zu Brei zerstampfen.* Sogar Stürme haben wir ohne größeres Entsetzen über uns ergehen lassen, und Orkane, die Dachstühle abhoben und weit durch die Luft schleuderten (als seien diese so leicht wie Sperber), Bäume mitsamt der Wurzel ausrissen und Abhänge hinabwarfen, Orkane, die so stark waren, daß sie eine Katze vor sich hertrieben und Menschen aus dem Gleichgewicht brachten – davor empfanden wir jedoch nicht jene unaussprechliche Angst wie damals, als das Nordlicht den Himmel entflammte, denn wir dachten, die Welt stürze ins Flammenmeer der Sonne und risse uns mit sich. Rotes Gewölk stieg hinter den Bergkuppen auf und verdampfte im Rot des Himmels, der, so hatte es den Anschein, Feuersbrünste spiegelte. Unsere Gesichter und Hände schienen von Blut zu triefen, das rote Licht färbte Felder, Wiesen, Häuser, Vögel und Hunde, wir blickten uns an wie Verursacher eines Verbrechens. Von überall erklang das Geläut der Kirchenglocken, denn die Mesner und Pfarrer vermuteten, ein gewaltiger Brand sei hinter den Bergkuppen ausgebrochen, vernichte unsere Wälder und bedrohe uns, die Feuerwehren fuhren in die verschiedensten Richtungen,

* Vor zehn Jahren fielen im August taubeneigroße Hagel-Schloßen vom Himmel, durchschlugen die Ziegel der Dächer und Holzabdeckungen und töteten einen Menschen, der sich nicht rechtzeitig in Sicherheit bringen konnte. Wir nahmen die Eisstücke in die Hand, um sie zu wiegen, und sahen dabei wunderbare Kristalle, die in ihnen eingeschlossen waren (gleich vergrößerten Schneeflocken), aber wir warfen die Schloßen sogleich wieder zu Boden und verwünschten sie.

um den Brandort ausfindig zu machen, sogar die jungen und unerfahrenen Mitglieder der Freiwilligen Feuerwehren, die ansonsten ihre ersten Einsätze kaum erwarten können, saßen stumm und mit aufgerissenen Augen in den dahinrasenden Fahrzeugen (wir selbst waren unfähig, etwas zu unternehmen, wie gelähmt oder erstarrt waren wir, die Kinder weinten und die Alten beteten. Nicht wenige verkrochen sich in den Schränken, unter den Betten und Tischen, wo das Licht sie jedoch erreichte und in noch größere Panik versetzte, denn die Betroffenen wähnten sich im Jenseits und zur ewigen Strafe verdammt. Wie leichtsinnig wir gelebt hatten!). Doch plötzlich verschwand das Licht, und wir liefen zusammen und schilderten erregt unsere Gefühle und Eindrücke, jeder wollte den anderen durch seine Beschreibung einer besonderen Wahrnehmung noch übertreffen.«

Mittlerweile haben wir St. Ulrich erreicht, wo wir auf der Straße eine Frau mit Chrysanthemen antreffen. Wir grüßen nur kurz, denn wir sind in Eile. Der Friedhof schließt an die Südseite des Kirchengebäudes an. Nur die Kirchenmauer entlang gibt es einen ebenen Weg, überall sonst fällt er steil bergab. Oft halten wir uns beim Abwärtsgehen an Grabkreuzen oder Grabsteinen fest, um nicht zu stürzen oder gar ins Kollern zu kommen. Anfangs ist meine Tante in die Pflege des Grabes vertieft, der sie sich – ohne die Fotografie meines toten Onkels auf dem Grabstein zu beachten – widmet. Sie rupft Unkraut aus, recht Kieselsteine, frischt Blumen ein, pflanzt, und erst als sie die Kerzen, die sie in der Manteltasche mit sich getragen hat, herausnimmt, erzählt sie weiter. Denn als wir den Friedhof betreten haben, waren schon die meisten Gräber für den nächsten Tag geschmückt. Kinder spielten vor der verfallenen Totenkammer, die wir nicht benützen, versteckten sich hinter dem Haufen morscher, weggeworfener Holzkreuze, und ältere Bewohnerinnen streiften zwischen den Gräbern herum, um festzustellen, wer von uns die Toten vernachlässigt. »Den Krieg habe ich zu Hause, auf dem Hof arbeitend, verbracht«, fährt meine Tante jetzt fort. »Was wirklich geschah, wußten wir nicht. Der Religionsunterricht durfte nicht mehr in der Schule stattfinden, sondern mußte in der Kirche abgehalten werden. Wer etwas Abfälliges über den Nationalsozialismus sagte, wurde verhaftet und bis Kriegsende eingesperrt. So wurden wir vorsichtiger, schweigsamer und mißtrauischer. Niemand wagte seinem Zorn freien Lauf zu lassen, auch wenn Brüder und Männer fielen. Fast bei jedem Haus kam irgend jemand nicht zurück, wir lieferten jedoch stumm die vorgeschriebenen Mengen von Getreide, Vieh, Holz, Eiern und Milch ab. (In der Nacht schlachteten wir das Vieh für den eigenen Bedarf in unseren Ställen und vergruben das Fleisch.) Zwar bekamen wir für die Waren, die wir abzuliefern hatten, Geld, doch nun konnten wir uns für das Geld nichts kaufen. Wir tauschten mit Städtern Schweineschmalz gegen Nägel, Selchfleisch gegen Fensterglas, Kernöl gegen Fahrradschläuche. Langsam fühlten wir, wem wir vertrauen konnten. Aus winzigen Zeichen, kleinen Verhaltensauffälligkeiten zogen wir Schlüsse. Sobald wir uns jemandem anvertrauten, brachten wir uns in Lebensgefahr. Aber in dieser drückenden Stille halfen wir uns mitunter wortlos, wenngleich wir den größten und wichtigsten Teil der Zeit damit verbrachten, für unser eigenes Überleben zu sorgen. Ein Kriegsgefangener hatte unseren Pfarrer darauf aufmerksam gemacht, daß es in der Gemeinde einen ›Spion‹ gegen ihn gab – ich will Dir nicht sagen, um wen es sich handelt (falls Du es jedoch weißt, behalte es für Dich, denn es ist schon lange her) –, und da der Pfarrer ein gescheiter Mann war, hat er sich in die Politik nicht eingemischt. (Er war erst später Geistlicher geworden, wie Du wissen mußt, im Ersten Weltkrieg war er als Offizier bei Verdun verschüttet worden). Je länger der Krieg dauerte, um so deutlicher bekamen wir zu verspüren, was geschah. Wir sprachen jedoch nicht einmal zu Hause darüber, sondern machten ein finsteres Gesicht, hörten wir eine neue ›Meldung‹. Wir husteten bei ›Aufrufen‹ und räusperten uns, wenn die Lügen zu unverschämt wurden. Vor dem Bürgermeister senkten wir den Kopf, manchmal ballten wir die Faust in der Tasche. Bald schenkten wir dem Verhalten der anderen eine immer größere Aufmerksamkeit, um aus ihm zu *lesen*, bis wir mit Schrecken feststellten, daß wir von den anderen ebenso beobachtet wurden, wie wir sie beobachteten, worauf wir uns um so mehr verbargen und schließlich angewöhnten, einen unbeteiligten Eindruck zu erwekken, das Gesicht starr, die Hände unauffällig bewegend, darauf achtend, daß man aus keiner unserer Bewegungen, Gesten und Laute Schlüsse ziehen konnte.« Inzwischen hat es zu schneien begonnen. Wir stehen auf dem Friedhof, der Schnee treibt in dichten Flocken in das Tal um uns; wenn ich den Kopf hebe, sehe ich kaum noch das Gelb der Kirche. Wortlos machen wir uns auf, den Friedhof zu verlassen. Meine Tante hat keinen Blick mehr auf das Grab geworfen, sich umgedreht und begonnen, zwischen den Grabsteinen hinaufzuklettern. Wir rutschen auf dem feuchten Gras aus und gehen zwischendurch auf allen vieren. Den Korb trägt die Stiefschwester meiner Tante als Schutz auf dem Kopf, die geschlossenen Schirme hat sie mir übergeben, und ich klemme sie mit dem Oberarm am Brustkorb fest, während meine Tante die Gießkanne trägt, das Werkzeug hat sie eingesteckt. Die Luft hat sich schon verdunkelt, obwohl erst in einer Stunde die Dämmerung eintritt. Wir keuchen im Schneegewirbel, steigen – uns an den Grabsteinen hochziehend – nach oben und laufen geduckt an der Friedhofsmauer (wo wir die Gießkanne abstellen) entlang auf die Straße. Dort bekommen wir den Schneesturm mit voller Wucht zu spüren. Es schneit so heftig, daß wir nur wenige Schritte weit sehen können. Im ersten Augenblick ist meine Tante stehengeblieben, dann ist sie in die Kirche geflohen. Meine Stieftante und ich sind ihr gefolgt und finden sie kniend in einem der Gebetsstühle. Sogleich ist auch meine Stieftante neben sie hingesunken. Eine Weile knien sie starr, den Blick zum Altar gerichtet, in der Kirche, dann erheben sie sich seufzend. »Laß uns in das Gasthaus gehen«, sagt meine Tante, »bevor wir uns auf den Rückweg machen.« Wir sind die einzigen Menschen im Gasthaus. Nach einer Weile, in der wir wie erstarrt vor Kälte stumm dasitzen, beginnt meine Tante wieder zu sprechen. »Da wir uns alle seit unserer Kindheit kannten«, fährt sie plötzlich heftig fort, »da wir unsere Gesichtszüge, die Eigenart unserer Bewegungen kannten, da auch schon die vorgebliche Unbeteiligtheit für uns verräterisch ist, unterhielten wir uns, obwohl wir uns voreinander versteckten. Wir deuteten an unserem Verhalten nicht lange vergeblich herum, aus wenigen Gesten, Sätzen und Gesprächen wußten wir bald, wen wir vor uns hatten. So gab es nur die Wahl, sich dem gegenseitigen Erkennen auszuliefern oder sich zurückzuziehen. Aber selbst das Zurückziehen war ein Verstellen, denn in Wirklichkeit wollten wir nicht die ganzen Monate und Jahre hindurch zurückgezogen leben, lieber wollten manche erkannt werden, als alleine sein. Und natürlich war es auch nicht möglich, sich allem und jedem zu entziehen. Wir wußten aus unserem eigenen Verhalten schließlich das Verhalten der anderen zu deuten, und so sprachen wir miteinander, indem wir uns gleich oder entgegengesetzt verhielten (wobei wir jedoch weitestmöglich danach trachteten, unser Verhalten zu verbergen).« Die Wirtsstube ist mit dunkelbraunem Holz getäfelt, der Boden ist geölt wie ein altes Schulklassenzimmer, aber von der Decke fällt Neonlicht auf die spiegelnden Kunststoffplatten der Tische. Es ist kalt, da der Wirt nicht mit Gästen gerechnet hat. Die Stiefschwester meiner Tante nimmt den Schnapstee löffelweise, mit tief über das Glas gebeugtem Gesicht, als wollte sie die Stirnhaut an den heißen Dämpfen wärmen, meine Tante und ich schlürfen ihn. Von der Gaststube aus, die erleuchtet ist, sieht es trotz der Kälte der Tische und Sitzbänke draußen noch kälter und dunkler aus. »In den letzten Monaten mußten wir uns auch vor Partisanen vorsehen«, fährt meine Tante fort. »Zwar waren wir über die Zustände und Ereignisse verbittert, wir fürchteten aber noch immer und fast noch mehr die Gewalt, die uns im Fall des Ungehorsams drohte. Manche der Ortsbewohner schlossen sich den Partisanen aus Überzeugung an, manche, da sie Deserteure waren, manche aber auch um des Vorteils willen. (Du wirst festgestellt haben, daß wir nicht darüber sprechen.) Die meisten Partisanen kamen noch dazu von ›drüben‹, daher ist es uns zusammen mit dem allgemeinen Mißtrauen doppelt schwergefallen, in ihnen Hilfe zu sehen. Bald war unsere Wirklichkeit in eine Tages- und eine Nachtwirklichkeit gespalten. Bei Tag taten wir so, als fügten wir uns den Nationalsozialisten, nachts fügten wir uns den Partisanen, indem wir ihnen auf Verlangen Fleisch, Hühner, Eier und sogar Pferde ablieferten. (Aus diesem Grund habe ich mich einmal einen Tag mit dem Pferd im Wald versteckt gehalten, bis die Partisanen erschienen waren, und mein Bruder ihnen gesagt hatte, er habe das Pferd verkauft.) Kamen sie gegen Kriegsschluß bei Tag, so warfen wir auf einen Pfiff des Nachbarn (oder eines ›Umquartierten‹ aus der Stadt, der vor den Bombenangriffen geflohen war) die Wertsachen in das ungemähte Gras. Wir haben später den Partisanen keine Gerechtigkeit widerfahren lassen, denn sie brachten uns, auch wenn sie es nicht wollten, in neue Schwierigkeiten.* Schließlich holten die Partisanen in der letzten Kriegsnacht den Bürgermeister aus seinem Haus und hängten ihn auf.

* Noch heute ist »Partisan« bei uns ein Schimpfwort, während so mancher »ehemalige« Nationalsozialist mit seiner Gesinnung prahlt.

Nach Kriegsende lagerten die von ›drüben‹ um die Kirche. Ein Teil hatte (es war noch nicht warm), keine Schuhe, die meisten trugen keine Uniformen, nur manche hatten Gewehre. Sie warteten und hörten zu, was wir sprachen, durchsuchten die Häuser nach Waffen und Hitlerpropaganda, die sie beschlagnahmten. Natürlich hatten wir alles, was uns hätte belasten können, verbrannt und die Jagdwaffen versteckt. Bei uns spricht niemand von dieser Zeit. Einerseits leben noch ehemalige Nationalsozialisten, andererseits noch ehemalige Partisanen. Und da wir auf engstem Raum leben, tun wir voreinander so, als wüßten wir nichts. Und da weiter jeder von nichts wissen will, glauben wir uns gegenseitig aus eigennützigen Gründen unsere Ahnungslosigkeit. (Wir tauschen seit jeher unsere Ahnungslosigkeit untereinander aus.)« Sie steht auf, kramt in der Handtasche, legt das Geld für die Zeche auf den Tisch und fordert uns auf zu gehen, damit es nicht zu dunkel würde. Wir spannen, kaum daß wir im Freien sind, unsere Schirme auf, die sich fast gleichzeitig umstülpen. Einige Schritte laufen wir, wie von einem unsichtbaren Seil gezogen, hinter ihnen her, als hätten wir schwarze Drachen steigen lassen, die uns in die Luft entführen . . . nach einigen Sprüngen, nach einigen Körperverrenkungen und spitzen Schreien meiner Tante, die läuft, als habe für Sekundenbruchteile die Schwerkraft ausgesetzt, haben wir die Schirme mit der anderen Hand unter der Spitze gepackt und zu uns heruntergezogen. Es gibt für uns keine Rückkehr in das Gasthaus, da wir nach Hause, zu den Tieren müssen. Zuerst trifft uns der Schneesturm im Rücken und treibt uns förmlich aus dem Ort, dann weht er uns seitlich von der Straße, immer wieder müssen wir stehenbleiben und uns gegen ihn lehnen, längst haben wir die Schirme wieder zusammengefaltet, nachdem derjenige meiner Tante das Aussehen einer zerfetzten Fahne angenommen hat. Wir gehen hastig, nach vorne gebeugt, mit den Armen rudernd. Die ockerfarbenen Maispflanzen sind zu Boden gedrückt und vom Schnee halb zugeweht. Wortlos, laut atmend, steigen wir bergauf, voran meine Tante, dann die Stiefschwester, dann ich. Die Kastanienbäume in der Senke sind schon blattlos, nun stoßen wir auf den ersten toten Vogel. Gleich darauf bemerken wir einen Schwarm erforener Sperlinge auf der Straße, kurze Zeit später tote Krähen, Elstern und Nußhäher. Das Schneetreiben ist so dicht geworden, der Wind so laut, daß wir nicht einmal davor zurückschrekken, in die Werkstatt des Tischlers einzutreten, um uns auszurasten. An unseren Haaren und Augenbrauen hängen Eiszapfen, mein Bart ist, da ich geschwitzt habe, ebenfalls von Eiszapfen behangen. Der Tischler ist jedoch so mürrisch, daß er unseren Gruß nicht erwidert, sondern fragt, was wir wünschen. Wortlos zeigt meine Tante den zerrissenen Schirm her, worauf der Tischler erbost den Hammer in den Sarg zu den übrigen Werkzeugen wirft. Draußen hören wir den Hund bellen. (Übrigens ist er schwarz und deshalb um so furchterregender.) Der Tischler dreht uns den Rücken zu und beginnt, halblaut vor sich hinschimpfend, ein Stück Holz auseinanderzusägen, das zum Schluß mit einem Knacken zerspringt. Gleichzeitig läßt er die Säge in den Sarg fallen und, indem er uns polternd den halbfertigen Sargdeckel, der vor der Werkstatt lehnt, als Schutz anbietet und das Licht ausdreht, verläßt er den Raum. Nun will meine Tante unbedingt, daß ich den Tischler frage, was wir ihm schuldig sind. Ich schreibe im Dunkeln die Frage auf ein Blatt Papier und drücke die Tür gegen den Sturm auf. Draußen fällt mich der Hund an, springt an mir hoch, bellt und knurrt, ich presse mich fest in meinen Mantel und beeile mich, zum Haus zu kommen. Mein Blick fällt auf eine angelaufene Fensterscheibe, und ich sehe durch die Spuren, die die herabrinnenden Schneepatzen hinterlassen, die Familie beim Essen um den Tisch sitzen, gleich darauf starrt sie mich an, so daß ich zurück in die unbeleuchtete Werkstatt laufe, wieder verfolgt vom Hund, der sogar seine Vorderläufe auf meinen Rücken legt und mir so (laut bellend) auf den Hinterläufen in die Werkstatt folgt. Dort knurrt und bellt er vor meiner Tante, bis sie ihn mit einer Hacke, die sie in der Werkzeugkiste findet (unsere Augen haben sich schon an die Dunkelheit gewöhnt) bedroht und schließlich hinausjagt. Rasch schließen wir wieder die Tür, meine Tante läßt sich auf einem wackligen Stuhl nieder, legt die Hacke zurück und fragt mich, was ich zur Antwort bekommen habe. Um nicht lügen zu müssen, drehe ich kurz das Licht auf und schreibe: »Nichts« auf das Papier. Bald erholen wir uns und beschließen, darauf zu warten, daß der Sturm sich legt. Der Hund hat zu bellen aufgehört, wahrscheinlich hat ihn der Tischler in das Haus genommen. Beim Warten, nachdem das Eis aus unseren Haaren geschmolzen und zu Boden getropft ist und unsere früher klammen Hände prall und heiß geworden sind, redet meine Tante mit der Stiefschwester über den Schneesturm. Schließlich wendet sie sich mir zu und wiederholt ihre Erzählung von den Partisanen. Und wieder seien, sobald der Krieg zu Ende gewesen sei, die Städter über uns hereingebrochen, sagt sie, und wieder hätten sie Lebensmittel gewollt und dafür die verschiedensten Gegenstände zum Tausch angeboten: Kleider, Schuhe, aber auch Ziergegenstände, Möbelstücke und Hausrat, schließlich sogar Schmuck und Uhren. Die Städter hätten die Landfahrten, die sie in der Absicht unternommen hätten, Tauschgeschäfte zu machen, »hamstern« genannt, sie selbst seien von den Einwohnern als »Hamster« oder »Hamsterer« bezeichnet worden. Manche hätten die Hamsterer ausgenutzt, ihnen lächerliche Mengen Fleisch oder Schmalz für ihre Tauschgegenstände angeboten, jedoch sei auch für die Landbevölkerung die Versorgung schlecht gewesen, so habe es keinen Zucker gegeben. »Als Dein Vater aus der Gefangenschaft zurückkam«, spricht meine Tante mich an, »hatte seine Familie die Bienenvölker verdoppelt, weshalb er gute Geschäfte machen und schließlich nur noch von dem Einkommen als Imker leben konnte. Ich selbst wurde auf die Landwirtschaftsschule nach Graz geschickt, und als ich nach meiner Abwesenheit bei einem Begräbnis sang, fragte mich der Pfarrer, ob ich nicht zu ihm in den Dienst treten wolle: Die Köchin leide unter Gelenkentzündung und sei nicht mehr in der Lage, die Arbeit allein zu bewältigen. Ich bat, eine Nacht darüber schlafen zu dürfen.« Meine Tante macht eine kurze Pause, während der ich in der Finsternis den Geruch von Sägespänen und Holz einatme. »Am nächsten Tag habe ich den Koffer gepackt und bin nach St. Ulrich gegangen. Ich war dreißig Jahre alt und sollte zum ersten Mal einen Lohn bekommen. Zwar waren es nur 70 Schilling im Monat, aber auch die Krankenkasse würde für mich bezahlt werden, und wie sich herausstellte, erhielt ich etwas Trinkgeld. Ich schlief im Dachbodenzimmer und hatte die verschiedensten Arbeiten zu verrichten. In der Früh durfte ich jeden Tag zur 6-Uhr-Messe, dann hatte ich das Frühstück zu richten, die Nachttöpfe des Pfarrers und der Köchin zu entleeren, die Betten zu machen, aufzuräumen, Wäsche zu waschen, zu bügeln und für den Garten zu sorgen. Auch mußte ich der Köchin die Haare flechten, den Herd putzen, Geschirr waschen, backen und das Essen austragen. Nie kam ich vor acht Uhr abends ins Bett, nie stand ich nach fünf Uhr morgens auf (sonntags schon um vier Uhr, da ich die Messing- und Chrombeschläge des Küchenherdes reinigen mußte). Dafür hatte ich dann am Nachmittag frei: Urlaub war keiner vorgesehen, nur an meinem Namenstag durfte ich, sobald ich das Mittagsgeschirr gewaschen hatte, nach Hause gehen. Nach dem zweiten Jahr ist die Mutter Deines Onkels gestorben. Der Pfarrer hat sie noch versehen und mir am selben Tag ihren Wunsch mitgeteilt, ich möge ihren Sohn heiraten. Ich war mit Deinem Onkel während des Krieges

befreundet gewesen, auch während seiner Gefangenschaft ›drüben‹, die drei Jahre währte, wartete ich auf ihn, er aber fand sich, kaum daß er zurückgekehrt war, eine andere. Jedoch kam es zu keiner Hochzeit, da das Mädchen nicht zu ihm in das Haus ziehen wollte: Die Schwester und die Tochter Deines Onkels haben in der Küche geschlafen, der Vater und dessen Bruder in der Stube, der Sohn im Kuhstall.« »Hat der Sturm nachgelassen?« fragt meine Tante. »Wir müssen achtgeben, es sind schon viele Menschen erfroren«, antwortet die Stiefschwester. »Als ich im Pfarrhaus arbeitete, habe ich einmal mitangehört, wie man einem Erfrorenen die Knochen brach, um ihn in den Sarg legen zu können. Der Totengräber, der die Arbeit verrichtete, schimpfte vor Ekel so heftig, daß wir jedes seiner Worte verstehen konnten.« Meine Tante lacht, und wiederum fällt ihre Stiefschwester in das Lachen ein. »Schließlich«, fährt meine Tante noch immer lachend fort, »kam Dein Onkel selbst in das Pfarrhaus. Ich schickte ihn weg, da ich darüber nachdenken wollte. Nach einer Woche fand eine Theateraufführung in St. Ulrich statt. Als wir Zuschauer uns vor der Schule versammelten, übergab mir ein Freund Deines Onkels einen Brief, in dem Dein Onkel mich um eine augenblickliche Entscheidung bat. Ich ging in die Kirche, um ein Vaterunser zu beten, dann habe ich ihm ausrichten lassen, daß ich einverstanden sei. Wir hatten jedoch, wie es üblich war, noch das Trauerjahr abzuwarten, so trafen wir uns am Sonntag auf dem Friedhof, um miteinander zu reden (sie verwendet das Wort »diskurieren«). Bevor das Trauerjahr noch um war, starb aber meine eigene Mutter, weshalb wir wieder warten mußten.«
Beim Wort »warten« erhebt sie sich ungeduldig und erklärt uns, wir sollten uns nicht länger in der Werkstatt aufhalten, entweder habe sich das Wetter gebessert oder wir müßten es unter den gegebenen Umständen versuchen. Rasch sind wir im Freien, rasch haben wir den halbfertigen Sargdek-

kel über unsere Köpfe geschwungen und steigen den Berg hinauf. Unter dem Deckel verspüren wir den Sturm kaum, er schützt uns wie ein Schildkrötenpanzer. Vor unseren Füßen sehen wir immer wieder tote Vögel. In der Wiese ragen die Heuschober wie Kiele von im Eismeer versinkenden Schiffen auf, bald ist es so dunkel, daß wir nur noch unsere Schuhe wahrnehmen. »Dieselbe Straße bin ich mit Deinem Onkel noch zur Hochzeit gegangen«, ruft meine Tante gegen den Sturm. »Zuvor hat mich die Köchin in meinem Elternhaus weiß angekleidet. Dann ist Dein Onkel mit seinen Verwandten und sechs Mädchen in weißen Kleidern gekommen, die mich zur Kirche begleiteten. Schon Tage zuvor hätten Frauen aus der Nachbarschaft mit den Vorbereitungen begonnen: Ein Schwein und Hühner waren geschlachtet, Torten gebacken, Tische, Stühle, Besteck und Geschirr ausgeliehen worden, Wein war im Keller gelagert und ein Harmonikaspieler bestellt. Im Haus Deines Onkels indessen ist der Vater zur Tochter und deren Kind in die Küche gezogen, der Bruder des Vaters in den Kuhstall, wir haben die Stube bewohnt. Die Küche war so eng, daß wir am Morgen das Bett des Vaters in Teile zerlegen und auf den Dachboden stellen mußten, von wo wir es jeden Abend wieder herunterholten und in der Küche aufstellten. Dein Onkel aber, der mit mir zum ersten Mal in der Stube schlief und in einem überzogenen Bett, weinte, als er die weißen Leintücher sah. Am Tag nach der Hochzeit hielt ein Mann mit einem Pferdewagen vor meinem Elternhaus und verlud meinen Schrank mit den Habseligkeiten (meinen Kleidern, Tischtüchern, meiner Wäsche und meinem Hut) und führte ihn zum Haus meines Mannes. Das ist nicht ohne Tränen abgegangen«, fügt meine Tante hinzu. Wir haben den Wald erreicht, und als wir unter dem Deckel aufschauen, stellen wir fest, daß die Sicht besser geworden ist, wenngleich das Schneeflirren unvermindert anhält. Wir begegnen niemandem, nur stoßen wir immer wieder auf neue Schwärme toter Sperlinge. Zuerst sind wir den toten, kleinen Körpern ausgewichen, nun, nachdem wir uns an sie gewöhnt haben, machen wir uns diese Mühe nicht mehr. Wir gehen wie ein Käfer mit sechs Beinen. Inzwischen hat meine Tante von einer Reise mit ihrem Mann, meinem Onkel, zu erzählen begonnen, die sie noch vor der Geburt ihres ersten Sohnes »in das Niederösterreichische«, wie sie rief, unternommen habe. Zuletzt seien sie auf den Schneeberg gestiegen, von wo sie auf die umliegende Landschaft geblickt hätten. Den größten Eindruck habe der weite Ausblick auf sie gemacht, mein Onkel und sie hätten längere Zeit in die tiefen Täler hinuntergeschaut. »Noch oft habe ich davon geträumt«, ruft sie, »wie wir auf dem Gipfel des Schneeberges stehen und über dem Schauen alles vergessen.« In ihren Träumen aber sehe sie die Landschaft tiefer unter sich liegen und so verzerrt, als überblicke sie ein riesiges Gebiet. »Ich habe drei Kinder zur Welt gebracht, doch niemals war ich so ergriffen, wie damals auf dem Schneeberg«, fährt sie fort.* »Dein Onkel arbeitete die ganze Zeit nach dem Krieg im Kohlenbergwerk. Als Zimmermann besserte er in der Nacht die Stollen aus und half tagsüber in der Landwirtschaft. Kam er am frühen Morgen nach Hause, schnitt er bis Mittag Futter, mahlte Mehl, mähte und baute Mais an, ging am Abend einige Stunden zu Bett, um in der Nacht wieder aufzustehen und im Bergwerk zu arbeiten. Daneben war er verpflichtet, seinen Anteil beim Straßenbau zu leisten, der insgesamt fünf Jahre dauerte. Er vergrößerte zudem

* »Du mußt Dir vorstellen, zu Hause hatten wir noch nicht einmal eine Straße. (Ein Motorradfahrer, der sich in unser Gebiet verirrte, blieb im Morast stecken, daß wir ihn mit dem Ochsenkarren nach Pölfing-Brunn bringen mußten. Wir kannten keinen elektrischen Strom, nähten, strickten, arbeiteten an langen Wintern im Petroleumlicht, erst Jahre nach unserer Hochzeit wurde der Bau der Straße begonnen, und erst weitere Jahre später wurden wir an das Stromnetz angeschlossen.) Ich aber war mit Deinem Onkel auf dem Schneeberg, wo noch nie jemand aus unserem Dorf gewesen war und lange niemand hinkommen würde.«

das Haus, damit der Bruder seines Vaters eine eigene Stube bekam und wir die Stiefschwester zu uns nehmen konnten. Öfters litt er an Atemnot, die er, um seine Stellung im Bergwerk nicht zu verlieren, zu verbergen suchte, indem er sich bei der Arbeit absonderte. Bald wurde seine Lungenschwäche augenscheinlich, und schließlich war er zu nichts anderem mehr fähig, als sich ermattet auf die Tischkante zu stützen. Nicht lange zuvor war sein Vater in der Stube gestorben, in der er nun auf sein Ende wartete.«

Der Schnee sticht uns in den Augäpfeln. Die Stiefschwester meiner Tante verliert den Blumenkorb, der wie ein Wagenrad rollend und hopsend über die Böschung springt. Der Fuchspelz, den meine Tante als Kragen auf dem Mantel trägt, ist voll Schnee, ich fühle eisiges Wasser in meine Stiefel dringen. Es hat stärker zu schneien und zu stürmen begonnen, fast ist es, als würden wir in einem fort mit Mehl überschüttet. Und was wir uns nicht erklären können ist, daß die Nacht sich plötzlich in ein dunkles Grau verwandelt, kurz aufhellt, um sich sodann in noch tiefere Finsternis zu hüllen. Für einen Moment habe ich meinen Körpersinn verloren, durch den starken Schneefall, das Schneegestöber, den Schneewirbel irritiert, weiß ich nicht mehr, wo oben und unten ist. Gehe ich auf dem Kopf? Ein dumpfes Brausen hüllt uns ein, so daß wir, auch wenn wir es wollten, kein Wort verstehen könnten. Allein, daß wir erahnen, nicht weit vom Haus entfernt zu sein, gibt uns Kraft. Die Ribiselbüsche ragen nur mit den Spitzen aus dem Schnee, aber an ihnen erkennen wir, daß wir jetzt den Hügel zum Haus meiner Tante ersteigen. Bis zu den Hüften im Schnee stapfen wir auf das Haus zu, die eisige Kälte und Feuchtigkeit verursacht uns Schmerzen, aber weder meine Tante noch ihre Stiefschwester geben einen Klagelaut von sich. Nur wenn wir noch tiefer im Schnee versinken, atmen wir die kalte Winterluft zischend zwischen den Zähnen ein.

# Landläufiger Tod

## 1

Da wir Imker im Winter lange schlafen (wir haben nur dafür zu sorgen, daß die Bienen durch keinen Lärm gestört werden, weil ansonsten die Gefahr bestünde, daß ganze Völker an der Darmseuche zugrunde gehen), verließ ich selten unser Haus. Der Keller ist unsere Werkstatt. Dort steht die Honigschleuder, dort befinden sich die verschiedensten Maschinen und Geräte, die wir für unsere Arbeit benötigen, dort basteln und bespannen wir die Holzrahmen mit Draht, die die Bienen zum Bau der Waben benötigen. Bald türmen sich ganze Stapel dieser Rahmen bis zur Decke. In braunes Papier eingewickelt sind die Wachsplatten aufgeschichtet, mit denen wir die Rahmen ausstatten; ihr Duft erfüllt den Keller wie auch der Geruch der Äpfel, die in den Steigen lagern. Bis zum Frühjahr haben wir an die viertausend Rahmen aus Fichtenholz hergestellt. Wir sind geübt im Herstellen der Rahmen, und die Tätigkeit geht ohne Hast vor sich. Mein Vater ist im Keller wenig gesprächig. Er macht auch bei den einfachsten Handgriffen den Eindruck, als sei er in die Arbeit vertieft. Und da ich nicht in der Lage bin, ein Gespräch zu beginnen, herrscht Stille. Woran denkt mein Vater, frage ich mich.*

Nach dem Schneesturm, der einigen Schaden an unseren Magazinen angerichtet hatte und durch den wir ein Dutzend Völker verloren hatten, wehte seit dem Morgen ein heftiger Wind. Wir hatten soeben beschlossen, im Laufe des Nachmittags einen Teil unserer Standorte aufzusuchen, als meine Tante mit der Nachricht kam, daß die

* Wären seine Gedanken sichtbar wie Himmelserscheinungen, wie würden wir uns wohl verhalten? Und wie würden wir miteinander sprechen? Ich stelle mir vor, wie es auf seine Gedanken hin zu regnen beginnt, oder in welchen Farbtönen sich der Horizont seines Kopfes verfärbt.

Bienenmagazine hinter dem nicht mehr benützten Schweinestall des Doktors von einem Windstoß umgeworfen und in den Schnee geschleudert worden seien. Sogleich machten mein Vater und ich uns mit dem nötigen Werkzeug auf den Weg. Für unsere Fahrten verwenden wir einen kleinen Lastwagen, auf den wir im Winter Schneeketten aufgezogen haben. Rüttelnd fuhren wir durch das Auf und Ab der Hügellandschaft. Es war äußerst kalt, denn die Wirkung der Heizung wurde erst nach einiger Zeit spürbar. Mein Vater trug einen Schladmingerrock über seinem Arbeitsoverall, ich vergrub mich in meiner Parkajacke. Noch ehe wir Wärme fühlten, sahen wir das Ziegeldach und den unverputzten Schweinestall im Schnee wie eine klaffende Wunde. Gleich darauf wurde das auf Grundmauern errichtete Holzhaus des Doktors sichtbar. (Übrigens war es nicht sein Eigentum.) Eine Reifenspur führte bis zu seinem Wagen, der unter dem Nußbaum abgestellt ist. »Also ist der Doktor zu Hause«, sagte ich mir. Wir gingen um den Schweinestall herum, im Graben bellte ein Hund, und um die Gebäude war das Sausen des Windes zu hören, der sich knatternd in der Plane unseres Lastwagens verfing. Der Schweinestall lag am Rande des Hügels, so daß wir bergab stiegen. Bevor wir jedoch unsere Bienenstöcke sahen, erblickten wir den Doktor. Bis zu den Knien im Schnee trug er ein Magazin auf den Stand und stellte es vorsichtig ab. Wir sahen sofort die Bienen, die erstarrt auf kleinen Haufen zusammenlagen. Mein Vater war zum Lastwagen zurückgelaufen und mit dem Handbesen und Packpapier wiedergekommen, währenddessen reinigte der Doktor seine angelaufene Brille. »Sind Sie der junge Lindner?« fragte er. Ich nickte. »Ja«, sagte mein Vater, »er ist mein Sohn.« Er hatte jetzt das Papier neben einem der Bienenhaufen ausgebreitet, kehrte ihn hinauf und leerte ihn in das erste Magazin. Der Doktor war nähergetreten und beobachtete meinen Vater. »Die Königinnen fehlen«, sagte mein Vater.

Ich schaute mich um und fand sie sogleich. Ich hatte ein Stück Papier unter sie geschoben und sie aufgelesen, mein Vater hatte inzwischen das andere Bienenvolk in das zweite Magazin geleert und kam mir entgegen. »Nur wissen wir jetzt nicht, welche Königin zu welchem Volk gehört«, sagte er. »Kommen Sie herein«, unterbrach uns der Doktor mit einem fragenden Tonfall. Wir folgten ihm in das Haus. Auf dem Küchentisch stand ein Mikroskop, Bücher stapelten sich auf der Kredenz. Neben dem Ofen trockneten grüne, gefütterte Gummistiefel. Sofort trat mein Vater an den Ofen heran und hielt das Papier mit den Königinnen über die Herdplatte. Der Doktor beobachtete ihn schweigend, auch ich trat gespannt dazu und wartete, ob es uns gelänge, die Königinnen aus der Kältestarre aufzutauen. »Wenn es kälter als zwei Grad wird, erstarren die Bienen«, sagte mein Vater. Der Doktor griff in einen großen Korb und legte ein paar Holzscheite nach. Gleich darauf begannen sich die Beine der Insekten zu bewegen. »Sehen Sie?« fragte mein Vater. »Nur wissen wir jetzt nicht, welche Königin zu welchem Volk gehört.« Mein Vater wiederholt alle Sätze, die ihm wichtig sind. Wir stürzten hinaus zu den Magazinen, mein Vater überlegte kurz und setzte dann die Bienenköniginnen in die beiden Stöcke. Er wartete nicht ab, sondern ging in das Haus zurück. Der Doktor hatte aus einem Blechtopf Tee in Schalen gegossen und eine Flasche Zwetschgenschnaps auf den Tisch gestellt. »Es ist Zufall, wenn es stimmt«, sagte mein Vater, goß etwas Schnaps in seine Tasse und knöpfte den Stutzer auf. Die Küche war geräumig. An der Wand ein ausgestopfter Nußhäher und mehrere Ansichtskarten. Eine Küchenkredenz und ein Speisekasten waren weiß gestrichen, eine Eckbank und ein Tisch, wie sie hier überall zu finden sind. Hinter den Glasscheiben der Kredenz waren Medikamente aufgetürmt, daneben medizinische Instrumente. Die größte Unordnung herrschte im Raum! In der Abwasch Gläser,

Abfall quoll aus einer Plastiktüte. Jetzt erst beachteten wir unsere Umgebung. In einem geöffneten schwarzen Köfferchen reihten sich mikroskopische Präparate auf Glasplättchen. Wen wunderte es da noch, daß der Doktor nur zu Hausbesuchen gerufen wurde! Wie aus dem Schlaf in einem fremden Raum erwacht, fand ich mich in der Küche wieder. Sein Keuchen anhaltend, machte mein Vater kurze, hastige Schlucke, stellte die Tasse ab, hob sie an die Lippen, verharrte so eine Weile und nahm einen neuen Schluck. Neben der Kredenz sah ich eine Schrotflinte lehnen. Der Doktor hatte inzwischen in den Präparaten gestöbert, ein Plättchen in das Mikroskop geschoben und einen Schalter angeknipst. Er stellte den Tubus ein, drehte das Rädchen, das zweite Auge war geöffnet und starrte leblos auf die Tischplatte. Es überraschte mich schon nicht mehr, daß mir Bartstoppeln in seinem Gesicht auffielen. Auch stand, halb verdeckt von zum Trocknen aufgespannter Wäsche, ein Bett mit einem hohen Kopf- und Fußteil in der Küche. Inzwischen blickte mein Vater durch das Mikroskop.
»Lassen Sie beide Augen geöffnet«, sagte der Doktor. »Im Winter schlafe ich in der Küche«, wandte er sich an mich, »während ich im Sommer auf dem Dachboden schlafe. Da der Hausbesitzer den Mais zum Trocknen auf den Dachboden gehängt hat, wimmelt es von Ratten. Sie können sich vorstellen, wie sehr die Geräusche meinen Schlaf belästigen. Ferner hat sich ein Eichhörnchen unter der Holzdecke der Kammer eingenistet, das in der Nacht rumort, und die Katzen des Nachbarn kommen bei Einbruch der Dunkelheit durch Luken unter dem Dach, um Beute zu machen.«
»Schau' durchs Mikroskop«, sagte mein Vater zu mir.
Ich tauschte mit ihm den Platz und sah einen gelblichen, stark vergrößerten Bienenkopf vor mir.
Nach einer kurzen Pause fügte mein Vater (in leisem Tonfall) hinzu: »Mein Sohn ist stumm.«

»Ich weiß«, antwortete der Doktor. Um abzulenken und den Unbefangenen zu spielen, fragte mich mein Vater unvermittelt: »Was siehst Du? – Übrigens sollst Du auch das andere Auge geöffnet lassen.« Ich sehe einen Bienenkopf von vorne, dachte ich. Den behaarten Kopf. Wie Wülste stehen oben die Facettenaugen heraus. Die Fühler hängen schlaff herunter. Ferner erkenne ich den Saugrüssel und die Oberkiefer wie Zangen vor dem Mund. Anstatt etwas zu sagen, hob ich den Kopf. Nun wußte mein Vater, daß ich ihn verstanden hatte.
»Warte«, sagte mein Vater, und der Doktor steckte ein anderes Glasplättchen in das Mikroskop. Es war der Querschnitt durch eine Biene. Gleich erschien auch ein Schatten auf der Bildfläche (die mich durch das lange Hinschauen einnahm wie eine Kinoleinwand), es war die Sonde des Doktors, wie ich mit dem geöffneten Auge feststellte. Die Beine der Biene waren allerdings abgezwickt, weshalb sie einer Mumie ähnelte.
»Am Kopf die drei Drüsen«, hörte ich den Doktor sagen.
»Die Futtersaftdrüse. Die Vorderkieferdrüse. Die Kopfspeicheldrüse«, fuhr mein Vater fort.
»Lassen Sie mich sehen!« rief mein Vater. Er schob mich zur Seite.
Er hatte jetzt die Schultern angezogen vor gespannter Neugierde. »Und tatsächlich, die Speiseröhre zur Honigblase und davor die Brustspeicheldrüse.« Der Doktor sagte nichts, erhob sich und legte sich auf das Bett.
»Ich werde zumeist in der Nacht gerufen«, entschuldigte er sich.
»Das verstehen wir«, antwortete mein Vater, noch immer durch das Mikroskop blickend. »Ziehen Sie sich ruhig die Stiefel aus.« Er drehte an den Schrauben und Schräubchen, was ihm sichtlich behagte. Der Doktor hatte sich inzwischen mit dem Gesicht zur Wand gedreht. »Bleiben Sie nur, bleiben Sie nur«, hatte er dabei ausgerufen.

»Herr Dr. Ascher«, sagte plötzlich mein Vater, »ich würde Sie bitten, meinen Sohn zu untersuchen! Nicht, daß wir uns Hoffnung machen, aber es ist doch tröstend, sich nicht ein ums andere Mal sorgen zu müssen, ob sich sein Zustand bessern wird. Versetzen Sie sich doch bitte in meine Lage. Diese ewigen Gedanken: Ist es endgültig?«
Müde winkte mich der Doktor zum Bett. Ich hatte mich über ihn zu beugen und mein Hemd aufzuknöpfen. »Sicher betrachtet er jetzt meine Narbe«, sagte ich mir, als ich aus dem Fenster in den Winter hinausschaute. Auf der Straße unten ging der alte Wanderknecht vorbei, seine Stiefel waren wegen der Kälte mit Fetzen umwickelt, die Hutkrempe flatterte im Wind. Immer wieder griff er mit einer Hand zur Kopfbedeckung, um sie am Wegfliegen zu hindern.
»Seine Frau ist vor einigen Wochen aus der Lungenheilanstalt entlassen worden«, erklärte der Doktor, während er mit vorsichtigen, zarten Fingerkuppen meine Narben abtastete. Wie konnte der Doktor vom Bett aus wissen, daß der Wanderknecht vorbeiging? Das Bett reichte nicht bis zur Fensterbank, und der Doktor hatte kein einziges Mal den Kopf gehoben, um hinauszusehen!
»Ich nehme an, Sie haben den Wanderknecht unten auf der Straße vorbeigehen sehen, der immer um dieselbe Zeit vom Nachbarn Milch holt?« richtete sich der Doktor an mich. Er hielt seine beiden Hände so, als umarmte oder würgte er mich oder wollte mich zu sich herunterziehen. Ich nickte.
Der Doktor schaute mich mit sanften Augen an und legte die Hände auf seine Brust. Mein Vater schob mir das Mikroskop hin, forderte mich auf hineinzuschauen und fragte dann: »Und?«
Der Doktor schwieg. Vielleicht schüttelte er den Kopf, was ich aber nicht sehen konnte, da ich den Bienenkörper betrachtete. Als ich den Kopf wieder hob, sah ich meinen Vater auf einem Stuhl neben dem Bett sitzen und mit

verdrehtem Kopf sein Ohr zum Mund des Doktors beugen. Er schaute zu mir zurück, während der Doktor ihn unverwandt anblickte. Daraufhin stand mein Vater auf und griff nach der Teeschale.
»Nehmen Sie, nehmen Sie nur«, rief der Doktor. Während mein Vater mit einem Schöpfer aus dem Blechhefen Tee entnahm, schrieb ich auf ein Papier: »Woran ist der Löwe verendet?« (Denn seit dem frühen Morgen sprach alles vom toten Löwen des Zirkusdirektors.)
Der Doktor nahm den Zettel und antwortete: »An Rachenwürmern. Zuletzt befallen sie das Gehirn, das ist das Ende.« Mein Vater, der aufmerksam zugehört hatte (er läßt sich nicht das Kleinste entgehen), fügte bewundernd hinzu: »Sie wissen Bescheid! Im übrigen habe ich in Erfahrung gebracht, daß Sie alle unsere Lebensläufe aufgeschrieben haben. Meine Schwester hat sogar behauptet, daß Sie genauer Bescheid wüßten als die betreffenden Familien . . .« »Hier«, sagte der Doktor und holte ein schwarzes Notizbuch aus der Innenseite seiner Jacke, »ist eines meiner Notizbücher, in das ich meine Aufzeichnungen mache.«
Mein Vater beugte sich vor, als hätte er noch nie ein Notizbuch gesehen. »Auch ich«, antwortete er, »habe – als ich begann, Bienen zu züchten – Aufzeichnungen gemacht.« Ich war froh, daß mein Vater jetzt sprach, denn für mich sind Gespräche anstrengend. Häufig ermüdet mich das Aufschreiben meiner Fragen und Antworten und Gedanken so sehr, daß ich mich lieber nicht beteilige. Zu meiner Überraschung machte der Doktor im selben Augenblick eine Gebärde der Taubstummensprache, die bedeutete: »Ist Dir langweilig?« Mein Vater unterbrach seine Rede und zeigte mir, da auch er der Gebärdensprache kundig ist, daß, wenn mir langweilig wäre, ich die mikroskopischen Präparate betrachten oder hinausgehen und überprüfen möge, ob wir die richtigen Königinnen zu den richtigen Völkern gesteckt hätten. Dann fuhr er in der

Gebärdensprache fort; daß er 1928 in Kopreinigg geboren wäre und als siebenjähriger Bub von seinem Onkel zwei Bienenschwärme bekommen hätte, daß er die Schwärme vom Birnbaum selbst hätte herunterholen müssen, daß er dabei kräftig gestochen worden wäre, daß er zuerst beim Silberschneider, der 120 Völker gehabt hätte, zwei Bienenkästen gekauft hätte, daß – als er die Schwärme eingefangen hätte – gerade ein Gewitter aufgekommen wäre, daß er Furcht empfunden hätte, daß er mit sich selbst laut geredet hätte, daß ihn sein Onkel dabei gehört hätte, daß er dauernd in die Bienenkästen geschaut hätte, daß er häufig mit einem Stock im Flugloch gestochert hätte (um die Insekten zu reizen), daß er auch in das Flugloch geblasen hätte (falls sie nicht sofort angeflogen wären), daß die Bienen, wenn sie laufend gereizt würden, häufig angriffen, wenn jemand nur an den Stöcken vorübergehe, daß er einmal von einem kleinen Schwarm zwischen die Augen gestochen worden wäre, daß er daraufhin einige Tage im Bett hätte verbringen müssen, weil er nichts hätte sehen können. Daraufhin lachten wir drei in die Stille hinein. »Sind Sie imstande, alles zu verstehen?« fragte mein Vater mit Handzeichen. Der Doktor antwortete, daß er, wenn er etwas nicht verstünde, es sich denken könnte. Eines ergebe sich aus dem anderen. Darauf fuhr mein Vater fort, daß die Geschwulst über dem Auge so groß gewesen wäre, daß er, um sehen zu können, sie hätte hin und herschieben müssen. Wieder lachten wir. Mein Vater wiederholte diesen Satz, um sich vor dem Doktor aufzuspielen, und berichtete, daß er auch schon in den Augapfel gestochen worden wäre, daß dieser Stich sehr schmerzhaft wäre, daß ein Stich in die Nasenlöcher ebenso unangenehm wäre (da sei leicht lachen, fügte er eine sprachliche Lieblingswendung hinzu), daß er durch Aushilfsarbeiten beim Onkel mit den Bienen vertraut geworden wäre und die zahlreichen Stiche, die er erhalten hätte, ihn immun gemacht hätten, daß die Stichwunden zwar schmerzten, jedoch nicht mehr anschwellten, daß er aber befürchte, im Alter wieder empfindlich zu werden, daß er in die ersten Bienenstöcke mehrmals am Tag hineingeschaut hätte, daß er zu der Zeit, als er hätte zum »Volkssturm« einrücken müssen, 27 Völker besessen hätte, daß es nach dem Krieg infolge der Geschicklichkeit seiner Familie schon über 40 gewesen wären, daß damals der Honig der einzige Süßstoff gewesen wäre, daß die Tracht sehr reichlich gewesen wäre, daß die Bewohner weder Spezialkulturen angelegt gehabt, noch chemische Unkraut- und Ungeziefervertilgungsmittel verwendet hätten, daß er lange Zeit Blätterstöcke verwendet hätte, daß er diese in zwei großen Bienenhäusern aufgestellt gehabt hätte, daß er davon jedoch nicht hätte leben können, daß er im Bergwerk Kohle zutage gefördert hätte, daß der Abbaustollen nur einen halben Meter hoch gewesen wäre, daß sie liegend hätten arbeiten müssen, daß der Verdienst gering gewesen wäre, daß er sich immer mehr den Bienen gewidmet hätte, daß die Blattstöcke so gebaut gewesen wären, daß sich unten die Brut und oben der Honig befunden hätte, daß dazwischen ein Absperrgitter befestigt gewesen wäre (damit die Königin nicht habe hinaufkönnen), daß die Magazine, welche er nun verwende, den Vorteil hätten, zwei Bruträume und bis zu drei Honigräume aufzuweisen, daß dadurch mehr Beute zustande käme und die Bienen nur noch wenig schwärmten, daß er von den Magazinen vor einem Vierteljahrhundert in der Imkerzeitung, welche sich die »Bienenwelt« betitle, gelesen hätte, daß er in Hollabrunn fünf Magazinstöcke gekauft hätte, daß die Magazine ein anderes Ausmaß gehabt hätten als die heutigen, daß, was die Maße betreffe, die größte Unordnung herrschte, daß jeder Imker ein anderes Maß bevorzugte, daß jeder Imker mit den Bienen nach seinem Dafürhalten arbeitete und glaubte, seine Methode wäre die beste, daß er mit 600 Völkern am Ende seiner Möglichkeiten stünde (da ich, sein Sohn, seine einzige

Arbeitskraft wäre), daß er nur im Sommer, wenn er mit den Magazinen auf die Alm führe, Jugoslawen für die Arbeit aufnehme, daß er nun ein Wanderimker wäre, daß er gezwungen wäre, mit den Bienen zu wandern, da durch die Spezialkulturen und Giftstoffe eine ausreichende Ernte an einem festen Standplatz nicht mehr zu erzielen wäre, daß er, seit er Wanderimker wäre, nicht mehr im Bergwerk arbeitete, daß das Bergwerk schon seit zwanzig Jahren stillgelegt wäre, daß es noch vieles zu erzählen gebe, er durch die Gebärdensprache jedoch ermüdet wäre, daß er nun schließen wollte, daß er nach der langen Stille nicht sprechen wollte.
Tatsächlich hatte uns die Stille in ein Schweigen hineingezwungen. Der Doktor hatte sich uns zugedreht und begann, sich Aufzeichnungen zu machen, während ich zum Korb ging und Holzscheite nachlegte. Mein Vater bückte sich über das Mikroskop, drehte an den Schrauben, nahm das Präparat heraus und schob ein anderes hinein. Da sah ich hinter dem Fenster das Gesicht des Zirkusdirektors. Er hatte es so fest gegen die Scheibe gepreßt, daß das Glas dort, wo sich sein Mund befand, abwechselnd anlief und abtaute. Offenbar sah er uns nicht. Ein Windstoß zauste sein dunkles Haar in die Höhe, nun machte es gar den Eindruck, als triebe er ertrunken um das Haus. Gleich darauf verschwand er, um im nächsten Augenblick durch die Tür einzutreten. Ohne uns zu beachten, begab er sich an das Bett des Doktors und ersuchte ihn um ein Attest. »Es ist, müssen Sie wissen, ein Gerücht aufgetreten«, ereiferte er sich, »daß einer meiner Löwen an der Wutkrankheit verendet sei.« Dieses Gerücht verfolgte ihn schon seit den ersten Tagen, die er unterwegs wäre, um Nahrung für seine Tiere aufzutreiben. Wo immer er hinkäme, hätte ihn das Gerücht schon eingeholt. Er ersuchte daher um ein Attest, daß das Tier an verdorbener Nahrung zugrunde gegangen wäre. (Auf diese Weise könnte er gleichzeitig auf seine Notlage

hinweisen und dem Gerücht entgegentreten.) »Wenn Sie«, beschwor er den Doktor, »noch hinzufügten, daß die in der Nahrung verborgenen Würmer dem Raubtier den Tod bereitet hätten, so hätten Sie mir vollständig geholfen!« Dafür wollte er ihm selbstverständlich jedes geforderte Honorar bezahlen. »Sie haben den toten Löwen doch beschaut?« schloß er und spielte auf die Rachenwürmer an. Gerade wollte ich den Doktor über die Intrigen des Zirkusdirektors aufklären, als mir einfiel, daß der Arzt auf das Geld angewiesen sein könnte. Auch schien der Zirkusdirektor keine Gefahr von mir zu erwarten (nur meinem Vater warf er einen argwöhnischen Blick zu). »Setzen Sie sich«, sagte der Doktor. Er sprang aus dem Bett, reinigte die Brille mit einem Taschentuch und suchte etwas in seiner Instrumententasche. Im Nu hatte er einige Zeilen auf den Rezeptblock gekritzelt, das Blatt abgerissen und es dem Zirkusdirektor gereicht. »Und jetzt gehen Sie«, sagte er gereizt. »Zwar will ich Ihnen behilflich sein, ich rate Ihnen jedoch, mit Ihren Taschenspielertricks nicht zu weit zu gehen.« Damit begab er sich, dem Zirkusdirektor abrupt den Rücken zukehrend, wieder zu Bett. Schon im Gehen warf der Zirkusdirektor einige Münzen auf den Tisch, und kurz darauf hörten wir das Geräusch seines Wagens in der Ferne leiser werden.
»Es ist, als hätte sich alles gegen mich verschworen«, sagte der Doktor, warf die Stiefel auf den Boden und begann, die Arme hinter dem Rücken verschränkt, unruhig auf und ab zu gehen. »Es gibt Zeiträume, in denen sich niemand meldet. Niemand klopft an die Tür. Niemand ruft an. Meine Frau in der Stadt kann ich nicht erreichen, geschweige das Kind. Ich liege auf dem Rükken im Bett, in Wirklichkeit aber fliege ich wie ein Nachtfalter unter der Decke. Unruhig flattere ich durch das Haus, die Holztreppe zum Dachboden hinauf, wo inmitten einem Berg von Maiskolben ein schiefer Stuhl steht, auf dem eine Axt liegt. Ich weiß, in welchem Winkel

Insekten vertrocknen, kenne die Löcher in den Bodenbrettern, durch die die Mäuse schlüpfen, jede undichte Stelle des Küchenherdes, die vom Ruß schwarz gefärbt ist, jeden Sprung im Geschirr, jedes stumpfe Messer, jede Unebenheit der Fensterscheiben, die Form jedes Kruges auf der Kredenz ... kein Geräusch ist mir fremd, weder das Pfeifen und Scharren der Nagetiere, noch das Knakken im Schrank, noch das Ticken der Weckeruhr oder das Schlagen der Fensterbalken im Sturm. Ohne aufzustehen, sehe ich jede Einzelheit des Hauses, und ohne Anstrengung kann ich mich den Gegenständen aus jeder gewünschten Perspektive nähern. Ich kann sie von unten sehen wie eine Schlange, von oben wie eine Fliege, ich kann durch die Räume schwirren wie eine Fledermaus oder in ihnen verweilen, als wäre ich selbst ein Gegenstand. Ich brauche nur meine Arme von mir zu strecken. So liege ich mit geschlossenen Augen im Bett. Dann wiederum läuft man mir die Tür ein. Gestern holte man mich zu einem Kleinkind, das plötzlich verstorben war. Das Kind lag auf dem Küchentisch, vollständig entkleidet. Ich sah die kleinen Finger und Zehen, den rosa Körper. Man brachte mir alles, wonach ich verlangte, in größter Eile, als könnte ich das Kind wieder lebendig machen. Ich sagte, ich könne das Kind nicht mehr zum Leben erwekken, worauf man mich auf den Knien anflehte, nichts unversucht zu lassen. Schließlich hatte ich keine andere Wahl, als das Kind in die Instrumententasche zu packen und mitzunehmen. In meiner Verwirrung nahm ich es mit nach Hause, legte es hier auf das Bett und schaute es an. Ich verstand selbst nicht mehr, weshalb es mir nicht gelingen sollte, es wieder aufzuwecken. (So dachte ich bereits!) Nach einer Weile steckte ich es wieder in die Instrumententasche und lieferte es im Krankenhaus ab ... Ein anderes Mal werde ich zu einer alten Frau gerufen, die sich mehrere Messerstiche zugefügt hat. Ich finde sie verblutet am Tisch sitzend, in sich zusammengesunken. Meine Aufgabe besteht darin auszuschließen, daß fremdes Verschulden vorliegt. Ich muß die Hände und Arme nach Abwehrverletzungen untersuchen, natürlich bemerke ich den Rasierspiegel auf dem Tisch, in dem sie sich bei ihrer Handlung beobachtet hat. Ich finde auch die Probestiche, untrügliche Zeichen von Selbstmord: Oberflächliche, nur die Haut betreffende, kratzerartige Verletzungen am Beginn des Schnittes, die vom zaghaften Ansetzen des Messers stammen, sowie mehrere parallel oder ganz spitzwinklig zum Rand der eigentlichen Schnittwunde verlaufende Hautverletzungen von den ersten Versuchen . . . Am häufigsten holt man mich zu Erhängten. (Ich kenne jeden Gendarmen der Umgebung.) Die Menschen hängen sich mit Vorliebe in der Dunkelheit auf: auf Dachböden, in Weinpressen, in aufgelassenen Viehställen. Ohne es zu wissen, wählen sie die angenehmste Art der Selbsttötung. Ich kann Ihnen versichern, daß beim Erhängen ein Gefühl der Glückseligkeit vorherrscht. Es gibt Berichte von geretteten Selbstmördern, die alle die gleichen Merkmale hervorhoben: ein Glücksgefühl, eine gewisse Empfindungslosigkeit, die Schnelligkeit der Gedanken und Einbildungen vor der Bewußtlosigkeit, sowie eine Panoramaschau aus dem früheren Leben.«

Wir schwiegen, während der Doktor auf- und abging. »Manchmal bin ich darüber erstaunt, daß ich es noch nicht getan habe«, fuhr er nach einer Weile fort. »Übrigens dürfen Sie diese Feststellung nicht mit Verzweiflung verwechseln. Das Glück ist nicht weniger schwer zu ertragen als die Trauer, die Langeweile nicht weniger schwer als die Überforderung, geliebt zu werden nicht weniger schwer als verlassen zu werden. Deshalb verschaffe ich mir, so denke ich, Betäubung, deshalb trinke ich, deshalb lese ich, spreche ich mit Ihnen nutzloses Zeug, suche ich Bilder im Mikroskop. Und dann: Es handelt sich beim Entschluß, sich zu töten, nicht um einen schwerwiegen-

den Vorsatz, wie man annimmt. Im Gegenteil, ich empfinde nicht die geringste Furcht bei der Vorstellung, mich auf irgendeine Weise zu töten.«
Mein Vater war unruhig geworden. Immer, wenn er unruhig ist, wippt er mit den Füßen. (Mein Vater ist nicht häufig unruhig, als Bienenzüchter ist er im Gegenteil ein ausgeglichener Mensch; außerdem sind wir im Umgang mit den Bienen gezwungen, uns langsam zu bewegen, was uns zur Gewohnheit geworden ist.)
»Wir müssen die Magazine in einer windgeschützteren Lage aufstellen«, sagte er zu mir, »und uns davon überzeugen, daß wir die richtigen Königinnen zu den richtigen Völkern gesteckt und daß sich die Völker erholt haben.«
Daraufhin erhob auch ich mich. Der Doktor jedoch schien es nicht zu bemerken.
»Wir müssen auch morgen wieder nach den Bienen sehen«, sagte mein Vater wie zur Entschuldigung und ging hinaus. Ich folgte ihm rasch, denn auch ich hatte die Worte des Doktors als bedrückend empfunden.
»Morgen, morgen . . .«, hörte ich ihn noch sagen.
Im Laufschritt und wortlos begaben wir uns zu den Bienen, in größter Eile machten wir unsere Handgriffe, überzeugten uns davon, daß wir die Völker und Königinnen gerettet hatten, und sprangen in unseren kleinen Lastwagen. Mein Vater rief, als wir bereits fuhren: »Verrückt!«
Ich nahm ein Stück Papier heraus. Mein Vater bemerkte es und fragte mich im gleichen rufenden Tonfall: »Sondern?«
»Gescheitert«, schrieb ich auf und hielt das Papier meinem Vater hin.

## 2

Es war der heißeste Sommer seit Menschengedenken. Manche behaupteten, in den vergangenen hundert Jahren sei noch nie so wenig Regen bei uns gefallen wie diesmal. Die Alten lagen stöhnend in ihren Kammern, und der Zirkus öffnete rundherum die Zeltplanen, daß man von weitem der Vorstellung beiwohnen konnte, denn das zahlende Publikum hätte es ansonsten vor Hitze nicht ausgehalten. Die Erde bekam so tiefe Risse, daß man an manchen Stellen meterweit in das Innere sehen konnte, und die Maiskolben vertrockneten auf den Kukuruzpflanzen. Die Brunnen neben den Häusern waren versiegt, und das Wasser für das Vieh wurde mit dem Traktor herangeschafft. Nicht einmal der automatische Mensch ging bei Tag noch über die Landstraße, sondern schlief unter einem Zirkuswagen, bis die Sterne am Himmel erschienen, um sich erst dann auf den Weg zu machen. Mein Vater und ich beeilten uns, die Bienenmagazine in die Berge zu bringen, wo es kühler war und nachts mitunter Regen fiel. Der Vormittag, an dem wir vor dem Hause Dr. Aschers die Honigrahmen aus den Magazinen nahmen und die Bienen auf unseren Wagen verluden, war dunstig und stickig, und wir arbeiteten mit nacktem Oberkörper, obwohl die Bienen stechlustig waren. Allerdings hatte ich den Imkerhut auf dem Kopf. Überall auf den Straßen lagen Schlangen in der Sonne. Sie waren die Meister der Hitze. Dreist wie nie für möglich gehalten, wichen sie den Menschen nicht aus, die ihrerseits aus Angst einen großen Bogen um sie machten. (Manche der Reptile ließen sich sogar lieber überfahren, bevor sie den Sonnenplatz auf der glühenden Straße aufgaben.) Hornissen und Wespen fielen oft bei der flüchtigsten Bewegung eines Dorfbewohners über ihn her und verfolgten ihn in das Haus. Am schlimmsten aber waren die tollwütigen Füchse, die sich in den Höfen niederließen und darauf warteten, daß man sie erschoß. Vergeblich bemühte sich der alte Mautner, das Wetter zu beschwören, zeigte sich einmal eine Wolke am Himmel, so löste sie sich für gewöhnlich in kürzester Zeit auf. Mein Vater, der wie gesagt ohne Gesichtsschutz arbeitete, bemerkte schon bei unserem Eintreffen, daß die

Tür zum Haus des Doktors offenstand, ohne daß dieser sich blicken ließ. (Mein Vater wunderte sich zwar darüber, denn es ist selbstverständlich, daß man uns begrüßt, wenn wir die Bienen wegschaffen, andererseits hatte er nicht den Wunsch, dem Landarzt zu begegnen, wenngleich er nicht schlecht über ihn dachte.) Bevor wir unsere Arbeit noch zu Ende gebracht hatten, schickte mich mein Vater, Most oder Wasser zu holen, denn der Schweiß lief über unsere Körper. Ich stapfte hinter dem aufgelassenen Schweinestall hervor und klopfte an die angelehnte Tür, ich erhielt aber keine Antwort. Vorsichtig drückte ich gegen die Tür. Ich hatte noch immer den Imkerhut auf dem Kopf und sah alles durch das feinmaschige Netz vor meinen Augen. Im Vorraum war es dämmrig, die Tiefkühltruhe brummte. Wieder blieb ich stehen, um zu lauschen. Möglicherweise war der Doktor weggegangen oder er schlief. Aber weshalb stand die Haustüre offen? Ich bemerkte, daß auch die Küchentüre nur angelehnt war, und trat ein. Im nächsten Augenblick prallte ich zurück. Im Bett an der Wand lag der Doktor. Über seiner Brust hielt er eine Schrotflinte, und die Wand war mit großen Blutflecken bis zur Decke bespritzt. Vor Schreck war ich zu gelähmt, um etwas zu tun. Dann lief ich hinaus. »Was ist?« rief mein Vater, als er mich sah. »Was ist?« Ich stieß nur einen Laut aus und zerrte an seiner Kleidung. Im Laufschritt folgte er mir zum Haus, in das ich ihn hineinschob. Er blieb kurz fort und erschien mit weit aufgerissenen Augen wieder. »Wir müssen die Gendarmen holen«, sagte er. Wir ließen alles stehen, wie es war, erst jetzt riß ich mir den Imkerhut vom Kopf und sprang auf den Nebensitz.

## 3

Die schwitzenden Gendarmen wachelten sich mit ihren Kappen Luft zu und stierten uns aus abwesenden Augen an. Nachdem wir zu Protokoll gegeben hatten, was wir gesehen, erfuhren wir vom Doktor, der den Leichnam an Ort und Stelle untersuchte, daß es sich mit großer Wahrscheinlichkeit um Selbstmord handelte. Die Gründe schienen niemandem rätselhaft. Mein Vater ergänzte seine Aussage um das Gespräch, das wir (zuletzt) mit dem Doktor geführt hatten, und die Gendarmen nickten. Zwei von ihnen standen vor dem Haus, vor dem sich trotz der großen Hitze immer mehr Menschen ansammelten. Alles schwieg. Ich ging in den ehemaligen Kuhstall, in dem der Doktor das Holz für den Winter aufbewahrte, und sah dort eine Ringelnatter liegen. Auf das Geräusch meiner Schritte verschwand sie langsam im aufgeschichteten Brennholz. Im Kuhstall befindet sich auch das Klosett, auf dem ich mich übergab. Als ich wieder ins Freie trat, hatte ich den Wunsch, den Hof so rasch wie möglich zu verlassen. Den ganzen übrigen Tag, den wir – nachdem uns die Gendarmen nicht mehr brauchten – in den Bergen verbrachten, wo wir die Bienenmagazine aufstellten, sprach mein Vater von nichts anderem als dem Selbstmord des Doktors, den er als eine »Schande« bezeichnete. (Einmal, so hörte ich heraus, meinte er damit die Schande, die uns der Doktor mit seinem Selbstmord angetan hätte, dann wieder die Schande, in die er sich gestürzt hatte, zuletzt warf er der Bevölkerung vor, es sei eine Schande gewesen, den Doktor so elend sterben zu lassen.) Schon zwei Tage nachdem wir den Doktor aufgefunden hatten, war in der Zeitung zu lesen gewesen, daß er nachgewiesenermaßen Selbstmord begangen hatte. Man brachte den Leichnam in die Stadt, und wir hörten nichts mehr über den Fall. Das Haus, in dem er sich das Leben genommen hat, steht seither leer, und die Balken sind geschlossen. Einmal nur hieß es, daß man Gegenstände aus dem Nachlaß käuflich erwerben könne, und mein Vater ging aus Neugierde hin und kehrte mit verschiedenen Sachen zurück.

# 2. Buch

# Berichte aus dem Labyrinth

## Sieben nicht abgeschickte Briefe aus dem Irrenhaus

In der Trostlosigkeit der Anstalt erinnert mich der stündlich an der Mauer vorbeifahrende »Rote Blitz«, daß ich sozusagen nicht mehr außen bin, sondern innen. Pfleglinge tragen blauweißgestreifte Pyjamas und irren durch die Gänge. Je länger ich hier bin, desto weniger ängstigen mich die Verrückten. Man hilft sich, wenngleich im allgemeinen Schweigen herrscht. Ich bin freiwillig in die Anstalt gegangen, in der Hoffnung, den Stimmen zu entkommen. Wer sind diese Stimmen: Vögel? Die Toten? – Seit Monaten versuche ich aufzuschreiben, was mir die Stimmen einflüstern, und gleichzeitig beschäftigt mich der Plan, die Bibel neu zu verfassen. Eigentlich sind wir eine kleine Stadt, bevölkert von Irren und Pflegepersonal. (Manchmal wiederum halte ich uns für eine Art Menagerie.) Selbstverständlich heißen wir bei allen Leuten, die von uns sprechen: »Feldhof-Narren« oder »Feldhof-Dodeln«, nach dem ursprünglichen Namen der Anstalt. Hierher kommt jeder, der durch seinen Geist schuldig geworden ist. Ich spreche daher mit keinem Besuch. Nie schreibe ich meinem Vater eine Antwort auf das bereitgestellte Papier, auch den Ärzten gebe ich über mein Befinden nur sporadisch Auskunft. (Man kann in unserem Land rasch in Verdacht geraten, im Kopf nicht recht beisammen zu sein, ist die Klage der Insassen, denn die meisten hat man gegen ihren Willen hierhergebracht und hält sie gegen ihren Willen fest. Zum größten Teil sind es rücksichtsvolle Menschen, wenngleich es auch bösartige gibt.) Wer einmal in den Feldhof gelangt ist, wird gründlich geprüft, und hat sich, nachdem er zur Verantwortung gezogen wurde, damit abzufinden, daß man keine Eile mehr hat. Im Grunde genommen warten die meisten darauf, ausgesiebt zu werden, selbst die aussichtslosesten Fälle geben sich dieser Hoffnung hin. (1)

Manchmal spaziere ich – ich darf mich seit einiger Zeit frei bewegen – in den Gebäuden und im Anstaltspark umher. Bei schönem Wetter setze ich mich auf eine Bank, arbeite an der »Schöpfung« oder mache mir Notizen über eine »Geschichte der Zeit« (eine Geschichte, die sich gewissermaßen aus Scherben, Überresten und Träumen zusammensetzt, wie man etwa aus archäologischen Splittern das Leben einer verschwundenen Stadt rekonstruiert). Mein ganzes Denken dreht sich um das Dorf. Selbst die Stimmen, die mir Befehle erteilen, gegen die ich nicht verstoßen darf, sprechen vom Dorf, wecken in mir Verdacht gegen verschiedene Personen oder enthüllen mir deren Geheimnisse. Ich habe keinen Grund, an ihren Berichten zu zweifeln, und halte sie in einem Heft fest. Natürlich bin ich mir im klaren, daß ich mich mit diesen Zeilen verrate, doch ist es eine beschlossene Sache, daß ich meine Briefe nicht abschicke. (Der einzige, mit dem ich Umgang pflege, ist mein Freund, der sich hin und wieder an mich erinnert und mich besucht. Unsere Unterhaltung dreht sich jedoch zumeist um Belangloses.) Ansonsten lenke ich mich mit Streifzügen durch die Anstalt ab. Hier gibt es große und kleine Verrückte, angefangen von schwachsinnigen Kindern, die nur wenige Worte sprechen, bis zu Künstlernaturen und lebenslänglich inhaftierten Mördern. Es gibt Geisteskranke und fälschlich für geisteskrank gehaltene, Säufer und ganz einfach Menschen, die man im Laufe eines Streits zur Abschreckung eingewiesen hat und vorübergehend festhält. Es sind Menschen aus der Stadt und der ganzen Provinz, und jeder trägt eine lange Geschichte mit sich. (Die Mehrzahl der Insassen stammt vom Land, weswegen unter den Pfleglingen der Spruch umgeht: »Auf dem Land verlierst Du den Verstand.«) Man findet auch Abschaum: Diebe, Raufbolde, Hochstapler, Gewalttätige. Ferner gibt es Hinterlistige und Großmäulige, Feige und Gauner, die größte Gruppe aber sind die Verlorenen ...

Es ist nicht das Schicksal des Doktors, das mich krank gemacht hat, vielmehr hat es die Stimmen in meinem Kopf einige Zeit zum Verstummen gebracht. Jetzt aber haben sie sich um so stärker gemeldet und ich bemühe mich, wieder die Herrschaft über sie zu erlangen, denn selbstverständlich meinen sie es nicht gut mit mir. Ihren Befehlen habe ich vor allem widerspruchslos zu gehorchen. So kommt es vor, daß ich mich stundenlang nicht bewegen darf oder ein Lied singen muß. Selbst die Niederschrift der Stimmen geschieht unter einem gewissen Zwang. (Es kommt andererseits auch vor, daß ich nichts denken *darf*, und gerade dann bedrängen mich die Erinnerungen am stärksten.) An manchen Tagen meide ich den Anstaltspark, denn der Anblick der Bienen ist mir unerträglich. Kaum sehe ich eine, befiehlt man mir, über sie zu grübeln, kaum höre ich eine summen, ist es mir auferlegt, über ihre Eigenschaften und Eigenarten einen Bericht abzufassen, als sei ich ein Forscher. (2)

Heute unterhielt ich mich mit der Vorstellung, zwei verschiedene Menschen zu sein von der Art der Reisenden. Ich sprach mit meinem neuen Gefährten, der die Taubstummensprache beherrscht, und erhielt zu meiner Überraschung die witzigsten Antworten. Einmal zum Lachen gebracht, war ich richtig lachsüchtig. Ich schrieb eine Geschichte auf, an die Du Dich sicher erinnern wirst. Ich saß, als der Zirkus zum ersten Mal in das Dorf kam, bei meiner Tante in der Küche, als plötzlich im Fenster der Kopf eines Lamas auftauchte und uns anstarrte. Während die Stiefschwester meiner Tante erschrocken aufschrie, stürzte ich mit einem Stück Brot in den Schnee hinaus, um es zu füttern. – Worunter ich im Augenblick am meisten leide, sind die Geräusche der Pfleglinge, die mit mir den Schlafsaal teilen. Nachts herrscht ein Röcheln und Zähneknirschen, die einen verzweifeln lassen. Manchmal ertrage ich diese Schlafgeräusche schon im voraus nicht und verlange ein Beruhigungsmittel. (3)

Es ist nicht wahr, wie angenommen wird, daß man mich in das Irrenhaus brachte, weil ich eine Gruppe Jäger bedrohte, die auf einer Treibjagd einen Acker vor unserem Haus überquerte. Ich hätte meine Schüsse ohne weiteres als Irrwitz hinstellen können, vielmehr floh ich vor den Befehlen der Stimmen. Es handelte sich um unwiderrufliche Befehle, und weil ich mich diesen widersetzte, befinde ich mich in der Anstalt. In hellen Augenblicken begreife ich, daß meine Verrücktheit in Anfällen von Gehorsam besteht. Denn leistete ich nicht Gehorsam, wären die Stimmen ohne Macht über mich. Den Plan, die Bibel neu zu verfassen, habe ich fallen gelassen. Zwar denke ich seit Monaten über die »Schöpfung« und die »Geschichte der Zeit« nach, ich bringe aber nicht mehr zu Wege als Fragmente. (4)

Eine Zeitlang hielt ich mich in einer Art geistigem Trümmerfeld auf. Gestern gerieten zwei Pfleglinge aneinander und tobten, als man sie trennte, derart, daß man sie in verschiedene Säle legen mußte, wo sie aber weitertobten. Der Anlaß war ein geringfügiger. Ihr Widerstand und Ungehorsam sind nichts anderes als ein Aufbegehren gegen die Krankheit (je öfter aber man sich ihr widersetzt, desto schwächer wird man). Ich lese »Gullivers Reisen«, die mir ein Doktor mitgebracht hat, wohl in der Absicht, mein Schweigen zu brechen. Er weiß nicht, daß er es mir damit nur erleichtert. Das Schweigen ist die anstrengendste Geistestätigkeit, die unwiderlegbare Antwort, und so widersinnig es klingt, es ist ein Sprechen. (Nur schweige ich nicht freiwillig, sondern auf Geheiß der Stimmen.) (5)

Wie gesagt, ich begreife mich als eine Art Reisender im Irrenhaus. Dergleichen gibt es zu meiner Überraschung viele. Wir treffen uns zumeist im Anstaltspark und grüßen uns flüchtig. Keiner will zugeben, daß er Zeit hat. Nur die endgültig Durchgefallenen, die Aussichtslosen brüten vor sich hin, wir aber durchschneiden die Kreise der Hölle, wir sind zum Aufbruch bereit. Selbstredend sind wir uns darüber im klaren, wo wir uns befinden. Wir gehen an Fenstern vorbei, hinter denen Menschen in Gitterbetten gesperrt sind wie Vögel in Käfige. (Wir haben vieles mit diesen Menschen gemeinsam, ihr Gefängnis ist nur viel kleiner als unseres.) Wir halten uns aber damit über Wasser, daß wir uns nicht mit ihnen gleichsetzen. Unser Verhalten entspricht dem eines neugierigen Besuchers, eines Reisenden wie gesagt, auch wenn wir alles schon hunderte Male gesehen haben. Wir schwanken zwischen Mitleid und Gleichgültigkeit, die Gleichgültigkeit ist aber immer stärker als der heftigste Anfall von Mitleid. Denn als erstes müßten wir uns selbst bemitleiden (was wir jedoch nicht tun dürfen, wollen wir uns nicht gänzlich dem Pflegepersonal ausliefern). Wir zeigen beispielsweise auch nicht, daß wir vom Essen nicht besonders angetan sind, nicht einmal den allgemeinen Ekel lassen wir uns anmerken. (Mich ekelt vor den Kaffeetassen, weil ich weiß und – ohne es zu sehen – vor Augen habe, wie zahnlose Greise daraus schlürfen, ebenso ekelt mich vor Eßwerkzeugen, Bettwäsche, Matratzen, der Badewanne und den Handtüchern.) Ich setze mich über meinen Ekel hinweg. Nach der Arbeit über die Gleichzeitigkeit bringe ich nur noch zu Papier, was mir die Stimmen eingeben, sofern es etwas mit dem Dorf zu tun hat. Es gibt über ein Irrenhaus weniger zu schreiben, als man vermutet. Es existieren nur wenige Dinge, die aussehen, wie sie sind – das trifft aber auf die Anstalt zu. Die Wächter sind freundlich, jedoch entschieden, die Ärzte mißtrauen am meisten sich selbst und lasten ihre Selbstzweifel den Insassen an. (Wer kann sich schon mit Pfleglingen wohl fühlen, es sei denn, jemand genießt seine Überlegenheit?) Aus diesem

Grund habe ich nicht die Absicht, auch nur irgendeinen der Ärzte in meine Aufzeichnungen und Schriften einzuweihen. Ich fürchte jedoch, mich in einem Zustand der Verwirrtheit, der mich nicht selten überfällt, selbst zu verraten. (Diese Zustände erfüllen mich mit Entsetzen. Empfinde ich sonst kaum Furcht, gerate ich dann in panische Angst.) Ich muß feststellen, daß mein Gedächtnis mich im Stich läßt, das heißt, ich kann nicht mehr *weiter* denken. Vor allem will ich vermeiden, an die Stimmen zu denken, denn kaum denke ich an sie, höre ich sie auch schon. Und nicht zuletzt hindert mich etwas Unbestimmtes daran, über meine Einweisung nachzudenken. Wenn ich einen solchen Anfall erlitten habe, kann ich für einige Tage Zukunft und Vergangenheit nicht auseinanderhalten. Das Grauenhafteste meiner Gehirnkrankheit aber ist ihre Unsichtbarkeit. (6)

Seit kurzem bin ich in der Gärtnerei beschäftigt. Ich will nicht aufgeben, mich gegen die Zerstörung meines Verstandes zur Wehr zu setzen. Jeden Tag schreibe ich gegen die Einsamkeit an. Ich verrichte meine Arbeiten mit stummer Wut. Am Sonntag besuchen mich meine Tante und ihre Stiefschwester, ich darf sie jedoch nicht erkennen. Meine Tante setzt sich allerdings darüber hinweg und erzählt mir Geschichten. Ich lasse mir meine Aufmerksamkeit beim Zuhören nicht anmerken. Was meine Tante nicht wissen kann, ist der Umstand, daß ich, indem ich gegen die Einsamkeit und das Vergessenwerden anschreibe, die Oberhand über die Stimmen zu gewinnen beabsichtige und in das Dorf zurückkehren will. Ich muß zurück in die Helligkeit der Genesung. Mittlerweile ist jedermann in der Anstalt bekannt, daß ich schreibe. (Die Papiere bewahre ich in meinem Nachtkästchen auf – man läßt sie in Ruhe.) An Tagen, an denen ich keine Kraft habe zu arbeiten, schreibe ich »Gullivers Reisen« ab. Ich wetteifere mit den eigenen beschriebenen Papierstößen.

Einmal ist die »Gullivers Reise«-Abschrift höher, dann wiederum sind es meine Aufzeichnungen. Draußen hat es geregnet. Wie Bewußtlose lungern die Pfleglinge herum, starren vor sich hin, tun nichts, jahrelang, jahrzehntelang. Welche Bilder haben sie im Kopf? Es sind ausgelöschte Bilder, denke ich mir, und mit ihnen sind die Menschen verloschen. Doch will ich keine Einzelheiten über das Anstaltsleben verbreiten. Ich habe die Absicht, das Irrenhaus zu verlassen. Ja, ich bin ein Reisender, nur als Reisender kann ich das Bedrückende der Umgebung ertragen. Die Zeit kehrt wieder. (7)

# Die Schöpfung

Beim Erwachen sind die Wälder aus Kupfer
Eisberge schwimmen im Zimmer und bersten durch die Wände
Draußen, in der Löwenzahnwiese, fliegt eine Puffotter
Der Himmel ist aus Stein und gelb
Zum ersten Mal verspürt man den Geschmack der Farben im Mund
Greifst Du nach dem Eis, bleibt Deine Hand leer
Im klaren Wasser kriechen die stummen Vögel
Dort drüben auf dem Hügel brennen Obstbäume im Winter
Ein schlürfendes Geräusch begleitet Deine Schritte, bevor Du in der Erde versinkst
Die Wellen der Gräser schleudern Puppen von Schmetterlingen in die Luft, aus denen nach mehreren Jahren Alpenschneehühner kriechen
Um auf den glitschigen Blumenkelchen voranzukommen, bedient man sich des Steigeisens oder scharfer Messer
Luftfälle dröhnen Tag und Nacht
Schneeflocken verbrennen Deine Haut oder tätowieren ihre Sterngestalt in Dein Gesicht
Die Lichtstrahlen krachen donnernd auf das Wasser, wo sie von Brunnenkresse in elektrischen Strom verwandelt werden
Die Männer im Dorf spielen mit sprechenden Maiskolben zum Begräbnis auf
Die Frauen fliegen, indem sie ihre Schuppen bewegen
Da sich die Wellenlängen verändert haben, haben die Dinge andere Farben angenommen
Du hörst unbekannte Laute
Kaum, daß die Fische im Frühjahr aufgeblüht sind, summen die Disteln herbei, um das Blut zu lecken
Die Blätter der Geisire aber speien Feuer
Als ob auf einem Klavier gespielt würde, klingt es, wenn die Samen auf die Erde tropfen

Die Wildenten graben sich unterdessen mit Schwimmhäuten aus Magnesium durch den Lehm
Zirpend schlürfen die Frösche Regensteine
Da die Magnetfelder als regenbogenfarbene Weizenkörner aus den Äckern quellen, flüchten die Dorfbewohner
Kinder ernten Honigrüssel
Alles, was grün ist, riecht nach Schwefel, weiß ist die Farbe der Tiere
Man muß die Augen schließen, um nicht den Lärm der Pflanzen zu hören
Der Pfarrer kehrt die Eisberge aus seinem Haus
Auf dem Kirschbaum schwimmt verlassen ein Hut, nur die ringförmigen Wellen weisen darauf hin, daß soeben ein Mensch ertrunken ist
Die Sonne ist verteilt in die Atmosphäre der Gletscher
Gewürm labt sich am steinernen Himmel
Nur mit Mühe gelingt es den Jägern, die Sägefische zu fangen
Die sprechenden Kometen beginnen sich langsam in Pilze vom Aussehen kleiner Hunde zu verwandeln
Wenn die Wälder das metallische Klirren von sich geben, erwacht die Lust zu töten
Die Haut der Pferde ist durchsichtig, so daß man die Eingeweide sieht
Die Honigbiene schleppt den auf ihrem Stachel harpunierten Zirkusdirektor in das Zelt
Das Leuchten der Blumenstengel erzeugt auf den Feldern ein Muster aus Blitzstrahlen
Gegen die Hitze des Schnees hilft nur jener Hut aus optischen Linsen, der seit Generationen bei uns angefertigt wird
Die Nahrung der alten Menschen besteht aus Mäusen, Käfern und Vögeln, vor allem Goldammern und Spatzen.
Der Ruf der Alten: *Zilpzalp* ist weithin zu hören
Die grüne Kohle, die aus den tiefen Gesteinsschichten des Himmels regnet, duftet nach Äpfeln

Sobald die Aprikosen platzen, beginnt das große Schlachten der Natur
Kein Mensch verläßt das Haus, ohne das bestickte Gewand eines Heiligen zu tragen
Der Landarzt schützt sich mit einem filzigen Panzer aus Saturngestein, bevor er den Dorfbewohnern hilft, ihrem Leben ein Ende zu bereiten
Die Häuser sind mit Enziankelchen bedeckt, welche das Eis in einen gallertartigen Stoff verwandeln
Bei schlechter Witterung brennen die Fischteiche
Das Farnkraut dient den Gesteinen als Nahrung, indem sie es in Kristalle verwandeln
Ist ein Lebewesen abgestorben, zerfällt es zu Salz
Selten genug gelingt es den Dorfbewohnern, aus den Fliegenschwärmen Milch zu gewinnen
Schon sprossen die Gestirne mit Schellenklang aus den Ritzen der Erdtümpel
Solange die Blüten der Tiere noch nicht abgefallen sind, sind die Blätter blau
Die flüssigen Brennesseln verfärben bei Schneefall die Erde gelb, worauf sie nicht mehr vom Himmel zu unterscheiden ist
Die rostigen Bäume riechen nach Salbei und werden häufig mit Schnecken verwechselt
Da die Blumen die Größe von Kirchen haben, ist es nicht ratsam, sie zu pflücken
Orangenfarbige Gase bröckeln aus den Gebüschen, die eine Schaumkrone tragen
Fleischfressender Mohn verschlingt lautlos Elstern, Amseln und Finken, deren Gefieder auf einer wüstenartigen Ebene zu liegen kommt, auf die sich kein Mensch einen Fuß zu setzen getraut
Nur die Hand des erstickten Bürgermeisters ragt aus der Erde, sein Körper ruht bei den Vögeln
Die nackten Menschen fliehen vor den giftigen Grillen in goldgeschmückte Kapellen

Da die Schlangen zwitschernde Laute von sich geben, hält man sie in fauchenden Wolken aus Grashalmen
Durstig trinken wir das Messing am Morgen
Nach dem Genuß von Petersilie sieht jeder Gott in der Gestalt eines sterbenden Esels
Sobald die Bäume platzen, flutet Hahnenfußgewächs über Feld und Flur, die sich unter der Last biegen. Das ist der Winter
Die Lebewesen opfern den geliebtesten Nachkommen, nachdem sie ihn mit Algen geschmückt haben, um vor Feuersbrünsten verschont zu bleiben
In den Häusern hängen geschlachtete Hasen, die in der Dunkelheit sprechen
Zur Anbetung der Kröte verschlucken die Menschen diese, nachdem sie sie zuvor an Hyazinthen gerieben haben
Im Herbst wird die Erde fest, so daß es nicht ratsam ist, sie zu betreten
Es ist verboten, das Wasser zu berühren, um die Natur nicht aus dem Gleichgewicht zu bringen
Aus dem brennenden Norden kommen die Schopfwachteln mit Stachelbeeren im Schnabel, sofort verändert sich das Aussehen der Kleewiesen
Nachdem die Obstkerne gefroren sind, schlüpfen mit einem schnalzenden Geräusch Hechte und Barsche aus
Lawinenartig kollern die Erbsen aus ihren Schoten und erschlagen manchen Landbewohner
Einmal im Jahr wird die Landschaft von einem Marder verdaut und erbrochen, es wird Frühling
Auf den Wiesen blühen Goldfische unter faulenden Aprilwolken
Im Monat der Eidechse können alle Menschen fliegen
Die weinenden Hühner verpflanzen ihre gelben Füße an die Menschen, damit diese gegen den Frost geschützt sind
Die sprechenden Fische übernehmen die Herrschaft, indem sie von den Bäumen herunter Anweisungen erteilen

Zu Sträußen gebunden, liegen Kaulquappen in den Betten der Kinder

Das Jod der Scharfgarben läßt die Strudelwürmer für einen Augenblick violett erscheinen, bevor sie zu Wein vergären

Im freien Fall zerbricht ein Planet den steinernen Himmel

Die monströsen Fratzen der Raupen schrecken die Menschen davor zurück, sie zu töten

Aus dem Unkraut erklingt die grausame Musik der sich begattenden Hirschkäfer, als Aufforderung an die Dorfbewohner, sich zu paaren

Asseln und Schaben aus rotem Granat dringen in die Häuser und machen sich rasselnd über die Speisekammern her

Die erste Braut trägt den Kopf des Molches zum Zeichen der Jungfräulichkeit

Mit der Eiszeit kommen die Ratten aus den Viehställen und verbreiten die ersehnte Pest

Blutende Schneefinken gleiten durch das Silber der Ströme

Der Chor der Engel singt Wein, welcher den Lehm rot färbt

In wucherndem Unkraut glotzt der sterbende Esel auf die Welt, die er geschaffen hat

Da die Zikaden in Beichtstühlen schlafen, erfüllen sie die Kirchen morgens mit ihrem Gezirp

Kletterkürbisse wachsen an den Wänden der Häuser und werden von mörderischen Maulwurfsjungen bewohnt

Die Tische biegen sich unter der Last der Wespen

Da im Sommer die Schwerkraft wirksam wird, tragen die Menschen Pelzkappen und Stiefel

Bei jedem Windstoß geben zu dieser Zeit die Lippenblütler einen Fanfarenstoß von sich

Nur die Mäuse verstehen die Sprache der Nacht

Aus den Augen der Frösche gewinnt man das Email für die Ziffernblätter der Taschenuhren

Da das Licht den Geruch von Pfefferminz verbreitet, schlafen die Dorfbewohner bei Tag
In jedem Schrank hängt ein Matrosenanzug zum Schutz gegen Hagelschlag und Wassersucht
Hagebutten prasseln gegen die Fenster aus Messing
Die Seidenspinner aber sind ohne Argwohn
Da die Wolken aus Glas sind, zersplittern sie häufig an den Kronen der Nußbäume
Weinende Kinder stürzen in die Stuben, wo sie als Daunen in die Polster gestopft werden
Die erschlagenen Katzen trocknen an der Sonne, bis sie die Farbe von Zinnober annehmen
Manchmal hören die Dorfbewohner spanische Flüche
Ohne ersichtlichen Anlaß beginnen die Schweine in den Ställen laut zu weissagen
Ein Mann in Feldgrau versucht aus dem Stand der Gestirne die Zukunft zu errechnen
Bei der Geburt strecken die Kinder zuerst die Hände heraus, welche mit Ringen geschmückt werden
Die Delphine werden mit Karotten gefüttert und – sobald sie ausgestopft sind – als Klaviere verwendet
Um die Erde zu beruhigen, werfen die Kapitäne Schwertlilien aus den Nachen
Alle Häuser prangen von Girlanden und Blumen
Die mit Bändern geschmückten Festwagen führen das Abbild der Kamille mit sich
Im Frühling werden die Alten, da sie an Gelbsucht leiden, als Chinesen in die Bergwerke getrieben
Am Tag des Hirschen wird das Gewitter mit der bestickten Fahne geehrt
Am Tag des Liederbuches bestäuben sich die Kinder mit Mehl
Sodann werden die Fische mit Maultrommeln ins Wasser gelockt, wo sie verbleiben
Jedes Tier muß in Teig nachgebildet und als Brotlaib in den Stall gestellt werden

Auf einen Faustschlag hin bildet sich das Firmament
Verwundert betrachten die Dorfbewohner die brennenden Gestirne
Die gelben Nebel bringen das Sichtbare zum Verschwinden
Zum ersten Mal sehen die Menschen ihre Füße und erschrecken
Die Vogelscheuchen ahmen indessen den Ruf der Kuckucke nach
Da die Skorpione in der Lage sind, jedes Lebewesen zu hypnotisieren, werden sie heiliggesprochen und ausgerottet
In kalten Sommern werden die letzten Fuhrwerke verheizt
Es ist gefährlich, unter blühenden Apfelbäumen zu stehen, weil es kurz darauf zu regnen beginnt
Die am Horizont sichtbaren Gletscher sind rot und aus Eisen
Bei schlechter Witterung wird das Altmetall von Bäumen mit dem Hut des Fliegenpilzes gekocht und verspeist
Aus den Bäuchen der Karpfen klingen die sanftesten Orgeltöne
Die Erde ist aus Glas, weshalb man in ihrem Inneren die Sterne über einer üppig prunkenden Landschaft sehen kann
An winterheißen Tagen bilden die Dorfbewohner eine Pyramide und fliegen unter dem sanften Blau des Himmels
Ist es jedoch kalt, gleiten sie in die Bergseen, in denen blasentreibende Wale schlafen
Die Blumenwolken ziehen langsam am Himmel und erbrechen Menschen
Zerspringt das Firmament, so wirbeln die Menschen in gewaltigen Stürmen durch die Luft oder werden zu Boden geschleudert
In schwülen Augustnächten kommt es vor, daß die Häuser von Kometen getroffen werden

Das Gestirn schmeckt nach Fleisch
Das Wasser färbt sich gelb und treibt die Behausungen einer unbekannten Ortschaft mit sich
Als ein Mensch geboren wird, der anstelle der Glieder Flossen hat, weiß man, wem man das verdankt
Das klirrende Zirpen des Farnkrauts ertönt mit Einbruch der Dunkelheit
Sofort verstummt das Licht, so daß die Dorfbewohner sich nachts zur Ruhe begeben
Halten sie allerdings die Hand aus dem Fenster, so haben sie eine Kröte gefangen
Die fliegenden Kühe werden gezähmt und statt der Flügel mit einem Euter ausgestattet
Staunend betrachten die Kinder ein Veilchen, das kleiner ist als sie
Am selben Tag wird ein Bazillus in Form eines Handschuhs gefunden und von den Jägern erschlagen
Die hungrigen Vögel verfärben sich blau
Als der Tisch gedeckt ist, findet sich der erste Zylinderhut
Zur Abschreckung der Ameisen wird in den Vorgärten das Gebiß eines Hais angebracht
Die Eier von Singvögeln geben Laute von sich, die Geigentönen ähneln
Der Regen, der vom Himmel fällt, ist rot und aus Eisen
Die Blumen öffnen die Blüten im Sprechgesang
Das Wetter teilt sich und wirft Elefanten an das Ufer
In jedem Haus hängt plötzlich eine Uhr
Niemand vermag die Bedeutung des Schattens zu erfassen
Die Wespennester läuten gleich Kirchenglocken
Aus den Tannenzapfen trieft Honig
Die Schnecken fliegen mit Hilfe ihrer Häuser in der Luft
Gelb sind die Gräser und speien Feuer
Fische kriechen aus trüben Gewässern an Land
Lautlos schweben Eidechsen am Himmel

Äpfel und Birnen sind aus Bergkristall
Alle Pilze duften nach Zimt
Das Sonnenlicht liegt gleich Wasser in den Räumen und muß aus diesen geschöpft werden
Der eisige Flieder duftet süß
Vögel aus Eis ruhen in der Eisluft
In winzige Zäpfchen zerspringend klirrt Mondlicht auf den Küchenboden
Da die Berge aus Wasser sind, gleichen sie Wellen
Wässrige Pflanzen verbreiten sich auf der Wiese
Als Wasserwolken tauchen die Kormorane in die Seen und trocknen ihr durchnäßtes Gefieder im nassen Sonnenschein
Brennende Kinder singen mit Blumen aus Flammen im Haar
Zähneknirschend treiben die brennenden Fische in der Hitze des Stromes
Die Farben der Regenbogen bestäuben das Gefieder der Vögel
Schwerelos schwebt der Fuchs im Abendrot
Anstelle von Berührungen empfinden die Dorfbewohner den Lufthauch verschieden großer Temperaturen
Kreuzottern ziehen wie Rauchfäden am Himmel
Die Wolken vermischen sich mit der Erde und werfen ihre Schneelast ab, wodurch flimmerndes Weiß nach oben strömt
Als Luftspiegelungen zittern Felder von Krokussen und Primeln in den Mulden
Quallen schweben gleich Schwämmen im gasförmigen Meer
Heiligenerscheinungen nicht unähnlich, durchdringt die Gestalt des Menschen jede Erscheinung
Aus Granit sind Huhn und Kohlmeise, aus Eisen Hund und Wolf
Ein Mahlen und Knirschen, ein Kreischen und Krachen liegt über und unter der Erde

Hier gräbt sich ein Mensch durch das Gestein der Luft,
dort eine Eule durch das Meer aus Zink
Unersättlich schaufeln die Hechte mit weitaufgerissenen
Mäulern Lehmerde in ihre Gedärme aus Blei
Kein Gewässer spiegelt sanfte Almmatten
Kein Eisfeld wirft das Licht blendendhell zurück zur
Sonne
Zuletzt aber finden sich die Dorfbewohner an ihrem
Platze wieder
Um plötzlich alles zu vergessen
Sogleich färben sich Pflanzen, Steine und Tiere rot
Zum Zeichen der Vollendung läßt der sterbende Esel
Opernmusik ertönen
Ein Schwarm Wespen besprengt die Dorfbewohner mit
Weihwasser
Hinter den Hügeln sind Böllerschüsse zu vernehmen
Feuerwehr, Blasmusik und Kameradschaftsbund sind
ausgerückt
Es jubeln die Kinder in den Schuhen der Väter

## Das gefrorene Paradies

Der sterbende Esel aber läßt das Eis über den Kontinent wandern
Vergessen von seiner Schöpfung vergißt er sich selbst
Rasch gefriert das Korn auf dem Acker
Die eisigen Kirschen leuchten am Tag rot
Mächtigen Eiszapfen gleich hängen die Maiskolben von den Kukuruzpflanzen
Schneewolken rauchen aus den erkalteten Vulkanen
Die Fische fliehen in den Strömen
Es verschwinden Landgetier und Vogel
Mit Gedröhn schiebt sich der Gletscher über das Dorf
Im seidentapezierten Salon kniet die Frau des Bürgermeisters vor dem an Gedächtnisschwund leidenden Mann
Soeben durchtrennt der Bienenzüchter die Schlagader seines Bruders
(Lange verharrt er in der Behausung aus Lunge und Zwerchfell, Dickdarm und Herz)
Unter dem wolkenbedeckten Himmel flieht der Pferdeknecht, den Pelzmantel bis zum Kinn zugeknöpft, in jeder seiner Hände den Kopf eines Hingerichteten
Da das Eis in den Häusern die Höhe der Kommoden erreicht hat, retten sich die Kinder auf den Türen ins Freie
Mitunter ragt der Kopf eines Erstickenden aus dem Packeis
Die Eisenbahnbrücke bricht zusammen und läßt die Passagiere der Waggons auf den Gletscher stürzen
Als sich der elegante Optiker im Spiegel erblickt, sieht er, wie Blut aus seinem Mundwinkel auf den Boden tropft
In größter Eile schießt der Gendarm dem Vogelmenschen in den Rücken
In den mit Teppichen ausgelegten Räumen ziehen sich Sprünge über die Wände, sobald jemand die Tür öffnet
Die beiden Brüder, die in dasselbe Mädchen verliebt sind,

tragen den nackten Frauenkörper in die Küche, wo das Messer schon auf dem Tisch liegt

Entsetzt flüchtet der Chinese über die Treppe, als er der Brillenschlange ansichtig wird

Der Mann mit der Melone schiebt noch immer das Klavier mit seinem Vater über das Eis

Jählings greift eine riesige Hand durch das Fenster und nimmt das Neugeborene mit sich

Bevor der Zirkusdirektor abreisen kann, schwebt ein Wesen aus glühendem Metall durch das Zelt, das mit dem Abbild einer Wacholderblüte versehen ist, und durchschneidet dessen Kehle

Die erfrorenen Tintenfische werden aus den Eisblöcken getaut und verspeist

Farbige Plakatwände verdecken den mordenden Liliputaner

(Bevor der Abend hereinbricht werden die Türen numeriert, hinter welchen die Gewaltverbrechen verübt werden)

In der Werkstatt des Tierpräparators betet die Sonntagsorganistin vor der Wirbelsäule eines Dromedars

Unter dem steinernen Boden der Universität ruht der Leichnam des stummen Pfarrers

Um beim Schwängern nicht erkannt zu werden, verkleidet sich der Jüngling als Hahn

Hinter der spanischen Wand beißt zugleich die Frau des Schneiders ihrem Geliebten die Zunge ab

Der Gärtner färbt das Ei gelb

Sodann hißt der Bürgermeister auf dem Dach die Fahne des Kameradschaftsbundes

Der erhängte Bergarbeiter wird am nächsten Tag in Stücke geschnitten und verteilt

Die angetriebenen Skelette werden mit Blumenhüten ausgestattet und in Mädchenkleider gesteckt

Seit geraumer Zeit ersuchen die Zirkustiere in Zeichensprache darum, freigelassen zu werden, obwohl sie als Nahrung bestimmt sind

Blutiges Farnkraut hinterläßt Spuren in der Tiefe des Eises
Da der Jäger rascher schießt als der Sägewerksbesitzer, muß dieser ihm den Riesenfrosch überlassen
Im Lichtspieltheater werden unterdessen Abbildungen von Äpfeln, Tomaten und Hühnern als Stummfilme vorgeführt
Von hoher See zurückgekehrt, treiben der Notar und eine Schar Matrosen mit dem Eisbrecher am Dorf vorbei
Gerade als die Topfblume erfriert, stürzt der Dachstuhl ein
(Daraufhin verstecken sich die Frauen in den Fässern)
Obschon die Häuser brennen, zeigt sich kein Nordlicht
Still ziehen die vergessenen Vögel im Aquarium dahin
Das Eis gibt das Wrack eines Dampfers frei, in dem die Dorfbewohner Bananen finden
Selbst die Chöre der Kinder werden nicht erhört
Infolge der Schwere des Eises werden die Schädel der Verstorbenen aus dem Acker gedrückt
In den langen Gängen der Bibliothek erstickt der Notar im Laufe eines epileptischen Anfalls
Zu seinem Erstaunen entdeckt der Gehilfe eine Kolonne Ameisen, die im Eis verschwindet
Noch immer liegt der fiebernde Knabe auf dem Tisch
Mit der Schere wird dem Dorfältesten die Luftröhre geöffnet, bevor er den Weg allen Fleisches geht
Um sich zu schützen, bemalen sich die jungen Mädchen das Gesicht schwarz
Der nackte Mann, der durch das Dorf kommt, spricht unverständliche Worte, worauf er getötet wird
Am Flußufer hängt ein geschlachteter Ochse, der dem flüchtenden Fleischhauer aus dem Koffer gefallen ist
Niemand hört die Rufe des Postbeamten in der Gletscherspalte
Der sterbende Landarzt verkriecht sich in die schwarze Kutsche hinter dem Haus

Weinend berichten die Schüler vom Maulfwurfsgang, den sie entdeckt haben, da er von tellergroßen Milben und anderem Erdgetier bewohnt ist
Freudig erregt kochen die schwangeren Frauen Suppen aus den vielgliedrigen Insekten
Ein Rudel streunender Hunde taucht in der Nähe des Dorfes auf und wird geschlachtet
Sobald der Neger verspeist ist, wird seine Haut ausgestopft
Aus dem Eis springt eine Wasserfontäne zum Himmel, in der es von Pantoffeltierchen und Mikroben wimmelt (welche ihrerseits ein Abbild der Landschaft auf ihrem Körper tragen)
Von seinem Observatorium aus stößt der Direktor auf den brennenden Menschen. (Er trägt einen Globus unter dem Arm)
Im Laufe des Schneeregens ist ein Donnern zu vernehmen
In der Uniform eines Schweizer Gardisten ißt der Apotheker die Eier der Dorsche
Mit einem Klirren zerbrechen die Fensterscheiben
Die vom Blitz getroffenen Windräder schwirren als singende Kreisel durch das Dorf
Nachdem die Köchin des Pfarrers geknebelt ist, wird ihr Gewalt angetan
Der bärtige Kapitän wird vom Eis erdrückt, bevor er flüchten kann
Der Viehhändler erdrosselt neun Schwestern, die gemeinsam in einem Bett schlafen
In das projizierte Abbild eines durch die Vergrößerung riesig gewordenen Käfers vertieft, entgeht es dem Mesner, daß der Friseur mit erhobener Hacke hinter ihm steht
Nachdem zwei Dutzend Pfarrer (in goldverzierten Meßgewändern) den sterbenden Esel angerufen haben, opfert man den verzweifelten Ministranten
Am Abend liegt das Dorf unter dem Eis begraben

# Das Alter der Zeit

1 Sobald die Stadt errichtet ist, werden die Salons mit musizierenden Marmorbüsten geschmückt

2 Die hübsche Konkubine wird entblößt und an den Stuhl gefesselt

3 Dem Sofa entschlüpft ein Aal

4 Noch immer grübelt der Landarzt über dem von Geschwüren bedeckten Körper des Schwagers

5 Der Strick reißt, und der als Frau verkleidete Erhängte stürzt auf den Küchenboden

6 Die zwei Dorfmusikanten übergeben sich mit angeschnallten Musikinstrumenten (mit Hilfe derer sie auch zu fliegen vermögen)

7 Der Traum seines Lebens erfüllt sich dem Witwer, als er in der sternklaren Nacht einen Löwen erlegt

8 Da begreifen sich die Menschen als Auswanderer

9 Wer ein rotes Hutband trägt, weist sich als schriftenkundig aus

10 Trägt hingegen jemand ein schwarzes, so ist er verstorben

11 In den Blumentöpfen wachsen sprechende Blutegel

12 Wenn der Schneider sich zur Ruhe begibt, spürt er, wie eine nackte Frau seinen Körper verläßt

13 Zu seinem Erschrecken erblickt der Dorfpfarrer einen Mohren mit einem Kopf aus Stein

14 In jedem Haus findet man eine heilige Erdbeere von der Größe eines Kindes und ein wahrsagendes Huhn

15 Die Hunde werden an Ketten gehalten, bis sie von ihren Eigentümern erschossen werden

16 Um sich vor den Fliegenschwärmen zu schützen, tragen die Dorfbewohner Holzschuhe

17 Die Chinesen des Zirkus sind verpflichtet, Felsbrocken auf Schubkarren zu schieben

18 Da das Meerwasser zurückweicht, verzichtet der Bürgermeister von jetzt ab auf den Taucheranzug
19 Zwischen getrockneten Zwiebelzöpfen klauben die andächtigen Engel Erbsen
20 Der Lehrer versucht es mit einem Imkerhut und einem Spazierstock, jedoch wird er augenblicklich aus dem Traum in die Wirklichkeit zurückgeschickt
21 Die zahme Ratte ist schwarz
22 Zur Vermählung tragen die Jungfrauen Kopfbedekkungen aus Kuhhörnern, während der Bräutigam einen Sauschwanz an seiner Hose befestigt
23 Vor dem Büro des Sparkassendirektors ziehen die Schlächter ihre Stiefel aus, welche von den Hausgehilfinnen geküßt werden
24 Die an die Pfosten genagelten Fische murmeln Beschwörungen zum Himmel, so daß die Erde bebt
25 Der General betrachtete den Mann, der anstelle des Kopfes eine Holzprothese trägt
26 Um ihren Jubel auszudrücken, übersäen die Bewohner die Dorfstraße mit Vergißmeinnichtsträußen
27 Da die Sonntagsorganistin im weißen Schleier spielt, drückt ihr die Schwester einen Kranz in das Haar und entkleidet sich tanzend
28 Der Zirkusdirektor läßt die Erschossenen auf Haustüren binden und vor dem Zelt zur Schau stellen
29 Vergißt man die Truthähne mit der richtigen Anzahl von Nüssen zu schoppen, so sieht man die Schwester in der Leichenkammer
30 Sobald der Maler im weißen Mantel das Gold auf den Stukkaturen erneuert hat, dürfen die vier Gesellen die Leiter verlassen
31 Unter dem Regenbogen wächst jenes Gebilde aus Eisen, das sich, wenn es abgeblüht ist, dem Löwenzahnsamen gleich erhebt und mit dem Gebrumm von Hornissenschwärmen über spielende Kinder herfällt

32 Der Mann aus tausend Hautlappen, die ihn wie Pflanzenblätter schmücken, stülpt zur Überraschung aller eine Hand hervor und gibt dem verdutzten Einwohner Feuer

33 Hochmut war in den Augen des Mannes mit dem Tropenhelm zu lesen, als er seinen Koffer öffnete und silbernes Besteck zum Verkauf anbot

34 In der Gebirgslandschaft begegnet man niemandem als einem schlafenden Engel

35 Die Verräter werden an die Bäume gebunden und den Termiten überlassen

36 Nachdem die Männer den Kopf mit Binden umwikkelt haben, zeichnen sie das Bild des Herzkönigs auf die Kirchentür

37 Die Haut des Fremden ist aus Spinnennetzen, sein Gesicht ohne Mund

38 Der entflohene Haarmensch darf sich im Bett der Zwillingsschwestern verstecken

39 Die tollwütigen Gürteltiere werden gejagt, ihre Hornpanzer verbrannt

40 So weit die Dorfbewohner blicken können, schwimmen Eier im See

41 Der Apostel steht am Ufer des Karpfenteiches in Erwartung, über das Wasser gehen zu können

42 Erhellt von einem Blitz gibt die Nacht einen Blick auf den Entfesselungskünstler frei, der in einer Zwangsjacke unter den Schweinen liegt

43 Zum Allerseelentag verteilen die Veteranen Krebse an die Kinder Gefallener

44 Um die Würde der Tauben nicht zu beleidigen, werden sie gerupft, bevor sie in den Kochtopf wandern

45 Auf der Prozessionsflagge ist nichts anderes zu sehen als ein Regenwurm

46 Die Hasen springen aus den Wäldern und fressen die Felder kahl, bevor der Morgen anbricht

47 Der Gehilfe des Dampfsägeunternehmers erwehrt sich des adlergroßen Nachtfalters mit Hilfe eines Rechens

48 Der erste Matrose des Dorfes wird in einem feierlichen Umzug zum Wirtshaus geleitet, wo Wein in Flaschen gereicht wird

49 Das Kleinkind am Arm wartet der Bäcker auf die Lieferung des Sarges für den Vater

50 Sobald die Jäger in das Kartenspiel vertieft sind, achten sie nicht mehr auf die Ausschläge des Kompasses

51 Der Andromeda-Nebel breitet sich aus wie ein Blutfleck im Leintuch

52 Herrscht Wirbelsturm, so spielen die jungen Mädchen mit den zahmen Kreuzottern

53 Im Sommer hingegen tragen die Kinder Hemden aus Katzenfell, die sie vor eisenhaltigem Regen schützen

54 Damit sie im Schnee besser vorankommen, schnallen die Jäger den Hunden Sättel um

55 Bei der Obduktion der Leichen wird darauf geachtet, daß stets die Augenlider entfernt werden

56 Das Kreischen der Vögel gilt als Signal für die Dorfbewohner, sich die Zehennägel zu stutzen

57 Die Emailschüsseln auf den Dachböden sind voll Spinnen

58 Schon frühzeitig im Jahr werden die Gläser mit Heilpflanzen in die Fenster gestellt, um Seuchen abzuwenden

59 Springt der Erdboden auf, so wird aus den Flügeln der Schmetterlinge der Farbstoff Ultramarin gewonnen

60 Im Laufe einer Hochzeit darf der Bräutigam sein Glied nicht verstecken

61 Mit Hilfe der Astrologie blüht der Holunderstrauch, die Gräser hingegen bleichen unter ihrer Einwirkung aus

62 Nachdem der Sohn des Tischlers seinen Vater erschlagen hat, ahmt er das Bellen eines Fuchses nach, um die Verfolger auf die falsche Fährte zu locken

63 Nur wer das Fell seiner Kuh lange genug bürstet, findet Goldstaub im Sieb

64 Die Schönheit der Blätter tropft aus der Luft des Tages

65 Am Ostersonntag sind die kirchlichen Gesangbücher plötzlich in chinesischen Buchstaben gedruckt

66 Die geschlachteten Hunde sind die Kuchen der Armen

67 Prasseln die Äpfel zur Erde, werden die Alten mit Messern rasiert

68 Das Flüstern der Toten ist die Farbe der Blumen

69 In den Ziegelwerken stapeln sich die Hüte der Sauschneidergehilfen

70 Die Hersteller von Bier aber verlangen zur Bezahlung die Herrschaft über das Wetter

71 Mit den erlegten Pelikanen schmücken die gefangenen Russen die Altäre

72 Jeder Soldat erhält ein magnetisches Eisen, das es ihm erlaubt, Blut zu stillen

73 Die Frau des Ertrunkenen verschenkt das Eigentum des Verstorbenen, damit er ihr nicht mehr erscheint

74 Jedem Ministranten ist die Schafgarbe heilig, denn ohne ihr Zutun würde nicht die Meßglocke läuten

75 Der Eichelhäher kann seine Stimme derart verstellen, daß man ihn für einen Nußbaum hält

76 Wo immer eine Kröte auftaucht, wird sie vergiftet

77 Der einzige Heilige des Dorfes wohnt nach seinem Tod im Haus des Pfarrers, wo er am Morgen die Asche aus dem Ofen kehrt

78 Sobald der Esel gestorben ist, beginnen die unsichtbaren Geschöpfe sichtbar zu werden

79 Der Umzug der Imker endet im Gesumm der Wespen

80 Die Erfindung des Fahrrades verdankt der Schuster dem St. Elmsfeuer, das seine Pendeluhr verformt hat
81 In einem Tropfen Wein erblickt der Weise eine Kaffeemaschine
82 Am nächsten Morgen ist der Arm des Müllers mit Brandzeichen bedeckt, die als Prophezeiungen gedeutet werden
83 Das Salz der tiefen Brunnen ist der Dünger der Weizenfelder
84 Schon das Erscheinen der Soldaten genügt, um die Dorfbewohner die Fliegenfänger befestigen zu lassen
85 Erst Jahrtausende später wird das Skelett des Bergknappen als Abdruck im Gestein gefunden
86 Rot legt sich das schwere Licht auf die süßen Hügel mit Weingärten
87 Jedes Stück Land, das Niemandes Eigentum ist, wird von den unbekannten Polarforschern vermessen
88 Zurück bleiben ein Fächer aus Elfenbein, eine Nähmaschine und eine Zither
89 Der Totengräber vermag die Särge zu öffnen, in denen die Puppen der Libellen elektrische Schläge austeilen
90 Erscheint ein Mensch, der anstelle des Kopfes ein zusätzliches Paar Beine besitzt, so ist der Zirkusdirektor in Kenntnis zu setzen
91 Mit dem Gewehrkolben erzieht man die Kinder besser als mit der Hacke
92 Kaum liegt die Münze auf der Theke, löst sich das Abbild der Elster aus dem Metall, worauf sich an ihrer Stelle ein Goldfasan bildet
93 Im April aber ist es unter Androhung der Todesstrafe verboten, weiße Kleider zu tragen
94 Es ist das Recht der Erstgeborenen, das Sprechen zu verweigern

95 Der Landarzt hütet das Quecksilber, indem er schläft

96 Der erste Rechtsanwalt des Dorfes hat eine durchsichtige Schädeldecke und wird von der trauernden Magd erdolcht

97 Heimlich freut sich jedermann über seine Leiche im Keller

98 Die ausgenommenen Forellen werden auf das Tuch gelegt und mit Zitronensaft gewürzt, bevor der Musikant beginnt, ihre Schwanzflossen zum Klingen zu bringen

99 Aus den knöchernen Schädeln der Hirsche buchstabiert der Kanarienvogel das Alphabet

100 Der Gendarm beobachtet den Fremden, der einen Mantel aus blauen Vogelfedern trägt

101 Der Kaiser beugt sich über die Magnetlinie, die seinen Springbrunnen zweiteilt

102 Als der gelbe Fluß stieg, ertranken die Katzen

103 Die vermißten Soldaten fallen als reife Äpfel von den Bäumen

104 Der von einer Nadel durchbohrte Finger scheint nicht der Greisin zu gehören

105 Sobald der Bürgermeister sich in die Lüfte erhebt, verfängt er sich im Netz, das für den fliegenden Feuersalamander ausgelegt ist

106 Nach dem Sturm entdeckt der Feuerwehrhauptmann das Schiffswrack mit den ertrunkenen Ministranten

107 Im Winter schützen sich die Dorfbewohner mit Regenschirmen vor den fliegenden Eisbergen

108 Die im Fluß treibenden Heiligenfiguren murmeln tibetanische Gebete

109 Die nackte Kellnerin auf dem Schoß vermeint der Zecher, ein Bischof zu sein

110 Als Imker verkleidete Mörder erschlagen die Schweine in den dunklen Ställen

111 Der geschändete Leichnam der Witwe hängt vom Dachstuhl des ungedeckten Kühlhauses
112 Es ist die Aufgabe jedes Tischlers, die toten Kühe aus den Schlafzimmern zu entfernen
113 Mit einer Wasserwaage erschlägt man den Esel nicht
114 Die Statue der Heiligen Maria gebiert den lachenden Kolkraben
115 Der in die Gattersäge gestürzte Taubstumme wird mit einem Stein im Karpfenteich versenkt
116 Der Mandarin trägt einen Vogelkäfig auf dem Rükken, in dem ein Affe »Zirkus« kreischt
117 Wortlos nimmt der Detektiv auf der Eckbank Platz und starrt die verschleierte Braut an
118 Im Schlachthaus baumeln Arme, Beine und halbierte Menschenköpfe von den Hacken
119 Das Schnabeltier lauert im Geäst dichtbelaubter Bäume träumenden Schulkindern auf
120 Der Schwarm Quallen bedeckt den Himmel bis zum Horizont und senkt sich langsam auf das Dorf
121 Vergeblich versuchen die Jäger, den herbstlichen Meteor zu erlegen
122 Die sich in den Wäldern verkriechenden Kraken werden mit Knüppeln erschlagen
123 Im Heimatmuseum beginnen plötzlich die Blasinstrumente zu tönen, worauf aus ihren Öffnungen Eier fallen
124 Die Pflicht des mechanischen Menschen ist es, die Kirchturmuhr aufzuziehen
125 Der Mesner kehrt im Matrosenkleid aus dem Weltkrieg zurück und speit Blut
126 Nachdem der erste Zeppelin das Dorf überquert hat, spielt die Sonntagsorganistin Beethoven
127 In den vergilbten Büchern findet der Apotheker nur die Abbildungen von Mandrillaffen
128 Ein Monokel schützt das Auge, das durch das Schlüsselloch späht

129 Hinter der Rosenholzkommode des Notars wacht das Skelett des Schwiegervaters
130 Den zahmen Geier auf dem Arm schreitet der Knabe gegen den entfesselten Laubsturm an
131 Die Weinfässer werden aus den Grüften geholt und mit der schmutzigen Wäsche der Dorfbewohner gefüllt
132 Wer den Anblick des Huhnes nicht erträgt, stirbt
133 Der bärtige Mann da, der im rüttelnden Eisenbahnwaggon fährt, ist jener wegen Totschlags gesuchte Altwarenhändler, der eine Pensionistin mit einem Kälberstrick erdrosselte
134 Auf Wunsch des Kreisleiters werden die Särge mit den Gefallenen im aufgelassenen Bergwerk gestapelt
135 Bei der Verwandlung kniet der Pfarrer in dem bis zum Rand gefüllten Aquarium nieder und spricht ein langes Gebet
136 Im Schloß befindet sich ein mechanisches Spielwerk, mit Hilfe dessen sich die Holzfiguren der Dorfbewohner drehen
137 Rasch schlägt der Viehhändler mit dem Zirkel einen Kreis, den niemand betreten darf
138 Der Knecht kehrt von seiner Reise mit einem ausgestopften Krokodil zurück
139 Nachdem der Fotograf die Unbekannte auf das Bett gefesselt hat, läßt er seinen Kanarienvogel auf ihr hüpfen
140 Im Mikroskop taucht der lebhaft zitternde Wasserfloh auf
141 Die weißen Segel auf den Dachgiebeln dienen als Barometer
142 Jedes Pferd hat plötzlich den Kopf einer Echse
143 Mit der Axt in der Stirn kann man schwer denken
144 Der Unterschied zwischen der Kirsche und der Hagelschloße ist der Weihwasserkessel

145 Sobald der Mond erscheint, versinken die Pendeluhren in den Maisfeldern

146 Mit dem Bambusrohr zeigt das Fräulein zuerst auf die Versteinerung einer Schildkröte, dann auf die Marmordenkmäler der Dorfältesten

147 Nachdem die Ameisen die Vorratskammern geplündert haben, machen sich die Schnecken über den Rest her

148 Wenn die Glocke siebenmal läutet, setzen die Dorfbewohner ohne Umschweife ihre Hüte auf

149 Die chinesische Nachtigall in der Tierschau des Zirkusdirektors verzaubert den Jüngling so, daß er sich vergiftet

150 Allen Wandergesellen wird bei stärkster Gegenwehr die Vorhaut beschnitten

151 Mit einem Schlag verliert jede Erscheinung ihre Farbe

152 Der Postautobus führt einen Koffer mit Schwänen auf dem Dach, die die Fahrgäste vor der Pest bewahren sollen

153 Als der vornehme Herr nach einem Nachtquartier fragt, wird er erschossen

154 Der Degen im Hause des Veteranen kündigt das Erdbeben an, indem er zu glühen beginnt

155 Sobald dem Erfrorenen die Haare geschoren sind, wird er zum Landarzt gebracht

156 Trägt aber der Friseur einen Kunden auf die Straße, der noch in das weiße Tuch gehüllt ist, so bedeutet das einen heißen Sommer

157 Als ein Neger zum Kaiser ausgerufen wird, dessen Uniform blau und mit goldenem Blattwerk verziert ist, flüchten die Dorfbewohner in die Wälder

158 Die Toten, welche unter Hügeln ruhen, haben Gold in ihren Schuhen

159 Von der Zitadelle aus sieht man bei klarer Luft den Hund des Nachbarn

160 Bevor sie auf den Viehmarkt getrieben werden, werden die Maultiere als Stiere bemalt

161 Jedes Gebiß, das auf dem Friedhof gefunden wird, gehört dem Pfarrer

162 Öffnet der Kirchenwirt eine Nuß, findet er eine Hasenpfote

163 Am Abend bevor der Mond das Wasser anzieht, verstecken die Dorfbewohner ihre Handschuhe

164 Aus Angst vor dem Feuer liegt im Vorhaus eine Teichmuschel

165 Zu Weihnachten riechen die Schlafzimmer nach Kamille, zu Ostern nach Roten Rüben

166 Mit seinem weißen Stehkragen bietet der Fleischhauer einen ungewohnten Anblick

167 Jeder, der Namenstag hat, trägt den Arm in der Schlinge

168 Gegen Bettnässen und Nachtwandeln schützen die Bewohner des Landstriches ihre Kinder für gewöhnlich, indem sie ihnen Wachs in die Ohren stopfen

169 Der tote Landarbeiter erhält den Rasierspiegel mit ins Grab

170 Im Wartesaal des Bahnhofs treiben Stühle, Bänke, Pulte und Reisende im Hochwasser

171 Die plündernden Türken werden mit dem Ruf des Kuckucks erschreckt

172 Mit dem Öl der Kürbisse werden jene Motoren betrieben, die das Sonnenlicht in Eis verwandeln

173 Die Alten erzählen den Kindern von der Vergangenheit, bis diese vor Schreck aus den Rauchfängen fliegen

174 Häufig vergessen die Mägde einen Schuh anzuziehen, worauf sie ein lediges Kind zur Welt bringen

175 Die Pfarrersköchin läßt sich nur dann die Haare flechten, wenn alle Hähne der Umgebung zu ihr in die Küche gesperrt werden

176 Die Fahne des Kameradschaftsbundes wird gehißt, um die Kartoffelkäfer zum Abzug zu bewegen
177 Beim Frühstück sind die Tischtücher mit Schnee bedeckt
178 Kein geringerer als der Bürgermeister gräbt im Garten nach Kohle
179 In der weißen Woche müssen junge Frauen einen Hasen zubereiten, um den Fluch abzuwenden
180 Das Schweigen der Steine läßt das Gras wachsen
181 Im Cello des Uhrmachers verstecken sich die geflohenen Hundsfische
182 Hält jemand den unbeschuhten Fuß aus dem Haus, darf ihn der nächste Vorbeikommende pflücken
183 Bei der ersten Fuchsjagd erstickt der Holzhändler an einer Gräte
184 Bevor sich jemand ein Mädchen zur Frau nimmt, prüft er ihr Alter an den Zähnen
185 Eine Leimrute am Weg läßt jedes Fuhrwerksrad zersplittern
186 Nachdem die durchziehenden Franzosen alle Frauen geschwängert hatten, blieb die Ernte aus
187 Der Bräutigam erhält eine Zwirnrolle für jede Frau, der er die Ehre genommen hat
188 Das totgeborene Kind wird mit Blumen bekränzt und auf dem Dach befestigt
189 Der Hochzeitsflug der Bienenkönigin ist das Zeichen, die Menschen zu ermorden, die nicht mehr fähig sind, den Acker zu bebauen
190 In den Kopfpolstern zirpen die Grillen
191 Die Weinlese treibt die Dorfbewohner in Scharen auf die Straße
192 Vor den Häusern rupfen nackte Frauen Tintenfische
193 Die Schlangen kriechen durch jeden Türspalt und werden mit freudigem Lachen begrüßt
194 Jede Amsel trägt einen Seidenschuh im Schnabel

195 Im wuchernden Rainfarn verstecken sich die räuberischen Knechte

196 Aus den Lorbeerblättern gleitet ein ekelerregendes Tier und verschwindet ungesehen im Kochtopf

197 Bei strömendem Regen wandern die Schaben aus

198 Die Ungeborenen fangen am Allerseelentag in den Bäuchen ihrer Mütter zu sprechen an

199 Im Amt des Bezirkshauptmannes beichten die Marillenbäume

200 Zur Faschingszeit essen die Unverheirateten rohe Leber

201 Die Wände aus dunkelrotem Samt schließen die Augen

202 Betritt jemand das Haus des Hundeschlächters, meint er, er befinde sich in der Hölle

203 Die Blätter der Bäume sind aus Papier

204 Da die Milch der Wolken verdampft, müssen die Mägde die Äpfel schälen

205 Der Kirchenwirt zersägt die Fasane und füllt sie mit Salz

206 Schon von weitem erkennt man den Totengräber am Thymiangeruch

207 Das Schneiden der Nägel hat zur Folge, daß die Ziegen singen

208 Die schlafenden Alten warten mit geöffnetem Mund auf das Erscheinen der Wespen

209 Sobald der Zirkus mit seiner Vorstellung beginnt, klirren die Bestecke in den Anrichten

210 In den Schubladen der Kommoden vergilben die Befunde der Irrenärzte

211 Rasch wachsen die Wasserpflanzen und ziehen mit ihren Schlingen die Vorbeikommenden in die Tiefe

212 Am Tag der Prozession werden die gefangenen Eichelhäher freigelassen

213 Der junge Mann betritt den Hof, um Feuer im Taubenkotter zu legen

214 Im kalten Herbstlicht lassen die Kinder Drachen steigen, auf denen die Gesichter der Vorfahren abgebildet sind
215 Sieht jemand aber einen jüdischen Handelsreisenden bei der Körperwäsche, so wird er bettlägerig
216 Mit dem ersten Nebel legt sich Chloroformgeruch über die Landschaft
217 Kurz nach dem Tod fallen die Mäuse über die Verstorbenen und verunstalten sie
218 Die Pelze der Frauen sind die Nistplätze der Schwarzmeisen
219 An die Deichselstangen werden Rosen genagelt, damit es später schneit
220 Ein Myrtenkranz ist der Hut der Zwillinge
221 Jeder Reiter wird von den Einheimischen mit Argwohn betrachtet, sofern der Pfau am Vortag eine Zierfeder verloren hat
222 Es gibt keinen, der nicht das Grammophon des Lehrers haßt
223 Um sich vor schlechten Nachrichten zu schützen, kratzen sich die Kinder am Morgen den Rücken
224 Ein Schlitten im Sommer bedeutet, daß die Taschenuhr verschwindet
225 Der Landstreicher stürzt in das Mostfaß und verwest dort unbemerkt
226 Der Gemeindearzt begrüßt die Kranken seit jeher mit einer Ohrfeige, bevor er sich über das Selchfleisch macht
227 Nach dem Unwetter verrostet die Orgel und wird von Bisamratten heimgesucht
228 Der Pfarrer nimmt das Rezept für die himmlischen Schauspiele mit ins Grab
229 Zu Allerheiligen müssen alle Lügner auf den Händen gehen
230 Im Sommer tragen die Mägde Pilze auf den Gletscher, damit das Eis die Toten freigibt

231 Im Pudding findet man bisweilen Tannenzapfen, Enteneier oder eine Locke der Geliebten
232 Im Mai klappern die Witwen mit Suppenlöffeln, um die Heuschrecken aufzuscheuchen
233 Alle Lufterscheinungen werden in Zusammenhang mit der letzten Ölung gebracht
234 Wird ein Dorfbewohner zum Leutnant ernannt, so muß er mit der Lichtschere Gras mähen
235 In der Glutpfanne kann man den eigenen Vater als Kröte sprechen hören
236 Dorfbewohner mit zwei Nasen träumen nicht
237 Die Schleifsteine fallen zu Boden, wenn ein Kind geboren wird
238 Bevor die Gläubigen die Kirche betreten, besprengen sie sich mit dem Blut eines frischgeschlachteten Tieres
239 Das Echo ihrer Stimmen lähmt die Rufer
240 Jeder Hundebiß ist der Hinweis auf eine unterirdische Wasserquelle
241 Die Blinden im Dorf stellen die Sicheln her, mit welchen die Glockenblumen geköpft werden
242 Die Eisenbahngesellschaft wird mit einer Pyramide aus Menschen begrüßt, die im Chor ein lateinisches Gebet spricht
243 Als die Kaufhausfrau Zitronen anbietet, halten die Frauen diese für saure Eier
244 Ein Brief mit dem Poststempel Genua kann nicht zugestellt werden
245 Die durchlöcherten Goldmünzen aus dem Besitz des Erschlagenen bringen den Holzfäller zu Fall
246 Wer immer auch sich mit der Sänfte durch das Dorf tragen läßt, muß in Fischmilch baden
247 Mit Geschrei treiben die Schulkinder brennende Holzreifen in die Weizenfelder
248 Im Frühling erscheint ein Orientale, der Schlangen fängt

249 Die tropisch heißen Tage im Oktober sind die Ursache für die Selbstverstümmelung der Knechte

250 Ursprünglich wird das Sieb vor der Abreise unter dem Kirschbaum vergraben

251 Nachdem der Ministrant den Segen empfangen hat, beginnt er zu komponieren

252 Da im Teich Seidenwürmer schwimmen, errichtet der schwedische Fabrikant einen roten Turm

253 Die Kutschen mit den Trauergästen riechen nach Essig

254 Das Rasterpapier des Bergingenieurs wird bestaunt, als er schläft jedoch zu einem Flugzeug gefaltet

255 Sonnenregen läßt die Berge sich senken

256 Die Wildenten werden mit Bleikugeln gefüllt, damit sie die Blitze den Behausungen fern halten

257 Die Daguerrotypien der Dorfbewohner werden im Ballsaal mit Blumen geschmückt, um sie am Sprechen zu hindern

258 Ein zerschlagenes Fenster läßt die Finsternis in das Zimmer fließen

259 Die dickste Frau trägt ein Korsett aus Fischbein, das sich bei Bedarf in einen Ballon verwandelt und die Trägerin befähigt zu fliegen

260 Wer eine Bohne setzt, darf nicht erwarten, Kirchenglocken zu ernten

261 In die Arbeit an der Perücke vertieft, bemerkt der Friseur nicht, daß die Spiegel aufgehört haben zu reflektieren

262 Wenn ein Pferd durchgeht, werden die Truthähne aus Elfenbein

263 Das größte Glück der Deserteure ist es, bei der Heuernte zu verbluten

264 Mit den Dampfwagen schaffen die Russen Getreide aus Gold in die Vogelhäuser

265 Das Bett des Schullehrers dient dem Roßknecht als Ufer des Schlafes

266 Der Färber trägt einen Haarbeutel um den Hals mit blühenden Eiderdaunen
267 Die gestohlenen Dukaten in der Tasche, kniet der Hufschmied im Prunkgemach des Standesbeamten nieder, um die Feigenblätter auf den Boden zu nageln
268 Wenn die Kupplerin ein Jagdgewehr im Kukuruz findet, bläst die Infanterie zum Angriff
269 Beim Kegelscheiben flechten die Kellnerinnen Teig in Form von Ameisen
270 Die Brennessel zwischen den Fingern quält sich der Trompeter mit dem Rätsel, das ihm die Pfingstrose im Winter aufgibt
271 Beim Schlittschuhlaufen entdeckt der alte Mautner den erfrorenen Chinesen
272 Während der Schneider ihm das Hemd anmißt, betrachtet der Zirkusdirektor den Fliederbaum, der Harfenmusik absondert
273 Die Dame mit dem Federhut klammert sich schreiend an den Haltegriffen fest, als der Bahnhofsvorstand sie aus dem Eisenbahnwaggon zerrt
274 Mit Fieber wartet der Bäcker unter der Pappel, bis die Predigt des Bischofs den ersehnten Nordwind aufkommen läßt
275 Zum Kirchweihfest tragen die alten Jungfern silberne Hauben auf dem Kopf und Kämme aus Horn in der Hand
276 In der Papierfabrik erschlagen die Einheimischen Singvögel
277 Die Mehlspeisen auf der Hochzeitstafel verdampfen beim Feuerwerk zu Weihrauch
278 Die geweihten Palmzweige bringen die Uhren zum Stillstand
279 Der Schnee, der mit dem Aufgehen des Morgensterns fällt, begünstigt das Ablegen von Gelübden
280 Kinder, die in die Kalkgrube stürzen, erwachen als Asseln

281 Die friedliche Fledermaus wird dem Bezirkshauptmann als Geschenk überreicht
282 Der Kaiser betrinkt sich im Wirtshaus, in dem ein Löwe die Geschäfte des Henkers übernommen hat
283 Je mehr Pflaumenschnaps aus den Brunnen rinnt, desto größer werden die Köpfe der Neugeborenen
284 Mit ungläubigem Staunen betrachtet die Sonntagsorganistin ihren mit einer Perlenkette geschmückten Kropf
285 Als der Vorhang sich öffnet, erblicken die Dorfbewohner den nackten Leichnam des Entfesselungskünstlers auf der Bühne, der zwei Fische in den Händen hält
286 Da der Bürgermeister beschließt, im Freien zu wohnen, stellt er sein Mobiliar auf die Straße
287 Der Landarzt verschwindet rasch in der Badekabine, um nicht mitansehen zu müssen, wie sein Bruder in den Fluten versinkt
288 Die gestreifte Haut des Apothekers wechselt die Farben mit den Jahreszeiten
289 In der Weinpresse frißt sich der Schimmelpilz, das Evangelium murmelnd, durch das Holz
290 Wer die Inschriften auf Grabsteinen lesen will, muß Rosmarin mit dem Mörser zerstampfen und aus der Nase bluten
291 Der Samen des Salzes wächst sich bei guter Witterung zu einem Küchenmesser aus
292 Je magerer die Dorfbewohner werden, um so üppiger sprießt die Herbstzeitlose
293 Der Knall des Schusses verschwindet in der Scheide des Säbels
294 Zeigt der Lehrer den Schulkindern eine Petersilie, so können sie ihre eigenen Knochen sehen
295 Der Branntwein, der aus Bernstein gewonnen wird, birgt das Gackern der Hühner

296 Der erste Orden, der einem Dorfbewohner verliehen wird, heilt die Zahnschmerzen der Betrunkenen

297 Das Wahrsagen ist dem Kupfergeld vorbehalten

298 Am Abend strömt das blühende Gebüsch ein lähmendes Gas aus

299 Im Sonntagsanzug essen die Dorfbewohner faule Birnen, um die Offiziere von den Wetterfahnen abzulenken

300 Bevor die Akelei gepflückt wird, muß das Silberpapier der Schokoladen geschmolzen sein

301 Die Begegnung im Beichtstuhl mit dem heimgekehrten Matrosen läßt den Pfarrer eine Mondfinsternis auslösen

302 Der Bergmann hört das fremde Tier im aufgelassenen Stollen quaken, so als wünschte es zu fliegen, müsse jedoch im Wasser leben

303 Die Dame mit dem Blumenbukett auf dem Kopf begehrt ein Dutzend Rattenfallen zu erstehen

304 Langsam versinken die Häuser im Schlamm

305 Gelbe Schwämme treiben in den Tümpeln und saugen sich als Geschwüre an den Waden badender Kinder fest

306 Sobald sich die Schneegänse auf die Dächer niedergelassen haben, beginnt Efeu die Mauern zu überwuchern

307 Wirft aber der Leichenbestatter seinen Zylinderhut in die Luft, so kehrt dieser als streunende Katze zurück, die mit lautem Miauen das Weite sucht

308 Die Meduse in der Handtasche der alten Resch pflanzt sich – kaum, daß sie das Tageslicht erblickt – fort und tötet den Widersacher

309 Nimmt der alte Mautner ein Gemisch aus Fingerkraut, in Mörsern zerstampften Maiglöckchen und der Frühlingslichtblume, so kann er die Sterne zur Erde herabholen

310 Die Weidenkörbe werden im Winter geflochten, da die Kinder im Februar die Bienen zu ihren Stöcken tragen

311 Der Kaiser betritt den Ballsaal mit dem Vorsatz, die Hochzeitsgäste hinrichten zu lassen, besinnt sich jedoch und gibt Befehl, das Haus zu verwüsten

312 Bei jedem Ton, den der Lehrer der Violine entlockt, sprüht Wasser aus dem Instrument, das nun schon den sich schüttelnden Hunden bis zum Hals reicht

313 Unter den Brettern des Küchenbodens aber leben ungesehen die Liliputaner des Zirkus und bestehlen die Dorfbewohner, wann immer sie Gelegenheit haben

314 In seiner von Motten zerfressenen Uniform, die Stille des Sonntages nutzend, schreitet der General durch das Dorf, um sich die Frau des Chinesen zur Maitresse zu nehmen

315 Morgentau benetzt, winzigste Fische mit sich führend, das Laub der Bäume

316 Die Schmähreden des Tischlers haben zur Folge, daß er unter dem Hut Läuse tragen muß

317 Beim Bohren eines Brunnens stößt der Landwirt auf einen Vulkan, der sofort Feuer speit

318 Als Farnkraut getarnt nähern sich bayrische Soldaten und metzeln die Familie des Sauschneiders nieder

319 Da die Elstern hypnotisieren können, wagt niemand sie anzublicken

320 Die Seidentapeten in den Häusern werfen Blasen und werden entfernt

321 Die uniformierten Haitianer stellen sich erst, nachdem sie getötet wurden, als harmlose Zirkusarbeiter heraus

322 Kaum, daß der Optiker das Geschäft eröffnet hat, zertrümmern die Schielenden seine Auslagenscheiben

323 Überquert eine Kutsche den Dorfplatz, wirft der Mesner einen schwarzen Mantel vom Kirchturm

324 Mit brennendem Bart ist leicht lügen

325 Erscheint der Amokläufer, so ziehen sich die Bewohner in die Häuser zurück und legen Gaben auf die Stiegen

326 Der Puderstaub vertrockneter Nachtfalter bedeckt am Ende des Sommers die Schränke und Kommoden

327 Die künstliche Lilie auf dem Ornat des Pfarrers bedeutet Fruchtbarkeit

328 Der verirrte Ozeanograph wird mit Maulbeerschnaps gelabt, jedoch schreckt er auf, sobald er die vertrockneten Hornissen auf seiner Bettdecke sieht

329 Die Kupferstiche erregen Argwohn, da sie bei Regen verblassen

330 Mit nassen Kleidern lauscht Gustav dem Spiel der Sonntagsorganistin im schlecht gelüfteten Klavierzimmer, während er in den Fingern, mit denen er sonst Särge herstellt, bei jedem Anschlag ein Zucken fühlt

331 Die Kristalle werden eingesammelt und zu Pulver zertrümmert

332 Spricht der Lehrer vom Neolithikum, erscheinen Scharen von Nachtschnecken auf den Wänden

333 Der Tierbändiger betrachtet die Weißnäherin im Schlaf, indessen er den Tiger um ihr Haus streifen läßt

334 Tinte wird aus dem Blut von Vipern gebissener Kinder gewonnen

335 Die Wespennester hängen vor den Eingangstüren, um Fremde abzuwehren

336 Der Maler mit der Flechte auf dem Kopf reißt der Witwe den Schleier vom Gesicht, das – unerwartet – an eine Kuh erinnert

337 Niemand betritt die Hühnerfabrik, ohne sich der Hilfe der Handwäscherinnen zu versichern

338 Mit rauschenden Krinolinen begrüßen die Schönsten des Dorfes die Botaniker und Schmetterlingsfänger aus Böhmen

339 Zu Maria Himmelfahrt werden weinrote Vorhänge aufgezogen, auch wird der Himmel weiß bemalt

340 Die eisernen Schuhe des Gerichtsdieners dienen nach seinem Ableben als Opferstock

341 Bricht der Abend herein, werden die Möbelstücke mit Leintüchern bedeckt

342 Die Walze des Orchestrions dient dem Leichenbestatter als Zahnersatz

343 Unter dem Hollerbusch wachsen die Füße der Jungfrauen

344 Im Frühling brechen Korallenwälder aus der Erde, die anstelle von Blättern Katzenwelse tragen

345 Das Gefieder der Kinder fällt mit der ersten Unkeuschheit aus

346 Das gelbe Massiv der herbstlichen Berge ist mit den Beobachtungsinstrumenten der Geologen bestückt

347 Jeder Sonntagsanzug ist in den Westentaschen mit gezinkten Karten versehen

348 Der Mann mit den längsten Fersen öffnet die Zuckerrüben aus Pappmaché

349 Hinter dem Horizont schwappt das Meer über und besprüht die Dächer der Häuser

350 Allen viehschmuggelnden Ausländern wird – sofern sie überführt werden – flüssiges Gold eingetrichtert

351 Zur Kirschenzeit quellen die Toten so stark auf, daß die Särge nicht zu schließen sind

352 Jodfarbene Wolken sind ein Zeichen für eisenhaltiges Grundwasser

353 Schwört jemand einen Meineid, so verwandelt sich sein Taschentuch in eine Weintraube

354 Der Stallgeruch im Winter bringt den Löwenzahn vor der Haustür zum Blühen

355 Der zweifache Witwer hält im Juli um die Hand der Jungfrau an, indem er ein Schwalbennest auf dem Kopf trägt
356 Nur im Augenblick der Geburt einer Tochter verschonen Windhosen die Dachstühle
357 Jeder Scherenschleifer trägt ein vertrocknetes Edelweiß in der Tasche
358 Der Entmündigte findet die Strümpfe und den zerdrückten Hut der Vermißten im Maisfeld und wird verdächtigt
359 Alle Feldlerchen verenden in den Fäusten der Schulkinder
360 Solange die Grillen zirpen, sind die Eisfelder der Alpen gelb
361 Der Getreidehändler träumt von weißem Klee, sobald ihn jemand mit falschen Münzen bezahlt
362 Niemals hat der Gemeindebeamte den Fleischhauer anders gesehen, als mit einer erloschenen Zigarre im Mund
363 Das Weinen der Schnepfen läßt den Feuerschlucker zum Knecht werden
364 Jede Taube wünscht sich die Lippen eines Musikers
365 Aus der Asche der Salbeipflanze schimmert der Glanz der Tabernakel
366 In den Kammern der Bergknappen schlüpfen die Ringelnattern aus
367 Das Geheimnis der Milchkannen ertönt bei Gefahr vom Feuerwehrturm
368 Kaum, daß der Uhrmachergehilfe beginnt, auf der verstimmten Harmonika zu spielen, schwillt das Getöse der schwarzen Gärten an
369 Aus der Säure der Blumen entsteht der Gleitflug des Sperbers
370 Stürzt ein Schornstein der Ziegelfabrik ein, so sammeln sich die Dorfbewohner zu einer Fronleichnamsprozession

371 Nach dem Regen verwechselt man den Bahnhof mit einer Tropfsteinhöhle

372 Den Trommelrevolver in der Hand, befiehlt der General das Verbrennen der Testamente

373 Zu Allerseelen muß der Zirkusathlet die Flöhe in der Kleidung der Dorfbewohner suchen

374 Die Akazien weigern sich zu blühen, solange ein Selbstmörder in geweihter Erde liegt

375 Mit dem Spazierstock aus Haselnußholz findet der Wassersucher Kürbisse

376 Das feine Trommelfell des Nachtfalters wird zur Honiggewinnung verwendet

377 Knisternd fällt das Sonnenlicht auf die Äcker

378 Beim Mähen zischt Ammoniak zwischen den Schneeflocken

379 Am Abend pflückt der Apotheker die Hyazinthen seiner Mutter

380 Nichts findet der Schuldirektor in allen Enzyklopädien als die Beschreibung der Taubnessel

381 Die Ottomanen sind dem letzten Atemzug vorbehalten

382 Nur die Schwimmhäute der Wildenten helfen gegen die Tarnung des Herbstnebels

383 Hat Louise Migräne, so betrachtet sie die verrunzelten Theaterprogramme ihrer verstorbenen Tante

384 Ohne auf die Schreckensrufe zu achten, bewegt sich der Trauerzug in den Karpfenteich

385 Die Geigen erlöschen in den Wäschekästen

386 Die schwarzen Bäuerinnen im Zirkuszelt ahmen das Miauen der Katzen nach

387 Als der chinesische Akrobat die Schweinedärme aufbläst, erwachen die schlafenden Kinder

388 Um keine Demütigung zu erfahren, hypnotisiert der Gehilfe den Speckkäfer

389 Die Hühnerrupferinnen retten ihr Leben, indem sie ihre Kleider abwerfen

390 Ein kalter Sommer läßt die Kaulquappen in den Pfützen erstarren

391 Der klebrige Saft, der vom Rasiermesser tropft, zeigt dem Landwirt an, daß die Quitten noch nicht reif sind

392 Nach dem Schlaganfall werden die Ohnmächtigen in den Kleiderschrank gehängt

393 Jeder Erscheinung, die fremd ist, wird Gewalt angetan

394 Das Geäder der Blätter stößt einen metallischen Laut aus

395 Ohne Vergrößerungsglas sieht der Obstzüchter nicht die Facettenaugen der Insekten

396 Auf den Zündholzschachteln ist die Hand des Kaisers abgebildet

397 In der schwülen Mittagshitze sind die Wiesen giftig

398 Die Kinder beschmieren das Spielzeug mit Jauche, damit es die Sterne nicht stehlen

399 Vor nichts fürchten sich die Dorfbewohner mehr als vor dem Äquatorring

400 Erst wenn sie sich in Sicherheit wiegen, betasten die Alten ihr Gegenüber mit den Fühlern

401 Aus den Gehaben der Tänzerin schließt der zukünftige Bräutigam, daß er sterben muß

402 Die Handarbeit der Mädchen dient den Vögeln als Zierde

403 Das ABC der Gestirne spiegelt sich auf den Flügeln der Bienen

404 Vor dem Erdbeben schweigen die Fische

405 Je länger ein Schüler auf den Händen geht, desto mehr weiß er über den Himmel

406 In den verbrannten Lungen der Kühe leuchtet Phosphor

407 Sobald die Witwe Oswald Gesichter hat, hängt die Küchenuhr im Nußbaum

408 Verirrt sich ein Planet in einen der Ställe, spielt die Blasmusik einen Marsch

409 Die Schatten der Disteln träumen von geschlachteten Hasen

410 Hunde mit Geifer im Maul lauern dem Flügelhornisten hinter der Gewitterwolke auf

411 Nach der ersten Kommunion sieht der zum Pfarrer Bestimmte seine Finger wachsen

412 Der Kapaun wird mit Leinsamen gefüttert, nachdem man seine Füße gebrochen hat

413 Der zerplatzte Laubfrosch ist rachsüchtig

414 Im November werden die Schmalzfässer am verschneiten Friedhof vorbeigetrieben, damit die Verstorbenen schweigen

415 Nur mit gestutzten Flügeln singen die Amseln

416 Kriegsveteranen mit Krücken hocken auf den Kastanienbäumen

417 Vor dem Brotbacken begrüßen die Dorfbewohner den Landvermesser mit blutigen Gesichtern

418 Aus Angst vor dem Handleser verstecken die Bauern Hab und Gut

419 Wer in Katzensilber blickt, sieht die Vergangenheit des Hahnes

420 Bevor sie abblühen, zerplatzen die Blumen mit einem Knall

421 Bei Todesfällen wird die Egge in Späne geschnitten

422 Die Frau des Leichenbestatters leidet an Krampfadern, weshalb sie einen Dachs brät

423 In jedem Haus ist ein hölzerner Engel aufgestellt, der dem Aufgebahrten zum letzten Kuß an den Mund geführt wird

424 Schmückt jemand die Eingangstür mit Immergrün, ist sein Sohn im Krieg gefallen

425 Den Federbusch darf der Seiler nur am Hut tragen, wenn er Schwierigkeiten beim Harnen hat

426 Jeder, der keinen Waffenrock trägt, wird mit Steinen zugedeckt

427 Der Bürgermeister zieht eine rosa Krawatte aus dem Hemd, zum Zeichen, daß das Korn reif ist

428 Aus der Kaffeemühle strömen die Vögel der Alpträume

429 Im Jenseits sieht man ein Kaninchen vor sich, das im Schnee verblutet

430 Die Samtblumen des Hochzeitskleides trägt der Erstgeborene bei der Taufe im Haar

431 Läßt sich der Brandstifter blicken, wird er im Kot ersäuft

432 Der bärtige Sekretär wird belogen und mit dem Anzug des Dorfältesten beschenkt

433 Zur Buße reibt das gefallene Mädchen seine Füße mit Zwiebel ein und versagt sich zehn Tage das Gebet

434 Der Schuh des Wanderers versinkt in schwerer, dikker Luft, gleich einem Teppich, wenn er sich in den entfernten Landstrich verirrt

435 Durch das laute Faschingstreiben gereizt, fallen die Hornissen über die mit Schweinemasken verkleideten Frauen her und versetzen ihnen schmerzhafte Stiche

436 Die erste angefertigte Puppe hat das Aussehen eines Afrikaners, das jedoch niemand kennt

437 Der Lichtbeobachter im Zimmer des Gasthofes zeigt die Maschine vor, mit der er die Luft aus einem Behälter pumpt

438 Schon lange rätselt der alte Mautner, weshalb die Farbe nicht aus den roten Scherben des zerbrochenen Glases rinnt

439 Der stickige Geruch des Grases senkt sich über das Fuhrwerk und betäubt den Knecht

440 Zu Beginn der Falkenjagd stürzt sich der Archäologe in den Brunnen

441 Jedes Jahr lassen die Mütter Totgeborener die Tische und Stühle des Hauses tanzen
442 Die vergewaltigten Mädchen bestimmen die Schicksale ihrer Geschwister
443 Verweigert aber ein Dorfbewohner die heilige Kommunion, so muß er einen Fuchs zähmen
444 Die durchziehenden Soldaten spalten den Kindern den Kopf und zwingen die Dorfbewohner, ihre schlachterprobten Hintern zu küssen
445 Der Idiot deutet die Träume des Schneiders mit dem Gesicht im Wasser
446 Das abgeschnittene Haar wird im Wald vergraben, um niemandem Gelegenheit zu geben, Macht auszuüben
447 Am ersten Apriltag darf kein Bewohner die Erde berühren
448 Rasch verschwindet der Iltis, wenn der Mais summt
449 Rollt die Sonne zu schnell am Himmel, keuchen die Knechte vor Brechreiz
450 Der Flaumbart des Jünglings läßt seine Mäuseohren noch größer erscheinen
451 Wird das Fell eines Hundes rot gefärbt, krächzen die Rabenkrähen
452 Aus der Spur der Pfoten schließt der Jäger auf das Alter des Wetters
453 Das Fieber der Doldenblütler ist im Zirkuszelt als Frost zu bemerken
454 Im Wiehern der Stallpferde erkennen die Witwen die Stimmen der verstorbenen Väter
455 Die Goldamsel verbreitet die Pest im Brombeerstrauch
456 Auf dem Gletscher pflanzen die verlorenen Bataillone grüne Linden
457 Schon der Saum des anbrechenden Morgens treibt die Mörder in die Forste

458 Die schwindsüchtige Dame im schwarzen Korsett ist die Geliebte des Kaisers
459 Wein fließt gurgelnd den Strom hinunter und führt die Bibel des Pfarrers mit sich
460 Aus den Kuhhörnern dampft der Friede des Sommers
461 Die Salzseen spiegeln das eisige Dach der Welt
462 Jeder Dorfbewohner fürchtet die lähmende Kraft der Holztiere
463 Beim Brennen der Kommunionskerze werden die Zwillinge zu Unschuldslämmern
464 Das Schwingen der grauen Kristalle im Stollen erzeugt einen kreischenden Akkord
465 Die Dachrinnen sprühen den Funkenregen auf die Flügel der Dohlen
466 Das Gelächter der Kinder hüllt das Dorf in einen Ozean des Vergessens
467 Will jemand dem Flüstern der Legenden Glauben schenken, legt er einen Birkenpilz auf das Gebälk
468 Die Verwünschungen sind die Mißgeburten des Frühlings
469 Als der siebente Märtyrer ausgerufen wird, wimmelt es von Mücken
470 In einem elektrisch geladenen Gemüsegarten hört man zur Abschreckung die Arien der Katzen
471 Die Leichenfledderer finden nichts anderes als ein Holzbein und den Kirchenschlüssel in der Schmiede des Julimorgens
472 Durch das Fenster sieht man die Waisenmädchen die Blüten von Enzianen sticken
473 Als der Gendarm in den Graben stolpert, kommen ihm die Schiffbrüchigen entgegen
474 Mit dem Gestotter der Knechte krümmen sich die Weinberge
475 Die Häute der Kälber schwimmen weinend in der Sakristei

476 Im Eiswind schauern die Knospen und träumen von der Kindheit der Fruchtkörper
477 Nur das Knirschen der Fuhrwerkräder durchdringt die Krötenstille der Landstraße
478 Das Schilfdach des Holzschuhmachers verklebt die Schuppen der Fische
479 Ist ein Jüngling verliebt, so formt er ein Herz aus Wachs und heftet es der Angebeteten auf die Stirn
480 Im Harz der Bäume findet man die versteinerten Weintrauben
481 Die vergoldete Gewürznelke ist die Wurzel des Donners
482 Stinken die Leichenhemden nach Jod, verwelkt das Kirchenfenster
483 Der Bürgermeister springt auf allen vieren davon, wenn der General schmatzt
484 Kaum hat der Kirchenwirt die Gläser eingeschenkt, gibt der Wasserspeier tiefblaue Lerchen von sich
485 Auf der Zunge der Sonntagsorganistin bildet sich eine Rose
486 Die Blutspritzer an der Wand nehmen die Form von Ahornsamen an
487 Die Hebammen tragen die Lichtkränze der Wachteln
488 In jedem Küchenkasten findet man eine geschliffene Karaffe mit Bohnenschoten
489 Die vertrockneten Alten werden als lebende Uhren betrachtet
490 Die Berge in der Ferne locken die beerensuchenden Firmlinge an
491 Versinkt ein Dorfbewohner im Morast, wird aus seinem Schweiß Schnaps gebrannt
492 Bevor der Sohn nicht über den Schweinestall springt, übergibt der Vater nicht den Hof
493 Der Bergmann findet den mumifizierten Kapitän im Heimatmuseum

494 Kaum hat der Heimkehrer vom Kaspischen Meer berichtet, wird er zum Totengräber gewählt

495 Ohne das Bündel Holz unter dem Arm wird der Glühkäfer mit dem Zigeuner verwechselt

496 Die gebrannten Ziegel atmen die Tragik der Verwesung

497 Im gebeugten Rücken des Bauern erkennt man die Demut des Volkes

498 Sobald sich der Tag hellt, flüstern die Versteinerungen

499 Den Kragen mit Ohrenwachs bekleckert, kehrt der Witwer Ranz den Boden auf

500 Nur das Gewinsel des mageren Herbstwindes verkündet die Farben der Gestirne

501 Mit beredtem Mienenspiel läßt der alte Mautner den Wetzstahl sprießen

502 Die Läuse der Uniformierten überfallen die schlafenden Dorfbewohner

503 Nur wenn die Minze blüht, schreitet der Kaplan mit nassen Knochen über die Felder

504 Die Forscher berufen sich auf die unerfahrenen Ochsenfrösche

505 Schon wälzen die Berghänge feuchte Abendröte ins Tal

506 Die Mundtoten sind in den Stollen des Bergwerks verschollen

507 Die Falter wachsen rasch im gleißenden Licht des Wasserspiegels

508 Niemand jedoch findet eine Silbermünze, wenn er nicht vor der Fronleichnamsprozession niederkniet

509 Der Fluch der Maden verbiegt den Suppenlöffel

510 Jede Welpe dampft im Morgengewölk

511 Der Kaiser mit löwenfarbenem Haar, die Stiefel poliert, wartet inmitten der Hühner auf den Schiffbauer

512 Im flohstrotzenden Mais schwitzen die Seelen der Kinder

513 Das tropfende Fleisch, das von der Decke der Schlafzimmer hängt, nährt die Schlangen unter den Bodenbrettern
514 Die Bißwunde der Libelle heilt am Namenstag, sofern der Hut in Liebstöckel gelegt wird
515 Nachdem sich die Sonntagsorganistin Ringellöckchen frisiert hat, beginnt sich der Kreisel des Knaben zu drehen
516 Im gemalten Paradies über dem Altar bricht Feuer aus
517 Die Frau des Kirchenwirts bereitet den Eukalyptusfisch mit grüner Farbe zu
518 Im Schweinekoben wird der Flügelschlag der Zeit nicht beachtet
519 Die Phosphorernte wird mit Gebell in die geschmückten Häuser eingebracht
520 Aus dem bitteren Wasser der Karpfenteiche taucht die Goldamsel auf
521 Schon in ferner Vergangenheit schmeckte das Laub nach den Chitinpanzern der Insekten
522 Um auf den Zirkus aufmerksam zu machen, treibt der Direktor die Liliputaner ohne Hemden durch das winterliche Dorf
523 Die Milch für den Bürgermeister darf erst geliefert werden, wenn er sich das Haar färbt
524 Braun ist der Herbst und voller Vögel
525 Der erste Dorfbewohner, der auf einem Fahrrad angetroffen wird, wird mit Mehl bestäubt
526 An Sonntagen singen die Kinder in Matrosenanzügen den Choral vom Tod des Hundes
527 Die Lupe in der Jackentasche beugt sich der Landarzt über die Glyzinien, die von Wanzen befallen sind
528 In bemalten Kaffeeschalen perlt das schäumende Bier
529 Die Wildkatze äugt schläfrig vom Brom der Eiche auf die trauernde Versammlung

530 Bilden die Mäuse eine Kette, indem sie sich in ihre Schwänze verbeißen, müssen die Häuser gelb gestrichen werden

531 Um an das Erz heranzukommen, kriechen die Dorfbewohner durch Kamine und Schlünde, und nicht selten stürzt einer von ihnen über einen Grat und ist auf Nimmerwiedersehen verschwunden

532 Der Ballsaal hallt vom Lärm des Unkrauts, der durch die Wände dringt

533 Nachdem der General das Quartier der Knechte durchstöbert hat, verbrennt er deren Hab und Gut

534 Der Koffer des Vertreters ist ohne Tuba nicht denkbar

535 Zum Fest des Heiligen vergehen sich die Marktfieranten an den unschuldigen Mädchen

536 Angestrengt übt der Chinese auf dem Acker das Kunststück

537 Die Rauchluken atmen den Regen der Nüsse

538 Für ein Fahrrad und fünfzig Schilling ermordet der Bruder den Bräutigam

539 In den Gasthöfen erschlagen die Pappeln betrunkene Holzfäller

540 Der Bauch des Pfarrers ragt in das zeitlose Element Luft

541 Die letzten Ruhestätten reinigen die Kastanienbäume vom Heiligen Geist

542 Alle leidenden Frauen beschwören die Ameisen, Honig in den Sterbezimmern zu sammeln

543 Blindgeweint sind die Augen der Greisin seit dem Tod ihres Sohnes

544 Das junge Blut bügelt die Wäsche

545 Mit Hungerödemen und von Milben befallen kehren die Soldaten in das Dorf zurück

546 Im süßen Most zeugt die Mücke von den Geschichten der Toten

547 Die müden Rinder schlecken an den Zweigen aus Glimmerschiefer
548 Die Ordensbänder in den Schränken verflüssigen sich zu Seidelbast
549 Verschwindet ein Dorfbewohner in einer Gletschermühle, streuen die Angehörigen die Asche von Lurchen aus
550 Das Verhängnis des Eichelhähers ist der brennende Nebelfleck
551 Amethyst wuchert auf den Dachböden verlassener Häuser
552 Die Schwungfedern der Schnepfen überwintern im Himmelreich
553 Verirrt sich ein gefleckter Hirsch in das Dorf, ahmt der Hufschmied das Wachsen des Zymbelkrautes nach
554 Im Schatten der Lindenbäume wäscht der Mesner die Wespen
555 Die Ammern sterben im Frühling, solange der Hafer rot ist
556 Die Straße führt entlang des Flusses, bis sie, von der Erde aufgesaugt, in einer erstickten Äsche verschwindet
557 Der Hut des Totengräbers glänzt vom Speichel der Elstern
558 Am Allerheiligentag bilden die Imker einen Leib aus Bienenwachs, der alle Sünden von ihnen nimmt
559 Steckt der alte Mautner ein Stück Knochen in die Fußspuren eines Dorfbewohners, so wird dieser gelähmt
560 Die Sonne kann nur zur Jahreswende von weißgekleideten Mädchen, die die erste Kommunion empfangen, entzündet werden
561 Wer den Kürbis berührt, schält den Mais
562 Solange das Schwein geschlachtet wird, steht das älteste Familienmitglied auf einem Bein und gurrt mit den Tauben

563 Bevor der Bürgermeister die Amtsstube betritt, erhält er vom Gemeindearmen einen Schlag mit dem Dreschflegel, für den er sich bedankt
564 Die Märchen der Teichschildkröten sind die Gebete der Verstorbenen
565 Mit der Fahne des Kameradschaftsbundes bedeckt der General die ausgestopften Fasane
566 Hinkt der Rheumatismuskranke durch das Dorf, treten die Frauen an die Fenster und schnaufen
567 Die Essigfliegen bringen die Veilchen im Bergkristall zum Blühen
568 Aus den Starkottern spottet die Goldhaube vergangener Stunden
569 Schon nach wenigen Handgriffen verwandelt sich das Salz in Gras
570 Anstelle der Blätter erzeugen die Sandvipern das Rauschen des Windes
571 Der Gendarm beschützt die geschwollenen Kämme der Hähne
572 Hat die Braut die Jungfernschaft verloren, glost der Hausschwamm
573 Während der späten Visite stürzt der Tierarzt kopfüber auf die Milchstraße und bricht sich das Genick
574 Verspeist der Feuerschlucker einen Parasol, fangen die Zirkustiere zu toben an
575 Der zugefrorene See birgt die Seelen der verendeten Wasserkäfer
576 Die Wunde des Pferdes ruft das offene Geschwür des Knechts hervor
577 Im Schimmer des Tages erheben sich die Fäden des Altweibersommers
578 Nachdenklich betrachtet der Briefträger die Jauchengrube, in der sein Opfer versinkt
579 Eingewickelt in Zeitungspapier ist die geschlachtete Katze ein Kinderspielzeug

580 Die Nachtfalter töten die Neugeborenen mit der Kälte des Polarsterns
581 Wer zum Begräbnis welke Blumen bringt, findet zu Hause den Kellerschlüssel nicht mehr
582 In abgeschmackten Herrenzimmern trinken die Offiziere den Wein der Vulkane
583 Niemand empfindet Mitleid mit der Frau des Bäkkers, es sei denn, sie bemalt die Hühner mit Blattgold
584 Die morsche Leiter erinnert an den Schuh des Verrückten
585 Der Tierpräparator verewigt das Knabenkraut im Schutze der Haufenwolken
586 Arsenik im Rattenzahn dörrt das Fell
587 Findet die Pfarrersköchin einen Obstkern, so ändert sie ihren letzten Willen
588 Der Bericht des verkohlten Sperlings veranlaßt den Kirchenwirt, das Eis zu hacken
589 Um die Eiterschwären an ihren Beinen zu verbergen, backen die alten Frauen Brot
590 Der Philologe stellt den schwarzen Apparat auf und belauscht die beichtenden Mägde
591 Am Tag des Wucherers versammeln sich die Eierverkäufer
592 Der Saustrick in der Soutane ersetzt den Rosenkranz
593 Der Entmündigte vergräbt die Taschenuhr unter den Sägespänen
594 Nachdem die Kerzen entzündet sind, lauschen die Toten dem Flattern der Vogelscharen
595 Spuren von Kot an den Fußsohlen sind der Hinweis, daß der Betreffende vergessen hat, sich am Morgen mit Maisblättern zu umgürten
596 Bevor ein Tuberkulosekranker den Arzt aufsucht, reibt er sich mit Pfeffer ein
597 Jedes Kind spürt im voraus die Bedrohung, die in der Wiese auf es wartet

598 Die Witwe Oswald liest aus der Handfläche die Dauer des Winters
599 Kehrt ein Dorfbewohner von einer Reise zurück, muß er zuerst unter die Eckbank kriechen
600 Beim Kirschenpflücken verirrt man sich leicht in der Baumkrone
601 Mit dem Frühling verlassen die Kuckucke die Küchenkredenzen
602 Dem Totengräber ist es verboten, mit einem Dorfbewohner ein Wort zu wechseln
603 Mit einer Mütze aus Schneebeeren sucht der Erstgeborene nach der Hausgrille
604 Das Nebelmeer dient den Störchen als Jenseits
605 Da die Schlangen in Kältestarre überwintern, werden sie als Schürhaken verwendet
606 Jeder Versuch, eine Patrone zu einem Zigarettenspitz umzufeilen, endet mit dem Verlust eines Fingers
607 Kreist die Sperbereule über dem Gehöft, muß der Weinbauer die Dompfaffen segnen
608 Nachdem ein Dorfbewohner ein Stück Land verkauft hat, zerdrückt er einen Tintenpilz über der Photographie des Käufers
609 In der Grotte findet der Bergmann das Takelwerk des Segelschiffes
610 Die Wimper, die am Morgen ausfällt, läßt die Lerche scheißen
611 In aprilfarbenen Zimmern hängen die Pelze der Füchse
612 Zum Schutz vor den Partisanen werden die Kinder in die Mäntel der Fahnenflüchtigen gehüllt
613 Im Steinbruch schneit es Basalt, wenn die Tausendfüßler ausschlüpfen
614 Die Brille des Großvaters liegt zerbrochen im gelben Ginsterstrauch
615 Bei der Andacht weht Flugsand durch die Kirchentür

616 Laken und Tücher des Hochzeitszimmers werden dem nächsten Verwandten in den Sarg mitgegeben

617 Aus Bienenwaben ziehen die alten Frauen den Balg für die Handschuhe

618 Der Kelch des Pfarrers färbt die Böllerschüsse weiß

619 Mit knirschenden Zähnen flicht der Fallsüchtige den Kranz aus Getreide

620 Der Jähzornige kostet von der bitteren Vogelkirsche

621 Ereignet sich ein Wunder, beeilen sich die Dorfbewohner auf die Straße zu gelangen und die Ministranten in Kleider aus Moos zu stecken

622 In alten Truhen ruht der boshafte Geruch der Abweisung

623 Das Taschenmesser zerschneidet die Versuchung der Halme

624 Von giftigen Himmeln empfangen die Findlinge die Botschaft sich zu beschneiden

625 Das Antlitz der Quelle verlacht die scheckige Unrast der Bauern

626 Der Samen im Glockenstuhl verflüchtigt sich mit dem Hammerschlag

627 Bunt von Knospen sirren die Mottenprimeln im März

628 Das Grab der Mittage erwartet nicht, daß man sich vor ihm duckt

629 Die Veteranen auf halbmast höhnen

630 Wer keltert die Einsamkeit der Winternächte –

631 Nur der Herzschlag der Hühner pocht im Nesselgesang leiser Versuchung

632 Niemand gestattet dem Uhrmacher Zwetschkenschnaps zu trinken

633 Der Letztgeborene verweilt im Geäst der Unschuld, wenn die Hitze über den Disteln brütet

634 Zu Pfingsten hört man den Fluch der Unverheirateten in den Wochenbetten

635 Der Schmerz der Steine ist der Orion
636 Der Riß an den Wänden bedeutet Alpträume
637 Eingehüllt in die tosenden Gewalten des Schneesturmes mähen die Dorfbewohner die Fische
638 Die Tränen sind häufiger als Keime
639 Vor den Kreidefelsen knieen die ungläubigen Mütter
640 Sobald der Krückstock sich biegt, öffnet sich die Ader des Wetters
641 Mit Weintrauben verziert ist das Kleid der alten Jungfer
642 Der Zirkusdirektor verschenkt die Pfauenfeder an die Stummen
643 Alle Gewichte weisen zum Erdmittelpunkt
644 Es geht ein Wasserriß durch das Dorf
645 Die Tollhäusler wölben sich wie Nußschalen unter dem Himmel
646 Alle Frauen des Dorfes verehren die Stickerei als Hoffnung der Jugend
647 Gelbe Rüden verkünden die Schärfe der Pflugschar
648 Niemand vermag die Verhängnisse des Krieges besser zu begreifen als die Pflanzen
649 Der Orkan klettert in die blutigen Ställe
650 Blühen die Bäume, atmet die Schlucht der Ringelnattern
651 Ewig ist nur die Niedertracht
652 Die Runen der Würmer in den Bohnenstangen lassen die Gärtnerin schweigen
653 Die vereinigten Schwüre ergeben die Totenmesse
654 Vom Glanz der kaiserlichen Gefolgschaft geblendet, tragen die Dorfbewohner Weinfässer mit Eiern auf die Straße
655 Der Gelbsüchtige wünscht den Kanarienvogel zu sehen
656 Die Nachbarn spinnen das Garn der Verheimlichung

657 Auf dem Heimweg vom Viehmarkt beraubt der Knecht den Grundbesitzer und tötet ihn mit dem Schlachtmesser
658 Ein Abtrünniger gilt als Vorzeichen der Dürre
659 Niemand glaubt an die Verheißung der traumlosen Bienenstöcke
660 Die Wassermühlen malen das Korn der Stummen
661 Im Süden grünen die Ängste der heimlichen Sonntage
662 Lichtpuder bestäubt die Schwestern nach der Priesterweihe
663 Das Gebetbuch verströmt den Geruch von schuldigem Weihrauch
664 In den Roßkastanien flüstern die ungesagten Lästerungen
665 Betritt das Kind die Stiege zum Hühnerstall, mahnt keiner zur Umkehr
666 Aus Furcht betrogen zu werden, vertraut man dem Gedächtnis des wilden Weines
667 Vor der Taufe wird der Mohn von boshaften Frauen gepflückt
668 Die Gehöfte dröhnen vom Herzschlag des Aberglaubens
669 Über dem Gespann des Fremden kreist der Bussard
670 Öffnet man einem Neugeborenen die Augen, vergißt man die fernen Orte
671 Die Luft fliegt mit ihren Mücken im Mineral des reinen Morgens
672 Pollen aus Menschenblut schwimmen im Dämmerlicht der Kirche
673 Im Kalkgestein strömen die unsichtbaren Fische
674 Die Wünsche der an Schlaflosigkeit leidenden Witwen graben Psalmen in die Ackerfurchen
675 Alle Kinder schöpfen den Schmerz aus der Dunkelheit

676 Die Jäger, in herbstlicher Schwermut, trinken in gewaltiger Zechlust sauren Wein
677 Der Faden vermißt den Brunnen verlassener Häuser
678 Die Braut darf den Schleier erst ablegen, wenn der Blinde die Schuppen der Freitagsfische vom Dach streut
679 Auf die Schiefertafel ist eine aufgeschnittene Ratte gemalt
680 Die Trauerhunde stinken des Abends
681 Im Duft der Pelargonie ruht die Sommerkatze
682 Die Messerklinge kühlt die Wunde
683 Der Nußhäher ist vollgestopft mit vergessenen Briefen und Salz
684 Neugierig blickt der Monarch auf die gelben Eingeweide, die aus dem Bauch des Erschossenen quellen
685 In manchem Stall wachen die erfrorenen Kaninchen über das Gedächtnis der Kinder
686 Jählings fallen die Steuereintreiber über die Dorfbewohner her
687 Der Atem der Höfe ist weiß
688 Das Andenken der Vorfahren wird besudelt, indem man sie vergißt
689 Erstaunt über die Grausamkeit des Frühlings, versucht der Entmündigte die Form eines Maiskolbens anzunehmen
690 Auf den Dachböden zerfallen Holzspäne, Insektenkörper, Federn, Küchenstühle und Haar zu Staub
691 Die Exkremente gefiederter Tiere bedecken Höfe und Straßen
692 Nur die Gipsfiguren der Heiligen sind die Zeugen der schweigenden Truthähne
693 Bei Rauhreif tötet der Fleischer sich selbst
694 Wird dem Verstorbenen ein Schuhkarton in den Sarg gegeben, darf er von der Himmelswanderung nicht zurückkehren

695 Der Leichnam des Chinesen findet im geographischen Kabinett der Schule Verwendung
696 Die Hemden der Begrabenen rufen den Ekel der Kinder hervor
697 Der August ist der Monat der Toten

# 3. Buch

# Mikrokosmos

## Die Übermacht

Als ich nach mehrwöchiger Abwesenheit nach Hause kam, entdeckte ich in meinem Zimmer einen Hornissenkrug, der gerade von einem Mann mittlerer Größe hätte umfaßt werden können. Laut summte es aus seinem Inneren. Voller Neugierde betrachtete ich das kugelförmige Gebilde und entdeckte auch schon die ersten braun und gelb gestreiften Insekten, die mich aber nicht beachteten. Ich legte mich auf das Bett und sah den Hornissenschwärmen zu, die jetzt durchs Fenster strömten, sich auf die Möbelstücke niederließen, auf den Tisch krochen, ja, sich schließlich sogar auf das Bett setzten. Ich wollte den Hornissen keinen Anlaß geben, sich über mich zu erregen, und packte scheinbar gelassen den Koffer aus, wobei ich ruhig vor mich hinsprach. Die beschriebenen Papiere schob ich in eine Lade, in welcher es sogleich von Hornissen wimmelte, so daß ich sie nicht wieder schließen konnte.

## Das eigenartige Netz

Ob ihn überhaupt jemand von uns kannte, bezweifle ich. Zum ersten Mal sah ich ihn, als ich Bienenmagazine überprüfte, in einem Kürbisfeld graben. Gerade reinigte er seinen schwarzen Anzug mit spitzen Fingern von Staub. Ich hätte mich überhaupt nicht um ihn kümmern sollen. Er jedoch schnitt einen Kürbis mit seinem Taschenmesser auf und hoffte wohl, daß ein Tier ausschlüpfte. Enttäuscht ließ er die Kerne durch seine Finger gleiten. Dann fuhr er fort, ein Loch in die Erde zu graben. Nach einer Weile kletterte ein Chinese vom Zirkus aus dem Loch und rieb sich die Augen. Während nun der chinesische Artist seinem Gegenüber zu erklären versuchte, daß er soeben eingeschlafen sei und zu träumen begonnen habe, gab sich der andere als Archäologe aus, der, beglückt über seinen Fund, keinen Einwand gelten lassen wollte. Das nächste Mal umstand das halbe Dorf einen riesigen Hügel, welchen er mit einer großen Schar von Mitarbeitern – Studenten, wie es schien – vorsichtig abtrug. Niemand von uns sprach ein Wort, auch die Grabenden waren sich des Augenblicks bewußt. Hervorzuheben ist, daß alle Studenten schwarze Anzüge trugen, wie der Archäologe. Staunend verfolgten wir, wie eine steinerne Treppe zum Vorschein kam, die von Mäusen umhuscht war. Diese Steintreppe ist mittlerweile im Sommer gänzlich im hohen Mais verschwunden und nur im Winter und Frühjahr zu sehen. Wir aber haben damals die Treppe bewundert und wünschten uns, daß weitere Teile des Gebäudes oder ehemaligen Dorfes zum Vorschein kämen. Am selben Tag aber verließen uns die Studenten, während der Archäologe zurückgeblieben ist und durch sein merkwürdiges Gehaben auffällt. Betritt er – was häufig vorkommt – das Gasthaus, können wir sicher sein, daß er sich betrinkt und uns mit langatmigen Erzählungen langweilt, die darin gipfeln, daß wir ihm bei geplanten Ausgrabungen helfen sollen, wobei er, wenn wir ihn richtig verstehen, auf eine versunkene Kirche zu stoßen hofft.

## Die Vorspiegelung

Von meinem Standplatz aus kann ich weit über die Hügel sehen bis zu dem schmalen langgestreckten Schloß, in dessen südlichem Trakt jener einhundertsieben Jahre alte General lebt, mit Namen von Kniefall (denn sein Urgroßvater war als einziger Offizier der kaiserlichen Armee vor Napoleon auf die Knie gesunken und dafür von diesem mit dem angeführten Namen geadelt worden), jener General, der uns vor fünf Jahren in einem mit zittriger

Schrift abgefaßten Brief einlud, besser vorlud, um uns den Vorschlag zu machen, Bienenmagazine in seinem Park aufzustellen und ihm dafür eine Abgabe zu entrichten, worauf wir letztlich eingingen. Wir hatten in einem dunklen, großen Raum mit stumpfen Parkettböden und dem modrigen Geruch von Altem – alten Möbeln, alten Stoffen, alten Tapeten –, den die meisten Menschen hier zutiefst hassen, auf das Erscheinen des Generals gewartet, der sich jedoch nicht blicken ließ. Das ganze Schloß war in einem katastrophalen Zustand, der Großteil der Räume seit Jahrzehnten nicht geheizt, nicht gelüftet (denn der General, so erzählte man, verbot das Lüften; um frische Luft zu atmen, begab er sich in den kleinen Park – die übrigen Besitzungen hatte er längst verkaufen müssen, um Reparaturen und die Haushälterin bezahlen zu können), die Wände übersät von hellen, großen Flecken, denn auch die Bilder hatte er verkaufen müssen, die wenigen Möbel, die er nicht verkauft hatte, zugedeckt mit weißen, staubigen Tüchern, die, wenn man sie streifte, Staub wie Puder abwarfen, das Zimmer, in dem nur ein Bösendorfer Flügel stand, früher Klavierzimmer genannt, war jetzt ein Abstellraum für Holz und Äpfel, Zwetschgen und Nüsse, die in Körben und Obstkisten angehäuft lagen, eine Bibliothek ohne Bücher, mit einer zerbröckelnden Stukkatur und einem Regal – die anderen hatte nach dem Krieg der Greisler gekauft, um Lebensmittel darauf zu lagern – diente als Werkzeugraum, die große Küche mit dem von verzierten Fliesen geschmückten Herd war zugesperrt – es steckte jedoch der Schlüssel – und wie es den Anschein hatte, seit Jahrzehnten nicht mehr betreten worden, da es für den General genügte, auf einem Elektrokocher in seinem Speiseraum eine Suppe, ein kleines Stück Fleisch oder eine Eierspeise zu kochen, mit denen er für den restlichen Tag genug hatte. Der General hatte auch Kachelöfen an vorüberfahrende Antiquitätenhändler oder deren Handlanger verkauft, sein Schlafzimmer aus Messing, die Intarsienmöbel, die Uhren unter den Glasstürzen, Biedermeierkommoden, Fächer, Monokel, das Fernrohr, das Tintenfaß aus Opal, seine Orden, alte Sonnenschirme, Spiegel mit versilberten und vergoldeten Rahmen, Kerzenleuchter, selbst die in zierlicher Handschrift geschriebenen Briefe seiner Mutter hatte er verkauft, die Daguerrotypien seines Vaters, Spazierstöcke, Weingläser, Vasen, Porzellan, silbernes Besteck, bemalte Teller, handgewebte Teppiche – buchstäblich alles, wir haben die Gegenstände in den Wirtshäusern von den Einkäufern gezeigt bekommen und bestaunt. Der General hatte aber auch seine Äcker veräußert, den Wald, die Baugründe, bis ihm nur noch das verfallene Schloß und ein kleiner Teil des Parks verblieben waren. Eine alte Frau aus dem Dorf kam Tag für Tag zu ihm, um das Sofa, auf dem er schlief, zu überziehen, das Essen zu kochen, den Garten und die Obstbäume zu betreuen. Er wechselte mit ihr kein Wort. Sie kam und grüßte und der General schwieg, auch wenn sie ging, schwieg er. Das Geld legte er abgezählt in ein Fenster neben der Eingangstür. Nie gab er ihr zu wenig, nie zu viel und niemals hat er ihr in den letzten zehn Jahren, die sei bei ihm gedient hat, mehr gegeben, als sie zu Beginn ausgemacht hatten. Auch im Spiegelzimmer fanden wir den General nicht, schweigend bestaunten wir jenes Labyrinth aus Spiegeln und Fernrohren, mit Hilfe dessen es dem Schloßbesitzer möglich war, alle seine Besitzungen, Bedienten, Knechte und Mägde mit einem Blick zu erfassen. Wir wagten nicht, auch nur eines der Instrumente zu berühren oder zu verstellen. Wenn der General einen Brief schrieb, so erzählte seine Haushälterin, brauchte er Tage dafür, setzte an, schrieb ein Wort, begann neu, vergaß, was er hatte schreiben wollen, und erinnerte sich wieder; nie bat er um Hilfe, die er auch nicht angenommen hätte, wenn sie ihm unaufgefordert zuteil geworden wäre. (Man sagte, er freue sich darauf, ein Schreiben abzufassen.) Und nie enthielt es Bitten oder Schmeicheleien, immer nur Anordnungen oder als Ersuchen getarnte Befehle. Obwohl er zu einem Mann ohne jegliche Macht geworden war, kamen die Empfänger seinen Anordnungen auf jene schwer erklärbare Weise nach, der eine Sehnsucht nach dem Gehorchen zugrunde liegt. Zuletzt öffneten wir die Tür zu einem Saal, in dem unter einem gläsernen Schrank der ausgestopfte Schimmel des Feldherrn aufbewahrt ist. Wir sahen das Tier allerdings nur für einen Augenblick, in dem es mir ungewöhnlich klein, meinem Vater ungewöhnlich groß erschien, wie wir uns später versicherten, und als mein Vater, wie um sich zu entschuldigen, nach dem General rief, schlurfte dieser über den langen Gang, in dem wir uns noch befanden, und wir schlossen ertappt die Flügeltür. Er kam in einem weißen Uniformrock ohne militärische Zeichen und in Handschuhen auf uns zu und blieb auf halber Strecke wortlos stehen. Wie beeilten wir uns, ihm entgegenzulaufen und uns zu erkennen zu geben, während wir nicht wußten, ob der General uns überhaupt sah. Er hatte dünnes, weißes Haar, seine Augen waren tief in die Höhlen zurückgesunken, und sein schütterer Schnurrbart unterschied sich kaum noch von der blassen Gesichtshaut.

## Der Flohmeister

Nach einem Tag, der nichts als Müdigkeit zurückläßt, spricht man nicht gerne mit Fremden. Dieser aber war so vom Drang beseelt, uns seine Kunststücke vorzuführen, daß wir ihm noch im Halbschlaf zuhörten und seine erstaunlichen Dressurobjekte bewunderten. Gleich nach seiner Ankunft war er zum Zirkus geeilt, einen Koffer unter dem Arm, um sich dem Zirkusdirektor vorzustellen. In der Folge trat er Abend für Abend, sommers und winters vor dem Zelt auf, ließ uns seine hüpfenden, springenden, einen Wagen ziehenden, sich als Armee formierenden, paradierenden, tanzenden Artisten, die mit dem freien Auge oft nur schwer auszumachen waren (so daß der Flohmeister immer eine Lupe kreisen ließ), beobachten und freute sich über unsere unerschöpfliche Neugierde, die wir schließlich den Flöhen entgegenbrachten. Bis ich schließlich eines Abends bemerkte, daß einer der Artisten abgesprungen war und mit meiner Hilfe zu entkommen suchte. Er war behutsam mit mir, stach mich nur, wenn sein Hunger ihm keinen anderen Ausweg ließ, zeigte sich aber sonst frei auf meiner Hand, allerdings immer auf dem Sprung, denn er konnte ja nicht wissen, daß er mir vertrauen durfte. Am nächsten Tag aber herrschte große Aufregung. Vom Direktor angeführt, klopften die Zirkusarbeiter an jedes Haus und fragten nach dem entsprungenen Artisten. Was blieb mir anders übrig, als ihn dem Flohmeister auszuliefern?

## Die Schilderung des Freundes

Nachdem mir mitgeteilt worden war, daß mein Vater gestorben sei, fuhr ich – ohne mich zu verabschieden – nach Wuggau, um die anfallenden Wege zu erledigen und das Sägewerk zu verpachten. Mein Onkel wartete mit einem schwarzen Samthut unter den Apfelbäumen im Hof. Als er die Wagentüre öffnete – er hatte mich vom Kaufmann an der Eisenbahnstation abholen lassen –, hörte ich das Bienengesumm, das mit dem Blühen der Bäume auf dem Lande einsetzt.
»Stell den Koffer in die Küche«, sagte er zu meiner Tante, bevor sie mich noch in die Arme nehmen konnte. Sie hatte mit der Nähmaschine vor dem Gasthaus geblümte

Schlafzimmervorhänge eingefaßt und war weinend auf mich zugeeilt.
Mein Vater lag im Arbeitszimmer auf einem Bett, das man vom Dachboden geholt und mit einem Leintuch überzogen hatte. Er trug einen schwarzen Anzug und eine dunkle Krawatte, und das Leintuch reichte bis zum Boden, so daß er wie eine schwebende Figur in einem Zauberkunststück aussah. Seine Wangen waren blaß und eingefallen, und die Nase stach scharfkantig und streng aus dem Gesicht hervor, als habe er noch unmittelbar vor seinem Tod in Widerspruch zu jemandem gestanden. Ein Paar glänzender Lackschuhe waren vor das Bett hingestellt, und in seinen verschränkten Händen hielt er einen kleinen Strauß Primeln. Mein Onkel hatte den Hut vom Kopf genommen, als wir das Zimmer betreten hatten, und legte ihn auf den Schreibtisch neben dem Fenster. Aus Gründen, die ich nicht erklären kann, erleichterte mich das. Wir nahmen einen Stuhl und setzten uns neben das Bett. In einer Ecke war ein gelber Sarg abgestellt, der Deckel lehnte an der Wand. Das Gesumm der Bienen war auch noch im Haus zu hören als ein ferner, eintöniger Laut in der Luft. Mein Vater lag ruhig da, als warte er träumend, daß der Zauberer ihn verschwinden ließ, worauf er sich, wie ich mir vorstellte, zwischen Kostümen, Papierblumen, chinesischen Wänden und Feuerlöschgeräten hinter der Bühne wiederfinden würde, ohne jemals eine Erklärung dafür geben zu können. Mein Blick fiel auf den Onkel, und ich bemerkte, daß er sich beim Rasieren in das Kinn geschnitten, außerdem noch, daß er getrunken hatte. Er war ein ruhiger, korpulenter Mann mit drahtigen, weißen Haaren auf dem Kopf, die in der Mitte zusammenwuchsen wie ein Hahnenkamm. Umständlich nahm er seine Lesebrille aus dem Jackett, wobei er auch die übrigen Gegenstände, die sich in der Tasche befunden hatten, vorsichtig auf eines seiner Knie legte. Nachdem er die Brille aus rundem Nickeldraht aufgesetzt hatte, stopfte er

die Gegenstände – ein Päckchen Tabak, Zigarettenpapier und ein Feuerzeug – wieder zurück in seine Tasche, ohne dabei aufzuhören, meinen Vater anzusehen.
»Ich kann dir versichern, daß er nicht aufgrund der Ohrfeige gestorben ist«, sagte er, »der Doktor hat es mir bestätigt. Natürlich war die Sache mit der Ohrfeige nicht in Ordnung. Ich habe den Gendarmen darauf aufmerksam gemacht, als er sich nach den Umständen erkundigte und ihn gebeten, den Arbeiter zu suchen.« Er veränderte, während er in einem für mich überraschend lauten Tonfall sprach, seine Körperhaltung nicht, sondern starrte unentwegt meinem Vater in das Gesicht. Am Vormittag, so hatte mein Onkel mir schon am Telefon mitgeteilt, hatte mein Vater einen der Sägewerksarbeiter überrascht, wie er versucht hatte, Bretter zu stehlen und sie einem Bauern zu verkaufen, der gerade Balken für einen Dachstuhl erstanden hatte, unter denen er die Bretter verstecken wollte. Mein Vater hatte die Bretter verladen lassen, den Arbeiter jedoch in die Kanzlei befohlen und ihm einen überhöhten Preis verrechnet, den er ihm vom Lohn abziehen wollte. Da aber die Sägewerksarbeiter ohnedies kaum etwas verdienten (zwei waren entmündigt und lebten in kleinen Zimmern im Personalhaus), ihr Lohn nur aus dem Essen, der Unterkunft und einem kleinen wöchentlichen Geldbetrag bestand, mit dem sie sich an den freien Sonntagen betrinken konnten, habe der Betreffende, ein ansonsten hilfloser Mensch, meinen Vater plötzlich beschimpft und ihn (als mein Vater – was er häufig tat – ihm drohte, ihn in die Anstalt Feldhof einweisen zu lassen) geohrfeigt. Daraufhin sei er in den Wald geflohen. Die beiden anderen Arbeiter hätten den Vorfall beobachtet und seien auf das Schlimmste gefaßt gewesen. Mein Vater habe den Fliehenden ein Stück verfolgt, sei dann in das Haus gelaufen und habe ein Gewehr geholt, in der Absicht, den Arbeiter zu erschießen, sobald er zurückkehrte. Er habe ihm auch alle anderen möglichen Strafen ange-

droht, sich aber dann beruhigt und das Gewehr an die Holzhütte gelehnt. Anschließend habe er in der Trockenkammer gearbeitet und bis zum Mittag Holz verladen. Dabei sei er plötzlich umgestürzt und augenblicklich tot gewesen. »Wenn dein Vater wegen der Ohrfeige gestorben wäre, würde etwas an ihm hängenbleiben«, fuhr mein Onkel fort. »Es ist daher besser, wir schweigen und stellen alle Vermutungen in Abrede.« Ich gab ihm recht, und er sagte, er freue sich, daß ich ihn verstünde. Dann verstummte er für eine Weile, als sei es unrecht gewesen, in Gegenwart meines toten Vaters ausgesprochen zu haben, daß er sich freue. Er sah breit und gutmütig aus, während mein Vater noch immer aufzubegehren schien.

## Schön und lupenrein

Zu meiner Überraschung hatte mein Vater aus der Hinterlassenschaft des Landarztes dessen Mikroskop erstanden, das er mir bei Gelegenheit zeigte. Auf einer Reihe von Glasplättchen hatte er Bestandteile des Blütenstaubes gesammelt und mit einem Tröpfchen schwarzer Ausziehtusche verrührt. Das Deckgläschen aber hatte er so aufgelegt, daß sich eine möglichst dünne Zwischenschicht gebildet hatte. Er zeigte mir die Pollen von Huflattich und Löwenzahn bei starkem durchfallendem Licht, die leuchteten, gleich gelben Sonnen auf einem schwarzen Himmel. Aber auch die Pollenkörner von Pflanzen, die von Insekten bestäubt werden, wie Kürbis, Malven oder Sonnenblume, und die deshalb an ihrer Oberfläche mit Stacheln und anderen Unebenheiten versehen sind, um leichter an den Insekten hängenzubleiben. (Die Pollenkörner derjenigen Pflanzen aber, deren Blütenstaub durch den Wind übertragen wird, wie die Hasel, Erle oder Gräser, waren glatt und staubtrocken.) Besonders fesselte der Blütenstaub der Kiefer. Auf jeder Seite der eigentlichen Pollenzelle war eine mit Luft gefüllte Blase zu erkennen, wodurch das Korn die Form einer Hantel erhält und so leicht wird, daß es der Wind weit forttragen kann. Ich aber blickte als Biene in das Mikroskop. Meine 5000 Sehstäbchen zerlegten die dingliche Welt in Facetten, sie stanzten förmlich Punktbilder aus meinem Gesichtsfeld heraus, die sich erst wieder in meinem Gehirn zusammenfügten. Inzwischen fing mein Vater darüber zu sprechen an, wie sich die Jahreszeiten geändert hätten seit seiner Kindheit, was mich langweilte, so daß ich einschlief.

## Schwierige Entscheidung

Öffne ich das Bienenmagazin, beginnt eine Katze zu träumen, mit dem Traum der Katze regt sich der Fötus im Bauch der jungen Frau, mit den Zuckungen des Fötus fängt es an zu regnen, durch den Regen fällt die Brille der Greisin zu Boden und zerbricht, durch das Zersplittern des Brillenglases löst sich ein Blatt vom Kastanienbaum, durch das Herabschweben des Blattes stirbt ein Dorfbewohner, beim letzten Atemzug des Sterbenden bleibt dessen Pendeluhr stehen, der Stillstand des Uhrwerks läßt den Seiltänzer das Gleichgewicht verlieren – fängt aber das Netz in der Arena den Artisten auf, verfehlt der Jäger den fliehenden Fuchs, der Knall des Schusses hingegen löst ein kaum merkliches Erdbeben aus, dieses wiederum läßt den Landarzt auf den Gedanken kommen, die Hautlinien auf seinen Fingern seien die geographische Karte einer ihm unbekannten Landschaft, der Gedanke des Landarztes steht in Verbindung mit dem Entschluß des Witwers, Mausefallen aufzustellen, sind die Mausefallen aufgestellt, empfindet der Schneider ein schlechtes Gewissen, da er die gestreifte Hose für den Kirchenwirt noch nicht angefangen hat zu nähen, mit dem ersten Nadelstich des Schneiders schmerzt Louise plötzlich der Kopf, der Kopfschmerz Louises ist der Antrieb für den Fleischergehilfen, das Schwein zu schlachten, blutet das Schwein indessen, beginnt das Orchestrion im Heimatmuseum zu spielen, kaum sind die ersten Töne erklungen, da öffnet der Vertreter Ernst Elch den Musterkoffer, um die alte Resch durch den Anblick der Stoffe zum Kauf zu reizen, sobald der Kofferdeckel aufgeschnappt ist, wirft der Bürgermeister einen Blick auf die Straße (wo er den Zirkusdirektor vorübergehen sieht), durch den Blick des Bürgermeisters versperrt die Schwester der Sonntagsorganistin das Haustor, die Drehung des Schlüssels ist die Ursache dafür, daß der Bestatter hustet, der Husten des Bestatters aber scheucht die Elstern auf, das Knattern ihrer Flügel veranlaßt Stölzl in seinem Grab zu seufzen, mit dem Seufzer des Ertrunkenen überfällt den Entmündigten im Sägewerk panische Angst, die Angst des Entmündigten aber läßt Gustav den Nagel verfehlen und mit dem Hammer auf seinen Daumen schlagen, der Schrei Gustavs löst die Erinnerung des Generals an die verlorene Schlacht aus, die Erinnerungen des Generals veranlassen den Mesner zu beten, durch das Gebet des Mesners aber schwillt H., der sich Frauenkleider angelegt hat, das Glied, das Schwellen von H.'s Glied wiederum lockert einen Ziegel am Dach seines Hauses, der Ziegel, der scheinbar ohne jeden äußeren Anlaß vom Dach fällt, erschlägt ... Soll ich das Bienenmagazin wirklich öffnen?

## Die Doppelwendung

Ein Abend im Sommer, heiß und schwül. Durch das Fenster ist das Quaken der Frösche und das Zirpen der Grillen zu hören. Die eintönigen Laute trösten mich in der Dunkelheit über meine kitzelnden Härchen auf der Haut und die Juckgefühle an allen Stellen meines Körpers hinweg, die von der Berührung durch Spinnenbeine und Flügel dumpfschwirrender Nachtfalter ausgelöst werden. Noch ehe ich an die Schlange unter dem Holzstoß und die Hornissen unter der Decke meines Zimmers denken kann, schlafe ich ein und träume, ein Goldfasan zu sein. Wen aber wundert es, daß ich auch als Goldfasan, im dichten Laub des Nußbaumes versteckt, von Müdigkeit übermannt werde und meine Augen schließe? Hierauf träume ich den Traum des Goldfasans. Die Wiese ist gelb und gekrümmt, und die Magnetfelder der Erde verspüre ich als süßen Geschmack auf der Zunge. Der schwarze Himmel über mir saugt an meinen Federn. Der funkelnde Tau an den Gräsern zerplatzt und kollert meine runzeligen Füße hinunter. Wenn ich mich in die Luft erhebe, erinnere ich mich an den Winter. Selbst der Flug eines täppischen Fasans erzeugt Schwindel in einem Menschengehirn. Es ist, wie ich es mir auf hoher See vorgestellt habe: ein Geschaukel, ein Auf und Ab. Doch habe ich mich an keine Regel zu halten, da alles wie von selber geschieht. Schon sehe ich mich hinter einem Hügelkamm entschwinden. Von einer Wolke fliegender Ameisen bleiben silberne Fäden in meinen Flügeln hängen. Nun liegt der riesige Garten der Anstalt unter mir, in dem die Pfleglinge spazieren. Aus den wasserdunklen Fenstern strömen die Gedanken von Uhrmacherherzen und vermischen sich mit dem Geräusch von Ventilatoren und dem Küchendunst. Über mir kreist ein braunes Flugzeug und übertönt den sommerlichen Gesang der Vögel. Bald aber strecken sich wieder die bekannten Dächer unter mir aus, trompetend verschwinde ich hinter gütigen Disteln. Später starre ich in den durchsichtigen Ballon eines Wassertropfens. Unterdessen werde ich zum Sohn des Bienenzüchters, der durch das Mikroskop glotzt und in einer Schneeflocke die Alpen entdeckt.

## Hineingezogen

Die Schächte des alten Bergwerks sind sämtlich zugemauert, damit sich niemand (angezogen von der Stille und Dunkelheit der Stollen) in ihnen verirrt. Trotzdem hat man auf einen der Eingänge vergessen, und zwar auf dem Grund des Nachbarn. Dieser, ein Trinker, der in der Hühnerschlächterei beschäftigt ist, ein kleiner, stets unrasierter Mann mit einem Hut, ist verbissen schweigsam, wenn man ihn auf den betreffenden Eingang anspricht. Ansonsten redselig bis zum Überdruß, starrt er auf einmal zu Boden und scheint etwas zu suchen. Rasch hinkt er ein paar Schritte zu seinen Schweinen hin und gibt vor, es sei ihm ein absonderliches Gebaren an ihnen aufgefallen oder er streichelt den Hund. Wegen einer Knieverletzung, die er im Krieg erlitten hat, ist die Schuhsohle an einem Fuß drei- oder viermal so dick. Überdies stößt er beim Sprechen mit der Zunge an den Zähnen an und bespuckt – wenn er sich ereifert – das eigene Kinn. Der Eingang des Bergwerks befindet sich hinter dem Viehstall, verwachsen von Brennesselgestrüpp: Eine mannsgroße Öffnung, hinter der augenblicklich die Schienen für die Hunte beginnen. Es ist ein merkwürdiges Erlebnis, den Stollen zu betreten. Man meint, auf dem Körper eines schlafenden Ungeheuers zu gehen. Nichts rührt sich, nur die Geräusche, die man selbst erzeugt, sind zu vernehmen. Der Stollen führt langsam in die Tiefe zu jenen nur einen halben Meter hohen Schächten, in denen die Bergarbeiter, auf dem Bauch liegend, die Kohlen abbauten. (Manche behaupten, man könne tief im Inneren noch auf Maschinen stoßen, die, sofern man sie bedienen könne, jederzeit in Betrieb zu setzen seien.)

## Werkzeuge und Geräte des Imkers

Der weiße Mantel ist für den Imker ein Schutz insofern, als die Bienen durch einen weißen, glatten Stoff am wenigsten zum Stechen gereizt werden. Der Anzug besteht aus Bluse und Hose, er schützt also auch die Beine. Zwar tragen mein Vater und ich bei der Arbeit selten Schleier und Handschuhe, aber wir halten die Schutzkleidung griffbereit, denn es gibt immer wieder Arbeit an den Magazinen, bei denen auch der erfahrene, stichgewohnte Imker Schleier und Handschuhe nicht verschmäht. Wenn wir die Bienen beim Arbeiten ruhig halten wollen, so blasen wir eine leichte Rauchwolke in die Beute. Die Imkerpfeife besitzt ein einfaches Kugelventil, das das Einatmen unmöglich macht. Sie wird von oben gefüllt und von unten angezündet. Dann wird der Rauch bei Bedarf ins Volk geblasen. Den »Smoker« bedienen wir mit einem Blasbalg. Das Gerät wird mit morschem Weidenholz gefüllt, unter das wir getrocknete Minze mischen, damit der Rauch uns selbst nicht zu sehr belästigt. Außerdem bedienen wir uns eines Wassersprühgerätes. Durch eine feine, staubförmige Dusche lassen sich erregte Bienen, die auf Rauch nicht mehr ansprechen, schnell beruhigen. Auch beim Übersprühen der Waben mit einer Zuckerlösung, was unter bestimmten Umständen notwendig ist, verwenden wir es. Für den Querbau ist die Wabenzange unentbehrlich, denn ohne sie lassen sich die Waben nicht herausnehmen. Waben im Längsbau ziehen wir ohne Werkzeug heraus, gegebenenfalls lockern wir sie zuvor mit dem Stoßmeisel. Besser ist es jedoch, wenn wir den sogenannten Rähmchenzieher für Blätterstöcke verwenden. Der Stockmeisel dient zum Lockern fest verkitteter Waben und Fenster und zum Abstoßen festsitzenden Kittharzes oder Wachses. Das Stoßmesser wiederum ist gewissermaßen ein verlängerter Stockmeisel mit einem Haken am anderen Ende. Wir können damit sowohl den

Wildbau über den Waben entfernen als auch mittels des Hakens die Nuten reinigen, in denen beim Querbau die Rähmchen hängen. Den Spatel brauchen wir zum Abkratzen von Kittharz, zum Reinigen des Sonnenwachsschmelzers und zu allerlei Lockerungs- und Reinigungsarbeiten. Ferner benötigen wir ein Messer, das für verschiedene Zwecke unentbehrlich ist. Es genügt ein einfaches Küchenmesser, das gut in der Hand liegt. Der Bodenbrettreiniger dient zum Säubern des Bodenbrettes von Abfall und von toten Bienen, eine Arbeit, die hauptsächlich im Frühjahr notwendig ist. Mancher Imker verwendet einen Besen, zum Abkehren der Bienen von den Waben, aber auch zum Ausfegen der Beute. Mein Vater und ich ziehen eine Gänsefeder vor. Wir nehmen dazu die großen Schwungfedern des Flügels, deren Fahne wir kurz schneiden. Jedes Volk erhält aus hygienischen Gründen seine eigene Feder. Der Gänseflügel selbst eignet sich besonders zum Auskehren von Bauten. Manchmal sind wir genötigt, die Bienenkönigin abzufangen, dafür benützt man zumeist einen eigenen Fänger. Wir jedoch tun dies mit den Fingern, weil wir wissen, wie wir mit der Bienenkönigin umgehen müssen. Ist man nicht geschickt genug, erhält die Weisel für die geruchsempfindlichen Bienen einen Fremdgeruch, und es kann vorkommen, daß sie abgestochen werden. Ferner führen wir in unserem Werkzeugkasten einen Hammer, eine Zange, Schraubenzieher und Nägel mit uns.

## Schattenspiele

Niedergeduckt durch die Unfähigkeit, meine Gedanken auszusprechen, überwältigt von dem Bedürfnis es zu tun, betrachte ich das Fingerspiel meiner Hände, die auf eine luftige Weise mit mir sprechen. Es sind merkwürdige

Sätze und Wörter, die sie bilden, unbeeinflußt von meinem Willen, ohne Anstrengung des Gehirns. »Wenn Du mit dem Regenschirm ins Dorf gehst«, sagen meine Finger, »summen die Heiligenfiguren in den Kapellen. Da kommen zwei dicke Frauen auf Dich zu, die sich in keiner Weise voneinander unterscheiden. Unter ihren schwarzen Kleidern verbergen sich Gegenstände, die Dir nicht entgehen. Du schreitest raschen Schrittes auf sie zu. Aus dem fernen Gebirge hörst Du eine Lawine ins Tal donnern, der sonnenblitzende Schneestaub senkt sich wie ein Nebel auf die sommerliche Landschaft. Als Du auf gleicher Höhe mit den Frauen bist, fallen rasselnd Äpfel aus Metall unter ihren Kleidern zu Boden und kollern über die Straße. Nun erst stellst Du fest, daß die Frauen eine fremde Sprache sprechen. Ihre Gesichter sind rund und rosig, so daß sie nicht so alt aussehen, wie sie ihrem Gehaben nach sind. Schwitzende Schwämme tragen sie in ihren Körben, an die sie Fragen richten, während von den Schwämmen nur ein Schnarchgeräusch zu vernehmen ist, das tierisch klingt. Aus den Blumen strömt ein grelles Licht, weshalb Du einen Arm schützend vor Deine Augen legst. Beeren aus vertrocknetem Blut schaukeln im Wind. Jetzt erst, da Du feststellst, daß Du Dich nicht bewegst und daß sich auch die Frauen nicht bewegen, erkennst Du, daß Du (wie auch die beiden Frauen) die Gestalt einer Pflanze angenommen hast, nur daß Du Dich als Pflanze anders siehst, als Du es als Mensch erwartest. Die Käfer sind bleifarbene Wolken, die mit einem Pfeifen über Deinen Kopf hinweggleiten, und als die Erde sich öffnet, riechst Du den langvermißten Duft der Zyklame. Vom nahen Friedhof, in dem gelbgekleidete Frauen Vögel fangen, die sie in Leintüchern auf dem Kopf sammeln, hörst Du, wie die Kirschen in die Instrumente der Blasmusik prasseln. Honig strömt durch Deine Gefäße, süßer Sirup, der Dich betäubt. Zwischen den Zähnen aber knirscht Kalk oder ist es ein wäßriges Gebet? Von Glassplittern umsirrt wartest Du auf den Frühling. Die Frauen recken im Eisregen wimmernd die Arme, der Hut des Kindes zu ihren Füßen bläst sich auf wie der Kropf einer Taube. Endlich vernimmst Du die Schritte des bebrillten Pharmazeuten, der sich mit einer Lupe über Dein ungeschütztes Gehirn beugt und mit alkoholgeschwängertem Atem lateinische Bezeichnungen murmelt. Da bricht die Kinderschar singend und rufend aus den Gräsern hervor mit bunten Rädern, die sie vor sich hertreibt, Bällen, die durch die Luft wirbeln, Papierdrachen und Holzgewehren, begleitet vom Knacken der Samen. Nachts bröckelt Staub von den Gestirnen und verfärbt Dich grün, Du hörst die beiden alten Frauen murmeln: Schrubbt man den Elstern das Gefieder? Welche Blume ist es, die so zahlreich aus den weißen Badewannen sproßt, aus den Decken und Polstern, die aus den Wänden wuchert, aus den Parkettböden? Von ewigen Gletschern umarmt, findest Du Dich wieder, aus den Steinen dröhnt das Gelächter des Tages.«

(Die Bewegung der Finger läßt mich inzwischen weder die Kraft noch die Berührung der Erde fühlen. Als seien sie ein rasendes Schattenspiel, das meinen Kopf verwirrt, fahren sie fort, mich in Bilder zu stürzen, die ich noch nie gesehen habe.)

»Der Händler, das Siegellack in einem Beutel, der die Form zusammenklebender Fischeier hat, verspritzt die tintige Flüssigkeit auf die weißen Schürzen der Näherinnen und das Sonntagskleidchen des Schulkindes. Immer mehr Personen haben sich um Dich eingefunden, wie auf eine geheime Aufforderung hin, Du aber kannst Dich nicht sattsehen an den brokatglitzernden Gewändern und den vielfarbigen Hauben.«

(Nun aber, angezogen von den Gestalten und Formen, die meine Finger in der Taubstummensprache bilden, schaue ich eine Weile nur ihrem Spiel zu und lasse sie ihre Sätze, ihre Wörter, ihre Bilder verströmen, ohne sie zu entziffern, so wie ich den Regen fallen lasse, auch wenn ich weiß, daß er eine Sprache ist, die aus einer anderen Zeit auf mich niederprasselt oder den Wind wehen oder einen Hund bellen oder den Teich gefrieren, wenngleich ich mir im klaren bin, daß ich mich nur zu öffnen bräuchte, um diese neuen Geschichten zu lesen und zu hören ... Versunken in dieses Fliegen und Schweben meiner Glieder finde ich mich plötzlich wieder in dem bereits vergessen geglaubten Treiben, zunächst erschrocken, daß es tatsächlich existiert, dann aber um so beruhigter und mit der Sicherheit ausgestattet, daß die Welt um mich wie eine unfühlbare Mauer von Lebewesen und Bildern flimmert. In dieses Gestein aus dichten Bildern vermag ich ohne Anstrengung einzudringen, indem ich mich ganz den willkürlichen Bewegungen meiner Finger überlasse.)

»Logarithmische Eidechsen richten das Wort an Dich, ihre Häute sind die Hügel, über die Du im Matrosenanzug läufst, eine weiße Fahne in der Hand, endlos im stummen Atmen des Lichtes. Wie Feuer ist es beim Fliegen. Die Strudel der Blätter ziehen Dich in die Tiefe, wo das Zirkuszelt von blökenden Sperlingsschwärmen in Brand gesteckt wird. Dort spritzt Wasser aus dampfenden Paradiesgärten, die dunstigweich in den stillen Tag wehen. Niemals kräht der Hahn.«

(Dieser stolzierende Hahn – wer wüßte nicht, daß er uns anders erscheint als sich selbst? Anders begreift und sieht er sich als wir, anders nimmt er sein Leben wahr. Und doch verstehe ich nicht, wie sein Körper, als ob er mit der Schere ausgeschnitten wäre, in die Bilder paßt. Töte ich ihn, so weicht er geschickt in die Bilderwelt aus, die ihn umschließt und erwacht dort als buntes Gestrüpp, wie ein Walfisch stirbt und sich als Melanzane in der lehmigbraunen Gartenerde unseres Dorfes wiederfindet.)

»Dieser Hahn aber, der sich durch seine Bösartigkeit und Angriffslust auszeichnet, der Louise überfällt und sich in ihrem Haar verkrallt, flattert mit klatschenden Schwingen auf den Pflaumenbaum, wo er endgültig verrückt wird, so daß Du nicht mehr über ihn erstaunst.«

(Nun fließt die Zeit anders durch ihn als früher, anders als er es gewohnt ist. Warum fühlt er sich nicht wohl? Stürzen die Bilder zu rasch auf ihn ein? Zu langsam? Er befindet sich selbstredend in keiner anderen Welt, er empfindet nur die Zeit anders als zuvor. In seiner Verwirrung begreift er weder die Zeit des Blitzes noch die Zeit des Fisches mehr, er kann die Zeit der Kirchgängerin nicht mehr von der Zeit des Flohs unterscheiden, die Zeit des sterbenden Pferdes nicht mehr von der Zeit des Bauchredners . . .)

»Lachend brüten die dicken Frauen über dem Anblick des verrückten Hahnes, Du selbst kannst Dich des Lachens nicht erwehren . . . wenn doch Deine Blätter Flügel wären! Bist Du 92 Jahre? Muß man Dich waschen und rasieren? Zieht man Dir den Scheitel und badet Deine Füße? Längst ist allen der Geruch Deiner Brillantine ein Ekel . . . Du aber haßt den uhrfederartig gebogenen Rüssel der Luftfische, ihr Antlitz, das dem Kopfschutz des Fechters gleicht, das stumme Tasten ihrer Antennen . . . Du siehst in die Körper der Regenwürmer und Vögel, siehst im Schlaf ihre Münder kauen, zuckend schlagen ihre Herzen, pulsieren ihre Samenleiter, ziehen sich ihre Eingeweide zusammen. In ihren Nervenbahnen und Gehirnen leuchten düstere Traumbilder, Aufforderung zum Morden –«

(Ich kann nicht umhin festzustellen, daß ich mich bei den Phantastereien meiner Finger wohl fühle und in Wahrheit ihrer Magie zu verfallen beginne.)

»Hell klingen die Eisschollen der Samen am Himmel, wenn sie zusammenstoßen, gleich Meteoren stürzen sie herab und treffen den fröhlich singenden Lehrling, der auf dem Weg zum Schlachthof feststellt, daß er vergessen hat, seine Hose anzulegen und von den spottenden Kindern mit Papierschlangen angeblasen wird, die zerplatzen

und buntfarbige Raupen ausstoßen. Verdutzt stürzt der einfältige Lehrling zu Boden, in die neuerliche Erschütterung einer Lawine, gegen die er sich schützt, indem er seine Lungen ausspeit und an ihnen zum Himmel schwebt, als fürchte er den stechenden Blick des Fleischhauers nicht, der ihn durch die Brillengläser verfolgt.«
(Zwischendurch vergessen meine Finger auf mich, so wie man beim Schauen den eigenen Körper vergessen kann, gelähmt von der Tiefe eines Abgrundes oder der scheinbaren Unendlichkeit eines Wasserfalles . . . und weiter den Fingern folgend, spüre ich, daß es zu dieser Welt anderer Bilder und Zusammenhänge nur ein Schritt ist.)
»Du versuchst nun selbst Deine Lungen auszuspeien wie rote Heliumballone, statt dessen kommt eine gelbe Zunge als Seil zum Vorschein und schlingt sich um die Füße des Hahnes, umschlingt diese und stülpt den Vetter in Dich, der Du den Geschmack seines Gefieders über alles liebst, sodann windet sich das gelbe Seil zu den schaukelnden, schlummernden Frauen, legt sich um ihre Hälse und erdrosselt sie im Getöse der nächsten losbrechenden Lawine. An ihren hervorstechenden Augen aber erkennst Du, daß sie in der Bilderwelt, die sie förmlich eingeschlossen hat, versickern, und während Dir nur ihre schlaffen Körper in Deiner armartigen Zunge bleiben, sind sie hinter der unsichtbaren Mauer längst als die beiden Ohren eines Neugeborenen aufgetaucht.«

## Die Ziegelfabrik

Je nachdem: Verdeckt von Pappeln, andererseits wiederum dem Blick freigegeben aus einer Wiese und aus Akkerfurchen ist der windschiefe Schlot der Ziegelfabrik schon von weitem zu sehen. Zwischen hohen Ziegelstapeln und den unverputzten Fabrikhallen stellen Zöllner an Samstagen beschlagnahmtes Gut zur Besichtigung aus, im September wiederum legen die Jäger die Entenstrecke auf oder aber am Tag des Dorfheiligen marschiert eine Prozession singend und betend, Eisblumen im Haar, Büschel von Petersilien im Mund durch den hohen Schnee. Nicht selten versinken die Kinder bis zum Hals in den Schneemassen, ohne daß ihnen jemand zur Hilfe käme. Im Sommer andererseits ist unsere Ziegelfabrik derart von Holundersträuchern überwuchert, daß sich die Kinder bei Begräbnissen, die immer wieder durch die Ziegelfabrik führen, unbemerkt zwischen den Sträuchern verirren und statt zum Friedhof zu gelangen, in einem der Lehmteiche ertrinken. Auch wurde schon beobachtet, daß sich die Ziegelfabrik auf der Erde widerspiegelte, als wäre diese Wasser. (Tatsächlich handelt es sich um keinen Schatten, denn das Spiegelbild ist ebenso farbig wie die Ziegelfabrik selbst.) Zu Kriegszeiten wird die Ziegelfabrik als Kaserne verwendet, bei Kriegsende finden dort jeweils die Erschießungen statt, vor allem wegen der Tarnfarbe des Gebäudes, die den Exekutionskommandos weitgehend die sonst unvermeidbaren Reinigungsarbeiten ersparen. Daher ist es nicht verwunderlich, daß unsere Kameradschaftsvereine an ihrem Gründungstag in der Uniform der k. u. k. Artilleristen im Fabrikhof eine große Kanone hinter sich herziehend, erscheinen, mit aufgepflanzten Seitengewehren und gezückten Säbeln, die Tornister mit Amseln gefüllt, welche, nachdem die Kameradschaftsvereine Aufstellung genommen und einander begrüßt haben, freigelassen und von den ehemaligen Soldaten im Auffliegen mit den Gewehren geschossen werden. Da die Veteranen allesamt an der bekannten Schlafkrankheit leiden, die auch uns am hellichten Tag überfällt und träumen läßt, ohne daß wir etwas dagegen unternehmen könnten, legen sie sich hierauf zu Boden und beginnen mit geschlossenen Augen zu reden. Zumeist reden sie von fernen Ländern, nicht selten Afrika oder Rußland, und von Menschen, die sie dort getötet haben, und obwohl sie einander nicht zuhören, wiederholen sie dieses Schlafsprechen mit hartnäckiger Regelmäßigkeit. Sodann erheben sie sich und schlagen sich mit den Säbeln Hände, Ohren und Nasen ab, die sie am Abend über offenem Feuer braten und verspeisen. Jeder der Veteranen aber, den der Tod ereilt hat, wird – eingewickelt in die bestickte Fahne – eine Nacht vor die Ziegelteiche gelegt, wo im Sommer Scharen von Fröschen quakend den Leichnam bedecken, im Winter streunende Füchse diesen anfressen und nicht selten bis zur Unkenntlichkeit verstümmeln. Dieser Brauch jagt den Kindern Angst ein, während die Alten um so mehr lachen, je schlimmer die Verstümmelung ausfällt oder je lauter die Frösche quaken. Zumeist sind nur Invaliden im Ziegelwerk beschäftigt, aber auch Entmündigte, Zwergwüchsige und Blinde. (Selbstverständlich hat man es auch mir freigestellt, mir dort das Brot zu verdienen.) Diese Invaliden versehen widerspruchslos ihre Arbeiten und stören weder die Ministranten beim Lernen der Antworten für die Heilige Messe, noch die Jünglinge und Mädchen, die sich im dichten Gebüsch einander hingeben. Steht auch noch der Mais mehr als mannshoch, verschwindet abends das halbe Dorf im Dschungel aus Sträuchern und Pflanzen, das von schlängelnden Ringelnattern raschelt. Sofort sind auch die verschiedensten und seltensten Vögel zur Stelle, die entweder tagsüber endlos über der Ziegelfabrik kreisen und jäh auf Frösche, Schlangen und Ratten herabstoßen oder in endlosen Wellen im Gezweig oder zwischen den Blättern verschwinden und wieder in die Luft steigen. Ist der Zirkus im Dorf, dann fangen die Artisten, vor allem aber die Chinesen, diese Vögel mit Netzen und Schlingen und stellen sie in Drahtkäfigen aus oder verspeisen sie. (Wir sind machtlos dagegen und können sie nur als Verzehrer von Singvögeln verspotten.) Ferner sammeln sich um die Ziegelfabrik die verjagten Hunde und Katzen, die von den Zirkusangehörigen versehentlich statt der Vögel gefangen werden. Die Ziegelfabrik aber ist vor allem für viele, die nicht der Landwirtschaft nachgehen, der Arbeitsplatz, und Tag und Nacht kann man aus ihren Mauern das Stampfen und Dröhnen der Maschinen vernehmen. Die Ziegelwerksarbeiter besingen den General übrigens noch heute folgendermaßen:

Mürrisch wäscht die Frau die Laken
Abwesend zerdrückt der Mann die Kakerlaken
In der Ziegelfabrik –
Die toten Kinder ruhen in den Ziegeln
Der Tod kommt rasch mit nassen Flügeln
In der Ziegelfabrik –
Trägst Du Uniform, trägst Du Schärpen?
Wirst Schuh und Haar Du schwarz Dir färben?
In der Ziegelfabrik –
Du Herrscher über Mücke und Kuh
Wann findest endlich Ruh Du
In der Ziegelfabrik –
Wann gestattest Du uns, dumm zu sein
Zu küssen Dein unbehaartes Bein
In der Ziegelfabrik –

## Die Sehweise der Biene

Aus verschiedenen Abhandlungen geht hervor, daß Bienen im Fliegen, während die Landschaft wie ein Filmband unter ihnen hinwegzieht, besser sehen als im Sitzen. Der Grund für diese, vom menschlichen Sehen grundsätzlich unterschiedliche Eigenschaft, ist einleuchtend: Er liegt in der Arbeitsweise der Biene, dem Suchen im Flug. Allerdings sieht eine Biene hundertmal schwächer als der Mensch, was für uns schwer vorstellbar ist. Daraus geht aber mit großer Eindeutigkeit hervor, daß die Biene allein schon wegen ihrer anders gearteten Sinnesorgane in einer vom Menschen völlig verschiedenen Welt lebt, dazu kommt noch die Geschwindigkeit, die sie im Flug erreicht, was ihr zusätzlich ein anderes Zeit- und damit Existenzgefühl beschert. Darüber hinaus sieht die Biene kein Rot. Rot erscheint ihr schwarz. Diese Tatsache läßt jeden vernünftigen Menschen daran zweifeln, daß die Farben etwas Tatsächliches sind. Die Welt, wie sie unsere Oberlehrer sich denken, unterscheidet sich wohl grundlegend von der Art und Weise jedes anderen Lebewesens, und auch die Erscheinungsformen dieser untereinander haben nichts gemeinsam. Um die obige Überlegung zu bekräftigen, sei ergänzt, daß die Bienen zwar nicht rot sehen, dafür aber ultraviolett, eine Farbe, die uns nur rechnerisch zugänglich ist. Das heißt, die Lebewesen, die einen anderen Wellenbereich des Lichtes erfassen als wir, bewegen sich in einer anderen Welt, mit anderen Erscheinungen und möglicherweise sogar Wesen. (Dazu kommt noch das unterschiedliche Wahrnehmungsvermögen von Schall, Gerüchen, Temperatur, Luftdruck undsoweiter.) Aber nicht nur sieht die Biene schwarz anstatt rot, sie nimmt auch die Farbe weiß als blau bis grün wahr, zum Beispiel ist ein blühender Apfelbaum in ihren Augen blau. Wie seltsam, wird man denken, aber genauso seltsam ist, von der Biene und von anderen Lebewesen aus betrachtet, die menschliche Form der optischen Wahrnehmung. Wir können beispielsweise im Gegensatz zu den Bienen kein polarisiertes Licht sehen (das Licht, das vom Himmelsblau reflektiert wird und dort im Gegensatz zu seiner üblichen Erscheinungsform statt in alle Richtungen nur in einer Ebene schwingt). Ein winziges blaues Loch in einer geschlossenen Wolkendecke genügt hingegen der Biene, um den Stand der Sonne auszumachen, nach der sie navigiert. Wen also würde es überraschen, wenn die Bienen verschiedene Lebewesen, die wir erkennen können, nicht wahrnehmen, dafür aber andere sehen, von deren Existenz wiederum wir nicht Bescheid wissen? Und wem würde es nach diesen kurzen Ausführungen nicht einleuchten, daß durch die veränderte Wahrnehmung auch das Zeitgefühl der betreffenden Lebewesen anders ist und damit ihr gesamter Lebenslauf? Weshalb träumen unsere Schulmeister nicht?

## Begrenzte Welt

Dort, wo der Fluß eine große Biegung macht, steht im Herbstwald ein Angler bewegungslos wie ein Baum. Dieser Angler ist ein merkwürdiger Mensch. Nicht nur sucht er die Ertrunkenen im Fluß, indem er tagelang die Böschungen durchstreift und in das Wasser starrt, zumeist gelingt es ihm auch, sie zu bergen, worauf er sie auf dem Rücken in die Gendarmeriestation trägt. In den vergangenen Kriegen, erzählt der Angler häufig, habe der Fluß eine so große Zahl gefallener Soldaten mit sich geführt, daß man, sofern man den Mut aufgebracht hätte, sich mit einem Boot auf das Wasser zu begeben, die Hand nicht habe in die Strömung halten können, ohne den Kopf oder das Bein eines toten Soldaten zu berühren. Nach Beendigung des Krieges habe sich dieser Zustand jedoch schlagartig geändert. Allerdings seien noch eine lange Zeit die Fische unverhältnismäßig, ja grotesk groß gewesen. Nicht selten hätten sie den Körper eines Menschen um das Doppelte übertroffen und ihr Gewicht sei dermaßen gewesen, daß man sie habe nur zu dritt an Land ziehen können. Ihr Fleisch sei vorzüglich gewesen, jahrelang hätten die Dörfler vom Fischfang gelebt, indem sie die Tiere einfach mit Heugabeln im Wasser abgestochen hätten. Auch seien in Kriegszeiten unerklärlicherweise Schwärme von Teichschildkröten aufgetaucht (deren

Panzer noch auf manchen Dachböden zu finden seien), die vermutlich aufgrund der zahlreichen im Wasser treibenden Leichen rasch die Größe von Schulkindern erreicht hätten. Nun aber sei die Natur verödet . . . Der Fluß führe weder Welse noch Hechte, weder Barsche noch Forellen mit sich, erklärt der Angler. Und nicht, um Fische zu fangen, habe er seine Angel ausgelegt, sondern, weil er es auf Krähen abgesehen habe. Die Schnur führe zu einem Köder im Gras. Verschlucke eine der Krähen, die den Wald und das Dorf mit ihrem Krächzen den ganzen Tag über belästigen, verschlucke also eine Krähe diesen, so hole er sie ein und schlage ihr mit einem Stein auf den Kopf, ganz wie bei einem Fisch.

## Der Treffpunkt

Als ich vom Flugrad stieg, das hinter dem Zirkuszelt aufgestellt ist, und in dem man sich für wenig Geld von der Erde in den Himmel schleudern und andererseits zurück zur Erde stürzen lassen kann, entdeckte ich den schlafenden Chinesen im Schnee, der einen Löwen im Arm hielt. Noch weich in den Knien und im Kopf ein Schwindelgefühl von den heftigen Bewegungen, denen ich ausgesetzt war, bückte ich mich zu dem gelben Artisten hinunter, um ihn zu wecken, da erkannte ich, daß sein Brustkorb aufgerissen war und sein Körper voll Blut. Entsetzt lief ich auf einen der Zirkuswagen zu und trommelte mit meinen Fäusten gegen die Türe. Niemand anderer als der Zirkusdirektor selbst öffnete und starrte mir fragend und grußlos in das Gesicht, so als hätte ich ihn aus einer anstrengenden Arbeit herausgerissen, die seine ganze Aufmerksamkeit in Anspruch genommen hatte. Nachdem ich ihm berichtet hatte, was ich gesehen, eilte er mit mir zur angegebenen Stelle, wo wir allerdings nur einen Liliputaner antrafen, der uns versicherte, sein größter Wunsch sei es zu sterben, deshalb habe er sich in den Schnee gelegt und sei eingeschlafen. Wir hatten nichts eiliger zu tun, als den Liliputaner zu Bett zu bringen.

## Die Schilderung des Freundes (Fortsetzung)

Unwillkürlich fiel mein Blick auf das Gesicht meines Onkels, und ich bemerkte, daß er weinte. Ich setzte mich wieder auf den Stuhl, denn auch ich hatte mich erhoben, als er aufgestanden war, und blickte auf das Bett. Eines der Augen meines Vaters war einen Spalt weit geöffnet, gerade soviel, daß ich ein Glitzern erkennen konnte. Es stammte vermutlich vom Sonnenlicht. Die Füße in schwarzen Zwirnsocken ragten aus den ein wenig hochgezogenen Hosen, so daß ich einen weißen Streifen Haut sah. Draußen zwitscherten die Vögel, und durch einen Spalt des Stores konnte ich in der Ferne die Berge sehen, an deren Waldlichtungen noch immer Schneeflecken zu erkennen waren. Das Sägewerk lag still. Neben Stößen von Holz waren Sägespäne aufgeworfen, der Hubstapler war unter dem Dach der Halle abgestellt, träge floß die Saggau vorbei. Zuerst betrieb der kleine Fluß das Wasserrad für die Mühle und die Ölpresse und ein zweites für die Säge, bis sich nach den zahlreichen Überschwemmungen das Flußbett verlegte und meinen Vater zwang, endgültig auf elektrischen Strom umzustellen. Mit der Mühle hatte mein Vater über ein Aggregat bis zum Kriegsende den elektrischen Strom für das Dorf erzeugt, später jedoch nur noch für den Eigenbedarf, und nach 1970 mußte er die Erzeugung einstellen, da die immer häufiger auftretenden Überschwemmungen einen regelmäßigen Betrieb der Aggregate nicht mehr zuließen. Seither rumpelt und ächzt diese Säge nicht mehr, und auch der Dieselmotor, den mein Vater zur Unterstützung bei Wassermangel aufgestellt hat, ist verkauft. Hinter der Halle, wo Stapel von rindenlosen Baumstämmen lagern, hatte sich ein Wehr befunden. Das Wasser war so klar gewesen, daß wir die Forellen und Weißfische schwimmen sahen. Bei Überschwemmungen aber war es schmutzig und reißend gewesen, es trieb uns die Holzblöcke davon, fertiggeschnittene Dachstühle, Bauholz, das sich manchmal unter der Brücke verfing und sie beinahe zum Einsturz brachte oder das so weit weggeschwemmt wurde, daß wir es nicht mehr wiederbekamen. Später hat die Feuerwehr zusammen mit den Sägewerksarbeitern das Holz geborgen, ein Arbeiter wurde an einem Stahlseil die Brücke hinuntergelassen, um die verkeilten Baumstämme zu trennen und ans Ufer zu schieben. Dabei mußte er darauf achten, daß er nicht von einem angeschwemmten Block getroffen wurde oder zwischen die Stämme kam. Der Keller des Hauses war dann überschwemmt, ebenso die Mühle mit der Ölpresse für die Kürbiskerne und der Spänekeller unter der Gattersäge, so daß sich die Späne in weißgelben Wolken im Wasser auflösten. Während ich daran dachte, hatte ich dauernd meinen Vater betrachtet und auf eine winzige Bewegung seines Körpers gewartet, ein leichtes Heben des Brustkorbes, das Abbiegen eines Fingers, das Zurseitefallen eines Fußes oder das Beben eines Nasenflügels. Dann fiel mir ein, daß mein Vater bald weggeschafft würde. Meine Tante würde die Bettwäsche abziehen, um sie hinter dem Stall zu verbrennen, der Onkel das Bett auf den Dachboden schaffen lassen, und mein Vater würde zusammen mit dem Sarg in der Ecke verschwunden sein. Dieser Gedanke erschreckte mich nicht, ich empfand nur, wie sich alles vor mir ausdehnte in eine merkwürdige Ferne, die zugleich ihre Begrenztheit deutlich werden ließ, als könne man die Dinge weit von sich wegschieben, ohne sie jemals aus den Augen zu verlieren. Das Paar

Lackschuhe auf dem Boden, das ich nun wieder betrachtete, und das mein Vater selbst nur zu Begräbnissen getragen hatte, schien mir eine vergebliche Lockung meiner Tante, ihren Bruder zum Aufstehen zu bewegen.

## Der Brandstifter

In der Stube stand ein hagerer, mittelgroßer Mann, dessen Brillengläser angelaufen waren und der in einer Hand ein Taschentuch hielt, mit dem er sich über das Gesicht fuhr. (Offensichtlich war er an grauem Star operiert, das erkannte ich an der Dicke und dem Schliff der Brillengläser.) Der Mann war gleichzeitig zurückhaltend und höflich, seine Höflichkeit, die er bei der Entschuldigung für seinen unangemeldeten Besuch sich zu zeigen bemühte, hatte etwas Unverschämtes. Vielleicht, dachte ich, war er nur verlegen. Gleich darauf erschien mein Vater, der augenblicklich von eben der gleichen Verlegenheit befallen war wie der Fremde, nur daß er sich seines Ansehens bewußt schien und seine Verlegenheit mit einer Lustigkeit verband, die alles, was geschehen würde, wie einen Witz aussehen ließ. »Du mußt wissen, wir freuen uns über jede Abwechslung«, sagte mein Vater, ohne den Mann zu begrüßen. Andererseits fand dieser es nicht der Mühe wert, einen Grund für seinen Besuch anzugeben. »Ich habe gehört, daß Du nur noch Bienen züchtest«, gab er zur Antwort und wartete, als sei jetzt mein Vater an der Reihe zu sprechen. Mein Vater aber lud ihn statt dessen mit einer Handbewegung ein, Platz zu nehmen. Daraufhin fing der Fremde ohne Umschweife zu erzählen an, daß sein Interesse an der Natur ein Grundsätzliches sei, so auch für die Bienen. »Du weißt, ein Bienenstich macht mir nichts aus«, fügte er lachend hinzu. Mein Vater fiel ihm unwillig ins Wort, daß er keine Arbeit zu vergeben habe, worauf sich der Fremde stumm eine Zigarre anzündete. Nun ebenfalls ernst, atmete er den Rauch mit einem Flüstergeräusch aus. »Ich habe nicht einmal um Erlaubnis gefragt«, unterbrach er neuerlich auflachend die Stille, als er den ungehaltenen Blick meines Vaters bemerkte. Mit einer jähen Bewegung, die mich erschreckte, beugte er sich jedoch nach vorne, (gleichzeitig den Tabakrauch ausatmend, als erstickte er) und so nahe an das Gesicht meines Vaters, daß sie beinahe zusammenstießen. »Ich kann doch mit Dir rechnen?« sagte er. Wie immer, wenn mein Vater überrumpelt wird, bringt er keine Kraft zum Widerstand auf. Er nickte und der Fremde schüttelte ihm die Hand und mein Vater ging in das Nebenzimmer, wo er sich kurz zu schaffen machte. Unterdessen musterte der Fremde mich gleichgültig. »Du bist sein Sohn?« fragte er. Ich nickte. »Ich habe nach Kriegsende das Haus des Bürgermeisters angezündet«, setzte er in demselben gleichgültigen Tonfall fort. Da kam mein Vater auch schon herein und drückte ihm Geld in die Hand, es war eine größere Summe. »Begleitest Du mich?« fragte der Fremde, indem er aufstand, ohne jedoch die Hand meines Vaters loszulassen, und mein Vater (offensichtlich erleichtert darüber, nicht mehr mit ihm in seinem Haus sitzen zu müssen), willigte ein. Sie gingen zuerst ein Stück am Waldrand entlang. Bleiche, hohe Grasfelder standen in den Lichtungen. Der Wald schien aus Millionen rötlicher und gelber Blätter zu bestehen. »Wenn die Menschen nicht älter würden als zwanzig Jahre«, sagte der Fremde, nachdem er einige Zeit nachdenklich geschwiegen hatte, »wäre alles weniger schlimm.« Er rauchte noch immer die Zigarre, die er dazu benützte, seine Handbewegungen zu unterstreichen. Erst wenn man älter werde, werde man unmenschlich. »Nicht auszudenken, wenn wir zweihundert oder dreihundert Jahre lang lebten, wie würden wir unsere Erfahrungen dann zu unserem eigenen Vorteil verwenden, um die anderen noch mehr auszunüt-

zen und hineinzulegen!« rief er. Er wolle nicht mehr so viel denken, vor allem nichts, was ihn nicht persönlich betreffe. »Das Gehirn«, sagte er jetzt, wieder ruhig geworden, »hat sich so weit entwickelt, daß es sich selbst nicht mehr ertragen kann.«
Sie gingen eine Böschung hinunter, in der hohes, ausgebleichtes Farnkraut stand, das aussah wie eine abstrakte Naturform. Weiter unten im Graben war es fast farblos. Ich folgte ihnen im Abstand von zwei Schritten, nun aber begannen sie, rascher zu gehen und entfernten sich langsam von mir. Die Brille des Fremden blitzte im Sonnenlicht. Er trug ein weißes, kragenloses Hemd, eine schwarze Jacke, die er aufgeknöpft hatte, und eine schwarz und grau gestreifte Hose. Seine Haut war bleich, dort, wo der Hals mit dem Brustkorb zusammenstieß, hatte sie einen braunen Streifen. Er sprach mit der größten Selbstverständlichkeit, so als ob er meinen Vater schon lange kannte. Sie gingen nun noch schneller, worauf ich stehenblieb, und sie zu laufen begannen und sich mehrfach nach mir umblickend den Hügelkamm erreichten, hinter dem sie dann wie hinter einer Welle verschwanden.

## Das Antlitz der Sterne

Unsere Wälder sind so dicht, daß die Zöllner die größten Schwierigkeiten haben, Grenzgänger dingfest zu machen. Sobald jemand unser Dorf besucht, werden ihm die Wälder gezeigt oder zumindest gibt man ihm einen Hinweis auf ihre Dichte. In der Monarchie, so wird behauptet, habe der General Besuch von einem Minister (und seinem Gefolge) erhalten, welcher in Begleitung eines befreundeten Irrenarztes und dessen Frau in unseren Wäldern spazierengegangen sei, die sie zuvor noch scherzhaft als »tropisch« bezeichnet hätten. Bald jedoch habe sich die Frau (angezogen von den feldgroßen Flächen mit Eierschwämmen, die in den unverhofft sich öffnenden Lichtungen auftauchten) von den Spaziergängern abgesondert, um (die) Schwämme zu brocken. Die Frau, bekleidet mit einem roten Kleid und einem Strohhut, einen gelben Sonnenschirm in der Hand, habe sich offensichtlich verlaufen und sei nicht wieder zur Straße zurückgekehrt. Nachdem alles Suchen über Wochen hinaus vergeblich gewesen und der Minister längst in die Hauptstadt zurückgereist sei, um seine Amtsgeschäfte aufzunehmen, habe der Irrenarzt sich bei unserem Kirchenwirt eingemietet, von wo aus er mit immer neuen Suchtrupps fortgefahren sei, nach dem Verbleib seiner Frau zu forschen. Nach Einbruch des Winters, in dicke Pelze gehüllt und von einem Hundeschlitten gezogen, habe er den Eindruck eines Polarforschers erweckt. Stumm sei er nach den fehlgeschlagenen Unternehmungen im Gasthof gesessen, abwesend habe er sich die Irren angesehen, die man ihm vorführte (als handelte es sich um eine Belästigung). Im Frühjahr habe er sogar mit einem Zeppelin und später mit einem Heliumballon nach seiner Frau gesucht, sei jedoch von der Grenze aus heftig beschossen worden, weshalb der Minister weitere Erkundungsflüge untersagt habe. Trotzdem habe er mit Hilfe des Generals einen Doppeldecker in unsere Ortschaft bringen lassen, der alsbald von der staunenden Bevölkerung umstanden worden sei. Vor der Befestigungsanlage des Schlosses habe der General in weißen Hosen und goldenen Epauletten den Piloten willkommen geheißen, und die Gemeinderäte und der Bürgermeister hätten ihm dabei in ihren Sonntagsanzügen applaudiert. Noch am Tag der Ankunft habe sich der Pilot in die Lüfte erhoben, sei jedoch nicht mehr zurückgekehrt. Auch habe man von seinem Schicksal nichts Weiteres erfahren. Weder sei er abgeschossen worden, noch habe jemand einen Absturz beobachtet. Im darauffolgenden Winter aber habe der Irrenarzt, nachdem er keinen Dorfbewohner mehr dazu überreden habe können, mit ihm nach seiner Frau zu suchen, den Einfall gehabt, die Nervenkranken der umliegenden Dörfer zu einer Expedition zusammenzustellen. Alsbald habe sich eine merkwürdige Gesellschaft in dem vom Irrenarzt für einen Monat angemieteten Ballsaal eingefunden. Schwachsinnige und Mongoloide, Epileptiker, Idioten und Depressive hätten sich, begleitet von Vätern, Müttern, Schwestern und Brüdern eingefunden und auf ihr weiteres Schicksal gewartet. Die Dorfbevölkerung sei tagelang vor den Fenstern des Ballsaales gestanden und habe die Patienten angestarrt, zu denen sich jetzt auch Kropfkranke, Lahme und Invaliden gesellt hätten. Habe der Irrenarzt geschlafen, hätte der Kirchenwirt die Neugierigen gegen ein Entgelt durch den Ballsaal geführt, und so mancher der Kranken habe sich für ein Glas Wein oder ein Gläschen Schnaps aus der Nähe betrachten lassen. Zuletzt seien sogar Menschen ohne Mund und Nasen, ohne Ohren oder solche, die vollständig behaart gewesen seien, aus den entlegensten Dörfern (von deren Existenz man bei uns keine Ahnung gehabt hätte) angereist gekommen, Menschen ohne Gliedmaßen, Zwerge, Riesen, Verfettete (die so schwer gewesen seien, daß sie hätten getragen werden müssen), siamesische Zwillinge, Halbmenschen, Frauen mit Bärten, Albinos, Menschen ohne Rümpfe, Kinder mit Vogelköpfen, Doppelmenschen, Menschen mit der Haut eines Elefanten oder dem Horn eines Nashorns an der Stirn, Ohrenseifenbläser, Menschen mit Händen und Füßen wie Hummerscheren, Kamelmädchen, Froschknaben, Menschen mit Gummihäuten (wohin sind sie heute alle entschwunden, frage ich mich, nicht einmal in der Anstalt habe ich einen einzigen gesehen), Taube, Blinde und Stumme. Selbstredend sei der Ballsaal für alle zu klein gewesen, aus diesem Grund habe man vorübergehend das Schulgebäude und das Gemeindeamt in Beschlag genommen, denn der General habe eine Anweisung erteilt, der nicht hätte widersprochen werden dürfen. Um aber den Irrenarzt doch noch zurückzuhalten, habe der General gleichsam als letzten Versuch riesige Teleskopspiegel aufstellen lassen, mit denen das Sonnenlicht als grelle Lichtflecken in Form von rhythmischen Signalen in die Wälder gestrahlt worden sei, jedoch sei in den folgenden Tagen keinerlei Antwortsignal bemerkt worden. Deshalb sei der Irrenarzt an einem Wintermorgen aufgebrochen. Eine lange Kolonne, die einem Goldgräberzug ähnelte, sei ihm unter merkwürdigen Körperverrenkungen, Geschrei, Gestöhn und Gelächter gefolgt. Sodann habe man nichts mehr von den Expeditionsteilnehmern gehört und gesehen. Verschiedene Briefe seien in der Gemeinde eingetroffen von Personen, die sich um den Verbleib und den Gesundheitszustand der Angehörigen sorgten, und immer wieder seien auch die Angehörigen selbst eingetroffen, um sich die Richtung zeigen zu lassen, in der die Expedition verschwunden sei, und zuletzt habe man erwogen, eine Wallfahrt in die Wälder zu unternehmen und den Himmel um Schutz und Rettung zu bitten. Da sei, ohne daß es jemand erwartet oder vorausgeahnt hätte, die Expedition an einem Sonntag im Mai auf dem Dorfplatz erschienen, geführt von dem Irrenarzt, der nun einen Bart bis zur Brust trug, in Begleitung seiner Frau und des Piloten mitsamt der beschädigten Maschine. Bevor aber noch jemand habe Auskünfte geben können, was sich zugetragen habe, habe der General die Expeditionsmitglieder in die Befestigungsanlagen bringen und bei Nacht wegschaffen lassen. Auch der Irrenarzt, seine Frau und der Pilot seien nicht wieder aufgetaucht, so daß niemand genau weiß, was wirklich geschehen ist.

## Von den Fesseln befreit

Die Bienenmagazine waren für die Fahrt auf die Alm hergerichtet worden, und der Vater verlud sie auf den Lastwagen. Es war ein heller Sommerabend. Wir setzten uns in die Küche, um zuvor noch das Abendessen einzunehmen, da klopfte es an die Tür und ein Mann in einer zerrissenen blauen Uniform betrat das Haus. Das Auffallendste an ihm waren seine roten Haare. In einer, wie es uns vorkam, verschnörkelten Sprechweise erklärte er uns, daß der Gletscher ein Schiff freigegeben habe, das wir ihm zu bergen helfen sollten. Sofort begaben wir uns mit den Bienen an den beschriebenen Platz und fanden dort tatsächlich ein von kreischenden Dohlen umkreistes Schiffswrack, das auf dem Berghang einen sonderbaren Eindruck machte. Ein Teil des Wracks steckte noch im Eis, der andere aber ragte aus ihm hervor. Sogleich machten wir uns mit den Äxten, die wir stets mit uns führten, an die Arbeit, wobei uns der Rothaarige zusah. Er war so schwach, daß nicht daran zu denken war, ihn an der Arbeit zu beteiligen. Bald war es so weit, daß wir eine Luke öffnen konnten. Wir kletterten eine steile Stiege hinunter in das Innere des Schiffes und öffneten die Tür zu einem Raum, bei dem es sich offensichtlich um die Offiziersmesse handelte. Dort fanden wir in einen riesigen Eisblock eingeschlossen die Offiziere, die beim Frühstück vom Unglück überrascht worden sein mußten. Im Laderaum stießen wir später auf nahezu hundert erfrorene Riesenalks, einen pinguinähnlichen Vogel, der seit einhundertfünfzig Jahren ausgestorben ist. Die ganze Zeit über, in der wir durch das Schiff streiften oder uns durch das Eis hackten, folgte uns der Rothaarige, indem er leise vor sich hinweinte. Wer beschreibt aber unser Erstaunen, als wir in einem anderen Laderaum weitere ausgestorbene Tiere im Eis fanden, Kuba Aras, zerbraähnliche Quaggas, indische Rosenkopfenten, einen Brillenkormoran, Stellersche Seekühe, Weihnachtsinselspitzmäuse, Wandertauben, Huias, Guadelupe Karakaras und Kupferspechte. Erst durch die Erklärung des Rothaarigen, der sich als Tierfänger und Zoodirektor vorstellte und angab, in der Antarktis gekentert zu sein, begriffen wir die näheren Umstände, die zu unserer Begegnung geführt hatten.

## Das Sägewerk

Das Sägewerk und das benachbarte Gasthaus sind der unerklärliche Anziehungspunkt für unseren Kreisrichter. Seit mehr als dreißig Jahren begibt er sich an jedem Sonn- und Feiertag zum Sägewerk, spaziert zwischen den Baumstämmen und Brettern herum, schnüffelt und betritt sodann das Gasthaus, um ein Bier zu trinken. Auf der einen Seite des Flusses liegt das Sägewerk mit dem Gasthaus, auf der anderen eine Schmiede mit einem Verkaufsraum für landwirtschaftliche Maschinen und eine Wiese, auf der Kühe grasen. Von da aus macht das Sägewerk einen düsteren Eindruck. Es besteht aus mehreren Einzelgebäuden, die sämtlich gelb gestrichen sind. Der Blick fällt von hier auf die Rückseite der Anlage, die ansonsten für einen Kunden nicht einsichtig ist. Ein Feld mit hohen Sonnenblumen verdeckt im Sommer weitgehend die Sicht. Über den Blumenköpfen aber steigt ein ungeordneter Haufen von abgezogenen Blöcken, einem kleinen Berg gleich, an bis zur Sägehalle. Im Krieg, wenn die Leichen der Soldaten im Wehr angeschwemmt wurden, legte man sie zuerst in Brettersärge, die dort, wo jetzt das Sonnenblumenfeld steht, gestapelt und an jedem Freitag in Anwesenheit des Pfarrers zurück in den Fluß geworfen wurden. Als sich der Krieg dem Ende näherte und auch die Bretter Mangelware wurden, schichtete man die Leichen einfach ohne Särge auf und ließ sie liegen, bis der Pfarrer vorbeikam. Zuletzt aber zog man keine Leiche mehr heraus, sondern stieß sie nur mit dem Feuerhaken vom Wehr in das Wasser zurück. Das Wehr ist seit diesen Vorfällen ein Anziehungspunkt für Selbstmörder. Diese können sich allerdings nur bei Hochwasser im Fluß ertränken, da er ansonsten zu niedrig ist. Bis vor dreißig Jahren war unser Kreisrichter mit einer jungen, in unseren Augen geistesgestörten Frau verheiratet, die ihren Glauben derart ernst nahm, daß sie tagelang über das Unrecht, das in der Umgebung unseres Dorfes und im Dorf selbst herrscht, weinte. Mehrfach, so weiß man, versuchte sie, sich das Leben zu nehmen. Nach dem ersten Jahr ihrer Ehe sprang sie aus dem oberen Stockwerk des Hauses und brach sich ein Bein, ein Jahr später versuchte sie, mit ihren beiden Kindern in einen Karpfenteich zu gehen, wurde aber bei ihrem Vorhaben, gerade als sie völlig angezogen, ein Kind auf dem Arm, das andere bereits mit einer Hand unter das Wasser drükkend, langsam auf die tiefste Stelle zuschritt, überrascht und mit Gewalt zurückgehalten. Kurze Zeit darauf verschwand sie. Es geht das Gerücht, daß sie in die Anstalt eingeliefert worden sei, jedoch hat sie dort niemand besucht. Die Kinder wurden, als sie groß genug waren, in ein Internat gegeben und kamen nur selten auf Besuch. Seit ihrem Verschwinden aber spaziert der Kreisrichter an jedem Sonntag über die Brücke und hält kurz an, um in den Fluß zu schauen. Gerade an dieser Stelle nämlich wachsen im Frühling üppige Veilchenbüsche, auch hat dort ein Sägewerksarbeiter schon einmal Goldkörner gefunden. Da das Sägewerk schon mehrfach abgebrannt ist und es sich dabei jedesmal um Brandstiftung handelte, werden unvermutete Feuerwehrübungen angesetzt, bei welchen das Sägewerk mit Schläuchen von allen Seiten bespritzt wird. Dabei werden Herumstreunende (Kriminelle), die in einer der Hütten oder irgendwo im Holz

Schutz vor der Nacht gesucht haben, aufgescheucht und gefangengenommen, denn selbstverständlich findet sich auch die Gendarmerie aufgrund der Vorkommnisse bei solchen Übungen ein. Diese Menschen ohne festen Wohnsitz werden sodann bis auf weiteres im Eiskeller eingesperrt. Auch kann es geschehen, daß man auf Selbstmörder stößt, die sich in der Sägehalle erhängt oder erschossen haben, ohne daß jemand die Nacht über etwas bemerkt hat. Ferner befindet sich die längste Kegelbahn unseres Dorfes zwischen dem Gasthaus und dem Sägewerk. Bei Tauffeiern und Hochzeiten, aber auch bei Bestattungen, hört man das dumpfe Poltern der Kugel auf dem Laden und das hohle Geräusch, wenn die Kegel umfallen. Dazu kommt noch das Grölen der Betrunkenen und das Geschrei der Raufenden. Die Entmündigten, die im Sägewerk arbeiten, dürfen sich bei solchen Anlässen bis zum Erbrechen betrinken und dienen dabei oft dem Gaudium der anwesenden Gäste. Und oft geben sich die festlich gekleideten Gäste zwischen den Bäumen und Brettern einer kurzen, hastigen körperlichen Lust hin. Würde man sich im Sägewerk befinden, könnte man da den Zipfel eines weißen Kleides, dort einen schwarzen Schuh oder Ärmel hervorlugen sehen. Auf der anderen Seite, vor dem Gasthaus, tanzen, wenn es warm genug ist, die Hochzeitsgäste, und die Vereinsfahnen schmücken den Gastgarten, der umgeben ist von Schweineställen und Gemüsebeeten. Halbnackt stehen die ungewaschenen Kinder auf der Steintreppe und schauen dem Treiben zu. Auch die Hunde japsen an diesen Tagen vor Freude. Im Winter aber liegt das Sägewerk mit seinen beschneiten Baumstämmen wie ausgestorben da, und das Rattern der Gattersäge verstärkt den Eindruck des Todes, der von der Anlage ausgeht. Ab und zu streift ein Gendarm zwischen den Gebäuden herum, mit umgehängtem Gewehr, selten hört man den gedämpften Ruf eines Entmündigten. Zumeist aber erweckt das Sägewerk den Eindruck, menschenleer zu sein und langsam wieder von der Natur zurückerobert zu werden. Wenn man sich einige Zeit still verhält, kann man die Ratten über die Stapel springen sehen.

## Das Haus des Erhängten

Auf einem Spaziergang am Sonntag war ich bis zum Haus jenes Uhrmachers gekommen, der sich vor einigen Tagen das Leben nahm. Rasch öffnete ich einen angelehnten Laden und schwang mich durch das geöffnete Fenster. Das erste Zimmer war mit einem violetten Muster tapeziert, ein unförmiger alter Eisenofen, den wir Kasperlofen nennen, stand in der Ecke, und ein langes Rohr führte fast zum Plafond, wo es von einer Muffe umgeben in der Mauer verschwand. Bis auf einen Schrank gab es kein anderes Möbelstück. Ich sperrte das Schloß auf und zog an den Türen, wobei ich im selben Augenblick einen heftigen Druck verspürte, gegen den ich mich unwillkürlich stemmte. Dieser Druck wurde jedoch immer stärker, bald mußte ich alle meine Kräfte aufbieten, um nicht umgeworfen zu werden. Das Entsetzen drohte mir noch zusätzlich den Atem zu nehmen, denn mein erster Gedanke war, daß der Tote womöglich im Schrank hing und auf mich stürzte. War es tatsächlich der Uhrmacher? Hatte man seinen Leichnam nicht gefunden? Oder war es nur die Erscheinung des Uhrmachers? (Ein Gedanke, über den ich ansonsten gelacht hätte.) Schließlich war die Kraft, die aus dem Schrank kam, so stark, daß ich ihr nachgeben mußte. Da polterten auch schon Maiskolben und Hühner durcheinander heraus, die Hühner (als hätte man sie gewürgt, so daß sie keinen Laut hätten von sich geben können), gackerten nun, wie aus Todesgefahr errettet, laut und heftig, flatterten durch den Raum und prallten gegen die Wände. Um keine Spuren zu hinterlassen, hatte ich die Maiskolben wieder einzusammeln, die Hühner zu fangen und im Schrank zu verwahren. Ein schwieriges Unterfangen, das mehrere Stunden in Anspruch nahm, denn bald stürzten die Maiskolben wieder aus dem Kasten, bald flüchtete ein schon eingesperrtes Huhn aufs neue, schließlich gab ich erschöpft auf und floh in den Nebenraum. Gerade zur rechten Zeit, denn die Gardinen standen dort hell in Flammen, schon griff das Feuer auf Bett, Tisch und Lampenschirm über. Unter größter Anstrengung vermochte ich den Brand zu löschen, indem ich einen Wasserkrug wieder und wieder leerte. Der Gestank von verbranntem Stoff und angesengtem Holz trieb mir die Tränen in die Augen und ließ mich heftig husten, so daß ich mich auf einen Stuhl warf und wartete, bis der Rauch sich langsam verzog. An einer der Wände entdeckte ich eine Baßtuba, aus deren Öffnung Ameisen quollen, die geschäftig, als hätte sie das Feuer nicht gekümmert und als störte sie der schwarze Rauch nicht, die Wände hinunterliefen, in einer breiten Straße den Boden überquerten, um in einem Spalt zwischen Türstock und Wand zu verschwinden. Nachdem ich mich am Treiben der Ameisen sattgesehen hatte und die Angst, durch das Geflatter und Gegacker der Hühner verraten zu werden, überhandnahm, versuchte ich zurück ins Freie zu gelangen. Allerdings betrat ich nicht den Vorraum, sondern eine Art aufgelassene Waschküche mit bleichen Holzstangen und unförmigen Deckeln, während Wasser in einem Kessel dampfte. Auf einem Tisch aber fand ich eine Fotografie, die den Erhängten als Bräutigam und seine verstorbene Frau als Braut mit einem Zopf, der ihr bis zur Hüfte reichte, zeigte, und daneben lag eben dieser Zopf, abgeschnitten. Ich dachte nach: Hatte die Frau des Uhrmachers den Zopf zu Lebzeiten getragen? Wo hatte ich sie mit diesem Zopf gesehen? Dabei fiel mein Blick unter den Tisch, wo ich ein blutiges Taschentuch entdeckte, das ich, obwohl es mich ekelte, aufhob und zu den beiden anderen Dingen auf den Tisch legte. Im selben Augenblick vermeinte ich Schritte zu hören, worauf ich davonlief. Ich kam jedoch nicht weit, sondern fand mich in einem Raum, der einer Tenne ähnelte, wieder, allerdings war ich bis zum Hals in einer staubähnlichen Masse versunken, die sich als eine ungeheure Menge von Beinchen, Flügeln und Körperteilen zerplatzter Nachtfalter herausstellte. Und ehe ich mich darüber noch verwundern konnte, sah ich Wolken dieses Insekts wie Hagelschloßen gegen eine elektrische Lampe prasseln. Ich ruderte in dem kitzelnden Staub vorwärts, hielt die Luft in den Lungen an und preßte die Lippen fest aufeinander, stürzte jedoch schon nach wenigen Schritten durch die Decke und schlug im Wohnraum des Uhrmachers auf. Eine schwarze Standuhr ohne Zeiger befand sich zusammen mit Kaffeetassen (und vertrockneten Blumen in einer alten Porzellanvase) auf dem Kamin. Der gelbe Bretterboden war von keinem Teppich bedeckt. An der Wand aber, auf einem Brett, das rund um das Zimmer angelegt war, standen die verschiedensten Spieluhren aus Silber umgeben von künstlichen Vögeln, Schmetterlingen und Fliegen, die näher betrachtet kleine Szenen darstellten. So erkannte ich neben einer Prozession auch die Darstellung einer Vergewaltigung, der Feldarbeit, eines Taschendiebstahls, einer Geburt, einer Theateraufführung und anderem mehr, dem ich jedoch nicht genügend Aufmerksamkeit schenkte. Zwar erweckten all diese Darstellungen mein Interesse, aber von Anfang an war es mir nur darum zu tun, die Figuren in Bewegung zu setzen, was mir mit Hilfe eines Messingknopfes gelang. Sofort fingen alle Gestalten an, ihre vorausbestimmten Handlungen auszuführen und zu wiederholen, was insgesamt einen humoristischen Eindruck hervorrief, der sich jedoch verflüchtigte, als ich feststellte, daß die komplizierten mechanischen Figuren zu schmelzen begannen, da sie, wie ich erst jetzt bemerkte, nicht aus Porzellan, sondern aus Wachs waren.

Als ich neuerlich Schritte hörte, stürzte ich mich aus dem Fenster und kam unter dem Nußbaum zu liegen. Da erkannte ich auch schon den Gendarm im Haus, argwöhnisch blickte er, ohne mich zu sehen, aus der Küche. Ich aber kämpfte gegen den Drang an, vor das Gebäude zu treten und zu rufen: »Da bin ich.« Aber war ich nicht schon genug gestraft durch die Tatsache, daß ich in den Zimmern Spuren hinterlassen hatte, so daß es nur eine Frage der Zeit sein würde, bis man mich entdeckte?

## Der Bien

Wissenschaftlich betrachtet ist jeder Bienenschwarm ein aus »fliegenden Zellen« zusammengesetztes Tier. Was in den Magazinen summt, was einer Flüssigkeit ähnelt, aus ihnen hinausstürzt, sich verteilt, scheinbar auflöst, doch immer wieder zusammenfindet, ist ein Wesen ohne festgeformten Körper. Dieses Wesen ist noch dazu ein Zwitter. Das »männliche Geschlechtsteil« (die Drohnen) lebt nur in den Sommermonaten, von Mai bis August, das »weibliche« (die Königin) wird hingegen drei bis vier Jahre alt, allerdings müssen die Bienenzüchter sie, um die Völker leistungsfähig zu erhalten, jedes zweite Jahr durch eine neue ersetzen. Der Körper dieses Wesens setzt sich aus den unfruchtbaren Weibchen, den Arbeitsbienen zusammen, während der Verstand aus der Summe der Instinkte der einzelnen Bienen besteht. Das ganze Tier heißt »der Bien«.

## Die Sprache der Steine

Wer hat noch nicht in Augenblicken des Kummers und der Verzweiflung seinen Kopf auf einen Stein gelegt und alsogleich die wildesten Rufe, die höchsten Töne oder das zärtlichste Flüstern vernommen?

## Die Einsamkeit des Traumes

Sobald die Dinge zu schwitzen beginnen, wird der Träumer zu Stein.

## Die Farben des Himmels über dem Land

Nicht nur sind die Farben des Himmels – so wird der Archäologe des Behauptens nicht müde – Spuren, die eine andere Zeit hinterlassen hat, von der er sich nicht festlegen möchte, ob sie sich vor unserer ereignete oder erst in Zukunft ereignen wird, sondern (und das vor allem) Fragmente sowohl des Paradieses als auch der Hölle, in Form von Spiegelungen.

## Strahlen

Aus meinen Augen fällt ein ansonsten nicht sichtbarer Lichtstrahl, der sich bei Wohlbefinden oder Haß in besenförmige, kratzende Bündel aufsplittert und blutende Wunden hinterläßt.

## Von der geistigen Umnachtung

Nicht umsonst wird der Wahnsinn, sei es in erstaunten und bewundernden Ausrufen, sei es in erschrockenen und entsetzten als »hell« bezeichnet.

## Die Frage an die Zeit

Wenn alle Länder und Sterne zu einem Erfaßbaren zusammenschmelzen, alle Lebewesen sich in ein einziges verwandeln, strafst du dieses durch Feindschaft oder hörst du auf zu bestehen?

## Genauigkeit

Wer glaubt, daß auf dem Kirchhof das Wachsen des Grases zu hören ist, betrachte lieber die Krümmung des Hundeschwanzes.

## Der letzte Wille

»Mein letzter und unerschütterlicher Wille wird es sein«, fährt der Archäologe fort, »die Farben aller Töne und Geräusche naturwissenschaftlich zu erfassen und gleichsam als ein Linné der nicht sichtbaren Farben in die Geschichte der Entdeckungen einzugehen.«

## Das Denken im Schlaf

»Das Denken im Schlaf ist der verschlossene Brief, dessen Inhalt du schon kennst.«

## Abschied

Erst wenn ich die Karpfen Honig speisen sehe, zweifle ich daran, mehr als ein Finger zu sein.

## Die Schilderung des Freundes (Fortsetzung)

In diesem Augenblick trat mein Onkel wieder in das Zimmer und wischte sich gewohnheitsgemäß mit einem Taschentuch über die Stirn, was ihn in Zusammenhang mit seinen raschen Bewegungen geschäftig und zielbewußt aussehen ließ.
»Die Gendarmen haben den Arbeiter, der Deinen Vater geohrfeigt hat, im Lagerhaus der Genossenschaft gefunden«, sagte er, »Du mußt Dich für ihn verwenden, auch Dein Vater hätte ihn, nachdem er ihn im ersten Zorn nicht hat gleich erschießen können, verteidigt.«
Ich nickte. Mein Onkel tat so, als habe er vergessen, daß ich das Sägewerk verpachten wollte (und ich erinnerte ihn nicht daran). Wohl aus diesem Grund begann er mich plötzlich durch das Haus zu führen und mir dessen Vorzüge aufzuzählen. Er öffnete verschiedene Kästen, holte daraus etwas hervor und zeigte es mir, ohne es aus der Hand zu lassen, so als sei es sein Eigentum und als befürchtete er, ich würde ihn darum bitten. Es waren alte Urkunden, die beiden verzierten Bronzeglocken unserer

Kapelle, die mein Vater aus Angst, sie könnten gestohlen werden, entfernt hatte (und die mir mein Onkel, indem er sie läutete, vor das Gesicht hielt), illustrierte Bücher und Notensammlungen, die Partisanen nach dem Krieg auf den Kirchhof geworfen und angezündet und die mein Vater dort eingesammelt hatte. Schließlich sperrte er den Gewehrschrank meines Vaters auf und holte die Waffe heraus.

»Das ist die Schrotflinte Deines Vaters«, sagte er, als wüßte ich es nicht. »Vor ein paar Tagen hat er damit Krähen und Elstern geschossen.« Er zerlegte sie mit raschen Griffen, bis er den Lauf, den Vorder- und den Hinterschaft in der Hand hielt.

## Der General greift ein

Kaum hatte der Pipenmacher das Dorf betreten, warfen die Kinder mit Steinen nach ihm. Es kommt selten vor, daß die Kinder unseres Dorfes mit Steinen werfen. (Meist pfählen sie Kröten, die sie an den Ufern des Ziegelteiches fangen, verstecken sich in alten Bombentrichtern, füttern zahme Vögel mit Fliegen oder fahren im Winter mit Schlitten die Hügel hinunter, wenn sie nicht gerade Eis laufen oder aus der Nase bluten.) Der Pipenmacher hatte nichts Außergewöhnliches an sich. Er war, so hieß es, aus russischer Gefangenschaft geflüchtet und mit Hilfe seiner selbst gezeichneten Landkartenskizze zu Fuß über den Ural und Bulgarien bis zu uns gelangt, wofür er sieben Jahre gebraucht hatte. In der Meinung, der Krieg dauere noch immer an, war er die meisten Strecken nachts gewandert und hatte den Umgang mit Menschen gemieden. Als man ihn über seinen Irrtum aufklärte, stürzte er zu Boden. Eine Weile verdingte er sich als Holzknecht, eine Weile als Faßbinder. Bald verliebte sich die älteste Frau des Dorfes in ihn, verbrachte Tage und Nächte in der verwahrlosten Keusche*, die er sich für wenig Geld gemietet hatte, bis ihr Mann sie laut zeternd nach Hause holte, wo sie dann einige Wochen blieb. Allerdings wiederholte sich dieser Vorgang regelmäßig, und nicht nur der betrogene Ehemann, sondern auch der Pipenmacher wurde deswegen verspottet. Und noch immer warfen die Kinder, sobald er sich irgendwo allein zeigte (wenn er am Sonntagmittag angetrunken vom Gasthaus nach Hause wankte oder an schneereichen Wintertagen den Friedhof besuchte), mit Steinen oder Schneebällen nach ihm, und nicht selten trafen sie ihn am Kopf, so daß Blut über sein Gesicht oder in seinen Kragen lief. Eine Zeitlang versuchte er sich als Fellhändler, fuhr mit einem Fahrrad von Haus zu Haus und erstand alle möglichen Felle, vor allem Bisam, Fuchs und Kaninchen. (Erlegten die Jäger weniger als er benötigte, dann verschwanden plötzlich Katzen und Hunde von unseren Höfen. Darum unternahm auch niemand etwas, wenn die Kinder mit Steinen nach ihm warfen. Allerdings schauten wir sofort nach unseren Haustieren aus, wenn der Pipenmacher erschien.) Mißtrauisch geworden, verboten ihm die Dorfbewohner das Betreten ihrer Höfe. Nun blieb ihm nichts anderes übrig, als Vögel zu fangen. In der Nacht baute er hölzerne Käfige, in die er die Sing- und Raubvögel einschloß, um sie an Wochenenden ins Schloß zu führen und dort zu verkaufen. Auf seinem Weg zum Schloß aber wurde er von den Kindern, wie es üblich geworden war, mit Steinen beworfen, und häufig wurde einer der Vögel erschlagen. Anderntags aber verschwand in solchen Fällen vom Hof des Kindes, das den Stein geworfen hatte, ein Huhn. Wer würde, nachdem er von allen Vorgängen und Zusammenhängen, was den Pipenmacher betrifft, Kenntnis erlangt hat, nicht unser Mißtrauen gegenüber Fremden verste-

* Kleines Haus

hen? – Schließlich untersagte der General, so wird erzählt, dem Pipenmacher den Aufenthalt in unserem Dorf, und ohne daß er sich von jemandem verabschiedete oder eine Mitteilung hinterließ oder auch vorher von seinen Absichten unterrichtet hätte, verschwand der Pipenmacher. Die Jüngeren von uns haben ihn daher nie zu Gesicht bekommen.

## Das Schulhaus
### (Nach dem Krieg)

Das Schulhaus ähnelt einer Kaserne, so kalt und abweisend ist das Gemäuer. Man kann durch seine Fenster sowohl die Ziegelfabrik als auch das Sägewerk und den Fluß sehen. Die Räume in der Schule sind nüchtern, die Böden ölig schwarz, die Wände weiß, die Fenster nackt. Bevor die Schüler die Klassenzimmer betreten, müssen sie, wenn sie nicht ohnedies barfuß sind, die Schuhe ausziehen und mit vorgestreckten Händen die Kontrolle über sich ergehen lassen. Zumeist werden Läuse, Flöhe und Wanzen gefunden, wofür es Prügel setzt. Aber auch für ungewaschene Füße, ungekämmtes Haar, schwarze Fingernägel oder ungeputzte Zähne gibt es Strafen in Form von Sprechverbot, Knien oder »Mit-dem-Gesicht-zur-Wand-Stehen«. Kein Schüler kann die Zeichen und Ziffern auf der Tafel deuten, keiner die Worte verstehen, die er, ohne je zu wissen, was sie bedeuten könnten, herunterbuchstabiert. Erzählt der Lehrer eine Geschichte, so begreift sie niemand, und der Katechet verbreitet nur Angst und schlechte Laune, reißt an Haaren und Ohren und droht die Hölle an. Auf diese Weise lernen die Schüler, mit dem Kopf woanders zu sein. Man kennt die Häuser der jungen Frauen, die sich abends hinter weißen Gardinen den Oberkörper waschen, die Plätze um die

Wirtshäuser, an denen die Betrunkenen ihr »Geschäft« verrichten (und mit ihren weißen Gliedern, ohne daß sie es je wußten, die heimlichen Beobachter einschüchtern). Ohne Anstrengung gelingt es den Kleinsten, die Abbildungen aus Büchern in das Klassenzimmer zu projizieren, so daß Kraken über den Köpfen schweben, ein Indianer hinter der Tafel schläft oder Insektenschwärme an der Decke hängen. Mit derselben Leichtigkeit sieht er sich einen Schüler verfolgen, ihm ein Bein stellen und mit einem Rasiermesser eine Verletzung zufügen. Die Gänge sind leer, wie der Platz um die Schule. Im Turnsaal findet sich noch die Blüte eines Blumenkranzes, ein Fetzen des Kommunionkleidchens oder -anzugs, ein Flecken der Wachskerze. Draußen in den raschelnden Maisfeldern werfen Katzen Junge und flüchten miauend, die Bälger mit sich schleppend, die sie zwischen den Zähnen halten, und in den Brombeerbüschen verstecken sich die Blindschleichen. Erscheint aber die Heilige Jungfrau in einem Lichterglanz, weisen die Hemden Obstflecken auf, und die Finger riechen nach grüner Tinte. Das Schulhaus macht von außen den Eindruck eines Irrenhauses. Tatsächlich wurde es (bevor es als Schulhaus Verwendung fand), zuerst als Anstalt für Geistesgestörte, später als Kaserne verwendet. Dort, wo früher die Hemden der Offiziere zum Trocknen aufgehängt waren und die blauen Uniformen, wo die schweren Mäntel mit Säcken von Mottenpulver bestäubt wurden und Berge von Unterwäsche gestapelt zum Bügeln auflagen, huschen jetzt scheue Eidechsen umher, selten, daß eine von ihnen einen Damenhandschuh im Mund trägt oder der Ton eines Klaviers die Stille durchbricht. Am Ende des Unterrichtstages hingegen werden Gaben für den Lehrer hinterlegt: Eier und Schinken, Fliederzweige, Schneeglöckchen und Beichtbilder. Verschwunden sind die in die Sonne starrenden Irren, verstummt die klagenden Laute aus ihrem Mund, niemand mehr erinnert sich des Mannes, der mitten im Gehen innehielt und sich bis zu seinem Tode nicht mehr bewegte, niemand der Frau, die die Schrift der Wolken zu lesen vermochte (nur ihre Gedanken strömen unsichtbar aus den Ritzen der Wände und betäuben die Gehirne der Kinder und versetzen den Lehrer in sinnlose Wut). An nebligen Herbsttagen finden sich die Seelen der Gefallenen ein und setzen sich auf die Schultern der Schüler, bis diese ermattet auf die Pulte sinken, von wo der Lehrer sie mit dem Schlag des Lineals wieder in die Höhe treibt. Taucht ein Dorfbewohner draußen vor dem Fenster im Blickwinkel der Kinder auf, so scheint er mit merkwürdigen Gedanken beladen zu sein, etwas auszubrüten, Unerlaubtes vorzubereiten, von dem sie nur nachts (zufällig) aus dem Geflüster der Eltern etwas erfahren. Längst glaubt niemand mehr an das, was er sieht. Vielmehr ist das, was wirklich ist, verborgen in einer anderen Wirklichkeit, der sie mühsam nachspüren müssen, die sie aber beim Einschlafen bedrängt. Und an jedem Morgen sammeln sich alle Einschlafgedanken in den Klassenzimmern und durchsickern wie ein sauer stinkender Dunst die Luft, so daß mancher erschrocken den Atem anhält. Auch das Singen der Schulkinder klingt schwerfällig und unwillig, als müßten sie gegen den stikkigen Geruch von Dachböden ansingen, gegen das Lallen von Betrunkenen oder die Langeweile eines Gebetbuches. Manchmal brennen lackierte Schaukelpferde, und der Feuerwehrhauptmann stürmt mit dem Krähen eines Hahnes durch den Gang oder der Landarzt betastet mit eiskalten Händen den nackten Rücken der Kinder und befiehlt ihnen zu husten (oder der Zirkus errichtet im leeren Schulhof das Zelt und läßt die Musik aus den Lautsprechern ertönen). Im warmen Sommerregen aber sprießen die merkwürdigsten Dschungelpflanzen aus dem kahlen Schulhof (den noch kurz zuvor eine Taufgesellschaft im aufgewirbelten Staub des Windes durchschritten hat, den Täufling stumm im weißen Steckkissen, umschwänzelt von Hunden), hochschießendes Blattwerk, in dem Paradiesvögel schaukeln und süße Früchte reifen. Zumeist aber ist der Schulhof so ausgestorben wie ein vergessener Planet, und die Klassenzimmer gleichen einem verlassenen Haus.

## Die Sonntagsorganistin

Meine Mutter kenne ich nicht, auch kann mir niemand Mitteilung darüber machen, wer sie ist. Die einen behaupten, sie sei eine Fremde gewesen, die anderen halten sie für tot. (Mein Vater, der mir als Kind versprochen hat, mich, sobald ich erwachsen würde, aufzuklären, schweigt noch verbissener als zuvor.) Einmal kam mir zu Ohren, daß es die Sonntagsorganistin sei, doch war diese die Schwester meines Vaters. (Trotzdem ist es wahrscheinlich, daß sie meine Mutter ist.) Ich weiß über sie nicht viel, da sie die längste Zeit über für mich eine Fremde war, mit dem Vater zerstritten und an mir nicht interessiert. Allerdings bemerke ich (seit ich darüber nachdenke, ob sie meine Mutter ist) eine wachsende Neugierde in mir, die ich nur mühsam zügeln kann. Ich sehe sie mit verrückten Hüten die Dorfstraße hinaufgehen, grußlos und so verschlossen, daß es niemand wagt, sie anzusprechen. Tatsächlich muß sie respektlos gewesen sein. Ihre Respektlosigkeit bestand nicht in einer scharfen Rede, sondern, so ist zu erfahren, in einer völligen Mißachtung der Umgangsformen, was einen herausfordernden Eindruck machte. Häufig fuhr sie in die Stadt, wo sie sich angeblich mit Männern eingelassen haben soll, da ihr vom Dorf keiner gut genug war. Auch kaufte sie sich Kleider, und nicht selten betrank sie sich. Im Dorf verließ sie tagelang das Haus nicht. Manchmal wurde ein Arzt gerufen. Dann bekamen die Gerüchte neuen Auftrieb, denn des öfteren wurde sie in Zusammenhang mit einem Verbrechen genannt, über das aber nichts Näheres zu erfahren ist. Frage ich einen Dorfbewohner, von dem ich annehme, daß er Bescheid weiß, so stellt er sich unwissend, wird verlegen oder ungehalten und wechselt rasch das Thema. Aus den Antworten geht nur so viel hervor, daß sie kein Opfer, sondern eine Mittäterin und daß das Verbrechen ein schweres gewesen sein muß. Daher sehe ich ihre Sucht, ihr Aussehen zu verändern, sich in der Stadt das Haar färben zu lassen, überhaupt die Frisur zu ändern, eine Sonnenbrille zu tragen, oft mehrmals oder täglich ihre Hüte zu wechseln, heute in einem anderen Licht. Aus manchen Gesten der Dorfbewohner, die sich wiederholen, wenn ihr Name fällt, schließe ich, daß sie verrückt gewesen sein soll. Daran kann ich allerdings nicht glauben. Bei uns gilt jeder rasch als verrückt, der sich nicht so verhält wie die anderen. Wenn sie aber verrückt war, dann verstehe ich nicht, weshalb mein Vater keinen Umgang mit ihr hatte und sie nicht grüßte. Aus seinem ganzen Verhalten kann ich nur schließen, daß er ihr nicht verziehen hat. Einerseits hat es mich überrascht, daß so viele Dorfbewohner an ihrem Begräbnis teilnahmen, andererseits wiederum nicht. Sie kamen wohl weniger deshalb, weil sie in der Kirche das Harmonium spielte, sondern weil über das Verbrechen ein geheimer Zusammenhang zwischen ihr und der Gemeinde bestanden hat (eine Verbindung durch die gemeinsame Schuld). Für diesen Gedanken habe ich keinen Anhaltspunkt, ich komme mehr oder weniger nur durch die Beobachtung von Verhaltensweisen einzelner darauf. Mein Vater verlor über ihren Tod kein Wort, auch nahm er am Begräbnis, das entgegen unserer sonstigen Gewohnheiten im Morgengrauen stattfand, nicht teil. Was das Verbrechen betrifft aber scheint sich jedermann noch mehr in Schweigen zu hüllen.

## Vogelstimmen

Nachtigall: Wer am Tag träumt, wird leichter als Wasser, des Nachts aber strömt das Gift der Pilze durch die Adern der schlafenden Kinder

Nachtschwalbe: Und Erdbeeren schlummern in glänzendem Porzellan

Der Steinkauz: Und hell von gelben Lichtspuren singen die Jahresringe im Holz der Bäume, als tropfte Harz aus den Fellen der Mäuse

Seidenrohrsänger: Wer verblutet im Schatten seiner Augen? Ein Farn? Eine Nuß? Ein Liebespaar? Jene unförmige Frau in schwarzen Kleidern, die aus Sehnsucht zu fliegen wünscht?

Wendehals: Es schläft die Klavierfabrik, es schläft die Sesselfabrik... oder ist es das Sägewerk und die Schule?

Nachtigall: Unter der Erde schlafen noch die Pflanzen des nächsten Sommers

*Große Stille*

Heidelerche: Die schlummernden Menschen sehen nichts als das Blatt vor ihrem Gesicht

Seidenrohrsänger: Sehen nicht das nächtliche Himmelsmuster, das messerscharfe Gras, den tödlichen Schleier in den Brunnen

Nachtigall: Und nicht den Schnee auf den Äpfeln und die Herzen der Steine

*Morgendämmerung*

Drosselrohrsänger: Die verzerrte Perspektive des Erdballes unter meinen Schwingen dehnt sich aus wie eine schmerzlose Wunde

Gelbspötter: Ein Morgen der Ratten, ein Morgen der Katzen, ein Morgen der Kröpfe

Feldschwirl: Wer sieht nicht gerne den Strumpfbandgürtel der hübschen Schneiderstochter? Die Schnapsnase des Totengräbers? Die Zähne in den Kaffeeschalen? Die weißen Ziffernblätter der Weckeruhren?

Mönchsgrasmücke: Grüßend schließen die Engel ihre Flügel und verharren wie Erfrorene

Weidenlaubsänger: Die Milch der Löwenzähne aber –

Wintergoldhähnchen: Dampft als bitterer Morgennebel, als giftiges Quecksilber

Fliegenschnäpper: Und der Pfarrer flucht auf hebräisch, während er Preßwurst frühstückt

Amsel: Und der Mesner läutet mit dem Hintern das Tageslicht herunter

Rotkehlchen: Als schliefe der General nicht, gebettet auf Seidenraupen

Zaunkönig: Aber die Kinder? Aber die Kinder? Häuten sie sich nicht wie die Schlangen? Sammeln sie nicht Insekten? Pflücken sie nicht Pfirsiche? Sehen sie nicht doppelt?

Heckenbraunelle: Ruhe! Hört ihr nicht das mächtige Furzen des Gendarms, jenen verlorenen Donner des letzten Gewitters

Gartenrotschwanz: Und das Husten des Witwers, das klingt wie Gewehrschüsse

Schwalbe: Louises Blick ist weiß wie Kalk vor Einsamkeit

Feldlerche: Kann sein! Kann sein! Holzwurm, Faß und alter Wein! Ist nicht! Ist nicht! Wolke, Schnee und Sonnenlicht –

Baumpieper: Durchs offene Fenster seh ich den Bürgermeister mit seiner Frau in innigster Umarmung

Buchfink: Na und? Wir kennen keine Heimlichkeiten und fürchten weder Kompaß noch Magnetfeld

Girlitz: Und auch nicht die schwere Brust der Pfarrersköchin und den schwitzenden Bäcker in der Stube

Nonnenmeise: Hört doch die Musik der Sonne und der Wolken!

Goldammer: Erfrischend der Duft von Kuhscheiße und Jauche

Hänfling: Abgeleckt, abgeschleckt von Luftzungen
Ortolan: Diese schwarze Pest des Morgens, glattfrisiert die Wiesen vom Tau, babylonischer Bildersturz
Rohrammer: Sind sie Ausländer? Laufbursche? Sie befleißigen sich eines Jargons, der an alte Eier gemahnt
Neuntöter: Schon weht die bestickte Flagge der schlechten Laune
Star: Los! Sammeln wir die bernsteinfarbenen Maiskörner, bevor man uns in den Wind jagt
Kuckuck: Und setzen wir unsere Kinder in den goldenen Altären aus
Wiedehopf: Immer dieses Gejammere von alten Weibern in Morgenmänteln und Lockenwicklern, wenn der Tag anbricht
Wendehalsspecht: Meinen Sie mich? Meinen Sie mich? Die ganze Flora fühlt sich betroffen
Ziegenmelker: Seht den General, der in Hemdsärmeln ein Bad nimmt und die gläsernen Stöpsel der Parfums öffnet!
Nußhäher: Wovon sprecht Ihr? Vom Fett der Sterne? Von den krächzenden Narzissen? Vom Gockel, den die Biene sticht? Von Sizilien? Dem Liebestrank? Ach, es ist gleichgültig, daß die Schwalbe ihren Regenmantel vergessen hat, daß der Hunger mit mir spielt wie ein Jongleur, flotte Weine auf den Stöcken wachsen und der Sohn des Wanderknechts Schulterblätter hat wie ein Eichhörnchen. Was kümmert mich das Zirkuszelt, dieses kranke Schiff, dieses Käferpanzerchen? Ich wohne in der Luft, die Erde ist mein Feuer, der Durst ein verschluckter Fisch, der nach Wasser schnappt. Bataillone von Menschen wimmeln auf den Feldern und grasen die Erde ab, von einem Schluchzen geschüttelt, das einen zum Schielen bringt.

## Gegenfelder

Nicht nur meinen Vater, sondern (in letzter Zeit) auch mich zieht das Mikroskop mit den schwarzen Holzkästen, in die die Präparate geordnet sind, an, so daß wir uns, wenn wir Zeit haben, wortlos beeilen, der erste zu sein, der seinen Blick auf vergrößerte Wasserorganismen, Blumenstengel, Haare, Blutkörperchen oder Kieselalgen wirft. Ich leide unter dem Zwang, jeweils alle Glasplättchen eines der Holzkästen anzusehen, ohne meine Tätigkeit zu unterbrechen oder meinen Vater einen Blick auf die Bilder werfen zu lassen, um sodann erschöpft aufzustehen und das Zimmer zu verlassen, während mein Vater ähnlich wie beim Zeitunglesen, wo er mir nach Verwunderungsrufen oder Gelächter alle Artikel laut vorliest, die sein Interesse erweckt haben, bei jedem neuen Präparat, das er betrachtet, mich auffordert, es ebenfalls anzuschauen. Entzückt von der Formenwelt hat er begonnen, die Erscheinungen auf dem Papier festzuhalten und ihre Einzelheiten zu Landschaften zusammenzufügen. Gräser aus Fledermaushaaren, blühende Tulpen, deren Kelche die Schuppen von Schwärmern sind; Menschen, die Blattfußkrebsen und Wasserflöhen gleichen, führen darin Hunde spazieren, die aussehen wie Rädertiere, von Bäumen aus mikroskopisch winzigen Zieralgen schlängeln sich die Pythonleiber der Fadenwürmer. Ich dringe in dieses Reich der Stille und der spitzen, winzigen Geigentöne ein, und verliere mich in der Vielfalt des Unähnlichen. Selbstverständlich entdecke auch ich die Ähnlichkeit zwischen rotgefärbten Zecken und einem krebsähnlichen Tier, das gleichsam als chinesische Luftkrabbe in einem für uns unsichtbaren Meer mikroskopische Insektenfische fängt (für die es wiederum ein Ungeheuer ist, das tödlichen Schrecken verbreitet), doch starre ich mit noch größerer Aufmerksamkeit und Anregung auf das feine und durchsichtige Netzwerk eines Eibenblattes, quergeschnitten und durch die Färbung mit einem roten Rand umgeben, oder den Querschnitt einer Kiefernnadel mit der unendlichen Verschlingung und Feinheit von blauen Ornamenten, die an ein unentdecktes Blumenfeld denken lassen (ohne es im Entferntesten zu sein), über welches ich aber Macht habe, wie ein für es rätselhafter Gott. Weshalb verharrt mein Auge nur so lange über den blau- und gelbgefärbten Zellen eines Stechpalmenblattes, als blickte es in den Querschnitt eines Erdballes, der sich willig vor ihm öffnet, um ihm etwas von der Berührung eines Engels zu zeigen? Und immer mehr zieht mich diese unähnliche, diese vollständig andere, durch Worte nicht zu bestimmende Welt an, von der ich nur mitteilen kann, was sie in mir auslöst. Zumeist schaue ich von einem unerklärlichen Zwang gelenkt auf die Beschriftung des Präparates (in Wirklichkeit aber kümmert es mich nicht, ob ich den Querschnitt durch die Haut eines Krallenfrosches oder den Dünndarm einer Maus vor mir habe oder ob es der mit Alcianblau gefärbte Pollen einer Lilie ist, der mich anstarrt wie ein Gesicht, ein grünes, gelbumrandetes Körperchen, in dem sich zwei geheimnisvolle blaue Flecken befinden, von denen ich erfahre, daß es sich um den generativen und den vegetativen Kern handelt, als würde diese Erklärung auch nur das geringste besagen. Vielmehr, denke ich, handelt es sich um die Gedanken und Ideen von Vorfahren, um die feinsten und hellsten Splitter ihrer Seelen, in denen das zukünftige Leben flimmert und das Vergangene zu Kristall erstarrt ist. So bewege ich mich – wenn ich durch das Mikroskop schaue – in Wirklichkeit nicht in einer unbekannten Landschaft, sondern betrachte die Hieroglyphen versunkener Geschichten, angestrengt bemüht, sie eines Tages zu entziffern.)

## Die Schilderung des Freundes (Fortsetzung)

Wie ertappt setzte mein Onkel das Gewehr wieder zusammen. Als er den Waffenschrank verschloß, trat meine Tante in das Haus und umarmte mich abermals, wobei sie in Tränen ausbrach und ihren Kopf gegen meine Brust drückte. Da ich nichts empfand, zählte ich die Steinplatten des Vorhausbodens, bis mir die Sinnlosigkeit meines Tuns zu Bewußtsein kam und ich mich sanft befreite. Meine Tante aber trat nochmals in das Zimmer, in dem mein Vater aufgebahrt lag, worauf mir nichts anderes übrigblieb, als ihr zu folgen. Wir setzten uns, und meine Tante preßte ihr Taschentuch vor das Gesicht, denn eine neuerliche, heftige Rührung überkam sie. Ich atmete vorsichtig durch die Nase, stellte jedoch erleichtert fest, daß es nur nach dem Haus roch wie immer. Und als ob meine Tante ihre Untätigkeit nicht ertragen konnte, stand sie auf und fing an, meinem Vater die Schuhe anzuziehen. Sofort war ihr mein Onkel behilflich, allerdings hatte er sich nur rasch erhoben und wartete gebückt, als sei er jederzeit bereit, einen Handgriff zu machen, bis meine Tante fertig war. Es machte auf mich einen merkwürdigen Eindruck, meinen Vater mit geschlossenen Augen liegen und, einen Strauß Primeln in den Händen, widerspruchslos das Schuheanziehen über sich ergehen lassen zu sehen. Plötzlich beruhigt, als hätte sie das Anziehen der Schuhe vom Gefühl des Schmerzes befreit, hörte meine Tante auf zu weinen (ich mußte an ein gezüchtigtes Kind denken, das von einem Augenblick auf den anderen darauf vergißt). Auch stieß sie ein Stöhnen aus sowie einen kleinen Seufzer, die aber wie Geräusche des Behagens klangen. Das Summen der Bienen im Freien war nun deutlich zu vernehmen, und als ich das Gesicht meines Vaters lange genug betrachtet hatte, schien es mir so lebendig, daß ich mich nicht gewundert hätte, wenn er angefangen hätte zu sprechen. Zu meiner Überraschung bemerkte ich, wie ich mich von einer Minute auf die andere daran gewöhnte, den Blick nicht von meinem Vater zu nehmen und darauf zu warten, was geschehen würde (denn die Müdigkeit, die sich eingestellt hatte, ließ mich jetzt eine wohlige Gleichgültigkeit empfinden).

## Der Bahnhof

Obwohl schwerkrank und nicht mehr fähig, das Bett zu verlassen, wird die einzige noch lebende Augenzeugin der Einweihung unseres Bahnhofes nicht müde, über die damaligen Ereignisse zu sprechen. Soweit man ihren Worten Glauben schenken darf, kam die erste und sehnlich erwartete Eisenbahn mit der Verspätung von über einem halben Jahr an unserem Bahnhof an, nachdem nahezu täglich der Bürgermeister mit der Musikkapelle, dem Schulchor, dem Lehrer und dem Pfarrer am Bahnsteig Aufstellung genommen und auf den Zug gewartet haben sollen. Verschiedene Gerüchte haben damals begreiflicherweise Unruhe unter der Bevölkerung erzeugt. Hieß es anfangs, der Graf und hohe Beamtenschaft erschienen als Ehrengäste, wurden schließlich Vermutungen angestellt, der Thronfolger und einige Minister gäben sich die Ehre, schließlich wurde sogar steif und fest behauptet – und wer zu widersprechen wagte, wurde verlacht und sogar beschimpft –, der Kaiser erschiene selbst mit seinem Gefolge. Es verging aus diesem Grund kaum ein Tag, an dem nicht, neben der erwähnten Abordnung, auch zahlreiche Schaulustige auf dem Bahnhofsgelände erschienen. Da es Winter geworden war, stapften die Musikanten mit ihren Instrumenten aus allen Windrichtungen heran, nahmen im Schnee Aufstellung, übten die vorgesehenen Musikstücke (Hüte auf dem Kopf und gewärmt von langen Mänteln) und die Schüler, Kränze aus Immergrün im Haar, sangen mit hellen Stimmen die Begrüßungslieder in die eisigkalte Luft, während der lungenkranke Lehrer im Zylinder heimlich Blut in das Taschentuch spie. Der Pfarrer aber murmelte lateinische Gebete und klopfte sich mit dem Weihwasserpinsel nervös auf das Knie. Es ist überflüssig zu sagen, daß niemand den anderen wahrnahm. Jeder war abgekapselt in seine Vorstellung vom Eintreffen des Kaisers, nicht zu vergessen die Veteranen, die mit künstlichen Armen und Beinen oder amputiert bis zum Unterleib auf Fuhrwerke im Schnee warteten, ohne die Habtachtstellung für eine Minute aufzugeben. Bisweilen erschienen auch die Feuerwehren der Umgebung mit blitzenden Helmen und betranken sich mit gewässertem weißen Wein, gebackene Karpfen aus Zeitungspapieren jausend. Der Bürgermeister, der sich zum festlichen Anlaß einen schwarzen Anzug mit kaisergelber Weste hatte schneidern lassen, wuchs, wie jedes Jahr im Winter, aus seiner Kleidung und trug Hose und Weste nur noch geöffnet, während der Schweiß ihm trotz der Kälte anfangs auf der Stirne stand. Mit Fortdauer des Wartens jedoch begann er zu frieren, Eiszapfen hingen in seinem Schnurrbart, und seine Arme zitterten. Der Kirchenwirt aber hielt alle Tische im Ballsaal gedeckt und aß Woche um Woche mit den Gemeindearmen die Hühner und Schweinsbraten, Mehlspeisen und Kekse, die er für die hohen Gäste täglich zubereitete. Die Zahl der Schaulustigen indessen nahm mit einsetzendem Winter zu – hatten anfangs nur die Alten Zeit gefunden, den Tag über gaffend auf dem Bahnhof zu verbringen, so sammelten sich jetzt auch die Jungen, in der Hoffnung, den Kaiser zu sehen. An einem nebeligen Dezembernachmittag, die Musikkapelle hatte den ganzen Tag über die Landeshymne geübt, so daß Eisgebilde aus den Blasinstrumenten hingen, die kleinen, gefrorenen Wasserfällen ähnelten, die fiebrigen Schulkinder hatten wie in Trance mit sich auflösenden Immergrünkränzen ihre Lieder gesungen, und die Veteranen waren steif gefroren vom Salutieren (so berichtet die greise Augenzeugin, die damals im Schulchor sang), ertönte in der Ferne ein schriller Pfiff, der die Anwesenden vor Schreck erstarren ließ. Niemand bewegte sich, keiner gab auch nur einen Laut von sich. Der Pfarrer, der, wie man behauptet hat, hinter dem Lagerschuppen seine Notdurft verrichtete, sei der einzige gewesen, der die Ereignisse nicht gesehen habe, weshalb er, wohl auch um seine Obrigkeitstreue zu unterstreichen, die Schilderungen anzweifelte und sich weigerte, dem Wunsch der Dorfbewohner nach Eingaben an die Behörden zu entsprechen. Der General wiederum sei nie auch nur erschienen, um sich zu vergewissern, was auf dem Bahnhof vor sich gehe, aus diesem Grund wurde angenommen, daß er von dem folgenden unterrichtet war. Der Lehrer wiederum verstarb alsbald, und der Bürgermeister hatte keine andere Wahl, als den Vorfall zu billigen und zu verteidigen. Kurze Zeit, nachdem der Pfiff ertönt war, erschien eine Lokomotive mit einer langen Kette von Waggons und fuhr in den Bahnhof ein, wo sie wie ein gestrandeter Walfisch dalag, dampfend und fauchend, so daß jedermann, so behauptet die Augenzeugin, sich am liebsten vor Angst verkrochen hätte. Da wurden die Türen der Waggons aufgerissen, und Soldaten mit aufgepflanzten Bajonetten stürmten heraus, trieben alle jungen und jüngeren Männer zusammen und zwangen sie, in die Eisenbahnwagen zu steigen. Währenddessen verlas ein Beamter mit Melone und Zwicker eine Proklamation, daß alle wehrtauglichen Männer zum Militärdienst eingezogen würden und daß jedermann, der Widerstand leistete, standrechtlich erschossen würde. (Nachdem der letzte Mann in den Zug gestoßen worden war, schwang er sich auf ein Trittbrett und gab das Zeichen zur Abfahrt.) Die Verwirrung – fährt die Augenzeugin, von der eigenen Erinnerung übermannt, weinend fort – sei, nachdem der Zug im Nebel verschwunden sei, entsprechend groß gewesen. Die Schulkinder seien schreiend auseinandergelaufen oder in Ohnmacht gefallen, sie selbst jedoch sei, bis ihre Mutter sie an der Hand genommen habe, wie auch die meisten anderen unbeweglich dagestanden (einige Frauen hätten Steine geworfen, andere sich im Warteraum versteckt, der Rest der Musikkapelle habe im allgemeinen Durcheinander begonnen, die Landeshymne zu spielen, die übrigen hätten Flüche und Beschimpfungen ausgestoßen, der Lehrer hätte Blut gehustet, und der Pfarrer sei laut betend hinter dem Lagerschuppen hervorgekommen). Nur die Veteranen hätten kopfnickend, als hätten sie verstanden, was vorgefallen sei, die Fahne eingerollt. Am nächsten Tag, so beendet die einzige lebende Augenzeugin ihren Bericht, sei der Krieg ausgebrochen.

## Aufzeichnungen über den Schullehrer

Mit dem Schullehrer spreche ich so gut wie nie. Und doch*

Dieses Wörterbuch hat er in ein schwarzes Heft geschrieben. Was zunächst nur als Rechtschreibhilfe für seine Schüler gedacht war, entwickelte sich langsam zu einem Lexikon, das zu allem Überfluß auch noch mit Zeichnungen ausgestattet ist.

Wer ist er? Singt er, so hat man den Eindruck, er gibt Begeisterung nur vor, schaut man ihm beim Essen zu, kann man sich nicht vorstellen, daß es ihm schmeckt, und doch stößt er Schmatz- und Schnalzlaute aus und beteu-

* Hier fehlen einige Zeilen des Textes.

ert, kaum daß er angefangen hat, die Suppe zu löffeln, wie sehr ihm die Speisen munden. Weder, wenn man ihm beim Beten in der Kirche zuschaut, noch bei einem Begräbnis oder einer Hochzeit wird man den Eindruck des Heuchelns los. Seine Höflichkeit ist automatisch. Ist er wütend, vermeint man zu verspüren, daß er zu einer vorgespielten Wut nur Zuflucht nimmt. Ich denke, wäre er ein Apfel oder eine Zwetschge, wäre er nie zur Frucht herangereift, sondern schon im winzigsten Stadium auf dem Zweig verkümmert oder ins Gras gefallen. Den Menschen, den der Lehrer vorgibt zu sein, gibt es nicht.

Vor allem hat man das Gefühl, daß er durch und durch feige ist. Man sagt, daß das der Grund ist, weshalb er nie eine Frau geliebt hat. (Wie wichtig muß er sich nehmen, wenn er aus Angst, abgewiesen zu werden, es vorzieht, allein zu bleiben.)

Sein Haar ist kurz geschnitten. Brille trägt er keine. Das Gesicht ist trotz der Hunderten winzigen Falten das eines Kindes geblieben. Er hat kleine Hände und Füße, so klein, daß sie nicht zu seinem Körper passen, allein diese Diskrepanz macht einen jeden, der mit ihm bekannt wird, zu Recht mißtrauisch. Wenn er spricht, lächelt er, egal, ob er etwas ernst meint oder nicht, doch ist es keine asiatische Höflichkeit, sondern Untertänigkeit. (Sicher wäre er entrüstet, wenn er erfahren würde, wie man sein fortgesetztes Lächeln auslegt.) Gekleidet ist er ordentlich, doch immer in der vergangenen Mode. Sein Mantel ist um drei oder vier Jahre zu kurz, die Hose um dieselbe Zeit zu weit, vom Schnitt seiner Jacke gar nicht zu reden.

Daß er sich mit Hypnose befaßt, erfuhren wir zum erstenmal von den Schulkindern. An einem heißen Septembertag hypnotisierte er eine Kröte im Klassenzimmer und brachte sie auf diese Weise zum Miauen.

Die Erkrankung des Lehrers ist folgende: Unter seiner linken Brustwarze wächst ein Mensch aus ihm, der, wie die Frau des Gemeindearztes erklärt, ein parasitärer Zwilling ist. Dieser ist schon seit der Geburt des Lehrers vorhanden gewesen, und zwar besteht er nur aus Armen und Beinen. Die beiden Körper haben jedoch eine getrennte Blutzirkulation, und auch die Arme und Beine des Parasiten können sich selbständig bewegen.

Am liebsten liest er deutsche Philosophen, besonders Schopenhauer, aber auch Nietzsche und Kant. Häufig zitiert er aus ihren Schriften.

Zu unserer Überraschung wechselte er mit dem Chinesen des Zirkus einige Sätze in dessen Landessprache.

Vor allem beschäftigt er sich mit seiner Insektensammlung und dem Phänomen des Echos, das er mit selbstgebauten Apparaturen untersucht, hölzernen Kästchen, die er in Anwesenheit eines Dorfbewohners nicht öffnet. Auch hat es ihn mit diesen Kästchen bis auf den Gipfel des Gletschers verschlagen, worüber er eines Tages in einer Schrift berichten will.

Auf seinen zahlreichen Wanderungen, die er unternimmt, um Insekten zu fangen, traf er Menschen, die ansonsten so gut wie vergessen sind, so entlegen hausen sie. Ihre Ähnlichkeit, berichtete er, mit Hunden sei groß; er habe immer darauf gewartet, sie anstatt sprechen plötzlich bellen zu hören.

Wie uns der Lehrer versichert, ist das Echo auf dem Gletscher am stärksten. Sehe man sich nicht vor, könne man dort, weil sich jeder Laut hundertfach wiederhole (jedes Husten, jedes Lachen, jedes Trittgeräusch, jeder keuchende Atemzug), den Verstand verlieren.

Ein Teil der Dorfbewohner möchte unter allen Umständen den parasitären Zwilling des Schullehrers sehen, der andere Teil *fürchtet* sich davor, ihn eines Tages zu Gesicht zu bekommen.

Von seinem Wörterbuch hat er eigenhändig mehrere Exemplare hergestellt, welche er im Unterricht verwendet. Auch ein Vorwort hat er dazu verfaßt, in dem er betont, daß

Immer hat man den Eindruck, daß seine Ansichten nicht seine eigenen sind. Er kennt den Namen jeder Pflanze, die Lebensweise jedes Tieres, doch er weiß nichts.

Nicht einmal seine Krawatte bindet er selbst, er trägt sie immer schon zu einem Knoten geflochten an einem Gummiband.

Wenn der Schullehrer in einem Jahr die Altersgrenze erreicht haben wird, wird er unser Dorf verlassen. Weiter betont er, daß er nicht die Absicht habe, uns dann jemals einen Besuch abzustatten. »Ich werde das Leben hier so schnell als möglich vergessen«, schließt er, »denn es gibt nirgendwo Menschen, die so schnell vergessen wie ihr.«

Ist er ein Mensch oder doch vielleicht zwei? Jedenfalls hat ihm der Zwilling, den er so sorgsam vor uns versteckt, das Leben gerettet, als der Schullehrer gegen Ende des Krieges in die Hände des Feindes fiel und sich als Bauchredner ausgab. Zum Beweis ließ er seinen kopflosen Zwillingsbruder auf seinem Unterarm Platz nehmen, was allgemein großes Staunen hervorgerufen haben soll

## Die Drohnenschlacht vor dem Winter

Wenn wir die Auffassung vertreten, daß erst ein ganzer Bienenschwarm ein Tier zusammensetzt, ein Tier aus fliegenden Zellen also, ist die Behauptung, bei der sogenannten »Drohnenschlacht« im August töteten die weiblichen Bienen die männlichen, nicht aufrechtzuerhalten. Man könnte diesen Vorgang aber als eine Art Mauser bezeichnen: Der Bien bereitet sich auf den Winter(schlaf) vor. Abgesehen davon ist die Bezeichnung Drohnenschlacht grundsätzlich falsch. Die männliche Biene, die Drohne, ist nämlich nicht in der Lage, sich zu wehren, da sie keinen Stachel besitzt. Ihre ganze Existenz ist, soweit diese Angelegenheit erforscht scheint, darauf ausgerichtet, die jungfräuliche Bienenkönigin auf ihrem Hochzeitsflug zu besamen, wofür die Drohne letztlich mit ihrem Leben bezahlt.
(An und für sich ein Widerspruch, denn auch der Tod einer Drohne bei der Besamung ist ja nur der Tod einer einzelnen Bienenzelle, ist nicht mehr als ein Haar, das vom Kopf fällt.) Die Drohne beteiligt sich nicht am Einsammeln der Nahrung, der Reinigung des Magazins, der Pflege der Brut – im Gegenteil, sie wird von den Arbeiterinnen den ganzen Sommer über gefüttert. Andererseits fehlt es ihr nicht nur am Sammeltrieb, sondern auch an den dafür notwendigen Organen, und auch ihr Gehirn ist kleiner als das der Königin oder einer Arbeiterin. Obwohl die Königin nicht allzuviele Drohnen zur Begattung braucht, gibt es Hunderte und Aberhunderte Drohnen, eine wahrhaft verschwenderische Überfülle. Diese Drohnen werden sogar in fremden Stöcken aufgenommen und gefüttert, solange es noch Schwärme gibt, aber wenn die Blumen im Sommer spärlicher Nektar abgeben und die Königinnen besamt sind, ändert sich das Verhalten ihnen gegenüber: Man verjagt sie, wo man sie im Magazin

antrifft. Die Gegenwehr der Drohnen ist ein störrisches Stemmen gegen das Hinauszerren. Die Kiefer der Arbeitsbienen packen sie an den Beinen und Fühlern, werfen sie hinaus und beginnen sie, sobald die Drohnen zurückkehren (denn sie sind außerhalb der Stöcke dem Verhungern preisgegeben), mit Bissen und Stichen zu empfangen. Diese Verletzungen nehmen die Drohnen wehrlos hin. (Alles, so muß wohl betont werden, ist zum besseren Verständnis aus einer Sicht geschrieben, als wären die Drohnen und Arbeitsbienen doch selbständige Wesen, mit einem eigenen Schicksal.) Es wäre nicht angebracht, für die Ereignisse das Wort Grausamkeit zu verwenden, denn für den Bien geht es um das Überleben. Er ist sozusagen kleiner geworden. Bestand er noch im Mai aus etwa 70 000 Zellen, so wird er im Oktober, wenn die letzte Brut geschlüpft ist, nur noch aus 15 000 bestehen, die sich zu einer Traube ineinanderhaken und in der kalten Zeit wärmen. Der Vorrat ist beschränkt. Wie ein schwerfälliges Tier wandert die Traube über die Waben, der Boden ist bedeckt mit Wachsdeckelchen und toten Bienen. Sogar die Drohnenbrut ist im August, zur Zeit der Drohnenschlacht, aus den Brutzellen gerissen und von den Arbeiterinnen ausgesaugt worden, die Puppenhemden lagen als weiße Reste vor dem Stock. Dieser Prozeß der Ausstoßung und Vernichtung geht über Tage (sogar Wochen). Vögel und Igel tragen die Geschwächten und Verhungerten und die Überreste mit sich.

## Doppelleben

Mit geschlossenen Augen dazuliegen und mich den Gedankenströmen zu überlassen, Worten, die wie Leuchtkäfer auftauchen und Zirkuskunststücke machen. Ist der Traum flüssig? Schüttle ich beim Erwachen meinen Körper, wie ein Hund das Wasser aus dem Fell beutelt? Jedenfalls bin ich naß wie ein Teller Suppe, wenn ich erwache, von den Träumen, die ich noch als Silhouetten erkennen kann. Und, schüttle ich sie nicht ab, hockt in meinem Zimmer ein Stuhlhund, ein Pfiff ertönt, und Regen fällt leise auf die Weingärten an der Wand, welche in einem stillen, fast statischen Feuer brennen. Im Halbschlaf begegne ich einem Menschen, etwa vierzig Jahre, bärtig, nicht dick, aber doch mit einem Bauch ausgestattet, das fleischige Gesicht schwankt im Ausdruck zwischen Ironie und Empörung, seine raschen, kleinen Augen mustern mich unentwegt. Was auch immer ich denke, vorhabe, weiß dieser Mensch. Zunächst *ahne* ich nur seine Fähigkeiten, seine Lippen bewegen sich stumm, als lese er, aber er ist, das läßt er deutlich erkennen, bereit für ein Gelächter. Da ich mich nicht bewegen kann, bin ich gezwungen, ihn weiter anzusehen. Es ist nicht bloß seine Fähigkeit, Gedanken zu lesen, die mich erschreckt, sondern mehr noch das Wissen, daß er mich durchschaut. Wir stehen einander gegenüber, Wind zerzaust unser Haar. Das Gras unter unseren Füßen ist der Jahreszeit entsprechend verkümmert, Nebel steigen aus den Gräben, aus denen wir die Dorfbewohner bei einer Prozession singen hören. Gleichzeitig aber habe ich das Gefühl, auf etwas Lebendigem zu stehen, etwas, das durchblutet ist und elastisch. Um nicht durchschaut zu werden, bemühe ich mich, nicht zu denken, aber, ohne daß ich es will, bilden sich die Gedanken in meinem Kopf, und gerade weil ich den Vorsatz gefaßt habe, nicht zu denken, denke ich jetzt auf eine rasende, fiebrige Weise. Ich wünsche mir, eine Schlange zu sein, um mich in der Erde verkriechen zu können, da sagt der andere auch schon mit schneidendem Lachen: Eine Schlange! Nein, ein Vogel, denke ich und versuche, angestrengt zu fliegen, aber ich bin wie angewachsen an der Erde, nicht einmal springen könnte ich, nicht einmal einen Schritt machen, da sagt der andere auch schon mit höhnischem Grinsen: Fliegen! – Und während ich noch gelähmt bin von seiner Macht, während ich das niederschmetternde, mit nichts zu vergleichende Gefühl des Ausgeliefertseins empfinde, wird mir bewußt, daß meine Demütigung nicht darin besteht, daß er meine Gedanken lesen kann, sondern daß er mein tiefstes Inneres erkennt, daß ihm meine geheimsten Befürchtungen und Wünsche, die ich niemandem offenbare und von denen ich annahm, daß ich sie sorgsam hütete, geläufig sind, ja noch mehr, daß er mich an Nebensächlichkeiten durchschaut, die mir nicht einmal bewußt sind, daß jedes meiner Wörter, jede meiner Gesten mich verraten. Kratze ich mich am Kopf, wüßte er, daß ich lüge, dabei weiß ich nicht einmal selbst, daß ich meinen Kopf kratze, sobald ich lüge; er kennt alle meine Verstellungen, weiß, welchen Eindruck ich zu machen wünsche, was ich bezwecke, wenn ich etwas unternehme, er kennt jede Nebenabsicht, die mit meinen Handlungen zusammenhängt, kurz, in seinen Augen bin ich der niedrigste und lächerlichste Mensch, nicht nur wegen meines geheimen, versteckten Lebens, sondern vor allem wegen der – wie es ihm vorkommen muß – Plumpheit, mit der ich mich als jemand anderer hinstellen will. Und, ohne daß ich viel darüber nachdenken müßte, gebe ich ihm recht, denn nun, da ich ihm gegenüberstehe, sehe ich mit einem Schlag selbst, wie ungeschickt ich in meiner Verstellung bin (und das ungeschickteste von allem ist, daß ich mich überhaupt verstelle), aber das Verstellen überkommt mich wie ein Zwang, ich fühle förmlich, wie ich beginne, mich zu verstellen, und doch kann ich mich nicht dagegen wehren, ja, ich muß im Gegenteil die Verstellung noch verstärken, worauf sie derart theatralisch und unecht gerät, daß ich sofort Scham empfinde, ohne daß ich meinen Zustand beenden könnte. Nicht einmal zugeben könnte ich ihn. Ich will meinem Gegenüber vortäuschen, daß es mir nichts ausmache, von ihm durchschaut zu werden, allein mein Gesichtsausdruck muß mich verraten, obwohl ich mir noch nicht im klaren bin, was daran so verräterisch ist: vielleicht der Versuch, harmlos oder unbeteiligt auszusehen, vielleicht gerade der Ausdruck vorgespielter Interessiertheit oder einer unschuldigen Überraschung – das alles geht mir, wie gesagt, fiebrig, in rasendem Tempo durch den Kopf, da sagt der andere auch schon: Warum so viel Mühe? – Aber kann ich überhaupt etwas anderes tun, als mich zu verstellen! Gelingt es mir überhaupt, zum Beispiel nichts zu empfinden? Dieses Nichtempfinden ist augenblicklich mein größter Wunsch, denn eine innere Stimme sagt mir, daß ich gar nicht fähig bin, etwas zu erleben, ohne gleichzeitig eine Art zweites Miterleben zu haben, das mit Berechnung, Absicht, Begierde zu tun hat, gewissermaßen ein zweites niederträchtiges Leben zu führen, das wie in einer anderen Welt spielt. Das Beschämendste aber an meiner Vorstellung ist, daß ich nicht daran glauben kann, zu einer Erkenntnis gelangt zu sein, die etwas Allgemeines darstellt, sondern daß meine und nur meine Existenz diesen auffallenden Zug besitzt, ich also mit meiner Erscheinung sozusagen stellvertretend für meine Verstellung hafte, die personifizierte Zweigleisigkeit bin. Und wie einfältig war ich, das bis jetzt nicht zu wissen. Wie verblendet war ich anzunehmen, daß, wenn ich mich selbst hinter das Licht führen konnte, ich auch jemanden anderen zu täuschen in der Lage wäre. Nun aber – noch immer im Halbschlaf (und zu meiner Überraschung mich in meinem aufgezwungenen Gefühl der Selbsterkenntnis einem betäubenden Eindruck der Heimeligkeit hingebend) – sitze ich an einem blaugestrichenen Küchentisch auf einer Veranda und spüre das winterliche Morgenlicht in meinen Augen, das mich an die Stunden erinnert, in denen ich mir über die Sinnlosigkeit meines Lebens im klaren war. Nur ist, selbstverständlich, diese Veranda alles andere als Realität, mein Gegenüber aber der leibhaftige Richter. Ich zweifle nicht im geringsten an der tatsächlichen Anwesenheit dieses mir bis jetzt fremden Menschen, während der Ort vollkommen unwirklich ist. Und noch etwas ist unerbittlich und ausweglos: die Beharrlichkeit, mit der mich mein Gegenüber durchschaut, der Genuß, den er an meiner Schwäche, nein, meiner Winzigkeit empfindet, sein unverzeihendes Interesse daran. Schon vermeine ich, Haß zu empfinden, da sagt er bereits: »Gekränkte Eitelkeit«, und nimmt auf diese Weise meinen Empfindungen die Spitze, und selbstverständlich erscheint mir seine Bemerkung einleuchtend. Zur Ablenkung – ich weiß indessen, daß ich nicht den Versuch unternehmen kann, den Bärtigen darüber zu täuschen, daß ich ihn ablenken will, und nehme diese Schlappe, diese Niederlage von vornherein in Kauf, nur um meine quälende Situation zu beenden – zur Ablenkung, wie gesagt, versuche ich eine harmlose Bemerkung zu machen, ernte aber nur höhnisches Gelächter. Und wieder bin ich wie festgewachsen, ich habe nicht die geringste Möglichkeit zu entkommen. Ich bin nicht in Gefahr, sondern ich befinde mich in größter, von allen Gefahren geradezu abgeschirmter Sicherheit, aber, was meine Zukunft betrifft, dem Wohlwollen meines Gegenübers ausgeliefert. Eine angelaufene Milchflasche steht auf dem Tisch, in einem Teller zergeht braun ein Teebeutel, so scheint es mir (dieser gebrauchte, noch nasse Teebeutel erinnert mich sofort auf das eindrücklichste an mich selbst), eine halbe, zerquetschte Zitrone (wieder ich selbst), Zigarettenstummel und Asche in einem gläsernen Behälter (detto) und (das wird mir erst jetzt klar, als ich mühsam den Kopf hebe) Speisereste in Tellern, die Nachricht von einer üppigen Mahlzeit geben, welche ich offensichtlich zu mir genommen habe. Und obwohl ich mich im Halbschlaf im Bett liegen spüre, weiß ich zweifelsfrei, daß ich gleichzeitig zumindest zwei Leben führe, allerdings nicht in diesem Sinn, in dem es mir mein Gegenüber klarmacht, sondern auf eine selbstverständliche, beiläufige Weise. Daß ich gleichzeitig, während ich hier bin, mich auch woanders aufhalte und dort in ein anderes Leben verstrickt bin (ein Gedanke, der mir häufig auf Reisen kommt, sobald ich an einem fremden, mir neuen Ort anlange, und dort, sei es durch eine oberflächliche Begegnung oder nur durch ein beliebiges Ereignis, wie die Unfreundlichkeit eines Kellners, augenblicklich das Bewußtsein habe, von Lebensvorgängen eingekreist zu sein, die im Grunde nichts mit mir zu tun haben, sich ohne mein Wissen oder meine Anwesenheit, unangetastet von meinem Befinden und Erfahren abspielen und doch etwas mit mir zu tun zu haben). Wenn ich dann meinen Finger mit der Gabel verletze und einen kleinen Blutstropfen sehe, nachdem ich den Stich verspürt habe, gerade dann habe ich den Eindruck, als lebte ich mein anderes oder eines meiner anderen Leben, von dem ich nur Kenntnis erhalte, wenn, wie jetzt, meine Vergeßlichkeit für Sekundenbruchteile zerreißt und das Erinnerte mich mit Argwohn erfüllt. »Das kann schon sein«, sagt mein Gegenüber jetzt, mit spöttischem Ernst, er läßt jedoch keinen Zweifel aufkommen, daß ihn meine Gedanken nicht überzeugt haben, wenngleich er mir so etwas wie Hoffnung schenkt, daß er doch gewillt sein könnte, mir zu glauben, geradeso, als könne er über die tatsächliche Wahrheit meiner Überlegungen urteilen. Und gleich einem Erwachsenen, der den Berichten eines Kindes lauscht, welches Wert darauf legt, daß man ihm glaubt, dessen Erzählungen aber andererseits wie Phantasien klingen, hört er mir zu. Als ich diese Beobachtung gemacht habe, lacht mein Gegenüber auch schon wieder. Er spielt mit mir Katz und Maus. Seit wie lange schon? Plötzlich weiß ich, daß ich ihn seit längerer Zeit kenne, eigentlich seit langem – aber woher? Wir sitzen vollständig allein auf dieser Veranda. Aber gleichzeitig liege ich noch immer in meinem Bett, wie eine versteckte Kakerlake in einer Maueritze, und sehe mich von dort aus mit dem Bärtigen am Tisch sitzen, auf der Veranda, unerkannt, unentdeckt in der Gewißheit, daß man mich in Ruhe läßt. Sofort spüre ich aber auch, daß ich nie mehr eine Frage stellen dürfte, daß mein ganzes Unglück nur von meinen Fragen kommt, von meinem tatsächlichen oder vorgespielten Interesse, und daß es mir in Wirklichkeit nicht um Tatsachen geht, sondern um die Vorstellungen, die ich mir von diesen mache. (Und dieses Maismehl auf den Dachböden, das in unserem Gebiet durch die Ritzen der Balken in alle Wohnräume sickert, dieses Maismehl rieselt auch jetzt als feiner Staub auf meinen Gegenüber und mich und entfernt mich in meine andere Existenz, die ich beim Erwachen dann augenblicklich vergesse.)

## Mein Herz

Der rote Krug im Abgrund des Schattens
Und Steine im Bienenmagazin
Das Gebiß der Hunde blecken die freundlichen Trauben
Die Wälder rauchen vom Kalk des Farnkrauts
Nirgendwo sind die Keller so giftig wie hier
Gespiegelt vom gewölbten Quecksilber

## Die Wolken

Die Spuren der Ochsen in den Ackerfurchen fallen in der Abenddämmerung als Regen in den Schlaf der Neugeborenen. Es ist das Föhngewölk des Feldspats, das die Felle der Tiere gelb färbt. Die fliegenden Fische knirschen in der Luft, Katzengold flimmert am Himmel, und das Kleid des Pfarrers reflektiert die Buntspechte im grellen Licht des letzten Jännertages. Schon wimmelt das Zirkuszelt von Mäusen und Kirchenwürmern, die Knechte streifen durch die Hühnerställe, und die Gäule werden mit rostigen Nägeln an den Türstöcken der Häuser befestigt. Der Wind kommt vom Toten Gebirge, er bringt die Samen der Schneeflocken mit sich. Niemand, der in die Kürbisfelder geflohen ist, klagt über den brennenden Mais, denn die Sonntagshemden erfüllen die Luft mit einem Knattern, als prasselten Haselnüsse auf die Dächer. Da und dort starrt ein Auge auf die Kaulquappen, die sich im Gewebe der Tischtücher tummeln, oder auf die Bienen in der Maserung des Holzes, der letzte Blick jedoch gehört den weinenden Schimmelpilzen in den Brotkörben. In den Öfen siedet das Salz der Winterfenster, das lehmige Wasser in den Pfützen bestimmt den Lauf der Gestirne. Hundert Tage pfeifen unterdessen die Ratten über jeden Fluch eines Kastanienbaumes, und die Wolken lösen sich zu Brunnenkästen auf, die an die Särge der Vorfahren gemahnen

## Die Jagd

Das feuchte Taschentuch fängt den Atem der Tiere
Keine Feder ist wärmer als der Winter
Das Blut der Hasen schlägt Wurzeln
Jeder Ruf findet sich im Gestein als Ader wieder
In die Bärte der Jäger legen die Kuckucke Eier
Das Haar der Füchse riecht nach Schnaps
Die Gewehrläufe läuten wie Ministranten
Ein Iltis

## Sprüche

Auch wenn draußen die Zweige verglast sind von Eis ist meine Zunge warm
Wer das Weinfaß berührt, kommt darin um

## Der verlorene Sommer

Heute ist alles getönt von der Farbe der Arbeit. Die Stille strömt aus dem Grundwasser und betäubt die Sperlinge über den Stoppelfeldern, so daß das Spielzeug der Kinder verlegt wird und das Sonnenlicht in den Küchen die Fliegen erschlägt. Hört ihr die Holzfäller auf den Dachböden? Die Stiefel sind gefüllt mit Äpfeln und Birnen, die Mägen der Krähen sind ein Ort, wo die Mäuse wohnen. Schweigend rosten die Speichen des Fahrrades in der Mostpresse, und die Hochzeitsanzüge zerfallen zu Staub, aus dem wir Kuchen backen. Die alten Fotografien in den Schuhschachteln und Tischläden seufzen wie kranke Lungen, zu lange verfolgen sie schon das Leben der Hüte, zu lange hören sie das Obst in die Wiese plumpsen und die gesalzenen Forellen auf den Schneidebrettern pfeifen. Als grünes Altartuch flattert der Tag am Schornstein (der die Form eines Pestwurzelblattes hat), aus den Dachziegeln aber sickert eine unhörbare Nachricht in die Körper der Menschen, die sie langsam zerstört. Vergessene Nähmaschinen, getrocknete Pilze, weggeworfene Obstkerne ruhen in den aufgelassenen Schweineställen, in den gemauerten Öfen knistert das Feuer der idiotischen Nachkommen. Früher war die Erde gesprungen, man vergrub die blutigen Monatsbinden und vergaß auf die Falten im Gesicht. Wilder Wein wuchs über die Körper der Hunde und trieb sie winselnd unter die Holundersträucher, wo eisernes Gerät von Schnecken besiedelt war. Das Stöhnen der kranken Dorfbewohner ließ die Tauben auffliegen und den Ruß hochwirbeln und die Elfenbeintasten des Klaviers im Heimatmuseum vergilben. Ein Pferd fiel vom Himmel, im Bergwerk aber klirrten die Minerale und das Verfärben der Blätter löste ein Geräusch aus, das an das Klappern von Porzellantellern erinnerte. Die Schlachter prüften die Schärfe der Messerklingen, bevor sie die Vögel mit Zwiebel füllten und Mohn in den Regen warfen, der bei Einfall der Dämmerung die Erde erzittern ließ, so fein, daß nur die Katzen es verspürten und erschrocken ins Freie sprangen. Die gläsernen Briefbeschwerer in den Fensternischen zeigten unterdessen Gebilde in ihren Bäuchen, von denen niemand eine Vorstellung hatte. Tag für Tag schnallte der Witwer Ranz die Prothese vom Bein, im Mai legte die Schlange Eier unter die Holzstöße, und niemand starb, wenn nicht die Zügenglocke läutete oder der Blitz in die Kirchturmuhr einschlug. Nun aber, da die staunenden Vögel wieder Apfelkerne werden und ihre schlagenden Herzen als Eiszapfen von den Regenrinnen hängen, dampft der nasse Mantel des Lehrers, weshalb man ihn für eine Erscheinung hält. Die von Maultrommeln schweren Bäume verstummen nicht, erst der Anblick der Äxte läßt sie schweigen, bis Schnee fällt.

## Die Schilderung des Freundes (Fortsetzung)

Über dem Bett meines Vaters hing die Fotografie mit dem groben, starren Gesicht meines Urgroßvaters, der, einen Hut auf dem Kopf, mit aufgezwirbeltem Schnurrbart und steifem, hohen Kragen inmitten einer Gruppe von Gleichaltrigen stand, die sich mit Blumengestecken an der Jacke und Sträußen und Bändern an den Hüten als Taugliche nach der Musterung zusammengestellt hatten. Jeder von ihnen hielt etwas für den Fotografen in der Hand: ein Musikinstrument, ein Huhn, einen Blumentopf, eine Katze, einen mit Bier gefüllten Krug, einen Brotwecken, seine Taschenuhr, eine Zigarre oder ein Werkzeug. Ich wußte nicht, welche Bedeutung die ausgewählten Dinge und Lebewesen hatten, nur soviel stand fest, daß niemand mehr von den Abgebildeten lebte. Und es war naheliegend, daß ich auch meinen Vater nun ihnen hinzurechnete, als sei er bloß in diese Fotografie hinübergewechselt. Nie hat jemand von meinen Verwandten etwas anderes über meinen Urgroßvater erzählt als Belangloses, zumeist brach das Gespräch ab, wenn die Rede auf meinen Urgroßvater kam, und doch habe ich seine Geschichte langsam erfahren. An jedem Freitag, erzählte mir meine Tante, wurden im Gasthof Schweine geschlachtet und die Schweinehälften anschließend in die Stadt gebracht. Zumeist sei der Großvater meines Onkels (mit einem Gewehr neben dem Sitz, denn der Wagen sei aus der Stadt kommend wegen des Geldes für die verkauften Schweinehälften mehrfach überfallen worden) selbst gefahren, weil er den Preis immer erst bei Abgabe der Ware habe aushandeln können. Einmal sei er, da alles schneller vonstatten gegangen und er überdies von einer Vorahnung und einer unbekannten Unruhe getrieben worden sei, früher zurückgekommen als sonst und habe seine Frau mit meinem Urgroßvater überrascht. Daraufhin habe er seine Frau erschossen, während er ihren Liebhaber verschont habe. Man verhaftete ihn, er habe jedoch nur eine geringe Strafe erhalten, denn »die Gerichte hätten damals noch mehr Verständnis für einen Mann in seiner Lage gehabt«. Kurze Zeit nach seiner Entlassung heiratete er eine andere Frau, die, wie man sagt, von seiner Entschlossenheit angezogen gewesen wäre. Erst seit die Schwester meines Vaters meinen Onkel geheiratet hat, besteht Verwandtschaft zwischen beiden Familien und damit Grund, nicht mehr darüber zu sprechen. Wir standen schweigend auf und gingen durch den frühlingshaften Gastgarten, um zu Mittag zu essen, und meine Tante hängte, als sei es Abend geworden, das weiße Tuch über den Käfig des Kanarienvogels.

## Verschiedene Ansichten

Immer wieder betont mein Vater die Genauigkeit oder Ungenauigkeit, die er in allem und jedem sieht, wobei für Genauigkeit: gut und Ungenauigkeit: schlecht steht. Alles, worauf er in der Natur stoße, behauptet er, sei von größter Genauigkeit: ob er mit einer erfrorenen Amsel nach Hause kommt und sie des langen und breiten in der Werkstatt betrachtet und zerschneidet und die sinnvolle Anordnung ihrer Organe bewundert, oder sich über eine Glockenblume beugt, eine Bienenwabe betrachtet oder einen Stein in die Luft wirft. Ich hingegen sehe in allem das Ungenaue, Pfützenhafte, sehe in allem nur Fragment und Unvollkommenes, ohne daß es mich stört. Erweckt etwas den Eindruck, genau zu sein, so ist es nur die Vortäuschung von Genauigkeit, im Grunde genommen nur ein Zwischenstadium, in dem jene gesuchte Genauigkeit aus der Erscheinung stärker hervortritt als die Ungenauigkeit, am besten mit einem Blitz vergleichbar. Nur der Tod, sage ich meinem Vater, täuscht für Momente eine völlige Genauigkeit, ja Übereinstimmung vor, nur Totes, doch sofort fängt jenes entgegengesetzt gerichtete Leben an, das Leben nach dem Nullpunkt gewissermaßen, in dem sich ein anderer Mechanismus in Bewegung setzt und diese Genauigkeit gründlich zerstört. Genauigkeit könne es nur dort geben, so fahre ich fort, wo tatsächlich die Zeit stehenbliebe, wo sie ausgelöscht sei, im übrigen herrsche nicht die platteste Kausalität, so verführerisch dieser Gedanke auch sei, schon in meinem Zimmer, schon außerhalb des Hauses, nein, schon in meinem Kopf herrsche nur Unordnung, Zusammenhanglosigkeit und Ungenauigkeit. Zur Genauigkeit und Ordnung, zu der Einsicht von Zusammenhängen müßte ich mich zwingen, müßte ich die größten Anstrengungen unternehmen, während ich sofort verstünde, daß es nicht nur Regen bedeute, wenn ein Wassertropfen über die Fensterscheibe laufe.

## Die Kirche

Es kommt kein Gesang aus der Kirche, nicht der Klang der Orgel oder das Gebet der Gläubigen. Zumeist hat es den Anschein, als verschwänden die Dorfbewohner mit ihren seidenen Fahnen und dem bestickten Himmel in ihr und kehrten niemals wieder zurück. Lange Zeit hindurch, das weiß man, war die Kirche der Eiskeller des Dorfes. Hinter dem Altar lagerten die Eisblöcke, die Jäger hängten ausgenommene Rehböcke, Hasen und Fasane an die Haken oder die Teichbesitzer stellten schwere Fässer mit lebenden Karpfen vor die Beichtstühle. Im Frühling sprießen alle Arten von Wiesenblumen zwischen den Ritzen der Steinplatten hervor und verfangen sich an Schuhbändern und -schnallen, und die Kirche riecht nach dem Salz und den Wacholderbeeren der Beize. Vom Erntedankfest her sind die Bilder und goldenen Figuren mit Weizen und Kürbissen geschmückt, mit Maiskolben, Äpfeln, Zwetschgen und Gemüse, welche in ein stummes Gebet versunken sind. Die Decke der Kirche ist bemalt und ist der Herbst des Gebäudes, während die Kirchenstühle der Sommer sind. Betreten die weißgekleideten Bräute die Kirche, muß das Geflügel des Pfarrers aus den Bänken entfernt werden, um Unglück abzuwenden. Statt dessen werden Kinderstrümpfe an einem Palmkätzchenzweig geschwungen und nach der Trauung feierlich verbrannt. In der Kirche selbst ist weder Feuer gestattet noch Rauch, hingegen steht man einsickerndem Hochwasser gleichgültig gegenüber; auch wenn es eine Zeitlang den Boden mit Schlamm bedeckt. Bei Hochwasser wurden im Gegenteil schon Messen gelesen, obwohl die Kinder bis zum Hals in den schmutzigen Fluten standen und zu ertrinken drohten.

# Kalender

## Jänner

In den kalten Schlafkammern sind Quallen auf die Wäschekästen gemalt, schwarze Käfer schlafen in Winterstarre unter den gebügelten Leintüchern, die den Lavendelduft der Seife angenommen haben. Die Krähen erfrieren unter dem Eisobst, und der Frostdruck zerquetscht die Frösche in den Sümpfen. Aus den nassen Flecken an den Mauern sickert die Verzweiflung der Alten in jedes Zimmer. Mit glimmenden Baumschwämmen weihen die Ministranten die Öfen, der Himmel ist abends eine tödliche Wunde, während er morgens von paradiesischem Licht dampft, das die Kälte, die in den Zähnen schmerzt, mildert. Die Blätter der Bäume strömen als warmes Gewässer unter den Weinbergen, als seien sie das Geäder eines anderen Weltkörpers, der nicht von Eis umklammert ist. Nachts wandern die Ratten über die Telegrafendrähte und fressen die Katzen auf den Dachböden, weiß bestäubt vom Mehl aus den Truhen. Kein Haus bleibt von den Geräuschen der Nager verschont. Nur noch der Geruch von Wasser liegt in der Luft, der Atem der Elstern weht als Aschenflocken über die Stoppelfelder. Die Knochen der Menschen sind schwer von einem fremden Metall, in den Augäpfeln stechen vergessene Nadeln. Die Mücken, die in den Maiskegeln und in Spalten und Ritzen der Häuser Schutz gesucht haben, sind Staubgefäße verblühter Pflanzen, die roten Traktoren Blutströpfchen in der weiten Landschaft. Wer träumte nicht von der Zukunft in dieser Nacht? In den Köpfen gärt es vom Denken der Marder und Füchse, die Jäger belauern die Fische in den zugefrorenen Karpfenteichen. Schlafen die Bienen in den Magazinen, zusammengeschmolzen zu einer Traube – *einen* Schlaf? Träumen sie *einen* Traum? Das Hacken eines Schnabels auf dem Holz, das Nagen einer

Maus, der von Zweigen fallende Schnee läßt sie aufschrecken und die unsichtbare Bedrohung fühlen. Der Jänner ist der finsterste Monat. Die Bäume sind zu Steinen geworden, die aufgeschnittenen Kürbisse zu Schädeldecken, die unter dem Schneetuch bleichen. Der Pfarrer sieht die farbig leuchtenden Kirchenfenster auf der Küchentür, wenn das Holz im Ofen knistert, im Schnapsdunst werden die Dorfbewohner zu Analphabeten. Das Blut der geschlachteten Schweine aber läßt die Ziegel wachsen, und die Weinranken, die die Häuser hochklettern, geben Klarinettentöne von sich, die man mit dem Spottruf des Nußhähers verwechselt. Stirbt im Jänner ein alter Mann, so überleben die Kinder den Sommer.

## Februar

Hinter dem beschlagenen Fenster starrt der General auf den Schneematsch und das schmutzige Weißgelb des Himmels, der durchzogen ist von grauen Flüssen. Essig tropft aus dem vergessenen Kommunionskleid im Schrank und gefriert zu Kristallen. Alle schlafenden Tiere dunsten in dichten Nebelschwaden. Die Schulkinder blättern noch immer in Naturgeschichte-Lehrbüchern, in der Ecke lehnt die rote Prozessionsflagge mit der Heiligen Maria, die vom Gebetsgemurmel vergangener Zeiten betäubt ist. Wer wagt es schon zu sprechen? Niemand deutet die Urinspuren im Schnee anders als ein Zeichen, daß die Singvögel kommen werden. Die Kufen der Schlitten sind klebrig geworden, und in den Stoppelfeldern schaufelt man den Schnee zu Haufen. Noch wachsen die Pflanzen in das Innere der Erde, angezogen von der Wärme der Lava, und die Eier der Insekten werden in endlosen Hochzeitszügen durch Maulwurfsgänge geschleppt. Der chinesische Seiltänzer des Wanderzirkusses lutscht unterdessen Eiszapfen, die er von den Dachrinnen pflückt, um seinen Durst zu stillen. Was weiß er vom Leben unter seinen Füßen? Die Dorfbewohner haben sich an den sauren Geruch der Kohle gewöhnt, deren Feuchtigkeit die Plastikplanen, die sie bedecken, mit Wasserdampf benetzt. Gibt es das Heimatmuseum des Bestatters noch oder ist es, da es niemand seit Beginn des Winters betreten hat, in eine andere Welt verschwunden, um erst mit dem Geräusch des aufsperrenden Schlüssels wie aus der Versunkenheit aufzutauchen? Der Gehilfe aber starrt auf die Straße und sieht die Tausenden von Milben und Wurzeln unter der Erde, ein Geflimmer, das ihn an den Sternenhimmel erinnert. Die violettspiegelnden Gartenkugeln liegen zwischen den Fensterscheiben neben Schnapsflaschen mit eingelegten Kirschen und nicht mehr benützten Gebetbüchern. Einmal im Jahr verkleiden sich die Männer als die Fremden, die sie hassen. Nun bleiben alle Uhren mit Fehlern stehen und warten darauf, daß man ihre Gehäuse öffnet. Die abgekapselten Sonnentierchen in den Sümpfen erscheinen als die Muster auf den Ofenkacheln und färben die Räume grün, jede Schneeflocke ist ein Staubkörnchen aus den gipsernen Flügeln der Engelsfiguren in der Kirche. Findet der Bäkker auf seiner täglichen Fahrt von Hof zu Hof ein Helikon, so weiß er, daß kalter Wind im Verzug ist. Die Haare der Katzen verändern sich mit der Farbe des Himmels, jeder, der an eine Blume denkt, entzündet eine Phosphorkerze und stellt sie vor das goldgerahmte Bild des Gefallenen. Doch die Gebete lösen sich in den dämmrigen Tagen auf, und das Warten auf den Frühling läßt uns die Eisenbahnschienen in der endlosen Ebene anstarren, die nie befahren werden.

## März

Die Trauerschleier in den Hutschachteln sind von Motten zerfressen. Sobald die erste Blüte gesehen wird, juckt den

Dorfbewohnern die Haut. Die Fässer des Kirchenwirts beginnen zu leuchten, als seien sie von Fäulnis befallen, und der Mesner fängt das Sonnenlicht mit dem Klingelbeutel, um das Evangelium sprechen zu lassen. Die Wolken sind schwer und aus den Lamellen der Giftpilze, so daß jeder sie fürchtet. Kommt jemand mit ihnen in Berührung, erstickt er und muß, da sein Gesicht grausam verzerrt ist, auf dem Bauch liegend aufgebahrt werden. Die Feuerwehrmänner gehen durch die angeschwollenen Bäche in der Hoffnung, ein treibendes Sofa an Land zu ziehen. Ohne sich um das schmutzige Wasser zu kümmern, sticht die alte Resch Hühner und wirft die Köpfe den Hunden vor, die vorübergehend farbenblind werden. Der erste Geruch ist der von Abfall und staubigem Maisstroh. Wenn die jungen Mädchen bluten, werden sie in die Nähkurse geschickt, wo die Frauen sie das Gebären lehren. Der Schlachter aber widmet sein Orgelspiel den fernen Eisbergen, und die Dorfbewohner öffnen bei Sonnenregen die Fenster, da die Blumenmuster an den Wänden anfangen zu duften. Die Märzstürme sind am gefürchtetsten, sie verfangen sich in den Dachstühlen und entwurzeln Bäume. Daher trägt jeder Bewohner, bevor er sich ins Freie wagt, eine Krähenfeder in der Tasche. Die Jäger fetten die Läufe mit Speck und meiden den eisigen Schatten des Waldes. Es ist der Monat des Witwers und der Neugeborenen. Letzte Fröste lassen die Adern auf den Schnapsnasen gefrieren, noch ist das Feuer in den Öfen flüssig. Die Schneeglöckchen werden eingesammelt und in den Höfen verbrannt, trifft jemand eine Kröte an, so fängt er sie augenblicklich und ersetzt sie durch einen Stein. Am letzten Sonntag des Monats wird eine Suppe aus Hahnenkämmen gekocht und zum Abend verzehrt. Die kranken Alten erstickt man sodann in den Kissen, die Särge werden mit Krokussen verziert. Nur die Hunde laufen hinter den Begräbnissen her und spiegeln sich in den Pfützen. Da und dort schiebt jemand einen Vorhang zur Seite. In den Geigen hat sich Mäusekot angesammelt, der sich mit zaghaften Tönen bemerkbar macht. Der Pfarrer findet Hühnereier in der Bibliothek.

## April

Die silbernen Orden der Veteranen verfärben sich schwarz. Im Regen läßt der Zirkusdirektor das Zelt aufstellen und die Krüppel Habt Acht stehen. Die Haare der Kinder sind voller Kartoffelkäfer. Sobald der erste Baum blüht, bringen sich die Dorfbewohner mit einer Feder zum Erbrechen, in den Gemüsegärten wehen Kalkwinde. Die Wolke mit Kupfersulfat dehnt sich im Fischteich aus und tötet die von Bauchwassersucht befallenen Karpfen. Um diese Zeit sieht der Himmel krank aus. Die Erde ist noch im Schlaf versunken, es ist, als erwachte sie nur mit dem ersten Gewitter. Man tanzt um die gefangene Eidechse und pfählt sie dann, auch malt man sich Veilchen auf die Stirn. Aus den Bodendielen sickert Harz, Figuren aus Wachs werden gelb gestrichen und auf die schwerfälligen Äcker gestellt. Ein bitteres Aroma tränkt die Luft und läßt die Dorfbewohner die Fenster rascher schließen. In den Ställen stürzen die Pferde nieder, bis man sie mit Arsen stärkt, die Porzellanschüsseln in den Kredenzen verbreiten den Geruch von Lysol. Das Ende ist jetzt für den prachtvollen Pfau der Pfarrersköchin gekommen, mit geblähtem Hals liegt er vor der Kirche, nur die Füße zucken noch eine Weile. In den Häusern beginnen die Holzwürmer zu klagen, aus den Matratzen verdunstet die Feuchtigkeit des Winters. Keiner darf sich mehr an die Vergangenheit erinnern. Die Stämme der Bäume sind von grauen, eisblumenhaften Flechten bewachsen, an den Wänden der Schlafkammern wuchern Algen, Grillen zirpen in den Mostfässern, um eine drohende Gefahr anzukündigen. Nun ist es an der Zeit, sich die Bärte aus Hundefell zu rasieren und die Stieglitze zu fangen. Häufig verirren sich Bewohner in den Wäldern, die Nächte sind noch kalt. Erfrieren Kinder, werden sie in weißen Truhen bestattet, in die man zur Aufbahrung kleine Fenster schneidet (worauf sie aussehen wie Krieger in hölzernen Mänteln). Tollwütige Füchse bellen in der Nacht und verstummen nur nach den Böllerschüssen der Prozessionen, als lauschten sie dem »Gegrüßet seist Du Maria« der verkrüppelten Chorsängerinnen. In den Vorhäusern steht der Muff trocknender Regenschirme, und die Lehmerde bröckelt von den Stiefeln und hinterläßt schmutzige Spuren. Fliegen aber die Bienen aus, binden die Alten Primeln an die Zweige der Nußbäume und werfen Feldmäuse in die Brunnen, aus denen der Herzschlag des Schutzpatrons zu hören ist.

## Mai

Die Luft flimmert vom Plankton durchsichtiger Insekten. Der Pfarrer hebt die Monstranz, in die vergoldete Amöben eingeschlossen sind, und segnet alle Hügel, unter denen die rote Lava pulsiert. Noch hocken die Skelette der Kelten wie Embryos unentdeckt unter den Häusern, doch die Kraft der Magnetfelder ist auf das Wasser und das Erz übergegangen. Die erste Kommunion verwandelt die Mädchen in folgsame Engel, denen Finger an den Händen fehlen. Die Zellen der Blätter schwellen an und bringen die Bäume zum Schwanken. Schon serviert der Kirchenwirt perlendes Bier vor das Gasthaus, wo dumpf lächelnde Jäger Rehbockköpfe aus Nylonsäckchen wikkeln, um die wimmelnden Rachenbremsen zu zeigen. An den Sonntagen aber üben die Blasmusikanten auf Küchenstühlen vor ihren Häusern die Landeshymne, erstaunt über die Schnecken und Regenwürmer, die aus ihren Instrumenten kriechen. Unter dem seidenen Prozessionshimmel verstecken sich die Vögel. Jetzt erst entdeckt man die Sprünge und Risse in den Mauern, unterdessen beginnt der Mais zu wachsen, und die ungeborenen Weintrauben murmeln Gebete, die den Morgen färben. Das Gefieder der Wiesen aber ist gelb von Löwenzahn. Tag für Tag reinigt der Schneider die schwarzen Anzüge von Blütenstaub, der Landarzt horcht schweigend die röchelnden Kranken ab. Aus den Poren der Erde treiben die Gase erlöschender Vulkane und betäuben die Gehirne der Einsamen. Die Brüder, die beide in dasselbe Mädchen verliebt sind, üben sich im Katzenschießen, in manchen Räumen hängen lebensgroße Stoffpuppen von der Decke, um die Toten daran zu hindern, aus dem Jenseits zurückzukehren. Wie Schnee liegen die abgefallenen Blütenblätter in den Höfen, die erfüllt sind vom Grunzen der Schweine und dem Gesumm der Bienen. Keine Ratten bevölkern die Dachböden. Die Dorfbewohner schütten lärmend die Bernsteinsäure des Weines in ihre Körper und feiern die ewige Hochzeit, der Bräutigam schläft betrunken im Bett mit den hohen Kopf- und Fußteilen, in dem die Großmutter geboren ist. Immer häufiger werden die Geräusche der Motorräder und Traktoren, am Himmel hinterläßt ein Flugzeug einen weißen Schnitt. Nachdenklich steht der Zirkusdirektor vor dem Sägewerk und betrachtet die Goldwäscher, die in das Wasser gestiegen sind. Alles strömt ins Freie, wo man die einfältigen Stare schießt, die wie reife Äpfel von den Zweigen plumpsen. Wer jedoch liebt, erkennt zu seinem Erstaunen, daß sich ein Ausschlag in der Form eines Weinlaubes auf seinem Schenkel bildet. In den bemalten Kapellen stammeln die Stummen.

## Juni

Am Morgen sehen die Dorfbewohner die Gefäße ihrer Körper bis in die feinsten Verästelungen. Unbekannte Tiere strömen durch sie, versunken in tiefe Andacht. In jedem Haushalt werden die Dolden des Holunders als Stopfkellen verwendet, versteinerte Seeigel schmücken den Altar. Das Gewitter treibt die Sporen der Pilze als braunen Staub vor sich her und erschlägt die Kirschenpflücker mit heftigen Blitzen (die begleitet werden von warmen Regenschauern). Der alte Mautner mäht die Schachtelhalme, wenn er die roten Krebse den Bach hinuntertreiben sieht. Metallisch blau glänzende Schmeißfliegen strömen durch die Rauchfänge in die Schlafzimmer, die Hände der Schulkinder sind von Blütenpollen befleckt. Der Schlächter trägt eine weiße Schürze und hackt mit einer Wollmütze auf dem Kopf Knochen im Kühlhaus. Wie jedes Jahr öffnet der Pfarrer die Bibel bei der Feldmesse und spricht: »Ein Tauber sieht mehr als ein Blinder.« Sein Rosenkranz aus Perlmutt klappert in der Tasche. Nachts aber krachen die Vögel gegen die Fenster, und nicht selten zersplittert eine Scheibe, daher werden zur Abwehr Hahnenfußsträuße an die Türen genagelt. Die Asseln bilden im Keller eine Schrift, die niemand zu deuten vermag. Scharfer Heugeruch liegt als bedrohlicher Nebel über den Wiesen, die die Milchstraße sind, und die Nachtfalter verdunkeln die Hauslichter. Bei geschlossenen Vorhängen sitzt jetzt der Lehrer, eine Lupe vor dem Auge, über den Kristallformen des Mooses und murmelt die lateinischen Bezeichnungen. So mancher Feuerwehrmann vergiftet sich am schwarzen Rauch der Stallbrände, vom Ziegelwerk aus hört man den Flügelschlag der Fasane. In den Gemüsegärten versickert das Erbrochene der Betrunkenen, die in den Kegelbahnen schlafen. Auch im Freien, unter dem Birnbaum, spricht Juliane ein Gebet vor dem Mittagessen, dabei stellt sie sich in Gedanken ihre Taufe vor. Die Silberfische in den Küchen sind der Regen der Hitze. Auf den Misthaufen liegen die Hoden der Eber, langsam werden die Kapellen vom Mais verdeckt, und das goldene Kleid des heiligen Kindes glänzt wie ein Unterwassertier im durchschienenen Schatten der Blätter. Wer sich vor das Einflugloch der Bienen stellt, wird bis zur Unkenntlichkeit zerstochen, die Spinnen weben ihre Netze in aufgelassenen Kuhställen, die die Herberge für die Unverheirateten sind. Wer jetzt in die Sonne blickt, erblindet, vergißt aber jemand seine Jacke auszuziehen, so stirbt er am Schlagfluß. Die Irren schwärmen aus der Anstalt über die Felder, um mit merkwürdigen Lauten und verzogenen Gesichtern der Arbeit nachzugehen. Nie findet einer von ihnen die verlorene Taschenuhr.

## Juli

Die überfahrenen Frösche werden, sobald sie ausgetrocknet sind, auf den Landstraßen eingesammelt und als Schuhsohlen verwendet. Nicht selten erwachen die Eisheiligen, worauf pflaumengroße Hagelschloßen die Dächer durchschlagen. Daher verbleichen die gemalten Tauben auf den abgestellten Kästen. Die Herzen der Neugeborenen sagen in einer fremden Sprache weis, die nur der Mesner versteht, mit entzündeten Gehirnen fiebern unterdessen die zeckenbefallenen Musikanten im Schilf. Die Schwester der Sonntagsorganistin trägt ein Kleid aus Katzengold, um die schwirrenden Libellen abzuschrecken, die Blasen in ihren Schuhen sind voll Blut. Niemand findet Schutz vor den Strahlen des Tabernakels. Mittags sind die Wolken Geröllblöcke, wer sich nicht im Haus versteckt, wird von Meteoriten erschlagen. Die Luft schmeckt nach dem Fell von Tieren, Weinstein wuchert in den erkalteten Öfen. Der Regen kündigt sich Tage zuvor mit süßlichem Geruch an, in den Höfen sind hölzerne Hunde aufgestellt, die an den Sonntagen brennen. In den üppig wuchernden Gemüsegärten schlüpfen Kreuzottern, schon der kurze Aufenthalt im Tageslicht läßt sie tollwütig werden. Hornissen bauen ihr Nest in den Ministrantenkleidern, die zum Trocknen hinter der Kirche hängen. Jeder Kranke ist von Süßwasserschwämmen bedeckt. Ohne seine Stimme zu erheben, spricht der Bürgermeister mit den Larven der Insekten, als seien sie Bilder von

Engeln, welche die Kirche schmücken. Aus den Bienenwaben dringt das Weinen wiedergeborener Seelen, sobald es zu tagen beginnt. Erstaunt erkennen die badenden Kinder im Karpfenteich, daß die Rädertiere so groß sind wie die Fische, die Fische jedoch klein wie Rädertiere. Die Jäger erschlagen die Murmeltiere mit Äxten, um im Winter neue Märchen zu hören. Die Jungfrauen aber tragen Buntspechte unter ihren Kleidern zur Bewahrung ihrer Ehre. Wer Selbstmord begeht, verwendet jetzt das Rasiermesser und schneidet sich im Sonntagshemd die Kehle durch. Die Wiesen riechen nach Jod, in den Häusern ist die stickige Luft von Medizinen eingesperrt. Die Sterne, die am hellen Himmel zu sehen sind, sind die Keime friedlicher Träume. Weshalb wächst Louise eine Zaunwicke aus dem Mund? In den Zellen der Blätter sind hohe Töne gespeichert, die nur von den Kleibern gehört werden, die Witwe Oswald aber glaubt, daß die Kleiber verwandelte Propheten aus dem Alten Testament sind, und füttert sie mit den Kernen von Paradeisern. Und Stölzl in seinem Grab wartet auf seine Wiederkunft als Haar auf dem Kopf eines Zirkusartisten, wenn ihm auch beim Gedanken daran nicht wohl ist. Wird jemand geisteskrank, muß er das Wetter beobachten. Im Brot schwitzen die Schaben.

## August

In den Nächten werden die Gedanken der Neugeborenen zu Maiskörnern auf den Kolben. Beim Taufessen aber sieht die jüngste Gläubige das Ausmaß der Apfelernte und gibt es an der Menge Salz zu erkennen, die sie auf den Boden streut. Die Ribiselbüsche sind abgepflückt und zerzaust, die Gehöfte tagsüber den Ameisen und Hühnern überlassen. Alle Totgeborenen schweben als rote Kaulquappen zum Himmel, von wo sie die Dorfbewohner vor den Zerstörungskräften der Natur schützen. Die Atemzüge der Kranken bringen die ersten Blätter auf den Nußbäumen zum Vergilben. Um einen warmen Herbst zu haben, entfernt man den Hasen die Leber. Statt eine Kerze anzuzünden, ißt man reifende Zwetschgen. Die Kaufhausfrau entdeckt Maden in der Mehltruhe und beginnt zu weinen, ein großer Verlust kündigt sich an. Schwer von Obst schwanken die Bäume wie Betrunkene, die Erde dreht sich wie ein Kreisel. Nun riechen die Pflanzen nach dem Regen den wilden Geruch des Abschieds. Die gipserne Büste auf dem Bücherschrank des Lehrers stellt Schopenhauer dar, die Nase ist angeklebt. Am Friedhof sind die Gräber von Unkraut überwuchert, in dem Barsche gründeln. In den Bretterverschlägen aufgelassener Kaninchenställe aber lauern bissige Hunde auf Vorbeikommende. Nur die niedrigen Wolken, die sich in den Kronen der Bäume verfangen (schwer von künftigem Herbstregen), hindern sie daran, herumzustreunen und über Frauen und Kinder herzufallen. Der Flug des Eichelhähers ist ein Schwimmen über die Gräben, schwerfällig erheben sich die erschrockenen Fasane, ihr Trompeten klingt, als würge sie ein Mensch. Auf die Stirn der Neugeborenen wird die nasenförmige Lindenfrucht geklebt, damit sich später das Geschlechtsteil auswächst. Zum letzten Mal liegt sommerheller Staub auf der graslosen Erde, die Bremsen saugen Blut aus nackten Gliedmaßen, die Geologen suchen im Gestein nach der Ader des Regens. Das Geräusch der Kreissäge ist gelb. Die Dorfbewohner erinnern sich des Heiligen Geistes und besprengen die Öfen mit Weihwasser. Die Hitze aber kann die Knechte noch immer zu den Messern greifen und sich die Schläfen mit den Klingen kühlen lassen. Nur die spindeldürren Arme und Beine der Alten klappern zum Gesumm der Mücken. Der Staub auf den Flügeln der Falter ist als Dunst in der Ferne zu erkennen. Die Weizenfelder sind abgeerntet, und Vögel picken in den Ackerfurchen wie Wesen, die fern sind von Schmerzen. Hat jemand Namenstag, so wird er in die Luft geworfen, die Hochzeitstage feiert man, indem man die Frauen in die Kästen sperrt und Wein trinkt. Die Weisheit der Begrabenen sprießt aus der Erde, nur wer gelähmt ist, ist einsam.

## September

Die Hühner in der Sakristei antworten dem Pfarrer auf hebräisch, sobald die Äpfel reif sind. Die Bergkette, die den Horizont bildet, ist der Rand der kommenden Ängste. Das Gemetzel der Entenjagd um die Ziegelteiche färbt das Wasser rot und läßt Wolken aus Federn den Himmel verdunkeln. Jetzt ist es Zeit, die Küchen zu weißen und die seidenüberzogenen Steppdecken mit dem Muster aus Goldalgen aus den Truhen zu holen. Das Wimmern der neuen Schüler dringt aus den Fenstern des Gebäudes und täuscht wie jedes Jahr den Katzen Läufigkeit vor. Nichts ist leichter als zu verzweifeln. H. sieht die hohen Maisfelder und stellt sie sich als Versteck für Morde vor, die er in Gedanken begeht. Alles riecht nach der Fäulnis des Obstes, die Wespen verzehren rohes Fleisch und verenden zu Tausenden in Flaschen mit Sirup. Wie von einem weißen Schleier bedeckt ist die mit Schafgarben geschmückte Kirche. Und Gustav, betrunken und müde, starrt auf die fingerlose Hand und denkt daran, wie der Laubwald sich verfärben wird und wo er seinen warmen Rock liegen gelassen hat. (Hat Juliane ihn im Vorjahr um den Brunnen gewickelt?) Spinnen fliegen an glitzernden Fäden über die Hügel in die offenen Schnäbel der Gimpel, die dem General im Traum erscheinen. Der Zirkusdirektor friert nach Regentagen in der Manege, wenn er dem kranken Löwen seinen Kopf in den Rachen steckt. In den Köpfen dämmern die grausamen Gedanken des Sommers und warten darauf, in die Tat umgesetzt zu werden. Lange betrachtet der Schlächtergeselle sein Glied. Wird ein Mädchen entjungfert, so wird das Obst in den Körben schimmlig. Das Läuten der bronzenen Glocke weckt die

Gürteltiere unter den Tischen und läßt sie sich in den Brunnenschächten verstecken. Langsam beginnen die Fotografien auf den Grabsteinen zu sprechen, das Husten der Trinker sehnt sich nach Sonne. In den ausgelassenen Teichen ersticken die Karpfen, durch den Schlamm kriecht der Briefträger, einen Kescher in der Hand. Der Abdecker trocknet die Schlangenhäute, aus denen er Kinnschnüre für die Aufgebahrten macht. Die Kastanien platzen und prasseln auf die Köpfe der mit Kerzen bekränzten Milchfahrer. Die Vögel sind als Menschen verkleidet. Rasch bricht jetzt die Dunkelheit herein, schon von weitem vernimmt man das Ticken der Uhren in den Häusern. Mitunter werden die Gehöfte vom Erdboden verschluckt, daher hört man im Wald oder auf dem Feld plötzlich menschliche und tierische Laute. Zum letzten Mal ruft der Kuckuck. Die Särge werden mit blauen Blumen bemalt, die Herzen auf den Deckel genagelt »und sollen beim Begräbnis für schönes Wetter sorgen«. Die Schüsse im Wald bedeuten das Jenseits.

## Oktober

Als erstes werden die Kürbisse mit dem Hackbeutel aufgeschlagen, die Kerne enthalten das Testament der Vorfahren. Das Requiem gilt den ausgestorbenen Käfern. Mit einem Schlag sind die Blumen von den Wiesen verschwunden. Im gelben Laub bauen sich die Elstern ein Nest, um zu sterben. In den Nüssen aber befinden sich die Gedanken unserer Nachkommen. Nachts schleichen Füchse um das Haus, die roten Blätter der Buche erinnern sie an ihr Blut, das vergossen wird. Kolomann aber sucht bei der Weinlese das Geheimnis seiner Herkunft im Geschmack der Trauben. Auf die Windräder sind Sperlinge genagelt, die Siliermaschinen brummen Tag für Tag. Wer den Mais bricht, schont den Feind. Das Maisschälen hingegen ist die Ursache für den Totschlag des Nebenbuhlers. Nun sind die Dachböden wie Grotten, in denen gelbe Tropfsteine von den Sparren hängen. Auf jede gute Nachricht folgt eine Mißernte. Die Bohnen sind die Reste der Hochzeitsmahle, daher werden sie in Essig gelegt. Zum ersten Mal hört man eine Ratte an der Wand nagen und schreckt aus dem Schlaf hoch. Hinter dem Gasthaus haben die Soldaten ihre Zelte aufgestellt, müde sprechen sie mit den Hunden. Jetzt erst entdeckt man, daß manche Gräber durch Blitzschlag zerstört sind, daher läßt der Pfarrer die Heiligenfiguren aus den Kapellen begraben. Im Himmel werden die Haare der Kinder zu den Flügeln der Engel. Jetzt entstehen die Maulwurfshügel rund um die Häuser, die aufgehackten Kürbisse werden zu Haufen aufgeworfen, die die Dächer überragen. Selbst aus den Maispflanzen errichtet man Opferhügel in den Äckern. Zum Erntedankfest stopft jeder so viel Früchte in die Taschen, als er nur kann, und setzt die Haube aus Beerenobst auf, um den Heiligen Geist gnädig zu stimmen. Sodann werden alle Fasane geschossen, derer man an einem Tag habhaft wird. Die Haare der Frauen werden mit Wacholder eingerieben, bevor der Pfarrer den Dankgottesdienst feiert. Bald riechen die Keller nach Weihwasser, und die Füße der Alten sind bedeckt mit dem Schlamm der Weintrauben. Betäubt von den Gärgasen sprechen die Dorfbewohner einen Tag lang die Wahrheit und erschrecken. Die Maische aber wird an die Irren verfüttert, um ihre Erregung zu dämpfen. Blinde Nebel senken sich abends auf die Hügel, stumm vor Angst starren die Dorfbewohner zur Zimmerdecke. Über Nacht sterben alle Hühnerzüchter. In einem langen Zug werden sie zum Friedhof getragen, wo man aus Trauer schwarze Hüte in die Gräber nachwirft. Noch einmal beschwören die Frösche den vergangenen Sommer. Der wilde Sturm treibt das Laub so heftig vor sich her, daß die Dorfbewohner zu ersticken drohen. Alle, die vom Weg abgekommen sind, finden sich in Regenwolken wieder. Die Gürtel der

Jäger sind schwer von Schrotpatronen. Die Frauen ziehen die Federn der Fasane mit der Haut ab und nähen Hüte für den Kirchgang daraus.

## November

Auf den Kirchenbänken liegen die Skelette von Schlangen neben den Gebetbüchern. Das große Morden beginnt in den Wäldern. Die Strecke mit Hasen, Füchsen und Fasanen bleibt liegen, bis die Leichenstarre eintritt, sodann werden die Tiere den Kindern als Spielzeug geschenkt. Das Warten auf den Schnee läßt Scheunen einbrechen und Uhren stehenbleiben. Es sind Tage der Blutschande. Die Herbstkatzen ersäuft man in den Karpfenteichen, von wo sie im Frühjahr als Föhnstürme über die Menschen kommen. Klein wie Kinder sind die verstorbenen Alten. Unter dunklen Wolken werden den Hasen die Felle abgezogen, die Eingeweide wirft man den Hunden vor. Rumort ein Siebenschläfer unter der Decke, müssen die Haustauben gestochen werden. Nur der Landarzt begegnet dem Tod mit Gleichgültigkeit. Die Blätter auf den Bäumen werden zu Wassertropfen, welche nach Zyklamen duften. Auf den Friedhöfen gräbt man die Toten aus. Sodann sieht man ihre Seelen als glosende Herbstschwämme. Der trübe Wein besitzt einen an Mäuseharn erinnernden Geruch und wird nur den Fremden aufgewartet. Da Karl wünscht, eine Krähe zu sein, zündet er seine Jacke an. In Handschellen wird der Landwirt abgeführt, der das »Dies irae« nicht betet. (Läutet indessen die Zügenglocke, geht er frei.) Das Gelb der Äpfel beleuchtet die Küchen. Auch die lehmigste Straße findet einen Sperlingsschwarm. Über den Äckern schweben die verschwiegenen Gedanken. Die Jäger schleifen die tollwütigen Füchse hinter sich her und nageln sie als Futter für die Singvögel an die Bäume. Im goldenen Altar frieren die Hostien. Alle einbeinigen Veteranen werden dem General vorgeführt, wo sie ihre Prothesen abschnallen müssen. In der Hühnerfabrik waschen die Ehefrauen die nackten Körper geschlachteter Hühner. Die großen Teichmuscheln erinnern an die Schildkröten vergangener Jahrhunderte. Berührt jemand die gefangene Schnepfe, wird er unsichtbar, bis der erste Schnee fällt. Die Kinder erhalten die Mägen der Truthähne mit Münzen gefüllt. Auf den abgefressenen Weiden liegt der Reif in Form winziger Kristalle. Die Eisdecke des Himmels weist Sprünge auf. Nachdem der Schwachsinnige in der Jauchengrube ertrunken ist, wird er von den Entmündigten begraben. Die Totenmesse aber wird mit einem Kinderlied begonnen. Die blattlosen Rebstöcke sind Fernrohre zum Mittelpunkt der Erde. Alle, die beim Essen an Schrotkugeln ersticken, werden im Frühjahr als Vogelscheuchen aufgestellt. Stirbt aber ein Jäger, so schweigen die Dorfbewohner einen Tag, statt dessen sprechen die Tiere in den Ställen.

## Dezember

Die Schneeflocken sind heilig und kommen aus Afrika. Unter dem gelben Himmel beten die erfrorenen Fische, die Dorfbewohner tragen zum Schutz gegen die Kälte Katzenknochen unter den Mänteln. Kommt der Gendarm Oskar zu einem Gehöft, so ist es ausgestorben. Die flüchtenden Dohlen kündigen den Schneesturm an. An nebligen Tagen verwechseln die Dorfbewohner den Himmel mit der Erde und gehen auf dem Kopf. Sobald sich jemand schuldig am Tod eines anderen fühlt, bezahlt er das Begräbnis des nächsten Verstorbenen. Unter Masken mit Ziegenköpfen werfen die Entmündigten des Sägewerks Baumstämme in den Fluß, um die Bildung einer Eisdecke zu verhindern. Die Milchzähne der Kinder werden zur Abwehr von Dämonen unter die Betten gelegt. Kommen die Jäger in das Dorf zurück, schütten die Mütter das Blut frischgeschlachteter Schweine in den

Schnee. Der Totengräber darf kein fremdes Haus mehr betreten, ohne seine Kleider abzulegen. Erscheint aber jemandem eine biblische Gestalt, so muß er das Dach abdecken. Die schlittschuhlaufenden Schulkinder finden den Vermißten im Weiher unter dem Eis. Nur die Küchen sind warm und dampfen vom Fleisch des Wildbrets. Wer auf einem Schlitten geboren wird, stirbt auf einem Schlitten. Die Brunnen werden mit dem Leintuch von Hochzeitsnächten umwickelt, frieren sie aber trotzdem ein, gilt der Mann als unfruchtbar. Der Traum der Sporen ist der Schneekristall. Am Bahnhofsfenster breiten sich so gewaltige Eisblumen aus, daß sie mit der Hacke gefällt werden müssen. Die Käuze werden gezähmt und als Lockvögel für die Krähen verwendet. Häufig gleiten die Pferde aus und brechen sich ein Bein, weswegen sie erschossen werden müssen. Die Betrunkenen, die in leerstehenden Scheunen übernachten, reden mit den Flöhen. Der Seiltänzer, der das Gleichgewicht verloren hat, wird von den Dorfgendarmen zum Zirkus gebracht, wo man ihn in seinem Wohnwagen aufbahrt. Zur Erinnerung an seinen Todessturz wird ihm ein Gänseflügel in die Hände gegeben. Die Dunkelheit ist die Mutter der Angst. Ein Fischotter im grauen Winterfell flüchtet durch das Dorf. Aus den Traubenkernen zirpt die versteckte Grille. Es schneit.

## Die Schilderung des Freundes (Fortsetzung)

Das Gendarmeriegebäude ist ein formloser, viereckiger Bau gegenüber der Bahnhofsstation. Der Bierwagen, der meinen Onkel wöchentlich beliefert, war gerade am Gasthaus vorbeigekommen, und der Fahrer hatte sich angeboten, mich mitzunehmen. Er drehte das Wunschkonzert im

Autoradio ab und fuhr mich schweigend nach Pölfing-Brunn. Sein Haar war nach rückwärts frisiert und sein großes Gesicht schläfrig, der Blick abwesend, so daß er im gesamten trotz seiner Höflichkeit zurückhaltend wirkte.
»Wenn es Ihnen recht ist, warte ich auf Sie«, sagte er, als er anhielt. »Ich habe noch eine Lieferung offen.« Ich bedankte mich und stieg aus. »Es tut mir leid wegen Ihrem Vater«, fügte er hinzu.
Das Büro der Gendarmerie war frisch ausgemalt und roch nach Farbe. Neue, gelbe Büromöbel standen hinter einem Pult, das den Raum in zwei Hälften teilte: Rechts saßen die Gendarmen, ein älterer, grauhaariger, dicker, der glattrasiert war und sich lebhaft bewegte, und ein junger mit Schnurrbart, der gerade einen Bericht mit zwei Fingern tippte. (Den älteren kannte ich vom Sehen, auch was man sich von ihm erzählte, war mir bekannt.) Auf der anderen Seite hockte der Arbeiter meines Vaters, ein mittelgroßer, 35jähriger Mann mit üppigem blondem Haarwuchs, einer rotzigen Nase und großen, runden Augen, die er auf mich richtete, wie auf einen Fremden, der ein leeres Gasthaus betritt. Sonst bewegte er sich nicht, er hockte bloß da und wartete, was geschehen würde. Der Raum war ohne Vorhänge, und das Nachmittagslicht fiel träge auf die Büromöbel, Formulare und Zeitungen. Der Gendarm hatte gerade zu essen aufgehört, schob die Schreibtischlade mit den Resten seiner Mahlzeit zu und reinigte sein Gebiß mit der Zunge, wobei er seinen Unterkiefer vorschob und ein dicker Wulst aus seinen Wangen trat, sobald er mit der Zunge die Backenzähne leckte. Nachdem ich mich vorgestellt hatte, fragte er mich: »Sie studieren Jus?« – Er wartete die Antwort nicht ab, sondern erklärte mir, daß er über die Gegend besser Bescheid wüßte als jeder Staatsanwalt oder Richter. Er wüßte von jedem einzelnen, wie er »dran« sei. Er kenne alle.
Es war noch hell im Raum, aber die Neonröhre an der Decke war schon eingeschaltet, und eine davon flackerte

kaum merklich. Er lehnte sich zurück und sagte plötzlich in leiernd eintöniger Sprechweise, um das Amtliche seiner Mitteilung zu unterstreichen, wobei er einen kleinen Bleistift mit dem Daumen und Zeigefinger drehte (indem er einmal mit der Spitze und das andere Mal mit dem Radiergummi auf die Schreibtischplatte klopfte): »Sie wissen, daß wir – theoretisch gesprochen – eine Obduktion vornehmen müßten; Ihr Vater müßte also nach Maltschach gebracht und dort seziert werden, das wird Ihnen als Juristen oder angehendem Juristen bekannt sein. Im Grunde bin auch ich dafür, um keine Gerüchte aufkommen zu lassen. Wissen Sie, die Leute reden sofort, über alles und jedes... gleich schwirren die Gerüchte herum wie die Motten.« Geschehe nur die kleinste Gesetzesübertretung, ergebe sich auch nur der Verdacht einer Gesetzesverletzung, würde geredet, und letztlich bleibe alles an der Gendarmerie hängen.
»Wenn ich Ihren Arbeiter, beziehungsweise den Arbeiter Ihres verstorbenen Vaters laufen lasse und Gerüchte auftreten, er sei am Tod Ihres Vaters schuldig, wissen Sie, wer dann zur Rechenschaft gezogen wird?« Er schwieg bedeutungsvoll und sagte dann: »Ich habe nichts anderes zu tun, als die Tatsachen zu ermitteln. Wenn also Ihr Herr Onkel zu mir kommt und mir erklärt, was vorgefallen ist, müßte ich den Vorschriften nach einen Bericht aufsetzen, Ihren Herrn Onkel die Aussage unterschreiben und dem Amtsweg seinen Lauf lassen. Das müßte ich im Normalfall tun. Da ich aber Ihren Herrn Onkel kenne – und glauben Sie mir, ich kenne ihn wirklich besser, als er es ahnt (und das ist die Stärke eines kleinen Landgendarmen), Herr Jenner (er nannte mich jetzt bei meinem Namen, wie um mir das dichte Netz seiner Kenntnisse zu beweisen und mir anzudeuten, daß er auch über mich Bescheid wüßte) – mache ich dabei mit, das Ganze unter den Tisch zu kehren.«
Ich antwortete, daß ich kein Interesse an irgendwelchen

Nachforschungen hätte, worauf er seine Mütze aufsetzte, die hinter der Schreibmaschine auf dem Tisch gelegen war, den Pistolengürtel zurechtrichtete, den Pultdeckel hochklappte und herauskam.
»Ihr Herr Vater war ja sein Vormund«, sagte er vollends dienstlich, »da aber mit dem Tode Ihres Vaters auch seine Vormundschaft erloschen ist, müßte ich Ihren Arbeiter augenblicklich in die Anstalt Feldhof einweisen lassen. Denn wer garantiert mir, daß er, bis der Verwaltungsweg abgeschlossen ist, nichts anstellt? Wer garantiert mir, daß Sie es sich nicht anders überlegen?«
Ich antwortete, daß ich gekommen sei, um ihn abzuholen und bereit sei, eine Erklärung zu unterschreiben. Der Arbeiter hockte noch immer auf dem Stuhl, eine Haarsträhne hing in seine Stirn, und sein Blick haftete am Gesicht des Gendarmen. Es kam ihm nicht darauf an, was ich sprach, sondern, was der Gendarm machte. Instinktiv fühlte er, daß ich machtlos war und alles, was ich unternahm, keinen Zweck hatte, wenn der Gendarm es nicht zuließ.
»Hören Sie«, sagte der Gendarm unvermutet, »nehmen Sie Ihren Mann mit, so schnell wie möglich. Ich komme in den nächsten Tagen zu Ihnen, bis dahin sind Sie mir für ihn verantwortlich.« Ich nickte, und der Entmündigte sprang auf, um sich zu bedanken und dem Gendarmen die Hand zu schütteln, der sich aber zurück an seinen Schreibtisch gesetzt hatte und uns abweisend seinen Rükken zukehrte.

## Gras

Gras, dichtes Gefieder, jedermann weiß, daß die Erde ein Vogel ist.

## Fossil

Das Plankton des verschwundenen Meeres liegt da als Schriftzeichen, auf rätselhafte Weise einem Schneekristall ähnlich.

## Erloschene Vulkane

Auf den Weinbergen kommt es mitunter vor, daß man einen Schritt hört wie einen Glockenschlag. An der betreffenden Stelle ist die Erdkruste so dünn, daß das darunterliegende Gewölbe jedes Geräusch verhundertfacht. Singt eine Amsel an so einem Platz, bricht im nächsten Haus Feuer aus, das Gesumm einer Wespe bringt ein ganzes Dorf um den Verstand.

## Eine Abenteuergeschichte

Im Frühjahr legt der General seine feinsten Stiefel an und geht durch das Dorf. Kein Mensch zeigt sich auf der Straße, die Haustüren sind versperrt. Nur das Bellen der Hunde ist zu hören.

## Farben der Meßgewänder

Das Meßgewand des Pfarrers ist rot, wenn jemand beginnt, das Ziehharmonikaspiel zu lernen, grün bei nahendem Gewitter, weiß vor dem Tod des Dorfältesten, braun nach der Laichzeit der Frösche, gelb zur Jahreswende, schwarz, wenn die Trauben reif sind, violett um Mitternacht, rosa beim Flug der Bienen, ocker vor Ausbruch des

Krieges (je nachdem aber ist das Pflanzenmuster gold- oder silberfarben).

## Das Laub

Das Geäder des Laubes ist das Spiegelbild der Oberfläche von Planeten.

## Das Fraßbild des Borkenkäfers

Geht man davon aus, das farnkrautähnliche Fraßbild (das die Larven der Borkenkäfer zwischen Rinde und Holz minieren) bedeute eine Geschichte (nicht umsonst wird der schädlichste von ihnen, der Fichtenborkenkäfer, »Buchdrucker« genannt), so wäre es von einigem Interesse, die einzelnen Gänge auf ihre Bedeutung hin zu untersuchen.

## Von der Sprache der Bienen

Da es im Inneren eines Bienenstockes »stockdunkel« ist, erhebt sich die Frage, auf welche Weise die Bienen sich verständigen. Im Grunde ist die Sprache der Bienen der Taubstummensprache ähnlich, jedoch wird sie mittels Berührungen übertragen. Das heimkehrende Insekt führt, um den anderen Bienen Mitteilung von seiner Entdekkung zu machen, einen Rundtanz auf, und zwar einmal rechts herum, dann links herum, wobei der Kreisbogen des Tanzes den Raum bezeichnet, innerhalb dem sich die Nahrungsquelle befindet. Die anderen Bienen verstehen diese Botschaft, indem sie die tanzende Biene befühlen und ihre Kreisbewegung nachvollziehen. Der Duft, den die betreffende Biene durch die Blüte erhalten hat, während sie den Nektar einsaugte, prägt sich den mittanzenden Bienen im Gedächtnis ein, so daß sie die bezeichnete Stelle im Umkreis von etwa sechzig Metern mit Sicherheit finden. Liegt diese aber in etwa hundert Meter Entfernung, so führt die Biene einen Tanz auf, wobei sie (auf der Wabe) die Form einer Mondsichel »zeichnet«, deren Öffnung in die Richtung weist, in der die Bienen suchen sollen. Bei noch größeren Entfernungen aber spricht die Biene, indem sie mehrfach mit pendelartig ausschlagendem Hinterleib eine gerade Strecke durchschwänzelt. Diese kompaßnadelartige Gerade bezeichnet die Richtung, in der die neue Futterquelle zu suchen ist. Anzahl und Zeitdauer der Hinterleibsausschläge sagen etwas aus über die Entfernung der Futterquelle vom Stock. Ich will mich auf das wesentlichste beschränken, darum sei nur so viel hinzugefügt, daß der Punkt, auf den sich die Schwänzelgerade bezieht, die Sonne ist, welche im dunklen Stock mit Hilfe der Schwerkraft dargestellt wird, indem die Biene in gerader Linie senkrecht nach oben schwänzelt, wenn sie eine Flugrichtung vom Stock in Richtung Sonne signalisiert und senkrecht nach unten, um einen geraden Weg von der Sonne fort anzuzeigen. Jedoch sind diese Vorgänge in Wirklichkeit wesentlich komplizierter (weshalb sie mich an die Taubstummensprache denken lassen), wobei mir allerdings fraglich erscheint, ob die vom menschlichen Gehirn unterstellten Bedeutungen der Bienensprache ausreichen.

## Todesstrafe

»An einem jener Wintertage, in denen die freigeschaufelten gelben Lehmwege die einzige Farbe im Weiß der Landschaft waren«, sagt mein Vater unvermittelt beim Ausbessern der Wachsrahmen, »tauchten plötzlich, es war unmittelbar vor Ende des zweiten Krieges, vier Männer in Militärmänteln, zerlumpt, mit ausgelatschten Stiefeln im Dorf auf, kümmerten sich nicht um das Geschrei der Tiere, die Bewegung der Vorhänge hinter den Fenstern, die flüchtenden Kinder und Greise, betraten ohne einen Augenblick zu zögern das Haus des Gendarmen, den sie in der Küche in Hosenträgern vorfanden und erschossen ihn und gleich darauf seine herbeieilende Mutter. Schon das kleinste Kind, das die Soldaten gesehen hatte, wußte, daß es sich um Partisanen handelte und daß sie nicht ohne Absicht gekommen waren«, fährt mein Vater fort. »Da aber anzunehmen war, daß sich noch weitere in der Umgebung aufhielten, flüchtete der Bürgermeister, der die Einberufungen überwachte, sofort bei ihrem Eintreffen in den nahe gelegenen Wald, wo er die weiteren Ereignisse abwartete. Das Haus, in dem die Partisanen den Gendarmen und seine Mutter erschossen hatten, lag ruhig da. Ich hockte auf dem Dachboden bei den Tauben, spähte durch das Einflugloch auf den Dorfplatz und verhielt aus Angst mich zu verraten schmerzhaft meinen Atem. Nach einiger Zeit erschienen zwei der Männer und schlurften in schleppendem Gang zum Pfarrhaus, dessen Tür sie mit Fußtritten öffneten, trieben den Pfarrer hinaus und ließen ihn ihren Befehl an uns übermitteln, daß wir die Häuser zu verlassen und uns im Freien zu versammeln hätten.« Mein Vater hält an, greift nach einer Zange, furzt gedankenlos und beginnt währenddessen weiterzuerzählen. »Da ich meinen Großvater, der mich von frühester Kindheit an mit den Tieren vertraut machte, auf die Straße hinken sah, stürzte auch ich die Dachbodentreppe hinunter und reihte mich unter die Frauen, Alten und Kinder – die jüngeren und jungen Männer waren im Krieg – ein und folgte ihnen zum Haus des Gendarmen, das wir betreten mußten. Der Gendarm lag in seinem Unterhemd neben dem umgestürzten Sessel, einen Zigarettenstummel in der Hand, und um seinen Kopf hatte sich eine Blutlache gebildet, die zu stocken begann. Wir mußten uns alle den toten Gendarmen ansehen, während uns einer der Partisanen mit den Füßen auf der Tischplatte gelangweilt musterte, der andere abwesend in Papieren blätterte. Niemand sprach ein Wort. Die Mutter des Erschossenen (mit einem Kopftuch) lag auf dem Bauch, und da man ihr die Uniformjacke ihres Sohnes übergeworfen hatte, erkannte man keine Spur einer Gewaltanwendung. Wir hatten nur dazustehen und die Toten anzuschauen. Nachdem wir zur Kenntnis genommen hatten, daß die Ordnung aufgehoben war (diese Lektion begriff sogar der Unerfahrenste), forderte man uns auf, bis zum Abend Nahrungsmittel vor die Häuser zu legen. In der Dunkelheit dann hörten wir Pferde im Ort und gedämpfte Rufe, jedoch wagte keiner aus dem Fenster zu blicken oder zu Bett zu gehen: In jedem Haus waren die Dorfbewohner in der Küche versammelt und lauschten in die wieder hereinbrechende Stille. Erst gegen Morgengrauen, als eine Abteilung Soldaten in das Dorf fuhr, lösten wir uns aus der Erstarrung. Nachdem sie mit dem Bürgermeister das Haus des Ermordeten betreten hatten, befahl man uns, die Toten zu begraben. Wir gehorchten und legten sie in zwei einfache Särge, die die Soldaten mit sich gebracht hatten. Indessen führten zwei neu eingetroffene Soldaten den verhafteten Landarzt vor und beschuldigten ihn, die Wunden von Partisanen versorgt zu haben. Hierauf brachte man ihn zum Ziegelwerk, wo man ihn hinrichtete. Wir mußten zwei Stunden zu Fuß gehen, um den erschossenen Landarzt anzuschauen und uns von seinem Schicksal zu überzeugen. Sein Hut und die Brille waren auf eine zugefrorene Pfütze gefallen, in seinem Schnurrbart hingen vereiste Wassertropfen.«

# In der Anstalt

Nur noch Menschen aus dem einfachen Volk sprechen von einem Irrenhaus, wenn sie die Anstalt meinen. Auch wenn mich die übrigen Insassen mitunter bedrohten, mich bestahlen oder durch die grauenvollsten Geräusche in der Nacht erschreckten (indem sie, wie gesagt, im Schlaf sprachen und unterdrückte, langgezogene Schreie ausstießen), beklagte ich mich nie, um nicht die Aufmerksamkeit auf mich zu lenken. Mein ganzes Bestreben ging dahin, mich nahezu unbemerkt unter den Pfleglingen aufzuhalten, als gehörte ich gar nicht zu ihnen oder sei überhaupt nicht vorhanden. Selbstverständlich wäre ich nicht einmal in der Lage gewesen, ihnen eine Auskunft oder Antwort zu geben, weswegen ich jeder Gelegenheit eines Gesprächs von vornherein auswich. Was ich nicht begreifen kann, ist, daß man mich trotzdem tagelang in einen großen, kahlen Raum sperrte, in dem nur ein langer Holztisch auf einem von Sprüngen überzogenen Steinboden stand. Außer mir befand sich noch eine Katze im Raum, von der ich nur annehmen kann, daß man sie zufällig mit mir zusammengesperrt hatte. Diese Katze war das scheuste und klügste Wesen. Tagsüber hockte sie auf dem Fensterbrett und schaute in den Anstaltsgarten oder lag zusammengekringelt unter dem Tisch, nachts miaute sie, um auf sich aufmerksam zu machen – allerdings vergeblich. Da die Katze mir mißtraute und wenn ich mich ihr auch noch so vorsichtig näherte, entsetzt in die nächste Ecke floh (wo sie einen Buckel machte und die Haare aufstellte), schloß ich die Lider zu einem Spalt und gab vor zu schlafen. Es kostete mich unendlich viel Geduld, bis das Tier plötzlich gähnte, die Zunge herausstreckte und sein Fell zu lecken begann. Kaum jedoch bewegte ich mich, zuckte es zusammen und fiel in sein ursprüngliches Verhalten zurück. Nachdem ich die Katze für einige Zeit vergessen hatte, bemerkte ich sie wieder, weil sie ihren Kopf schnurrend an meiner Fußsohle rieb. Im selben Augenblick hörte ich, daß das Schloß zu meinem Zimmer aufgesperrt wurde. »Die Katze!« dachte ich, »findet man sie, entfernt man sie augenblicklich.« Da trat auch schon der Oberarzt mit seinem Gefolge ein und nahm vor mir Aufstellung. »Nun?« fragte er mich. Ich hielt die Katze auf dem Arm und schüttelte den Kopf. Nachdem ich abermals den Kopf geschüttelt hatte, wollte man von mir wissen, weshalb ich meinen Arm, als umklammerte ich etwas, steif vor die Brust streckte. Ich ließ einen kurzen Blick auf die Katze fallen. Verhielt ich mich jetzt nicht geschickt, war ich verloren. Rasch senkte ich meinen Arm und ließ das Tier zu Boden springen. »Das genügt«, sagte der Oberarzt und trat mit seinem Gefolge aus der Tür.

## Tollwut

Seit meinem Aufenthalt in der Anstalt ist mein Gewehr verschwunden, ich bin mir allerdings darüber im klaren, daß es mein Vater versteckt oder verschenkt hat. Ich will nichts Näheres darüber erfahren, denn jede Auskunft wäre die Demütigung, die man mir ersparen will. Mir wäre das Gewehr jedoch von großem Nutzen gewesen, als zwei streunende Hunde in den Stall unseres Nachbarn eindrangen und dreißig Schafe rissen. So mußten wir auf die Jäger warten, die sich im Hof versammelten (mich aber bloß flüchtig grüßten). Nur die Jagdhunde kannten mich noch. Es regnete heftig, und aus dem Stall war das hysterische Bellen der Hunde zu hören, denen man den Weg ins Freie abgeschnitten hatte und die gegen die Tür sprangen. Der Regen war so heftig, daß man nicht weit sehen konnte, trotzdem stand jedermann herum, als spürte er das Wasser nicht. Es bestand die Befürchtung, daß die Hunde tollwütig waren, weshalb niemand wagte, die

Stalltür zu öffnen. Durch die Fenster konnte man nur die Körper der gerissenen Schafe, die zum Teil übereinanderlagen, und die Hunde als lebhafte Schatten erkennen. Zuerst überlegte man, den Stall zu umstellen, man kam jedoch davon ab, weil niemand erklären konnte, wozu. Dann wollte man mit Lampen durch die Scheiben leuchten und die Hunde von heraußen erschießen, das scheiterte jedoch daran, daß die meisten auf eine rasche Lösung drängten und unbedingt etwas unternehmen wollten. Angesteckt durch die Stille riefen sich die Jäger die Anweisungen mit gedämpfter Stimme zu. Plötzlich ließ der Regen nach, und wir hörten das Wasser von den Zweigen und Dächern in die Pfützen tropfen. Als hätte er darauf gewartet, befahl der Jagdleiter den Herumstehenden, an der Längsseite des Stalles Aufstellung zu nehmen (zuvor aber schloß sich einer der Männer mit den mitgeführten Hunden in der Tenne ein). Im selben Augenblick öffnete er die Stalltür, das Gewehr im Anschlag, und auch die Männer rissen die Waffen hoch. Wenn sich etwas in der dunklen Öffnung geregt hätte, hätte jeder geschossen, es rührte sich jedoch nichts. Weder zeigte sich ein Hund in der Stalltür, noch veränderten die Männer ihre Körperhaltung. Gerade als der Jagdleiter Anstalten traf, den Stall zu betreten, sahen wir den Veterinär im Geländewagen von der Straße herankommen. Der Veterinär, ein geachteter Mann von großer Statur mit einem auffälligen Bauch und weißen Haaren, stieg in Gummistiefeln aus und latschte über den morastigen Hof. Jedermann konnte sehen, daß er betrunken war (wenn jemand bei uns seine Arbeit macht und trinkt, ist es einfach mit ihm auszukommen. Beim Veterinär jedoch ist es etwas anderes, da er, wenn er zuviel getrunken hat, eigensinnig wird und sich ständig wiederholt). Er blieb vor der Stalltür stehen und ließ sich unterrichten, als würde er die Jäger mit ihren Gewehren nicht wahrnehmen. (Andererseits wagte es niemand, ihm eine Anweisung zu erteilen, deshalb senkte man nur die Läufe und starrte auf die Türöffnung.) Der Veterinär kratzte sich am Kopf, schwankte und betrat den Stall. Zu unserem Entsetzen war sofort das Bellen, Knurren und Fauchen der Hunde zu hören in einer Art, wie wenn sie auf ein Opfer losgingen und es zerfleischten. Als einziger hatte der Jagdleiter den Mut nachzusehen, was im Stall vor sich ging, bevor er aber in der Dunkelheit des Gebäudes verschwunden war, wurde auch er von einem der Hunde angefallen und zu Boden gerissen. Augenblicklich stürmten die Männer los und hieben mit den Gewehrkolben auf das wütende Tier ein, die anderen liefen in den Stall, aus dem kurz darauf Schüsse ertönten. Der Jagdleiter hatte sich vom Boden erhoben und wankte mit einer von Bissen blutigen Hand, das Gewehr hielt er in der anderen, in den Stall. Dort lag der Veterinär, er atmete noch. Die Luft im Stall war erfüllt vom penetranten Geruch des Tierbluts, weshalb wir Taschentücher vor unsere Nase hielten. Wir schleiften den Veterinär aus dem Stall und legten ihn unter den Nußbaum, jetzt erst liefen die Kinder aus allen Windrichtungen herbei, um neugierig zu schauen, was vorgefallen war.

## Die Befestigungsanlage

Wie eine mittelalterliche Stadt umgeben die gelben Befestigungsmauern das Schloß des Generals. Man sagt: Wer auf die Mauer steigt, vergißt zu denken, es weiß jedoch niemand, was dieser Spruch bedeutet, obwohl ihn jedermann verwendet. Das Schloß des Generals ist von weitem von allen Seiten zu sehen, aus der Nähe aber bietet sich nur der Anblick der Mauer dem Betrachter. Noch in jedem Krieg, weiß man, wurde das Schloß gestürmt. Der General schnallte sich dann, als sei die Zeit stehengeblieben, den Säbel um, trat vor das Schloß und spuckte einen

Strahl Kautabak vor die Füße der Besatzer, sodann richtete er sich wortlos im Bedienentrakt ein und kümmerte sich nicht um die Verwüstungen. Man erzählt, daß er nicht zusammenzuckte, wenn ein Spiegel, ein Piano oder ein Biedermeierkanapee aus einem Fenster gestoßen wurde und im Schloßhof zersplitterte. Insgesamt wurde die Befestigungsanlage viermal geschleift und nach Abzug der fremden Soldaten wieder neu errichtet. (Diese Arbeit, für die nie jemand bezahlt wurde, oblag den Dorfbewohnern.) Die Befestigungsanlage hat nie ihren Zweck erfüllt. Zwar erinnern sich manche, von ihren Vorfahren gehört zu haben, daß ursprünglich Soldaten diese Anlage bewacht hätten, doch seien sie offensichtlich vergessen worden und gestorben. Die immer seltener werdenden Besuche des Generals, hauptsächlich Ornithologen, sah man nur über die Landstraße brausen, wenn sie kamen und wegfuhren, uns sollen sie über die Spiegelanlage im Schloß beobachtet haben. Es gibt zahlreiche Menschen, die auf die Mauer geklettert sind, keiner aber berichtete, seither nicht mehr gedacht zu haben, und niemand weiß irgendeine außerordentliche Geschichte darüber zu erzählen. Am unerklärlichsten scheint mir, daß sämtliche Prozessionen die Befestigungsanlagen, die sie umrunden, zum Ziel haben. Ferner werden die Kinder, wenn sie zum ersten Mal gezüchtigt werden, vor die Befestigungsanlage geführt und dort geohrfeigt. Gezüchtigter und Züchtigender legen zu diesem Zweck immer die Sonntagskleidung an. Sieht man also den Vater mit dem kaum schon gehfähigen Jüngsten im schwarzen Anzug zur Befestigungsanlage gehen, hört man von allen Seiten Scherzrufe. Nicht wenige schließen sich dann den beiden – dem lachenden Vater und dem weinenden Jüngsten – an, um Zeugen der Ohrfeigen oder Prügel zu werden. Die unerklärliche Anziehungskraft kommt vermutlich aus der Zeit der Besetzung. Damals wurden die Mauern bewacht, und niemand durfte das

Schloß betreten, auch der Pfarrer nicht oder der Bürgermeister. Die Aufgabe des Pfarrers bestand darin, Delinquenten zum Galgen zu begleiten (den man auf der Mauer errichtet hatte) und dabei aus der Bibel zu lesen. Es handelte sich jedoch, das war klar ersichtlich, um einen gemaßregelten Pfarrer, da ihm beide Ohren fehlten. Das Lachen dieses Menschen soll so aufsässig gewesen sein, daß man ihm nur gestattete, lateinisch zu sprechen. Die wenigsten haben das Aufhängen miterlebt. Es fand zumeist im Morgengrauen statt und ging so rasch vor sich, daß sich die Augenzeugen nicht im klaren waren, ob sie geträumt hätten. Hatten die fremden Soldaten die Befestigungsanlage geschleift, strömte das ganze Dorf herbei. Es wagte jedoch niemand, die Stelle zu übertreten, an der die Mauer gestanden war.

## Der Blick eines Mörders

Als vor etwa zwanzig Jahren ein Mörder von unseren Gendarmen gefangengenommen wurde, gab er folgendes zu Protokoll: »Ich sehe alles wie aus der Nähe und mit größter Gleichgültigkeit: Innereien von Schlachtvieh, die Sardinendose, Nadel und Zwirn. Betrete ich einen Raum, sticht mir zuerst die Kinderpuppe, die auf dem Boden liegt, ins Auge, dann das geschlachtete Kaninchen im Topf, die geköpften Fische, der Handschuh. Ich kann die Einzelheiten weder zusammensetzen noch verstehen. Ein Glas Wein, eine geöffnete Hand mit einer Münze, ausgetretene Hausschuhe. Die Gesichter sind wie die Reste von Plakaten auf Scheunenwänden oder Steine in Schotterwegen. Mit meinen Füßen habe ich nichts zu tun, außer daß sie mich tragen. Ein abgezogener Hase bereitet mir Freude, ebenso eine Rasierklinge, ein alter Kamm mit Haaren oder ein Eimer mit Schmutzwasser, in dem Fetzen schwimmen.« (An dieser Stelle verzeichnet das Protokoll, daß der »Untersuchungshäftling« eine Zigarette verlangte und ein Glas Wein, was ihm bewilligt wurde. Hierauf setzt es fort:) »Den Sommer über habe ich verschiedene Gelegenheitsarbeiten verrichtet und in den Scheunen der Umgebung genächtigt. Bei einem Wirtshausgespräch habe ich Kenntnis von den Ersparnissen des alten R. erfahren. Mehr aus Neugier und ohne bestimmte Absichten machte ich mich auf den Weg zu dem abseits gelegenen Haus. Vor der Tüt verlor ich einen Hosenknopf, und als ich ihn aufhob, kam er mir wie ein Hinweis vor. (Ich konnte mir jedoch nicht erklären, worauf sich der Hinweis bezog.) Im Vorraum roch es nach Bohnschotten und Zwiebeln, die dort zu Hauf lagen, und abermals fühlte ich, daß ich auf etwas aufmerksam gemacht werden sollte. Ich blieb stehen und schaute mich um. Tatsächlich sah ich eine Hacke in einem Winkel lehnen und ich dachte: ›Na gut.‹ Gleich darauf wurde die Küchentür geöffnet, und der alte R. mit seinem mißtrauischen Gesicht fragte mich, was ich suchte. Mir fiel keine Antwort ein. Auf dem Küchentisch lag zerknittertes Zeitungspapier, ich schloß daraus, daß er dabei war, Eier ein- oder auszuwickeln. Schon wollte ich gehen, da fiel mir die Hacke ein. Statt aber die Hacke zu nehmen, fing ich an, ihn zu würgen. Ich fiel über ihn her und schaute mir dabei zu. ›Jetzt ist es aber genug‹, dachte ich, als ich mich über dem Alten knien und ihm die Kehle zudrücken sah. Ich ließ jedoch nicht von ihm ab, bis er aufhörte, sich zu rühren. Dann suchte ich nach dem Geld, das ich nicht unter dem Kopfpolster fand (das Bett stand in der Küche), wohl aber unter einem umgedrehten Suppenteller in der Kredenz. Da lief, ich weiß nicht warum, der Wecker des Alten ab. Ich erschrak so heftig, daß ich das Geld in die Taschen steckte und das Haus verließ. Im Grunde hat der Vorfall nichts mit mir zu tun. Ich nahm das Fahrrad des Alten und verließ die Gegend. In Wuggau schloß ich mich dem vorbeiziehenden Wanderzirkus an, wo ich von den Gendarmen aufgespürt und verhaftet wurde. Allerdings weiß ich nicht, wie man mir auf die Spur kam.«

## Die Hochzeit des Hauptmanns

Die Geschichte trug sich 1918 in Obergreith zu.
An einem der letzten Kriegstage traf eine Schar auf der Flucht befindlicher Infanteristen – insgesamt ein ungeordneter und abgerissener Haufen – im Dorf ein und beschloß, in Verstecken das Ende abzuwarten. Die verbliebenen Einwohner waren über ihre Absichten geteilter Meinung: Die einen fühlten sich durch die Anwesenheit bewaffneter Männer beschützt, die anderen befürchteten eine zusätzliche Erschwernis ihrer Lage. Als dann das Näherrücken der feindlichen Armee am Donner der Kanonen und aus den Rauchwolken brennender Gebäude in der Umgebung für alle erkenntlich war, ersuchten zwei Frauen (die eine Näherin und ledig, die andere mit einem Bergmann verheiratet und Mutter einer Tochter) den Vorgesetzten und einzigen Offizier der Truppe, einen Hauptmann namens Schön, weiterzuziehen. Sie sprachen in seinem Versteck vor – einer leergeräumten Tenne, in der sich ein großer Eisenofen mit einem langen Abzugsrohr befand –, erhielten als Antwort jedoch nur ein obszönes Angebot. Am Nachmittag desselben Tages traf die Vorhut der bulgarischen Armee im Dorf ein und wurde aus mehreren Gebäuden beschossen – keinem der Angreifer gelang die Flucht, einer blieb verletzt liegen, die übrigen lagen tot auf der Erde. Es dauerte nicht lange, da umzingelte der Haupttroß das Dorf und nahm es im Sturm. Ein Teil der Soldaten, die es verteidigen sollten, hatte nämlich die Flucht ergriffen, der übrige sich in den Kellern oder auf den Dachböden zurückgezogen, so daß der Wider-

stand nur vom Hauptmann und einem einfachen Soldaten ausgegangen war, der, bevor er noch einen gezielten Schuß hatte abgeben können, gefallen war. Die feindlichen Soldaten sammelten die Toten ein und legten sie hinter eine Scheune, den Verletzten schaffte man auf einer Bahre weg. Sodann erschien der Leutnant der Bulgaren, ein blonder, junger Mann, mit einer runden Brille, deren Gläser angelaufen waren, und verlangte vom Hauptmann, der mittlerweile gefangen und entwaffnet worden war, eine Erklärung. Da dieser sie verweigerte, gab der Leutnant Befehl, nach versteckten Soldaten zu suchen, was soviel hieß, daß das Dorf nicht geschont zu werden brauchte. In Kürze waren die Verstecke entdeckt, die Soldaten gefangengenommen und das Dorf verwüstet. Die Frauen hatte man zur Überraschung aller geschont, nur die Tochter der Bergmannsfrau war von einem Unteroffizier geschändet worden, bevor man sie zwang, die Nacht mit dem Leutnant zu verbringen. Am nächsten Tag erreichte das Dorf die Nachricht, daß der Krieg zu Ende war. Die bulgarische Einheit ließ die Gefangenen vor ihren erschossenen Kameraden Aufstellung nehmen und richtete sie hin, bevor sie abzog. Als einziger überlebte der Hauptmann das Massaker, da man auf ihn durch die sich überstürzenden Ereignisse vergessen hatte. Zunächst war das Dorf vor Entsetzen wie gelähmt. Als man jedoch Ausschau hielt, entdeckte man den Hauptmann in der Tenne mit dem großen Eisenofen, an einen Stuhl gefesselt und ahnungslos, daß der Krieg vorüber war. Gleichzeitig aber hatte man die Tochter der Bergmannsfrau betrunken und halbnackt im Bett des Zimmers gefunden, in dem der bulgarische Leutnant geschlafen hatte. Die Wäsche war blutig, und die junge Frau machte den Eindruck, als hätte sie den Verstand verloren. Denn als man sie an den Erschossenen vorbeiführte, fing sie ein Lied zu singen an, welches nach einer Hochzeit angestimmt wird und von zweideutigen Anspielungen so strotzt, daß man –

bevor man es singt – üblicherweise die Kinder in ein anderes Zimmer sperrt (um ihre angenommene Unschuld nicht zu verletzen). Von den Vorfällen wurde dem Hauptmann keine Nachricht gegeben. Stumpf und in sich versunken hing er in dem Stuhl, an den er gefesselt war, bemerkte nicht, daß man ihn durch das Fenster beobachtete und wartete darauf, was mit ihm geschehen würde. Als erstes ließ die Frau des Bergmanns den Pfarrer kommen und schloß sich mit ihm ein. Ihr Mann befand sich noch im Krieg, und sie wohnte mit ihrer Tochter und dem schwachsinnigen Bruder auf dem Hof. Sie war durch und durch gläubig. Kurze Zeit später ging sie mit ihrer Tochter, dem schwachsinnigen Bruder, der Näherin und dem Pfarrer feierlich zur Tenne, in der der Hauptmann noch immer in Stricken gefangen auf dem Stuhl saß, und forderte ihn auf, ihre Tochter zu heiraten. Der Hauptmann verstand kein Wort. Er war ein gutaussehender, großer Mann aus der Stadt, etwas oberflächlich (vielleicht sogar dumm), mit gepflegtem dunklen Haar und der getönten Haut eines Südländers. Staunend hob er die Augen, erkannte aber gleich, als er das Mädchen sah, was vorgefallen war. »Hören Sie«, fuhr er daraufhin den Pfarrer an, denn in ihm erkannte er instinktiv das schwächste Glied der Kette, und versuchte mitsamt dem Stuhl aufzustehen, »ich bin noch nicht tot und befehle Ihnen, mich zu befreien.« Der Pfarrer drehte sich jedoch um und verließ den großen Raum, in dem es mittlerweile eisig kalt geworden war, gefolgt von den drei Frauen und dem Schwachsinnigen. Die Frau des Bergmanns widersprach, im Freien angekommen, den Vorhaltungen des Pfarrers nicht, weigerte sich jedoch, den Hauptmann vor Morgengrauen zu unterrichten, daß der Kriegszustand beendet und die feindlichen Soldaten abgezogen waren. Dann schickte sie die übrigen zu Bett, löschte das Licht und setzte sich in die dunkle Küche. Ihre Tochter verlangte jedoch nach ihr, und so begab sie sich zu ihr ans Lager und tröstete sie. Als es hell geworden war, versteckte sie das Gewehr mit dem abgesägten Lauf, das ihr Mann zum Schweineschlachten verwendete, unter ihrem Mantel und wartete auf den Pfarrer. Sie hörte ihn, der an Asthma litt, schon keuchen, bevor er an die Tür klopfte, und ging ihm entgegen. Nichts regte sich im Novembernebel, nur als sie zur Tenne abbogen, krähte ein Hahn.

»Wir können nichts anderes tun, als den Hauptmann freilassen«, stammelte der Pfarrer mit wachsender Atemnot. Seine Brust schmerzte, und er fühlte sich der Angelegenheit nicht gewachsen. Die ganze Nacht über hatte er die Tenne nicht aus den Augen gelassen und an die Folgen gedacht, die für ihn entstehen konnten, wenn der Hauptmann dahinterkam, daß man ihn hingehalten hatte. Er fürchtete sich vor ihm (selbst, wenn er, wie jetzt, unbewaffnet war). Aber es war Krieg (zumindest bis vor kurzem noch), und der Pfarrer haßte die Gewalt. Gewalt machte ihn hilflos. Die Angst legte sich ihm so schwer auf die Brust, daß er in einem fort fürchtete, zu ersticken. Schon als Kind war er das Opfer seiner Veranlagung gewesen. Er schob den Riegel zurück und öffnete weit die Tür. Der Hauptmann schrak aus dem Schlaf hoch und schaute sie hilflos an, dann begann er zu flüstern, man möge ihn befreien.

»Wir sind gekommen, um Ihnen zu sagen, daß der Krieg zu Ende ist«, antwortete ihm der Pfarrer und schritt auf ihn zu, um die Knoten seiner Fesseln zu öffnen. In diesem Augenblick nahm die Frau des Bergmannes das Gewehr mit dem abgesägten Lauf heraus, trat an den Hauptmann heran und schoß ihm in den Kopf. Der Hauptmann wollte seinen Kopf hochreißen, öffnete den Mund, stieß einen Fluch aus und fiel in sich zusammen. Aus Entsetzen über den Fluch eines Sterbenden rührten sich zunächst weder der Pfarrer noch die Frau des Bergmannes. Sogleich aber verspürte der Pfarrer (den Schuß noch immer in den Ohren) jenes Gefühl des Erstickens, von dem er glaubte, es würde seine letzte, angstgepeinigte Empfindung von der Welt sein. Das, so erzählte mir meine Tante, sei der Hergang jenes Ereignisses gewesen, über das lange Vermutungen angestellt worden seien, da der Pfarrer sich in Schweigen hüllte, wenn man nach dem Hintergrund der angeblichen Hochzeit zwischen der Tochter des Bergmannes und dem fremden Hauptmann gefragt habe. Die junge Frau war bis an ihr Lebensende verwirrt geblieben, was man dem jähen Tod ihres Mannes zuschrieb, hätte aber, ausgestattet mit den Ersparnissen der Witwenpension, zahlreiche Bewerber um ihre Gunst gehabt, die sie allesamt ausgeschlagen haben soll.

## Von zwei Seiten

Ja, aber wer wird uns die Geschichten erzählen, die als Erbgut unserer Vorfahren durch unsere Körper zirkulieren? Hat man sie uns mit auf den Weg gegeben, um uns zu heilen? Um unseren Geist zu verwirren? Oder um uns zu erinnern, daß wir sterblich sind? Diese Bilder, die sich plötzlich öffnen wie große Blumen im Licht, um jäh wieder in die Tiefe zu sinken, als kümmerten sie sich nicht um uns (weshalb die Irritation, die von ihnen ausgeht, noch stärker empfunden wird), diese Bilder also, schön und vergänglich, sind sie überhaupt in unsere Sprache zu fassen? Ist es möglich, ihnen in einer Art Bilderfluß zu folgen? Und welcher Geschichte gilt es nachzuspüren? Sind es überhaupt Geschichten? Ruhen sie in unseren Köpfen wie Samenkörner (unter der Erde), in deren Winzigkeit die Baupläne zukünftiger Gestalten eingekapselt sind? (Das Merkwürdige: Du könntest eine Geschichte erzählen, die nicht von Dir ist, aber in Dir.) – Oder färben sie (wie frisches Gras Dein Hemd) unser Denken? Sprechen sie aus Dir, ohne daß Du es jemals weißt? So wie die

Form Deiner Zähne oder Fingernägel – von Dir als selbstverständlich hingenommen – von einem Vorfahren stammt, von dem Du niemals Kenntnis erlangen kannst... Auf meinem Bett warte ich auf die Bilder, in der Gewißheit, daß sie durch innere Belichtungsvorgänge entstehen, in der Überzeugung, sie durch meine Willenskraft auslösen zu können und in Unkenntnis dessen, welche Absichten ich hege...

Im fruchtgelben Licht eines Morgens fällt der Blick über den Hügel ins Tal... die Erde tief unten ist von Wasseradern durchzogen, blitzähnlichen Gebilden, die voller versteckter Symmetrien sind... (jetzt erst weißt Du, was das Gefühl der Körperlosigkeit bedeutet... Du bist weder Wind noch Luft, Du erkennst Dich später in der gesprenkelten Iris Deines Gegenübers ebenso wieder wie im sich verflüchtigenden Rauch einer Zigarette)... über den grauen Fluß führt eine hölzerne überdeckte Brücke zu einem Fabriksgebäude. Glasscherben liegen auf dem Weg – jetzt siehst Du Dich von hinten gehen. Du weißt, daß diese Gestalt eines alten Mannes, die einen Hut auf dem Kopf trägt, Du selbst bist, während der Betreffende sich von Deiner Existenz nicht die geringste Vorstellung macht. Wie könntest Du mit diesem Menschen korrespondieren? Weshalb kennt er Dich nicht? Seine Hosen sind ausgebeult, Hemd und Weste zerrissen. Linker Hand rauscht der Fluß vorbei, in den man sich nur zu stürzen bräuchte, rechter Hand erhebt sich die hohe Mauer mit Glasfenstern, von der sich der Verputz löst.

(An dieser Stelle verliere ich zum erstenmal das Bild, vermutlich, weil ich etwas in ihm wiedererkennen oder es deuten wollte, während es sich nur auf dem Nährboden völliger Willenlosigkeit entwickeln kann, und hilflos ((wie wenn ich am Morgen einen schönen Traum nach kurzem Erwachen mit Anstrengung fortzusetzen wünsche und in eine Art Erlebnisschlaufe gerate, die immer wieder nur die gleichen Traumteile, die längst geträumt sind, wieder-

holt)) versuche ich eine Fortsetzung meiner inneren Geschichte zu erzwingen...) Plötzlich um die Ecke der Fabrikshalle getreten, stehe ich im wäschebehangenen Hinterhof eines Wohnblocks. Die Gestalt vor mir findet sich wie von selbst zurecht, ich aber verspüre jählings Angst, entdeckt zu werden. (Zwar hat sich am Zustand meiner Körperlosigkeit nichts geändert, er hat sich jedoch mit dem Gedanken, trotz allem sichtbar zu sein, verbunden, wenngleich kein zwingender Anhaltspunkt für diese Überlegung vorhanden ist.)
Schon folge ich dem Menschen (der, obwohl er nicht aussieht, wie ich mir vorstelle, daß ich aussehe oder bin, ohne Zweifel ich selbst bin) und betrete (somit) eine der Arbeiterkasernen der Glasfabrik (woher weiß ich das? Tatsächlich hat es, nicht weit von unserem Dorf, bis zum Anfang unseres Jahrhunderts eine Glasfabrik gegeben, und tatsächlich soll ein entfernter Verwandter von mir dort... im selben Augenblick, in den Sekundenbruchteilen, als ich daran gedacht habe, ist das Bild verschwunden...)
...Und ich finde mich in einer spärlich möblierten Kammer voller Schmutzwäsche wieder. An den Wänden kann ich kein Bild entdecken. Ich sitze der Gestalt (mir selbst) nun von Angesicht zu Angesicht gegenüber, ohne gesehen zu werden, allerdings blickt mich der Mensch, ein, wie ich jetzt erkenne, alter Mann mit fahler Gesichtshaut und hervorstehenden Augäpfeln an, unendlich traurig und wehrlos, als erwartete er von mir, den es nicht gibt, daß ich ihm etwas antue.
(Sogleich halte ich ihn für ein Opfer, auch wenn ich nicht so recht daran glauben kann, da ich nur von Tätern etwas zu verstehen vermeine.) Und im selben Augenblick, als ich ihn mit dem vorangegangenen Gedanken verloren habe, gewinne ich ihn als einen auf dem Boden liegenden Mann wieder, der infolge eines Herzversagens sein Leben ausgehaucht hat (mir war die ganze Zeit, fällt mir jetzt

auf, als ich ihm folgte, übel und schwindlig), allerdings bin ich nicht bereit, das auch zu glauben.
(An dieser Stelle erfolgt ein heftiger Schnitt, und so sehr ich mich auch bemühe zu sehen, was weiter geschieht, bleibt als letztes Bild immer der tote alte Mann, mit dem Gesicht zur Zimmerdecke in der leeren Wohnung, in der nicht die Stille von Außenwelt herrscht, sondern die Stille eines künstlichen Raumes.)
Dann aber, nach einer Entspannung, die der Erschöpfung folgte, sehe ich mich, als Schatten eines jüngeren Mannes, von hinten in einer Art Kanzlei sitzen, welche so überheizt ist, daß ich schwitze. Und wieder bin ich gleichzeitig dieser junge Mann, dem ich nur tatenlos zuschauen und zuhören kann, und der körperlose Zustand, der mich dazu befähigt, an den Ereignissen teilzuhaben, wobei mir (selbstredend) klar ist, daß der Beschuldigte ich bin. Wessen man den jüngeren, bärtigen Mann mit braunen Haaren und flackernden Augen – übrigens ein mir völlig unähnlicher und vom Aussehen unbekannter Mann – beschuldigt, ist, ohne daß auch nur eine Silbe darüber verloren wird, von Anfang an klar: Jedermann im Zimmer des Untersuchungsrichters ist davon überzeugt, dem Mörder des alten Mannes gegenüberzusitzen, der ich bin.
(Das Merkwürdige daran aber ist, daß ich den toten alten Mann noch immer in seinem leeren Zimmer liegen sehen kann, ohne es aber jetzt noch zu sein. Hingegen bin ich mit jedem winzigsten Gedanken der Beschuldigte, und als er/ich jetzt spricht/spreche, weiß ich, daß er/ich jetzt lügt/lüge.)
»Um diese Zeit«, sagt der Beschuldigte, »war ich in der Fabrik mit dem Herstellen von Tintenfässern beschäftigt.«
»Tintenfässer?« – Der Untersuchungsrichter lehnt sich zurück und wiederholt: »Tintenfässer?«
Und obwohl ich die ganze Zeit über (heimlich) weiß, daß ich mich nicht in meinem Leben befinde, bringe ich nicht

die Kraft auf, diesen Raum zu verlassen, selbst wenn ich entdeckt würde (welch ein absurder Gedanke, da ich doch der Beschuldigte bin, den alle anstarren), so müßte ich ausharren, als sei ich gelähmt.
Zu meinem Erstaunen aber ist der Beschuldigte völlig gelassen. Während ich mich ängstige, sitzt er vor dem Schreibtisch ohne irgendein Zeichen der Beunruhigung. Schließlich steht er auf und geht hinaus, indessen ich vorzutreten habe. Und jetzt, wie durch ein Wunder, habe ich auch tatsächlich die Gestalt des Beschuldigten angenommen und sitze, von panischer Angst erfüllt, vor dem Untersuchungsrichter. Und wie um mich zu retten, erfinde ich augenblicklich den Hergang der Tat, den ich aber nicht »sehen«, sondern nur zitieren kann, erstaunt darüber, daß ich der bin, für den man mich hält. Die ganze Zeit aber befürchte ich, daß meine Chancen verspielt sind, geboren zu werden, und daß ich im Gestrüpp der Hinterhöfe, zwischen Eisenbahnschienen, behangenen Wäscheleinen und Bretterstapeln weiterexistieren muß.
(Unnötig festzustellen, daß ich gegenüber dem Ende dieser »Geschichte« mißtrauisch bin. Worum es ging, war so etwas wie eine Spektralanalyse des Gedankenstromes mit dem Ergebnis eines unterbrochenen Traumes, d. h. eines jählings vertrocknenden Wasserfalls von Bildern, der nichts anderes hinterläßt als Sand zwischen den Zähnen, statt dessen nehmen die Bilderfragmente die Form von Eisblumen an, die sich auf Glas bilden.)

## Die Schilderung des Freundes (Fortsetzung)

Während der gesamten Fahrt hielt der Entmündigte den Kopf gesenkt, weniger aus Schuldbewußtsein als aus Trotz. Auch als wir ausstiegen, starrte er noch auf seine

Schuhe, so als hätte er mir etwas zu verzeihen. Ich führte ihn in das Gasthaus meines Onkels, in dem biertrinkende Arbeiter herumsaßen und lachten. Meine Tante stellte ihm schweigend eine Mahlzeit hin. Als wir über den Hof zum Sägewerk gingen, ließ ein Windstoß Blüten von den Bäumen schneien, die sich in unseren Haaren verfingen. Die Bienen summten so laut, daß wir die Köpfe hoben und für einen Moment anhielten. Der Entmündigte wollte hierauf nicht mehr weitergehen und wandte uns abrupt den Rücken zu.

»Wir haben Dir vergeben, obwohl wir Dein Verhalten nicht billigen«, sagte mein Onkel daraufhin, »wir wollen auch in Zukunft nicht mehr darüber sprechen. Du mußt nicht in die Anstalt zurück«, fuhr er fort, »es ist daher nicht notwendig, daß Du halsstarrig bist.« Tränen liefen über seine Wangen, und er blieb stehen, nahm ein Taschentuch heraus und schneuzte sich. Ich berührte den Entmündigten am Arm, er zog ihn jedoch störrisch von mir weg. Deshalb ließen wir ihn stehen und kümmerten uns nicht um ihn, wir hörten jedoch, daß er uns folgte. Mein Onkel hatte sich wieder beruhigt, und als ich mich nach dem Entmündigten umdrehte, bemerkte ich, daß er grinste und lautlos seine Lippen bewegte. Mit diesem Grinsen stellte er sich auch vor meinen Vater. Unruhig stand er da mit seinen zerzausten Haaren, plötzlich wurde sein Gesicht ernst, und er murmelte halblaut vor sich hin.

Das einzige, was mir auffiel, war meine Empfindungslosigkeit.

Der Entmündigte setzte sich sodann auf einen Stuhl und machte Anstalten einzuschlafen. Mein Onkel weckte ihn sanft, worauf er verlangte, sich in seine Kammer begeben zu dürfen. Dort schlief er aus Erschöpfung bis zum nächsten Tag. In der Zwischenzeit trafen unsere Nachbarn und die ersten Bewohner weiter entfernter Höfe ein.

# Apoplexie

Die Nacht über hatte der General von Fischen geträumt, ohne sich am Morgen erklären zu können, was das bedeutete. Er hatte keine Beziehung zu Fischen. Und da war noch etwas: Obwohl er seine Augen geöffnet hatte und er wußte, daß er erwacht war, kam ihm vor, als träumte er weiter. Die Dinge waren ohne Bezeichnung und erklärende Eigenschaften geworden. Vielmehr war er vollständig ihrer Wirkung ausgeliefert. Er sah das Messer mit dem Elfenbeingriff auf dem Tisch, und es schien ihm auf einer spiegelnden Fläche zu liegen und so etwas wie ein Kinderspielzeug zu sein. Er begriff nur, daß es etwas mit seiner eigenen Kindheit zu tun hatte, daß es ihm (obwohl er sich nicht sagen konnte, zu was es nutze war) gehörte und daß er sich nicht davor zu fürchten brauchte. Als nächstes fiel sein Blick auf den Parkettboden, in dem er aber so viel Verschiedenes zu erkennen glaubte, daß er sich rasch abwandte. Denn mit Sicherheit war im Muster des Parkettbodens eine Geschichte versteckt, so kam es ihm vor, die ihn erniedrigte, weil er sie nicht verstehen konnte. Er fühlte nur den Sog, der von ihr ausging und ihn dazu zwang, seine ganze Kraft aufzubieten, um an die Decke starren zu können. Die Glühlampe aber, die er dort bemerkte, verstand er vollständig falsch. Er hielt sie für eine Drohung – irgendwie war sie ihm bekannt –, und er dachte, daß sie so etwas wie ein Tier war (wenngleich ihm der Begriff »Tier« nicht mehr geläufig war), das ihn beobachtete. Im ersten Augenblick glaubte er, gestorben zu sein. Eine der wildernden Katzen, die durch das halboffene Fenster, schadhafte Kellertüren und durch das halbmorsche Dach, welches sie über die hohen Bäume erreichten, mitunter in das Schloß kamen und dort lautlos umherstreiften, hockte auf einer Kommode, auf der eine Vase mit einem blühenden Fliederzweig stand. Der General begriff weder das Möbelstück noch den kleinen, weißen Ast (von dem ein Duft ausging, der ihn an etwas Unbestimmtes erinnerte), sondern er konzentrierte seine ganze Geisteskraft auf das Tier mit den bernsteinfarbenen Augen, das ihn bewegungslos anstarrte. Er war davon überzeugt, daß es etwas mit seinen Umständen zu tun hatte oder ihm zumindest Aufklärung darüber geben konnte, was geschehen war. Sofort glaubte er einer heftigen Müdigkeit zu unterliegen, doch er hatte gewissermaßen seinen Fuß in eine Tür gestellt, die es zu öffnen galt, und er war nicht willens, ihn wieder herauszunehmen. Plötzlich verstand er, daß er sein Gedächtnis verloren hatte. Seine Erkenntnis kam ihm so heftig und mit solcher Klarheit, daß er laut aufstöhnte. War das die Strafe, die er für sein hohes Alter zu bezahlen hatte? Er schloß die Augen und versuchte, sich etwas Vergangenes zu vergegenwärtigen, und sah sich mit einem Mal als jungen Leutnant eine Apotheke in Ungarn betreten und Pulver eines getrockneten Salamanders kaufen, das als Aphrodisiakum galt. Die Apotheke war ein dunkles Gebäude, in dem Mahagonischränke mit emaillierten Schildern standen. Er roch den Geruch von Kampfer (war es Kampfer?) und sah den hageren blassen Mann, der ihm zuerst den getrockneten Salamander in einem Glasgefäß zeigte (um ihn von der Echtheit seiner Ware zu überzeugen) und dann etwas Pulver in ein Papiersäckchen leerte (auf dem Daumen hatte er einen Jodflecken). Der General sah seine Erinnerung mit andächtigem Staunen. Er wußte, daß er alles bis in jede Einzelheit erlebt hatte, nur hatte er den Vorfall längst vergessen. Es mußte schon mehr als sechzig oder siebzig Jahre zurückliegen. Damals hatte er die Absicht gehabt, mit einigen anderen Offizieren seines Regimentes ein Bordell aufzusuchen, und da er gefürchtet hatte zu versagen und deshalb verspottet zu werden (denn er hatte noch nie ein Bordell betreten), war er auf die Idee gekommen, sich zuvor zu stärken ... Und? So sehr er sich nun auch anstrengte, er konnte sich nicht mehr weiter erinnern, was vorgefallen war. Vermutlich war man in das Bordell gegangen, das war anzunehmen ... aber dann? Er öffnete die Augen und sah, daß die Katze verschwunden war. Zu seiner Erleichterung aber fand er sich in seinem Zimmer zurecht. Alles lag an seinem gewohnten Platz, und auf dem Tisch, an dem er sein Essen einzunehmen pflegte, entdeckte er das Buttermesser. Vorsichtig bewegte er die Finger und Zehen und stellte fest, daß sie seinen Befehlen gehorchten und daß er jedes einzelne Glied fühlte. Jetzt erst erkannte er die Haushälterin. Sie stand genau dort, wo die Katze gesessen war, vor der Kommode mit der Vase und dem Fliederzweig, und wenn er sich nicht täuschte, redete sie auf ihn ein. Was wollte sie? Er versuchte sich aufzusetzen, aber er war zu kraftlos und fiel in das Kissen zurück. Als nächstes brachte man ihm einen Spiegel, und als er sich sah, begriff er, was geschehen war; eine seiner Gesichtshälften hing herunter, als sei das Leben aus ihr gewichen, und sogleich stellte er fest, daß es tatsächlich aus ihr gewichen war. Man entblößte seinen mageren Arm, und er fühlte Wohlbehagen, als der Arzt die Nadel durch seine Haut in die Vene bohrte und begütigend auf ihn einsprach.

## Der selbstlose Kreisrichter

### 1

Wir betrachteten den Kreisrichter nicht als einen von uns, obwohl wir keinen Feind in ihm sahen. Am ehesten waren wir mißtrauisch. Was wußten wir schon von ihm?
Es heißt, daß er in uns nur einen Witz sah. Was er vor Gericht hörte, war ihm nur die Geschichte wert, die er seinen Freunden davon erzählte (und er ließ keinen Zweifel darüber offen, daß er seine Vorrechte genoß). Als

er dann geheiratet und seine Frau mehrere Selbstmordversuche unternommen hatte, änderte er sein Verhalten. Er wurde schweigsamer, schließlich, als sie endgültig in der Anstalt verschwunden oder vielleicht sogar tot war, fing er an, Streit zu suchen. Nichts war ihm recht: Kaufte er ein, hatte er an der Ware etwas auszusetzen, dem Friseur schnitt er schon beim ersten unverbindlichen Satz das Wort ab. Andererseits hatte er Angst vor dem Alleinsein. Er tauchte bei jeder Gelegenheit auf, und es war unvermeidlich, daß es Auseinandersetzungen gab.

2

Bei den Wohlhabenderen war der Kreisrichter (dennoch) beliebt. Man lud ihn zur Jagd ein, trieb Fasane und Hasen zu seinem Standplatz und ließ sich seine Besserwisserei gefallen. (Wer weiß, vielleicht brauchte man ihn.) Schließlich wußte man, daß er Menschen, die er haßte, ohne Erbarmen vernichtete, indem er sie (im Falle, daß sie in irgendeiner Angelegenheit einen Prozeß führten) nicht zu Wort kommen ließ und die Verhandlung so oft vertagte, bis Haus und Hof des Betreffenden verkauft waren.

3

Als er in Pension ging, verließ er das Haus nur noch selten. Er lehnte alle Einladungen zur Jagd ab (die auch rasch seltener wurden), besuchte keine Bälle. Noch bevor die Dorfbewohner es begriffen hatten, war er sich im klaren darüber, daß er keine Macht mehr hatte. (Er besaß allerdings zu wenig Kraft, um – ohne Amtsrichter zu sein – Autorität zu haben.) Seine Kinder kamen nicht mehr auf Besuch. (Warum ich mich überhaupt mit dem Kreisrichter beschäftige, liegt an meinem Freund. Dieser hat von ihm die Überzeugung übernommen, es gäbe keinen Schuldigen. »Aber es werden Schuldige gebraucht«, hatte er hinzugefügt, »es ist unsere Aufgabe, diejenigen zu finden, die in unseren Augen schuldig sind.«) Als er starb, kümmerte sich niemand darum, was weiter mit ihm geschah. In seiner Hinterlassenschaft fand man genügend Geld für die Unkosten des Begräbnisses. Da gerade die Totenkammer frisch ausgemalt wurde, bahrte man ihn im Zirkuszelt auf, es war jedermann gestattet, ihn dort zu sehen.

## Das Ende eines Parteigängers

»Nachdem der Gendarm, seine Mutter und der hingerichtete Landarzt begraben worden waren und der zweite Gendarm zum Kommandanten befördert worden war, geschah zunächst nichts. Eine Woche vor Kriegsende aber, bei Einbruch der Dunkelheit, kam eine Schar Partisanen aus der Ebene herauf... Sie ließen sich Zeit, man sah sie schon von weitem... (Zwei von ihnen, Jugoslawen, gingen langsam durch das Dorf und verlangten beim Mesner eine Flasche Schnaps, die er ihnen sofort aushändigte)... Sie nahmen am Dorfplatz Aufstellung und zündeten sich Zigaretten an. Es waren junge Männer, mit bäuerlichen Gesichtern und abgerissenen Uniformen, ihre Gewehre hingen ihnen über die Schultern«, erzählt mein Vater (einige Tage, nachdem er die Geschichte begonnen hat) weiter. »Wir errieten rasch, was das zu bedeuten hatte. Als erster mein Großvater, der lange aus dem Küchenfenster blickte und den Tod des Bürgermeisters voraussagte. Obwohl nur zwei Partisanen auf dem Dorfplatz warteten, versuchte der Bürgermeister nicht zu fliehen. (Man sagte, er habe ein Gewehr besessen, aber irgend etwas hielt ihn zurück, es zu benützen.) Niemand verließ das Haus. Als es vollständig dunkel geworden war, klopfte einer der Männer den Mesner heraus und befahl ihm, die Zügenglocke zu läuten. Zuerst stellte sich der

Mesner dumm, dann weigerte er sich, den Befehl auszuführen, schließlich, nach einem kurzen Blick in einen Gewehrlauf, gehorchte er und begab sich in den Kirchturm. Mit jedem Glockenschlag, der ertönte, wuchs die Spannung. Niemand wagte es, Licht zu machen, aber unsere Augen hatten sich schon an die Dunkelheit gewöhnt, und daher sahen wir auch die Partisanen, die aus dem Wald kamen und sich ohne besondere Eile vor dem Haus des Bürgermeisters versammelten. (Sie führten zwei Postpferde mit sich. Vor dem Friedhof hielten sie zuerst an und gingen zum Grab des Doktors, wo sie kurz verweilten, erst dann nahmen sie vor dem Haus des Bürgermeisters Aufstellung.) Die Glocke hatte mittlerweile aufgehört zu läuten. Einer von den Männern klopfte an die Haustüre, worauf das Weinen der Frau des Bürgermeisters zu hören war, sonst geschah nichts. Dann wurde ein Fenster aufgestoßen und eine weiße Fahne hinausgehängt. (Es war natürlich keine weiße Fahne, sondern ein Leintuch.) Die Partisanen auf der Straße brachen daraufhin in lautes Gelächter aus. Sie lachten so heftig, daß die Fahne rasch wieder aus dem Fenster verschwand. Es erschien jedoch nicht die Hakenkreuzfahne, die an manchen Tagen das Haus geschmückt hatte, sondern der Bürgermeister mit seinem Spazierstock (mit dem er auf die jungen Burschen unseres Dorfes gezeigt hatte, wenn sie die Einberufung zum Militär erhalten und er ihnen eröffnet hatte, daß sie bereit sein müßten zu sterben). Niemand hatte ihm jemals widersprochen. Als er sich jedoch jetzt mit seinem Spazierstock zeigte, erntete er nur Gelächter, das ihn erschrocken in das Haus zurückfliehen ließ. Aber bevor er sich noch im klaren war, was er eigentlich wollte, hatte man ihm den Spazierstock weggenommen und ihn selbst über eines der Pferde geworfen. Man fesselte ihn nicht einmal (trotzdem blieb er wie ein Sack Kohlen liegen). Jemand schwang sich auf das zweite Pferd, packte das andere am Zügel und ritt zum Dorf hinaus. Am nächsten Tag fanden wir den Bürgermeister in seinem Obstgarten. Er hing von einem der Apfelbäume, umschwirrt von Vögeln. Ich war damals sechzehn Jahre alt und half, ihn herunterzuschneiden. Wir legten ihn auf einen Ochsenkarren, es war keine schöne Arbeit. Man hob in aller Eile ein Grab aus und verscharrte ihn ohne viele Umstände, als wollte man den Vorfall so rasch wie möglich vergessen.«

## Überlistet

Zum ersten Mal fiel uns bei der »Parade« auf, daß der Zirkusdirektor betrunken war. Hinter den rot und golduniformierten Liliputanern, Affen und Clowns, die uns mit Katzenmusik erheiterten, torkelte der fluchende Zirkusdirektor her, als hätte er die Absicht gehabt, den Artisten und Tieren Gewalt anzutun. Er trug seinen löchrigen Zylinderhut, schmutzige Stiefel und einen schwarzen Frack. Seine rapsfarbenen Reithosen waren gebügelt, in einer Hand sahen wir eine Peitsche, mit der er uns auch drohte, jedoch hielten wir sein Gehabe für Spiel. Bei einer der nächsten Vorstellungen aber (es war der Nachmittag, an dem man den Kreisrichter im Zelt aufbahrte), bekam er Händel mit dem Bärendompteur, den er in das Publikum stieß, wo dieser im Sturz Zuschauer mitsamt den Stühlen mit sich riß. Am Abend dann, als der Sarg des Kreisrichters in der Manege stand, setzte sich der Zirkusdirektor zu den Neugierigen, die gekommen waren, um den Toten in der seltsamen Umgebung zu sehen, und fing an, sie mit Späßen und Geschichten aufzuheitern. Vor den Augen der Kinder ließ er Münzen verschwinden, zwei Gendarmen, die das Zelt betraten, erleichterte er um ihre Waffen, ohne daß sie es zunächst bemerkten (was Lachstürme hervorrief). Dabei schwankte er beträchtlich, und seine Aussprache war nur schwer verständlich. Auf die Vorhaltungen eines Landwirtes verdrehte er kurz die Augen und faltete die Hände, als würde er beten. Sodann ließ er sich düster auf einen der Klappstühle fallen und starrte den Leichnam an. Bald war es ein offenes Geheimnis, daß er begonnen hatte zu trinken. Am Morgen, wenn er fröstelnd zwischen den Wohnwagen umherstreifte und ihn jemand zur Rede stellte, knöpfte er nur seine Jacke zu und ging weiter. Oder aber er blieb stehen und musterte sein Gegenüber, bis dieser seinen eigenen Herzschlag hörte. Manchmal prügelte er zuerst die Tiere und dann die Menschen. Er torkelte durch den Ort, murmelte Beschimpfungen und drohte alleinstehenden Bewohnern Gewalt an. Bald war sein Verhalten untragbar. Daher machten sich eines Tages zwei der Gendarmen auf, um dem Zirkusdirektor zu befehlen, unseren Ort zu verlassen. Es war ein kalter Wintertag, der Schnee lag so hoch auf dem Abstellplatz, daß man von den Artisten, die in den ausgetretenen Pfaden von Wohnwagen zu Wohnwagen liefen, nur die Köpfe sah. Sobald die Kappen der Gendarmen auftauchten, ließ sich niemand mehr blicken. Unbeeindruckt davon suchten diese den Zirkusdirektor im aufgelassenen Kuhstall, wo sie ihn, geschminkt als weißen Clown und in Brüsseler Spitzen gekleidet, vorfanden. Als er seinen Mund öffnete, flog ihnen ein Kanarienvogel entgegen. »Meine Herren«, sprach er, »Ihr Besuch kommt mir gerade gelegen. Es ist nämlich so, daß man mir meinen Affen gestohlen hat, jenen wunderbaren und gezähmten Affen, von dem das weitere Schicksal meines Unternehmens abhängt. Im Vertrauen gesagt, es ist möglich, daß das Tier gemeingefährlich ist. Ich ersuche Sie und fordere Sie daher auf, mit meiner Hilfe das kostbare Tier wieder einzufangen.« Der Winter verging, ohne daß jemand den Affen gesehen hätte. Statt dessen begannen auch die Gendarmen zu trinken.

# Der Unfall

»Am Tag, an dem Du verunglückt bist, habe ich beim Fleischer ein halbes Schwein für uns gekauft.« Mein Vater und ich gehen hintereinander zu den aufgestellten Bienenmagazinen, um nach der Tracht zu schauen. »Das Schwein war schon geschlachtet, und der Gehilfe zerlegte es mit seinem Messer in seine Bestandteile. (Du mußt zu dieser Zeit gerade im Sägewerk angekommen sein und gesehen haben, wie dein Freund ((da einer der Entmündigten erkrankt war)) die Kreissäge bediente.) Später kommt der Totengräber vorbei und erzählt, daß die vier Männer, die den Sarg des alten Tierarztes zu Grabe trugen, ausgerutscht und mit ihm gestürzt seien. Wir haben ziemlich gelacht, der Gehilfe mußte sogar aufhören, das Schwein zu zerlegen, und der Totengräber hat uns die ganze Geschichte in allen Einzelheiten berichtet, wie sie auf dem steilen Hügel des Friedhofs das Gleichgewicht verloren und wie der erste fiel und dann der zweite und wie der Sarg zu Boden rumpelte und ein Stück über das Gras rutschte. Wir haben ihm die Flasche Zwetschgenschnaps gereicht, und er hat kräftig getrunken, aber kaum war er verschwunden, da erfuhren wir, daß nichts davon wahr gewesen war, kein Mensch war auf dem Friedhof ausgerutscht, und kein Sarg war zu Boden gefallen. (Das muß um die Zeit gewesen sein, als Dein Freund Dich aufforderte, ihm behilflich zu sein.) Wir lachten über den Totengräber und redeten mit Gustav, der beim Begräbnis dabei gewesen war. Er blieb eine Weile bei uns stehen, trank bedächtig den Zwetschgenschnaps und fragte mich nach der Honigernte aus, obwohl er sich nicht im mindesten dafür interessierte. Es war ein schöner Tag. Ich legte das Fleisch in eine Blechwanne, nahm Gustav die Flasche aus der Hand (in der sich nicht mehr viel befand) und bezahlte den Fleischergehilfen. (Ich dachte, wie merkwürdig, daß sich das Schwein in kurzer Zeit völlig aufgelöst hatte. Jedesmal bei einer Schlachtung denke ich das. Vom Schwein war eigentlich nichts zurückgeblieben als einige Spuren, das übrige hatte sich in etwas anderes verwandelt. Fast war es so, als hätte es nie existiert.) Ich setzte mich in meinen Wagen, denn ich hatte die Absicht, beim Werkzeugmacher Feilen und Zangen abzuholen, die überholt werden hatten müssen, und dann wollte ich Nägel kaufen und Draht. In der Zwischenzeit war es Gustav eingefallen, daß auch er in den Ort hinunter wollte, weil er sich einbildete, ein neues Hemd zu brauchen, und so nahm ich ihn mit. Wir unterhielten uns über sein neues Gebiß, das er sich in Jugoslawien hatte machen lassen, und daß seine Schwester ein lediges Kind erwartete, und er rätselte herum, wer der Vater sein könnte. Dabei nahm er das Gebiß heraus und hielt es mir vor die Nase, bis ich ihm sagte, er solle die Zähne wieder in den Mund nehmen, sie störten mich beim Fahren. In der Ebene tauchten wir in das grelle Licht des fortgeschrittenen Vormittags, Du mußt um diese Zeit schon Holzblöcke auf den Sägetisch gehoben haben, ich war jedoch zu sehr mit Gustav und seinem Gebiß und seiner Schwester beschäftigt, als daß ich an irgend etwas anderes hätte denken können. Unterwegs fiel Gustav ein, daß er zum Schneider mußte, wo er Ribiselwein kaufen wollte, auch verlangte er noch einen Schluck Schnaps. Ich war froh, als ich ihn loswurde, und fuhr um so eiliger die staubige Landstraße zwischen den Maisäckern dahin. Vor der Brücke erwischte ich beinahe ein Huhn, das ich erst zu spät bemerkte, und als ich das Lenkrad verriß, kam ich ein wenig von der Fahrbahn ab und landete mit dem Vorderrad in einem Schotterhaufen. Ich hielt bei laufendem Motor an und drehte mich nach dem Huhn um, das erschrocken zum Hof zurückflatterte (was mich zum Lachen brachte). Um diese Zeit hattest Du schon Deinen Freund abgelöst und die Säge betätigt, ich aber erinnerte mich plötzlich daran (warum weiß ich nicht), daß ich noch

Honig zu liefern hatte, und beschloß umzukehren. Gerade als ich den Wagen wendete oder unmittelbar darauf (als ich den Weg schon wieder zurückfuhr), mußt Du ausgerutscht und in das Sägeblatt gestürzt sein.«

## Kindheitserinnerungen eines Schlangenfängers

Der Schlangenfänger ist ein neunzigjähriger Mann mit einem schmierigglänzenden Hut und kleinen Händen. Zumeist spricht er mit niemandem. Sein einziger Umgang ist der mit Bienenzüchtern, denen er sich verwandt fühlt. »Als ich drei Jahre alt war«, erzählt er, »rissen meine Eltern den Fußboden aus dem Schlafzimmer, da sich im Bett meiner Mutter eine Schlange gefunden hatte. Man entdeckte ein Nest mit einem Dutzend Ringelnattern, die man erschlug. Ich war sieben Jahre alt, als ich eine Sandviper im Gemüsegarten entdeckte, der meine Großmutter mit einem Beil den Kopf abtrennte. Den zuckenden Körper warf sie den Schweinen vor. Wenn ich daran denke, habe ich einen Geschmack auf der Zunge, als ob ich träumte. (Ich wollte den Himmel mit der Erde vereinigen.) Die erste Giftschlange, die ich fing, versteckte ich in einem abgestellten Schrank, allerdings entkam sie mir. Schon in frühester Jugend verkaufte ich das Schlangengift an den Doktor, später belieferte ich Arzneimittelfabriken damit (wovon sich einträglich leben ließ). Die Schlangen hielt ich in Glasbehältern, nie gab ich die Eisenstange (mit der ich den Kopf der Schlangen zu Boden drückte, wenn ich die Absicht hatte, sie anzufassen) aus der Hand. Trotzdem wurde ich des öfteren infolge Unachtsamkeit und allzu großer Gewöhnung an die Tiere gebissen. Nach dem Krieg ließ das Interesse am Schlangengift sprunghaft nach, weshalb ich beim Zirkus auftreten mußte, wo ich Schlangen durch meinen geöffneten Mund kriechen ließ und von innen durch die Nasengänge wieder zurück hinaus. Der Anblick, den ich dabei geboten habe, war nicht erfreulich. Jedesmal, wenn die Schlangen durch meine Nase krochen (aber auch häufig im Traum), erinnerte ich mich daran, wie man die Ringelnattern erschlug und meine Großmutter der Sandviper den Kopf abgetrennt hatte. Meine Vorstellung erweckte besonders in den Städten große Aufmerksamkeit, während man auf dem Land häufig über mich lachte (was mich kränkte). Am Land erkennt man die Bedeutung von Menschen nicht. Tatsächlich nahm man an, es handle sich um keine echten Tiere, mit denen ich arbeitete, sondern um bemalte Papierschläuche, die ich mit meiner Atemluft aufblies, oder um Nachbildungen aus Gummi. Manchmal zog ich auch den Haß der Zuschauer auf mich, die mich offen beschimpften. Natürlich wäre es ungefährlich gewesen, Ringelnattern zu verwenden, ich hoffte jedoch, unter Hunderten von Zuschauern wenigstens einen zu finden, der die Schlangen erkannte und meine wahre Leistung zu beurteilen in der Lage war. Wie groß war meine Enttäuschung aber, als ich feststellen mußte, daß gerade sogenannte Fachleute am argwöhnischsten waren und mir sofort unterstellten, den Tieren die Zähne gezogen oder zumindest das Gift gemolken zu haben. Schließlich ging ich allen Zoologen, Ärzten und Tierhändlern aus dem Weg. Irgend etwas aber sagte mir, daß ich auf jemanden stoßen würde, der mich erkannte. (Ob dies jemals der Fall war, kann ich nicht sagen.) Ich sah die europäischen Hauptstädte, ließ mir in den feinsten Frisiersalons die Haare schneiden, trug italienische Anzüge und besaß goldene Taschenuhren. Nichts mehr davon besitze ich, so daß ich mir nicht einmal selbst etwas beweisen kann. Denn seit mehr als dreißig Jahren habe ich keine Schlange mehr angerührt, sondern lebe als Wünschelrutengänger, da ich auch die Gabe besitze, Wasser aufzuspüren.«

## Eine Skizze

Das Geistesleben ist hier so stumpf, die Feindlichkeit allem Geistigen gegenüber so groß, der Widerstand gegen ein Denken, das nichts mit dem persönlichen Vorteil zu tun hat, so ermüdend, daß der Rückzug in den eigenen Kopf, das eigene Gehirn der einzig mögliche Ausweg ist, sich vor Selbstmordgedanken zu schützen. Gerade hier, in dieser vorgeblich lieblichen Landschaft, die einen erstickt, verspürt man die Feindschaft der Natur noch deutlicher. Aber alle, die hier leben und in Wirklichkeit die Natur hassen oder fürchten und ihr bei nachlassender Widerstandskraft Tag für Tag mehr unterliegen, geben vor, die Natur zu lieben. (Mit derselben Selbstverständlichkeit, wie sie ihren Glauben nicht lieben, aber vorgeben, ihn zu lieben, geben sie vor, die Natur zu lieben.) Die geliebteste Geistestätigkeit aber ist die Schadenfreude, die geliebteste Unterhaltung das Beobachten von Unglück anderer. Alles, was man von Mitleid hört oder liest, zerschellt am grenzenlosen Egoismus der Bewohner. Es ist ein Landstrich, in dem kein Handgriff geschieht oder keine Bemerkung fällt, die nicht wohl berechnet ist. Die Liebe der Menschen zueinander ist eine Ausnahme, was wirklich herrscht, ist Verachtung und Mißtrauen. (Selbst der grauenhafte Aufenthalt im Irrenhaus war weniger geistesfeindlich als die brutale Ödnis des allein auf den Endzweck gerichteten Verstandes.) Nachts hingegen tobt die Angst in den Köpfen der Schlaflosen (sofern sie nicht durch Erschöpfung oder den Alkohol erlöst sind). Beim ersten, anbrechenden Tageslicht aber sind dieselben Köpfe nur noch mit dem eigenen Vorteil beschäftigt und denken sich in unendlicher Langsamkeit und Schwerfälligkeit die gemeinsten Listen aus. Die Verstellung ist den Dorfbewohnern das natürlichste Verhalten geworden. Ohne Heuchelei wäre kein Zusammenleben möglich. Der ganze scheinbare Frieden, die gesamte scheinbare Ordnung beruhen nur auf dieser Heuchelei. Innerhalb der eigenen vier Wände aber lassen die Bewohner kein gutes Wort an den übrigen, innerhalb einer Tischgesellschaft läßt keiner ein gutes Wort an einem Nichtanwesenden. Der Haß auf sich selbst ist immer gleichzeitig der Haß auf andere und umgekehrt. Es ist das Bestreben aller, andere schuldig werden zu lassen und scheitern zu sehen aus kalter Neugierde. Ist die Schuld, das Scheitern eingetreten, herrscht blanke Freude über die Vernichtung eines Konkurrenten, denn in Wirklichkeit sind alle untereinander Konkurrenten. (Tatsächlich gibt es nicht das geringste Mitgefühl, noch eher wird es dem ansonsten mißachteten Vieh entgegengebracht.) Im Augenblick der Schwäche zieht jeder Bewohner den größten Haß, die meiste Verachtung auf sich, wird er gemieden, übersehen, »gehänselt«. In einem Augenblick der Stärke aber muß er sich um so mehr vor dem Neid vorsehen. Die gesamten schöpferischen Kräfte der Menschen hier (insgesamt ohnedies spärlich) werden zur Vernichtung der anderen eingesetzt. (Der andere aber wird ausschließlich nach dem beurteilt, wie man ihn braucht. Daher ist es nicht erstaunlich, daß sich alle Phantasien um Erfindung von Lügen und Übertreibungen drehen, die dem Zweck dienen, einem anderen zu schaden, ja, ihn möglicherweise zu vernichten. Diese Heuchelei, die hier herrscht, wird so lange und so weit mitgespielt, als sie sich bewährt. Von einem Augenblick auf den anderen verschwindet sie allerdings, wenn der eigene Vorteil in Gefahr ist.) Überhaupt ist alles, außer dem persönlichen Vorteil, nur scheinbar. (Wo kein persönlicher Vorteil zu erwarten ist, ist auch alles Interesse um anderes nur scheinbar.) Da es nicht den geringsten Augenblick der Anonymität für den einzelnen gibt, gibt es auch nicht die geringste Möglichkeit, der eigenen Entwicklung, die geringste Chance, dem eisernen Griff der Verstellung zu entkommen. Folgerichtig gilt auch jede Beschäftigung mit Geistigem, die augenscheinlich keine Vorteile bringt, als Dummheit und Anmaßung. Ist das Geistige aber auf das Erlernen des Rechts hin ausgerichtet oder die Beschäftigung mit den Naturwissenschaften (deren Endzwecke einleuchten), so gilt es als doppelt schlau, sich mit ihnen zu beschäftigen. Jedes philosophische Denken hingegen ist pure Spinnerei, mehr noch, eine Herausforderung. (Jeder philosophisch Denkende wird auf dem Lande zum Trinker oder Geisteskranken, denn die Bewohner haben eine selbstverständliche Beziehung zur Verachtung, und nirgendwo gelänge es dem Betreffenden, dieser Verachtung zu entkommen. Woher stammt diese ausdauernde, durch nichts unterbrochene Verachtung? Es ist kaum zu glauben, aber tatsächlich ist sie eine Folge der Überzeugung, im Recht zu sein. Es gibt niemanden, der nicht von seiner Unschuld überzeugt ist, und andererseits wäre jeder dem Untergang preisgegeben, der nicht daran glaubte, im Recht zu sein. So ist jedes Gespräch, jedes Kartenspiel nichts anderes als eine bange oder zornige Befragung der eigenen Rechtmäßigkeit und Ansprüche. Da aber alles Denken nur auf den Besitz ausgerichtet ist, ist jede Infragestellung dieses Denkens automatisch eine Feindseligkeit. Ein in der Stadt bloß belächelter Idealist ist auf dem Land ein Ärgernis. Selbst wenn sich das Geistige manchmal in den eigenen Gehirnen ein wenig regt, steht man dem feindlich gegenüber, denn es ist, so fühlt jeder instinktiv inmitten seines abgestumpften Daseinsbewußtseins, die Ahnung von einer Welt, die anders ist als die Tag für Tag von sich selbst und den anderen scheinbar aufgezwungene. Diese nutzlosen Gedanken aber ((deren Existenz unverzeihlich ist)) werden, da sie unvermeidlich sind, in das Jenseits abgeschoben ((und/oder gleichzeitig den Frauen überantwortet)), während die Männer sich mit Alkohol oder der Arbeit betäuben. Zurück bleibt ein gewisser Argwohn, wie Reif nach ersten kalten Herbstnächten, ein Argwohn, der nichts anderes ist als das heimliche Mißtrauen in alles und jeden.)

# Ascher

In diesem Winter bezog der Zirkus hinter dem ausgelassenen Schwimmbad in Arnfels Quartier, und die Artisten und Arbeiter fuhren in der Gegend herum, um billig einzukaufen oder zu betteln. Die Zirkus-Wagen standen im Schnee, und für einen kleinen Geldbetrag öffneten die Tierwärter die Stalltüren des verlassenen Bauernhofes, damit wir die Löwen und Tiger im Heu hinter den Gitterstäben (wie betäubt) schlafen sehen konnten. Dem Zirkusdirektor wollte ich unter keinen Umständen begegnen. (Seit er mir angeboten hatte, als stummer Spaßmacher mit ihm aufzutreten, war mir nicht wohl bei diesem Gedanken.) Als ich jedoch zwischen den Zirkuswagen auf die Häuser des Ortes zuging, rief er mir aus dem Pferdestall nach, daß er mir den toten Löwen zeigen wollte. Ich blieb stehen und tat so, als ob ich ihn nicht verstanden hätte, worauf er mich heranwinkte. Wie immer behandelte er mich wegen meiner Stummheit wie einen Beschränkten. »Die Pferde sind schon ganz verrückt«, erklärte er mir mit verhaltener Erregung, die er auf mich übertragen wollte. (Aber selbst diese war noch eine Übertreibung, um mich zu beeindrucken.) Er packte mich am Arm und ließ mich einen Blick auf die Tiere werfen, die mit geblähten Nüstern und aufgerissenen Augen zur Tür (die er noch immer geöffnet hielt) hinstarrten. Auch wieherten sie sofort, als ich mich zeigte, und trommelten und scharrten mit den Hufen. Hinter dem Gebäude wies der Zirkusdirektor sodann auf den verendeten Löwen. Er öffnete mit seinen flinken und kräftigen Händen das Maul, um mir den von Maden befallenen Rachen zu zeigen. Dann ließ er den Kopf mit den weitgeöffneten Tieraugen wieder in den Schnee fallen. »Was glauben Sie, was ich unternehmen werde?« fragte er. Als ich ihn achselzuckend anschaute, führte er aus, daß er das Gerücht in Umlauf setzen würde, der Löwe sei an von

Trichinen befallenem Schweinefleisch eingegangen, das er in der Gegend gekauft habe. Da an allen Höfen ohne Tierbeschau geschlachtet würde, würden die Bewohner ihm aus schlechtem Gewissen über den Winter helfen. »Warten Sie nur ab«, schloß er drohend, als stimmte seine Behauptung. Beim Weggehen sah ich durch ein Fenster im Zirkuswagen den Kraftkünstler in einer Waschschüssel ein Sitzbad nehmen. Er war vollständig nackt, das Wasser dampfte im Behälter. Ich blieb stehen und schaute zu ihm hinein, ohne daß er mich bemerkte. Sein Körper war unbehaart, und die Muskeln schienen bei jeder Bewegung auf ihm herumzulaufen, wie unter der Haut eingeschlossene Tiere. Er nahm einen großen Schwamm, tauchte ihn in das Wasser, bis er sich vollgesoffen hatte, und rieb währenddessen mit der anderen Hand die Seife an seiner Brust. Dann stand er auf und preßte den Schwamm gegen das Brustbein, um das Wasser in kleinen Bächen über seine Haut laufen zu lassen. Plötzlich stürzte er aus dem Wohnwagen und wälzte sich im Schnee. Er machte mehrere rasche und geschickt ausgeführte Drehungen, erhob sich ächzend und ging wieder in den Wohnwagen zurück. Mich beachtete er die ganze Zeit über nicht, obwohl es unmöglich war, daß er mich auch jetzt nicht entdeckt hatte. Währenddessen fuhr die klapprige Limousine des Bärendompteurs in den Hof. Ein großer, magerer Mann mit Brille, ganz in Schwarz gekleidet, bärtig und mit langem Haar, kletterte heraus. Er steckte die Hände fröstelnd in den Mantel. Während der Dompteur auf ihn einredete, sprach er kein Wort. Er hatte etwas Abwesendes und Müdes an sich, als hätte er sich in der Nacht zuvor betrunken. Sie verschwanden hinter dem Pferdestall, »wahrscheinlich«, sage ich mir, »ist es der neue Gemeindearzt, der seit einem Jahr bei uns lebt«. (Ich selbst kannte den neuen Gemeindearzt nicht, obwohl ich schon oft von ihm gehört hatte. Angeblich, erzählte meine Tante, bei der er einige Monate Kostgänger war, sei ihm

in der Stadt ein Kunstfehler unterlaufen, weswegen er sich nun auf dem Land aufhalte. Allerdings werde er von den Kranken gemieden. Seine Frau und sein Kind, erzählte meine Tante weiter, lebten getrennt von ihm in der Stadt und besuchten ihn auch nicht mehr.) Das fiel mir als erstes ein, als ich den Mann sah. Natürlich kannte ich seinen Namen: Dr. Ascher.
Ich nehme beim Weggehen einen kleinen Umweg, damit ich an der anderen Seite des Pferdestalles vorbeikomme. Von dort sehe ich den Bärendompteur mit dem Mann zum toten Löwen gehen, stehenbleiben und gestikulieren. Der Mann steht mit den Händen in der Manteltasche da, hört zu und beugt sich über den Tierkörper. In diesem Augenblick höre ich die Pferde im Stall bis zu mir her wiehern. Die Stalltüre öffnet sich, der Zirkusdirektor stürzt heraus und eilt auf die Männer zu. Dabei höre ich den Namen: »Dr. Ascher?« rufen. Der Mann nickt. Schon ist der Zirkusdirektor bei ihm, schon öffnet er dem Kadaver das Maul, schon zeigt er ihm den von Maden befallenen Rachen. Der Doktor beugt sich vor und schaut interessiert und schweigend in den Löwenrachen, holt eine Spachtel und ein kleines Fläschchen aus der Manteltasche und fährt mit dem Holzstäbchen in das geöffnete Maul, um eine Probe zu entnehmen. Ich denke verwundert nach, weshalb der Zirkusdirektor nicht den Tierarzt hat rufen lassen, da hat der Doktor die Probe auch schon in das Fläschchen abgestreift, die Spachtel in ein Stück vorbereitetes Zeitungspapier gewickelt und dem Bärendompteur gereicht. Er holt eine Packung Zigaretten heraus, läßt sich Feuer geben und folgt dem Zirkusdirektor in den Stall zu den Pferden, später zu den anderen Tieren. Währenddessen macht er einen scheuen Eindruck, putzt den schwarzen Mantel mit den Fingern, nur einmal stellt er eine Frage. Ich beschließe endgültig zu gehen, kurz darauf fährt der Bärendompteur mit dem Doktor an mir vorbei, und wenig später hält der Zirkusdirektor seinen

Wagen mit dem übergroßen Rückspiegel neben mir an und fragt, ob er mich ein Stück mitnehmen solle. Dabei öffnet er die Tür, so daß ich gar nicht anders kann, als einsteigen. Und ohne mich danach zu fragen, wohin ich fahren will, lenkt er den Wagen in Richtung Saggau. Da die Fahrtrichtung stimmt, schweige ich. Ich krame nach Papier und Bleistift und schreibe die Frage auf, weshalb er nicht den Tierarzt gerufen habe, um die Todesursache des Löwen feststellen zu lassen.
»Sie mit Ihren Papieren«, sagt der Zirkusdirektor unwillig. Er wirft jedoch einen Blick darauf und antwortet nicht ohne Stolz: »Wie Sie wissen, werde ich das Gerücht in Umlauf setzen, der Löwe sei wegen des von Trichinen befallenen Fleisches verendet. Was geschieht aber, wenn ich den Tierarzt rufen lasse? – Der Tierarzt stellt die tatsächliche Todesursache fest! Noch dazu ist er ein Mensch, der viel herumkommt und infolgedessen die Sache mit dem Löwen überall bekanntmachen wird. Ich habe daher den Gemeindearzt rufen lassen.«

## Das Versteckspiel

Eine Zeitlang verband mich eine Zuneigung zu einem Mädchen, das in der Hühnerschlächterei arbeitet. Zwar roch sie nach Federn und war so erschöpft, daß sie kaum mit mir sprach, doch störte mich das nicht. Im Sommer begleitete ich sie in den Wald, wo sie in den freien Stunden Beeren suchte, dabei legten wir uns häufig auf die Erde und küßten uns. Fand eine Hochzeit statt, warteten wir, bis das Mahl zu Ende war, dann mischten wir uns unter die Gäste und tanzten bis zum Morgengrauen. Auf dem Heimweg von einem solchen Fest wurde sie meine Geliebte. Aus unerklärlichen Gründen aber wollte sie von da ab nichts mehr von mir wissen. (Sie war mittelgroß, dunkelhaarig und kräftig, ihr Gemüt war, wenn sie nicht müde war, heiter, doch war sie, wie ich später erkannte, leichtsinnig.) Zwar ließ sie es ohne Widerspruch zu, daß ich sie weiterhin von der Hühnerfabrik abholte, doch langsam entzog sie sich mir körperlich. Gleichzeitig aber, und das war das Merkwürdige daran, wurde sie immer gesprächiger. Nicht nur ihre Gesprächigkeit aber war es, die mir auffiel, vor allem war es eine gewisse Vertraulichkeit, die ich nicht zu deuten wußte. Mit diesem Vertrauen, das sie mir schenkte – eigentlich aufnötigte –, beabsichtigte sie wohl von mir Besitz zu ergreifen. Erzählte sie mir anfangs kleine Zwischenfälle, die sich aus dem Zusammenleben mit ihren Geschwistern ergaben, so beklagte sie sich bald darauf über Zudringlichkeiten ihres Stiefvaters und der Arbeitskollegen, wobei jedoch ein gewisser Stolz unüberhörbar war. Diese Bemerkungen gingen mir sodann längere Zeit nicht aus dem Kopf, jedesmal wenn sie mir einfielen, verspürte ich einen körperlichen Schmerz, der mich schließlich dazu trieb, ihr zu schreiben. Meinen Brief, in dem ich ihr meine Gefühle schilderte und sie daran erinnerte, wie wir miteinander gestanden waren, las sie, wie ich erfuhr, den anderen Frauen in der Fabrik vor, die mit ihr gemeinsam Hühner rupften. Daraufhin holte ich sie nicht mehr ab. Bei einem Feuerwehrball aber sah ich sie mit einem Kellner aus Wies, mit dem sie vor meinen Augen Zärtlichkeiten austauschte, ohne mich zu beachten. Den ganzen Abend saßen wir uns gegenüber und gaben vor, uns nicht zu bemerken. Betrunken begleitete ich nach Mitternacht eine ihrer Freundinnen nach Hause, die mit mir in die Volksschule gegangen war. (Meine Annäherungsversuche wies sie allerdings mit Bestimmtheit zurück. Unsicher, ob ich nur zu zaghaft gewesen war, und ermuntert durch ihre Freundlichkeit, die sie mir nach jedem meiner Versuche unverändert entgegenbrachte, warf ich sie am Straßenrand zu Boden. Wir kamen jedoch in einer Pfütze zu liegen, weshalb ich ihre

Empörung doppelt zu spüren bekam. Hinter ihr herlaufend erreichte ich gemeinsam mit ihr das Elternhaus. Die nächsten Wochen ließ ich mich im Dorf nicht blicken. Im Herbst, ich hatte Äpfel zur Obstgenossenschaft geführt, kam ich wieder an der Hühnerfabrik vorbei und beschloß, auf meine (ehemalige) Freundin zu warten. Es war Nachmittag, vom großen Sägewerk ertönte die 5-Uhr-Sirene, und die Landwirte fuhren mit Anhängern voller Kürbisse vorbei, die sie zum Pressen brachten. Als die Frauen durch die Betriebstore kamen, steckten sie bei meinem Anblick die Köpfe zusammen, eine rief mich bei meinem Vornamen. Dadurch aufmerksam gemacht, erblickte mich meine (ehemalige) Freundin und kam über die Straße auf mich zu. Sofort erkannte ich, daß sie schwanger war. Ihr Gesicht war aufgedunsen und ihr Bauch sichtlich angeschwollen. Ohne Umschweife zog sie mich wieder in ihr Vertrauen. Ich erfuhr, daß der Kellner sie geschwängert hatte, aber ihr seit einiger Zeit abweisend gegenüber stand. Von nun an holte ich sie wieder regelmäßig von der Schlächterei ab, einmal hieß sie mich bei einem aufgelassenen Haus anhalten, wo wir uns liebten. (Die Vögel, die in der verfallenen Küche hausten, huschten unter der Decke. In dem kleinen Raum war es so kalt, daß sich durch unseren Atem die Fensterscheiben beschlugen.) Obwohl sich alles in mir dagegen wehrte, handelte ich von nun an wie unter Zwang: Kaum erreichten wir das Haus, hielten wir an, stießen die Tür auf und fielen übereinander her. Immer roch ich dabei den Gestank der geschlachteten Hühner an ihren Händen und Kleidern. Zwei Monate vor der Geburt ihres Kindes verbot sie mir dann, ohne einen bestimmten Grund zu nennen, vor der Hühnerfabrik zu erscheinen.

# Unterirdische Landschaften

»Ich bin Höhlenforscher«, erklärte der Fremde im Gasthaus, »und beabsichtige eine Karte anzufertigen, die die unterirdischen Gänge genau beschreibt. Schwierigkeiten gibt es viele: Erstens wegen der künstlichen Stollen des ehemaligen Bergwerkes, die nicht selten mit den natürlichen Höhlen korrespondieren, und zweitens wegen der ungeheuren Größe und der verwirrenden Ähnlichkeit der wiederholt abzweigenden Seitengänge.« Er trug ein ausgewaschenes Armeehemd und Schnürlsamthosen. »Die Höhlen haben durch eine Reihe von tragischen Unfällen traurige Berühmtheit erlangt.« Er zog jetzt an den Riemen seines Rucksackes, der auf der Bank neben ihm lag und aus dem ein leises Klirren tönte. »Wieviel Menschen tatsächlich in den Höhlen geblieben sind, weiß man nicht, doch zieht es immer wieder neue Opfer in die Dunkelheit hinunter, sei es durch die seltsamen Töne, die dort zu hören sind, die Eisgebilde, den See, sei es durch die Tropfsteine oder die Kristallausblühungen. Das Schlafen unter der Erde ist nicht jedermanns Sache. Es sind Fälle bekannt, daß Höhlenforscher verrückt wurden oder zu werden drohten, sobald sie versuchten einzuschlafen. Auch ist das Erwachen zumeist mit einem jähen Schrecken, manchmal sogar einem längeranhaltenden Grauen verbunden. In diesem Zustand ist es kein Wunder, wenn ein Höhlenforscher die Orientierung verliert und den Weg zum Einstiegsschacht nicht mehr findet. Jedoch der Anblick von Schneekegeln, Eiskammern oder hohen Domen wird als so anziehend empfunden, daß gewisse Menschen kein Risiko scheuen und immer wieder die Höhlen aufsuchen.« Selbst den nüchternsten von ihnen, fährt der Höhlenforscher fort, komme der Gedanke, in den Eingeweiden der Erde zu klettern, selbst die mutigsten hätten wieder und wieder mit ihrer Angst zu kämpfen. –

»Können Sie sich vorstellen, welchen Tod ein Verirrter zu erleiden hat?«
»Wir wissen nichts von diesen Höhlen«, antwortet der Kirchenwirt, »auch von Verunglückten ist uns nichts bekannt.«

## Die Toten

Stölzl: Die Kinder sollen singen

Chor der Kinder: Gute Nacht ihr bestickten Tischtücher und Messinggardinen
Gute Nacht ihr Nachttöpfe –
Es schlafen schon die Suppenteller und die Kredenzen
Auf ewig müssen wir die Schule schwänzen

Der Mesner: Ich bin, verflucht, jeden Tag viermal die Glocke läuten gegangen und jeder Weg hat mich zwei Fußstunden gekostet, aber noch nie habe ich ein so trauriges Lied gehört–

Der Lehrer: Ist das alles, was in Euren vernebelten Köpfen Platz hat? – Das Sommerlied! Das Sommerlied!

Chor der Kinder: Eine Wolke ist nicht schärfer als ein Messer
Süß wie die Erdbeere bist Du
Mein Mädchen ach eile, ach eile
Mein Mädchen ach eile mir zu

Der Uhrmacher: Am meisten grämt mich, daß ich meinen Hut nicht bei mir habe. Ich habe mein ganzes Leben lang einen Hut getragen.

Die Tochter des Bergmannes: Herr Hauptmann, hören Sie mich?

Der Hauptmann: Ihnen verdanke ich diesen trostlosen Blick auf das Dorf. Trostlos, wo ich Bälle gewohnt war, Empfänge, Kasinos.

Stölzl: Ich sehe den Kirchenwirt seinen Sonnenschirm flicken, und Juliane liest in ihrem Gartenbuch über das

Wachstum der Zwiebeln. Komm, Amanda, leg Dich zu mir.

Amanda: Du bist das Ferkel geblieben, das Du immer warst. Erinnerst Du Dich, wie Du mir beim Geschirrwaschen in das Genick gebissen hast?

Der Pfarrer: Ich hätte mir nie gedacht, daß es so weiter geht. Aus mir sprießen im Frühjahr Veilchen, und nicht einmal beten mag ich.

Der Mesner: Mich gelüstet nach Forellen ... nein, nach Karpfen und Petersilienkartoffeln oder einem gebackenen Huhn mit grünem Salat.

Chor der Kinder: Aus Gras und Kühen backen wir die Luft
Das Wasser melken wir aus Katzen

Der Lehrer: Und jetzt so laut Ihr könnt!

Chor der Kinder: Doch wenn sie hungrig sind,
Dann fressen uns die Ratzen!

Der Schuster: Pfui Teufel ... Wer ist heute an der Reihe?

Chor der Kinder: Doch wenn sie hungrig sind,
Doch wenn sie hungrig sind
Dann fressen uns die Ratzen!

Der Lehrer: Der Uhrmacher ist an der Reihe.

Der Uhrmacher: Weshalb ich? Wieso ich? Wo ist mein Hut?

Der Hauptmann: Komm schon, wir brennen darauf zu erfahren, wie Du Dir die Schlinge um den Hals gelegt hast.

Der Kreisrichter: Kennt Ihr das Zirkuslied?

Chor der Kinder: O, Zirkus gelber Schatten im Regen
ihr Pythons und ihr Lamas
ihr Zaunkönige und Löwen
Ich kann mich nicht bewegen

Stölzl: Nein, bewegen kann ich mich nicht
Von gestern hab ich noch die Gicht

Chor der Kinder: Stellt auf das Zelt
Dreht an das Licht!

Der Hauptmann: Was ist mit der Geschichte des Uhrmachers?

Der Kreisrichter: Ja, fangen Sie an.

Der Uhrmacher: Geboren bin ich neunzehnhundert-

Die Sonntagsorganistin: Hören Sie auf damit! Wie Sie gestorben sind, wollen wir wissen.

Der Uhrmacher: Ach so, ich dachte ... Ja also, jedenfalls frage ich mich die ganze Zeit, wo mein Hut ist.

Chor der Kinder: Der Hut ist weg, die Katz ist fort, das Kind ist tot, wer hats ermord? –
Das Pferd ist krank, die Frau ist dick, Unglück! Unglück!

Der Uhrmacher: Ich beschreibe am besten, wie der Tag verlief. Als ich am Morgen erwachte, wußte ich noch nicht, daß es der letzte meines Lebens war. Nachdem ich gefrühstückt hatte, beschäftigte ich mich eine Weile mit Uhrwerken, eine Lupe in das Auge geklemmt. Es war einer dieser kalten Herbsttage, deren gelbes Licht einen umhüllt wie eine Fruchtschale. Ich hatte am Vorabend Schnaps getrunken, und mein Durst trieb mich ein ums andere Mal zur Wasserleitung, auch hatte ich Kopfschmerzen. Alles verschwamm nach einiger Zeit vor meinen Augen. Die Nacht über hatte ich die Mäuse gehört, das sagte mir, daß ein Kälteeinbruch bevorstand. Wie immer hatte ich meinen grauen Hut mit dem schwarzen Band aufgesetzt. Gewohnheitsmäßig stand ich manchmal auf und betrachtete mich im Spiegel –

Chor der Kinder: Schau in das Wasser, mein Nußknacker rot,
Dort siehst Du den alten Fisch
Schau in den Himmel, mein Nußknacker rot
Dort siehst Du die Sonne
Denn morgen, morgen bist Du tot

Der Lehrer: Ruhe! Was fällt Euch ein! Wartet gefälligst, bis der Uhrmacher mit seiner Geschichte fertig ist!

Der Uhrmacher: Ich starrte, wie ich es häufig tat, mit der Lupe auf meinen Fingernagel. Seit meine Frau mich verlassen hat, ist es still in meinem Haus. Ich habe seit damals auch die Uhren nicht mehr aufgezogen, weil sie die Einsamkeit vergrößern. Nur wenn der Wind weht, lenkt mich das Quietschen der Balken ab. Gegen Mittag kam der Friseur mit seinem Hund vorbei, um mit mir zu reden. Ich haßte seinen Hund, er war mir widerlich. Nicht nur, daß er mitunter Flöhe hatte, er stieg auch unaufgefordert in mein Bett und schnüffelte überall herum, bis endlich was zu Boden fiel. Daher war ich mürrisch und schweigsam, so daß der Friseur bald ging. Er kam jedoch zu meiner Überraschung wieder und bot mir an, mich zu rasieren und mir die Haare zu schneiden. Warum ich es zuließ, weiß ich nicht. Er seifte mich ein und redete vom Streit, den er mit seiner Frau gehabt hatte, ich hörte ihm nur mit halbem Ohr zu. Den Hut hatte ich abgenommen, aber noch ehe ich mich versehen hatte, hatte der Hund ihn zwischen die Zähne genommen und war damit verschwunden. Ich befahl ihm vergeblich zurückzukommen, wahrscheinlich war er mit ihm ins Freie gelaufen, denn die Haustür war wie immer nur angelehnt gewesen.

Chor der Kinder: Jeder Apfel hat Kerne, jeder Ofen eine Tür
Jedes Haar eine Wurzel, jede Taste ein Klavier

Der Lehrer: Habt Ihr gehört, was ich Euch gesagt habe? Eure Ohren sollt Ihr Euch waschen!

Der Uhrmacher: Inzwischen hatte der Friseur begonnen, mit dem Rasiermesser meine Bartstoppeln abzuschaben. Ich mußte die ganze Zeit an den Hund denken, während der Friseur drauflosredete. Er ermahnte mich sogar des öfteren, ihm aufmerksam zuzuhören. Schließlich sagte ich: »Aber mein Hut!« »Ihr Hut?« antwortete der Friseur beleidigt, »weshalb kümmern

Sie sich um Ihren Hut! Natürlich werden Sie ihn zurückerhalten, wenn mein Hund mit ihm fertiggespielt hat.« Er nahm mir das Leintuch von der Schulter, schüttelte es aus, hängte es mir wieder um den Hals und begann, mir mit einer Kammschere die Haare zu schneiden. Jetzt schwieg er, und auch ich sagte kein Wort. Als er seine Arbeit beendet hatte (er hatte mich in das Ohr geschnitten – ich blutete stark – und beim Schneiden mitunter an meinen Haaren gerissen, bis ich ihm über den Spiegel einen wütenden Blick hatte zukommen lassen, dem er jedoch rasch ausgewichen war), reinigte er seine Werkzeuge und verließ mich, ohne zu grüßen. Ich erwartete, daß er meinen Hut zurückbringen oder mir wenigstens mitteilen würde, was mit ihm geschehen war, aber er zeigte sich nicht mehr. Wütend ging ich wieder an meine Arbeit, ich vermochte mich jedoch nicht mehr in sie zu vertiefen. Ich fragte mich, weshalb ich mir überhaupt Mühe gab mit meiner Arbeit, zu welchem Zweck. Mein Blick fiel aus dem Fenster, Blätter schwebten von den Bäumen. Seit mehr als einem Jahr litt ich an einem Ekzem im Rücken, das mich heftig juckte. Gegen dieses Ekzem konnte ich unternehmen, was ich wollte, es dehnte sich unaufhaltsam aus. Der Arzt riet mir, dem Alkohol zu entsagen, aber dazu war ich nicht imstande.

Chor der Kinder: Weiße Schwämme im Wald, was ist der Befehl?
Ist's Hoffnung? Freude? – Antwortet schnell!

Der Uhrmacher: Ich zog mein Hemd aus und betrachtete den Ausschlag im Spiegel. Es waren winzige rote Punkte, die näßten. Daraufhin entkleidete ich mich vollständig, zog den Gürtel aus der Hose und versuchte, mich an der Türschnalle zu erhängen. Zuerst war es nur ein Spiel, noch weniger: ein Gedanke. Aber als ich bemerkte, wie schwierig mein Unterfangen war, wurde ein Versuch daraus. Ich stellte mich nicht sehr geschickt an, auch war ich feige, aber als ich feststellte, daß es mir immer besser gelang, es ohne Atem auszuhalten, schwindelte ich mich in eine Ohnmacht. Unmittelbar zuvor verspürte ich ein Wohlgefühl, dem ich nachgab. Einige Zeit später sah ich von weitem den Friseur mit meinem Hut kommen. Er klopfte, drückte die Schnalle nieder und stemmte sich schließlich gegen die Tür. Über seinen Schreck, als er entdeckte, was vorgefallen war, empfand ich Schadenfreude.

Chor der Kinder: Die Leiter ohne Sprossen führt hinauf
und hinunt'
Ohne Respekt ist nur der Hund

## Taubenfangen

Wie es sich erwies, war das Fangen der Tauben einfacher als angenommen. Mein Vater stieg an einem Winterabend mit mir auf den Dachboden – ich trug eine Schuhschachtel, er die Taschenlampe. Wir kletterten in völliger Dunkelheit die steile Holztreppe nach oben, so leise wie möglich. Nur für einen Augenblick knipsten wir das Licht der Taschenlampe an, um zu sehen, wo die Tauben hockten, dann ging mein Vater ohne besondere Vorkehrung zu der betreffenden Stelle hin und griff sich eine. Sie wehrten sich kaum. Ein kurzes Flattern, mehr nicht. Nur in dem Schuhkarton, in dem es bald zu eng wurde, kratzten und schabten Flügel und Füße, in kürzester Zeit fielen die Vögel übereinander her und versuchten, sich zu töten. Mit diesem Karton, der von ungeordneten Bewegungen und vom Pochen der Schnäbel erfüllt war, folgte ich meinem Vater im Dunklen über die Maiskolben, die auf dem Boden trockneten. War der Behälter vollgestopft, banden wir ihn mit einer Schnur zu und stellten ihn im Vorraum ab. Alsbald türmten sich dort die Schachteln.

Hatten wir die letzte Taube gefangen, stach mein Vater die Vögel in der Küche ab, rupfte sie und nahm sie aus, am nächsten Tag fuhr er mit ihnen auf den Markt. (Zumeist schlachten die Bewohner ihre Tauben um dieselbe Zeit. Das ganze Dorf ist dann vom Geräusch zappelnder Vögel erfüllt und aus allen Türen und Fenstern tanzen Federn.)

## Trugbilder

Zur ersten Vorstellung des Zirkus (nach dem Winter) erschien niemand im Zelt. Zwar hatte der Zirkusdirektor plakatiert und war mit dem automatischen Menschen und dem Bären durch das Dorf gezogen, allein man hatte die Straße verlassen, sich in die Häuser zurückgezogen, die Läden geschlossen. Niemand öffnete dem Klopfen der Artisten, man konnte nur sicher sein, daß überall Augenpaare durch die Ritzen der Balken spähten oder Augäpfel durch Schlüssellöcher starrten. Der Zirkusdirektor gab nicht so schnell auf. Zuerst ließ er seinen Sohn die Pauke schlagen, dann seine Tochter auf einem Pferd vor dem Kirchplatz Kunststücke vorführen, schließlich bemalte Schiffsfiguren durch das Dorf tragen, und als auch das nichts half, den automatischen Menschen öffentlich in einem Anfall zu Boden stürzen. Die Hoffnung, die der Zirkusdirektor daraus geschöpft hatte, wandelte sich aber in Enttäuschung, als er bei trommelndem Regen vor dem Zelt stand und keine Menschenseele erblickte. Als nächstes suchte er den ältesten Bewohner, den schwersten Mann, die verunstaltetste Mißgeburt der Umgebung und kündigte sie als Schauobjekt an, mit dem Erfolg, daß diese nicht erschienen. Da es der Zirkusdirektor gewöhnt war, auf dem Lande zu spielen, begriff er rasch. Er hatte nur die Wahl, abzureisen oder vor leeren Bänken aufzutreten. Aus Dickköpfigkeit entschied er sich für letzteres.

(Auch war er es gewohnt, aus Niederlagen Siege zu machen, und die Gewißheit um diese Fähigkeit erfüllte ihn mit vager Hoffnung.) Als sei es das Selbstverständlichste der Welt fing er mit seiner Vorstellung an, bedankte sich für den stummen Applaus und das stumme Gelächter und zog sich wie gewohnt vor jeder Nummer um. Allein es erschien niemand. In einiger Entfernung vom Zelt entdeckte er nur einen Gendarmeriewagen, aus dem zwei Uniformierte zu ihm herüberstarrten. Am Abend versuchte er die Bewohner mit einem Feuerwerk anzulocken, es antworteten ihm jedoch nur die Hähne, die glaubten, der Morgen sei angebrochen. Bei Beginn der Vorstellung war das Zelt leer, wie am Nachmittag. Unberührt von der Ablehnung jonglierte der Zirkusdirektor mit Stühlen, machte seine Späße und rief unsichtbare Zuseher auf die Bühne, die er dort bestahl und demütigte. Die Dorfbewohner, die jetzt mit aufgespannten Schirmen (unentdeckt) rund um das Zelt standen und durch Schlitze und Löcher glotzten, waren überzeugt, daß er verrückt geworden war.

## Der Russe

Zunächst trieb man die gefangenen Russen in den Schulhof, wo man sie in ihren Uniformen, von denen man jedes militärische Rangabzeichen entfernt hatte, vor der Büste des Kaisers fotografierte. Manche trugen Pelzmützen, andere Hüte oder Schildkappen. Die Bewacher stellten ihre Gewehre in die Ecken und gaben an die Gefangenen, die nicht einmal fähig waren, die heimatliche kyrillische Schrift zu lesen, geweihte Bibeln aus. Sodann teilte man sie den verschiedenen Höfen der Umgebung zu, nicht ohne sie vorher zu unterweisen, unter keinen Umständen die Wahrheit zu sagen. Die russischen Soldaten nächtigten wie das Gesinde beim Vieh und pflanzten Tabak. Man behandelte sie mit demselben Respekt, den man Knechten entgegenbrachte. Stellten sie sich als gutmütig heraus, vertraute man ihnen. Im Winter erlaubte man ihnen, die Kinder auf dem Rücken zur Schule zu tragen oder die Holzfäller in den Wald, manche Brautpaare kamen auf diese Weise sogar rittlings zur Kirche. Es waren gedrungene Männer mit breiten Gesichtern und auffälligen Schnurrbärten. Einer von ihnen, ein gewisser Korradow, der, wie er angab, eine Zeitlang im Pathologischen Institut in Petersburg als Diener beschäftigt gewesen war, sprach deutsch, ohne aber ein einziges Wort zu verstehen. Er besaß die Fähigkeit, lange Gespräche aus dem Gedächtnis zu wiederholen und dabei an etwas ganz anderes zu denken. Auch vermochte er Stimme und Gehaben der betreffenden Personen so nachzumachen, daß es den Zuhörern augenblicklich klar war, um wen es sich handelte. Anfangs hatte man sich an seinen Künsten nicht sattsehen und -hören können, doch als er vor dem Beichtstuhl und bei Jagden auftauchte, begann man, sich vor ihm zu fürchten. Man steckte ihn in einen dunklen Verschlag und hinderte ihn daran, diesen zu verlassen. Im Sommer 1917 wurde Korradow dem Irrenarzt vorgeführt, der mit dem General befreundet war. Erstaunt über die Begabung des Mannes wies er den Bürgermeister an, ihn zur Schule zu schicken. Bald stellte sich heraus, daß der Gefangene den Wortlaut jeder Unterrichtsstunde zu wiederholen imstande war, wobei er Tonfall, Pausen und selbst kleine Versprecher der Lehrerin nachmachte. Obwohl mit erstaunlichen Eigenschaften ausgestattet, war er nicht das, was man einen intelligenten Menschen nennt. Wahrscheinlich wäre er in dem Land, in dem er geboren worden war, nicht weiter aufgefallen, denn zu Hause hatte er nichts von seinen Fähigkeiten feststellen können. Erst die fremde Sprache und das fremde Land hatten die bis dahin schlummernde Begabung ans Tageslicht gebracht, über die er selbst nicht weniger verblüfft war als die Dorfbewohner. Korradows hervorstechendste Charaktereigenschaften waren eine gewisse Kaltblütigkeit und eine außergewöhnliche Gleichgültigkeit gegenüber Schicksalsschlägen, auf die er zu warten schien. Nichts berührte ihn wirklich. Im Pathologischen Institut hatte er hunderte Mal der Obduktion von Leichen beigewohnt, ohne Ekel zu verspüren. Später, bei Kriegsausbruch, als man ihn zur Marine eingezogen hatte, hatte er auch nicht in größter Bedrohung Angst vor dem Tod empfunden. Zwar wünschte er sich nicht zu sterben, aber es war etwas in ihm, das ihm riet, sich in sein Schicksal zu fügen. In der Uniform eines russischen Marinesoldaten hatte es ihn, nachdem das Schlachtschiff, auf dem er gedient hatte, versenkt worden war, in den hintersten Winkel der Monarchie verschlagen, und des öfteren kam es ihm vor, als läge er schon auf dem Grunde des Meeres. Als nächstes stellte sich heraus, daß Korradow überhaupt nichts vergaß, was er sah und hörte, und daß er weiter zurückliegende Ereignisse genauso vollständig und bis in alle Einzelheiten wiederzugeben vermochte wie jene, die sich erst vor kurzem ereignet hatten. Und ferner hatte er gelernt, in der ihm fremden und nach wie vor unverständlichen Sprache zu antworten, allerdings nicht aufgrund seiner eigenen geistigen Arbeit, sondern indem er sich einfach den Lauten überließ, die sich in seinem Kopf bildeten. Trotzdem waren seine Auskünfte, Gedanken und Wünsche, die er äußerte, vollkommen klar und niemals merkwürdig. Aus diesem Grund waren die Dorfbewohner überzeugt, daß er alles verstand, worüber sie sprachen und was sich ereignete. In Wirklichkeit jedoch hatte Korradow vollständig seine Unschuld bewahrt. Er war zu nichts zu gewinnen oder zu überzeugen. Er gehorchte nur, führte aus, zeigte jedoch niemals Anteilnahme, da er sie weder verspürte, noch hätte verspüren können, denn das meiste, was um ihn vorging, verstand er nach wie vor nicht. Wie zu Beginn spielte er indessen

Kindern, Gesellschaften und Besuchern gewünschte Szenen, Ereignisse und Beobachtungen vor und erfreute sich an ihrer Heiterkeit. Sein Gedächtnis war unfehlbar. Man gewöhnte sich an, ihn bei Streitfällen, deren Zeuge er gewesen war, zu holen, oder um sich bestimmte Ereignisse in Erinnerung zu rufen. Und jedesmal erfüllte Korradow die in ihn gesetzten Erwartungen. Mit seiner Hilfe fand man verlegte Dinge und erinnerte sich an Vorsätze und Absichten, die man vergessen hatte. Doch zog er sich den Neid und die Mißgunst derer zu, denen er unwissentlich geschadet hatte. Da man überzeugt war, daß er alles verstand, maß man ihn mit den eigenen Gedanken. Man konnte sich nicht vorstellen, daß er mit seinem Tun nichts bezweckte oder nur das, was er ausdrückte, vielmehr war man der Ansicht, es steckte etwas dahinter. Denn ohne es zu beabsichtigen, hatte Korradow eine gewisse Macht gewonnen. Zwar mußte er nach wie vor die alte Bäuerin auf dem Rücken zur Sonntagsmesse tragen und ihr auf dem Weg Geschehnisse aus dem Dorf erzählen, zwar nächtigte er noch immer in einem mit Stroh ausgelegten Schweinetrog, aber es war doch jedermanns Bestreben, mit ihm gut zu stehen. Korradow spürte dieses Entgegenkommen und führte es auf die Freude zurück, die er allen zu bereiten glaubte. Gegen Ende des Krieges verliebte sich eine Witwe in ihn, die ihn so lange umsorgte, bis er nachts über bei ihr blieb. Dieses Ereignis ging in den Wirrnissen, die das Ende des Krieges mit sich brachte, unter, auch erwartete jeder, daß man Korradow zusammen mit den anderen Gefangenen zurück in seine Heimat schickte. Als es so weit war, sammelten sich die russischen Soldaten vor dem Bahnhof und weinten vor Freude und ein wenig wegen des unerwarteten Abschiedsschmerzes. Die Heimkehrer und Gendarmen ließen sich mit ihnen unter einem Bild des Zaren fotografieren, dann bestiegen die ehemaligen Gefangenen einen Viehwaggon und verschwanden winkend und rufend in der Ferne. Korradow aber war nicht erschienen, und als darüber gesprochen wurde, blieb er eine Zeitlang verschwunden. An einem Novemberabend des Jahres 1919 tauchte er im Gasthaus auf und spielte, ohne daß man ihn dazu aufgefordert hätte, verschiedene kürzere Fragmente und Ereignisse vor, die er in den letzten Jahren erlebt hatte. Niemand jedoch wollte etwas davon hören, aus Angst, damals selbst etwas Unrechtes gesagt oder getan zu haben. Erstaunt registrierte Korradow das Mißtrauen, dann begab er sich zurück auf den kleinen Hof der Witwe und verließ ihn nicht, bis diese nach einem Jahr starb. (Beide waren, da sie befürchteten, auf die offene Ablehnung der Bewohner zu stoßen, nicht mehr zurück in das Dorf gegangen.) Korradow folgte beim Begräbnis allein dem Sarg. Es war ein heißer Sommertag, und die Menschen arbeiteten auf der Wiese, um das Heu einzubringen, doch niemand blickte von seiner Arbeit auf. Der Russe ging hinter den knirschenden Rädern des Ochsenkarrens her und wischte sich mit einem großen, weißen Taschentuch den Schweiß von der Stirne. Noch ehe er sich auf dem Friedhof beim Pfarrer für die Einsegnung bedanken konnte, fand er sich allein in der prallen Sonne, und da er erkannte, daß man ihn nun ohne Rücksicht mied, wartete er nicht mehr auf den Totengräber, sondern schaufelte eigenhändig das Grab zu. Er verstand nicht, was geschehen war. Natürlich begriff er, daß er etwas Falsches gesagt haben mußte, er wußte jedoch nicht, was es gewesen war. Er hatte sich verhalten wie immer. Nach wie vor verstand er die Sprache seiner Umwelt nicht, aber irgend etwas mußte die Menschen gegen ihn aufgebracht haben. Noch einmal versuchte er (es war anläßlich des Erntedankfestes) die Zuneigung der Bewohner zu gewinnen, indem er die traurigen Worte des Pfarrers wiederholte, die dieser im Herbst vor dem Kriegsende gesprochen hatte, doch ging man ihm später um so entschiedener aus dem Weg. Einige Tage darauf erreichte die Nachricht von der Oktoberrevolution in Rußland das Dorf, und wenngleich jedermann wußte, daß die Geschehnisse nichts oder kaum etwas mit Korradow zu tun hatten, so trug er doch für alle eine bestimmte Mitverantwortung daran. Sofort stellte sich die Angst um den Besitz ein, und augenblicklich geriet Korradow viele Tausende Kilometer von seiner Heimat entfernt in den Strudel der Ereignisse. Man sah ihn und seine Fähigkeiten nun mit anderen Augen – Korradow hatte ihnen nicht nur im wahrsten Sinne des Wortes etwas vorgespielt, sondern sie durchschaut, und ihrer Gewohnheit entsprechend fragten sie sich, was er damit bezweckt haben mochte. Weshalb war er nicht nach Hause zurückgekehrt? Was trieb er den ganzen Tag über? Korradow schlief die längste Zeit. Er wartete darauf, daß etwas mit ihm geschehen würde. (Immer geschah etwas Unerwartetes, wenn er sich nur seinem Schicksal überließ.) Er dachte jedoch, daß es sein größter Fehler gewesen war, in das Schicksal eingegriffen zu haben: Hatte er nicht das Vertrauen und die Zuneigung der Menschen zu gewinnen gesucht? Selbstverständlich wußte er nichts von dem, was in der Zwischenzeit in Rußland vor sich gegangen war. Er kümmerte sich nur um seine Hühner und die Katze der verstorbenen Frau. Zumeist lag er in seinem Bett, beschäftigt mit dem Gedanken, wie lange es dauern würde, bis die Schnaps- und Mostvorräte zu Ende gingen. Eines Tages erhielt er einen Brief vom russischen Außenministerium. Korradow hob die Brauen und starrte ihn an. Nach einer Weile legte er ihn auf die Fensterbank und beschloß zu warten, bis er die Kraft hatte, ihn zu öffnen. Es war Winter und schneite in dichten Flocken. Durch die heftige Schneelast war der Ast eines Kastanienbaumes abgebrochen und mit einem dumpfen Laut zu Boden gestürzt. Korradow blickte aus dem Fenster und dachte: »Ich warte.« Sein Nachbar, der nichts gegen ihn hatte, brannte an diesem Tag mit seinem Sohn Schnaps. Beide kannten sie das Gerede um den »gefangenen Russen«

(wie man Korradow aus Gewohnheit noch immer nannte), doch ließen sie sich davon nicht beeindrucken. Manchmal sahen sie ihn stundenlang aus dem Fenster glotzen, als beobachte er beharrlich das Vergehen der Zeit, darüber machten sie sich lustig. Gegen Abend bemerkten sie, daß zwei Gendarmen und der Bezirkshauptmann zu Korradows Haus ritten. Es war dämmrig, und der Schnee fiel noch immer, weshalb die drei Reiter wie aus dem Nebel auftauchten. Sie nahmen den Russen mit hinunter ins Dorf, fragten ihn nach dem Inhalt des Briefes und ließen ihn wieder frei, als er keine Auskunft darüber gab. Das gleiche ereignete sich einen Monat später: Korradow erhielt einen Brief, legte ihn auf die Fensterbank, wurde von den Gendarmen und dem Bezirkshauptmann abgeholt und bald darauf wieder freigelassen. Diesmal spielte er ihnen vor, was sie ihn beim letzten Mal gefragt und was er ihnen zur Antwort gegeben hatte. Daraufhin drehte er sich um und ging. Unwillkürlich spürte er, daß er in Gefahr war, doch er war zu schwach, einen Entschluß zu fassen. Er vermochte gerade noch, die Briefe in den Ofen zu stecken und zuzuschauen, wie sie verbrannten. Nachts träumte er, daß man ihn im Schlaf erschlug. Am nächsten Morgen hörte er Stimmen vor seinem Haus. Verschlafen tappte er ins Freie und sah eine Schar Männer (die ihm alle bekannt waren). Im Bruchteil einer Sekunde erfaßte er, daß sie gekommen waren, um ihn zu töten (denn er vermochte den Ausdruck ihrer Gesichter zu deuten). Und als sie die Gewehre gegen ihn erhoben, wußte er, daß man ihn nicht am Leben lassen konnte, da er mit der Gabe ausgestattet war, sich alles zu merken. Er sah sich über den dunklen Mietshof in Petersburg laufen, er war zwölf Jahre alt. Die Tür zum Hausmeister stand offen. Er trat näher. In der Ecke des Zimmers lag die Frau des Hausmeisters, das Bett war voll Blut. Warum erlebte er dieses Ereignis ein zweites Mal? Als die Nachbarn die Schüsse hörten, strichen sie gerade die Haustür mit grüner Farbe. Der Vater sagte: »Das muß beim Russen gewesen sein.« »Ja«, sagte der Sohn. Sie standen da, hielten den Atem an und lauschten. Sie hatten die Tür in der Scheune gestrichen und traten in den Hof. Von den Pinseln tropfte Farbe in den Schnee, aber sie wagten nicht, sich zu bewegen. Die Frau des Alten kam aus dem Hühnerstall. Ohne ein Wort zu sprechen, wartete sie, was geschehen würde. Langsam legte der Vater den Pinsel auf einen Hackstock und ging auf die Hügelkuppe, von wo aus er Korradows Haus sehen konnte. Der Sohn folgte seinem Beispiel. Nichts regte sich dort mehr. Als sie (die Frau war ihnen gefolgt) den Hof erreichten, sahen sie die Leiche des Russen zwischen erschossenen Hühnern im Schnee. Zuerst liefen die Nachbarn in ihr Haus zurück. Die Nacht verbrachten sie vor Furcht zitternd in der Küche und überlegten jeder für sich. Dann kamen sie zu dem Entschluß, daß auch sie sich nicht ausschließen durften: Sie begruben den Toten hinter dem Viehstall und legten Giftköder für die Katze. Niemand im Dorf verlor ein Wort über das, was geschehen war. (Zehn Jahre später öffnete ein betrunkener Totengräber das Grab und fand ein Skelett, das der Obmann des Veteranenbundes auf den Dachboden stellte. Schließlich – vor Beginn des Zweiten Krieges – gelangte es in die Schule und diente dort den Kindern im Naturgeschichteunterricht. Nach dem Krieg verschwand es. Manche vermuten es im Museum des Bestatters, manche meinen, man habe es verscharrt.)

## Gesucht und gefunden

»Seit dem zweiten Krieg wird der Steinbruch gemieden. In einem mit Wasser gefüllten Bombentrichter haben dort (unmittelbar nach dem Krieg) badende Kinder einen ertrunkenen SS-Soldaten auftauchen sehen und kurz darauf ein totes Pferd. Da das Wasser infolge der Lehmerde eine intensive gelbe Farbe angenommen hat, mußte man von einem Ruderboot aus mit langen Stangen nach weiteren Toten suchen. Nach und nach fand man auf diese Weise sieben Männer und drei Pferde. Sie waren so mit Luft gefüllt, daß ihr Aussehen am Ufer, wo man sie der Reihe nach hinlegte, einen grotesken Anblick bot. Die Hunde waren von den Höfen zusammengelaufen und schnüffelten an den Uniformen der Leichen. Gegen Abend erschien eine Gerichtskommission aus der Stadt, an ihrer Spitze ein bebrillter Mann mit einem Sonnenhut, der sich die ganze Zeit über ein großes Taschentuch vor die Nase hielt und herumschrie. Die Gendarmen umstanden den Bombentrichter und zeigten uns ihren Rücken. Am nächsten Tag sprengte man den Bombentrichter, wohl um die Spuren endgültig zu beseitigen, jedoch vergrößerte sich das Loch dadurch nur noch, und sogleich füllte es sich wieder mit Wasser«, sagt mein Vater, während wir durch die Nacht fahren. (Wir bringen im Spätsommer die Bienen auf die Almen, um Gebirgshonig zu gewinnen. Das ist nur nachts möglich, weil die Bienen dann nicht ausfliegen.) »Dieser Inspektor aus der Stadt blieb eine Zeitlang bei uns. Er tauchte wie zufällig auf, mietete sich beim Kirchenwirt ein, stellte in nebensächlichem Tonfall Fragen und verschwand wieder. Zumeist ging er wie in Gedanken versunken über die Landstraße, und wenn er jemandem begegnete, schien er aufzuschrecken«, fährt mein Vater fort, »aber alsbald wußte jeder, worum es ging. Nicht um den Vorfall im Steinbruch aufzuklären, war der Inspektor gekommen, oder den gewaltsamen Tod des Bürgermeisters, sondern um in der Vergangenheit zu schnüffeln. Diese Vorgangsweise stieß auf Unverständnis. Während die Dorfbevölkerung der Vergangenheit der ehemaligen Politiker gleichgültig gegenüberstand, war sie daran interessiert zu erfahren, wer den Bürgermeister aufgehängt hatte – denn es ging das

Gerücht, daß Dorfbewohner daran beteiligt gewesen waren –, und was es mit den Toten im Steinbruch auf sich hatte. Der Inspektor hatte keinerlei Erfahrungen, was Ermittlungen auf dem Lande betraf, und obwohl er schnell lernte, stand er andauernd vor Rätseln. Er konnte Dummheit nicht von Bösartigkeit unterscheiden, Mißtrauen nicht von Feindschaft. Abends lag er auf dem Bett im Gasthaus, machte sich Notizen und dachte nach. Über eines war er sich im klaren: Er mußte das Vertrauen eines Menschen gewinnen. Aber wie? Als einziges lief ihm ein riesiger, semmelfarbener Hund nach, den er in Unkenntnis, welche Folgen seine Handlung nach sich ziehen würde, mit Wurst gefüttert hatte. Dieser Hund folgte ihm auf Schritt und Tritt, ließ sich weder durch im Befehlston vorgebrachte Anweisungen noch durch Zureden vertreiben und schlief nachts vor der Stiege des Gasthauses, weswegen der Inspektor mehrmals zu hören bekam, daß man keinen Hund brauche (was sich durchaus doppeldeutig anhörte). Im Zuge seiner Nachforschungen entging ihm, daß die Bewohner Ermittlungen auf eigene Faust gegen die Täter, die am Tod des Bürgermeisters mitschuldig waren, anstellten. (Denn in ihrem Innersten waren nicht wenige noch immer von den vergangenen Ideen eingenommen.) Eines Nachts wurde der Inspektor von der Nachricht geweckt, daß sich ein Mann aus dem Dorf aufgehängt habe. Rasch kleidete er sich an und eilte, gefolgt vom Hund, zum angegebenen Tatort. Dort kam er gerade zurecht, als man den Toten vom Dachbalken schnitt und dieser mit einem schrecklichen Geräusch von der Tenne in den aufgelassenen Kuhstall polterte. Die verschlafenen Gendarmen kümmerten sich nicht um ihn, verrichteten ihre Arbeit und bewegten sich ungerührt zwischen weinenden Kindern und schreckensstarren Frauen. Was war geschehen? Der Inspektor erfuhr, daß der Erhängte vermutlich an der Tötung des Bürgermeisters beteiligt gewesen war, und aus Angst vor der Entdeckung und damit der Schande seinem Leben ein Ende gesetzt hatte. Der Inspektor begriff nicht. War nicht Krieg gewesen? Hatte der Angriff auf den Bürgermeister nicht etwas mit der Befreiung von der Diktatur zu tun gehabt? – Aber er lernte rasch aus dem Ereignis. Insgeheim ahnte er, daß der Selbstmord etwas mit ihm und seinen Ermittlungen, bei denen er nicht weiterkam, zu tun hatte. Als der Tag hereinbrach, beschloß er, sich nach außen hin den Nachforschungen der Ortsbewohner anzuschließen und die eigenen wie nebensächlich voranzutreiben. Vor allem aber nahm er sich vor, sich den Anschein des Einfältigen zu geben. Tatsächlich kam er auf diese Weise weiter. Nicht mit den eigenen Ermittlungen zwar, aber er entdeckte einen der Täter, die beim Anschlag auf den Bürgermeister beteiligt gewesen waren, und sogleich nahm er sich vor, den Verdächtigen unter der Bedingung zu schützen, daß er Auskünfte erhielt. Noch immer gefolgt von dem unbekannten Hund und mit vom Schwitzen angelaufener Brille stieg er zum abseits gelegenen Holzhaus des Mannes hinauf. Es war ein heller Augusttag, der Staub der Straße lag auf den Bäumen, und das Geschrei der hochfliegenden Vögel klang wie aus einer anderen Welt. Der Inspektor lüftete den Hut, strich sich mit den Fingern durchs Haar und überlegte, wie er das Gespräch am besten beginnen würde. In der Stadt wußte er ohne viel nachzudenken, was er zu tun hatte, aber hier, auf dem Land (in der Vergessenheit, wie er für sich formulierte), herrschten andere Gesetze. Als er sich dem Haus näherte, erkannte er, daß er durch ein Fernglas beobachtet wurde. Er beschloß, sich nichts anmerken zu lassen, gab vor, aufmerksam auf den Weg zu schauen, konnte aber doch nicht anders, als den Kopf rasch zu heben und nach dem Beobachter Ausschau zu halten. In diesem Augenblick sah er den Mann – ein Jagdgewehr in einer Hand – zwischen Obstbäumen auf den Wald zulaufen. Der Inspektor war unbewaffnet, doch er zögerte keinen Augenblick, dem Flüchtenden zu folgen. Er mußte jedoch bergauf laufen, und als er den Hügelkamm erreichte, sah er den Mann gerade im Wald verschwinden. Blindlings folgte er ihm, doch sobald er den Waldrand erreicht hatte (in einem fort belästigt von dem Hund, der glaubte, der Inspektor wolle mit ihm spielen), hatte er die Sinnlosigkeit seines Tuns erkannt und ging keuchend zum Haus zurück, aus dem der Mann gekommen war. Er fand die Haustüre geöffnet und setzte sich in die Küche. Als er wieder zu Atem gekommen war, durchsuchte er die Kredenz und den Schlafraum. Das Bett war nicht gemacht, auf dem Polster entdeckte er die Ränder von Speichelflekken. Das bekannte Ekelgefühl stieg in ihm auf, trotzdem durchsuchte er den Wäschekasten und die Kommode, ohne irgendeinen brauchbaren Hinweis zu finden. Er bemerkte, daß er alles nur aus Gewohnheit durchsucht und nicht wirklich geglaubt hatte. etwas zu finden. Nachdem es dunkel geworden war – der Hund schlief zu seinen Füßen –, hörte er Schritte vor dem Haus. Jemand kam vorsichtig durch den Vorraum, stieß die Küchentür auf und schaltete das Licht an. Im selben Augenblick, als er den Inspektor sah, richtete der Mann die Waffe, die er noch immer bei sich hatte, gegen seine Brust und drückte ab. Entsetzt sprang der Inspektor auf und beugte sich über den Gesuchten, er sah jedoch nur Blut aus dessen Mund auf den Holzboden rinnen. Langsam wurde die Lache größer und breitete sich über dem Boden aus, der Inspektor stand wie erstarrt auf seinem Platz. Geistesabwesend holte er ein Taschentuch heraus und reinigte seine Brille. Dann hörte er den Hund winseln. Er machte abrupt kehrt und ging hinaus. Die Nachtluft half ihm, die Gedanken in seinem Kopf zu beruhigen. Er konnte wieder folgerichtige Schlüsse ziehen, und das Ergebnis seiner Überlegungen war, daß der Mann sich aus Angst vor ihm das Leben genommen hatte. Vom Augenblick an, als der Schuß gefallen war, war sich der Inspektor jedoch im klaren darüber gewesen, daß er den Vorfall und die näheren Umstände, die zum Tod des Mannes geführt hatten, für sich behalten mußte. So erreichte er, gefolgt vom Hund, den Gasthof und betrank sich dort, allein sitzend an einem Tisch. Gegen Mittag des nächsten Tages beschloß er (geplagt von Kopfschmerzen und Übelkeit), einen letzten Versuch zu unternehmen. Seit Tagen hatte er seine vorgesetzte Stelle nicht mehr angerufen, nun begann er, sein Aussehen zu vernachlässigen. Er kämmte sich nicht nach dem Aufstehen und ließ den Bart wachsen. Nur seine Zähne putzte er flüchtig. Die Dorfstraße war leer. Im Kaufhaus übte ein Kind auf der Ziehharmonika. Der Inspektor klopfte an die Tür des Pfarrhauses, es blieb jedoch still, durch den Spion aber sah er ein graues Auge, das ihn unentwegt anstarrte. Den Nachmittag verbrachte er auf dem Friedhof, las Inschriften und entdeckte das Grab des Bürgermeisters. Als er zwischen den Gräbern wieder zur Kirche hinaufkletterte, war er nahe daran aufzugeben. In seinem Zimmer fand er aber einen anonymen Brief aus ausgeschnittenen Zeitungsbuchstaben, der aus einem Wort (offensichtlich einem Namen) bestand. Er hatte keine andere Wahl, als diesem Hinweis nachzugehen, doch erfuhr er, daß es mehrere Bewohner dieses Namens gab. Und wieder (wie schon auf dem Friedhof) schienen ihm alle Widerstände so unüberwindbar und seine eigenen Absichten so unklar und sinnlos, daß er sich nach dem nächsten Zug erkundigte. ›Wenn Sie wissen wollen, wer der Mann ist, den Sie suchen‹, antwortete der Wirt, ohne auf seine Frage einzugehen, ›kann ich Ihnen helfen.‹ Der Inspektor nickte, schrieb sich die Adresse auf und ging, noch immer gefolgt von dem Hund, der ihm nur noch lästig war, in einen der Gräben hinunter, wo er den Gesuchten im Schweinestall antraf. Was dem Inspektor auffiel und ihn vorsichtig stimmte, war eine bestimmte Eckigkeit in den Bewegungen des Mannes, die auf unkontrollierte Zornesausbrüche hinwies. Auch war das Ge-

wand zerrissen und der Hut so lächerlich, daß man aus ihm auf die Dickköpfigkeit des Trägers schließen konnte. ›Ich will mit Ihnen reden‹, sagte der Inspektor vorsichtig, und als der Mann daraufhin schwieg, versuchte er ihm einige Fragen zu stellen, die die Schweine betrafen, aber der Mann schaute ihn nur drohend an, und so sagte ihm der Inspektor auf den Kopf zu, daß er einer der Mittäter beim Anschlag auf den Bürgermeister gewesen war. ›Und?‹ antwortete der Mann. Als aber der Inspektor mit dem Vorschlag herausrückte, ihn zu schützen, wenn er ihm bei seinen Nachforschungen behilflich sei, fühlte er sich plötzlich beim Genick gepackt und fand sich im selben Atemzug auf dem Hof, wo ihn eine Frau und zwei Kinder anglotzten. Als nächstes verspürte er Fußtritte, und während er seinen Hut vom Boden aufhob und davonlief, hörte er den Mann ihn beschimpfen. Seltsamerweise fühlte sich der Inspektor (ansonsten ein eitler Mensch) nicht gedemütigt. Es war ihm, als hätte der Mann ihn endgültig dazu gebracht, abzureisen.
Am nächsten Tag, der Inspektor packte gerade seinen Koffer, klopfte ein Gendarm an seine Tür und teilte ihm mit, er habe den Auftrag, ihn abzuholen und zu den Steinbrüchen zu bringen. Ohne nach der Ursache dieses Auftrages zu fragen, setzte sich der Inspektor zu dem Gendarmen in den Wagen, und sie fuhren schweigend die holprige Landstraße hinunter. Hinter ihnen lief der Hund her. Als sie zu dem durch die Sprengung des Bombentrichters entstandenen Teich gelangten, erblickte er eine Gruppe von Gendarmen, die ihn offensichtlich erwartet hatte. Weshalb er sich plötzlich ungeheuer müde fühlte, wußte er nicht. Die Müdigkeit überfiel ihn wie ein Schutz, der seine Empfindungen dämpfte. Er stieg aus, trat an das Ufer und sah den Mann, den er am Vortag im Schweinestall aufgesucht hatte, mit dem Gesicht im Wasser dahintreiben. Wortlos setzte sich der Inspektor zurück in den Wagen. Er war wie betäubt. Heftige Schuldgefühle hin-

derten ihn daran, eine Frage zu beantworten oder jemandem in das Gesicht zu blicken. Auf seinen Wunsch hin brachte man ihn zum Bahnhof. Als der Steinbruch hinter ihnen lag, fühlte er plötzlich, wie der Gendarm seine Linke ergriff und ihn im bewundernden Tonfall zu seiner Arbeit beglückwünschte. Der Hund lief hinter dem Wagen her und wartete auf dem Bahnhof, bis der Inspektor den Zug bestiegen hatte.«

## Der Tod eines Artisten

Der chinesische Seiltänzer hatte ungewöhnlich breite Füße. Wir, mein Freund und ich, nahmen ihn (auf sein Verlangen) zum Krähenschießen mit. Wir saßen in der Laubhütte an und warteten darauf, daß die Krähen auf die ausgestopfte Eule herunter »hassen« würden, damit wir sie dann aus unserem Versteck erlegen konnten. (Bei dieser Gelegenheit betrachtete ich seine Füße.) »Ohne es zu wissen, entkommen wir immer wieder dem Tod«, sagte der Chinese. »Was wir tun, ist uns selbst unbekannt.« An diesem Tag erlegten wir eine Krähe, die wir dem Chinesen zum Ausstopfen überließen. Diese Krähe erschien mir im Traum und sagte mir seinen Tod voraus. Einen Monat später wurde der chinesische Seiltänzer, als er in Eibiswald eine Gans stahl, überrascht und für kurze Zeit festgenommen. Es war ein regnerischer Apriltag. Bevor der Zirkusdirektor den Schaden wiedergutmachte, sorgte er, daß der Zwischenfall bekannt wurde, um möglichst viele Menschen zu den nächsten Vorstellungen anzulokken. Mein Vater und ich waren in den Ort gefahren und hatten in der Apotheke den Chinesen getroffen, der sich wegen seines Hustens behandeln lassen wollte, jedoch kein Geld für den Arzt aufbringen konnte. Keuchend und sich krümmend stand er vor dem Pult. Wir hörten zu, wie sich der Bestatter nach einem Bewohner erkundigte, dessen Leichnam er aufbahren sollte. Als der Bestatter die Apotheke verließ, blickte er den Chinesen bedeutungsvoll an. Auf der Straße konnten wir den schwarzen Wagen und durch die Glasscheiben den Sarg sehen. Als nächstes trat eine Frau mit einem Fuchspelz ein, die, als sie den schrecklichen Husten des Chinesen hörte, augenblicklich kehrtmachte. Schließlich forderte der Apotheker den Chinesen zum Verlassen seines Geschäftes auf. Nachdem sich die Tür hinter ihm geschlossen hatte und die Ladenglocke verstummt war, erfuhren wir von dem Gänsediebstahl. Auf der Straße spannten wir den alten Regenschirm auf und beeilten uns, den Chinesen einzuholen, er war jedoch wie vom Erdboden verschwunden. Wir entdeckten ihn, wie er bei strömendem Regen würdevoll über einen Acker schritt.

Die Nachmittagsvorstellung begann gerade, und wir gesellten uns zu den Schulkindern im Zelt. Das Seil war schon gespannt, es war nur über eine Strickleiter erreichbar, auf der wir den Chinesen nach oben klettern sahen. Nach der Vorstellung – bevor wir noch mit ihm sprechen konnten – schoß ein Schwall Blut aus seinem Mund, den er mit seinen Händen aufzufangen versuchte. Vor dem Zelt stürzte er tot zu Boden. Immer mehr Menschen sammelten sich um ihn, bis der Zirkusdirektor mit dem Bestatter eintraf. In den großen Pfützen spiegelten sich unsere Gesichter. Man legte den toten Artisten – sein Gesicht war friedlich – in einen Sarg. Dort setzte er sich auf und sagte: »Wir werden nach anderen Gesetzen gerichtet«, dann schlug er mit dem Kopf auf den Bretterboden auf.

## Durch die Tür

Es war üblich, daß sich die zum Militärdienst Eingezogenen an dienstfreien Wochenenden zusammensetzten und betranken. Ein Teil in der Küche, der andere im und um den Bauernhof. Mit ihren Fernrohren suchten sie die Gegend ab, mit Gewehren machten sie Jagd auf Katzen. Häufig gerieten sie sich aus nichtigen Anlässen in die Haare und zerrissen und beschädigten ihre Uniformen, die sodann mühsam zusammengenäht werden mußten. Grölend lagen sie im Heu, torkelten über den Hof und saßen um den Küchentisch – ihre Jacken hingen dann über den Sessellehnen. Es ging nichts Heiteres vom Zusammentreffen der Soldaten aus, immer haftete ihrem Beisammensein etwas Bösartiges an. Am übelsten verlief das Wochenende, wenn sie auf betrunkene Bergarbeiter stießen. Die Schlägereien gingen dann so weit, daß es zu Schädelbrüchen und tödlichen Stichverletzungen kam. Die meisten Burschen änderten, sobald sie in Uniform in das Dorf zurückkehrten, ihr Verhalten. Vorher schüchterne setzten nun den Mädchen nach oder rempelten Jugendliche von der Straße – und niemand von ihnen hätte einen Widerstand geduldet. Trotzdem ging das Dorfleben unverändert weiter, da man sich an alle Vorkommnisse von jeher gewöhnt hat. (Sobald die Soldaten ihren Militärdienst abgeleistet hatten, kehrten sie zurück, wie sie fortgezogen waren. Die schüchternen schüchtern, die heiteren lustig. Und als hätten sie die Zeit in der Uniform vergessen oder nie erlebt, schlugen sie sich bei Auseinandersetzungen ohne zu zögern wieder auf die Seite der Dorfbewohner.) Nur einer von ihnen, der ledige Sohn einer Magd, schien von allem unberührt. Zwar nahm er an den Treffen der Soldaten teil, er vermied es aber, sich zu betrinken. An einem Oktobertag zog eine Gruppe Artilleristen am Hof vorbei, in dem gerade die Soldaten weilten. Die Artilleristen hoben Steine auf, warfen sie durch ein offenes Fenster und verletzten so zwei Soldaten. Die übrigen aber stürmten ins Freie und töteten zwei Artilleristen. Nur der ledige Sohn der Magd war in der Küche geblieben. Vor Angst zitternd stemmte er sich mit dem Rücken gegen die Tür, gerade als der letzte der Artilleristen in das Haus flüchtete und in größter Verzweiflung, da er seinen Rückweg abgeschnitten sah, mit dem Säbel gegen die Tür hieb. Der Säbel durchschlug das Holz und fügte dem Soldaten eine klaffende Wunde am Rücken zu. Der nächste Hieb ließ die Tür zersplittern, so daß der Artillerist in die Küche und von dort wieder auf die Straße fliehen konnte. Die Soldaten aber fanden ihren sterbenden Kameraden auf dem Küchenboden, hoben ihn auf, um ihn hinauszutragen und zum Arzt zu bringen. Als sie ihn die Treppe hinunterschleppten, sahen sie seine Mutter über den Hof kommen. Daher machten sie kehrt und liefen in das Haus zurück, stießen dort wiederum die Tür auf, trugen aber gleich darauf den Verletzten (denn es ging mit ihm zu Ende) neuerlich über die Stiege. Ohne einen Klagelaut von sich zu geben, verdrehte der Verwundete die Augen. Hinter ihnen liefen die Hühner her, um das Blut vom Boden aufzupicken. Kaum hatte der hastige Zug die Straße erreicht, als er abermals kehrtmachte, denn es war jetzt unvermeidbar, der Mutter des nun vielleicht schon Toten zu begegnen. Polternd öffneten die Soldaten die Haustür, arbeiteten sich mit Ellbogenstößen und scharrenden Stiefeln in den Flur, um sogleich, da der Kamerad mit einem tiefen Seufzer seinen letzten Atemzug getan hatte, wieder ins Freie hinaus zu wanken. Als die sechs Soldaten, die den Leichnam trugen, sahen, wie die Mutter des Toten weinend auf sie zulief, beschrieben sie einen Kreis, der sie auf kürzestem Weg wieder zu den Stiegen führte, welche sie rasch erklommen, und verschwanden im Haus. Sie legten den Toten in die Küche und machten sich aus dem offenen Fenster davon.

## Wenn der geworfene Stein ein Bewußtsein hätte, so würde er sagen, ich fliege, weil ich will (Pascal)

Zuerst kehrte seine Schwester in das Dorf zurück, aber sie verließ es noch am selben Tag. Ohne ihren Kopf zu bewegen, schritt sie vor der Sonntagsmesse zwischen den Bänken hindurch, kniete nieder, verrichtete ein Gebet und verschwand. Der Bruder, den wir im Sommer erwartet hatten, kam erst im Frühjahr. Ich sah ihn zum erstenmal, da er zwanzig Jahre im Gefängnis gewesen war. Er war groß und knochig und trug einen üppigen Schnurrbart. Seine Kleider schlotterten an ihm, als gehörten sie jemand anderem. (Es gibt niemanden, der seine Geschichte nicht kennt.) Seine Schwester hatte sich in einen mittellosen Landarbeiter verliebt, war aber von ihrem Vater, einem kleinen Keuschler, gezwungen worden, den Sohn des größten Besitzers in unserem Umkreis zu heiraten. Auf den Hochzeitsbildern, die der Fotograf mit der Aufschrift: »Der Ermordete in Praratheregg« (womit natürlich das Opfer gemeint ist) verkauft hat, ist ein mittelgroßer Mann in einem knappen schwarzen Anzug zu sehen, in dessen Haar der Hutrand eine Welle hinterlassen hat. Er sieht auf erstaunliche Weise dem Bruder seiner Braut ähnlich. (Der Schnurrbart, den auch er trägt, verstärkt diesen Eindruck noch.) Kaum hatte der Zurückgekehrte das Haus seines Onkels betreten, als sich zwei Gendarmen auf den Weg machten, um mit ihm zu reden, es wurde ihnen jedoch der Eintritt verwehrt. Wochenlang ließ sich der Zurückgekehrte nicht blicken. Die Vorhänge zu seinem Fenster waren zugezogen, und wenn er nicht schlief, so erzählte man, las er die Bibel. Von dem Ermordeten lebte nur noch die Mutter, eine altersschwache Frau, der man nichts von der Entlassung des Mörders mitteilte, um sie nicht am Werk des Vergessens zu hin-

dern, dem sie sich hingab. (Der Liebhaber der Frau aber, die ihren Bruder zum Mord angestiftet hatte, war in die Stadt gezogen, wo er in einer Fabrik arbeitete.)
Als der Zurückgekehrte sich zum ersten Mal im Dorf zeigte, erstarb jedes Gespräch. Im Gasthaus blickte man von ihm weg, legte die Zeche auf den Tisch und verließ den Raum. Selbst diejenigen, die darauf warteten, daß Stölzl ihnen die Haare schneiden sollte, ergriffen unauffällig die Flucht, es sah aus, als schlafwandelten sie. Der Besitzer des Lebensmittelladens erhob sich mit dem weißen Leintuch um den Hals, setzte den Hut auf und machte sich bestimmten Schrittes davon, das Gesicht voll Seifenschaum. Überall, wo der Zurückgekehrte hinkam, wich man ihm aus und verstummte. Zunächst hielt er es nur für eine vorübergehende Erscheinung, bald aber mußte er feststellen, daß er sich getäuscht hatte. Zu seiner Überraschung aber kam er dahinter, daß es nicht nur seine Tat war, die die Dorfbewohner zu ihrem Verhalten trieb, sondern mehr noch seine Ähnlichkeit mit dem Ermordeten. Anhand von alten Fotografien stellte er fest, daß sich der Ausdruck seines Gesichtes erstaunlich verändert hatte. Zwar war eine gewisse Ähnlichkeit mit seinem Opfer von Anfang an vorhanden gewesen, im Laufe der Jahre aber hatte er im Gefängnis dessen Blick, sein Lächeln, die Art sich zu frisieren und sogar seine Körperhaltung angenommen. Lange betrachtete er die Hochzeitsfotografie, auf der seine Schwester und der Tote wegen des vorangegangenen Schneefalles Stiefel trugen. Wer war er? (Er hatte seine Tat, die er für ein Fahrrad und einen kleinen Geldbetrag ausgeführt hatte, wieder und wieder vor seinem inneren Auge vorüberziehen lassen, aber je länger er darüber nachdachte, desto fremder wurde sie ihm. Es war ein Abend im Frühsommer gewesen, als seine Schwester ihn geweckt hatte. Benommen war er in seinem Bett gelegen und hatte – er wußte nicht zum wievielten Mal – ihren Klagen zugehört und sich der

Verführung ihrer Versprechungen ausgesetzt. Als sei es das natürlichste, hatte er plötzlich sein Gewehr aus dem Schrank genommen und war über die Wiese zum Haus des Schwagers geeilt. Er war nicht richtig gelaufen, doch erinnerte er sich daran, daß er zielbewußt, wie zu einer wichtigen Unterredung unterwegs gewesen war. Sobald er das Haus erreicht hatte, hatte er durch die vergitterten Fenster gespäht und seinen Schwager im Bett liegen gesehen. Sorgfältig, als verrichtete er eine nützliche Arbeit, hatte er das angelehnte Fenster aufgestoßen, auf den Kopf seines Schwagers gezielt und abgedrückt. Dann war er ((auf die gleiche Weise, wie er gekommen war)) nach Hause geeilt, ohne sich darum zu kümmern, was mit dem Mann seiner Schwester geschehen war. Er erinnerte sich auch an die Erleichterung, die sich, er wußte nicht warum, nach der Tat eingestellt hatte, und den tiefen Schlaf, in den er gefallen war. ((Das alles erzählte der Zurückgekehrte seinem Onkel, von dem wir die Einzelheiten dieser Geschichte wissen.)) Viele Wochen grübelte er darüber nach. Dann aber, es war ein Sonntag, nahm er den schwarzen Anzug und die Halbschuhe aus dem Kasten und machte sich auf den Weg zur Mutter des Mannes, den er getötet hatte. Als er an die Tür klopfte, bereit für seine Tat zu büßen, wußte er nicht mehr, was er wollte. Zunächst ungläubig, dann aber (nachdem sie sein Gesicht betastet hatte) zitternd vor Freude, drückte die alte Frau ihn an sich und zeigte ihm das Zimmer, das sie seit der Ermordung ihres Sohnes unverändert gelassen hatte. Ohne Widerspruch schlüpfte der Besucher in die Kleider des Toten, die die alte Frau für ihn bereitlegte, und setzte die Arbeit des Ermordeten fort, einen Brunnen zu graben, den dieser vor zwanzig Jahren begonnen hatte. Sodann deckte er das schadhafte Dach, besserte den Zaun aus und erzählte jedem, der es hören wollte, er sei von den Toten zurückgekehrt. Gänzlich um den Verstand gekommen, stellte er die Behauptung auf, seine Schwester sei in

Wirklichkeit seine Frau, die er in das Dorf zurückzuholen wünsche. Bevor er jedoch seinen Plan verwirklichen konnte, wurde er beim Schweinefüttern überwältigt, in eine Zwangsjacke gefesselt und aus dem Dorf in das Irrenhaus gebracht.

## Sonntag

Die roten Kröten sind die Prophezeiungen der Blindgeborenen. Unter dem Gelächter der Dorfkinder erzählen die Lackschuhe in den Schränken Märchen. Die zerrissene Zeit schlummert in den gehäkelten Gardinen. Als ein Eisvogel über den Weinberg fliegt, denkt Juliane an ihren Tod, der ein gelber Kreis ist. Das Muster aus welken Blumen im Schlafzimmerteppich verströmt Trauer, es zeugt von der Finsternis der Nächte und Krankheiten. Der Rauchfang der Ziegelfabrik ragt in den gläsernen Himmel, aus dem tropfende Laute fallen. Langsam öffnet der Pfarrer die Augen. Draußen verenden die Wespen auf den lehmigen Wegen unter den Obstbäumen, die Mauern der Häuser sind bösartig. Zwischen den Maisfeldern wandeln idiotische Spaziergänger, die Köpfe betäubt vom stickigen Dämmerlicht. Im Gras zappeln vergessene Karpfen.

## Das Postamt

In den reichverzierten Glückwunschtelegrammen vergilbt Hoffnung. Bis hierher reicht die Zivilisation. Die Stempel sind die Musikinstrumente der Ferne, aus der uns kyrillische Schriftzeichen erreichen. Schlaff baumelt die Uniform des Briefträgers am Kleiderständer. Das Bild des Präsidenten ist voll Fliegenkot, die alte Zeitung riecht nach Kernöl. Auf gläsernen Objektträgern das Kleinhirn von Mäusen für den Vorstand, der sich vor Stalin fürchtet. Abwechselnd gehen die Beamten auf den Abort, auf dem Gebäude wächst wilder Wein, die Rebstöcke lauschen den Liedern der Nager.

## Das Rüsthaus

In den leinenüberzogenen Schläuchen vertrocknen die gelben Blüten der Rapsfelder. Die Brandwunden zeichnen die Garben der Neujahrsraketen in die Haut. Irrtümlich findet der Hauptmann die Haarwickler seiner Frau in der Uniformjacke. Die Spinnen, die über die roten Kotflügel der Löschwagen eilen, sind die zufälligen Gedanken der Feuerwehrmänner. Man weiß weniger von Astronomie als von Axthieben.

## Das Schlachthaus

Vor nichts erschrickt die Kunstreiterin des Zirkus so sehr wie vor dem Schlachthaus. Auf den Fensterscheiben haben die Mikroben eine pilzähnliche Schicht gebildet, die die Blicke Neugieriger abwehrt. Der Tierarzt, behaftet mit dem Gestank von Bruthennen, sucht in den Zungen der Ochsen nach weißen Geschwüren. Wie gelähmt lauschen die Fleischergehilfen mit nassen Stiefeln den Liedern des Gesangsvereines, die vom Kriegerdenkmal her zu vernehmen sind. Nur das Krachen der Knochen und das Geräusch der Klingen am Wetzstein unterbricht ihre Andacht. Die Gummischürzen werden mit Schwefel gereinigt, die Ratten sind heilige Tiere. An den Wänden hängen biologische Tafeln. Ein fliegenreicher Sommer wird vorausgesagt.

# Der Friseur

Von seinem Laden aus sieht man die Menschen mit schlechtem Gewissen über die Straße gehen. Das Rasiermesser kennt die Gesichter der Großväter, im Waschbekken kleben die Haare von Wimpern. Augenblicklich von Asthmaanfällen geplagt, verlangt der Kreisrichter, daß der Friseur den chemisch gereinigten Mantel ablegt. Aus den Zöpfen junger Mädchen werden Perücken für die Witwer gefertigt. Sobald das Schuljahr beendet ist, pudert der Friseur den Kindern die Nacken. Die Schwester der Sonntagsorganistin trägt einen schwarzen Hut mit einem Schleier, der mit einem Blumenmuster verziert ist, als sie den Laden betritt. Das Schild über dem Geschäft kündet von der Trostlosigkeit des Daseins. Das Haarfett duftet nach Levkojen, aus diesem Grund lehnen es die durchziehenden Altwarenhändler und Vertreter ab. Um den Ausfall von Kopfhaaren zu bekämpfen, züchtet der Friseur Algen und vermengt sie mit Jod. Das Klavier in seiner über dem Geschäft gelegenen Wohnung ist so verstimmt, daß es nicht mehr benutzt wird. Nicht jeder schätzt den Friseur, manche ziehen es vor, sich Laien anzuvertrauen. Scheint aber die Sonne, so riechen die Hände des Friseurs nach wilder Kamille, und aus den abgeblätterten Spiegeln liest man freundliche Nachrichten.

# Sommerfest

In der Krone des Apfelbaumes, geschützt von dichtem Laubwerk, sitzen die Blasmusikanten und spielen einen getragenen Walzer. Für einen Nachmittag versöhnen sich die Menschen mit dem Gras.

# Hahnlosers Ende

»Das Auffälligste an unserem Pfarrer war die dicke Brille«, sagt die Stiefschwester meiner Tante, während sie meine Wollmütze über dem Ofen zum Trocknen aufhängt. »Nahm er sie ab, um sie mit dem Taschentuch zu reinigen, kamen darunter kleine, verkniffene Augen zum Vorschein, die nahezu blind umherirrten, bis ihnen wieder Gläser vorgesetzt wurden. Die Aussagen über ihn waren widersprüchlich: Die einen berichteten, daß er ledige Mütter mit Geldbeträgen unterstützte, die anderen erinnern sich an Züchtigungen von Schulkindern, die im Unterricht unaufmerksam waren. (Dazu verwendete er einen Bambusstock.) Im August 1944 überfiel ein jugoslawischer Partisanentrupp das Dorf und plünderte einen Hof, der neben der Kirche lag, weshalb man die Vorgänge vom Pfarrhaus mitansehen konnte. Jedoch bevor noch die Schweine aus dem Stall getrieben und die Hühner gefangen wurden, stießen zwei mit Ruß beschmierte Partisanen die Tür zum Arbeitszimmer des Pfarrers auf und befahlen dem überraschten Geistlichen die Hände zu heben. Dann schritt der größere der beiden auf ihn zu und nahm ihm die Brille ab. (Gleich darauf setzte das Quietschen der Schweine und das Weinen der Frauen vom Nachbarhof ein, das von den kurzen Rufen der Partisanen unterbrochen wurde.) Tatsächlich sah der Pfarrer nur einen Schleier vor seinen Augen. Er wußte, wo der Hof lag, aber er konnte nichts erkennen. Er sah nur das dunkle Gelb der Kirchenmauern – alles übrige war ein Spiel von verschwommenen Farbflecken, als sei die Luft zu trübem Wasser geworden. Aber auch ohne daß er etwas wahrnehmen konnte, verstand er, was geschah. Einen Augenblick dachte er daran, ein stummes Gebet zu verrichten, dann aber fiel ihm ein, wer einer der beiden Soldaten war. ›Hahnloser‹, sagte er laut. Im selben Augenblick erschrak er, denn sicher war es ein Fehler gewesen, den Namen auszusprechen. Daß er es getan hatte, schrieb er später (als er wieder und wieder über die Ereignisse nachdachte) dem Umstand zu, daß man ihm die Brille abgenommen hatte. Weniger der Schrecken über das Eindringen der Soldaten hatte sein Denken durcheinandergebracht, als das gewaltsame Wegnehmen seiner Gläser. In diesem Zustand hatte die Wachsamkeit ausgesetzt, und er war für Augenblicke wie ein kleines Kind gewesen. Er hörte die Schritte des Soldaten, der vom Fenster zu seinem Tisch kam, dann wurde ihm zu seiner Überraschung seine Brille ausgehändigt, die er mit zitternden Fingern auf seine Ohren setzte. Gleichzeitig wurde er vom Stuhl gestoßen. Er sah jetzt wieder alles genau. Die Soldaten wagte er nicht anzublicken, aber es fiel ihm auf, daß die Vorhänge schmutzig waren. Er mußte mit seiner Haushälterin ein ernstes Wort darüber sprechen. (Kaum war ihm der Gedanke durch den Kopf geschossen, erkannte er seine Lächerlichkeit, jedoch war er verwundert, daß er ihm überhaupt gekommen war.) Er hörte auch, daß der Parkettboden ächzte (daran hatte er sich eigentlich schon seit vielen Jahren gewöhnt). Als er das Fenster erreicht hatte, begriff er, daß man von ihm verlangte hinauszublicken. Sofort spürte er, daß er in Gefahr war – sollte er sich weigern? Andererseits fürchtete er die Verachtung der Soldaten, wenn er sich seine Angst anmerken ließ. Also beugte er sich vor und blickte auf den Hof. Als erstes fiel ihm nicht das Geschehen vor dem Stall auf, sondern der Sohn eines Bauern, der nach einem Aufenthalt im Lazarett einen kurzen Urlaub im Dorf verbrachte. Er hielt sich hinter einem Heuhaufen versteckt, eine Pistole in der Hand und beobachtete, wie die Partisanen Mehl und Fett aus dem Haus trugen. (Der Besitzer des Hofes war ein politischer Funktionär, dessen Aufgabe es war, die Ablieferung der Lebensmittel an das Militär zu kontrollieren. Über den Bestand an Vieh und Kleintier jedes Hauses hatte er Listen angefertigt, und da er selbst Landwirt war, wußte er Bescheid, wie man ihn hinter das Licht zu führen versuchte. Es war einleuchtend, daß die Partisanen sich ihn zum Opfer ausgesucht hatten.) ›Sie werden diesen Mann erschießen‹, hörte er Hahnloser einen Befehl erteilen. Dabei wurde ihm ein Gewehr in die Hand gedrückt. Das Gewehr war schwer. Er hatte schon öfters ein Gewehr in der Hand gehabt, dieses aber war eine doppelläufige Schrotflinte, und der Pfarrer wußte um die Wirkung der Waffe, obwohl er selbst noch nie einen Schuß damit abgegeben hatte. Im selben Augenblick, als er die Waffe in die Hand genommen hatte, war er entschlossen zu sterben. Er staunte über die Art seines Endes. (Oft schon hatte er an seinen eigenen Tod gedacht. Immer wenn er an seinem Glauben gezweifelt und sich in seinem Zimmer betrunken hatte, hatte er sich vorgestellt, wie er in seinen letzten Zügen lag und an Gott dachte, nie aber wäre ihm ein ähnliches Ende in den Sinn gekommen.) Er fühlte, daß ihm der Schweiß ausbrach, und er setzte zu einer Antwort an, da hörte er, wie Hahnloser ihm drohte, zuerst seine Haushälterin zu töten und dann die Bewohner des benachbarten Hofes, wenn er sich dem Befehl widersetzte. Der Pfarrer schüttelte den Kopf und zitterte so heftig, daß seine Zähne klapperten. Ohne eine Erklärung abzuwarten, befahl Hahnloser dem anderen Partisanen, die Haushälterin, die man in den Keller eingeschlossen hatte, zu erschießen. Gleichzeitig hörte der Pfarrer das Geräusch des Entsicherns einer Pistole und fühlte das kalte Eisen im Nacken. (Er hatte jedes Jahr ein Schwein geschlachtet, das er zuerst mit einem Flobertgewehr betäubt hatte, und er dachte daran, daß dies nun die Strafe dafür war.) Über die Fensterbank kroch eine Fliege, und der Pfarrer stellte einen Sprung im weißen Lack fest. Es war ein ganz normaler, feiner Sprung, dem Pfarrer aber schien er wie eine Erklärung. Ende, sagte dieser Sprung: Es zählt nicht. Im Hof unten schnürten die Partisanen ohne Eile einen Mehlsack auf ein Motorrad. Wo war der Soldat, der auf Urlaub im Dorf war? Jetzt erst sah ihn der Pfarrer. Er war auf das Dach der Tenne geklettert und lag dort auf dem Bauch, so daß er eher einem Bündel Kleider ähnelte als einem Menschen. (Das alles registrierte er im Bewußtsein, daß er im nächsten Augenblick den Knall eines Schusses vernehmen und daß dieser Knall das letzte sein würde, was ihm in seinem irdischen Dasein zu erfahren bestimmt war.) Dann ließ ihn die Angst nicht mehr weiterdenken. Sein Kopf war leer, und er nahm nicht einmal mehr das auf, was er sah. Er preßte seine Fingernägel in den Daumen und spannte seine Muskeln an. Vom Keller her hörte er ein Geräusch, aber sofort war es wieder still. Es war kein Schuß, doch war das Geräusch ein häßliches gewesen, weshalb der Pfarrer nicht die geringste Hoffnung verspürte. Die Tür wurde aufgerissen und Stiefel stampften. ›Nun?‹ fragte Hahnloser. Der Pfarrer konnte weder schlucken, noch war er imstande, einen Laut herauszubringen. ›Sie wissen, was geschehen ist. Als nächstes werden die Menschen dort sterben‹, hörte er. Der Partisan war neben ihn hingetreten, hatte mit dem Lauf der Flinte die Vorhänge auseinandergeschoben und den Kolben in die Hände des Pfarrers gedrückt. In diesem Augenblick wußte der Pfarrer, daß er nicht kaltblütig genug war, um auf eine solche Weise zu sterben. Wenn man ihn gleich zu Anfang erschossen hätte, hätte er es anständig hinter sich gebracht, jetzt aber war ihm klar, daß er ein Feigling war. In seinem ganzen Körper war nur dieses Gefühl der Feigheit, es war eine lähmende Schwere und ein Ekel vor sich selbst. Und während er die Flinte an die Wange hob, bemerkte er, daß er sein Gesicht verzogen hatte. Er zielte auf das Kleiderbündel, das vor ihm auf dem Dach lag und drückte ab, dann ließ er den Lauf langsam auf die Fensterbank sinken und schloß die Augen. Der Partisan neben ihm stieß auf zwei Fingern einen Pfiff aus, um seine Kameraden im Hof zu beruhigen, hierauf hörte der Pfarrer sie lachen. Hahnloser schien erleichtert zu sein. Er stand ein wenig herum, schickte den anderen Partisanen weg und verlangte zu beichten. Er wartete nicht darauf, was der Pfarrer ihm antwortete, sondern gestand ohne Umschweife, an welchen Überfällen er beteiligt gewesen war. ›Jetzt können Sie mich nicht verraten‹, schloß er. Zuletzt forderte er die Absolution, ob er sie ihm wirklich erteilt hatte, wußte der Pfarrer im nachhinein nicht mehr, doch es war anzunehmen. Hahnloser ging jedoch nur ein paar Schritte, dann kehrte er um und nahm dem Pfarrer die Brille von der Nase, zertrat sie mit dem Absatz und verschwand. Ein Windstoß wehte den Vorhang in den Raum, der Pfarrer spürte ihn als Berührung in seinem Gesicht. Nun hörte er auch die Geplünderten hinter den abfahrenden Partisanen herfluchen und Drohungen ausstoßen. Was aber war mit dem Soldaten, auf den er geschossen hatte? Er versuchte etwas zu sehen, aber es fiel ihm ein, daß Hahnloser seine Brille zerstört hatte. Ein tiefes Gefühl der Machtlosigkeit erschütterte ihn. In seinem Inneren hatte sich das Bewußtsein der Schuld festgesetzt, von dem er wußte, daß es ihn nie mehr verlassen würde. Er blieb eine unbestimmt lange Zeit vor dem Fenster sitzen. Die Abscheu, die er vor sich empfand, kam aus der Erkenntnis der eigenen Minderwertigkeit. Draußen hatte es zu regnen begonnen, als die Gendarmen in grauen Gummimänteln das Arbeitszimmer betraten. Sie trugen ihre Gewehre geschultert und schienen in Eile zu sein. Während einer aus dem Fenster blickte, stellte ein anderer die Fragen, die übrigen liefen wieder aus dem Haus. Der Pfarrer schwieg. Der Gendarm, der die Fragen gestellt hatte, hatte seine Mütze abgenommen und blickte auf die Tropfen, die zu seinen Füßen eine Pfütze bildeten, dann wies er den anderen an, ihm zu folgen und verließ den Raum. Der Pfarrer hatte nicht die Kraft, auf irgendein Geschehnis Einfluß zu nehmen. Es war ihm, als sei er zu einem Gegenstand geworden. Wieder verstrich ein unbestimmbar langer Zeitraum, dann, es war Abend geworden, erschienen neuerlich die Gendarmen, die er alle kannte. Einer von ihnen hob die zerbrochene Brille auf, zeigte sie dem Kommandanten, der den Pfarrer fragte, ob er noch eine andere besäße. Der Pfarrer zuckte die Achseln. ›Sie müssen noch eine Brille in der Schreibtischlade haben‹, sagte der Kommandant. Das stimmte. Aber woher wußte er das? Außer ihm war diese Tatsache nur der Haushälterin bekannt, die man im Keller getötet hatte. Der Gedanke rief den Pfarrer mit einem Schlag in die Wirklichkeit zurück. Ein brennender Schmerz der Beschämung durchfuhr ihn: Wenn man ihn mit ihrer Ermordung nur getäuscht hatte? – Er riß die Augen auf und blickte in die Richtung, in der der Gendarm saß. ›Sie mußten alles mitansehen?‹ fragte der Kommandant, und als der Pfarrer noch immer schwieg, verlangte er zu wissen, ob die Brille schon zu Beginn des Überfalls zertreten worden war. Der Pfarrer setzte sich jedoch nur auf und starrte in die Richtung, in der der Kommandant sitzen mußte. ›Meine Haushälterin ...‹, brachte er mühsam hervor. ›Was ist mit Ihrer Haushälterin‹, wollte der Kommandant wissen: ›Sie hat die Partisanen aus dem Wald kommen sehen und sich im Mais versteckt ...‹ – Die Demütigung, die mit dieser Entdeckung verbunden war, traf ihn so heftig, daß er aufsprang, zum Schreibtisch tappte und dort nach der Lade tastete. Er war aber zu verwirrt, weshalb er ein Tintenfaß zu Boden stieß, so daß der Kommandant die Lade öffnete und ihm die Brille reichte. ›Hier‹, sagte er. Als der Pfarrer sie aufgesetzt hatte, gewann er allmählich die Fassung wieder. Er ließ sich zwar auf seinen Stuhl fallen, doch forderte er den Kommandanten auf, Fragen an ihn zu richten. Der Kommandant nickte.

›Haben Sie jemanden erkannt?‹ fragte er.

Der Pfarrer ließ eine halbe Minute verstreichen. Immer, wenn er an diese Frage zurückdachte, empfand er, daß er sich an diesem Punkt seines Lebens den Weg abgeschnitten hatte. Er konnte nicht behaupten, daß er damals nicht die Folgen bedacht hatte – im Gegenteil, sein Gefühl hatte bereits alles gewußt und sich in ihm gegen eine falsche Aussage gewehrt, doch er hatte nicht den Mut aufgebracht zu gestehen, wie es wirklich gewesen war. Als er zur Antwort angesetzt hatte, war ihm beinahe zum zweiten Mal der Name ›Hahnloser‹ über die Lippen gekommen, statt dessen hatte er ›Nein‹ gesagt. Noch viel später aber hatte er eingesehen, daß selbst die Feigheit, die er für seine Haltung verantwortlich gemacht hatte, eine Ausrede gewesen war. Diese Feigheit (das Bewußtsein um seine Schwäche) hatte ihm zunächst eine neue Kraft (zur Güte) gegeben, doch er hatte sich damit letztlich nur betrogen, weil er instinktiv gewußt hatte, daß er sich (sobald er ernsthaft darüber nachdachte) damit vernichtete. In Wirklichkeit, so erkannte der Pfarrer in einem der letzten hellen Augenblicke seines Lebens, war er hochmütig gewesen. Er war zu hochmütig gewesen, um sich dem neuen Kommandanten und den einfältigen Gendarmen auszuliefern, die seine Schüler gewesen waren und – wenn er sich recht erinnerte – alle mit seinem Bambusstock Bekanntschaft gemacht hatten. In der halben Minute, die er geschwiegen hatte, hatte er mit größter Anstrengung das Kraftfeld des Kommandanten zu fühlen gesucht (eine Methode, die es ihm ermöglichte, sich schrittweise der Wahrheit zu nähern ((ohne sich selbst ein Bein zu stellen und sich zu verraten))). Er hatte das Bedürfnis gehabt, sich anzuvertrauen, statt dessen war ihm klargeworden, daß der Kommandant ihm in keiner Weise mißtraute. Wahrscheinlich, so hatte er geschlossen, hätte er mit einem Geständnis sogar das Begriffsvermögen des Kommandanten überfordert und nicht nur das: Zu guter Letzt hätte es einen weiteren Toten gegeben, und auch die Verwandten von Hahnloser wären ins Unglück gestürzt. So antwortete er mit ›Nein‹.

›Nein?‹ fragte der Kommandant über das lange Zögern verwundert.
›Nein‹ hörte sich der Pfarrer sagen. ›Ich wollte ganz sichergehen.‹
›Ich verstehe‹, sagte jetzt der Kommandant. Offensichtlich war er enttäuscht. ›Ich muß Sie darauf aufmerksam machen, daß wir es mit einer Bluttat zu tun haben und daß Sie – sollten Sie jemanden decken – einen Mörder schützen.‹ Die Antwort des Kommandanten verstärkte noch die Verzweiflung des Pfarrers. Begreiflicherweise bezog er das Wort ›Mörder‹ auf sich, und es zeigte ihm mit einem Schlag, in welcher Lage er sich befand. Hahnloser, der nur ein mittelmäßiger Schüler gewesen war, der Sohn eines Bergmannes (den man des Kommunismus verdächtigte), hatte sich einen teuflischen Plan ausgedacht. Einerseits hatte er ihn, den Pfarrer, in ein Verbrechen hineingezogen und ihn mitschuldig gemacht, andererseits hatte er ihm die Möglichkeit gelassen, sich herauszureden. Er hatte ihm nur die Wahl gelassen, sich selbst und Hahnloser zu vernichten oder zu schweigen. (Und um auf die weiteren Ereignisse Einfluß zu nehmen, hatte er die Brille zertreten, damit der Pfarrer jederzeit behaupten konnte, er habe nichts gesehen.) Was die Angelegenheit noch verschlimmerte, war, daß Hahnloser zumindest einen Mitwisser hatte (vermutlich jedoch mehrere), denn es war nicht anzunehmen, daß er zusammen mit dem anderen den Vorfall für sich behielt. Allerdings: Beweisen würde Hahnloser nichts können, mit Sicherheit glaubte man einem Geistlichen mehr als einem Partisanen. Man würde Hahnlosers Anschuldigungen als Hinterlist werten, während in Wirklichkeit die Wahrheit ein Produkt aus Hahnlosers Hinterlist war. Wieder erkannte der Pfarrer die Niedrigkeit seines Denkens, und er wünschte sich zu sterben. Er sah jedoch nur die Falten in seinen schwarzen Schuhen, die Socken, die unter dem Hosenbein hervorragten, die Regentropfen auf dem Mantel des Kom-

mandanten und den gelben Lichtkegel, in dem dieser saß. Er fühlte sich den Dingen, der leblosen Materie ausgeliefert, so, als könnte sie mit ihm machen, was sie wollte. Als er nickte, erhob sich der Kommandant und faßte zusammen, daß der Pfarrer von Partisanen überrascht worden sei, die seine Brille zerstört hätten. Dann hätten sie von seinem Fenster aus die Plünderung überwacht und dabei den (auf Urlaub befindlichen) Soldaten erschossen. Hier machte er eine kurze Pause und dachte nach. Dann sagte er: ›Ich bin mir sicher, daß jemand aus dem Dorf mit den Jugoslawen zusammengearbeitet hat. Woher sollten sie wissen, daß man von Ihrem Fenster aus den Hof sehen kann?‹ – Der Pfarrer sagte nichts. Auch der Kommandant schwieg. Der Pfarrer fühlte nur, daß er das ganze Gespräch über vom Kommandanten gemustert wurde. Sie hörten die Uhr auf dem Schrank ticken und draußen den Regen rauschen. ›Gut‹, sagte der Kommandant endlich. ›Kommen Sie mit.‹ Mitkommen? – Zuerst fühlte der Pfarrer, wie er sich innerlich dagegen wehrte, dann aber fügte er sich in das Schicksal. Wenn man ihn trotz allem entdeckte (vielleicht gab es einen unbekannten Zeugen?), wollte er den Dingen seinen Lauf lassen. Dieser Vorsatz verschaffte ihm Erleichterung. Er schritt dem Kommandanten voran in die Küche, wo ihm die Haushälterin die Hand küßte (und auch er konnte seine Rührung über das Wiedersehen nur schwer verbergen). Sie reichte ihm den Hut und den Staubmantel, einen Schirm lehnte er ab. Gleich vor der Haustür wurden sie von Wassermassen überschüttet. Zunächst war der Pfarrer der Meinung, daß er dem Kommandanten in sein Büro zu folgen hätte, dann aber erkannte er, daß sie sich zum Haus des Erschossenen begaben. Das erschreckte ihn jedoch weniger, als er zugab, da er seit dem Ereignis das Bedürfnis verspürte, ihn zu sehen. Nicht nur Reue trieb ihn dorthin, sondern auch eine Neugierde, die er sich erst später eingestand. Natürlich kannte er den Toten. Dieser hatte vor mehr als zehn

Jahren versucht, bei ihm zu ministrieren, doch hatte er Schwierigkeiten mit den lateinischen Sätzen gehabt. Eines Tages war er nicht mehr erschienen. Angestrengt dachte der Pfarrer über weitere Einzelheiten nach, die er sich von ihm gemerkt hatte, doch es fiel ihm wenig ein, und was ihm einfiel, verflüchtigte sich rasch in seinem Kopf, als wollte ihn eine unbekannte Macht davor bewahren, sich selbst zu zerfleischen. Als sie den Hof erreichten, kamen sie gerade dazu, wie man den Sarg in einen Leichenwagen verlud, der den Erschossenen zur Totenkammer bringen sollte. Der Hof war in ein schwarzes Nichts versunken. Nur die Scheinwerfer des Wagens warfen zwei Lichtstrahlen in die Dunkelheit. In diesen Lichtstrahlen war der Regen als ein dichtes Geflecht glitzernder Striche zu erkennen. Zielstrebig schritt der Kommandant auf den Sarg zu und ließ ihn zu Boden stellen. ›Öffnen Sie den Deckel‹, befahl er weiter. Dann wartete er neben Dominik und seinem taubstummen Gehilfen, bis der Pfarrer an den Sarg herangetreten war und in das Innere blickte. (Die Brille des Geistlichen war jedoch so stark angelaufen, daß er sie abnehmen und mit einem Taschentuch reinigen mußte.) In dieser Nacht betrank sich der Pfarrer bis zum Morgengrauen. Er versperrte die Tür zu seinem Zimmer und verschlief die Frühandacht, obwohl seine Haushälterin ausdauernd an die Tür klopfte. Als er erwachte, stellte er fest, daß er nicht mehr imstande war zu beten. Er blickte aus seinem Fenster auf das Dach der Tenne, aber der Regen hatte alle Spuren verwischt. Im Hof gingen die Menschen ihrer Arbeit nach, die Sonne schien, Vögel saßen in den Bäumen. In seinem Arbeitszimmer war es kühl, auch die Gegenstände fühlten sich kühl an. Der Regen hatte den Herbst näher gebracht. Zu Mittag würde es noch heiß werden, aber es würde bis in den späten Vormittag hinein dauern, bis sich die Luft erwärmte. Der Pfarrer war überrascht, daß es so gewöhnliche Gedanken waren, die ihm durch den Kopf gingen.

Dann sah er den Totengräber seine Arbeit verrichten und war erleichtert, daß nicht alles den Eindruck verbreitete, als sei nichts geschehen.
Das Begräbnis fand am Nachmittag statt, und solange er der Erfüllung seiner Pflicht nachging, spürte der Pfarrer sein Herz klopfen. Er war unrasiert, und das Licht bereitete ihm solche Schmerzen in den Augen, daß er sich an den größten Teil des Begräbnisses nicht mehr erinnern konnte. Er hatte zuerst die Totenmesse gehalten, dann war er hinter dem Sarg her zum Grab gestolpert und hatte ›seine üblichen Sprüche gemacht‹. (Er dachte jetzt sogar in diesen Begriffen, aus Verachtung über sich selbst.) Die Teilnahme der Bevölkerung war nicht sehr groß gewesen, man befürchtete wohl, sich weitere Schwierigkeiten mit den Partisanen einzuhandeln. Kaum war der Pfarrer in sein Haus zurückgekehrt, als er von zwei Gendarmen abgeholt und zum Posten gebracht wurde. Dort verhörte man ihn mehrere Stunden. Dabei entdeckte er, daß er, je länger er leugnete, um so mehr an seine eigenen Aussagen glaubte. Er empfand nicht einmal Angst, vielmehr wollte er sich nicht der Schande ausliefern. Und dann: Wem nutzte die Wahrheit? Langsam ergriff er Partei gegen den Kommandanten, den Bürgermeister, die Situation des Zwanges, unter dem alles stand. Diese wurde ihm um so deutlicher, je länger das Verhör dauerte und je ernster die Drohungen wurden. Schließlich ließ man ihn gehen. Es war schon dunkel geworden, aus den Wiesen war das Zirpen der Heuschrecken und von den Teichen her das Quaken der Frösche zu vernehmen. Jetzt erst, im Zustand der Erschöpfung, wurde sich der Pfarrer bewußt, daß er sein Opfer eingesegnet und mit Trost versehen der Erde übergeben hatte, aber er begriff es nicht. Sein Verständnis reichte nur so weit, daß er alles, was geschehen war, nicht leugnete, und trotzdem konnte er mit Überzeugung behaupten, er sei daran nicht beteiligt gewesen. Die Nacht über lag er wach. Er konnte weder schlafen noch

denken. Seltsamerweise beschäftigten ihn nur die Geräusche der Außenwelt: das Bellen eines Hundes, das Rufen eines Käuzchens, das Fauchen von Katzen. In der Früh hörte er die Lokomotive, weit weg vom Dorf pfeifen. Er betete nicht, als er aufstand, jedoch hielt er die Frühmesse, aber er fühlte, daß er sich dabei selbst betrog. Wieder und wieder sah er aus seinem Fenster auf das Dach der Tenne, manchmal saßen Haustauben auf dem Giebel. Sobald er den bohrenden Schmerz der Verzweiflung spürte, füllte er ein Glas mit Wein und stürzte es hinunter. Nach einer Woche stellte er fest, daß ihm ein Bart gewachsen war. Es fiel ihm auch auf, daß er sich um seine Haushälterin nicht kümmerte. Er ließ sich das Essen auf einen Stuhl neben das Bett stellen, als sei er krank. (Jedoch lag er vollständig angekleidet da, selbst seine Schuhe zog er nicht aus.) Hatte er früher mit ihr freundliche Worte gewechselt und sie manchmal an seinen Sorgen teilhaben lassen, so beachtete er sie jetzt kaum. Er war sich im klaren, daß sie tief beunruhigt sein mußte, daher setzte er, als sie das nächstemal das Abendessen auf den Stuhl stellte (das er wie die anderen Mahlzeiten nicht anrührte), zu einer Erklärung an, doch brachte er nur einen so wirren Wortschwall von Entschuldigungen und Lügen hervor, daß er wieder schwieg. Zu seiner Überraschung erschien am nächsten Vormittag Dominik, der Bestatter, mit seinem taubstummen Gehilfen. Beide trugen schwarze Anzüge, vor dem Pfarrhaus wartete der Leichenwagen. Der Pfarrer erhob sich – er war bereits angetrunken –, fuhr sich mit den Fingern durch das Haar und begab sich in das Arbeitszimmer. Dort fand er die beiden Männer vor und wies sie an, Platz zu nehmen. Zunächst befahl der Bestatter seinem Gehilfen, sich zur Wand zu drehen, damit er nicht von den Lippen lesen könne, was gesprochen würde. (Der Gehilfe aber hatte den Pfarrer schon beim Betreten mit tiefem Entsetzen angeblickt, dann waren Tränen über sein Gesicht gelau-

fen. ›Weshalb weinst Du?‹ fragte der Bestatter, aber der Gehilfe schüttelte seinen Kopf, nahm einen Stuhl und drehte sich zur Wand.)
›Ich bin gekommen, um Sie zu warnen‹, sagte der Bestatter rasch. Er wartete, der Pfarrer schwieg jedoch. Nichts war zu hören, bis der Gehilfe ein Taschentuch aus der Jacke nahm und sich schneuzte. ›Sie verstehen‹, sagte der Leichenbestatter daraufhin. Der Pfarrer ahnte, aber er verstand nicht. Was beabsichtigte der Leichenbestatter? Soviel er wußte, war er ein Anhänger der bestehenden Verhältnisse und stand sicher nicht auf der Seite der Partisanen. Daher blieb der Pfarrer vorsichtig und antwortete schroff, der Bestatter möge zur Sache kommen. Einen Augenblick dachte Dominik nach, dann eröffnete er dem Pfarrer, daß man bei der Obduktion des Leichnams Schrotkugeln gefunden habe, die darauf schließen ließen, daß ein Ortsbewohner den tödlichen Schuß abgegeben habe. ›Ein Sympathisant‹, ergänzte er. ›Wie Sie sich denken können, war ich bei der Obduktion anwesend, daher hat auch der Kommandant keine Geheimnisse vor mir.‹
›Und weshalb erzählen Sie mir das?‹ wollte der Pfarrer das Gespräch abbrechen. Der Bestatter aber verstand die Frage falsch. Er legte sie nicht als Beendigung des Gespräches aus, sondern als halbes Geständnis. Daher erhob er sich, drückte dem Pfarrer die Hand und antwortete: ›Wir sind Geschäftspartner.‹ Er berührte die Schulter des Gehilfen, der sofort aufsprang: ›Wenn man Sie nach dem Grund meines Besuches fragen sollte, geben Sie an, ich hätte Sie für das letzte Begräbnis bezahlt.‹ Er blätterte ein paar Banknoten auf den Tisch und ging. Der Pfarrer war wie erschlagen. Man nahm also an, er deckte einen Dorfbewohner – was wirklich geschehen war, war jedoch so absurd, daß niemand auf die Idee kommen würde, es ihm zuzutrauen. Am Nachmittag verließ er das Haus ohne einen bestimmten Vorsatz. Er schaute spielenden Kindern

zu, einem Alten beim Holzhacken, Frauen bei der Garten- und Heuarbeit. Den Rückweg nahm er durch den Wald. An einer Stelle, wo die Straße von keiner Seite einsehbar war, tauchte Hahnloser, an den er die ganze Zeit über gedacht hatte, zwischen den Bäumen auf. Er trug eine blaue Arbeitsbluse und über der Schulter eine Axt. Der Pfarrer blieb stehen und wartete. Als erstes vermutete er, daß Hahnloser ihm aufgelauert hatte, um ihn zu erschlagen. Denn er, der Pfarrer, war der einzige, der ihn verraten konnte. Er empfand jedoch keine Angst vor dem Sterben, er fürchtete nur den Schmerz, den ein Axthieb verursachen konnte. ›Wie ein Vieh‹, dachte er. Dann fiel ihm ein, daß er im August sterben würde. Er hatte immer gehofft, im Sommer zu sterben, in der Meinung, daß es ihm leichter fallen würde, nun aber war es ihm gleichgültig. ›Verlassen Sie das Dorf‹, zischte Hahnloser. ›Man ist hinter uns her‹, damit verschwand er hinter den Bäumen. Der Pfarrer hörte noch die Schritte im trockenen Laub rascheln, dann war es wieder still. Er setzte sich an den Wegrand und blickte die staubige Straße hinunter. Die Grenze war nicht weit. Und? Wollte er tatsächlich fliehen? Er spürte, daß sich alles in ihm dagegen sträubte. Was er zu tun wünschte, war, auf das Kommende zu warten. Am selben Abend wurde Hahnloser verhaftet. Der Pfarrer nahm den Kirchenschlüssel und verbrachte die Nacht in der Sakristei. Die Verwandlung, die mit ihm geschehen war, registrierte er nicht einmal selbst: Er hatte die Furcht verloren. Er ging auf den Friedhof hinaus, setzte sich auf einen Grabstein und ging dann wieder in die dunkle Sakristei zurück. Am nächsten Morgen fuhren Soldaten durch das Dorf. Zuerst kamen einige Automobile mit Leinendächern, dahinter folgten zwei Motorräder. Nach einer Weile erschienen mehrere Lastwagen, die den Staub aufwirbelten. Die Soldaten sprangen von den Ladeflächen und durchsuchten die Häuser. Das Pfarrhaus betraten sie ohne den üblichen

Respekt. Mürrisch verlangten sie das Öffnen der Türen, die Gewehre hielten sie schußbereit vor die Brust. Sie durchstöberten Tennen, Ställe und Stadeln und verhafteten einen Burschen, der sich verdächtig machte. Am Abend dann verbreitete sich das Gerücht, Hahnloser sei bei einem Fluchtversuch in der Jauchengrube ertrunken. Den Verdächtigen hatte man bis dahin so verprügelt, daß sein Gesicht nur noch eine blutunterlaufene Masse Fleisch war. Zuletzt nahmen ihn die Soldaten zum Ziegelwerk mit, wo sie ihn erschossen und in einen der Teiche warfen. Als erster erfuhr der Pfarrer vom Hergang. Der Kommandant betrat mit einem Gendarmen die Küche und wartete auf den Pfarrer. Als dieser bleich und mit roten Augen Platz genommen hatte, führte der Kommandant in dürren Worten aus, was vorgefallen war. Hahnloser sei schon seit längerer Zeit verdächtig gewesen. Schließlich habe man seine Waffe überprüft und ihn verhört. Zu diesem Verhör seien die Eltern des Verdächtigten zugelassen worden. Nach dem Geständnis des Sohnes hätten sie ihn in der Jauchengrube ertränkt. ›Damit haben sie uns eine lästige Arbeit abgenommen‹, fügte er trocken hinzu. Das weitere sei ja bekannt. Begräbnis werde es keines geben, ergänzte er dann. Er zündete sich eine Zigarette an und wartete. Auch der Pfarrer wartete. Es hätte jetzt ein Wort des Kommandanten genügt, eine Beschuldigung, und er hätte alles gestanden. Weshalb er nicht aus eigener Kraft sprach, lag an einer Art Antriebslosigkeit, die von ihm Besitz ergriffen hatte. Sie ließ ihn schweigend zuhören, was ihm gesagt wurde, auch war er zu einem schweigenden Gehorsam bereit. Doch niemand verlangte Gehorsam von ihm. Der Kommandant gab ihm nicht wie sonst die Hand, sondern salutierte und verließ ihn mit dem Gendarmen. Von da ab war der Pfarrer allein. Er las zwar die Messe, er taufte die Kinder, er segnete die Toten ein, doch war er verstummt. Abends betrank er sich in seinem Bett, über Mittag schloß er sich in seinem Zimmer ein. Die Dorfbewohner glaubten, daß ihm die Ereignisse so nahe gegangen waren, und brachten ihm den größten Respekt entgegen, ihre Achtung verletzte ihn jedoch erst recht. Deine Tante, um die es sich bei der Haushälterin handelte, erfuhr von ihm die Einzelheiten des Vorfalles, als er betrunken war; am nächsten Morgen aber widerrief er jedesmal, was er gesagt hatte. Daß er vollständig seinen Glauben verloren hatte, fiel niemandem auf.«

## Eindrücke von einer Raubtierfütterung

1

Jetzt aber (im trägen Licht des anbrechenden Frühjahres) unterbricht nur das Pochen der Herzschläge von Maulwürfen die Stille. Die Äcker sind gefüllt mit Sturzbächen gepflügter Erde, der letzte Schnee verwandelt sich in das weiße Gefieder der Elstern. In den geschliffenen Gläsern des Feldstechers sieht der alte Mautner den General die Landstraße entlangmarschieren. Er trägt einen alten Soldatenmantel und scheint zu frieren, wie ein Sterbender. Als Oskar, der Gendarm, ihn sieht, läuft er in den Stall und läßt aufgeregt die Baßtuba ertönen. Der General aber wandert über die Hügel unter dem meerfarbenen Himmel, bis er den Blicken entschwindet.

2

Unten im Dorf sitzt er dann im leeren Gasthaus, in dessen Gemäuer die Einsamkeit die zartesten Muster in die Brautschleier webt, und blickt versonnen und unbeweglich wie ein Käfer auf das Zirkuszelt. Mit hochgeschlagenem Pelzkragen geht der Zirkusdirektor über die mit Schneeflecken bedeckte Wiese.

3

Die Augen des Generals glänzen wie gefrorenes Quecksilber. Während ihn der Zirkusdirektor in der weiten Ebene an eine Ameise erinnert, denkt er an einen Nebenbuhler, der ihm eine Ohrfeige versetzte. Zum ersten Mal seit seinem Schlaganfall hat er das Schloß verlassen. In der Tasche seiner Uniformjacke findet er jetzt das verlegte Monokel. Manchmal zuckt in seinem Gehirn ein Bild auf oder er erinnert sich an längst vergessene Gespräche. Als er zur ersten Kommunion ging, fällt ihm, während er das Monokel zwischen den Fingern hält, ein, fand er im abgelegten Anzug seines um zehn Jahre älteren Bruders ein Paar Wildlederhandschuhe und einen elfenbeinernen Fächer, die er für sich behielt und später einem Mädchen im Dorf zum Geschenk machte. Viele Jahre danach sah er den Fächer und die Handschuhe in den Händen eines Kindes, von dem man behauptete, es sei seine Tochter. Doch starb es, ehe er sich näher mit seiner Herkunft beschäftigen konnte, an einem sprechenden Bandwurm, der obszöne Schimpfworte ausstieß, so daß man glaubte, es sei besessen. (Diesen Bandwurm hatte er eines Tages in einem mit Alkohol gefüllten Glas am Stand eines Kurpfuschers zu Gesicht bekommen, der angab, ihn von der Mutter des Kindes erstanden zu haben.)

4

L. hat ein Stativ mit einem Fotoapparat vor dem Zirkuszelt aufgestellt. Die Jäger, mit brennenden Dachsen an den Gürteln, rücken zu einer Gruppe zusammen, daneben der Pfarrer und die Ministranten mit dem Weihrauchfaß. Der General betrachtet die Szene voll Verachtung. Noch nie hat er jemandem erlaubt, ihn zu fotografieren; im Wohnwagen starrt der Zirkusdirektor im Rasierspiegel seine vergrößerten Zähne an.

5

Erst als die Wiese leer ist, geht der General zum Zelt. Unterwegs sucht er in den verstreuten Schneeflecken nach Vogelspuren, zumeist aber entdeckt er nur die Abdrücke von Krähen und Sperlingen. Als er das Zelt betritt (in seiner Vorstellung ist es in Brand gesteckt, und die kreischenden Zuschauer flüchten ins Freie, während er aufrecht in die Manege schreitet), fertigt L. unentdeckt das einzige Bild an, das vom General existiert. (Auf dem Abzug wird er zu seinem Erstaunen feststellen, daß durch einen unerklärlichen Lichteinfall nur der Körper des Generals zu erkennen ist, während der Kopf und die Planen in Flammen aufgegangen zu sein scheinen.) Im Zelt trifft der General einen Fleischhauer in einer blauen Leinenschürze an, der Hasenköpfe für die Raubtiere liefert. Die Frau des Zirkusdirektors sitzt mit einem Stopfei am Trapez.

6

Geduldig wie ein Gerichtsvollzieher mustert der General jeden Gegenstand im Zelt. »Ein Schlachtfeld«, denkt er, »es fehlen nur die Leichen.« Die Zirkuskuppel und die Masten erinnern ihn entfernt an eine Sonnenuhr. Am selben Morgen erscheint der Zirkusdirektor mit aufgekrempelten Hosen. Speichel tropft ihm vom Kinn. »Ich wünsche der Raubtierfütterung beizuwohnen«, erklärt der General knapp. Der nackte Sohn des Zirkusdirektors macht gerade einen Kopfstand auf der ausgestreckten Hand seines Vaters. Sodann wirbelt er einen Tellerstapel in die Luft und jongliert mit ihm aus dem Zelt. »Wir sind arm«, erklärt der Zirkusdirektor. Der General nickt.

7

Versonnen beobachtet er die Raubtiere bei der Fütterung. Den Löwen werden Rinderschädel vorgeworfen, die sie unwillig zerfleischen. Der General ist enttäuscht über die Appetitlosigkeit der Löwen und die Unlust des Tierwärters. Er nimmt den Zigarrenschneider heraus und kappt das Mundstück einer Havanna ab. Die Gletscher in der Ferne sehen aus wie Eisberge, vom Bahnhof hört man das Wiehern der Pferde, die verladen werden. Bei jedem Tiergeräusch greift der Dompteur nach dem Kamm in der Brusttasche und frisiert seinen widerborstigen Schnurrbart. Der General fühlt die unwiderstehliche Müdigkeit, die von den fressenden Raubtieren ausgeht, und denkt an die Sternbilder des nächtlichen Himmels. Weshalb ist seine Uhr stehengeblieben?

8

Nach Beendigung der Fütterung ist er der einzige Zuschauer der Nachmittagsvorstellung. »Wann füttern Sie die Schlangen?« fragt der General. Vom Friedhof ertönt der Trauermarsch. Die Rotalgen in den Karpfenteichen überziehen das Wasser mit einem feinen Muster, die fiebernden Kinder werden mit Natternhemden bekleidet. Der Zirkusdirektor lauscht. Um die Aufmerksamkeit auf sich zu lenken, stampft der General mit dem gelben Spazierstock. Jetzt erst werden die Schlangen in gläsernen Käfigen gebracht. Der General beugt sich ganz nahe heran, das Licht aus dem Terrarium erhellt sein Gesicht. Mit aufgerissenen Augen verfolgt er, wie die Mäuse und Frösche bewegungslos darauf warten, verschlungen zu werden, sodann lehnt er sich zurück und betrachtet mit Befriedigung das Würgen der Reptilien. Jedesmal aber, wenn eines von ihnen den Kiefer öffnet, stößt er – in seinem Verhalten nun selbst eine Giftschlange – mit dem Oberkörper nach vorne, um sich keine Einzelheit entgehen zu lassen.

9

Langsam strömen die Dorfbewohner, die es nur gewagt hatten, den General durch die Schlitze des Zeltes zu betrachten, in das Innere, um an der Schlangenfütterung teilzunehmen. Behende springen die Kinder des Zirkusdirektors von Zuschauer zu Zuschauer und sammeln die Eintrittsgelder ab. Der General aber verläßt mit unerschütterlicher Würde das Zirkuszelt.

## Wanderung zum Gletscher

1

Die Ziegelfabrik sieht von der Anhöhe aus, als läge sie tief in der Erde. Mein Freund und ich steigen langsam höher und entziehen uns dem Gestank, der von den langgestreckten Hühnerställen ausgeht. Die Gletscher, auf die wir uns zubewegen, leuchten wie Altäre. Wir finden einen erschossenen Hasen im Heidekraut, der, als wir ihn abbalgen, von einem Schwarm gelber Nachtfalter umschwirrt wird. Mein Freund verwendet das Fell als Handschuh, um sich später vor der zu erwartenden Kälte zu schützen.

2

Gegen den Orkan sind wir mit luftgefüllten Schweinsblasen ausgerüstet. Wir sind am Morgen zur heiligen Kommunion gegangen, sodann haben wir beim Apotheker Betäubungsmittel gegen Schmerzen erstanden (wir sind also auf jeden Zwischenfall vorbereitet).

3

Von den Gletschern aus soll man einen großen Teil unseres Landes sehen können, sagt man. Das Heidekraut, durch das wir stapfen, ist mannshoch. Es riecht nach Weihrauch und gibt ein Geräusch von sich, als fahre ein Güterzug vorbei. Das mohnrote Kikeriki eines Hahnes erinnert uns noch an das Dorf. Am Fuße des Teichschwammgebirges machen wir Rast.

4

Es ist wahr, was der Lehrer behauptet: Hundeähnliche Menschen mit Hüten beobachten einen aus der Ferne. Sie antworten auf keinen Ruf, ihre Übermäntel flattern im Wind wie Fahnen. Das Auffallendste aber ist der Lichtschein, der sie umgibt.

5

Jetzt haben wir den Kamm des Vorgebirges erreicht. Er ist scharf wie eine Messerklinge. Wir sind schwindlig und haben das Gefühl, als würden wir auf einem Dampfer dem Abgrund, der vor unseren Füßen liegt, zuschaukeln. Die Steine sind glatt wie Äpfel. Wir kriechen jetzt auf allen vieren. Ein durchsichtiger Vogel mit einem ungelegten Ei im Bauch kreist über der Moräne, ein Spielball des Windes. Der Himmel gäbe einen Anblick für einen Astronomen ab: Obwohl es heller Tag ist, kann man deutlich die Milchstraße erkennen. Eine Stunde später setzt warmer Alpenregen ein.

6

Die Kapelle mit der vergoldeten Statue des verräterischen Apostels (der in Gestalt einer Felsentaube dargestellt ist) ist von Löwenzahnblüten bedeckt und erweckt den Eindruck, als sei eine luftige Pelzhaube über sie gestülpt. Wie alle, die hier vorbeikamen, opfern wir eine Kerze. Sodann trinken wir die Milch der Nieswurz, die man aus den Blättern saugt. Bevor uns der Schlaf überfällt, schnupfen wir vom Pulver eines gemahlenen Nachtigall-

Schnabels, augenblicklich sehen wir die schönsten Mädchen des Dorfes vor uns, wie sie sich ihrer Mieder entledigen.

7

Bei Tagesanbruch hängen wir uns zerschlagen die Rucksäcke um. Weit vor uns erkennen wir zwei Forschungsreisende (in zerfetzten Kleidern), die wir rasch hinter uns lassen. Aus ihren Stiefeln ragen die nackten, erfrorenen Zehen, die sie mit Speichel einreiben, um zu verhindern, daß sie abfallen.

8

Endlich erreichen wir die drei Korkeichen. Unsere Gesichter haben die Farbe der Steine angenommen, die wir beim Gehen fortlaufend anstarren müssen. Ich ziehe den Stöpsel aus meiner Feldflasche, stelle jedoch augenblicklich fest, daß sich, anstelle von Wasser, Salz in ihr befindet. Mein Freund hat geschwollene, von Fieberblasen übersäte Lippen, ich blute aus der Nase. Mühsam kratzen wir die Flechten von der Baumrinde und verzehren sie.

9

Kurz darauf finden wir in einer Eiszunge süß schmeckende Beeren. Wir krempeln die Hose auf. Die Wolken stechen vom Gebirge in den Himmel wie Schiffe in die See.

10

Vor den Wasserfällen ist, neben einer Hütte aus Holz, ein Sarg aufgestellt. Der Wasserfall dröhnt. Im Sarg liegt der alte Sturmwarner. Der junge Sturmwarner hat die Möbel auf einen Haufen geworfen und angezündet. Wir stehen eine Weile da und schauen zu, wie die Möbel des alten Sturmwarners verbrennen.

11

Wo der Bach mit einem drohenden Gebraus durch die Schlucht schäumt, kann man aus dem Bett herausgeschleuderte Goldklumpen finden. Werkzeuge verunglückter Mineralogen säumen das Ufer. Der Arzt im Eskimoüberrock streift zwischen den Überresten umher und bettelt um Morphium. Er ist auch mit einigen unserer Betäubungstabletten zufrieden. Der alte Sturmwarner, erfahren wir, soll sich erhängt haben.

12

Unsere leeren Mägen vermitteln uns durch das Klappern des Eßgeschirrs in unseren Rucksäcken noch mehr Hunger. Wir machen uns eine Suppe aus halbdurchsichtigen Froschgraupeln. Von einem hochgelegenen Gipfel sendet ein verirrter Bergsteiger mit Hilfe eines fenstergroßen Spiegels Lichtsignale in das Tal.

13

Woher die Orgelmusik? – Es ist der Sturm.

14

Um eine Zigarette rauchen zu können, müssen wir eine kleine Mauer aus Steinen errichten. Wir werden durch einen Pferdeknecht geweckt, der seine Tiere mit einer langen Peitsche an uns vorübertreibt. Der Sturm hat sich gelegt, die Nacht bricht herein.

15

»Hier überlebt nur derjenige, der das Gesetz erahnt«, sagt mein Freund. An seinen Augen erkenne ich, daß er fiebert. Als die Sonne aufgeht, stellen wir fest, daß wir auf einem Feld von Bergkristallen übernachtet haben. Ein Windstoß weht den Geruch von Schlachthöfen herüber (es sind aber nur Jäger).

16

Ängstlich huscht eine Otter vor unseren Füßen davon. Eine Zeitlang wirbeln weiße Keime durch die Luft, wir wissen nicht, um welche es sich handelt. In der steinigen Wüste finden wir einen abgebrochenen Schiffsmast, von dem wir nicht sagen können, wie er hergekommen ist. Ein Stück weiter eine Glastür mit den gelben Buchstaben CAFE und ein verwittertes Klavier. Jetzt sind wir sicher, daß wir auf dem richtigen Weg sind. Der Kellner des Bergcafés hat ein gebrochenes Schulterblatt. Er will nicht, daß wir uns um ihn kümmern. Die Tuberkulose hat ihn hier heraufgetrieben.

17

Wenn nur der schneebedeckte Vulkan nicht wäre! – Wir zittern auf dem einfachen Floß, dessen wir uns ein Stück Weges bedienen. Mit einer Rasierklinge ritzen wir die Stengel der Gräser auf, um sie zu bestimmen. Zumeist handelt es sich um Poa alpina.*

18

Das Echo unterbricht unser Gespräch. Daher schweigen wir, nur unser Atem keucht. Die Schwänze von giftigen Lurchen sind unsere einzige Nahrung. Der Vulkan ist schon seit Menschengedenken erloschen, jedoch sind seine Schwefeldämpfe gefürchtet. Wir holen unsere Feuerschwämme aus den Rucksäcken und halten ein Streichholz daran. Fangen sie Feuer, besteht die Gefahr, daß wir das Bewußtsein verlieren.

* Alpenrispengras.

19

Die Blasen an den Füßen schmerzen. Unsere Blicke gelten nur der Kompaßnadel und der fernen Sonne, die unsere Kälte nicht erreicht. Wir müssen unsere Socken wechseln. Endlich können wir uns des Schlittens bedienen, den wir abwechselnd bis in diese Höhe geschleppt haben.

20

Die Gebirgsgewitter sind gefürchtet. Unter Blitz und Eisregen erreichen wir den »Hundebiß«, ein Schneefeld, das mit Wächten übersät ist. Trotz der niederen Temperaturen finden wir Hunderte von Schlüsselblumen in den Öffnungen der Schneedecke.

21

Pickel und Seil sind von Eisglast überzogen. Schritt für Schritt tasten wir uns vor, um nicht in eine Gletscherspalte zu stürzen. Wolken von Schneeschmetterlingen treiben über den Berg. Manchmal lassen sich die Insekten auf uns nieder. Ihre Besonderheit ist, daß ihre Flügel das Licht dämpfen. Wir fangen einige von ihnen und pflücken ihre Flügel, die wir vor die Augen stecken, um das Schneelicht besser zu ertragen.

22

Im selben Augenblick, als wir den Gletscher erreichen, aus dem mit unheimlicher Macht der Schrei der Dohlen (in Form eines mehrfachen Echos) tönt, durchbricht die Sonne die Wolkendecke und wird so blendendhell vom Eis zurückgestrahlt, daß wir zu erblinden drohen. Wir können nicht lange warten. Wenn wir nicht rechtzeitig umkehren, verlieren wir unser Augenlicht. Mit unseren Steigeisen können wir jedoch nicht rasch vorankommen. Nach vier Tagen erreichen wir den Farnwald, von wo wir wieder das Dorf erblicken.

# Die heilige Wahrheit

Stundenlang kann sich der Kirchenwirt in Klagen darüber ergehen, daß es keine Gerechtigkeit gibt. Gäbe es eine Gerechtigkeit, dann... – und es folgt eine Feststellung, die als Frage getarnt ist. »Am 2. Februar 1937 kam ein Viehhändler mit einem großen Geldbetrag in das Dorf«, erzählt er, »denn er hatte die Absicht, Stiere zu kaufen. Er war ein kleiner Mann mit einem Nadelstreifanzug, den er ohne Krawatte trug, und einer wuchtigen goldenen Uhrkette, die zu einer mit Brillanten besetzten Taschenuhr führte. Diese Taschenuhr war mit einem Spielwerk ausgestattet, welches den damals beliebten Schlager: ›Ich wollt', ich wär ein Huhn‹ spielen konnte. Er setzte sich in den Gastraum, bestellte Bier und ließ das Spielwerk laufen. Als man erfahren hatte, daß er ein ›Tschepperer‹ war (mit diesem Ausdruck bezeichnete man bekanntlich die Einkäufer von Viehhändlern ((›Vertscheppern‹ ist ein abfälliges Wort für verkaufen))), trug man ihm Vieh an, er bot jedoch so niedrige Preise, daß man ihn schmähte. Am Nachmittag suchte er einige Bauern auf und ließ sich die Rinder in den Ställen zeigen. (Er fuhr einen grünen Ford, weswegen er sofort ›Der Laubfrosch‹ hieß.) Es war der wärmste Winter seit Menschengedenken. Die Palmzweige blühten um zwei Monate zu früh, und sogar Gänseblümchen konnte man auf den märzbraunen Wiesen sehen. Der Viehhändler war ein wortgewandter Mann. Häufig blieb er stehen, schob sich den Hut ins Genick und verwickelte einen zufällig Daherkommenden in ein Gespräch. Dabei erfuhr er manches, was für sein Geschäft wichtig war. Ob eine Kuh Eisen geschluckt, was man zuletzt auf den Viehmärkten bezahlt hatte und an welchem Hof die Not am größten war. Bei den Verhandlungen dann war er kaltblütig und schützte Eile vor, um rascher abschließen zu können. Es lebten damals zwei Brüder im Dorf, die in dasselbe Mädchen verliebt waren.

Um sich deswegen nicht zu zerstreiten, heiratete sie der eine, ohne sie jedoch für sich alleine zu beanspruchen. Zunächst gab es nur ein Gerücht darüber, später aber stellte sich heraus, daß die beiden Söhne, die die Frau nach der Entlassung aus dem Gefängnis bekommen hatte, verschiedene Väter hatten (diese beiden Stiefbrüder, die von uns wie Brüder behandelt wurden, sollten sich später ebenfalls in dasselbe Mädchen verlieben). Zum Hof dieser Brüder kam der ›Laubfrosch‹ mit Einbruch der Dämmerung. Unterwegs hatte er erfahren, daß die beiden beim letzten Viehmarkt vergeblich versucht hatten, ihre Stiere loszuschlagen, und daß sie, wie die meisten, nicht imstande waren, die Steuern zu bezahlen. Er stellte den Wagen vor dem Stall ab und hupte. Nach einer Weile erschien der ältere der Brüder und war äußerst unfreundlich. Der Viehhändler ließ sich nicht beeindrucken. Zwar sah er, daß sein Gegenüber eine Schrotflinte in der Hand hielt, doch zeigten sich damals manche Bauern aus Gewohnheit mit einem Gewehr, sobald ein Fremder ihren Hof betrat. Daher verlangte er das Vieh zu sehen und stieg aus. Mürrisch führte ihn der Bauer in den Stall, ohne das Gewehr aus der Hand zu legen. (Wie üblich hatte er bereits im vorhinein erfahren, daß der Viehhändler ihn aufsuchen würde, und er trug das Gewehr bei sich, um einen besseren Preis zu erzielen.) Er war ein verschlossener, kräftiger Mensch mit einem Glasauge, sein eigenes hatte er auf einer Fasanenjagd verloren. Sprach ihn jemand an, so gab er zumeist ein abweisendes ›Was?‹ zur Antwort, als habe er nicht richtig verstanden. Mit gezielter Eile machte der ›Laubfrosch‹ indessen kehrt und ging hinaus. Vor seinem Auto angelangt aber rief er dem älteren der Brüder einen geringeren Preis zu, als dieser in seinen niederschmetterndsten Träumen befürchtet hatte. Zuerst war der ältere Bruder so überrascht, daß er nur den Kopf schütteln konnte. Dann aber schritt er auf den ›Laubfrosch‹ (das Gewehr über den Arm gelegt) zu und beschimpfte ihn heftig, worauf der Viehhändler in seinen Wagen floh. Der ältere Bruder aber wollte ihn noch nicht wegfahren lassen und hob das Gewehr. In diesem Augenblick legte der Viehhändler den Rückwärtsgang ein. (Instinktiv hatte er erkannt, daß ihm Gefahr drohte, während der ältere Bruder gleichzeitig begriff, daß er sich keine Hoffnung auf einen Handel mehr machen durfte.) Der Entschluß zu töten überkam den Viehzüchter von einer Sekunde auf die andere, er riß das Gewehr hoch, zielte und erschoß den ›Laubfrosch‹ durch die Windschutzscheibe. Der Wagen machte einen Sprung nach hinten und fuhr dann im Rückwärtsgang gegen den Schweinestall, wo er mit laufendem Motor zum Stehen kam. Langsam ging der ältere Bruder auf den Wagen zu. Die Scheibe wies ein Loch in der Größe eines Mannskopfes auf. Dahinter war es dunkel. Als der Bauer nahe genug an den noch immer laufenden Wagen herangetreten war, sah er den Viehhändler nach hinten über den Sitz hängen. Sein Mund war geöffnet, die Augen waren überdreht, und das Haar hing in Strähnen nach unten. Der Hut lag mit dem Rand nach oben auf der rückwärtigen Sitzbank. Ein großer Blutfleck hatte sich auf der Brust gebildet, und der Hals war nur eine blutige Masse. Als erstes stellte der ältere Bruder den Motor ab. Dann erst bemerkte er, daß die Frau und der jüngere Bruder neben ihm standen. Mittlerweile war es fast vollständig dunkel geworden. Als nächstes bemerkten die drei, daß eine Spieluhr mit dem Lied ›Ich wollt', ich wär ein Huhn‹ ablief. Sie rührten sich nicht, sondern warteten, bis das Lied zu Ende gespielt hatte. Der jüngere griff sodann nach der Uhr und starrte sie an. Er knöpfte sie bedächtig ab und steckte sie ein. Der ältere holte die Brieftasche aus der Brusttasche des Toten und blätterte sie durch. Zuerst fand er zwei Eintrittskarten für eine Kinovorstellung am Wochenende. Er schaute sie verständnislos an. Das Geld in der Brieftasche aber lenkte ihn rasch ab. Es war so viel, daß er damit aus den ärgsten Schwierigkeiten heraußen gewesen wäre. Ungläubig zählte er nach. Unterdessen hörte er, wie sein Bruder ihm vorschlug, die Leiche verschwinden zu lassen. ›Wir verstecken das Auto im Stall des aufgelassenen Hofes und werfen den ›Laubfrosch‹ in einen Teich.‹ Er dachte lange und gründlich nach. Sodann entschloß er sich, auf den Vorschlag seines Bruders einzugehen, allerdings hielt er es für besser, den Leichnam im Wald zu vergraben. In den Taschen des Toten fanden sie etwas Kleingeld, eine silberne Zigarettendose und ein Klappmesser, die sie an sich nahmen. Auch die Frau half mit, den Leichnam verschwinden zu lassen (währenddessen der jüngere Bruder wie ausgemacht mit dem Auto zum verlassenen Bauernhof fuhr). Sie war schlank und hatte gewelltes, blondes Haar. Im Grunde war sie ein argwöhnischer und vorsichtiger Mensch. Ihr Schwiegervater hatte sie bei der Hochzeit wegen ihrer Schweigsamkeit als ›steinerner Gast‹ bezeichnet. Auch der jüngere Bruder, der zuviel Most trank und dem bereits in jungen Jahren die Zähne ausfielen, redete nicht viel. Nachdem sie die Spuren beseitigt hatten, spielten sie wie an den meisten Abenden ›Heilige Wahrheit‹ (ein Spiel, bei dem alle Beteiligten drei Zündhölzer zur Verfügung haben. Jeder kann so viel er will davon in der geschlossenen Hand verstecken. Zu erraten ist die Summe der Zündhölzer, die alle gemeinsam in der Faust verborgen halten.) Dabei kam der Frau die Idee, daß keiner der Beteiligten eine Aussage machen sollte, falls der Mord entdeckt würde. Am nächsten Tag reinigten die Brüder das Gewehr und vergruben die der Leiche entwendeten Gegenstände im Kuhstall. (Für das Geld kaufte der jüngere Bruder an der Stadtgrenze ein Stück Grund und ein Haus.) Unmittelbar darauf wurden die drei verhaftet, da das Auto gefunden worden war und die Spuren zu ihrem Hof führten. Man drehte alles um, fand jedoch nichts. In der Zwischenzeit wurden die drei von den Gendarmen verhört, sie schwiegen aber. Von keiner Drohung ließen sie sich einschüchtern, auf keinen Trick fielen sie herein. Sie stierten nur vor sich hin und warteten mit unbeweglichen Gesichtern, bis sie wieder in ihre Zellen zurückgeführt wurden. Schließlich brachte man sie in die Stadt. Kurz darauf aber fand man den Leichnam des Viehzüchters. Man klärte die drei auf, daß man ihre Fingerabdrücke im Auto festgestellt hatte und daß ihr Schweigen zwecklos wäre, aber sie ließen sich nicht beeindrucken. Mit Verwunderung hatten sie die Prozedur des Fingerabdrucknehmens über sich ergehen lassen, sie waren jedoch überzeugt, daß es sich um einen Schwindel handelte. (Auch daß sie ihren Kopf in eine eiserne Gabel lehnen und fotografieren lassen mußten, hielten sie für einen Einschüchterungsversuch.) Aufgrund der Beweise verurteilte man sie jedoch wegen Mordes und Beihilfe zum Mord zu fünfzehn Jahren Gefängnis. Eineinhalb Jahre später brach der Krieg aus. Die drei erlernten in der Strafanstalt einen Beruf, wurden bewacht und bei Bombenangriffen in einen sicheren Bunker geführt. Als der Krieg zu Ende war, fielen sie unter die allgemeine Amnestie. Sie kehrten in das Dorf zurück und hörten, wer von ihren Verwandten gefallen war. Sie erfuhren, wer in Gefangenschaft war und wer vermißt. An Sonntagen trug der ältere Bruder die Uhr des Viehhändlers. Jahre später, bevor er mit seiner Frau und dem jüngeren Bruder an den Stadtrand zog, verkaufte er sie dem Leichenbestatter Dominik für den Gegenwert eines Gebrauchtwagens. Das Klappmesser schenkte er seinem Bruder, die silberne Zigarettendose seiner Frau. Er eröffnete eine Tischlerwerkstatt, sein Bruder wurde Schuster. Einmal noch kamen sie mit ihren Söhnen als Wohlhabende ins Dorf. (Die Söhne übernahmen später den Hof.) Der Bruder mit einem neuen Gebiß, die Frau mit Dauerwellen, der ältere Bruder mit einem neuen Auto. – Ist das gerecht?« fragt der Kirchenwirt.

# Hellsicht

Der Gehilfe von Dominik, dem Leichenbestatter, geht unter violettem Himmel. Im Staub sieht er das Glitzern von Bruchstücken aus Katzensilber. Da die Amseln ihre Scheiße auf die Dreschmaschinen spritzen, kalkt man die Stämme der Obstbäume und wartet bis zum nächsten Tag. Der Dampf der Sägen legt sich schwefelfarben über die Dorfstraßen. (Er erstickt die Eidechsen und läßt die Kranken von laufenden Treibriemen in der Ziegelfabrik träumen.) In der Schule hängt die geographische Karte von Grönland. Als erstes begegnet der Gehilfe einem Kind, in dessen Kopf er eine enzianförmige Flamme sieht. Der einarmige Tischler in der Werkstatt aber hat einen mißtrauischen Hund hinter der Stirne. Leise knurrt das Tier, dann bellt es heftig, um gleich darauf zu verschwinden. Der Gehilfe legt die Bestellung auf die Hobelbank. »Ich habe keinen Sarg mit einem Fenster«, sagt der Tischler. »Man soll den Deckel abnehmen, wenn man den Toten sehen will.« Der Gehilfe schweigt. Es riecht nach Leim. Draußen die Kukuruzpflanzen vor dem Fenster lassen ihn an grüne Nonnen denken. Er sieht einen Zeppelin auf dem Feld landen, das von Menschen umgeben ist. Der General steigt aus dem Flugkörper und setzt sich in einen bereitgestellten Wagen. (Das ist schon lange her.) Da der Gehilfe spürt, daß kein Mensch in der Werkstatt gestorben ist, fühlt er sich wohl. »Was ist?« fragt der Tischler. Daraufhin verläßt der Gehilfe das Haus. Er weiß, daß er nicht dem Schienenstrang zur Ziegelfabrik folgen darf (weshalb, kann er nicht erklären). Als er an Dominik denkt, hat dieser weiße Handschuhe an. Augenblicklich beginnt der Gehilfe zu laufen. Schon beim ersten Haus, an dem er vorbeikommt, sieht er durch die Wände das Schlafzimmer: braune Holzbetten, über denen ein Bild mit schwebenden Engeln hängt. Vor dem Bett eine weiße Waschschüssel, die dicke Bäuerin halbnackt mit ihrem angekleideten Mann in heftiger Umarmung. So rasch als möglich muß er an diesem Haus vorüberlaufen. Die Tauben gurren von den Dächern: Es sind aber vergoldete Jesusfiguren. In den Herzen der Tauben erkennt der Gehilfe wieder Tauben, die vergoldete Jesusfiguren sind und in diesen abermals ... das ist merkwürdig. Er bleibt stehen und wartet, wie lange sich diese Kette fortsetzt, sie kommt jedoch zu keinem Ende. Daher beginnt er wieder zu laufen. Über die Hügelkämme sieht er Nebelschwaden ziehen und sich in Ribiselstauden verfangen. Diese Schwaden tragen das Stimmengewirr einer Wirtshausgesellschaft mit sich ... oder einer Versammlung. Spricht man über ihn? – Sofort empfindet der Gehilfe, daß er einen verbotenen Gedanken gedacht hat. (Er weiß, daß er sich schuldig macht, wenn er bestimmte Gedanken in sich aufkommen läßt, trotzdem ist er machtlos gegen sie, wenn sie entstehen.) Beim Laufen spürt er auf einmal den Geschmack bitterer Arznei auf Zucker im Mund und den Nachgeschmack, wenn man die Medizin hinuntergewürgt hat. Am Hof, den er eben trabend durchquert, schläft – das kann er nicht wissen – das an Masern erkrankte Schulkind und träumt von einer grünen Schultafel, auf die eine Hand mit Kreide eine aufgeschnittene Birne zeichnet. Der Nachgeschmack im Mund erinnert den Gehilfen jetzt an Birnenschnaps. Dann aber sieht er einen Raben in einem Käfig vor sich. Er beugt sich zu dem Vogel hinunter und erkennt, daß dieser an einer Walnuß erstickt ist. Im selben Augenblick prasseln Eicheln auf seinen Kopf, und ein Krähenschwarm erhebt sich schimpfend aus dem Geäst. Eine der Krähen aber liegt tot zu seinen Füßen. Ein Jäger in einem Lodenmantel tritt aus dem Gebüsch. Er hält einen lebenden Fasan in der Hand, dessen Augen zugenäht sind. (Dieser Fasan kann alle Vogellaute nachmachen.) Stumm steht der Jäger vor dem Gehilfen und mustert ihn. Der Gehilfe sieht für einige Momente nichts als dieses Gesicht, seinen eigenen Körper aber fühlt er so stark, als befände er sich in einem dunklen Keller. Quallen schweben von den Bäumen. Nur ihr Aufklatschen auf dem Boden ist zu hören. Jetzt stellt der Gehilfe fest, daß es in großen Tropfen zu regnen begonnen hat. Auch erkennt er im Kopf des Jägers einen tollwütigen Dachs, der es ihm geraten scheinen läßt, sich zu verkrümeln. Automatisch fällt er in seine Laufbewegung zurück. Die Traktoren schleppen Äste von Zwetschgenbäumen mit sich, die die Äcker blau färben. Manchmal schießen glühende Nähnadeln um seinen Kopf, wie um ihn noch mehr anzutreiben. Er fühlt heftigen Durst. In einer Mulde entdeckt er die gelben Bienenmagazine, die ihn an das eigene Gehirn denken lassen oder an den Sternenhimmel. Er trottet an den Magazinen vorbei und fängt an zu summen. »Ich bin harmlos«, denkt er. Kaum, daß er zu Ende gedacht hat, sieht er ein Fleischmesser vor sich. Den Anblick dieses Messers muß er unter allen Umständen loswerden! (Er weiß um die Gefahr, in der er schwebt.) Er legt sich auf den Boden und befiehlt sich inbrünstig, an etwas anderes zu denken. »Die schönen Schneeglöckchen schlafen unter der schwarzen Erde«, sagt eine Stimme. Wunderbar breiten sich die Blumen vor ihm aus. Pulsierend öffnen sich die Kelche. Der Gehilfe erhebt sich und kann diese Bilder, die vor seinen Augen entstehen, mit einer eigenen Sprache ansprechen, welche sich in seinem Kopf bildet. Er streckt die Zunge aus dem Mund und stößt Schreie aus; dann ist ihm leichter. Deutlich verspürt er, daß es regnet. Vielleicht ist er selbst ein Vogel? Ein Glücksgefühl durchströmt ihn. Auf einem Hügel steht ein Haus, das er noch nie betreten hat. Während er die Straße entlang weiterläuft, sieht er eine erstochene Frau in ihrer Küche liegen. Sie hat ein weißes Kopftuch aufgesetzt, ihr Kleid ist hinaufgerutscht. Langsam tritt er näher. Hat er sie getötet? Das Bild verschwindet langsam. Verwirrt hält der Gehilfe an. Ist es eine Erinnerung? Hat er einen Blick in die Zukunft geworfen?

Mit fliegenden Rockschößen läuft er bergab. Während er hastig dahinrennt, sieht er seine Eingeweide. Seine Lunge bläht sich auf und fällt in sich zusammen, in den Knien klappert das Gelenk. Ihm fällt jetzt auf, wie kräftig die Farben leuchten: Die Äpfel unter dem dichten Blätterwerk. Die schwarze Katze. Einige Augenblicke lang glaubt er, den Geruch von Erdbeeren zu riechen. Wieder sieht er die Frau in der Küche liegen, aber sie blutet nicht. Auch sind die Gliedmaßen nicht abgetrennt, es ist ein Neugeborenes, das neben ihr liegt. Als nächstes begegnet der Gehilfe dem Landarzt. »Und was, wenn es sich doch um ein Verbrechen handelt?« schießt es ihm durch den Kopf. Außer Atem läuft er in den Hof des Bestatters. Die Ölmühle, hört er, ist in Betrieb. Und Dominik kommt abwesend aus dem Musem. Das Orchestrion mit der roten Madonna ist stehengeblieben. Der Gehilfe sieht schon von weitem, was Dominik bewegt. Er bemüht sich, während er auf ihn zuläuft, an das Orchestrion zu denken und sieht tatsächlich die Feder, die gebrochen ist. Er will ihm zurufen, daß es die Feder ist, die erneuert werden muß, da erkennt er, daß die düsteren Gedanken des Leichenbestatters eine andere Ursache haben. Sie hängen mit dem Kind zusammen, das geboren wurde, und dem Sohn des Leichenbestatters, der abstreitet, daß er der Vater ist. Aber der Gehilfe sieht, daß es stimmt. Er läuft in die Kanzlei und nimmt ein Papier, um die gebrochene Feder in der roten Madonna aufzuzeichnen, jedoch ohne daß er es will, zeichnet er anstelle einer Feder einen Fötus.

## Drei Tote

Wenn man den 18. August 1935 nennt, weiß jeder, welche Bedeutung sich damit verbindet. In den Morgenstunden war die Frühschicht der Bergarbeiter ohne Vorankündigung nicht zum Dienst erschienen. Der Grund dafür waren die unerträglichen Arbeitsbedingungen und die schlechte Bezahlung. Sofort, als das Ausbleiben der Bergmänner bekannt wurde, verständigte der Bergingenieur, ein 50-jähriger Junggeselle, der stotterte, den Eigentümer, welcher durch den Boten, einen ehemaligen Pferdeknecht, geweckt wurde. Der Eigentümer, ein fleischiger jähzorniger Mann (er hatte sich bis zum Anbruch des Tages bei einem Feuerwehrball betrunken), gab die Anweisung, die Gendarmerie zu verständigen. Während er – von der Haushälterin mit Kaffee versorgt – durch das Wohnzimmer schwankte, stieß er wüste Drohungen gegen die Bergarbeiter aus, die darin gipfelten, daß er das Aufhängen der Rädelsführer verlangte. »Aufhängen!«, »Aufhängen!« wiederholte der Kanarienvogel in seinem Käfig. Wütend riß der Bergwerksdirektor das weiße Tuch herunter und schrie den Vogel an, der darüber so sehr erschrak, daß er am Abend entflog. Der ehemalige Pferdeknecht verständigte inzwischen nicht, wie befohlen, die Gendarmen, sondern fuhr zurück zum Bergwerk, wo er den Ingenieur in aufgelöstem Zustand zwischen Hunden und Fuhrwerken vorfand. Als der Bote ihm mitteilte, daß die Gendarmen geholt werden sollten, stieß der Bergingenieur einen Fluch aus, dann verlangte er, zur Siedlung der Bergarbeiter gebracht zu werden. Auf seiner breiten Stirn hatten sich Schweißtropfen gebildet, und seine Brillengläser liefen an. Er klemmte sich die braune Mappe mit den Namen und Adressen der Arbeiter unter den Arm, setzte den Sommerhut auf und holte sein Taschentuch heraus. Zuerst fuhren sie durch die »Hölle«, so wurde das Waldstück genannt, in das die Räder der vom Bergwerk kommenden Fuhrwerke im Laufe der Zeit eine tiefe Schlucht in die Lehmerde gegraben hatten. Links und rechts vom Wagen stieg die gelbe Erde so steil in die Höhe, daß weder Bäume noch Himmel zu sehen waren. Jetzt erst kam dem Bergingenieur zu Bewußtsein, in welcher Lage er sich befand. Er hatte die Absicht, die Arbeiter aufzusuchen und zum Dienst zu bewegen, andernfalls er sie entlassen mußte. Aber mit der Entlassung war es nicht getan. Denn wenn auch die übrigen Männer nicht zum Dienst erschienen, dann entstanden mit jedem Tag empfindliche Verluste. Er hatte nichts gegen die Arbeiter, obschon er nicht von sich behaupten konnte, daß er sie liebte. Vor allem war ihm bekannt, daß man ihn wegen seines Stotterns verspottete. Mehr als einmal war er unbeabsichtigt Zeuge geworden, wie jemand in seinem Tonfall eine Anweisung gegeben oder sich scheinbar vor dem Direktor verantwortet hatte. Und jedesmal hatte er das unfreiwillige Anhören seiner Sprechweise (aus der er noch dazu eine gewisse Unsicherheit heraushörte ((die manchmal sogar etwas Unterwürfiges hatte))), als Demütigung empfunden. Ein anderes Mal wiederum hatte er einen der Bergarbeiter beobachtet, wie er im (scheinbaren) Hochmut des Bessergestellten oder Gebildeteren einen Blick auf seine Kollegen geworfen und stotternd eine Feststellung getroffen hatte. Empfänglich für Kritik wie er war, hatte er sich in seinem Büro verkrochen und die Begegnung mit Menschen vermieden, ohne zu einer Arbeit fähig zu sein. Immer wieder waren ihm das Gelächter der Bergmänner und die verstellten Stimmen der Spötter durch den Kopf gegangen, und er hatte versucht, vor sich hinflüsternd ohne Stottern zu sprechen. Das war ihm in seiner Verzweiflung gelungen, aber sobald er einem Menschen in die Augen blickte, rang er um die Vollendung jedes Wortes. Noch immer blickte er in das Gelb der Lehmerde, dabei stellte er fest, daß er, seit er in den Wagen gestiegen war, die Brillengläser reinigte. Er setzte sie auf, und als ob er mit dem Schärfersehen auch seine unangenehmen Erinnerungen verscheuchte, war er sich sofort im klaren, daß er die Gendarmen nicht verständigen durfte. Wenigstens nicht gleich. Er verspürte, daß er damit etwas riskierte, doch hatte er – das fiel ihm erst jetzt auf – nie überlegt, was mit ihm geschehen würde, wenn er seine Stelle verlor. Im Grunde konnte ihm nichts Besseres passieren. Er hatte sich in dieses kleine Nest zurückgezogen, um nicht in einem fort beobachtet zu werden, ja, er hatte sich hierher verkrochen, um den Menschen auszuweichen, aber er war sich bis jetzt nicht bewußt geworden, daß er bei diesem Versuch seine Anonymität eingebüßt hatte. Hier lagen seine Schwächen offener zutage als in einem großen Ort, hier konnte er anderen Menschen noch weniger ausweichen. Aber er wollte nicht wirklich gehen. Irgend etwas hielt ihn zurück, vielleicht weil er hier die Niederlagen schon erlitten hatte, die er anderswo noch erleiden würde. Als er die Siedlung erreichte, erblickte er niemanden. Nicht einmal ein streunender Hund lief zwischen den Häusern. Umständlich öffnete er die Mappe, rief dem ehemaligen Pferdeknecht die erste Adresse zu und wartete gespannt darauf, was geschehen würde. Der ehemalige Pferdeknecht war ein vierzigjähriger Mann mit Narben am Rücken, die von Messerstichen stammten. Er trug einen kleinen Oberlippenbart, einen schwarzen Hut mit einem grünen, breiten Band und eine blaue Arbeitsschürze. Seine Augenbrauen waren buschig, der Blick mißtrauisch. Es war ihm nicht anzusehen, daß er mehr wußte, als er vorgab: Die Bergarbeiter waren fest entschlossen, nicht nachzugeben – tagelang waren Gerüchte im Umlauf gewesen, aus denen er Einzelheiten des geplanten Streiks erfahren hatte. Nun zitterte er vor Erregung (die sich einstellt, wenn man in einer fälligen Auseinandersetzung den ersten Schritt tut). Der Wagen mit dem Pferd hielt vor einem der Reihenhäuser. Die Vorhänge waren zugezogen, die Vorgärten leer. Als der Ingenieur den Wagen verließ, hörte er keinen Laut. Er klopfte an die Tür, aber es blieb still. Der Ingenieur öffnete die Mappe, die er unter seinen Arm geklemmt hatte und rief den Namen des betreffenden Bergmannes. Als Antwort flog ihm ein Stein um die Ohren. (Es war ein faustgroßer

Stein, der ihn schwer hätte verletzen können.) Erschrokken hielt er inne. Zuerst wollte er instinktiv in den Wagen flüchten, doch beim Gedanken daran konnte er das Gelächter der Arbeiter im vorhinein hören. Mit weitaufgerissenen Augen stand er da und überlegte. Noch einmal rief er den Namen, doch tat er es gegen seine Überzeugung. Es war ihm klar, daß er einen Fehler machte, er konnte jedoch nicht anders. Den nächsten Stein sah er nicht mehr. Er fühlte nur einen ekligen Schmerz über dem Ohr, dann verlor er das Bewußtsein. Als er wieder erwachte, lag er in seinem Büro, umgeben vom Direktor, dem Fahrer und dem Landarzt. Der Landarzt blickte ihm – wie er erkennen konnte – prüfend in das Gesicht und drückte ihn (bevor er sich aufzusetzen vermochte) nieder. Ein intensiver Alkoholgeruch ging vom Doktor aus. »Weshalb haben Sie nicht die Gendarmen geholt«, hörte der Schwerverletzte den Direktor mit unterdrückter Wut fragen, doch er verstand nicht, daß die Frage an ihn gerichtet war. Eine Stunde später wickelte man seinen Leichnam in eine Decke und schaffte ihn hinunter in die Bergarbeitersiedlung. Es war zum dritten Mal an diesem Tag, daß er durch die »Hölle« fuhr. Mittlerweile hatten die Gendarmen ein Haus in der Siedlung besetzt: Als sich bei ihrem Eintreffen niemand gezeigt hatte, hatten sie das zuvor bestimmte (dessen Bewohner ihnen wie alle anderen bekannt waren) gewaltsam geöffnet und den in der Küche wartenden Bergarbeiter zum Posten gebracht. Beim Abtransport waren abermals Steine geflogen, ohne daß jedoch jemand getroffen wurde. Es war ein schwüler Augusttag voller Fliegen und Wespen. Die Bergarbeiter warteten in ihren Häusern, und die Gendarmen standen mit aufgepflanzten Gewehren an der Straßenecke, während das Verhör des Verhafteten begann. Der Postenkommandant, ein knapp vor der Pensionierung stehender Beamter mit einer Knollennase und einer beginnenden Glatze, die ihm trügerischerweise etwas Abgeklärtes gab, wußte, daß der Bergarbeiter, den man zu ihm gebracht hatte, willkürlich festgenommen worden war. Aber es war seine Absicht gewesen, den Fall nicht durch die Umständlichkeit einer genauen Untersuchung hinauszuziehen, sondern von Anfang an seine Macht zu zeigen. Er war der Überzeugung, daß die Umstände danach verlangten, ohne Mitleid vorzugehen. Je entschlossener und rücksichtsloser eine Strafe sein würde, um so rascher und friedlicher würde sich der »Aufstand« (der das Nichterscheinen der Arbeiter zur Schicht in seinen Augen war) verlaufen. Er war keinen Augenblick nervös geworden, und als der Bergarbeiter vor ihm stand, fühlte er so etwas wie Befriedigung. Er hatte noch keinen festen Plan. Alles, was er wußte, hatte er von der Ordinationshilfe des Doktors erfahren (die den Zwischenfall und die Folgen im Auftrag des Landarztes gemeldet hatte ((nachdem der ehemalige Roßknecht den schwerverwundeten Ingenieur zum Bergwerk gebracht hatte und dort vom inzwischen erschienenen Direktor angewiesen worden war, den Arzt zu holen und die Gendarmerie zu verständigen. Den zweiten Auftrag hatte der Bote jedoch nicht ausgeführt, sondern den Doktor gebeten, die notwendigen Schritte zu unternehmen))). Der Bergarbeiter wiederum, der jetzt vor dem Postenkommandanten stand, war ein Vater von vier Kindern, von denen die ältesten beiden Söhne (die noch nicht das 14. Lebensjahr erreicht hatten) im Stollen arbeiteten. Der Postenkommandant lehnte sich zurück und betrachtete den Vorgeführten: Er war schmächtig, aber seine Nase hatte etwas Aufsässiges. Mit Sicherheit war er kein Rädelsführer, aber (das wußte der Postenkommandant) dickköpfig. Da ihm jeder Arbeiter vom Aussehen und auch namentlich bekannt war, hatte er überlegt, welchen von ihnen er am besten vorführen lassen konnte, und sich schließlich für den Verhafteten entschieden. (Wozu sollte er sich mit einem Rädelsführer auseinandersetzen? Er hatte seinen Dienst zu verrichten, und es gab niemanden, der ihm das leichtmachte. Natürlich war ihm bekannt, daß die Abbaustollen im Bergwerk niedrig waren und die Arbeit liegend verrichtet werden mußte, natürlich war ihm die lächerliche Bezahlung bekannt, aber drängten sich die Männer nicht geradezu um die Arbeit? Und sobald sie sie hatten, war sie ihnen zuwider, ohne daß sie auf sie verzichten wollten.) Noch immer betrachtete er den Vorgeführten. Was er herausbekommen mußte, war, wer den Stein geworfen hatte. (Eine andere Sache wiederum war es, die Arbeiter dazu zu zwingen, ihren Dienst zu versehen, aber er war sicher, daß beides zusammenhing.) »Also gut«, sagte er zum Bergarbeiter (aber er sprach wie zu sich selbst), »ich nehme an, daß Du nicht derjenige gewesen bist, der den Bergingenieur getötet hat... Du weißt aber, daß er getötet wurde.« Der Bergarbeiter schüttelte den Kopf. »Dann weißt Du es jetzt«, fuhr der Kommandant fort. Er machte eine lange Pause, um den Bergarbeiter den Ernst der Situation spüren zu lassen. »Ich verlange von Dir Namen... Mir genügt ein Name.«

»Ich habe keine Ahnung«, antwortete der Bergarbeiter wahrheitsgemäß (und daher für den ersten Augenblick erleichtert. Er hatte sich wie abgesprochen mit seiner Familie in seinem Haus eingeschlossen und es nicht einmal gewagt, durch das Fenster zu blicken, aus Angst vor dem Ingenieur, dessen Rufe er gehört hatte. Der Vorfall, der sich ereignet hatte, hatte sich allerdings rasch herumgesprochen, jedoch hatte es verschiedene Vermutungen gegeben, wer den tödlichen Steinwurf getan hatte, aber darüber zu sprechen, erschien ihm unmöglich.)

Noch bevor er sich hatte überlegen können, wie er sich weiter verhalten sollte, war der Postenkommandant um den Schreibtisch gesprungen und hatte ihn gegen einen Kasten geworfen, daß ihm das Nasenbein brach. (Er war erstaunt, daß er keinen Schmerz fühlte.) Verwundert blickte er den Kommandanten an, als ihn ein Fußtritt im

Gesicht traf und zu Boden schleuderte. Der Bergarbeiter riß die Augen auf und sah eine Fliege in einer Ritze der Bodenbretter, die sich den Rüssel putzte, dann vermeinte er zu stürzen. Wütend stand der Kommandant vor dem Bewußtlosen. Er ging hinter den Schreibtisch zurück und ließ ihn durch zwei junge Gendarmen hinaustragen. Dann überlegte er sich, wer in Frage käme, den Stein geworfen zu haben. Am ehesten jemand, der in einem der Nachbarhäuser wohnte, vor welchem der Bergingenieur getötet worden war.

Er war der Überzeugung, daß er sich an die Schwächsten halten mußte, um sein Ziel zu erreichen. (Im Grunde suchte er ein Kräftemessen, denn es bereitete ihm Vergnügen, seine Gegner Schritt für Schritt zur Aufgabe zu zwingen.) In seiner Eigenschaft als Verantwortlicher für die Sicherheit hatte er kaum Freunde. Zu seinen Verwandten unterhielt er keine näheren Beziehungen. Er zog auch niemanden ins Vertrauen, nicht einmal seine Frau, die er wie ein Kind behandelte. Da er entschlossen war, die Angelegenheit innerhalb der nächsten Stunden zu erledigen, gab er Befehl, einen Bergarbeiter zu verhaften, von dessen Unschuld er überzeugt war. Die Fliegen spazierten über das große, grüne Löschpapier auf dem Schreibtisch und ließen sich auf seiner Uniform nieder. Er lehnte sich zurück und sah den jungen Gendarmen nach, die eiligen Schrittes zur Siedlung aufbrachen.

Als diese die ersten Häuser sahen, verspürten sie Angst. Sie ließen sich von zwei Posten mit schußbereiten Gewehren begleiten und gingen zum angegebenen Haus. Was sie am meisten bedrückte, war der Befehl, gewaltsam in die Räume einzudringen und alles zusammenzuschlagen, was ihnen unter die Hände kam. Wie erwartet fanden sie die Eingangstür verschlossen. Ohne Eintritt zu verlangen, begannen sie sofort mit ihrem Zerstörungswerk. Unterstützt von den Posten hieben sie mit den Gewehrkolben so lange auf die Tür ein, bis sie splitterte, dann griff einer von ihnen durch die Trümmer nach dem Schlüssel an der Innenseite und öffnete. Übereinstimmend gaben sie später zu, daß sie von einem panischen Gefühl der Angst getrieben gehandelt hätten. Sie stürmten durch den Vorraum und rissen die Tür zur Küche auf, in der der Gesuchte mit einem Schürhaken in der Hand stand. Ein Kolbenhieb streckte ihn augenblicklich nieder, ebenso die Frau, während man die Kinder und die Alten unbehelligt ließ. Unterdessen zerstörte der erste die Kredenz und das Geschirr, der nächste riß die Lampe von der Decke, die anderen beiden stürmten in das Schlafzimmer und verwüsteten Vorhänge und Matratzen mit dem Bajonett. Wie im Rausch hoben sie sodann den bewußtlosen Bergarbeiter (einen fünfzigjährigen blonden Mann, der für seine Schüchternheit und Unentschlossenheit bekannt war) vom Boden auf und schleiften ihn aus dem Haus. Die beiden Gendarmen, die vom Kommandanten geschickt worden waren, waren junge Bauernsöhne. (Schon immer hatte es eine Rivalität mit den Bewohnern der »Siedlung« gegeben. Das Leben, das die Bauern führten, war ein ganz anderes als das der Bergarbeiter. Diese hatten zumeist keinen Besitz, ihr ganzes Kapital war ihr Körper. Deshalb fühlten die anderen sich von ihnen bedroht. Auch waren die Sitten in der Siedlung rauh, häufig gab es Schlägereien, und jede Woche waren die Gendarmen durch irgendeinen Zwischenfall gezwungen einzugreifen.) Die beiden jungen Gendarmen hatten die übliche Scheu empfunden, in die Siedlung einzudringen. Sie waren es gewohnt, daß der Anblick ihrer Uniformen dort Spott herausforderte, aber diesmal war es etwas anderes. Der Ingenieur kümmerte die beiden wenig. Sie hatten nur eine vage Erinnerung an ihn, er war kaum jemals dort aufgetaucht, wo sie verkehrten. Sie wußten, daß man ihn nicht ganz ernst nahm, und er verkörperte für sie den ungeschickten Städter. Der erste der beiden Gendarmen war einundzwanzig Jahre alt, groß und dunkelhaarig. Er hatte von Geburt an rote Backen, die ihm etwas Gesundes und Treuherziges verliehen, auch war sein Gehaben eher unbeholfen. (Doch scheute er nicht davor zurück, zu handeln. Er hatte es gelernt zuzupacken, und wenn er nicht die Verantwortung für sein Tun übernehmen mußte, war er zu allem bereit.) Der zweite, blond, klein und drahtig, war voller Mißtrauen und vermutete hinter jedem Satz und jeder Handlung etwas anderes. (Grundsätzlich nahm er das schlechteste von jedem an, der kein Gendarm war.) Er war jedoch höheren Dienstrángen oder Wohlhabenden gegenüber unterwürfig. Bewirtete ihn ein Landbesitzer mit einem Glas Slibowitz, lief ihm ein kalter Schauer über den Rücken, und eine aufwallende Freundlichkeit trieb ihn dazu, durch sein Verhalten zu zeigen, daß er den anderen höher achtete als sich selbst.

Die beiden älteren Gendarmen, die in der Siedlung Posten gestanden hatten, machten sich wenig Illusionen. Sie faßten jeden Konflikt als Störung ihrer Ruhe auf und reagierten unwillig, wenn man sich an sie wandte. Im Grunde hatten sie nichts gegen die Arbeiter in der Siedlung, dazu hatten sie schon zuviel mit ihnen zu tun gehabt, sie verachteten sie eher aus Gewohnheit. (Jeden, der dort lebte und es in ihren Augen »aushielt«, stuften sie gleich ein.) Als die Gendarmen nun aus dem Haus wieder in das Freie gelangten, spürten sie unwillkürlich, daß sie in Gefahr waren. Mit schußbereiten Gewehren deckten sie die beiden jüngeren Gendarmen, welche den Bergarbeiter durch das Dorf schleiften.

Der Mann hatte sein Bewußtsein noch nicht wieder erlangt, weshalb sein Kopf hin und her taumelte. (Er war niemand, für den man sich prügelte. Wortlos schloß er sich der Mehrheit an, seine Arbeit verrichtete er ohne Widerspruch, auch paßte er sich der Lebensauffassung seiner Frau an, die vor nichts mehr Furcht hatte als »ins

Gerede zu kommen«. Zum Unterschied von den meisten anderen in der Siedlung trank er keinen Alkohol und suchte kein Gasthaus auf. Das alles wußte der Postenkommandant und er rechnete auch damit, daß gerade die Verhaftung dieses Mannes als Provokation aufgefaßt würde. ((In seinem Plan stimmte aus seiner Sicht betrachtet alles, nur hatte er nicht beachtet, daß es Waffen in den Häusern gab.))) Bis zu diesem Zeitpunkt hatte es noch kein schweres Blutverbrechen in der Siedlung gegeben, und das Auftauchen der Gendarmen hatte zumeist genügt, um die Ordnung wiederherzustellen. Darauf vertraute der Postenkommandant. Es sollte sich als ein Irrtum erweisen. Denn kaum hatten die Gendarmen das Nachbarhaus erreicht, als ein Schuß fiel, der den Rotbackigen in die Stirn traf und tötete. Als hätten sie auf einen Zwischenfall gewartet, eröffneten die anderen Gendarmen das Feuer. Sie schossen in die Fenster (daß die Glasscheiben splitterten) und zogen sich (den toten Kameraden und den bewußtlosen Bergarbeiter auf der Straße liegenlassend) zurück. Als der Postenkommandant die ersten Schüsse hörte, wußte er, daß er einen Fehler begangen hatte. Ohne abzuwarten, was geschehen war, forderte er Verstärkung an und verließ das Gendarmeriegebäude. Mittlerweile war es Mittag geworden, und er verspürte die Hitze wie einen dumpfen Schlag.

Kaum waren die Gendarmen aus der Siedlung verschwunden, als die Menschen aus den Häusern strömten. Sie liefen zur Leiche des Gendarmen und halfen dem langsam zu Bewußtsein kommenden Bergarbeiter auf die Beine. Das Gesicht des Toten bot einen so häßlichen Anblick, daß jemand eine Zeitung über seinen Kopf breitete. Zunächst bewegten sich alle, als seien sie aus langem Schlaf erwacht. Dann aber brach ein Streit los, der fast in eine Prügelei ausgeartet wäre, wenn nicht derjenige, der den Ingenieur mit einem Stein getroffen hatte, sich gemeldet hätte. Noch ehe sich zwei Parteien hatten bilden können, machte er kehrt und verließ die Siedlung. Er war dreißig Jahre alt und ledig. Von seiner Arbeit lebten die Mutter und seine unverheiratete Schwester, die den Haushalt führten und die er, wenn er betrunken war, schlug. Er hatte das üble Aussehen eines Gewalttätigen. Sein Gesicht war voller Narben und seine Hände waren auffallend groß. Auf seinem struppigen Haar trug er eine Schildmütze, seine Hosen waren geflickt. (Warum er den Stein auf den Ingenieur geworfen hatte, wußte er selbst nicht. Er hatte nichts Besonderes gegen seinen Vorgesetzten gehabt. ((Auch war er kein Rädelsführer, wenngleich ihm der Streik recht war.)) In seinem von Anfang an unglücklichen Leben haßte er alles, womit er in Berührung kam, und machte es verantwortlich für sein Elend. Am meisten haßte er sein eigenes Leben. Er war ein sprunghafter Mensch. Ebenso rasch, wie er jemanden niederschlug, versöhnte er sich mit ihm, auch kam es vor, daß er sein Geld im Gasthaus mit Einladungen verschwendete oder daß er im Spätherbst, wenn die Sulm noch nicht zugefroren war ((um den Beweis anzutreten, daß ihm Kälte nichts ausmachte)), in das Wasser sprang. Obwohl er nicht klar sah, was seit dem Morgen wirklich geschehen war, hatte er ein dumpfes Gefühl der Schuld empfunden. Der Tod des Ingenieurs hatte ihn gleichgültig gelassen, auch daß man seinen Nachbarn verhaftet hatte, hatte ihn wenig berührt. Nach dem wilden Schußwechsel aber hatte er gespürt, daß es nicht lange dauern würde, bis man ihn für alles verantwortlich machte (und wahrscheinlich nicht zu Unrecht). Er hatte einen Stein am Kopf des Bergingenieurs vorbeifliegen gesehen und unwillkürlich nach einem anderen gegriffen. Das war sein Fehler gewesen. Was dann kam, hatte er nicht voraussehen können. (Er hatte die drängenden Fragen seiner Mutter abgeschnitten und auf das weitere gewartet.) Vor dem Gendarmeriegebäude sah er, wie der

Postenkommandant mit seinen drei Untergebenen in der Tür verschwand. Instinktiv überlegte er zu fliehen, seine Füße bewegten sich jedoch automatisch weiter.

Inzwischen war der Bergarbeiter in der Gefängniszelle erwacht. Seine Lippen waren blutig, und ein Auge war zugeschwollen. Langsam erinnerte er sich daran, was geschehen war. Er erhob sich mühsam und setzte sich auf das Eisenbett. Eine Weile hockte er da. Die Zelle lag so dicht neben den Büros (fiel ihm auf), daß er ohne Anstrengung hören konnte, was nebenan gesprochen wurde. (Aber er empfand kein Bedürfnis, irgend etwas zu hören.) Seine Lage schien ihm übel und konnte sich (in seinen Augen) nur noch verschlimmern. Als er eine Fliege auf seinem Handrücken spürte, erinnerte er sich an die Mißhandlungen durch den Postenkommandanten. Er beugte sich langsam hinunter und betrachtete das Insekt. In einer Fliege hatte er nur lästiges Ungeziefer gesehen, nun aber kam sie ihm wie ein Relikt aus einer friedlichen Welt vor. Aufmerksam beobachtete er sie: Sie putzte sich und fiel dann in eine Art Erstarrung. In diesem Augenblick wurde er Ohrenzeuge, wie sich der Mann stellte, der den Bauingenieur getötet hatte. Als erstes hatte ihn die bekannte Stimme aufhorchen lassen, dann hatte er den wenigen Worten des Mannes gelauscht und dem Schweigen, das ihnen folgte.

»Und deshalb stellen Sie sich?« hörte er den Kommandanten fragen. Nach einer kurzen Pause (in der er vernahm, wie der Kommandant den Stuhl zurückschob und sich erhob) sprach der Kommandant weiter. »Wir warten auf Verstärkung. Was Sie getan haben, interessiert niemanden mehr. Ein Gendarm wurde erschossen, das ist es, worum es geht. Er liegt unten in der Siedlung, aber wir werden ihn holen.« Wieder schwieg er kurz. Dann war ein Schlag zu vernehmen, und gleich darauf wurde die Tür zu seiner Zelle aufgerissen, der Bergarbeiter hineingestoßen

und er selbst hinausbefohlen. Das ging so rasch, daß er zuerst nicht begriff, wo er sich befand. Aber im nächsten Moment sah er das böse Gesicht des Postenkommandanten vor sich, der ihn am Hemd gepackt hatte und schüttelte: »Du gehst hinunter in die Siedlung«, zischte er mit schwer unterdrückter Wut, »und wirst dort sagen, daß ich in einer halben Stunde komme, um den Toten und den Täter zu holen. Hörst Du: Beide – den Gendarmen und den Mörder. Ist das klar?« Er wartete keine Antwort ab, sondern stieß den Bergarbeiter ins Freie, wo ihn das sommerliche Licht blendete und die Angst, seine Freilassung könne ein Irrtum sein, hastig davonlaufen ließ.
Kurze Zeit später war die Verstärkung eingetroffen, und drei Dutzend Gendarmen umstellten die Siedlung. Von allen Seiten konnte man auf der Straße den Toten, dessen Gesicht mit Zeitungspapier zugedeckt war, sehen, daneben stand ein 17-jähriger Bergarbeiter mit erhobenen Händen. Erschrocken über die Jugendlichkeit des Täters ließ der Gruppenkommandant anhalten. Die Luft über der Erde war in der Mittagshitze in Bewegung geraten, und die Stille, die sich über die Siedlung gelegt hatte, gab dem Anblick etwas Unwirkliches, das dem Kommandanten die Angst nahm. Das Gewehr im Anschlag ging er allein zwischen den Häusern auf den Jugendlichen zu, der ihm mit Furcht in den Augen entgegenblickte. Der Kommandant wußte, daß die Gendarmen ihn beobachteten, er wußte aber auch, daß aus allen Ritzen der Häuser seine Schritte verfolgt wurden. Als er den Leichnam erreicht hatte, beugte er sich hinunter und zog das Zeitungspapier zur Seite, um, wie er später sagte, »keine Sentimentalitäten aufkommen zu lassen«. Das deformierte Gesicht des toten Gendarmen und der Geruch des Blutes ließen in ihm Übelkeit aufkommen, so daß er sich rasch erhob und dem Bergarbeiter mit der flachen Hand eine Ohrfeige verabreichte. Hierauf legte er ihm Handschellen an und gab den übrigen Gendarmen das Zei-

chen, sich um den Toten zu kümmern. Jetzt bemerkte er auch die Wespen. Er vertrieb sie mit einer Handbewegung, aber sie waren kurz darauf wieder um ihn. Verärgert versetzte er dem Jugendlichen einen Stoß und verließ mit ihm die Siedlung. Er drehte sich nicht um, bis er an der Hauptstraße angekommen war. (Er starrte nur auf die Schuhe seines Gefangenen, wobei ihm nicht aus dem Kopf ging, daß dieser bald ebenso tot sein würde wie der Gendarm.) Erst jetzt blickte er zurück. Die Gendarmen verluden den Erschossenen auf einen Lastwagen, hakten die Verladeklappe ein, und versuchten sich des Insektenschwarmes zu erwehren, der sie überfiel. (Es schien, als wären alle Bremsen der Karpfenteiche zusammengeschwirrt. Der Postenkommandant und auch die Gendarmen hatten noch nie eine solche Ansammlung wildgewordener Insekten gesehen.) Der Kommandant schaute seinem Gefangenen in das Gesicht (das den nächsten Schlag erwartete), aber er gab seiner inneren Regung nicht nach. Statt dessen verfolgte er, wie sich der Lastwagen mit dem Toten langsam in Bewegung setzte und die Gendarmen im aufgewirbelten Staub zurückließ . . .
Zu seiner Verwunderung war der 17-jährige Täter in eine Zelle gebracht und bis zum Einbruch der Dunkelheit nicht belästigt worden. Er war das siebente von neun Kindern, zwei Brüder und der Vater arbeiteten im Bergwerk. Schon mit dreizehn Jahren hatte er Kohlen aussortiert, mit fünfzehn war er untertags gefahren. Er war blaß und schmächtig, doch hatten seine Bewegungen etwas von der Schnelligkeit eines Vogels. Sein Händedruck war kräftig, und er hatte sich stets bemüht, seine Arbeit als etwas zu betrachten, das ihn wegen der grausamen Anforderungen (denen er gewachsen war) auszeichnete. (Insgeheim aber litt er unter der Wehrlosigkeit seines Vaters und der Aussichtslosigkeit, in der sich ihm sein weiteres Leben zeigte. Er war kein dankbarer Mensch, an Dankbarkeit mangelte es ihm, jedoch war die Zuneigung, die er ande-

ren gegenüber empfinden konnte, nicht oberflächlich. Wenn er es recht betrachtete, gab ihm das Leben nicht viel, außer, daß er trotz der Umstände von der Zukunft träumte. Er spielte mit dem Gedanken auszuwandern, wovor er sich aber auch fürchtete. Einen tiefen Eindruck hatten die Drohungen in ihm hinterlassen, die sein Vater in seiner Hilflosigkeit ausstieß ((in denen er vom Erschießen des Bergwerksdirektors, der Gendarmen und der Landbesitzer sprach, ohne daß er jemals irgendeinem Menschen Gewalt angetan hätte. Sogar das Hasenschlachten für den Sonntagsbraten hatte er seiner Frau überlassen. Aber gerade deshalb waren seinem Sohn die Drohungen besonders nahegegangen)). Als der Ingenieur vom Stein getroffen und getötet worden war, hatte sein Vater die Nerven verloren und die Familie mit der Ankündigung erschreckt, die Gendarmen würden über die Siedlung herfallen und sie zerstören. »Jetzt wird es noch viele Tote geben«, hatte sein Vater geendet und diesen Satz öfters wiederholt. Um einem Unglück vorzubeugen, hatte man das Jagdgewehr, das der Vater gegen den Willen seiner Frau »für alle Fälle« im Haus aufbewahrte, in der Kohlenkiste versteckt. Die Familie hatte sich sodann in das Schlafzimmer zurückgezogen, das zur anderen Seite hinausging, der 17-jährige Sohn war in der Küche geblieben, um zu verfolgen, was sich ereignen würde. Als die vier Gendarmen mit dem bewußtlosen Bergarbeiter das Haus verlassen hatten, war er einer blitzartigen Eingebung folgend zur Kohlenkiste gelaufen, hatte das Gewehr geladen, auf einen Gendarmen gezielt und abgedrückt. Den betreffenden Gendarmen hatte er nicht gekannt. Er hatte nicht viel Umgang mit Leuten außerhalb der Siedlung gehabt, und der Gendarm hatte auf seinem Posten noch nicht lange seinen Dienst versehen. Daß ihm der Gendarm unbekannt gewesen war, war der Grund dafür gewesen, daß er hatte abdrücken können. Er hatte keinen Menschen töten, sondern seiner Wut Ausdruck verleihen wollen. Als es geheißen hatte, daß er sich stellen sollte, hatte er keine Furcht verspürt. Plötzlich hatte er geglaubt, daß ohnedies schon alles hinter ihm lag und daß er mit seinem Schuß etwas verändert hätte. Jetzt aber, in der Zelle, kamen ihm Zweifel.) Er weinte kurz, faßte sich aber dann und stellte sich vor, daß man ihn in der Siedlung als Held feierte. Als nächstes fiel ihm auf, daß der Bergarbeiter, der den Ingenieur mit einem Steinwurf getötet hatte, nicht in der Zelle war. Wahrscheinlich hatten ihn die Gendarmen, die zur Verstärkung erschienen waren, mitgenommen. Ihm fielen weiters Blutflecken auf der Bettdecke auf, er drehte sie daher um und legte sich wieder auf die Pritsche.

Bis zum Einbruch der Dunkelheit geschah nichts. Der Kommandant schickte eine Patrouille durch die Siedlung, in der alles ruhig war. Hierauf nahm er eine Flasche Schnaps aus der Schreibtischlade und betrank sich. Nachdem auch die übrigen Gendarmen zu trinken begonnen hatten, traf er seine Anweisungen, was mit dem gefaßten Täter zu geschehen habe. (Er stieß auf das volle Einverständnis seiner Untergebenen.) Knapp vor Mitternacht wurde der Gefangene – er war inzwischen eingeschlafen – geweckt und in das Zimmer des Kommandanten gebracht. Obwohl er noch verschlafen war, bemerkte der Vorgeführte, daß der Kommandant und die übrigen Gendarmen betrunken waren. Er wußte jedoch nicht, was dies zu bedeuten hatte. Ungläubig vernahm er, daß man ihn freilassen würde und er sich am nächsten Morgen zu einem Verhör einzufinden habe. (Mit offenem Mund stand er da und überlegte. Dann begriff er, daß man ihn zu töten beabsichtigte.) Er wollte in seine Zelle zurückfliehen, es war ihm jedoch der Weg versperrt. Er musterte die Gesichter, die ihn anstarrten und nahm sich vor, ihnen keinen Grund zu geben, über ihn zu lachen. Im selben Augenblick, als er den Gendarmen den Rücken zukehrte, erwartete er, daß ihn ein Schuß treffen würde.

(Er fragte sich, ob er den Schuß noch hören würde, aber es geschah nichts.) Langsam stieg er die zwei Treppen des Gebäudes hinunter, trat auf die Straße und sah ein verkümmertes Grasbüschel vor seinen Füßen. Es schien ihm, als bedeutete dies: »Lauf!« Augenblicklich fing er zu laufen an, als er einen heftigen Schlag gegen seinen Rücken spürte, der ihn nach vorne warf. – Als erstes besah sich der Gruppenkommandant den Erschossenen. Er stellte fest, daß der Tod eingetreten war und ließ den Gemeindearzt verständigen. Dann setzte er ein Protokoll auf, aus dem hervorging, daß der Erschossene einen Fluchtversuch unternommen hatte und von einem Posten getötet worden war. Das Protokoll unterschrieb der kleine, mißtrauische Gendarm, der es für eine Auszeichnung erachtet hatte, Rache zu nehmen. Noch bevor er abgedrückt hatte, hatte er gedacht: »Wie einfältig, mir den Rücken zuzukehren.« Ehe es noch hell wurde, hatte der Gerichtsarzt aus der Stadt, der auf Verständigung des Doktors und der Gendarmerie eingetroffen war, die Toten obduziert und zur Beerdigung freigegeben. Als erstes wurde der erschossene Bergarbeiter begraben. Es geschah auf Anweisung des Kommandanten noch vor Beginn der Morgenschicht. Man holte seine Eltern in die Totenkammer, wo sie ihn waschen und ankleiden durften. Dann beerdigte man ihn außerhalb des Friedhofs, da der Pfarrer sich weigerte, einen Mörder in geweihter Erde zu begraben. Der getötete Gendarm wurde drei Tage später in allen Ehren bestattet, der Ingenieur war in die Stadt überführt worden, wo der Bergarbeiter, der den Stein geworfen hatte, bereits auf seinen Prozeß wartete. Es gibt eine Fotografie, auf der die Eltern mit dem Erschossenen zu sehen sind. Der Erschossene liegt nach der Obduktion in der Totenkammer, und die Eltern stehen neben ihm und blicken ungläubig in die Kamera, als faßten sie noch immer nicht, daß man Ernst mit ihnen gemacht hatte.

# Lebenslauf eines Zwillingspaares

1

Es lebt ein ehemaliger Wanderknecht im Graben hinter unserem Haus. Sein rechtes Bein ist nach dem Tritt durch einen Pferdehuf gelähmt, von seinem Gebiß besitzt er nur noch Zahnstummeln, jedoch rasiert er sich Tag für Tag mit dem Messer. Dieser ehemalige Wanderknecht vegetiert mit seiner noch zahnloseren Frau zusammen mit den Hühnern in einer kleinen Küche, in der auch Betten, Kasten und Maismehlmaschine stehen. Wer sein Vater ist, weiß er nicht, doch hatte er einen Zwillingsbruder, der bei der Geburt gestorben ist. Von diesem Zwillingsbruder, mit Namen Simon, ist ihm, als lebe er ebenfalls in seinem Körper. (Zumindest aber ist er überzeugt, daß dieser alles sieht, was mit dem anderen auf Erden geschieht.)
Als Kind brach der Wanderknecht in einen zugefrorenen Teich ein, dabei war ihm, als beobachte ihn jemand. Im grünen, von Sauerstoffblasen durchperlten Wasser konnte er sich selbst mit hochgewirbelten Haaren gegen das Ertrinken ankämpfen sehen (vielleicht war er der andere?). Welches Leben führte er: das seines Zwillingsbruders oder das eigene?

2

Manchmal war er überzeugt, beide Leben zu leben. Immer, wenn er an das eigene Leben zurückdachte, war ihm, als sei er selbst der verstorbene Zwillingsbruder und schaue auf das Leben des anderen. (Auch bei der Arbeit, wenn sein Blick auf die Hände fiel, wußte er plötzlich, daß es nicht seine eigenen waren.)

3

Er träumte vom Auswandern. Er sah sich aus einem Laubwald auf einen roten Vulkan starren. (War er bereits dort?)

4

Die ihm aufgetragenen Arbeiten erfüllte er, wie es von ihm verlangt wurde. Nie begehrte er auf. Wenn man ihn nicht ansprach, redete er nur mit sich selbst. Sah er sich in einem Spiegel oder peinigten ihn Flöhe und Wanzen, dann wußte er, daß es ihn doppelt gab. In seiner Jugend setzte man ihm den Abfall vor, den man den Schweinen vorwarf. Er schlief bei den Tieren.

5

Sobald er zu erschöpft war, um es auf einem Hof länger auszuhalten, suchte er sich einen anderen, wo es ihm aber nicht besser erging. In dieser Zeit spürte er am deutlichsten, daß er zwei Leben führte: eines, das er ertrug und vergaß, und eines, in dem er sich selbst sehen konnte. Dann war ihm, als erlebe er alles nur im Schlaf.

6

Sprechen konnte er nur sehr langsam und undeutlich, deshalb mußte er mit seinen Wortmeldungen rasch fertig sein, wollte er angehört werden. Am besten, er machte sich über sich selbst lustig. Einmal spielte er dem Bauern und seiner Familie vor, wie ungeschickt er sich rasierte und schnitt sich dabei in den Hals, daß das Blut bis zur Zimmerdecke spritzte. (Er selbst lachte am meisten darüber, denn er konnte sein eigenes erstauntes Gesicht sehen, wie er der Blutfontäne nachblickte und ungläubig den Mund öffnete.)

7

Die Arbeit war schwer. Seine Knochen verbogen sich unter ihrer Last. Mit fünfzig heiratete ihn eine Keuschlerin, die ihm eine Brille kaufte, ein Fahrrad und einen Hut. Zusammen hatten sie ein altes Pferd, das ihn später schwer verletzte. (Der Tod dieses Pferdes bekümmerte ihn jedoch tief. Als der Abdecker es wegführte, fiel ihm sein Zwillingsbruder ein. Was wollte man ihm sagen?)

8

Eine Zeitlang half er meinem Vater bei Imkerarbeiten. Die Bienenstiche nahm er ohne zu klagen hin. Lachte man über ihn, so freute er sich. Er war jedoch scheu und lief davon, wenn sich jemand unserem Hof näherte. Er hatte keine besonderen Fähigkeiten außer Zähigkeit und Gehorsam.

Zuletzt beschäftigte ihn ein Sauschneider, der mit ihm von Stall zu Stall fuhr, aber der ehemalige Wanderknecht war bereits so langsam geworden, daß er keine Hilfe mehr darstellte. Jetzt haust er im Graben und wird allmählich vergessen. Ob er er selbst oder der andere ist, weiß niemand.

## Nebelstille und glückliche Wallfahrt

1

An diesem Herbstmorgen sahen die Dorfbewohner Kolkraben auf den Obstbäumen hocken, die nicht einmal durch Steinwürfe zum Auffliegen zu bewegen waren. Die Prozessionsteilnehmer warteten mit roten Regenschirmen vor der Kirche und beteten die Monstranz an, in der hinter einem gläsernen Fenster die frischgepflückten Blüten von

Akelei sichtbar waren. Beim Aufstehen hatte die Witwe Oswald vermeint, den Lichtschimmer eines Engels zu sehen, doch konnte es auch die Morgensonne gewesen sein, die ihre Strahlen durch eine Ritze in den Balken warf. Aus dem Nachbarhof war das Meckern einer Ziege zu vernehmen. Da der Nebel immer dichter wurde, forderte der Pfarrer die Prozessionsteilnehmer auf, sich an den Händen zu halten.

2

Endlich erschien der Mesner mit den Schöpfkübeln, die bei der Seeüberquerung unerläßlich sind. Manch einer hatte Wiesenblumen an seine Jacke genäht, manch einer Laubfrösche oder ein Schneeammernpaar. Der Lehrer, der sich ein Kuppeldach über das Teleskop auf dem Dachboden gebaut hatte (von wo aus er die Wallfahrt mit dem Fernrohr verfolgen wollte), sah nichts als das unendliche Grau des Nebels. Ab und zu wischte ein Kolkrabe in Form eines schwarzen Fleckens an ihm vorüber, sonst vernahm er nur undeutliche Laute von der Sammelstelle vor der Kirche.

3

Da sich die Prozessionsteilnehmer in der Nähe des Friedhofes befanden, waren sie bald von verirrten Ameisen bedeckt, die auf ihren Kleidern herumspazierten und sich unter den Hüten einnisteten. (Daher blieb nichts anderes übrig, als rasch aufzubrechen.) Der Mast der goldenen Wallfahrtsfahne verschwand im Nebel. Als erstes setzten sich die singenden Frauen in Bewegung, die (aus weißen Leinensäcken) Blütenblätter auf die Erde warfen. Der Himmel wurde von Veteranen getragen (darunter murmelte der Pfarrer lateinische Gebete, während die Ministranten mit Meßglocken und Weihrauchkessel verzweifelt auf die vor ihnen Schreitenden einschlugen, um die Ameisen zu vertreiben). Vor den Männern liefen die wasserscheuen Kinder mit kurzen Beinen, halb in staunende Neugier vor dem Kommenden versunken, halb von einem unterdrückten Gelächter geschüttelt. Es sah jeder nur bis zum nächsten, daher wußte (schon wenige Schritte nach dem Abmarsch) niemand mehr, wo er sich befand.

4

Die Füße versanken in der weichen Ackererde, während die Prozessionsteilnehmer vor Freude Laute ausstießen wie Narren. Die Strahlen der Herbstsonne färbten den Nebel gelb. Beim Vorwärtsgehen (wobei sie nichts anderes sahen als die Absätze des Vordermannes) stopften sie sich Weintrauben und Zwetschgen in den Mund. Mitunter stürzten Ministranten, Himmelträger oder Kinder über einen Kürbis, worauf der ganze Zug ins Stocken geriet. Aus dem Überfall wildgewordener Pfeifenten, die an ihren Schreien zu erkennen waren, schlossen sie, daß sie sich in der Nähe des Flusses oder der Ziegelteiche befinden mußten. Die verletzten Prozessionsteilnehmer wurden zurückgelassen, bis der Nebel sich verziehen würde.

5

Dann schlug ihnen Tollkirschengezweig in das Gesicht. Also hatten sie den Wald erreicht. So mancher nahm heimlich einen Schluck Schnaps aus der mitgeführten Brustflasche. Man hatte aufgehört zu sprechen und zu singen. (Auch die Musiker hatten ihre Instrumente auf den Rücken geschnallt.) Bisweilen konnte man das schwindsüchtige Husten des Pfarrers im Nebel hören, das das einförmige Geraschel des Laubes unter den Füßen durchbrach. Bevor man den Wald verließ, fing Gustav ein durchgegangenes Pferd, das über und über mit seifigem Schweiß bedeckt war. (Es mußte wohl aus der Umgebung stammen...)

6

Beim Köhler wurde Rast gemacht. Zu sehen war nichts, man bewegte sich nur anders, da die Kohlen mit jedem Schritt nachgaben.

7

Nachdem die Wiese überquert worden war, tauchte das blauweißgestreifte Zirkuszelt auf. Rasch waren die Plätze eingenommen. Im Zelt herrschte bessere Sicht, was die Freude aller hervorrief. Als erstes wurden die Musikinstrumente eingesammelt und den Artisten übergeben, die zum Spott falsch darauf spielten und Papierblumen aus ihnen hervorzauberten. Aus der Baßtuba des Gendarmen ließ der Zirkusdirektor zum entsetzten Gaudium aller einen Schneesturm blasen.

8

Vor der Osterkapelle stieß man in einem tiefen Trichter, in den zunächst nicht wenige der Teilnehmer gestürzt waren, auf einen Meteoriten, dessen Oberfläche sich noch warm anfühlte. Mit Mühe gelang es den Stärksten, ihn zu bergen. Hierauf beschloß man, ihn anstelle einer Heiligenfigur mit sich zu tragen. Auf Wunsch des Pfarrers winkte jedermann mit dem Taschentuch, damit sich auch die Dümmsten orientieren konnten. Es regnete jedoch gleich darauf Zwiebeln, weshalb die Schirme aufgespannt wurden und die aufkeimende Unterhaltung verstummte.

9

Endlich der See! Schon waren zwei Frauen ertrunken, als man auf einen geräumigen Nachen stieß, der mit einer Stange fortzubewegen war. Die Schöpfkübel wurden an die wasserscheuen Kinder übergeben, die das rote Gewässer in den See zurückzuschütten hatten. Aus dem undurchdringlichen Nebel hörte man das Summen von Libellen. Nur von weitem war noch die spöttische Musik aus dem Zirkus zu vernehmen. Ohne vorherige Ankündigung brach die Nacht herein.

10

Am anderen Ufer des Sees führte der Weg bergauf. Außer Atem stolperten die Prozessionsteilnehmer über das Schotterfeld. Der Berggipfel kündigte sich durch kältere Temperaturen an. Alle Prozessionsteilnehmer, die in Gletscherspalten stürzten, konnten mit Hilfe der vom Lehrer entlehnten Echomaschine ausgemacht und mit Seilen und Strickleitern gerettet werden. Schließlich setzte man sich eng zusammen und betete bis zum Anbruch des Tages.

11

Der Nebel war am Morgen jedoch noch dichter. Durch das Gesumm in der Luft wußten die Wallfahrer, daß sie sich in der Nähe von Bienenmagazinen (also wieder in niedrigeren Regionen) befanden. Mit geschwollenen Händen und Gesichtern weinten die ängstlichen Kinder und schlugen mit Armen und Beinen um sich. Endlich erreichte man die bemalte Mauer. Der Pfarrer zog die geweihten Handschuhe über und gab Anweisung, die Hühnereier in den Mund zu stecken und zu schlucken. Eine Zeitlang war nur das Knirschen der Kalkschalen zwischen den Zähnen zu vernehmen und der Ruf des Pfarrers, nicht zu beißen. Nachdem man stehend drei Tage gefastet hatte (wobei nicht wenige ohnmächtig zu Boden gestürzt waren), taumelte der Prozessionszug von Hunger getrieben weiter.

12

Mit den Messern in den Taschen warteten die Männer auf Tiere, die sie zu schlachten beabsichtigten. Ihr Vorhaben wurde allerdings durch den noch immer undurchdringlichen Nebel erschwert, der es nur den geschwindesten und tüchtigsten gestattete, hin und wieder eine Maus zu fangen.

13

Zu diesem Zeitpunkt glaubte mancher, in der Ferne eine Stadt zu erkennen, doch stellte sie sich als eine Art Fata Morgana heraus. Immer wieder erschallte der Ruf: »Eine Stadt! Eine Stadt!«, der beträchtliche Unruhe hervorrief. Bisweilen war aus dem undurchdringlichen Nebel das Zwitschern einer Amsel zu hören, das auch den Hartgesottensten die Tränen in die Augen trieb. Manche blieben sitzen und konnten vor Traurigkeit nicht aufstehen. Die übrigen marschierten, und ihr zerstreutes Beten klang schmerzhaft abwesend. Mit Hilfe von Zwirnspulen und Nadeln versuchten Kundige die Richtung festzustellen, in der sie marschierten, sie kamen jedoch zu den verschiedensten Ergebnissen.

14

Am Wendepunkt wurden den Kindern die Haare mit einer Brennschere onduliert, was nicht ohne Verbrennungen abging. Auch hatte es zu regnen begonnen, und die Lehmerde war so schlammig geworden, daß die Prozessionsteilnehmer je nach Gewicht bis zum Knöchel oder den Knien im Schlamm versanken (wodurch ein seufzendes Schmatzen und Glucksen den Zug begleitete). Auch mußten alle beim Gehen mit den Armen rudern (was den Gebeten etwas Klagendes gab). Unmittelbar darauf setzten die gefürchteten Herbstgewitter ein. Grelle Blitze erleuchteten für winzigste Momente den Nebel und ließen den unordentlichen Zug erkennen, und die darauffolgenden Donner schienen diesen wieder und wieder zu zerstampfen. Die Veteranen, die den Himmel trugen, klammerten sich an die Holzstangen, die Ministranten hingegen schwenkten, als wären sie mechanische Puppen, im selben Rhythmus wie zu Beginn der Wallfahrt das Weihrauchfaß und die Meßglocken. Einmal floh eine Schar Hasen leichtfüßig (wie nicht von dieser Welt) zwischen den Frauen. Selbst das Kreischen und die hochgerissenen Röcke irritierten sie nicht in ihrem rasenden Lauf.

15

Unversehens fand sich der Zug auf einem unbekannten Dachboden, der auch als Taubenkotter Verwendung fand. Die von Hagelschlossen zerfetzten Regenschirme wurden durch rasches Aufspannen und Zusammenlegen von Tropfen befreit, inzwischen sangen die Kinder:

Heller Sonnenstrahl
Sind wir auf einem Schiff?
Sind wir auf See
Ach scheine ein einziges Mal!

Die letzte Zeile wurde von allen Anwesenden mit Inbrunst wiederholt. Da erst fiel ihnen auf, daß sie sich in einer Eishöhle befanden, in der Fledermäuse von der Decke hingen. Scheu berührten sie die mächtigen Zapfen und die im Fackellicht leuchtenden Wände. Schließlich folgten sie einem schmalen Bach, der ins Freie führte.

16

Als nächstes erkannten sie in dem sich lichtenden Nebel den Sattler mit Riemen im Mund und Steigbügeln, die von seinen Hüften hingen. Plötzlich löste sich der Nebel vollständig auf, und sie fanden sich auf dem Sammelplatz vor der Kirche wieder. Erstaunt stellten sie fest, daß die schwarzen Vögel verschwunden waren. »Fliegen Kolkraben von den Almen ins Tal«, erläuterte der Pfarrer, »bedeutet das den Einfall der Herbstnebel.«

# Eine kriegerische Eisenbahngeschichte

»Im Herbst 1944«, sagt mein Vater, »hielt ein Lazarettzug am Bahnhof und wartete, bis mehrere Waggons mit Weinfässern, Obst, Gemüse und Fleisch, die man in unserer Gegend beschlagnahmt hatte, angehängt waren. Auf einem offenen Waggon hinter der Lokomotive wurden aufgestapelte Pferdekadaver mitgeführt, die einen so starken Fäulnisgestank verbreiteten, daß sich die Wachsoldaten (obwohl sie sich Tücher um Nase und Mund gebunden hatten) immer wieder übergaben. In zwei geschlossenen Viehwagen wurden ferner Gefangene zur Provinzhauptstadt gebracht, man hörte sie auf dem Bahnhof gegen die Holzwände schlagen und verzweifelte Rufe ausstoßen, die aber, da es sich um eine fremde Sprache handelte, niemand verstand. Eingehüllt in den weißen Wasserdampf der Lokomotive warteten Krankenschwestern und Sanitäter merkwürdig gelassen auf dem Bahnsteig, während aus den Rot-Kreuz-Waggons ein Stöhnen und Seufzen zu vernehmen war. Bald waren Frauen und Kinder aus dem Dorf eingetroffen, in der Absicht, Brot an Verwundete und Gefangene zu verteilen, was untersagt wurde. Kurz darauf setzte sich der Zug wieder in Bewegung. Nachdem er die Lehmwand (die wie ein gelber Eisberg aus den Hügeln herausragt*) hinter sich gelassen hatte, gelangte er auf die Ebene. (Der Mais war geschnitten, und die Sicht über die Stoppelfelder weit.)

Der alte Mautner war zu diesem Zeitpunkt 52 Jahre alt. Er trug einen mächtigen Schnauzbart, während ihm die Haare auf dem Kopf langsam ausgingen. Er war mit einer Arbeitsschürze, Holzpantinen und einer Trachtenjacke bekleidet. Unter einer Leinenplane eines Ochsenkarrens führte er seinen sechzehnjährigen Neffen (einen Schwachsinnigen) nach Hause. Auf Bitten seiner Schwe-

* Da man den halben Berg für die Ziegelgewinnung abgetragen hat.

ster, die befürchtete, daß ihr Sohn in die Anstalt gebracht (und dort getötet) würde, hatte er sich bereit erklärt, ihn (mitzunehmen und) auf seinem Dachboden zu verstekken. (Weinend lag der Schwachsinnige unter der Plane. Er war groß und mager, sein Oberkiefer war weit vorgeschoben, und seine Zähne ragten bis über die Lippen. Sein Makel war, daß er zu niemandem Vertrauen faßte und beim Anblick eines Fremden das Weite suchte oder sich versteckte. Den Mitgliedern seiner Familie aber gehorchte er ohne nachzudenken. ((Man hätte ihm befehlen können, im Hühnerstall zu schlafen oder aus der Hundeschüssel zu essen, und er wäre dieser Anweisung augenblicklich nachgekommen.))) Das Knirschen der Fuhrwerkräder war so laut, daß weder der alte Mautner noch der Schwachsinnige auf den herannahenden Zug aufmerksam wurden. Erst der ferne Pfiff ließ sie aufhorchen. Während der alte Mautner zur gelben Lehmwand blickte, verstummte sein Neffe und lauschte. Zuerst sah der alte Mautner den dichten, schwarzen Rauch der Lokomotive, der sich wie eine tintige Flüssigkeit im Himmel verlor, dann die braunen Waggons mit dem Roten Kreuz und den offenen mit den Pferdekadavern. Sein Blick blieb aber nicht am Zug hängen, sondern am Rand der gelben Lehmwand, aus der sich, kaum daß die Eisenbahn die weite Ebene durchschnitt, ein Flugzeug löste, an dem er das englische Pfauenauge erkannte. Es war ein einmotoriges Flugzeug, das feindliche Objekte im Tiefflug angriff, und der alte Mautner machte im selben Atemzug den Kopf des Piloten in der Kanzel aus, vielmehr einen ledernen Helm und Motorbrillen, die sich wie gläserne Kugeln aus seinem Schädel wölbten. Es war, als ob das Flugzeug mit seinem Schatten um die Wette flog. Lag dieser noch für Sekunden vor dem Flugzeug, so war die Maschine im nächsten Augenblick wie ein Raubvogel über ihm ... und gleichzeitig über der Lokomotive und spie lärmend Feuer und Rauch ... und wieder einen Augenblick später hatte es die zischende, durchlöcherte Lokomotive, aus der Fontänen heißen Wasserdampfes in die Luft spritzten, hinter sich gelassen und zog den zerdehnten eigenen Schatten hinter sich her, um ihn jäh im Auffliegen in einen schattenlosen Raum zu werfen. Erschrocken hatte der alte Mautner den Ochsenwagen zum Stehen gebracht, und auch der Schwachsinnige (verstört vom plötzlich hereinstürzenden Lärm, dessen Ursache er sich zuerst nicht erklären konnte) hatte sich unter der Leinenplane aufgerichtet und zog sie eilig von seinem Gesicht. Er wurde gerade rechtzeitig damit fertig, um zu sehen, wie die schwere Lokomotive, die er nur gehört hatte und nun zum erstenmal sah, von einer Explosion erschüttert und aus den Schienen geworfen wurde. In einem jähen Sprung bäumte sie sich auf, riß die folgenden Waggons mit sich, so daß Pferdekadaver und Wachposten durch die Luft wirbelten, und stürzte (mit sich drehenden Hinterrädern und ungelenk zuckenden Kuppel- und Schieberstangen, als sei sie ein Lebewesen), sich träge überschlagend, den Abhang zur anderen Seite hinunter, wo die Sulm floß. Schon waren Lokomotive und der halbe Zug den Augen Mautners und seines schwachsinnigen Begleiters entschwunden, als sie feststellten, daß das Flugzeug, das immer kleiner geworden war, vor dem Bergkamm im weiten Horizont seine Flugrichtung änderte und wieder zurückkam. Der Schwachsinnige hatte es erst jetzt entdeckt, und die Plane gänzlich abstreifend streckte er einen Arm aus und brüllte so laut er konnte. Der alte Mautner hatte sich unterdessen aufgerichtet, und es war ihm, als hätte sich die Zeit verlangsamt. Er sah Soldaten und Krankenschwestern aus dem Zug flüchten, gefolgt von Verwundeten und Gefangenen, sowie die ersten, die über den Hügel gekrochen kamen (welchen die Lokomotive mit einem Teil des Waggons hinuntergestürzt war). Sie liefen, stürzten, torkelten über einen Stoppelacker und warfen sich zu Boden, als sie das Flugzeug wieder hörten.

Gleich darauf war es über ihnen und feuerte aus den Maschinengewehren, um im nächsten Augenblick auf den Himmel zuzusteuern und in ihm zu verschwinden. Eilig gab der alte Mautner den Ochsen die Zügel und hielt auf den Waldrand zu, wo er vom Fuhrwerk sprang und dem Schwachsinnigen befahl, sich darunter zu legen. Auch er hatte sich auf die Erde geworfen, wagte jedoch nur den Kopf zu heben, wenn das Flugzeug über die Flüchtenden und die Eisenbahn hinwegbrauste und mit brummenden Motoren in der Ferne verschwand. Immer wieder aber kehrte es zurück – so hörte es der alte Mautner – und setzte das Vernichtungswerk fort, schoß auf die laufenden, schreienden, entsetzten Menschen, die über den weiten Stoppelacker liefen und die der alte Mautner aus raschen Blicken durch Augenschlitze wahrnahm. Dann explodierte plötzlich der Motor des Flugzeuges, und es zerschellte am gelben Lehmberg. Langsam hob der alte Mautner den Kopf. Als erstes hörte er das Weinen des Schwachsinnigen unter dem Fuhrwerk und das Zischen der Lokomotive, die hinter dem Hügel verschwunden war. Dann aber vernahm er das Stöhnen und Wimmern der Verwundeten, und als er sich erhob und auf den Stoppelacker blickte, sah er Soldaten und Krankenschwestern zwischen den Toten und Verletzten umherirren, als hätten sie den Verstand verloren. Eine halbe Stunde später regnete es. Im Stoppelacker bildeten sich tiefe Pfützen mit braunem Wasser, und alsbald begann sich die Erde in Schlamm zu verwandeln. Aus dem nahe gelegenen Dorf waren die Frauen und Alten mit Regenschirmen gekommen, die sie über die Verwundeten spannten. Die Kinder sammelten die Patronenhülsen, und der alte Mautner half mit, die Toten neben den Waggons aufzureihen, während der Schwachsinnige sich, ohne zu wissen, was er tat, an den Plünderungen beteiligte. Er half, die Leintücher und Polster aus den Lazarettwagen zu werfen, später beim Verladen der Lebensmittel (die abwechselnd mit den Verwundeten in das Dorf geschafft wurden). Bis zum Abend war alles, was an der Lokomotive nicht festgeschweißt war, entfernt, und noch Jahre später fand man in Häusern Kesseldruckmesser, Auslöseventile, Wasserstandsanzeiger, die Dampfpfeife und Geschwindigkeitsanzeiger wieder (die langsam auf den Dachböden verstaubten. Auch konnte man auf Holzbänke stoßen, die von den Waggons stammten, auf Dekkenlampen, Vorhänge, Klosettmuscheln und Schiebetüren). Inzwischen hatten sich die Saatkrähen auf dem bereits sumpfigen Feld niedergelassen, in dem die Leichen immer mehr zu verschwinden schienen. Der alte Mautner griff sie an den Kleidern und schleifte sie hinter sich her, bis er vor Erschöpfung selbst zu Boden stürzte. Zwar entging ihm nicht, daß nicht nur die Verwundeten weggeschafft, sondern auch die Toten gefilzt wurden, daß man ihnen Uhren und Orden, Ringe, Halsketten, Füllfedern, Waffen und Messer abnahm, doch erschien ihm im chaotischen Durcheinander der Bergung nichts falsch. Er selbst hatte, wie er später zu Hause feststellte, ein Paar Stiefel und eine Ledertasche an sich genommen, ohne sich erinnern zu können, wie es dazu gekommen war oder von wem die Gegenstände stammten. Der Schwachsinnige hingegen hatte sich mit den leeren Patronenhülsen die Säcke vollgestopft und einen Messinghebel aus dem Führerstand der Dampflokomotive ergattert. Die Saatkrähen, so wurde allgemein bemerkt, verloren so rasch die Scheu vor den Menschen, daß sie mitunter auf den Toten, die gerade geborgen wurden, sitzenblieben. Nachdem sich der erste Schreck des alten Mautner gelegt hatte und einem stummen Entsetzen gewichen war, stieg er den Hügel hinauf und warf einen Blick in die Sulm hinunter, sah Kinder und Frauen auf der halb im Wasser versunkenen Lokomotive herumklettern, er sah die Waggons, die schwer beschädigt oft nur noch wenig aus dem trüben, träge dahinfließenden Fluß ragten und die Lei-

chen, die langsam, ohne daß jemand etwas hätte dagegen unternehmen können (oder wollen), abgetrieben wurden.
Am nächsten Tag war die Lokomotive vollständig in ihre Einzelteile zerlegt. Heizkessel, Rauchfang und Räder waren verschwunden, ebenso wie der Schlepptender, die Heizrohre und die Dampfzylinder. Auch die Waggons waren völlig ausgeschlachtet, die Verwundeten im Ballsaal untergebracht, während die Toten noch immer vor dem Bahndamm lagen und von den Saatkrähen angegangen wurden. Da entdeckte die Frau des Bäckers, als sie in der Früh in die Holzhütte ging, um Späne zu machen, daß sich jemand hinter einem Haufen von Klötzen verbarg. Es regnete in Strömen. Die Frau war mit ihrem Korb (und dem Schirm in der anderen Hand) eingetreten und hatte ein ungewöhnliches Geräusch vernommen. Sie hatte in die Richtung geblickt, aus der der Laut gekommen war, jedoch nichts entdeckt. Im Korb lag ein Küchenmesser, mit dem sie für gewöhnlich die Späne machte, und sie umklammerte es unwillkürlich, als sich hinter dem Haufen langsam eine Gestalt erhob. Ein Lichtstreifen fiel auf eine ölige Hand, ein anderer beleuchtete eine Gesichtshälfte mit Bartstoppeln. Unfähig davonzulaufen, war die Frau des Bäckers langsam zurückgewichen. Als erstes begegnete sie dem alten Mautner und einem einfältigen Knecht, die sofort Nachschau hielten. Diese entdeckten den englischen Piloten, der sich mit dem Fallschirm hatte retten können und nun aus Angst um sein Leben versteckte. Was hierauf geschah, ist nicht ganz geklärt. Fest steht, daß die Frauen vor der Holzhütte zusammenliefen, und als sich der englische Pilot zeigte (bevor noch die Gendarmen eingetroffen waren), ihn mit den Schirmen erstachen. (Der verstümmelte Leichnam wurde vom Vater der Bäckersfrau auf einem Fuhrwerk zur Sulm gebracht und in das Wasser geworfen.) Jetzt erst erinnerte man sich des abgeschossenen Flugzeuges.

Ebensoschnell wie man den englischen Piloten vergessen hatte, stürzte man sich auf die Suche nach der Maschine. Das halbe Dorf eilte zu dem Lehmberg und kletterte die seifig-glitschige Erde hinauf bis zu jenem Trichter, den das Flugzeug in den Lehm gebohrt hatte. Schon am Fuße des Lehmberges fand der alte Mautner ein Querruder, weiter oben den Propeller. Mit dem Propeller auf dem Rücken erreichte er die Aufschlagstelle. Aus der Lehmerde ragte nur das unbeschädigte Leitwerk heraus, die ausgebrannte Piloten-Kanzel wurde tief unten in einer Baumkrone gefunden. Zunächst setzten die Gendarmen einen Bericht auf, dann suchten sie (vergeblich) nach Papieren, schließlich ließen sie die Wrackteile in das Dorf und ein paar Tage später von den Soldaten in die Stadt schaffen.
Die ersten Soldaten tauchten zwei Tage nach dem Tieffliegerangriff auf. Sie kamen in Lastwagen, besetzten den Schankraum des Kirchenwirts und ein Klassenzimmer und ließen sich die Stelle des Vorfalles zeigen. Es war ein nebliger Herbstmorgen, die Saatkrähen saßen auf den Bäumen oder im Stoppelacker, als die Soldaten den noch im Dorf befindlichen Einwohnern befahlen, die Fuhrwerke mit Särgen zu beladen und die Toten zu bestatten. Der alte Mautner erinnerte sich, daß er acht Särge aufgeladen hatte, in die man die steifen Körper legte und am Waldrand begrub. Sodann räumte man die Strecke frei und schaffte mit einem Ersatzzug die Verwundeten, Gefangenen und das am Leben gebliebene Personal in die Stadt. Hierauf wollte man wissen, wo die Lokomotive im Fluß versenkt und weshalb ein Großteil der Waggons ausgeräumt war, man stieß jedoch auf allgemeine Unwissenheit. Fünfzehn Jahre nach dem Krieg«, so fährt mein Vater fort, »sammelte der Schwachsinnige mühevoll und ausdauernd die Bestandteile der Lokomotive zusammen, die in den Bauernhäusern verstreut waren. Er fand den Lokomotivkessel und die Feuerbüchse, die Speisewasser-

pumpe und das Achslager, die Rauchrohre, das Reglerventil und den Dampfsammelkasten. Selbst der Heizersitz und der Tachograph tauchten auf, die der Schwachsinnige in einer halb zusammengefallenen Scheune zu den übrigen Gegenständen legte. Zuerst nahm man an, daß er die Gegenstände aus Neugier sammelte, dann aber hieß es, er beabsichtige, sie auszustellen. Am zweiten März 1960 entdeckten seine Eltern, als sie die Scheune abtrugen, um dem Gerede ein Ende zu bereiten, die vollständig zusammengebaute Lokomotive.«

## Beim Aufbau des Zirkuszeltes

Die erste Elster: Ist's ein Bienenstock voll besorgter Familienväter?
Haben die Tiere gelernt, auf den Händen zu gehen?
Sind es Matrosen, die eingeschlafen sind und sich auf dem Festland wiederfinden?

Gelbspötter: Dieser Schwall von Musik, der aus den Stukkaturen menschenleerer Theaterfoyers quillt, der Geruch von Hobelspänen eines fleißigen Tischlers, das warme Licht, das einen sehnsüchtig an Prostituierte denken läßt, kann nur mit dem Zirkus zusammenhängen.

Die zweite Elster: Laß uns tiefer kreisen –

Trauerschnäpper: Die Riesin Katja hockt im Wohnwagen vor dem Spiegel und weint.

Wildente: Die Gelbsüchtigen sind unruhig und warten auf die Löwen.

Die erste Elster: Was schreit Ihr durcheinander? Seht Ihr nicht die verliebten Sterne auf der Zeltbahn haften? Den Efeu, der den Körper des Zirkusdirektors hinaufwächst? Den General, der uns mit dem Fernrohr beobachtet?

Eisvogel: Der General? Der General? Ich will meine Flügel spreizen.

Die zweite Elster: Wir setzen uns auf das Zelt.

Gelbspötter: Und hören zu, was die Jongleure schwatzen, wenn sie den Fliegen die Beine ausreißen.

Trauerschnäpper: Und die Liliputaner, wenn sie ein Pferd schlachten.

Die erste Elster: Und den Zirkusdirektor mit seinem Sohn, wenn sie Hähne kämpfen lassen.

Lachtaube: Woher kommt der Schwefelgeruch?

Die zweite Elster: Die Unterwäsche der Trapezkünstlerin hat Feuer gefangen.

Gelbspötter: Vielleicht schlachten sie abends einen Gendarmen und verfüttern ihn an Raubtiere.

Trauerschnäpper: Paßt auf, gleich werden sie die fliegenden Fische freilassen, um den Himmel zu schwärzen.

Gelbspötter: Hinter den Käfigen trägt ein Wärter einen Kübel voll Schweinezungen.

Erste Elster: Und aus den Haaren des Apothekers walkt sich der Zirkusdirektor einen Hut, der einem Zylinder ähneln soll.

Die zweite Elster: Dann läßt er Salz schneien, um uns glauben zu machen, es sei Winter.

Lachtaube: Der blaue Wohnwagen neben dem Maisfeld ist voller Taschenuhren.

Die zweite Elster: Wie?

Die erste Elster: Der blaue Wohnwagen neben dem Maisfeld ist voller Taschenuhren?

Die zweite Elster: Unglaublich.

Trauerschnäpper: Wer kommt da in Lackschuhen in das Zelt?

Die erste Elster: Es ist der Flohmeister, der eine Taschenlampe anstelle einer Krawatte um den Hals trägt.

Lachtaube: Und seine Frackschöße sind Landschaften, die er mit sich herumschleppt.

Gelbspötter: Dabei sind sie nicht einmal gebürstet! Lackschuhe und ungebürstete Landschaften!

Eisvogel: Und in den Hosentaschen trägt er Levkojen für den Fall, daß er sich schneuzen muß, wenn gerade einer seiner Flöhe Seil tanzt.

Die erste Elster: Unter dem Zelt wühlen Ratten in weitverzweigten Gängen. Vielleicht wendet sich der Flohmeister den Nagern zu.

Trauerschnäpper: Und bringt ihnen bei, wie man Krebse ißt und Silbergeschirr putzt.

Die zweite Elster: Und Brandwunden heilt oder den Luftdruck mißt.

Wildente: Die Clowns studieren die Lotteriezahlen in den Zeitungen und versuchen sich an physikalischen Gesetzen, als ob sie das Abendlicht zu schlucken wünschten.

Gelbspötter: Um es dann auszuscheißen.

Die erste Elster: Oder zu furzen.

Eisvogel: Ja, das Abendlicht auszufurzen und die Regenwolken und zwölf Uhr mittags...

Trauerschnäpper: Ihr Gelächter ist selbst im Schulhaus zu hören, wo die Kinder mit karierten Taschentüchern die Kreide von der Tafel wischen.

Eisvogel: Und Frühlingsknotenblumen auszufurzen und Gletscherspalten und persische Teppichmuster –

Lachtaube: Und Telegramme und Bahnhöfe und Streichhölzer und Mäuse.

Die erste Elster: Der Zirkus ist die Gelbe Ader
Die Himmelfahrt von Kleiderschränken
Der Zirkus ist nicht Geometrie

Die zweite Elster: Kikeriki – Kikeriki

Die erste Elster: Der Zirkus ist das Blut der Marder
Die Seekrankheit von Augenwimpern
Der Zirkus ist Astrologie

Die zweite Elster: Kikeriki – Kikeriki

Trauerschnäpper: Sentimentale Gebete, als ob Ihr der Frau des Zirkusdirektors in den Nachttopf geblickt hättet!!

Gelbspötter: Sie haben nur ihre Herzschläge gezählt, denke ich, und an Mikroben gedacht, die durch die Luft schwirren.

Wildente: Jedenfalls fühle ich mich, als ob ich die Seekrankheit hätte.

Eisvogel: Laßt uns zur Rampe fliegen und Kapuzinerkresse futtern –

Die erste Elster: Und die Fingerabdrücke der Clowns studieren und die Maulwürfe unter den Erdschollen belauschen.

Eisvogel: Und wer kümmert sich um die drei Prinzessinnen aus Liliput, die mit der großen goldenen Medaille vom König von Italien dekoriert sind? Und wer erinnert sich an den Tambour-Major Metzger und an den Giganten Machnow, den größten Menschen der Erde?

Die erste Elster: Der Zirkus ist das Irrenhaus
Der Winkelmesser der Gebärden
Der Zirkus ist Anatomie

Die zweite Elster: Kikeriki – Kikeriki

Ein Krähenschwarm, der sich auf der Wiese niedergelassen hat: Haut ab, oder wir liebkosen Euch mit unseren Schnäbeln! Leckt uns im Arsch! Uns kommen die Tränen über so viel Einfalt!

Die erste Elster: Der Zirkus ist der letzte Blick
Das Gleichgewicht der Algen
Der Zirkus ist Philosophie

Die zweite Elster: Kikeriki – Kikeriki

Alle Hähne der Umgebung: Kikeriki – Kikeriki

## Letzte Kriegstage

»Wie die meisten Dörfer im Grenzgebiet wurde auch unseres in den letzten Kriegstagen mehrmals erobert und zurückerobert. Ich war damals im Dienst des Pfarrers und wohnte im Ballsaal, da der Pfarrer es so wünschte«, sagt meine Tante. »Der Ballsaal war leergeräumt, und nur mein Bett und mein Schrank standen auf dem mit Glühbirnen versehenen Podium, das für die Musiker vorgesehen war. Der Ballsaal ist hoch und wird von drei Säulen gestützt, die ich nachts des öfteren für Menschen hielt und vor denen ich mich fürchtete. (Aus diesem Grund schlief ich auch auf dem Podium.) Die Zeit, die ich im Ballsaal verbrachte, verlief ungestört bis auf die Mittwochvormittage, an denen der Friseur kam, um den Bewohnern die Haare zu schneiden. Dann mußte ich bei der Heimkehr immer Haufen von Menschenhaaren zusammenkehren – abgeschnittene Zöpfe schlug ich mit einem Nagel an die Wand. (Hochzeiten und Bestattungen machten mir nichts aus. Ich nahm sie als willkommene Abwechslung.) Die erste Einnahme unseres Dorfes verschliefen wir. Als ich die Augen aufschlug, war der Ballsaal in einen Pferdestall verwandelt, und ein jugoslawischer Partisan striegelte ihre Felle. ›Nur widerwillig hätte ich Sie geweckt‹, begann er zu sprechen, als er sah, daß ich erwacht war, ›jedoch war es unumgänglich, die Pferde gerade dort unterzubringen, wo es Licht und Luft gibt. Ich muß Sie allerdings auffordern, den Tiermist einzusammeln und den Boden aufzukehren.‹ Am nächsten Morgen näherte sich ein Trupp mit unseren Soldaten. Die Partisanen hatten sich in den Häusern versteckt und eröffneten das Feuer. Daraufhin wurden die Gebäude unter Beschuß genommen. Ich sah vom Ballsaal aus, wie unsere Soldaten hinter einem Lastwagen ein Maschinengewehr aufstellten und überall dorthin zu schießen begannen, wo sie einen Partisanen vermuteten. Kurze Zeit darauf traf Verstärkung ein mit einer Kanone, welche hinter den Apfelbäumen in Deckung gebracht wurde. Als erstes erhielt der Kirchturm einen Treffer, der die Glocke aus ihrer Verankerung riß und zu Boden stürzen ließ. Der metallische (einem Schlag nur entfernt ähnliche) Ton war weit im Umkreis zu vernehmen. (Der Partisan, der sich im Glockenstuhl versteckt gehalten hatte, wurde später unter den Trümmern der Glocke aufgefunden.) Erschrocken begab ich mich von der Schank des Gasthauses, in die ich geflüchtet war, zurück in den Ballsaal und kam gerade dazu, wie die Pferde durch den Hinterausgang ins Freie getrieben wurden, wo die Jugoslawen auf sie warteten, um sich zu retten. Sie trugen Schiffchenmützen und hatten die Gewehre auf dem Rücken hängen, einer hielt eine Pistole in der Hand. Er bestieg als letzter ein Pferd und verschwand wie die anderen im Wald. Daraufhin herrschte vollständige Ruhe. Es war ein warmer Maitag. Plötzlich sah ich den Gendarmeriekommandanten mit einem Bündel Kleider über den Hof schleichen. Er trug eine ungewohnte Uniform, weswegen ich ihn zuerst nicht erkannte. Dichte Rauchschwaden kamen von einem der umliegenden Gebäude, und der Brandgeruch legte sich auf das Dorf. Wie auf einen Befehl hin begann das Vieh in den Ställen zu brüllen und zu stampfen. Mit zwei Sprüngen erreichte indessen der Gendarmeriekommandant die Tür und sprang in den Ballsaal. Er hielt seine Pistole in der Hand, die er auf mich richtete, jedoch gleich wieder sinken ließ. Ich blickte ihn erstaunt an, erkannte nun aber, welche Bewandtnis es mit seiner Uniform aus der Monarchie und dem Kleiderbündel hatte. Offensichtlich hatte er den Partisanen nicht in der Uniform des Gendarmeriekommandanten gegenübertreten wollen und daher die Postmeisteruniform des Vaters angezogen, nun aber, nachdem die Jugoslawen abgezogen waren und unsere Soldaten das Dorf wieder zurückeroberten, hatte er es eilig, wieder in die Uniform des Kommandanten zu schlüpfen. Augenblicklich befahl er mir, mich umzudrehen, und ich hörte, wie er die Kleider wechselte. Noch ehe er sich umgezogen hatte, wurde die Tür aufgerissen, und ein Gefreiter mit schußbereitem Gewehr stand im Raum, der uns zunächst argwöhnisch, dann mit einem niederträchtigen Lächeln musterte, aus dem hervorging, daß er der Meinung war, er hätte den Gendarmeriekommandanten und mich als Liebespaar überrascht. Der Kommandant begriff sofort, daß er sich nur aus dem Staub machen konnte, wenn er die Rolle des Liebhabers annahm: Er streifte die Gendarmerieuniform über, bestellte meinem Vater (der, wie er wußte, schon längst gestorben war, auf den er jedoch die Uniform des Postmeisters schieben wollte) Grüße und machte sich davon. Ich roch nun um so stärker den Geruch von Pferdepisse, und als der Gefreite die Nase rümpfte, erklärte ich, daß die Partisanen den Ballsaal als Stall benützt hatten. Dann folgte ich ihm ins Freie, um zu sehen, welche Schäden die Kämpfe an den Dorfbewohnern und Häusern angerichtet hatten. Noch am selben Tag beschlagnahmten die Soldaten in jedem Haus ein Zimmer, um die Brände kümmerten sie sich nicht. Im Ballsaal wurde ein Feldwebel einquartiert, von dem ich die verwirrendsten Erinnerungen zurückbehalten habe. Kaum, daß ein Bett und ein Tisch für ihn bereitgestellt worden waren, beugte er sich über einen Plan, anhand dessen er sich die Verteidigung des Dorfes zu überlegen schien. Er konnte nur schreiend sprechen. Selbst nebensächliche Bemerkungen schrie er so laut er konnte, weswegen er mit dem nötigen Respekt behandelt wurde. Dann wiederum konnte er stundenlang schweigen und vor sich hinstarren. Nachdem er einen halben Tag so dagesessen war, befahl er, alle Läden und Jalousien im Dorf zu schließen, und sogleich befanden auch wir uns im Halbdunklen. Hierauf spähte er mit einem Fernglas durch die Schlitze der Läden. Ohne Übergang verlangte er als nächstes, den Dachboden zu sehen, und ordnete an (als er dort die Klarinette des Wirtes fand), daß alle Bewohner, die in der Lage wären, ein Musikinstrument zu spielen, sich einzufinden hätten. Die Musiker mußten vor ihm Aufstellung nehmen und den Trauermarsch für die gefallenen Kameraden spielen. Erst dann nahm er das

Dorf in Besitz. Alle Frauen waren angewiesen, die Wäsche der Soldaten zu waschen und für sie zu kochen, der Pfarrer wurde eilig geholt, um als Verbindungsmann zur Verfügung zu stehen. Auf die Frage, ob das Dorf unter weiteren Kämpfen zu leiden habe, antwortete der Feldwebel mit einem herausfordernden ›Ja‹, das den Pfarrer verstummen ließ. Inzwischen wurden Wäschestricke aufgespannt und die Uniformhemden der Soldaten zum Trocknen aufgehängt. Der Ballsaal war schließlich so dicht mit Stricken durchzogen (von denen Wäsche hing), daß man sich nur auf allen vieren fortbewegen konnte oder andauernd Hemden zur Seite schieben mußte, wie einen endlos tiefen Theatervorhang. Das schien den Feldwebel nicht zu stören. Am Abend kleideten sich die Soldaten wieder an, schlachteten im Ballsaal ein Schwein und verzehrten es vor Hunger im halbrohen Zustand. Trotz des wilden Mahles begab ich mich zu Bett, wurde aber gegen Mitternacht geweckt, als ein Spähtrupp ein halbes Dutzend Soldaten in den Ballsaal brachte, die versucht hatten zu desertieren. Der Feldwebel kämpfte noch mit dem Schlaf, zog sich die Stiefel an und ohrfeigte die Deserteure. Einem schlug er die Mütze vom Kopf. Sodann verurteilte er sie zum Tode und ließ sie am anderen Ende des Ballsaales, das ich wegen der großen Entfernung nur schlecht überblicken konnte, hinrichten. Die Füsilierten befahl er dem eilig herbeigeholten Gendarmeriekommandanten zum Ziegelwerk zu bringen. Ich wagte nicht, einen Blick auf die von Schüssen aufgerissenen Wände zu werfen, auch hatte ich Angst, durch irgendeinen Laut oder eine Geste auf mich aufmerksam zu machen und selbst hingerichtet zu werden. Der Feldwebel rief allerdings am frühen Morgen nach mir und befahl mir, seine Stiefel zu putzen. Entschlossen zur Flucht, begab ich mich ins Freie. Ich stellte die Stiefel unter einen der blühenden Bäume und lief zum Schulhaus. Kaum aber hatte ich den ersten Hof, der dicht an das Gasthaus

grenzte, erreicht, als ich in den Stall gezerrt und zu Boden geworfen wurde.
(Es ist für mich nicht einfach, diese Geschichte ohne Ergriffenheit zu erzählen, obwohl ich sie schon viele Male erzählt habe. Manchmal stockt mir der Atem, manchmal muß ich dem Drang zu weinen nachgeben – unbeteiligt bin ich nie. Trotzdem will ich versuchen, die Ereignisse so bündig zu schildern, als wäre ich nicht dabeigewesen.) Ich kann nicht verschweigen, daß mich Todesangst befiel. Ein bulgarischer Soldat hielt mich mit dem Knie zu Boden gedrückt und knebelte mich. Ich wußte, was das für das Dorf zu bedeuten hatte, doch hegte ich keinerlei Absichten, jemand zu warnen oder zu retten, denn ich war der Überzeugung, daß es am besten war, den Dingen ihren Lauf zu lassen und keinen Widerstand zu leisten. Auch erwartete ich, daß der bulgarische Soldat über mich herfallen und mir Gewalt antun würde, weswegen ich zu beten begann. Es geschah jedoch nichts. Nun bemerkte ich, daß ich in einem aufgelassenen Kuhstall, dessen Holzwände Risse und Löcher aufwiesen, lag, ich wußte auch, wo ich mich befand. Bewegen konnte ich mich nicht, alles, was ich vermochte, war, durch die Ritzen zu spähen. Die bulgarischen Soldaten krochen die Friedhofsmauer entlang, schlichen in die beschädigte Kirche und versteckten sich unbemerkt im Weingarten des Kirchenwirtes. Ich hörte nur die Vögel am Himmel und ab und zu den gedämpften Ruf oder das Lachen eines unserer Soldaten. (Ihre Arglosigkeit ließ mich leiden, ich wußte, wohin sie führen würde.) Plötzlich wurde das Feuer eröffnet. Ich vernahm Geschützdonner und sah, wie hinter dem Friedhof die Erde hochspritzte und ein Baum durch die Luft wirbelte, dann erhoben sich die bulgarischen Soldaten und kamen mit schußbereiten Gewehren in das Dorf. Es war eine größere Einheit, und ich hoffte, daß man mich vergessen würde, aber bevor das Dorf noch vollständig eingenommen war, ließ man mich laufen. Als

ich aus dem aufgelassenen Kuhstall trat, sah ich, daß von zwei Höfen Rauch aufstieg, und auf dem Weg zum Ballsaal stieß ich auf einige Gefallene. (Da fiel mir ein, den Pfarrer aufzusuchen. Ich durfte das Haus jedoch nicht betreten.) In der Krone des Nußbaumes hing ein toter Schimmel, ich kann nicht erklären, wie er dorthin gekommen ist. Das Dorf war wie ausgestorben. Außer den bulgarischen Soldaten (und weiteren Gefallenen) begegnete ich niemandem. Mir war nur klar, daß die anderen die Feinde waren, doch fürchtete ich mich vor den eigenen Soldaten fast ebenso, denn alles, was ich bisher gesehen hatte, machte auf mich einen vollkommen sinnlosen Eindruck, und ich hatte das Gefühl, es mit Verrückten zu tun zu haben. (Ich nahm mir auch vor, so zu handeln, als hätte ich es mit Verrückten zu tun. Um den Pfarrer machte ich mir aber Sorgen, da er trank und möglicherweise seinem Schicksal gleichgültig gegenüberstand.) Als ich den Ballsaal erreichte, sah ich den Feldwebel barfuß und mit erhobenen Armen durch die Tür treten, dahinter zwei bulgarische Soldaten. Ein bulgarischer Leutnant stand mit bleichem Gesicht am Fuße der Treppe und rauchte eine Zigarette. Es schien ihn nichts zu verwundern. Weder, daß der Feldwebel barfuß war, noch meine Anwesenheit. Einige weitere Soldaten kamen mit geschlachteten Kaninchen und Hühnern, die sie in den Händen hielten, und warfen sie einem dicken Gefreiten vor, der sie abzuziehen und zu rupfen begann. Auf ein scharfgesprochenes Wort des Leutnants, das keinen Zweifel über seine Bedeutung ließ, zerrte man den deutschen Feldwebel zur Friedhofsmauer und erschoß ihn, ohne sich um seine Proteste zu kümmern. Die Frage des bulgarischen Offiziers nach dem Bürgermeister beantwortete ich mit dem Hinweis, daß die Partisanen ihn vor einigen Tagen aufgehängt hätten. Mit meiner Antwort schien er zufrieden. Er nickte kurz, bevor er den Ballsaal betrat und sich an den Tisch des Feldwebels setzte. Ich hatte bemerkt, daß er zahnlos war. Auch anderen Soldaten fehlten Vorderzähne (weshalb sie mir noch verrückter vorkamen). Ich begab mich also in den Ballsaal und beobachtete die Soldaten beim Hühnerrupfen. Es entging mir nicht, daß sie anfingen, Frauen zu belästigen, weshalb ich beschloß, das Haus nicht mehr zu verlassen. Unsere gefallenen Soldaten lagen noch immer auf der Straße. Der bulgarische Leutnant saß wie zuvor der deutsche Feldwebel über Papieren und schien etwas aufschreiben zu wollen. Er runzelte die Stirn und starrte die Wand an. ›Jetzt entdeckt er die Einschußlöcher‹, ging es mir durch den Kopf. Und tatsächlich sprang er auf, berührte die Wand, zog rasch die Hand zurück und rief, indem er mit den Füßen stampfte, nach der Ordonnanz. Noch voller Hühnerfedern, erschien der Gefreite, dem er einen Befehl erteilte. Es dauerte nicht lange und der Bote kehrte in Begleitung des Gendarmeriekommandanten zurück, der wieder die Uniform eines k.u.k.-Postmeisters trug. So viel stellte sich heraus, daß der Gendarmeriekommandant vorgab, Postmeister gewesen, jedoch aus politischen Gründen abgesetzt worden zu sein. Diese Auskunft genügte dem bulgarischen Leutnant. Er wies auf die Blutflecken im Ballsaal, ließ sich erklären, daß sie von Deserteuren stammten, die hier erschossen worden waren, und verlangte dann, daß die gefangenen Deutschen die Wand zu reinigen hätten. Es roch beißend nach Rauch. (Als der Gendarmeriekommandant später die Ausführung des Befehles meldete, wobei er Haltung annahm, beachtete der Bulgare ihn nicht, sondern stellte sich mit verschränkten Armen an das Fenster und beobachtete die Rauchschwaden.) Der Gendarmeriekommandant – so konnte ich von meinem Platz aus sehen – faßte Mut und brachte vor, daß es zu Übergriffen des bulgarischen Militärs auf Frauen des Dorfes gekommen sei (wobei er sich einer stockenden Kindersprache bediente, in der Hoffnung, verstanden zu werden. Zu seiner Verblüffung fuhr ihn der Leutnant an, was er sich einbilde, auf diese Weise mit ihm zu sprechen? Wer er sei? Da er ihn gezwungen habe, die Sprache des Feindes in den Mund zu nehmen, könne er nur ein Idiot, der Idiot des Dorfes sozusagen, sein). Vor Wut zitternd verabreichte der Bulgare ihm einen Fußtritt, und als der Gendarmeriekommandant zu Boden stürzte, trat er ihn weiter, bis er von den Anstrengungen ermüdet an seinen Schreibtisch zurückkehrte. Dort hörte ich ihn eine Zeitlang vor Wut schnauben. Er beruhigte sich nur langsam und verlangte schließlich einen Arzt. Nicht aber, damit er sich des Gendarmeriekommandanten annehme, wie sich herausstellte, sondern weil die deutschen Gefangenen, die im Keller des Schulhauses zusammengetrieben auf das weitere warteten, an Würmern litten. Ihm sei zu Ohren gekommen, erklärte der bulgarische Leutnant, daß den meisten von ihnen Würmer (er könne nicht genau sagen, worum es sich handelte) im Rachen steckten. Als ihm erklärt wurde, daß es unmöglich sei, einen Arzt in das von Feinden besetzte Gebiet zu bringen, ließ er einen Gefangenen kommen und ihn auf dem Gendarmeriekommandanten (der noch immer in der Uniform des k.u.k.-Postmeisters auf dem Boden lag) Platz nehmen. Er kramte unterdessen in seinem Tornister, den ihm seine Ordonnanz gebracht hatte, und holte einen runden Rasierspiegel hervor, dessen eine Seite vergrößerte. Dann befahl er dem Soldaten, die Zunge herauszustrecken, und betrachtete lange das Bild im Vergrößerungsspiegel, faßte den Gefangenen am Kopf und drehte ihn. Ich stellte dem Leutnant keine Frage, obwohl ich aus seinem Gesicht eine unheilvolle Erkenntnis las. Langsam hob er den Blick zu mir und machte eine kleine Handbewegung, als wollte er mich auffordern, den Kranken anzuschauen. ›Sehen Sie, Würmer‹, sagte er, sobald ich herangetreten war, und forderte mich auf, in den Spiegel zu schauen. Wortlos ließ er mich in die Nase und die Ohren des Gefangenen blicken, in denen es von Würmern wimmelte. Ich empfand jedoch genausowenig Ekel wie der bulgarische Leutnant. ›Werfen Sie einen Blick auf seine Augen‹, forderte mich der bulgarische Leutnant auf. Jetzt erst, durch den Hinweis aufmerksam gemacht, bemerkte ich, daß unter der gläsernen Haut der Augen auf jeder Seite eine Made schwamm, die mit dem Öffnen und Schließen der Lider nach oben und unten wanderte. Der bulgarische Leutnant ließ den Gefangenen wegschaffen und vom Gendarmeriekommandanten eine Waschschüssel besorgen. Er spülte seine Hände mit einer Flüssigkeit, badete sie in heißem Wasser und gab den Befehl zum Aufbruch. Mir legte er die Hand auf die Schulter, dann ließ er seine Soldaten antreten und zog weiter. Noch immer brannten Häuser, es fand sich jedoch niemand, der sie löschte. Sofort ging das Gerücht um, der Krieg sei zu Ende. Trotz aller Schrecken, die ich noch immer empfand, verspürte ich Freude. Als erstes lief ich zum Pfarrer, fand ihn aber vollständig betrunken auf dem Teppich. (Wir nehmen die Welt wahr wie die Hasen und manchmal wie Schafe. Nie treffen sich die Gesichtskreise der Hasen-Augen *vor* ihm, sondern immer in seinem Rücken ((denn er ist verurteilt zu fliehen und nicht zu verfolgen. Das ist auch der Grund, weshalb er mitunter blindlings gegen ein Hindernis läuft.)). Schafe wiederum sehen zwei Bilder, ein rechtes und ein linkes, die nie zu einem zusammenschmelzen. ((Immer bleiben sie Einäugige.))). Ich stellte ein Glas Wasser neben ihn hin und deckte ihn mit dem Mantel zu, wie er es in solchen Fällen wünschte. Den restlichen Schnaps aus der Flasche durfte ich (so war es ausgemacht) behalten. Noch immer brannte das Dorf. Das Geschütz hinter den Bäumen war drohend auf das Schulhaus gerichtet, wie es die bulgarischen Soldaten zurückgelassen hatten, doch ich dachte: ›Der Krieg ist zu Ende.‹ Gegen Morgen (im Dorf hatte es die ganze Nacht über gebrannt) erwachte ich durch Geschützdonner und lief aus dem Pfarrhaus. Es waren SS-Soldaten, die in die Höfe eindrangen und nach Partisanen suchten. Als erstes hatten sie das Geschütz abgefeuert und die Schule getroffen. (Wie sich später herausstellte, waren alle unsere von den Bulgaren gefangenen Soldaten dabei ums Leben gekommen.) Ich wurde vom Gendarmeriekommandanten festgenommen, wie ich auf dem Stuhl neben dem Pfarrer saß und darauf wartete, daß er erwachte. Der Gendarmeriekommandant, wieder in der Uniform des k.u.k.-Postmeisters, verhaftete mich mit der Begründung, ich hätte den Pfarrer getötet. Nachdem er sich von den wahren Umständen überzeugt hatte, brachte er mich zu einem SS-Offizier, der nicht älter als sechzehn Jahre war. Ich machte meine Aussagen. Auch berichtete ich von den Soldaten, die von Würmern befallen waren, was augenblicklich Unruhe hervorrief. Diese Unruhe steckte mich an, da ich aus dem Benehmen der Umstehenden – man wich vor mir zurück – schloß, daß ich eine Gefahr darstellte. Ein zufällig im Troß anwesender Pathologe, dessen Gesicht durch einen Knochentumor das Aussehen hatte, als blase er einen gewaltigen Luftstrom durch Nase und Lippen (denn eine Wange war kinderkopfgroß geschwollen, eines der Nasenlöcher unnatürlich weit geöffnet und die Lippe schief, als habe er einen Schlaganfall erlitten) wurde geholt, und ich mußte mich im Ballsaal entkleiden. Der Pathologe untersuchte mich schweigend und verließ mich, ohne ein Wort gesprochen zu haben. Sobald ich die Kleider übergestreift hatte, verkündete mir ein Unteroffizier, der sich kaum noch auf den Beinen halten konnte, daß ich mich in Quarantäne befand. Die Türen wurden versperrt und die Fenstergläser weiß gestrichen, so daß ich nichts mehr wahrnehmen konnte, was draußen vor sich ging. Als letztes sah ich den Soldaten mit dem Pinsel die weiße Farbe auftragen, er warf mir jedoch keinen Blick zu, als befürchte er, sich dadurch anzustecken. Ich wurde im Ballsaal vergessen. Ich erhielt keine Nahrung, auch erkundigte sich niemand nach meinem Befinden. Wie sich später herausstellte, verfuhr man mit zwei Frauen ebenso, die von bulgarischen Soldaten vergewaltigt und mit einer Geschlechtskrankheit angesteckt worden waren. Ich fand in der Tischlade ein trockenes Stück Brot, das ich verzehrte. Wie lange ich in meinem Bett lag und wartete, kann ich nicht sagen. Plötzlich wurde eine der Türen aufgesperrt und ein Knecht hereingestoßen. Seine Nase blutete heftig. Er verkroch sich in die andere Ecke des Ballsaales und bat mich, ihm nicht näherzukommen. Allerdings blutete er so stark, daß er mich um ein Stück Stoff oder Taschentuch ersuchte, das ich ihn aus dem Schrank nehmen ließ, wobei ich, wie er es wünschte, den Atem anhielt. (Die Nase hatte man ihm aufgeschlitzt, da er die SS-Soldaten belogen hatte, das letzte Schwein seines Bauern sei von bulgarischen Soldaten geschlachtet worden.) Am frühen Morgen – ich erkannte es am Gezwitscher der Vögel – begann eine neuerliche Schlacht. Aus den Einschlägen der Kugeln schlossen wir, daß wir in Gefahr waren, wir konnten den Ballsaal jedoch nicht verlassen. Bald splitterten Fensterscheiben, und gleich darauf riß ein Geschoß eine Wand weg. Die Explosion schleuderte mich aus dem Bett, und als ich mich erhob, bemerkte ich, daß die Wand fehlte. Verputz prasselte von der Decke, und Staub wirbelte auf dem Boden. Benommen tastete ich mich zur Einschlagstelle, wo ich feststellte, daß der Knecht mit der Wand verschwunden war. Ich fand nur noch seinen Hut. Eine Weile stand ich mit dem Hut da. Er war innen noch warm, und ich dachte an die Furcht, die der Knecht davor gehabt hatte, sich an mir anzustecken. Inzwischen hatten die Kämpfe aufgehört. Als erstes erschien ein russischer Oberst. Er verlangte Wasser und Bottiche, worauf er sich zusammen mit seinen Soldaten entkleidete und badete. Ein großer Teil des Dorfes war zerstört, noch mehr gefallene Soldaten lagen zwischen den Häusern, aus denen schwarzer Rauch quoll. Da erinnerte ich mich an den

Pfarrer, und ich lief so rasch ich konnte in das Gebäude. (Noch immer hing der Schimmel in der Baumkrone.) Im Haus rührte sich nichts. Ich machte das Arbeitszimmer auf und fand den Pfarrer am Schreibtisch sitzend mit einem geöffneten Auge hinter den Brillengläsern, das andere Glas war blutverschmiert. In seiner Stirn war ein kleines schwarzes Loch, ein Teil des Hinterkopfes fehlte, statt dessen klaffte ein Krater im Schädelknochen. Ich sah alles auf den ersten Blick. Der Kopf der Katze, die in einer Ecke lag, war zerschmettert, auf dem Boden waren Papiere verstreut – wie sich später herausstellte, waren es Seiten, die man aus dem Pfarrbuch gerissen hatte. Der Pfarrer saß da wie eine ausgestopfte Figur. Zum erstenmal verstand ich, was das Wort ›Nichts‹ bedeutet. Unten auf der Straße hörte ich die nackten russischen Soldaten beim Bad lärmen. (Ich hatte nicht das Bedürfnis, irgend etwas zu tun, irgend jemanden zu verständigen oder irgend etwas in die Wege zu leiten. Gleichzeitig aber hatte ich alle Angst verloren.) Auf dem Weg zurück zum Ballsaal begegnete ich dem Gendarmeriekommandanten in der Uniform des k.u.k.-Postmeisters. Zwei halbnackte Russen brachten ihn zum Hauptmann im Ballsaal. Schon nach wenigen Sätzen übertrug man ihm die Aufgabe, die Hinrichtung der gefangenen SS-Soldaten zu übernehmen und für das Begräbnis der Toten zu sorgen. (Unsere toten Soldaten wurden in Anwesenheit des Gendarmeriekommandanten, der nun die ganze Zeit die Uniform des k.u.k.-Postmeisters trug, entkleidet, die nackten Leichen hängte man auf die umstehenden Bäume.) Sodann fuhr der Gendarmeriekommandant mit einigen bewaffneten Dorfbewohnern und einer Handvoll russischer Soldaten auf Pferdefuhrwerken aus dem Dorf, die Gefangenen marschierten voran. Als die Pferdefuhrwerke – es sprach sich bald herum, daß sie zu den Steinbrüchen gefahren waren – zurückkehrten, war keiner der Gefangenen mehr dabei. Noch am selben Tag wurden die russischen Soldaten im ausgelassenen Karpfenteich hinter der Kirche begraben. Die Gräber hatten die Dorfbewohner zu schaufeln – wir taten es ohne Widerspruch. Die Verwundeten wurden in die stillgelegte Zündholzfabrik gebracht. Ich schlief im Pfarrhaus, allerdings betrat ich das Arbeitszimmer nicht mehr. Ich kümmerte mich nicht darum, als eine russische Patrouille den Toten fand und zum Schnellgericht in den Ballsaal schaffte: Der russische Hauptmann ordnete an, ihn ohne Aufsehen zu beerdigen, und ging zum nächsten Punkt über. (Es lag ihm daran, Ortstafeln in kyrillischer Schrift aufzustellen, ebenso ließ er einen Wegweiser errichten, auf dem die Anzahl der Kilometer bis in die europäischen Hauptstädte zu lesen war.) Am nächsten Tag erlebten wir zum ersten Mal eine Kinovorführung. Der Altar in der Kirche war abgeräumt, statt dessen hatte man mehrere zusammengenähte Leintücher aufgehängt. Es war Frühling und nicht kalt in den Bänken. Wir erfuhren, daß der Krieg zu Ende war. Das Dorf war menschenleer, denn es war uns (unter Androhung der Todesstrafe) befohlen, anwesend zu sein. Man spielte uns Filme vom Krieg (mit kyrillischen Untertiteln) vor, die wir mit ungläubigem Staunen betrachteten. Man ließ uns jedoch keine Zeit, über unsere Eindrücke zu sprechen, denn sowie die Kinovorstellung beendet war, hatten wir uns auf die Straße zu begeben, wo die russischen Soldaten angetreten waren, um aus den Händen ihres Hauptmannes Orden zu empfangen. Nun erst erhielt der Gendarmeriekommandant Befehl, die Leichen von den Bäumen zu schneiden.«

## Eine Bootfahrt durch überschwemmtes Gebiet

Was würden wir am Tag unserer Ersten Kommunion tun? Die kleinen schwarzen Anzüge lagen gebügelt auf den

Küchensofas, die weißen Kleidchen und Haarkränze schmückten Sessellehnen und Bilderrahmen. Am Morgen befahl mein Vater, den Kahn vom Dachboden vor das Haus zu tragen und an der Tür festzubinden. Da es noch immer heftig stürmte, verrichteten Frauen der Umgebung, die sich eingefunden hatten, um mich anzukleiden, die Arbeit, aus Furcht, ich könnte in das Wasser stürzen. Wie alle übrigen Höfe war auch unserer vom Fluß, der über die Ufer getreten war, eingeschlossen. Nach einem ausgiebigen Frühstück kletterte ich mit meinem Vater in das Boot, meine Bitte, rudern zu dürfen, schlug er mir allerdings ab. Es herrschte eine trügerische Stille. Wie nicht anders zu erwarten, entdeckten wir auf den Dächern der umliegenden Höfe unsere Nachbarn, die sich dorthin aus Angst, von einer neuerlichen Flutwelle überrascht zu werden, zurückgezogen hatten. Immer wieder tauchten die Körper ertrunkener Tiere oder weggeschwemmte Gegenstände aus den schmutzigen Fluten auf: Haushaltsgeräte, Truhen, Stühle. Endlich gab mein Vater meinem Drängen nach, an die Riemen zu dürfen, und wir tauschten die Plätze. Voller Freude durfte ich das Boot vorwärts bewegen und zugleich steuern, während mich mein Vater ermahnte, langsam zu rudern und meine Kräfte einzuteilen. Schon nach kurzer Zeit nahmen wir einen Sauschneidergehilfen an Bord, der ohne unsere Hilfe mit Sicherheit ertrunken wäre. Er erzählte uns folgende Geschichte: Am Vorabend war er von der Arbeit heimgekehrt, als ihn der Wolkenbruch überraschte. Er hatte in einem aufgelassenen Bauernhaus Schutz gesucht, welches aber bei Anbruch des Tages von den Fluten mitgerissen worden war. Im letzten Augenblick hatte er sich an einer Tür festklammern können und war auf dieser dahingetrieben, bis wir ihn gerettet hatten. Wir gaben ihm eines unserer Butterbrote und erfreuten uns an dem Eifer, mit dem er es verschlang. Als wir die hohe Pappel erreichten, bat er uns, ihn auszusetzen. Und als hätte er nicht schon seit Stunden auf dem heimtückischen Wasser dahingetrieben, kletterte er mit Hilfe der Zweige bis zur Baumspitze, von wo aus er uns übermütig zuwinkte. Das Rudern wurde mir durch den Umstand erleichtert, daß der Sturm in dieselbe Richtung blies, die ich ansteuerte. Mein Vater hatte sich bequem ausgestreckt und betrachtete mich voller Stolz. Es war ihm nicht anzumerken, daß er den Großteil der Bienen infolge der Überschwemmung verloren hatte, er kam mir im Gegenteil heiterer vor als sonst. Irgend etwas reizte ihn zum Lachen (später gestand er, es sei die Verzweiflung gewesen). Er griff nach einem dahintreibenden Vogelnest und zeigte es mir. Achtlos warf er es dann wieder in das Wasser. Manchmal benetzte eine Sturmbö unser Gesicht mit feinen Tropfen. Je näher wir dem Museum kamen, desto häufiger stießen wir auf alle möglichen Ausstellungsgegenstände, die wir eifrig einsammelten. (Bald jedoch war unser Boot zu klein, und wir mußten Bilder, Beichtstühle und allerlei wertvolles Gerät vorbeiziehen lassen.) Auf einer Fähre glitt eine Viehherde an uns vorüber. Die Tiere waren so erschöpft, daß sie uns nicht beachteten, die mitfahrenden Gehilfen aber schlugen, da sie sich selbst am meisten fürchteten, mit Stöcken auf sie ein und ermahnten sie zur Ruhe. Bald stießen wir auf andere Ruderboote, mit denen meine Schulfreunde wie ich zur Ersten Kommunion gebracht wurden, ich war jedoch der einzige, der rudern durfte. (Auch diese Boote waren bis zum Rand gefüllt mit Gegenständen aus dem Museum, worüber die meisten, obwohl sie Hab und Gut verloren hatten, lachten.) Einem von unseren Bewohnern streng befolgten Gesetz nach gehört bei Überschwemmungen herumtreibendes, herrenloses Gut seit jeher demjenigen, der es aus dem Wasser holt. (In einem der Boote entdeckten wir das Harmonium und andere Musikinstrumente. Öffnete man den Deckel, einen Geigenkasten, eine Pendeluhr, so stürzten Krebse, Fische und Frösche heraus, die sich beeilten, im trüben Wasser zu verschwinden.) Aus dem Museum selbst winkten später die fröhlichen Taubstummen. Sie saßen in den Fenstern, ihre Füße schlenkerten im Wasser. Nur der Bestatter ließ sich von der allgemeinen Heiterkeit nicht anstecken. Mürrisch schaukelte er in seinem Kahn und schrieb in ein kleines Buch, welche Gegenstände wer in seinem Boot mit sich führte. Manche Häuser hatten wegen des bevorstehenden Festtages beflaggt, nun hingen die Fahnen als Fetzen im Sturm. Jäger, allein und in Gruppen, wateten bis in den Hüften durch seichteres Wasser, retteten treibende Bisamratten, Kaninchen, Fasane und Rehe und erlegten zahlreiche Wildenten, um für den Mittagstisch der Überschwemmten zu sorgen. Andere wiederum legten (geschützt von Planen) auf Krähen an, die sie – hatten sie sie erlegt – mit übertrieben lustigen Gebärden in die Boote der Vorüberrudernden warfen. (Mehr als einmal versuchte einer der Mitfahrenden einem nassen Krähenkörper auszuweichen und brachte so den ganzen Kahn zum Kentern.) Da die meisten von uns nicht schwimmen können, war es nicht ganz ungefährlich, wenn ein Boot umkippte. Zumeist halfen die Vorbeikommenden, doch entstanden dabei häufig Streitigkeiten, da auch die Helfenden befürchteten, daß ihre Boote umkippten, wenn sie versuchten, einen Gekenterten vor dem Ertrinken zu bewahren oder ein umgekipptes Boot wieder aufzurichten. Es war nicht ratsam, die Alten mitzunehmen. Trotzdem waren es gerade die Alten, die darauf drängten, mitgenommen zu werden, und denen es den größten Spaß bereitete, mit dem Wasser in Berührung zu kommen. (Jedes umgestürzte Boot, jeder Dahintreibende war für sie Anlaß zur Unterhaltung.) Mit Verspätung erreichten wir die Kirche, in der einige Boote mit Anglern trieben. Der Pfarrer wartete auf der Kanzel. Wir erhielten die erste Kommunion ohne Zwischenfälle. Als die Messe zu Ende war und die Ministranten mit dem Geistlichen zum Pfarrhaus ruderten, erschien der General mit seinem Kutter, den er sich für Überschwemmungen angeschafft hatte. Auch der Fotograf hatte sich durch das schlechte Wetter nicht abhalten lassen und auf einem Floß eine Art Zelt errichtet, unter dem er seine Apparate schützte. Er hieß uns mit unseren Booten vor der Kirche Aufstellung nehmen, sodann mußte jeder einzelne mit seinem Boot vor die Kamera fahren. Erschöpft durch die weite Hinfahrt überließ ich meinem Vater die Ruder (der schon darauf gewartet zu haben schien, da er sofort den größten Eifer an den Tag legte, der Schnellste zu sein). Wie es in solchen Fällen üblich ist, strengten sich, kaum daß die übrigen die Absichten meines Vaters durchschaut hatten, auch die anderen an, und es kam zu einem ebenso hastigen wie sinnlosen Wettrudern, bei dem die Besatzungen der Boote auf die anderen mit dem Ruder einschlugen (oder versuchten, sie zum Kentern zu bringen). Dies alles geschah unter wüstem Geschrei. Zuletzt brachte der General mit seinem Kutter – ob mit oder ohne Absicht, ist nicht geklärt – das von drei Gehilfen geruderte Floß des Fotografen zum Kentern. Erst Wochen später, als das Wasser zurückgegangen war, die Anzüge und Kleider in den Kästen wieder verstaubten, die Ruderboote auf den Dachböden vergessen waren, der Schlamm in der Erde vertrocknet und die Insekten wieder verschwunden waren, fand Gustav die Kamera des Fotografen, die aber (wie auch der Film) vollständig zerstört war, so daß der Fotograf – es war ein Sonntagnachmittag – weder die Tür seines Geschäfts noch die Jalousien öffnete, um den Apparat entgegenzunehmen.

## Die tätowierteste Zirkusdame der Welt

Erste Elster: Diese Landschaft aus nutzlosen Dotterblumenkeimen! Wenn ich mir ansehe, wie die Sperlinge den Weizenäckern einen Besuch abstatten und Körner plündern, denke ich: Was für ein hübsches Gleichnis.

Die zweite Elster: Nein, ich verliere mich augenblicklich in die Spur der Schneehasen und die Spiegelbilder der Lerchen.

Die erste Elster: Und in das zerwühlte Bett der Pfarrerköchin und die bunten Heiligenbildchen, die sie sammelt (und vor dem Aufstehen küßt).

Pause

Die erste Elster: Es ist eine Pracht, die Tätowierungen der Zirkusdame anzuglotzen.

Die zweite Elster: Über die große Zehe torkelt der Totengräber. Er genoß die allerbeste Erziehung im Zeitverschwenden, hat's den Anschein. Und dazu die Falten im Gesicht, wie mit Essig gemalt!!

Die erste Elster: Es macht mich ganz verrückt, sie beim Waschen zu betrachten.

Die zweite Elster: Bewegt sie sich ein wenig, siehst Du die Mäuse unter dem Gras auf ihrem Gesäß und die kupferroten Laufkäfer und die Raupen des Kaisermantels.

Die erste Elster: Und der General mit einem Säbel steht im Wasser des Karpfenteichs, der sich von einer Hüfte zur anderen erstreckt, und versucht, Vögel zu fangen, begafft vom Postbeamten (welcher es sich zur Angewohnheit gemacht hat, den Empfängern die Nachrichten zu erzählen, die auf den Karten zu lesen sind).

Die zweite Elster: Und Juliane brät in der Küche blutige Truthahnherzen und betet den Drohnenkranz (wie es vor dem Brotbacken üblich ist), um die Vorfahren zu besänftigen.

Die erste Elster: Schau nur, das Dorf und der Friedhof schaukeln auf ihren Brüsten, die sie einseift (als sei es Winter) und durcheinanderschüttelt (wie bei einem Erdbeben).

Die zweite Elster: Im Bach, der sich hinter einem Knie dahinschlängelt, erfriert Stölzl im gelben Morgenlicht.

Die erste Elster: Siehst Du den Gehilfen des Leichenbestatters mit der roten Madonna auf dem Rücken? Und Dominik, den Bestatter, der mit dem einarmigen Tischler einen Sarg hobelt, in den die Hühner ihre Eier legen?

Die zweite Elster: Neben dem Friedhof das Zirkuszelt, hinter dem der Feuerwehrhauptmann das Wasser abschlägt, und der Bürgermeister, auf dessen Hut eine Eins gemalt ist.

Die erste Elster: Die Tätowierungen dieser Dame ersparen einem einen Ausflug in das Dorf... ich kann mich nicht satt sehen an ihrem Hals, der von Kolomann und seiner Ratte beherrscht wird (welche schon die Größe eines Vorratsspeichers angenommen hat).

Die zweite Elster: Und an ihrem Bein, das der Schornstein der Ziegelfabrik ist.

Die erste Elster: Aber wo ist der alte Mautner mit seinem Spazierstock? Wo sind die Glasflaschen mit Medizinen aus Veilchen und Buschwindröschen? Wo ist sein Buch, das von Wasserflöhen und Stieglitzen verfaßt ist und die Hölle beschreibt? Wo sind die schwangere Josefine und H. in Frauenkleidern?

Die zweite Elster: Siehst Du nicht den Parasol auf ihrem Rücken, unter dem – von Ameisen bestiegen – der alte Mautner schläft? (H., nackt und versunken in den Anblick seines Geschlechts, Katzen umschwänzeln ihn, und Josefine mit ihrem Kind, über das eine zahme Stubenfliege wacht?)

Die erste Elster: Mit jeder Bewegung ihres Körpers verschwinden Menschen, und neue tauchen auf: Lächelt sie, fliegt eine Schar Pirole über ihre Wange, macht sie ein ernstes Gesicht, hat die Witwe Oswald eine Vision.

Die zweite Elster: Und jetzt läutet der Mesner die Kirchenglocke, und der stumme Sohn des Bienenzüchters erscheint als jemand, der aus dem Fenster schaut, auf einem Ohrläppchen.

Die erste Elster: Und aus dem Schneider wird der Landarzt in einer Wiese vielblättriger Lupine (in denen sich Schlangen versteckt halten) und läßt sich vom Kirchenwirt in Bekleidung eines Kellners eine Flasche Wein servieren.

Die zweite Elster: Und jetzt schlüpft sie in ihr Mieder und läßt Menschen und Landschaft –

Die erste Elster: Und Tiere und den Himmel –

Die zweite Elster: Läßt das alles verschwinden unter ihrem spitzenbesetzten Kleid und den langen Handschuhen –

Die erste Elster: Und in ihren Stiefeln, die im Sonnenlicht glänzen ...

Die zweite Elster: Und schlendert zum Wohnwagen des Zirkusdirektors, um sich ihm hinzugeben.

## Die Schilderung des Freundes (Fortsetzung)

Am Tag vor dem Begräbnis ließ ich den Sarg schließen. Der Bestatter kam, schaute sich im Haus um und hieß die beiden taubstummen Gehilfen die Arbeit verrichten. Er trug eine schwarze Baskenmütze und einen verschwitzten Rock, in dem er eine Zeitlang nach irgend etwas herumsuchte. Da er es nicht fand, gab er es auf und räusperte sich. Die Gehilfen schraubten inzwischen den Deckel zu, und als sie die Arbeit beendet hatten, war ich erleichtert.

Ich war es leid, schon die dritte Nacht dasselbe Geschwätz und dieselben Witze zu hören. Den Entmündigten hatte ich verboten zu erscheinen. (Sie betranken sich in einem anderen Gasthaus, von wo ich sie abholen und nach Hause bringen mußte.) Bevor auch ich mich in mein Zimmer begab, nahm mich mein Onkel am Arm und ging mit mir ins Freie. »Was willst Du tun?« fragte er.
»Verkaufen«, antwortete ich.
Mein Onkel fuhr sich mit einer Hand durch das Haar. Ob ich alles verkaufen wolle?
Ja, alles, antwortete ich, ich hätte die feste Absicht, in die Stadt zu ziehen.

## Notizen von einem Sommertag

1. Der Schrei der Vögel klirrt am gläsernen Himmel, der sich in giftige Farben auflöst. Die frühen Stunden des Tages sind durchsichtig naß. Manchmal hüllt reifkalter Rauch aus versunkenen Gletschern die Kronen der Bäume ein, manchmal läßt der Wind die Wiesen in vergangene Zeitalter fliehen. In der Dunkelheit regt sich Leben mit Grunzen und Gekreisch, und die elektrischen Leitungen beginnen zu sirren.

2. Die Eingänge der Häuser sind von Traktoren verstellt, an den Milchkannen schnüffeln die Hunde. Niemals sind die Gesichter so trostlos wie jetzt. In den Augen liest du die Bestrafung für das Wachsein. Wir essen vor den Bienenmagazinen. Unvermutet überfällt Leblosigkeit die Hügel. Nur die Bienen erwachen und schwärmen in den ruhigen Schlaf der Gräser aus. Jeder, der klug ist, atmet nicht das Gift der heißen Mittage. Die Bewohner liegen erschlafft auf den Küchenbänken und starren die wandernden Schweißtropfen an. Das Geschrei der Kin-

der aus den staubigen Schatten der Nußbäume zählt die Zeit.

3. Längst sind alle ins Freie geströmt, die Hühner baden in der Erde, und nur der Gedanke an die Mostkeller verschafft der brennenden Haut Kühlung. Die Finger schmerzen vom Stich der Insekten, man denkt daran, wie es ist, wenn man nicht geboren wird. Der Invalide vom Sägewerk trägt einen Karpfen und die Angel mit sich. Die Heiligen des Nachmittags sind die Hornissen, die sich in den Schleiern der Imkerhüte verfangen. Kinder kriechen auf allen vieren über die Ackerfurchen und sammeln die reifen Gurken, andere hocken gelähmt vor den Reptilien, die bereit sind, sie zu beißen. Der Landarzt beeilt sich, die Fiebernden aufzusuchen und den Juckreiz der Schwellungen zu lindern. In jedem Haus betrinkt sich ein Bewohner, der sich mit gebrochenem Bein im Krankenstand befindet.

4. Es gibt eine bestimmte Minute, in der niemand ein Wort spricht. Beim Füttern der Tiere erinnern sich die meisten an längst vergessene Sünden. Aus den Tennen quillt der Staub vertrockneter Maispflanzen. Wir verladen die Magazine, die wir in der Nacht auf die Almen bringen.

5. Bei Einbruch der Dunkelheit verlassen wir das Dorf. Jedesmal empfinde ich ein Glücksgefühl, wenn wir das Dorf hinter uns gelassen haben und die Grenzen jenes Gebietes überschreiten, in dem man uns nicht kennt. Gleich wenn wir von unserem Haus wegfahren, hören wir das Zirpen der Grillen und Heuschrecken und das Quaken der Frösche schon nicht mehr.

## Metamorphose eines Frühstücks

Schauer nimmt Messer und Gabel, seufzt und beginnt zu essen. Über seinen Kopf fliegt eine Elster, die genausogut ein Holunderstrauch sein könnte oder ein Hornkamm im Haar der Witwe. Die Wiese wiederum ist das Gefieder eines gewaltigen Fasans oder eine Süßwasseralge, der Himmel, der sich über den Köpfen spannt, die durchsichtige Haut eines Tropfens, in dem sich alles für einen Augenblick spiegelt. Ist das Messer nicht das Skelett eines Vogels oder das Fischbein aus dem Korsett der Zirkusdame? Die Gabel der Keim eines Himbeerstrauches oder die Feder eines aufziehbaren Kinderspielzeugs? Schauers Hand, die ein Nußhäher ist, schwimmt in Form eines Mückenschwarmes über den Porzellanteller (das Gesicht eines längst verstorbenen Kindes), schlägt oder streift es und greift nach einer Scheibe Schinken, die er auf das Brot legt. Jetzt ist das Schinkenbrot der vertrocknete Blutfleck auf dem Boden im Haus, das der Landarzt bis zu seinem Selbstmord bewohnte, und gleich darauf der rotgold schimmernde Seidenbezug einer Daunendecke (die wiederum nichts anderes ist als das Glänzen der Schuppen eines Barsches, welcher auf dem Bootssteg zappelt, oder eine Prozessionsfahne in einem vergessenen Kleiderschrank). Schauers Mund führt Kaubewegungen aus, anstelle der Wangen zeigt sich der geblähte Bauch einer Kuh, der in den weißen Hintern des Bürgermeisters übergeht, um schließlich das flammenbesetzte Herz über dem Pfarrhaus zu werden. Durch den Hals stürzt der Wasserfall in eine weite grüne Ebene mit sumpfigen Wiesen. Der Brotkorb aber ist der erfrorene Hase in der Sakristei, vor der die Ministranten knien und gleichzeitig das ausgetrocknete Schneckenhaus im Gemüsegarten. Schauers Blick fällt auf die Radieschen, aus seinen Augen, die Fruchtblasen ungeborener Kinder sind, geht ein heftiger Regen auf die Äcker nieder. Waren die Radieschen nicht das Schnurren einer Katze? (Und ist die Witwe nicht das Blattwerk einer Topfpflanze im Fenster oder das Muster der Ziegel auf dem Dach?) Ist die Musik, die gedämpft aus dem Radio im Haus zu hören ist, nicht die zerbrochene Eischale auf dem Tischtuch, das seinerseits die zerrissene Saite einer Geige ist? Oder ist das Ganze nichts anderes als der morgendliche Kopfschmerz Louises, der wiederum der Gedanke des Entmündigten im Sägewerk ist?

## Das Ohr des Rhinozeros

»Am 13. März 1938, dem Tag des Anschlusses an das Deutsche Reich, wurde der Kaplan verhaftet und von den Gendarmen der Staatspolizei ausgeliefert. Mit ihm der bisherige Bürgermeister, der von den Bergarbeitern gehaßt, von den Bauern aber geschätzt worden war. In der Nacht zuvor hatten beide (wie sie auf der Fahrt in die Stadt voneinander erfuhren) denselben Traum gehabt, dessen Anfang der Kaplan, dessen Ende aber der Bürgermeister vergessen hatte. Beide hatten darin einen anonymen Brief erhalten, aus dem hervorging, daß man sie betrog, allerdings ohne daß ihnen ein konkreter Hinweis gegeben worden war. (Sie konnten sich jedoch daran erinnern, daß sie nach Erhalt des Briefes ihre Schreibtische durchwühlt und aus jeder Begegnung mit einem anderen Menschen Verdacht geschöpft hatten.) Vor seinem Tod schrieb der Bürgermeister seiner Frau einen Brief, aus dem dieser Vorfall ersichtlich ist, vom Kaplan aber hörte man nach kurzer Zeit nichts mehr.
Am nächsten Tag verhaftete man eine Gruppe Bergarbeiter, deren politische Einstellung bekannt war, und verhörte sie. Auf die gleiche Weise verfuhr man mit den übrigen, die des Widerstands verdächtigt wurden« (flüstert Kolomann deutlich vernehmlich dem Rhinozeros ((im Zirkus-

zelt)) in das Ohr), »und in der Folge mit jedem, der durch irgendein Wort oder eine Tat Mißtrauen erweckte.« (Er steht vorgebeugt da, einäugig ((das andere Auge hat er im ersten Krieg verloren)) mit einem schütteren Schnurrbart im aufgedunsenen Gesicht und zitternden Händen. ((Den kleinen, schwarzen Hund, der um das Maul grau ist und aus Altersschwäche des öfteren torkelt, spricht er abwechselnd als Maulwurf oder als Ratte an.)) Als ob er mein Erscheinen nicht bemerkt hätte, fährt er mit seiner Geschichte fort und stellt fest:) »Ich bin nicht wahnsinnig. Wenn mich auch die meisten für verrückt halten. Ich zweifle nicht daran, daß man mich vernichten will. Alle Verdächtigungen, was meinen Geisteszustand betrifft, haben nur den Zweck, mein Denken für unzurechnungsfähig zu erklären. Während des zweiten Krieges aber, als ich mehrere politische Funktionen innehatte, vertraute man mir Hinweise an, die so zahlreich waren, daß mir nicht genügend Zeit blieb, allen nachzugehen.« Das Rhinozeros in der Zirkusarena frißt unbeeindruckt vom Geflüster in seinem Ohr Hafer. »Im ersten Krieg, aus dem ich mit einer schweren Verletzung heimkehrte, brachte mir jeder den nötigen Respekt entgegen«, flüstert Kolomann weiter. »Es ist überflüssig zu sagen, daß man sich darum riß, meinen Orden zu berühren, und daß man sich nach meinem Befinden erkundigte. Da der Krieg verlorenging, sank auch die Achtung für meine Tapferkeit – im Gegenteil, wie oft wurde sie mir jetzt als Dummheit ausgelegt! (Ich darf daran erinnern, daß man mich kurze Zeit zuvor noch als Helden gefeiert hatte.) In die Politik wurde ich ohne Absicht hineingezogen. Da man mit meiner Nachsichtigkeit rechnete, versteckten die ›Illegalen‹ Waffen in meinem Keller. Dafür erhielt ich nach dem ›Anschluß‹ gewisse Befugnisse, die ich jedoch nicht wahrnahm: dazu gehörte der Auftrag, Denunziationen nachzugehen. Es gibt niemanden im Dorf, der nicht von irgend jemandem denunziert wurde, sei es, was abfällige Äußerungen betraf, sei es die Hinterziehung von Nahrungsmitteln, sei es geheimer Widerstand. Da ich selbst nahezu zwanzig Jahre von Verdächtigungen und Unterstellungen verfolgt war, da mir ferner bekannt ist, daß hier ununterbrochen hinter dem Rücken geredet wird (daß die Menschen, die einem am schlimmsten übelwollen, die Ahnungslosesten und Unschuldigsten spielen), war ich mir darüber im klaren, daß ich es fortlaufend mit Tatsachen zu tun hatte, jedoch teilte man mir diese nur mit, um von eigenen Verfehlungen abzulenken. Ich hatte also die Tatsachen zu bestätigen, jedoch auch die Ursachen herauszufinden, weshalb man mir diese mitgeteilt hatte. Zusätzlich wurde meine Arbeit dadurch erschwert, daß man von mir schriftliche Berichte verlangte, die man hierauf anzweifelte. Weder die Gendarmerie noch der Bürgermeister unterstützten letztlich mein Vorgehen. Von ihrem Gelächter wußte ich, daß es auf mich gemünzt war. Die Berichte aber versperrte man in einem Rollschrank und berief sich nur darauf, wenn jemand (zumeist ohne besonderen Anlaß) verhaftet wurde. Ich erhielt Hunderte anonyme und vertrauliche Mitteilungen! (Und ich schwöre, daß keine einzige als Witz gemeint war.) Jede dieser Denunziationen hatte ihre Richtigkeit. Selbstverständlich versuchte man, auch mich zu vernichten. Nicht nur einmal wurde ich selbst denunziert, und das Erschreckende daran war, daß alle gegen mich vorgebrachten Anschuldigungen der Wahrheit entsprachen. Am Ende des Krieges, nachdem unser Dorf zweimal geplündert worden war, bezichtigten viele einander des Diebstahles, später der Parteimitgliedschaft und der Denunziation. Ich selbst wurde verhaftet, meine Berichte wurden beschlagnahmt, und ich bekam, wie schon nach dem ersten verlorenen Krieg, die Verachtung zu spüren.« (Noch immer rührt sich das Rhinozeros, zu dem sich Kolomann hinuntergebückt hat, nicht. Auch das Ohr hält es ganz still, einmal nur wirft es mit seinem Nashorn den Kübel um und gibt so seinem Unwillen darüber Ausdruck, daß das Wasser ihm nicht frisch genug ist). »Man denunzierte mich nun in einem Ausmaß«, flüstert Kolomann, »daß ich nahezu jeden Tag zum Gendarmeriekommando gebracht und verhört wurde. Mehr als einmal ohrfeigte man mich. Selbstverständlich hatten alle Denunzianten früher einander bei mir denunziert, auch der Kommandant hatte meine Meldungen entgegengenommen und mich belobigt, jetzt hingegen wollte er davon nichts mehr wissen und bezeichnete meine Behauptungen als Folge meiner Unzurechnungsfähigkeit. In kürzester Zeit war ich entmündigt! Nach einem Aufenthalt in der Anstalt kehrte ich in das Dorf zurück. Zu meinem Erstaunen war von den gegenseitigen Beschuldigungen nicht mehr die Rede. Ich selbst jedoch erregte den Zorn der Dorfbewohner, wann immer ich mich zu Wort meldete. Ich erkannte, daß jeder Blick schon, den sie sich zuwarfen, etwas bedeutete, jede Handbewegung, jede zufällig scheinende Bemerkung. Da ich so rasch alle Zusammenhänge begriff, da ich diese Zusammenhänge immer schon begriffen habe und da ich nur aufgrund meiner Fähigkeit, jeden leisesten Hinweis in ein Netz von Zusammenhängen einzuordnen, für meine Nachforschungstätigkeit im zweiten Krieg herangezogen worden war, konnte ich die entsprechenden Vorsichtsmaßnahmen treffen... Ich gehe nicht mehr in der Dunkelheit fort. Ich suche Menschenansammlungen auf (dort bin ich am sichersten und erfahre das Neueste). Außerdem ziehe ich niemanden ins Vertrauen. Dadurch aber ist es unumgänglich«, zischt nun Kolomann ungehalten über die Gleichgültigkeit des Rhinozeros (die er die ganze Zeit über für Aufmerksamkeit hielt), »daß ich mich einem unbekannten Tier anvertraue, weil ich mir selbst meines Hundes nicht mehr sicher bin.« (Blitzschnell hebt das Rhinozeros seinen peitschenartigen Schweif und entleert seinen Darm, bevor es sein Haupt senkt und mit den Vorderbeinen in den (gelben) Sägespänen scharrt, als wollte es sich auf den lästigen Besucher stürzen.)

## Der Tod des alten Mautner

An einem heißen Julitag 197. stirbt der alte Mautner. Plötzlich beginnt es zu schneien.

## Heimkehr

Als die Angehörigen der geschlagenen Armee in das Dorf zurückkehrten, versteckten sie sich. In manchen Häusern standen künstliche Beine neben den Betten oder lagen Armprothesen auf den Waschtischen. Viele Schlafzimmer blieben leer. Wer zurückkam, tat es des Nachts. Nur am wütenden Bellen der Hunde war zu erkennen, daß es jemandem gelungen war, dem Tod zu entrinnen. Was die Zurückgekehrten berichteten, rief Entsetzen hervor: von Frauen, denen sie Hühner in die Bäuche genäht, von Alten, die sie mitsamt ihren Häusern verbrannt hatten. Rasch hatte sich die Meinung gebildet, daß sie – gleich ihren Vätern – mit Schande bedeckt waren, und obwohl allgemein bekannt war, daß die Männer aus dem Krieg heimgekehrt waren, zeigte sich keiner von ihnen. Eingesperrt in Kammern oder verkrochen im letzten Winkel eines Heubodens brüteten sie vor sich hin. Erst als sie den Eindruck hatten, daß sie vollständig vergessen waren, erschienen sie zaghaft im Dorf, um sich ihre unbegreiflichen Abenteuer zu bestätigen.

## Das Irrenhaus der Kanarienvögel

Alle Kanarienvögel, die verrückt sind, werden vom Zirkus eingesammelt und in einen großen Käfig gesperrt, der von Katzen umschlichen wird. Häufig stecken die Katzen ihre

Pfoten zwischen den Gitterstäben hindurch und versuchen, einen der hüpfenden gelben Vögel zu fangen, zumeist aber geschieht nicht mehr, als daß ein paar Federn fliegen und die närrischen Vögel, die sich in der Mitte des Käfigs zusammentun, aufkreischen. Obwohl dieser Käfig also im Grunde genommen keine Besonderheit bietet, ist er der Anziehungspunkt für alle Zuschauer. Manche Vögel hocken stundenlang bewegungslos auf dem Boden, so daß man glauben könnte, sie seien ausgestopft, andere wiederum fahren fort, immer wieder die gleiche Bewegung zu machen, andere gehen auf ihre Artgenossen los und versuchen, ihnen ein Auge auszupicken, was ihnen jedoch nur in den seltensten Fällen gelingt. Nahrung und Wasser erhalten die Tiere zur Genüge, doch könnte man nicht behaupten, daß jemand die Vögel wirklich liebt. Wenn der Zirkus seine Zelte abbricht, werden die Jäger gerufen und die Vögel freigelassen (die alle wie ein Heuschreckenschwarm in die Luft fliegen). Vor lauter Gezwitscher ist dann nichts zu hören, bis die Jäger zu schießen beginnen. (Es ist nahezu unmöglich, daß ein verrückter Vogel entkommt, denn schon beim ersten Schuß lassen sich viele erschrocken auf den umstehenden Bäumen nieder.) Die Federn der Vögel werden zum Ausstopfen von Kopfkissen verwendet. Bis zum Abend ist jeder Schritt auf dem Zirkusplatz mit aufwirbelnden Federn verbunden, wie wenn man eine Glaskugel schüttelt, in der es schneit. Über die gerupften kleinen Körper fallen jetzt die Katzen her. Kurz darauf kaufen sich die Dorfbewohner wieder junge Kanarienvögel, um sie großzuziehen.

## Das Lied vom schönen Schein
## (Aus der Kindheit des Zirkusdirektors)
(bearbeitet von Franz Lindner)

Im Baum versteckt sich der Traum
In der Milch sitzt ein Bilch
Im Brot wartet der Tod
In der Glut leuchtet das Blut
In der Nuß hockt ein Fuß
Im Rind schläft ein Kind
Im Flieder klingen Lieder
Im Schwamm kniet ein Mann
In der Wand greift eine Hand
So wie es scheint
Ist nichts gemeint

## Die Schilderung des Freundes
## (Fortsetzung)

Als sich am Morgen des Begräbnisses die Menschen vor und in unserem Haus versammelten, verspürte ich nichts als den Wunsch abzureisen. Statt dessen stand ich im Zimmer meines Vaters und nahm Beileidsbezeugungen entgegen. Ich empfand keine Trauer. Der Begräbniszug führte uns – sobald wir aufgebrochen waren – am Zirkuszelt vorbei, vor dem Jugendliche Autodrom fuhren. Als wir den Lärm hinter uns gelassen hatten, begann die Musikkapelle zu spielen, und ich drehte mich um und warf einen Blick auf den langen Trauerzug. Ich dachte nur: Ich hasse Euch! Ich hasse Euch! (Als ich vom Tode meines Vaters verständigt worden war, hatte ich diesen Haß, diese Wut zuerst vergessen. Sie hatte für kurz ausgesetzt und kam nun um so stärker heraus, als wir an den Häusern vorbeigingen.) Plötzlich erschien zwischen den Obstbäumen jener automatische Mensch, der mitunter auf den Zirkus aufmerksam macht. Auf den Rücken war die Spritzmaschine mit der Propellerschraube geschnallt, außerdem trug er die gewohnte Uniform und die Stiefel. Sein Gesicht hatte er weiß bemalt, und seine Bewegungen waren so eckig und puppenhaft, als werde er tatsächlich von einem mechanischen Motor angetrieben. Er hatte sich sofort an die Spitze des Leichenzuges gesetzt und marschierte jetzt auf die selbstverständlichste Weise vor ihm her. Es gab niemanden, der versuchte, ihn aufzuhalten (denn man weiß, daß der automatische Mensch nur dem Zirkusdirektor gehorcht und sich auch durch Gewalt nicht beeindrucken läßt. Weswegen er ausgerechnet beim Begräbnis meines Vaters auftauchte, kann ich nicht sagen. ((Mag sein, daß er die Absicht hatte, eine möglichst große Menschenmenge auf sich aufmerksam zu machen. Mag sein, daß es Zufall war.))) Die ganze Zeit über schwiegen die Glocken. So erreichten wir den Friedhof.

## Die Höllenmaschine

»Ich habe die Maschine fertiggestellt. Daß Sie sie nicht sehen können, liegt daran, daß ich kein Geld für die Ausführung habe«, behauptete der neue Bergingenieur. Er hatte stets gebügelte Hosen, einen Anzug mit Fischgrätmuster (der erfahrungsgemäß auf nackter Haut heftige Juckgefühle auslöste und von einem Tag zum anderen aus der Form ging). Er war trotz der schlechten Zeiten wohlgenährt, was gleichzeitig Mißtrauen hervorrief und auf ihn neugierig machte. »Von außen weist sie keine Besonderheit auf. Am ehesten läßt sie an eine Elektrisiermaschine denken«, führte er aus. »Da ich befürchte, meine einzigartige Erfindung könnte in falsche Hände geraten, habe ich sämtliche Pläne verbrannt und die Konstruktion in ihrer Kompliziertheit auswendig gelernt. Beim Auswendiglernen mußte ich mich infolge Heizstoffmangels zumeist im Bett aufhalten, worauf meine Gewichtszunahme zurückzuführen ist. Aber nur durch eine ungeheure Geistesanstrengung, die jeden Körpergedanken von vorneherein ausschloß, war es überhaupt möglich, alle Einzelheiten meiner Konstruktion im Kopf zu behalten. Ich wäre also jederzeit in der Lage, den Plan für diese Maschine zu Papier zu bringen. Freilich habe ich den Plan für diese Maschine – allerdings ohne sie näher zu beschreiben – bei einem Notar hinterlegt, um im Falle meines unvorhergesehenen Ablebens posthum auf die Einmaligkeit meiner Erfindung aufmerksam zu machen. Diesen unbeschrifteten, ohne Erklärungen versehenen Plan habe ich der Technischen Hochschule der Hauptstadt vermacht – es dürfte jedoch selbst für die Wissenschaftler nicht möglich sein, das volle Ausmaß meiner Erfindung zu begreifen, noch unwahrscheinlicher ist es, daß es jemand wagen könnte, an den Bau der Maschine zu schreiten, da dieser mit hohen Kosten verbunden ist. In den Wirrnissen des letzten Krieges aber ist der Plan meinem Notar abhanden gekommen, weshalb ich jetzt von der Befürchtung geplagt werde, es könnte mir jemand mit dem Bau einer solchen Anlage zuvorkommen, nachdem er – durch welche Umstände auch immer – in den Besitz meines Planes gekommen ist und, so unwahrscheinlich es auch klingen mag, die richtigen Schlüsse daraus zieht. Für diesen Fall habe ich einen Plan gezeichnet, den ich nach einem bestimmten System zerschnitten und an Verwandte geschickt habe, mit der Bitte, das für einen Nichteingeweihten völlig sinnlose Stück Papier (auf dem er lediglich einige Zahlen, Buchstaben und Linien erkennen kann) unter allen Umständen bis zur Stunde Null aufzubewahren. Jährlich erkundige ich mich einmal in einem gleichlautenden Rundschreiben nach dem Vorhandensein dieser Papiere und lasse es mir mittels eines beigelegten Antwortschreibens bestätigen. Dieser zerschnittene Plan hat den Sinn, meine Urheberschaft auch im Zweifelsfalle zu beweisen. Denn durch die Kriegswirrnisse gibt es keine Patentämter mehr, und selbst wenn es diese gäbe, mangelte es mir augenblicklich an Geld, auch nimmt der Prozeß von der Einreichung bis zur Patentierung der Idee einen zu langen Zeitraum in Anspruch, so daß mir jemand ohne meine Vorsichtsmaßnahmen zuvorkommen könnte. Ein weiteres Problem ist, daß ein Beamter im Patentamt meine Erfindung womöglich an höhere Regierungsstellen weiterleitet«, flüsterte der Bergingenieur. »An dieser Stelle«, sagte mein Vater, »wurde mir klar, daß ich es in dem vorgeblichen Bergingenieur mit einem Verrückten zu tun hatte. Besah ich ihn näher, dann war in seinem Blick etwas Fahriges, Gehetztes, das meinen Verdacht nur noch nährte.« Der Mann sei in unser Dorf gekommen, fuhr mein Vater fort, um sich nach dem Kriegsende im Bergwerk um eine Stellung zu bewerben (doch lag noch alles in Trümmern, und der Großteil der männlichen Bewohner war aus dem Kriege noch nicht heimgekehrt, weshalb an eine Inbetriebnahme des Bergwerkes nicht hätte gedacht werden können. Das wurde dem Stellungsuchenden auch mitgeteilt. Er blieb jedoch im Dorf und übernachtete auf Heuböden.). Nachdem er meinem Vater bei der Arbeit an den Bienenstöcken zugesehen hatte, hatte er sich ihm als Gehilfe angetragen, was mein Vater jedoch abgelehnt hatte. Selbst einen kostenlosen Gehilfen habe er damals nicht brauchen können, da sein Völkerstand zu gering gewesen sei. Außerdem habe er an dem Fremden eine aufsässige Beschränktheit festgestellt. »Als er jedoch anfing, von seiner Maschine zu sprechen, habe ich überlegt, wie ich ihn wieder loswerden könnte«, sagte mein Vater. »Noch dazu, wo er bei seiner Erzählung in einen Dämmerzustand zu versinken drohte.« (»Bei meiner Maschine handelt es sich um eine Höllenmaschine«, raunte er. »Es ist jedoch nicht eine solche, wie man sie sich schlechthin vorstellt, sondern sie ist – das ist das Außergewöhnliche daran – gleichzeitig eine Himmelsmaschine.« Man könne von einer Vernichtungs- und Schöpfungsmaschine in einem sprechen, wenn man so wolle, und zwar auf die Weise, daß aus dem Vernichteten Neues entsteht. Näheres könne er jedoch nicht verraten, denn er habe nicht die Absicht, sein Geheimnis preiszugeben. »Entweder die Maschine wird gebaut oder nicht«, schloß er aufmüpfig.) Er stand neben mir und blickte abwesend auf meine Bienenmagazine. Eine Zeitlang zupfte er schweigend an seinem Bart, dann lachte er auf, um sofort wieder in ein längeres Schweigen zu verfallen. Als um diese Zeit der Gendarmeriekommandant (in der Uniform eines k.u.k.-Postmeisters) vorbeikam, unterrichtete ich ihn von den Aussagen des Besuchers, worauf der Kommandant diesen als einen entsprungenen und seit längerem gesuchten Insassen der Heil- und Pflegeanstalt identifizierte. Mit den Worten: »Folgen Sie mir, Leute wie Sie werden der am Boden liegenden Anstalt zu neuem Aufschwung verhelfen«, nahm er den Verrückten in seine Obhut.

## Der Zirkus

Damals erschien der Zirkus zum ersten Mal im Dorf. Er stellte ein undichtes Armeezelt auf und verkündete nichts weniger als den Anblick der Sieben Weltwunder. Vor dem Zelt, auf das vier Kamele gemalt waren, promenierten zwei magere Schauspieler mit den Mundfalten von Magenkranken und ein betrunkener Jongleur, dem die Bälle aus den Händen fielen. Da sich niemand blicken ließ, zog der Zirkus rasch weiter. Nur ein Ringer blieb zwei Tage lang im Gasthaus und behauptete großspurig, es mit drei Männern aufzunehmen, es fand sich jedoch keiner, der Lust gezeigt hätte, seine Bekanntschaft zu machen.

## Der Zahnreißer

Betrat der Zahnreißer die Küche, erzählt die Stiefschwester meiner Tante, so hatten sich die Bewohner des Hauses auf einen Stuhl zu setzen und den Mund zu öffnen. Der Zahnreißer bestimmte sodann, was zu geschehen hatte. Im Falle, daß es sich als notwendig erwies, einen Zahn zu reißen, hielten die übrigen den Kopf und die Gliedmaßen des Patienten fest (und zwar unter dem Geschrei der Schadenfreude). Dieser Zahnreißer führte auch Schuhe mit, die er zum Kauf anbot. Zu diesem Zweck stellte er im Ballsaal einen Röntgenapparat auf, durch den man mit Hilfe zweier Gucklöcher auf seine Füße schauen und feststellen konnte, ob die neuen Schuhe paßten. Jedermann war vom Skelett seiner eigenen Knochen, die als graues, bewegliches Bild auf dem grünen Schirm zu sehen waren, hingerissen. (Manchmal ließ der Zahnreißer lebende Mäuse oder eine Ringelnatter im Schuhschlitz verschwinden und erschreckte damit die Schulkinder, die ihre Füße betrachten wollten.) Aus der Form der Fußknochen behauptete der Kurpfuscher Rückschlüsse auf die Zukunft des Betreffenden schließen zu können. Eines Morgens bei regnerischem Wetter erschien der General mit schmutzigen Stiefeln im Ballsaal und begehrte seine Fußknochen zu sehen. Lange blickte er durch die Gucklöcher, dann befahl er dem Zahnreißer, ihm die Zukunft vorauszusagen. Der Zahnreißer bat ihn, sich nochmals auf den Röntgenapparat zu stellen, betrachtete die Füße des Generals und antwortete: »Sie werden als letzter sterben.« Als der General, unzufrieden mit der Auskunft, Genaueres zu hören wünschte, antwortete der Zahnreißer: »Wenn es so weit ist, werden Sie einen Blick in die entfernteste Vergangenheit werfen.« Der General ließ sich daraufhin ein Paar neue Stiefel anziehen, verließ den Ballsaal und rief von draußen, bevor er sich zu seinem Chauffeur in den Wagen setzte, er würde erst bezahlen, wenn sich die Voraussage des Zahnreißers bestätigte.

## Das Verstummen des Jünglings im Feuerofen

Es war kein wirkliches Schneegestöber, das Anfang Mai die Luft mit wirbelnden Flocken erfüllte. Die russischen Soldaten hatten vielmehr vor dem Abzug Kissen und Plumeaus der Dorfbewohner aufgeschnitten und durch Türen und Fenster ausgeschüttet. In diesem Gestöber aus Hühnerfedern schleppten sie die Frau und die Kinder des erhängten Bürgermeisters (die sich und ihre Kinder vergiftet hatte) ins Freie unter die Bäume. Sodann forderten sie die Dorfbewohner auf, die Toten zu bestatten (vom Schimmel hing nur noch das Gerippe in den Bäumen, da die Vögel alles Fleisch von den Knochen gepickt hatten). Nachdem die Kinder und die Frau begraben worden waren – noch immer wirbelten die Federn in der windbewegten Frühlingsluft –, holten die russischen Soldaten aus einem aufgelassenen Hühnerstall einen SS-Leutnant, der in der Nacht gefangengenommen worden war, als er in den Ruinen eines ausgebrannten Bauernhofes Schutz gesucht hatte. Erstaunt blickte der Offizier auf die Federn, die er zunächst für Schnee hielt. Inzwischen hatten die Dorfbewohner auf Befehl an der Rückseite des Viehstalles Aufstellung genommen (in erster Linie Frauen, Kinder und Alte), um die Hinrichtung mitanzusehen. (Ich gebe die Erzählung meines Vaters wieder.) Es war ein großer Hof mit blühenden Kastanienbäumen und Einschußlöchern in den Gebäuden, der Dachstuhl des Wohnhauses war ausgebrannt, der Schweinestall leer. Die Besitzer des Hofes waren seit dem Eintreffen der feindlichen Soldaten in die Wälder geflüchtet, nur den gelähmten Urgroßvater hatte man in Hoffnung auf Mitleid zurückgelassen. Als der alte Mann Menschen hörte, begann er aus Hunger zu rufen. Es kümmerte sich jedoch niemand um ihn. Ein Windstoß riß die Tür zum Viehstall auf und gab den Blick auf einige Kamele frei, die neugierig die Köpfe hoben. Augenblicklich traten die Dorfbewohner zurück und stießen Rufe der Verwunderung aus. (Wie sie später erfuhren, waren die Kamele mit den russischen Soldaten gekommen, denen sie als Lasten- und Zugtiere gedient hatten, man hatte jedoch ihre Ankunft im Durcheinander der Besetzung nicht bemerkt.) Zwei Soldaten führten jetzt mit gezogener Pistole den deutschen SS-Offizier an die Wand eines der Gebäude, gleich darauf trat das Exekutionskommando an und nahm die Gewehre von den Schultern. Hinter dem Stall rieselte glitzerndes Schmutzwasser zur Jauchengrube. Man hörte den Urgroßvater im Haus immer wieder die Frage rufen, wer gekommen sei. (Niemand antwortete.) Die beiden Soldaten mit den Pistolen traten zurück, das Hinrichtungskommando legte an, und eine Salve riß den Delinquenten zu Boden. Augenblicklich verstummte der Urgroßvater im Haus, auch die Dorfbewohner verharrten schweigend. Man drehte den Leutnant um, würdigte die Anwesenden keines Blickes und zog ab. Die Zurückgebliebenen hörten noch ihre Stiefel, die gleichgültige Unterhaltung, dann die Geräusche der sich entfernenden Fahrzeuge. An der Wand des Kuhstalles waren jetzt neue Einschußlöcher zu sehen. Plötzlich fingen die Katzen an zu miauen, und die Hühnerfedern schienen langsamer zu schneien. Mein Vater riß sich los und stürzte aus dem Dorf. Im Dorf, sagte

er, fürchtete er um den Verstand zu kommen. Eine Zeitlang lief er, bis er zu einem brennenden Lastwagen kam, in dem zwei Volkssturmmänner hockten. Einer von ihnen war ein Gelegenheitsarbeiter, der von Haus zu Haus ging und bei Bedarf Uhren reparierte. (Er saß hinter der zerbrochenen Windschutzscheibe, und mein Vater fragte sich, was ihn so merkwürdig verändert haben mochte, bis er feststellte, daß ihm die Schädeldecke fehlte.) Der Beifahrer war in sich zusammengeknickt. Wenn sich mein Vater nicht täuschte, so war er früher Viehhändler, zuletzt Zellenleiter gewesen. Der Hut saß schief auf seinem Kopf, als sei er betrunken. Der dritte Tote war der Sohn des Nachbarn. Er war beim Tischler in die Lehre gegangen und lag mit gebrochenem Genick im Freien. In einer Hand (dessen Arm grotesk verdreht war) hielt er ein Taschenmesser. (Ich schreibe diese Zeilen während des grausamen Todeskampfes der Stiefschwester meiner Tante. In der Stille der Küche höre ich jeden ihrer Seufzer, ihr Schnarchen und die wirren Worte ihrer Phantasien aus dem Nebenzimmer.) Als nächstes fiel der Blick meines Vaters in das Tal, wo der Fluß brannte. Wie eine phosphoreszierende Ader zog er zwischen den Hügeln und Wäldern dahin, und von überall stiegen schwarze Rauchschwaden zum Himmel.
»Warum ich zum Fluß hinunterlief, weiß ich nicht mehr«, sagte mein Vater. »Wahrscheinlich weil es mir so ungeheuerlich schien, daß er brannte. Ich lief über die Wiese und ließ das Lastauto mit den Toten hinter mir. (Ich hatte mich nicht an das Grauen gewöhnt, aber die Anhäufung von Entsetzlichem hatte mich gezwungen, Unveränderliches, ohne mich zu quälen, hinzunehmen.) Jetzt erst erkannte ich, daß der Wald brannte. Einer der Hügel war nur noch von verkohlten Baumstümpfen bedeckt, deshalb schlug ich einen anderen Weg zum Fluß hinunter ein. In der Nähe der Straße lag der Hof eines Weinbauern, an dem mir auffiel, daß die Balken geschlossen waren. Es war ein großer Hof mit langgestreckten Vieh- und

Schweineställen, einer Scheune und dem Haus. Die Hühner stolzierten suchend im Gras herum, also trat ich näher. Als erstes sah ich zwei tote Soldaten auf dem Bauch, mit dem Gesicht zur Erde in Blutpfützen. Die Stahlhelme waren von ihren Köpfen gekollert und mit den Rändern nach oben zum Liegen gekommen. Einige Schritte weiter lagen zwei tote Pferde ausgestreckt, wovon eines am Bauch getroffen worden war und sich mit seinen Beinen in den Eingeweiden verwickelt hatte. (Die grotesk großen Darmschlingen bildeten eine Spur bis zum Viehstall.) Ich kannte die Bewohner des Hauses, wie man sich eben auf dem Lande kennt. Begreiflicherweise zögerte ich nachzusehen, was geschehen war, dann aber schritt ich zwischen den Hühnern zu den Soldaten, wobei mich die Pferde mit herausgetriebenen Augen anstarrten. (Es konnte noch nicht lange her sein, daß sie erschossen worden waren, denn das Blut war noch nicht vertrocknet.) Zu meiner Überraschung stand die Haustüre offen. Ich lauschte, aber es war so still, als sei die Zeit stehengeblieben.« (Ich erinnere mich deutlich daran, daß mein Vater diese Formulierung gebrauchte, deshalb gebe ich sie ungeachtet des naheliegenden Vergleiches wieder.) »Im Vorraum entdeckte ich nichts Auffälliges. An der Wand hingen Jagdtrophäen, ausgestopfte Nußhäher, ein Fasan und ein gerahmtes Heiligenbild. Mit einem Mal fiel mir auf, was mich sogleich mit Ekel erfüllte: Es war der Geruch von Verwesung. Auch die Küchentür war nur angelehnt. Ich wagte nicht, sie vollständig aufzustoßen, sondern spähte durch den Spalt. Schwärme von Fliegen saßen auf den Töpfen des Küchenherdes, hinter dem die Füße einer Frau hervorragten. Einer der Schuhe lag unter dem Tisch, die Strümpfe waren zerrissen. Ich trat zögernd näher und stieß auf die tote Alte, die vergewaltigt und zu Tode getrampelt worden war. Abgesehen davon, daß sie von einem noch größeren Fliegenschwarm bedeckt war als die Töpfe auf dem Herd, erkannte ich mit Schrecken, wie sie zugerichtet war. Ich hielt die Hand vor Mund und Nase und schaute. Dann ging ich benommen in die anderen Räume. Im Schlafzimmer lag, von Fliegen umsummt, der Leichnam der jungen Frau. Die Kleider fand ich zerstreut auf dem Fußboden. Am Ende des Bettes kauerte der Alte, den man mit einem Kopfschuß erledigt hatte. Er glotzte mich blödsinnig an. Im Nebenraum stieß ich auf das erschlagene Kind und den Leichnam des Weinbauern. Ich ging hinaus und weinte. Bevor ich aber den Hof überquerte, hörte ich menschliche Stimmen. (Ich konnte jedoch nicht feststellen, um welche Sprache es sich handelte, daher ging ich in das Haus zurück und kletterte die Dachbodenstiege hinauf.) Durch ein Fenster spähte ich auf den Hof. Langsam kamen zwei bulgarische Soldaten mit Gasmasken und einem Pferd, das ebenfalls eine Gasmaske trug, auf das Haus zu. Sie hielten die Gewehre im Anschlag und blickten sich um. Der eine näherte sich den erschossenen Soldaten, drehte sie mit dem Fuß ein wenig zur Seite (um sich zu vergewissern, daß sie wirklich tot waren), dann liefen sie lautlos in das Haus. Sie sprachen anfangs kein Wort (später fluchten sie, während sie die Kredenz aufhoben und das Porzellan auf den Fußboden warfen). Ich wagte nicht zu atmen. Als der Lärm jedoch anschwoll, faßte ich mich und öffnete die Falltür. Von meinem Platz aus – ich lag auf dem Bauch – konnte ich jetzt beide Zimmer mit den Leichen und gleich darauf die Soldaten mit den Gasmasken sehen. Ohne einen Blick auf die Ermordeten zu werfen, durchwühlten sie die aufgerissenen Schränke, warfen Leintücher, Wäschestücke und Decken auf den Fußboden und fanden schließlich einen Wecker, eine Taschenuhr und eine silberne Uhrkette, die ihre Vorgänger übersehen hatten. Einer von ihnen (der die Schränke mit dem Gewehrkolben demolierte) stieß schließlich auf ein Paar Reitstiefel und probierte sie an. Während er sich in die Stiefel mühte, nahm der andere ein Parfumfläschchen mit einem Gummibalg und versprühte Kölnischwasser. Nach einer Weile betrat ein dritter mit Gasmaske das Haus und führte das Pferd mit sich. Sobald das Pferd in das Schlafzimmer blickte, wieherte es erschrocken, während der Soldat vorgab, sein Glied aus der Hose zu holen und obszöne Bewegungen machte. Dann polterten die Soldaten mit dem Pferd ins Freie. Ich war vom Grauen gepackt und vergrub mein Gesicht in meinen Armen. Eine Weile lag ich so da, bis ich aus Erschöpfung einschlief. Als ich erwachte, war es Nacht. Zuerst hörte ich das unerträgliche Gesumm der Fliegen, das mir augenblicklich zu Bewußtsein brachte, wo ich mich befand. Ich stieg angsterfüllt die Dachbodenstiege hinunter und trat ins Freie. Aus dem Tal hörte ich gedämpfte Schüsse. Es war eine klare, sternenhelle Nacht. Die beiden Soldaten lagen immer noch da, wo ich sie angetroffen hatte, die Pferde stierten immer noch mit aufgerissenen Augen zum Himmel, als seien sie wahnsinnig geworden. Ich machte mich daran, durch den Obstgarten wegzulaufen, plötzlich bemerkte ich, daß ich nicht allein war. Vor Schrecken warf ich mich zu Boden. Langsam schlenderte einer der Soldaten, der noch immer die Gasmaske trug, auf das Haus zu. Dort hielt er an und zündete ein Stück Stoff, das aus einer Petroleumkanne hing, an. Sodann warf er sie in das Haus und steckte es in Brand. Das Feuer brach zuerst im Schlafzimmer aus und griff von dort rasch um sich. (Mir fiel ein, daß ich eben noch auf dem Dachboden geschlafen hatte.) Unbemerkt machte ich mich davon, mit dem einzigen Wunsch, mich irgendwo zu verkriechen, wo ich geschützt war.« (Im Nebenzimmer röchelt meine Großtante, als ob sie erstickte, daher springe ich auf und öffne die Tür. Ich kann mich jedoch überzeugen, daß die Sterbende nur noch tiefer in ihre Bewußtlosigkeit versunken und dort möglicherweise in phantastische Ereignisse verwickelt ist.) »Unten im Tal brannte noch immer der Fluß«, fuhr mein Vater fort, »leuchtete und flimmerte, als sei er ein Spiegelbild der Milchstraße. Eine Zeitlang kam ich mir wie auf den Kopf gestellt vor. Ging ich auf dem Himmel und blickte auf die Erde? War ich verrückt geworden? Ich war mir nicht bewußt, wohin ich lief, ich hatte nur den unwiderstehlichen Drang zu fliehen.« Was nun kommt, erzählt mein Vater stets verschieden. Einmal behauptet er, sich im Wald versteckt zu haben und am nächsten Tag von Partisanen angegriffen worden zu sein, dann wieder, den Partisanen schon in der Nacht gegenübergestanden zu haben. »Sie überquerten gerade hintereinander marschierend einen Hang«, fuhr mein Vater fort. »An der Spitze ritt ein Offizier, und die Männer trugen Rucksäcke und Gewehre und hatten Mützen auf dem Kopf.« Als sie meinen Vater näherkommen sahen, rissen sie die Gewehre von den Schultern und legten an. Mein Vater aber lief auf sie zu, ohne sich um die Gewehre zu kümmern, getrieben von einem größeren Entsetzen, als es Waffen hätten auslösen können. Erst als die Partisanen ihn packten und anschrien, hörte er zu laufen auf, er erkannte auch erst jetzt, in welche Gefahr er sich begeben hatte. Es war ein Dutzend Männer, die, um nicht erkannt zu werden, ihr Gesicht mit Ruß verschmiert hatten. Sie waren nicht älter als vierzig Jahre und trugen Schnurrbärte, wodurch mein Vater sie für Jugoslawen hielt. Und er verstand auch, was sie von ihm wollten (daß sie Auskunft über seine Absichten wünschten), er konnte ihnen jedoch nicht antworten. Das einzige, was er hervorbrachte, war ein Tierlaut, und auch als er sich darüber im klaren war, daß er sprechen mußte, war er nur imstande, diese Klagelaute auszustoßen. Die Partisanen berieten einen Augenblick, dann beschlossen sie, ihn mitzunehmen. Und bald begriff mein Vater, was der Grund dafür war, daß man ihn verschont hatte: Keiner der Männer zweifelte daran, daß er ein Idiot war. Möglicherweise, so dachten sie, hatte er in den Wirren seinen Verstand verloren. Die ganze Nacht hindurch marschierte er mit ihnen durch den Wald, jedoch überquerten sie den brennenden Fluß nie. Einmal nur kamen sie ihm ganz nahe, es war am Rande eines Friedhofes, vor dem sie Rast machten. Im Morgengrauen dann erreichten sie einen einsam gelegenen Hof, der von Holundersträuchen umwachsen war. Von weitem hörten sie einen Hund bellen, es kümmerte sich jedoch niemand darum. Der Hund hing an einer langen Kette, wie sie später sahen, und kläffte wie verrückt. Ohne zu zögern betraten die Partisanen den Hof, einer zerschmetterte mit dem Gewehrkolben den Schädel des Tieres, ein anderer schlug mit der Faust gegen die Tür und verlangte Einlaß. Nichts rührte sich. Die Partisanen, noch immer mit rußgeschwärzten Gesichtern, zündeten sich Zigaretten an und lungerten herum. Einige hockten auf dem Boden, andere holten aus dem Stall ein Schwein und schlachteten es ohne Umschweife. (Das Schwein quiekte und verblutete langsam. Sofort fingen die Männer an es zu zerlegen, während andere mit dem Gewehrkolben die Tür einschlugen.) »Mir schenkte man keine Beachtung. Man überließ mich einfach meinem Schicksal. Ich weiß nicht, was sie mit mir gemacht hätten, wenn ich versucht hätte zu fliehen. Möglicherweise hätte man mich laufen lassen, aber ich wagte es nicht«, erklärte mein Vater an dieser Stelle seines Berichtes. »Was sich dann ereignete, übertraf noch das Grauen, das ich zuvor erlebt hatte«, fuhr er fort. »Ich habe mich oft gefragt, weshalb Menschen grundlos andere töten, und ich denke, daß sie es aus Neugierde tun. Es entspringt ihrem Wunsch, ein Lebewesen sterben zu sehen, zu beobachten, wie das Leben entweicht, dem Tod auf die Spur zu kommen. Im Moment des Tötens fühlt man die Gegenwart des Todes körperlich. (Nach den grausamsten Morden noch schliefen und aßen die Täter mit tiefer Befriedigung. Es war ihnen keine Erschöpfung anzumerken, nur Genugtuung. Und wie nach einer durchzechten Nacht stellte sich bei ihnen erst später Niedergeschlagenheit ein, die am raschesten durch weitere

Gewalttaten vertrieben wurde.) Krachend barst das Holz, und im nächsten Augenblick war das Kreischen einer Frau zu hören. Ich wollte schreien, aber nur der Tierlaut kam aus meiner Kehle. In meinem Zustand der Benommenheit (der noch immer in meinem Kopf herrschte) folgte ich den Partisanen in das Haus. Sie stürzten sich auf die Frauen, warfen sie zu Boden und vergingen sich an ihnen, bis sie verstummten. Den alten Mann, der sich mit einem Jagdgewehr verteidigen wollte, streckten sie nieder. Inzwischen setzten sie sich abwechselnd ihren Opfern auf das Gesicht und klemmten ihnen mit den Knien die Arme auf den Boden. Es waren zwei Frauen. Die eine dunkelhaarig, klein und zart, die andere, ihre Tochter, etwa vierzehn Jahre, aber größer als ihre Mutter. (Sie bat und wimmerte um Gnade, während ihre Mutter nur Entsetzensschreie ausstieß.) An den Bitten der Tochter erkannte ich, daß wir die Grenze überschritten hatten (und erst viel später erfuhr ich, daß es Ustasa-Männer waren, die mich ((nach ›Drüben‹)) verschleppt hatten). Im Augenblick aber begriff ich nichts. Ich stand wie gelähmt da und starrte auf die Männer. Ich lief auf den Hof. In der Zwischenzeit hatte man allerdings den Sohn entdeckt (er war blond, etwa zwanzig Jahre alt und hatte sich auf der Tenne versteckt). Zwei der Partisanen liefen hinter ihm her und zerrten am Strick, den sie um seinen Hals gelegt hatten. Auf meine Tierlaute hin lachten sie mich aus. (Währenddessen hatten sie den jungen Mann zu Boden gerissen und schleiften ihn im Laufschritt zum Nußbaum. Sie zogen den Zappelnden, Strampelnden über einen Ast und ließen ihn hängen, bis er erstickt war. Seine Versuche, mit den Händen die Schlinge zu lösen, beantworteten sie damit, daß sie um so fester am Strick zogen.)« (Ich lausche auf die Geräusche des Todeskampfes meiner Großtante, es ist jedoch still. Wenn nur meine Tante aus dem Dorf zurückkäme! Meine bösen Ahnungen lassen mich aufstehen und nach der Sterbenden sehen, zu meiner Erleichterung atmet sie noch, wenn auch oberflächlich. Schweiß steht auf ihrer Stirne, und ihre Hände bewegen sich unruhig auf der Decke.) Es kommt vor, daß mein Vater diese Geschichte nicht zu Ende erzählt. Manchmal übermannt ihn die Erinnerung so stark, daß ich den Eindruck habe, er breche im nächsten Augenblick in Tränen aus. Er aber faßt sich rasch und fährt mit der Erzählung fort oder fängt von etwas anderem zu sprechen an. (Zumeist knüpft er daran an, daß die Partisanen ein Feuer machten und das Fleisch des geschlachteten Schweines brieten und verzehrten. Es kümmerte sie nicht, daß ein Toter vom Nußbaum hing.) Mein Vater lief in das Haus und sah dort das Mädchen und den Alten sich bewegen. Bevor er aber mit ihnen sprechen konnte, schob ihn einer der Männer (der ihm unbemerkt gefolgt war) zur Seite und erschlug die Tochter mit der Axt. »Ich höre das Geräusch heute noch«, sagte mein Vater, »dieses Geräusch, wie die Axt den Stirnknochen spaltete, und ich sehe den klaffenden Schädel bis an mein Lebensende. Mit einem Seufzer gab das Mädchen sein Leben auf. Seinen Vater aber bearbeitete der Partisan mit den Füßen, wobei er mich anschrie, das Haus zu verlassen (was ich fluchtartig befolgte). Draußen aßen und tranken die Männer, und nachdem sie ihre Mahlzeit beendet hatten, schlachteten sie auch noch die beiden übrigen Schweine und nahmen sie als Proviant mit sich, bevor sie sich in das Heu schlafen legten. (In der Dämmerung schleppten einige von ihnen den Alten heraus und begruben ihn hinter dem Stall; ich sah, wie er einen Arm bewegte, als wollte er winken, bis ihn die Erde gänzlich zudeckte. Hierauf stampften sie auf seinem Grab herum, um alle Spuren zu verwischen.) In der Nacht stiegen wir den Berg hinauf, bis wir die Gletscherzunge erreichten. Dort hackten die Männer Eis heraus, um das Schweinefleisch einzufrieren, außerdem hatten sie unter der Eiskruste einen Sarg verborgen, in dem ein gefallener Partisan lag. Sie öffneten den Deckel und betrachteten ihn. (Mich behandelten sie noch immer wie Luft, aber ich zweifelte nicht daran, daß der nebensächlichste Gedanke an mich im Kopf eines der Männer meinen Tod bedeuten konnte. Ich hatte seit zwei Tagen nichts gegessen, aber ich befand mich in einem derartigen Zustand geistigen und nervlichen Fiebers, daß ich keinen Hunger hatte.) Wir schliefen auf den Steinen, der Sarg mit dem toten Mann in Uniform lag unterdessen auf dem Gletscher (wo wir ihn am Nachmittag bis zum Rand gefüllt mit eifrigen Dohlen vorfanden, welche von den Partisanen durch Schüsse vertrieben wurden. Die zerfetzten Überreste ihres Kampfgenossen ließen sie vor Wut Eisbrocken ((die zur Konservierung der Leiche dienten)) mit so großer Wucht in den Sarg werfen, daß es polterte und krachte. Sodann schlossen sie den Sarg, banden ihn auf das Pferd des Offiziers und machten sich auf den Abstieg). Es kam kaum vor, daß die Männer miteinander sprachen. Beim Marschieren machten sie dumpfe, abwesende Gesichter, was sie einander zu sagen hatten, deuteten sie sich mit Gesten. Jedes Kopfheben, jede Handbewegung waren sofort aus der jeweiligen Situation begreifbar (auch wenn sie mit größter Verdrossenheit ausgeführt wurden), ihr Schweigen entsprach dem Bedürfnis, in Ruhe gelassen zu werden, und jede Notwendigkeit, sich mit einem anderen auseinanderzusetzen, wurde als eine lästige Störung angesehen. Was die Männer wirklich dachten, kann ich nicht sagen. (Es gab während des gesamten Zusammenseins keinen Hinweis darauf. Die Grausamkeit schien ihnen nur eine kurze Freude oder Ablenkung zu sein, ansonsten waren sie mit den Gedanken woanders. Später hatte ich die Vermutung, daß sie im Banne der Toten standen, die sie ermordet hatten und daß nur weitere Morde sie aus deren Gewalt befreien konnten. Damals aber schüchterte ihre Ungehaltenheit mich noch mehr ein.) Der Offizier ging neben dem Pferd mit dem Sarg und führte es am Zügel, er schien sich bei Einbruch der Dunkelheit wohler zu fühlen. Die halbe Nacht waren wir unterwegs. Mehr als einmal stolperte ich und drohte in einen Abgrund zu stürzen, ohne daß mich einer der Männer auch nur eines Blickes gewürdigt hätte. Schließlich erreichten wir eine Berghütte, die versteckt hinter Felsen lag. Der magerste Mensch, den ich in meinem Leben zu Gesicht bekam, erwartete uns. Er war mittelgroß und stark behaart, seine Arme baumelten am Körper. Bevor er noch den Offizier begrüßte, warf er einen Blick auf den Toten, indem er den Sargdeckel hob. Ein häßliches Lächeln umspielte seine Lippen, als er seinen Namen nannte. Er ließ ihn in seine Kammer schaffen, in die man ihn zusammen mit mir einsperrte. Durch die Tür konnte ich die Männer jetzt erregt sprechen hören, unterbrochen vom Geräusch der Gewehre, die sie an die Wand lehnten oder auf die Tischplatte legten.« (Jetzt, wo ich diese Sätze zu Papier gebracht habe, fällt mir meine Tante wieder ein, auf die ich in der Zwischenzeit vergessen hatte. Und plötzlich durchzuckt mich der Gedanke, daß auch meine Geschichte zu Ende ist, wenn die Großtante ihren letzten Atemzug getan hat ((oder daß mit meiner Geschichte auch ihr Leben endet)). Denn sind es nicht ihre phantastischen Traumbilder, die durch die Wände zu mir kommen und sich in meinem Kopf ausbreiten, um mir mit ihrem Gift die Erzählungen meines Vaters als Wachträume vorzugaukeln? Ein Blick in das Zimmer aber beruhigt mich wieder. Sie scheint eingeschlafen zu sein und murmelt nur leise vor sich hin.) »Aus meinem Zustand der Panik aber wurde ich durch andere Geräusche abgelenkt, die wie Schläge klangen. Ich blickte durch das Schlüsselloch und sah einen Menschen, der nackt von einem Holzbalken hing. Der Holzbalken war auf den Lehnen zweier Sessel befestigt, der nackte Gefangene, dessen Haare den Boden berührten, war an Füßen und Händen zu einem Bündel gefesselt und schaukelte unter den Schlägen, die ihm das Knochengerüst mit einem Knüppel verabreichte. Dabei schrie der vollständig Abgemagerte ihn an und stellte ihm Fragen, auf die der Gefangene jedoch nicht antwortete. Die übrigen Partisanen saßen mit denselben abwesenden Gesichtern herum wie auf dem Marsch. Jetzt erst bemerkte ich ein weiteres Geräusch, das von etwas herrührte, was sich mit mir in der Kammer befand. Im nächsten Augenblick stellte ich fest, daß das Eis im Sarg zu schmelzen begonnen hatte und das Wasser auf den Boden tropfte.« Wie mein Vater betonte, war es vollständig dunkel, die Fenster waren vergittert, und das regelmäßige Tropfen des Schmelzwassers aus dem Sarg erschien ihm wie das Geräusch einer Uhr, die seine Lebensstunden zählte. Plötzlich wurde es draußen still, und als er wieder durch das Schlüsselloch spähte, stellte er fest, daß sich die Soldaten zur Ruhe begeben hatten. Aber das Split-Split der Tropfen aus dem Sarg bohrte sich unverändert weiter in sein Gehirn. Zunächst, so berichtet mein Vater nun abermals von Gefühlen überwältigt, habe er versucht, auf andere Gedanken zu kommen, denn die Vorstellung, der Tote selbst zerrinne und tropfe auf den Boden, hätte ihn so mit Ekel erfüllt, daß er sich mit Sicherheit hätte übergeben müssen, wenn sein Magen nicht leer gewesen sei. So habe er nur gegen die Krämpfe in seinem Kehlkopf angekämpft und begonnen, die Tropfen zu zählen, in der Hoffnung, dabei einzuschlafen.

»Als ich erwachte«, sagte mein Vater, »sah ich ein unrasiertes Gesicht über mir und sprang auf. Man schaffte gerade den Sarg mit dem Toten hinaus, im Zimmer hatte sich eine große Lache gebildet, und niemand sprach ein Wort. Es begann hell zu werden. Hinter dem Haus hatten die Partisanen ein Loch gegraben, in das sie den Toten versenkten.« Obwohl er nur kurze Zeit habe schlafen können, betonte mein Vater, sei er nicht müde gewesen. Die Männer aber hätten einen erschöpften Eindruck gemacht. Trotzdem seien sie weiter gewandert. »Ein Stück des Weges gingen wir zurück«, sprach mein Vater mehr zu sich selbst als zu mir, »dann aber stiegen wir zwischen Latschen abwärts bis zu einem kleinen Dorf. (Der Ausgemergelte wurde auf einem Pferd mit uns geführt, auf dem er die ganze Zeit über nach vorne gebeugt schlief. Welche Grausamkeit brütete er im Schlaf wohl aus?, fragte ich mich.) Mehrmals stürzte ich zu Boden, aber nur einmal traf mich der Fußtritt eines der Männer, vermutlich weil ich ihn fast zu Fall gebracht hätte, sonst aber beachtete man mich nicht. Als wir ein kleines Dorf (bestehend aus drei oder vier Höfen) erreichten, umzingelten es die Partisanen und schickten zwei Mann voraus. Mehrere Häuser brannten, an nahezu allen Gebäuden hatte der Krieg Spuren hinterlassen. Ich wußte nicht, wo wir uns befanden. Hatten wir die Grenze wieder überschritten? Abgesehen davon, daß ich noch immer nicht in der Lage war zu sprechen, hätte ich nicht gewagt, eine Frage zu stellen. Neben mir auf dem Pferd hustete der Magere, ein anderer stand mit schußbereitem Gewehr hinter einem Baum und starrte auf die Gehöfte. Wir sahen die Männer (hinter den Obstbäumen Deckung suchend) sich dem Dorf nähern und in geduckter Haltung hinter einem Stall verschwinden. Es dauerte nicht lange, da erschienen sie wieder und winkten uns heran. Nun liefen die Partisanen von allen Seiten in die Ansiedlung, und das Knochengerüst ließ das Pferd die Absätze seiner Stiefel spüren, um so schnell wie möglich die Gebäude zu erreichen. Ich folgte meinem Bewacher (bewachte er mich überhaupt?) so schnell ich konnte. Weshalb versuchte ich nicht zu fliehen, frage ich mich im nachhinein? Was lähmte mich förmlich, auch nur den kleinsten Versuch zu unternehmen? Weshalb lief ich hinter dem Mann in das Dorf her, obwohl er sich kein einziges Mal nach mir umdrehte? Ich hätte nur stehenzubleiben brauchen oder aus Erschöpfung umzufallen, aber ich wagte nicht einmal das. Statt dessen keuchte ich (mühsam mein Gleichgewicht haltend) hinter ihm her, von Angst erfüllt, den geringsten Fehler zu begehen. Ich sagte mir, wenn ich jeglichen Gedanken an eine Flucht verscheuche, errege ich auch keinen Argwohn.« (Bei einem neuerlichen Blick auf meine Stieftante versuche ich ihr einen Schluck Wasser einzuflößen, aber sie schluckt nichts. Das Wasser rinnt ihr den Hals hinunter und droht sie zu ersticken, der Rest läuft über das Kinn unter den Kragen des Nachthemdes. Ich trockne sie mit einem Taschentuch ab und schließe die Tür, aus Angst vor weiteren Sterbelauten.) Mein Vater fragte sich auch, vergaß ich zu erwähnen, wer der Magere sein mochte und was mit dem nackten Gefolterten geschehen war (da er ihn nicht mehr zu Gesicht bekommen hatte), doch vergaß er alle Überlegungen, als er durch die Dorfstraße stolperte, auf die die wenigen Bewohner hinausgetrieben wurden. Es waren zum größten Teil Frauen mit Kopftüchern, verängstigte Kinder und Alte, da die jungen Männer ja im Krieg (der angeblich aus war) sein sollten. »Sobald ich die Gesichter der Bewohner sah, ihre entsetzt aufgerissenen Augen, und sobald ich den Partisanen in die Gesichter blickte, wußte ich, was geschehen würde. Ich lief hinter eine Tenne und kletterte dort auf einen hohen Kirschbaum (bis in den Baumwipfel), denn ich wollte nichts mehr hören und sehen von dem, was kommen würde. Aber die Schüsse und Schmerzensschreie klangen bis zu mir herauf, das Gelächter und die Rufe. Erst nach einer Weile warf ich einen Blick aus dem Gezweig, durch das ich ein Stück der Dorfstraße sehen konnte. Es hatte den Anschein, als sei das Morden zu Ende, denn auf der Straße regte sich nichts. Dann wurde ein Klavier aus einem Hausflur geschoben, auf dessen Tasten sich einer der Männer setzte, während er sich eine Zigarette anzündete. Ein Fuhrwerk erschien, gezogen von einem klapprigen Gaul, blieb stehen und wurde mit allen möglichen Gegenständen beladen: Hausrat, einer Pendeluhr, Bettzeug. Auch zwei Fahrräder wurden gefunden. Langsam entwickelte sich mehr und mehr Rauch, und ein Gebäude nach dem anderen wurde in Brand gesteckt. Schon glaubte ich, die Partisanen würden weiterziehen, als ein nacktes Kind, ein Mädchen von zehn Jahren mit einem Säugling am Arm, aus einem Versteck gekrochen kam und davonzulaufen versuchte. Hinter ihr her lief das Knochengerüst, eine Pistole in der Hand, und gab mehrere Schüsse auf die Flüchtende ab, bis sie nach vorne stürzte. Augenblicklich war nur noch das Weinen des Säuglings zu vernehmen. Aber auch das Wimmern dauerte nicht lange, dann trat der Abgemagerte, wie ich aus dem Gezweig des Baumes mitansehen mußte, an ihn heran und tötete ihn. Ich kann nicht sagen, daß mein Entsetzen und meine Verzweiflung sich noch gesteigert hätten. Ich stand versteckt im Baum da und starrte wie ein Vogel auf das Wüten. Es dauerte nicht lange, dann erschienen die Partisanen und nahmen Aufstellung unter dem Kirschbaum. Ich wagte nicht, mich zu bewegen. Ein Blick von ihnen in die Krone des Baumes hätte genügt, und man hätte mich gesehen. (Und ich zweifelte nicht daran, daß man mich im allgemeinen Abschlachten nicht verschont hätte.) Der Offizier erschien mit einer schwarzen, schachtelförmigen Kamera, die er aus dem Rucksack holte, und fotografierte die grinsende Mannschaft. Dann verließen die Partisanen mit den Beutestücken und dem Fuhrwerk das Dorf. Ich wagte nicht, den Baum zu verlassen. Man hatte mich zwar vergessen, was aber, wenn meine Abwesenheit auffiel und jemand zurückkam, um mich zu suchen? Erst als die Rauchschwaden durch das Geäst des Baumes zogen, kletterte ich hinunter und sprang auf den Boden. Wie von einem Magneten angezogen ging ich (anstatt davonzulaufen) um das Tennengebäude herum. Das Knacken der brennenden Dachstühle und das Sausen des Feuers erfüllten die Luft. Am Ende der Straße lagen die Körper der Bewohner, die Hände von sich gestreckt, als seien sie einer sinnlosen Beschäftigung nachgegangen. Ein Windstoß trieb raschelnd eine Zeitung auf mich zu. Ich wollte kehrtmachen und davonlaufen, vernahm jedoch einen Ruf, der vermutlich von einem Kind stammte. Unschlüssig hielt ich an, ich fand aber nicht den Mut, dem Geräusch nachzugehen. Die Rauchwolken wurden jetzt vom Wind auf die Straße gedrückt und bildeten einen schwarzen Nebel, der die Sicht bald vollständig nahm, bald den Blick auf Häuser oder ein Feld freigab. Die nächsten Schwaden waren so dicht, daß ich meine Meinung änderte und vorsichtig in das Fenster spähte, aus dem ich die Rufe gehört hatte. Der Raum war vollständig zerstört. Wie durch ein Wunder war ein Vogelkäfig mit einem Stieglitz zurückgeblieben. Was hätte ich mit einem Vogel anfangen sollen? Es war unmöglich, ihn mitzunehmen. Andererseits wollte ich ihn nicht in dem brennenden Haus zurücklassen, daher kletterte ich hinein und öffnete den Käfig. Der Vogel weigerte sich davonzufliegen, ich stellte ihn mit seinem Käfig auf die Fensterbank, bevor ich mich endgültig davonmachte. (Wie spät es war, konnte ich nicht sagen.) Ich beschloß, in die entgegengesetzte Richtung zu laufen, in die die Partisanen abgezogen waren. Der nächste Windstoß wirbelte die Zeitung auf und wehte sie über meinen Kopf, wo sie in der Luft stehenblieb und langsam zu Boden schaukelte.«

(Er könne, sagte mein Vater, was damals geschah, bis heute nicht verstehen. Er finde keinen erhellenden Zugang zu den Bildern, die er gesehen habe, und häufig, in der Erinnerung, komme es ihm vor, als habe er jemand anderem zugeschaut, der an seiner Stelle Augenzeuge der Greuel geworden sei.) Gerade als er das Dorf habe verlassen wollen, habe er einen der Partisanen wieder auftauchen gesehen, und es habe sich herausgestellt, daß seine Befürchtungen, jemand könne zurückkommen, ihn zu töten, den Tatsachen entsprochen hätten. Denn hatte er sich anfangs, gleichsam einer inneren Regung nachgebend, in einer Mostpresse versteckt, so habe er alsbald –

durch die Ritzen der Baumstämme spähend – feststellen müssen, daß der Mann tatsächlich etwas suchte. Mit schußbereitem Gewehr (sah mein Vater) schritt er argwöhnisch von Gebäude zu Gebäude, verschwand in ihnen und tauchte wieder im Rauch der Straße auf. »Schließlich erreichte er das Haus, in dessen Fenster der Vogelkäfig stand. Da es bis auf die Geräusche des Feuers still war«, erzählte mein Vater weiter, »konnte ich die Rufe des Vogels und gleich darauf die Schüsse des Partisanen hören. Zornig feuerte er auf den Käfig, dann hielt er an und überlegte. Wollte er sich wieder zurückziehen? Während ich zu verängstigt war, um zu denken, fiel mein Blick auf eine Axt in der Ecke. (Ich habe schon als Kind zugesehen, wie man ein Schwein schlachtet. Oft und oft habe ich beim Schweineschlachten geholfen, die Tiere mit einem Strick aus dem Stall zu ziehen, die Schüssel unter die Halswunde gehalten, um das Blut aufzufangen, und mehr als einmal habe ich bereitwillig beim Zerlegen eines Schweines Hand angelegt. Bis zu diesem Zeitpunkt aber hatte ich noch nie den entscheidenden Streich mit der Hacke geführt (der mir auch als jungem Menschen unheimlich war). Trotzdem griff ich nach dem Werkzeug, überzeugt, daß ich, wenn es darauf ankäme, nicht die Überwindung aufbrächte, zuzuschlagen. Dabei nahm ich meine Augen auch nicht für eine noch so kurze Zeitspanne vom Spalt in den Baumstämmen.) Langsam kam der Partisan näher. Er war nicht sehr groß, gedrungen, und sein struppiges Haar hing ihm aus der Mütze in die Stirn. Neben dem Rucksack hatte er eine Decke über die Schulter geschnallt, außerdem, das konnte ich erst feststellen, als er sich der Mostpresse näherte, war er betrunken. (Er war einer der beiden, die den Alten lebendig begraben hatten.) Unmittelbar vor dem Eingang blieb er mit dem Rücken zur Mostpresse stehen und zündete sich eine Zigarette an. (Offenbar war er der Annahme, daß es nichts mehr zu finden gab und es sich daher nicht lohnte, weiterzusuchen.) Er war jetzt zwei Schritte von mir entfernt, und plötzlich wußte ich, daß er mich erschießen würde, falls er mich erblickte. Vorsichtig hob ich das Beil (um mich nicht durch den leisesten Lufthauch zu verraten) und schlug, so kräftig ich konnte, zu, die Hacke verfing sich im Schädel des Mannes... ich hörte nichts und vergaß die Umwelt um mich, das einzige, was ich wahrnahm, war mein eigener Körper, ein Rauschen in den Ohren, ein Geräusch, als schlössen sich meine Trommelfelle, mein Ächzen, mein entsetztes Ausatmen, meine Tierlaute. Wie oft ich auf den Schädel des Mannes eingeschlagen habe, kann ich nicht sagen. Es war jedoch ein Gefühl der Erschöpfung, das mich die Axt wegwerfen und davonlaufen ließ. Und wie schon einmal lief ich davon, lief ich nur meinem eigenen Laufen nach.« Häufig höre ich meinen Vater sagen: »Damals, als ich vor den Partisanen durch den Wald flüchtete, fielen mir kurz die Begegnungen mit Soldaten, die auf Urlaub nach Hause gekommen waren, ein und was man uns vom Krieg berichtete oder was ich im Volksempfänger in der Schule zu hören bekam. Es war alles nur Betrug.« Beim Laufen durch den Wald habe er auch immer wieder vor seinem inneren Auge gesehen, wie seine Axthiebe den Partisanen getötet hatten, wie die Axt auf den Schädel niedergesaust und die Mütze durch die Luft geflogen war. An immer mehr habe er sich erinnern können, an Haarbüschel und Knochensplitter, die sich losgelöst hatten, als ob etwas im Schädel explodiert sei, an Blutstropfen, die sein eigenes Gesicht und seine Arme bespritzt hatten, an das rasselnde Stöhnen und das krampfartige Auseinanderreißen der Arme seines Opfers. Und zu seinem Erstaunen sei in ihm – je mehr er sich an seine Taten erinnern konnte – eine um so größere Erleichterung aufgestiegen, die ihn schließlich habe anhalten und die Kleider und das Gesicht von Blutspuren reinigen lassen. Nicht, daß er stolz auf seine Tat gewesen sei, vielmehr habe er sich nicht mehr wehrlos gefühlt. Daß er einen Menschen getötet habe, sei ihm nicht in den Sinn gekommen. Er habe den Partisanen stets mit seiner Todesangst gleichgesetzt und dessen Tod mit der Vernichtung der Todesangst. Vor dem Ereignis selbst aber habe es ihn geekelt, und für sein eigenes Leben hätte er sich gewünscht, es ungeschehen machen zu können. Nach einer Weile sei er zu einer Straße gekommen, auf der er einen dreibeinigen, blutenden Hund laufen gesehen habe. Er habe den Hund ohne Mühe fangen können und den Stumpf mit einem Leinenstreifen, den er sich vom Hemd gerissen habe, verbunden. »Es war kein falsches Mitleid«, sagte mein Vater, »nur die Sehnsucht, nicht allein zu sein, die mich dazu veranlaßte. Der Hund war erschöpft, und ich trug ihn unter meiner Jacke. Nur sein Kopf schaute heraus. (Ich hatte keine Ahnung, wo ich mich befand. Meine Erlebnisse aber hatten mich zur Überzeugung kommen lassen, daß ich keinem Menschen begegnen durfte.) Nach einiger Zeit, in der ich am Waldrand dahingelaufen war, erreichte ich ein Dorf, welches ich noch nie betreten, von dem ich aber gehört hatte. Zuerst sah ich es von oben, vom Berghang aus. (Der Hund blieb still, häufig hielt er die Augen geschlossen, und mehrmals befürchtete ich, er sei gestorben.): Ein Teil der Häuser war eingestürzt, die Fenster verkohlt, andere Gebäude waren nur noch Ruinen, wieder andere standen in Flammen, und das Feuer loderte aus Dachstühlen und Fenstern. Die Straße aber war vollständig von Lastwagen, zertrümmerten Personenautos, ausgebrannten Panzern und Motorrädern verstopft, die ein Tiefflieger in Brand geschossen haben mußte. Zwischen den Wracks und am Straßenrand lagen verkrümmte Gefallene (einige glosten noch), und Flüchtende mit Leiterwagen und Schubkarren versuchten in den Trümmern weiterzukommen. (Die kleinen Schubwagen der Flüchtlinge waren so mit Hausrat beladen, daß sie schwankten, obendrein saßen Kinder auf ihnen, die alten

Menschen glichen.) Aus dem anderen Ende des Dorfes sah ich den Pfarrer flüchten, er hatte nur einen kleinen schwarzen Koffer bei sich und eilte auf den Wald zu. Dann entdeckte ich ein Flugzeug, das auf ein Haus gestürzt war und von dem nur der Rumpf und die Heckflossen aus dem Dach ragten, während vor dem Haus ein Bauer seine Eingangstüre zersägte, als habe er den Verstand verloren. (Möglicherweise war es auch so, denn er begnügte sich nicht mit dem Zersägen, sondern schichtete die Trümmer noch hinter sich auf, wie Brennholz.) Aus manchen Fenstern hingen, wie ich jetzt bemerkte, Leintücher, zum Zeichen der Übergabe. Ich war unentschlossen, was ich tun sollte, dann aber stolperte ich zur Straße hinunter und ging an den zerstörten Fahrzeugen vorbei mit den Flüchtenden durch das Dorf. Der Gestank von Verbranntem, Verglühtem, Verkohltem würgte mich im Hals, es roch nach glosendem Gummi, verbranntem Müll und Fleisch. Schweigend gingen wir zwischen den Fahrzeugen, die Toten beachteten wir nicht. (Die meisten lagen mit dem Gesicht zu Boden.) Der Hund in meinen Armen winselte und zappelte vor Entsetzen, und ich ließ ihn zu Boden, dort strampelte er aber verzweifelt, weshalb ich ihn wieder unter meine Jacke nahm. Als wir auf den Platz kamen, sahen wir Soldaten an einem Galgen baumeln, um ihren Hals hing ein Schild mit der Aufschrift: ›Feigling‹. Die meisten der Flüchtenden blickten zur Seite, als hätten sie keinen Toten gesehen. Außerdem hing eine Frau von diesem Galgen. Sie war jung und blond, und das Schild um ihren Hals gab Auskunft, es handle sich um eine ›Verräterin‹. – Was wollte man von mir?, fragte ich mich. Ich zweifelte keinen Augenblick daran, daß es für mich am besten wäre, verrückt zu werden und nicht dagegen anzukämpfen. Mir fehlte jedoch die Kraft, den Verstand zu verlieren, ich war zu erschöpft. Im allgemeinen Gedränge gelang es mir, mich in einem ausgebrannten Haus zu verstecken. (Von meinem Platz aus konnte ich die Trümmer des Bahnhofes erkennen, der gesprengt oder zerbombt worden war und in dessen Ruine sich weitere Flüchtlinge und ehemalige Umquartierte sammelten. Vor der Schule war das Skelett aus dem Naturgeschichtekabinett aufgestellt, es trug einen Stahlhelm, und als ich später an einem der Klassenzimmer vorbeiging, in dem die Fenster geöffnet waren, sah ich russische Offiziere um den Katheder stehen und sich beraten. An der Wand hing die Landkarte mit dem tausendjährigen Reich. Ein Stück weiter die Kirche war unzerstört bis auf die schwere Eingangstür. Die Kirche selbst war vollständig mit den Glocken der umliegenden Kapellen gefüllt, welche man als Metall für Kanonen gesammelt hatte. ((Auch in unserer Kirche hatte man zwei Glocken abgeschnitten und auf einem Wagen weggeführt.))

Langsam verließ ich mein Versteck und das Dorf.« (In einem Augenblick des Nachdenkens fällt mir die Stiefschwester meiner Tante ein – die Tante selbst ist noch immer nicht aus dem Dorf zurückgekehrt –, aber da ich wie im Fieber schreibe, stehe ich nicht auf, sondern horche nur gespannt auf ein verdächtiges Geräusch, das sich aber nicht einstellt. So beschließe ich, den Bericht meines Vaters – ohne Nachschau zu halten – fortzusetzen.)

»Hinter dem Dorf erstreckten sich weite, flache Äcker mit Vogelscheuchen. Als ich in die Ebene trat, sah ich am Waldrand Soldaten der deutschen Armee, die in die Kleider dieser Vogelscheuchen schlüpften und ihre eigenen Uniformen liegen ließen. Ich schaute nicht zu ihnen hin, auch sie beachteten mich nicht. So viel aber hatte ich erkennen können, daß sie ihre Waffen auf einen Haufen warfen. Hinter der Schule im Dorf hatte ich schon Haufen von Gewehren gesehen und daraus geschlossen, daß es ein Gefangenenlager in der Nähe geben mußte, ich sah jedoch keines. (Die Gewehre hatten hinter der Schule eine Pyramide gebildet, die bis zum Dach gereicht hatte, daneben hatte sich ein Gemüsegarten, angefüllt mit Pistolen, Säbeln und Handgranaten, befunden«, erinnerte sich mein Vater.) »Immer wieder vergesse ich Einzelheiten«, unterbrach er sich jetzt, »und immer wieder fallen mir neue ein, es ist, als ob ich nicht wahrhaben wollte, was ich sah. (Und ich wollte es auch nicht wahrhaben.) Allein auf der Landstraße mit dem blutenden, dreibeinigen Hund unter der Jacke, fing ich an zu fluchen, und ich beschimpfte stumm – denn kaum machte ich den Mund auf, stieß ich schon den verhaßten Tierlaut aus – jeden, der mit diesem Krieg irgend etwas zu tun hatte. In der Ebene rauchten vereinzelte Gehöfte. Geschützlärm grollte wie Gewitterdonner in der Ferne, trotzdem schien alles verlassen zu sein. Nirgendwo ein Mensch, nirgendwo ein Pferd, nur der gedämpfte Kriegslärm. Regen kam auf, und im kalten Frühlingsregen stolperte ich weiter, die Pfützen füllten sich mit gelbem Wasser, die Rinnen in den Äckern und meine Schuhe wurden naß und voller Lehm. Hin und wieder überholte ich erschöpfte Städter, und einmal gab ein verschmutzter Landpfarrer einer sterbenden Frau auf einem Karren die Letzte Ölung, und ich half ihm, sie in ein gestärktes Tischtuch zu wickeln und zuzuschnüren, während die Tochter der Frau sich um den Hund kümmerte und seinen Verband wechselte. Beim ersten Tierlaut, den ich ausstieß, bemerkte ich, wie mich das scheinbare Idiotentum vor weiteren Fragen und der ›Nächstenliebe‹ der Flüchtenden schützte. Die Frau und der Pfarrer warfen sich einen Blick zu, und als ich mit dem Verschnüren der Alten, die nun wie ein weißes Stoffpaket aussah und in einer großen Pfütze lag, fertiggeworden war, überreichten sie mir den Hund und verabschiedeten sich mit den besten Wünschen. Nicht, daß sie weitergezogen wären, im Gegenteil, sie blieben stehen und grüßten und nickten mir in einem fort zu und warteten darauf, daß ich verschwand. (Ich war jedoch froh, allein weitergehen zu können, und drehte mich nicht mehr um. Einmal hielt ich vor einem Personenwagen an, der aus Benzinmangel stehengelassen worden war, öffnete die Tür, setzte mich hinein und rastete.) Am Nachmittag näherte ich mich einer Ortschaft, die ich aber auf der Bergseite umging. Ich tat es weniger aus Angst oder Vorsicht, sondern folgte einem Instinkt, der mich von der Landstraße in den Wald gehen ließ, an einem Steinbruch vorbei, von dem aus ich einen Blick auf ein Elektrizitätswerk werfen konnte. Ein Wehr staute dort das gelbe und von den Regentropfen gezeichnete Wasser. Ich war nicht mehr als zwanzig Schritte vom Fluß entfernt, trat jedoch nicht näher. Plötzlich wurde eine Tür im Elektrizitätswerk aufgestoßen und eine Schar Männer hinausgetrieben. Es waren abgerissene, müde Gestalten, sie wankten mehr als sie gingen, und im nächsten Augenblick erkannte ich die Partisanen, die mich mit sich geschleppt hatten. Zwei von ihnen hielten den Mageren unter den Armen und schleppten ihn mit zum Rand des Flusses, wo sie Aufstellung nahmen. Hinter ihnen schritten zehn Tito-Partisanen, warteten, bis die Ustasa Männer still standen, bildeten einen Halbkreis und schossen auf ein kurzes Kommando, bis der letzte Delinquent in den Fluß gestürzt war. Dann drehte der Kommandant an der Staukurbel, das Wehr öffnete sich, und brausend stürzten die Wasserfluten in das halbleere Flußbett. Einer der Erschossenen blieb mit den Stiefeln am Ufer hängen und wurde in das Wasser getreten, ein anderer verfing sich mit dem Mantel im Wehr, bis einer der Partisanen ihn mit einem Feuerhaken loslöste und die Strömung ihn mit sich nahm. Ich wollte auf keinen Fall entdeckt werden, war entschlossen, dem Hund lieber den Hals umzudrehen, bevor ich durch ihn verraten wurde, aber er schien längst dahintergekommen zu sein, daß es am besten war, nicht aufzufallen. Nur die Stimmen der Partisanen und das Wassergedröhn hörte ich, und ich hielt auch diese Partisanen für unzurech-

nungsfähig (die mit dem Rücken zu mir vor den Fluten standen und zuschauten, wie die Leichen der Ustatsa-Männer weggeschwemmt wurden oder im Gelb der Fluten versanken). Sie schimpften eine Weile herum, dann begaben sie sich zurück in das Elektrizitätswerk.
Ich bezog Nachtquartier in einem aufgelassenen Pferdestall und schlief dort ungeachtet der Gefahren, die mich umgaben, traumlos und tief, bis das Geräusch des Regens mich weckte.« Als er erwacht sei, sagte mein Vater, habe er sich besser gefühlt. Zuerst habe er daran gezweifelt, alles, was mit ihm geschehen war, nicht geträumt zu haben, aber der kleine Hund, der auf seinen drei Beinen durch den Pferdestall hüpfte, sei wie ein Beweis (der ihm geholfen habe, nicht auch noch an seinem eigenen Verstand zu zweifeln) dagewesen. Dem Hund schien es besser zu gehen, und mein Vater verspürte zum ersten Mal ein starkes Hungergefühl. An dem Pferdestall zogen am Morgen noch vereinzelte Flüchtlinge mit ihrem Hab und Gut und den Kindern vorbei, später trieb eine kleine Einheit von Soldaten in deutscher Uniform eine Schar Kühe vor sich her. Sie hatte es sichtlich nicht eilig. Als die Soldaten mit den Tieren in einer Senke verschwunden waren, machte sich mein Vater, so erzählte er, auf den Weg. »Ich wollte mich auf keinen Fall mit ihnen gemeinsam sehen lassen«, erklärte er, »denn woher konnte ich wissen, was sie vorhatten? Ich ging also mit dem Hund über die pfützenübersäte Landstraße, unter den tiefhängenden Regenwolken, die Asche mit sich führten, welche mit den Wassertropfen auf die Erde fiel und das Land bedeckte. Ich war noch nicht weit gegangen, da hörte ich abermals Schüsse. Ich lief über einen Acker zur Böschung des Flusses und schlich geschützt vom Laubwerk bis zu einer Biegung, von der aus ich eine zerstörte Eisenbrücke erblickte. Der größte Teil lag im Hochwasser führenden Fluß, nur die Hängekonstruktion ragte heraus (allerdings war es möglich, über die herausragenden Teile

von einem Ufer zum anderen zu springen). Auf der einen Seite befanden sich, wie sich herausstellte, englische Soldaten, auf der anderen die Rinder und Soldaten, die – es war noch nicht allzulang her – an mir vorübergezogen waren. Die Soldaten lagen hinter erschossenen und brüllenden Kühen und feuerten auf die Engländer, welche sich wiederum hinter ihren Fahrzeugen versteckten und von dort zurückschossen. Mein Hund begriff, daß er sich nicht rühren durfte, und auch ich versteckte mich im nassen Laubwerk und wartete. Es dauerte nicht lange (währenddessen fielen zwei oder drei weitere Kühe um und streckten ihre Füße in die Luft), und das Rasseln und Brummen von Panzern war zu vernehmen. Augenblicklich hörte der Schußwechsel auf, und nur das Brummen der Panzer war zu hören und das Quietschen der Geschütztürme. Auf beiden Seiten der Brücke dehnte sich lehmige Erde aus, in deren Löchern das gelbe Wasser stand wie eine eitrige Flüssigkeit. Und mitten in diesem Trichterfeld lag ein umgeworfenes Motorrad mit einem Beiwagen, neben dem ich die Leiche eines Soldaten erkannte. Ich empfand keine Angst vor den Waffen, nur vor den Menschen, die in den Panzern saßen, und jenen, die schußbereite Gewehre hielten (deswegen beschloß ich, in meinem Versteck zu bleiben, bis die Angelegenheit vorüber war. Es war mir vollständig egal, wer die Brücke freimachte, Hauptsache ich konnte weiterziehen.) Bevor die Panzer (es waren englische) den ersten Schuß abgeben konnten, erhoben sich die Volkssturmmänner und Soldaten hinter den Kühen und warfen die Waffen weg. Einige steckten die Arme in die Luft, andere winkten mit weißen Taschentüchern oder Verbänden, und die Kühe brüllten.« (Meine Tante schläft jetzt ruhig in ihrem Bett. Ihre Hände liegen bewegungslos auf der Decke, weshalb ich mich so rasch als möglich wieder aus ihrem Zimmer schleiche.) Einige Zeitlang sei nichts geschehen, berichtete mein Vater. Auf der einen Seite seien die Männer mit erhobenen Händen gestanden oder hätten gewinkt, auf der anderen hätten sich Autos durch den Schlamm gekämpft und Soldaten versammelt. Schließlich habe man sich entschlossen, den Fluß mit den Panzern zu überqueren, nachdem man festgestellt habe, daß er zwar reißend, aber nicht sehr tief war. »Langsam rasselten die Panzer in die Mitte des Flusses, hielten an und fuhren dann rasch bergauf zum anderen Ufer. Gespannt wartete ich, was geschehen würde. Als erstes umringten die englischen Soldaten die Volkssturmmänner und die feindlichen Soldaten, sodann zündeten sie sich Zigaretten an und fragten ihre Gefangenen aus. Gleichzeitig folgten weitere Soldaten, indem sie von einem Trümmerhaufen der Brücke zum anderen sprangen. Sollte ich noch in meinem Versteck bleiben? Meine Vorsicht war jetzt weniger groß als mein Drang, noch vor Einbruch der Dunkelheit das Dorf zu erreichen, und so lief ich (gegen Blicke durch die Böschung geschützt) zurück zur Straße. Die Kühe hatten sich beruhigt, und von weitem war nur das Gemurmel der Soldaten zu hören. (Das Verstummen der Kühe nahm ich als gutes Zeichen.) Als ich nähergetreten war, erblickte ich zuerst einen Soldaten mit einem Stahlhelm und einer breiten Schutzbrille aus schwarzem Gummi und dunklen Gläsern. Dann erst sah ich den Körper eines weiteren, der in den Lehm gewalzt und plattgedrückt war wie ein Frosch. Ich blieb stehen und fühlte wieder die nun schon bekannte Lähmung und das kalte Entsetzen. Man ließ mich jedoch dort, wo ich mich befand, und erlaubte den Verwundeten, sich zu setzen. Dann aber teilte man Spaten aus und befahl den Volkssturmmännern und den deutschen Landsern, Löcher für die Toten zu graben. (Zuvor nahm man ihnen die Ferngläser ab und verabreichte ihnen einige müde Fußtritte.) Es waren alte Männer unter den Gefangenen, aber auch junge Burschen, die auf Befehl ihre Panzerfäuste aus den Löchern holten und zu den Waffen legten. Langsam faßte ich mich. Sicher war es das beste, umzukehren und im Pferdestall einen Tag abzuwarten, aber kaum hatte ich einige Schritte in die Richtung getan, aus der ich gekommen war, rief mich eine Stimme, und gleichzeitig flog eine Kugel an meinem Kopf vorbei. Ich drehte mich um und wurde von einem englischen Soldaten mit Schimpfnamen und Flüchen bedacht. Als er vor mir stand, schrie er noch immer und fuchtelte mit der Gewehrmündung vor meinem Gesicht. (Ich hatte vergessen, daß ich nicht sprechen konnte, und stieß nur den Tierlaut aus, und jetzt – zum erstenmal – bellte auch der Hund unter meiner Jacke und jaulte so kläglich, daß der Soldat das Gewehr sinken ließ und mich zweifelnd musterte.)« An dieser Stelle machte mein Vater eine Pause. Saß er, so erhob er sich, um auf- und abzugehen, stand er, so setzte er sich und wartete, bis sich die übrigen gesetzt hatten. Eine Zeitlang schwieg er, auch sprach niemand anderer und niemand stellte eine Frage. Mit wenigen Worten ging er darüber hinweg, wie man ihn auf die andere Seite des Flusses brachte, wie er selbst über die zertrümmerte Brücke sprang (den Hund an die Brust gedrückt), und wie er mit den englischen Soldaten abwechselnd in das Wasser starrte und den vorbeitreibenden Leichen nachschaute und dann wieder die Gefangenen beim Begraben der Leichen beobachtete. Auf diese Weise, sagte er, sei es langsam dunkel geworden. Nach einer Weile habe sich ein Personenwagen durch den Schlamm gekämpft. Er habe das Fahrzeug zunächst nicht weiter beachtet, als aber die englischen Soldaten plötzlich Haltung angenommen hätten, habe auch er aufgeschaut und aus dem Wagen einen englischen General steigen gesehen. »Die Türen öffneten sich und der Wagen war hell erleuchtet«, fuhr mein Vater fort, »die Sitze waren mit Leder gepolstert, und die Gestalt, die sich würdevoll aufrichtete, trug eine saubere Uniform mit goldglitzernden Kragenspiegeln und einem reichgeschmückten Mützenschild, Brille und einen roten Schnurrbart. Er schüt-

telte dem Kommandanten die Hand, salutierte und ließ sich berichten. Endlich wandte er sich mir zu, und mit zur Seite geneigtem Kopf vernahm er, was ihm der Kommandant mitteilte, dann lächelte er mich an und streckte mir die Hand hin. Im selben Augenblick aber schoß der Hund, den ich beinahe vergessen hatte, aus meiner Jacke und biß heftig in die Finger des Generals. In der allgemeinen Verwirrung vergaß man auf die Gefangenen, die eroberte Brücke, die Toten und mich und stürzte sich auf den General, der abwechselnd Schmerzenslaute und wilde Flüche ausstieß. Ohne besonderen Aufwand konnte ich mich zum Fluß hin entfernen. Dort aber lief ich das Ufer entlang, durch sumpfige Wiesen, Gestrüpp, Gebüsch und Wälder, bis ich endlich in die Nähe des Dorfes kam. Mir brannten die Arme von der Last des Hundes und die Lungen von der Anstrengung des Laufens so sehr, daß ich atemlos zu Boden stürzte. Lange blieb ich liegen und ließ den Regen auf mich fallen. Zwischendurch schlief ich ein und erwachte erst am nächsten Morgen. Ich erhob mich mühsam, weckte den Hund und wankte mit ihm zum Dorf hinunter. In den zerschossenen Höfen regten sich die ersten Menschen. Ängstlich näherte ich mich dem Haus meines Großvaters, die letzten Schritte lief ich wieder. Ich riß die Tür zur Küche auf und sah meinen Großvater hinter dem Tisch sitzen. ›Wo warst Du so lange?‹ fragte er mich nicht ohne Ärger, ›bist Du hungrig›?‹ – ›Ja‹, erwiderte ich mit lauter Stimme.«
(In diesem Augenblick kehrt meine Tante aus dem Dorf heim und schaut nach ihrer Stiefschwester. Aufgeregt kommt sie in die Küche zurück, wo ich noch über dem Papier gebeugt sitze und fährt mich an: »Hast Du nichts bemerkt – die Stieftante ist tot!« – »Nein«, gebe ich wahrheitsgemäß zur Antwort, indem ich erschrocken den Kopf schüttele.)

## Widersprüchliche Berichte über eine angebliche Himmelserscheinung

»Am letzten Kriegstag erschien ein riesiger Fisch am Himmel, aus dessen Bauch Blitze stoben«, erzählt der Mesner den wenigen und an Geschichten uninteressierten Fremden, die es in unser Dorf verschlägt, sobald sie die Kirche betreten haben. »Dieser Fisch wurde von verschiedenen Augenzeugen beobachtet (wie Sie in der Dorfgeschichte nachprüfen können, welche vom Direktor der hiesigen Volksschule geschrieben wird). So zum Beispiel von einer gewissen Witwe Oswald, die im hohen Gras ein Leinensäckchen mit Silberbesteck suchte, aber nicht mehr fand. Schon wollte sie es aufgeben, als sie von einem heftigen Blitz gestreift wurde, der ihre Haare versengte und ihr Kleid in Brand steckte. Obwohl sie die Flammen deutlich sehen konnte, erlitt sie keine Verletzungen, denn das Feuer war – was sie bis heute nicht fassen kann – kalt. Ferner fand sie im Gras das silberne Besteck (das ebenfalls Feuer gefangen hatte und das Zwitschern einer Bachstelze von sich gab). Als sie aufblickte, sah sie den besagten Fisch langsam am Himmel dahinziehen, worauf sie betend zu Boden stürzte. Ein weiterer Zeuge«, ereifert sich der Mesner, »war der alte Mautner, der als einziger in das Auge dieses Fisches geblickt haben soll, worauf er, wie er angab, in Form einer inneren Stimme (die sich später allerdings nicht mehr meldete), seinen Todestag und sein Todesjahr erfahren habe. (Tatsächlich stimmte dieses vorausgesagte Datum mit seinem Tod überein). Ferner hat die Kaufhausfrau den Fisch von ihrem Zimmerfenster aus wahrgenommen, als er langsam vorbeizog (wie sie schilderte), sie habe ihn anfangs jedoch mit einem Zeppelin verwechselt und das Schlimmste für das Dorf befürchtet. Die Schuppen hätten sie erst ihren Irrtum erkennen lassen (sie hätten in allen Regenbogenfarben geleuchtet). Die Himmelserscheinung hätte fast jeder gesehen: die einen nur die Schwanz- oder Rückenflosse, die anderen das geöffnete Maul oder den Kopf. Und schließlich habe ich diesen Fisch selbst mit eigenen Augen gesehen«, endigt der Mesner, nun schon allein, da ihn an dieser Stelle des Berichtes jedesmal der letzte Fremde verlassen und ihm bestenfalls eine Münze in die Hand gedrückt hat, »ich sah ihn über mich hinwegziehen und in einer Wolke aus bunten Blumen über den Hügeln verschwinden.«

## Traumlogik

Ich erzähle keine Träume, Herr Doktor. Was ich Ihnen im äußersten Fall mitteilen könnte, wären mikroskopische Bildchen – also Totpräparate – des Geträumten oder gewisse Eigenschaften meiner Träume, wobei ich mir nicht sicher bin, inwieweit ich der Überlieferung aufsitze. Ich könnte Ihnen meine Träume nur erzählen, wenn ich träume, nur im Traum selbst könnte ich sie niederschreiben, alles andere ist ein Desaster. Glauben Sie niemandem, der Ihnen einen Traum erzählt: alles Schwindel, alles Erfindung. Was wir uns im Wachzustand zusammenreimen, ist ja nur ein Inhalt, der auf etwas hinausläuft, was wir mit Bedeutung aufzuladen wünschen. Tatsächlich aber handelt es sich um eine anderssprachliche Situation, in der wir uns befunden haben – keiner außersprachlichen. Und wenn Sie mir entgegnen, ich möge den Versuch unternehmen, diese traumsprachlichen Wirklichkeiten in wachsprachliche zu übersetzen, so muß ich Ihnen unterstellen, daß Sie gewiß nicht an der Erforschung von Träumen interessiert sind, sondern daß Sie mit einer Ihnen geläufigen Grammatik und einem Ihnen geläufigen Bilderreservoir auf meine Mitteilung lauern, wie auf Beute, in der Meinung, etwas zu verstehen. Denn

Sie brennen darauf, sich Nachterfahrungen anzueignen, die jedoch alle nach einem Schema geprägt sind, wie eine Münze, mehr oder weniger skurrile Tagerfahrungen. Alles, was sie aus der Nacht vernehmen, messen Sie am Tag und bedenken dabei nicht einmal, wie häufig sie am Tag mit offenen Augen träumen. Alle sogenannte Traumkunst ist – nebenbei gesagt – lächerlich und im Endeffekt eine Ausrede. Denn es gibt keine Eigenschaft der Träume, die man sich nicht ausdenken könnte, auch die sogenannte Traumstruktur ist Ausgedachtes. Im Grunde halte ich das Gerede über Träume für sentimental. Tatsächlich kann ich mir mühelos vorstellen, nicht größer als eine Ameise zu sein, zu fliegen, mich zu verirren oder in einer unausweichlichen Situation zu befinden. Ich empfinde dabei sogar ein gewisses Vergnügen. Und ich versichere Ihnen, daß diese Vorstellungen nicht aus meinen Träumen kommen, sondern daß es bestimmte Eigenschaften meines Gehirnes sind, auf die ich zurückgreife. Ich, für meine Person jedenfalls, wünsche keine Traumerzählungen zu hören, mir kann diese Form der Wichtigmacherei gestohlen bleiben. Eine Sache für einfältige Gemüter: für Wissenschaftler und Zukurzgekommene. Selbstverständlich bin ich mir darüber im klaren, daß das Träumen für mich eine Rolle spielt. Aber sehen Sie, mit der Darstellung der Träume hapert es ebenso wie mit der Darstellung von Glaubensdingen. Betrachten Sie doch nur einmal die religiösen Darstellungen aus dieser Sicht, machen Sie einen Spaziergang zur nächsten Kirche. Sind Sie der Meinung, daß es sich dort um gewissermaßen geographische Darstellungen außerirdischer Bezirke handelt? Oder sehen Sie nicht auch bloß Bilder, die das menschliche Gehirn hervorgebracht hat? Und weiters: Alle gemalten Bilder, wenn ich Sie darauf aufmerksam machen darf, folgen den Gesetzen des Wachzustandes, auch wenn sie diese übertreten! Denn, und das ist meine Schlußfolgerung, die Menschen ertragen es nicht, sich in Bereichen aufzuhalten, in denen es keine Gesetze gibt. Die Menschen sind auf der Suche nach Gesetzen, Universaljuristen gewissermaßen. Blättern Sie doch in den Paragraphensammlungen der Chemie und Physik, gehen Sie auf die Straße und schlagen Sie den nächstbesten nieder! Die Gesetzestreuen sind es, die über die Gesetzlosen richten oder zumindest die Gesetzkundigen über die Gesetzunkundigen. Die meisten Gesetze aber, lieber Herr Doktor, sind willkürlich wie die Fresken in den Domen und folgen ebenso knechthaft den Mechaniken des Gehirnes, wie ein Gras nur aus einem Grassamen sprießen kann und folgsam mit den übrigen Grashalmen eine Wiese bildet. Um aber auf meine Weigerung, Ihnen meine Träume mitzuteilen, überhaupt von meinen Träumen zu sprechen, zurückzukommen, Herr Doktor, verlangen Sie also nicht, daß ich etwas ausspreche, was nach diesen automatischen Gesetzen gebogen ist, ohne daß ich es beeinflussen könnte. Indem ich es ausspreche, biege ich es schon zurecht. Ich glaube nicht, daß meine Träume Gesetzen unterliegen, die man im Wachzustand begreifen könnte. Selbstredend kann man sich die Träume zu gewissen Zwecken dienlich machen, wie man einen Elefanten abrichtet, einen Affen dressiert, bitte sehr. Aber ich bin an Tiergärten nicht interessiert, mir geht es weder um Tierzucht noch Landwirtschaft, wenngleich ich mich mit Bienen befasse. Ich will Ihnen jetzt nicht mit alldem kommen, was sich über die Bienen sagen ließe, aber, ehrlich gestanden, Herr Doktor, können Sie begreifen, was ein solcher Bienenstamm, ein Bienenvolk, wie man es nennt, wirklich ist? Sie machen sich verschiedene Beobachtungen, aus denen Sie Gesetze ableiten, zunutze, das ist alles. In Wirklichkeit aber belieben Sie die Welt zu sehen wie der Uhrmacher den Walfisch. Um aber meine Träume zu verstehen – verzeihen Sie meine Hartnäckigkeit –, müßten Sie fähig sein, sich außerhalb von Gesetzen zu stellen, müßten Sie zumindest fähig sein, Ihre eigene Gehorsam-

keit zu erkennen, müßten Sie zumindest in Gedanken versuchen, Gesetzesbrecher zu sein und nicht ein folgsamer Parasit der süßen Frucht des Alltages. So aber kommen Sie nur behäbig und satt daher, im Grunde genommen ein Spießer wie jeder andere, und spielen mehr oder weniger einen Traumverkehrspolizisten, während Sie an die Brandblase auf Ihrer Zunge denken, die Sie sich mit einem gedankenlosen Schluck zu heißen Tees zugezogen haben. Sie befolgen mehr oder weniger brav Ihre Vorschriften und begreifen nicht, daß ich Ihnen fortlaufend Geständnisse mache, daß ich mich bemühe, nichts zu verzerren, indessen Sie alle meine Worte nur als Zeichen meiner Verwirrung werten.
Sie gestatten, daß ich neu beginne: Natürlich verzerre ich jetzt auch selbst. Selbstredend achte ich in meinem Hinterkopf, wie man sagt, darauf, daß die Dinge zusammenpassen, daß Sie mir folgen können. Ich bin getragen von dem Wunsch, Sie auf neue Gedanken zu bringen, was mich bereits zur Fälschernatur stempelt. Aber: Fälscher- und Roßtäuschernaturen sind wir allesamt. Im vertrautesten Augenblick, den intimsten Momenten ebenso wie im Zustand der größten Kopfklarheit. Dies ist das deutlichste Gesetz, das ich erkennen kann, sehr geehrter Herr Doktor, den Zwang zur Unwahrheit. Sind Sie in der Lage, mir einen winzigen Einblick in die Schöpfung zu gewähren und diese möglicherweise vermeintliche Tatsache zu erklären? Können wir nicht anders oder wollen wir nicht anders? – Sie haben recht, das hat nicht unbedingt mit meiner Weigerung, Auskunft über meine Träume zu geben, etwas zu tun, möglicherweise aber doch. Ich empfinde es zumindest so. Im Augenblick bitte ich Sie nur zu begreifen, daß alles, was ich Ihnen mitteile, dem Wunsch entspringt, mich Ihnen wirklich zu entdecken, während Sie von mir gelogene Träume hören wollen. Sie selbst sind ja nicht einmal in der Lage, ein Bild von sich zu zeichnen, wie Sie wirklich sind. Alle Ihre Absichten, Ihre

kleinen und größeren Geheimnisse, stehen dem entgegen, Ihre vermeintlichen Schwächen, die Sie ausmerzen, veredeln wollen wie ein Rosenzüchter. Sie aber wollen, zum Unterschied eines jeden pensionierten Eisenbahners, der sich mit Rosen befaßt, Fehler nicht wahrhaben. Sie fürchten sich vor bestimmten Zügen, die Sie in sich tragen. Gewisse Eigenschaften, die Sie besitzen, lassen Sie vor Scham verstummen. Keine gräßlichere Vorstellung, als wenn man sie eines Tages aufdeckte. Ja, Sie haben ein schlechtes Gewissen, wie jedermann. Im übrigen schließe ich jetzt von mir auf Sie, wie Sie annehmen können, ich verfolge nicht die Absicht, Sie in die Enge zu treiben. Im Gegenteil: Ich bin willig, Ihnen mein Herz zu öffnen. Und glauben Sie, ich habe nicht den geringsten Wunsch, Sie zu täuschen, während die üblichen Gespräche und Handlungen es in erster Linie auf diese Täuschung anlegen. Ich bin davon überzeugt, daß ich üblicherweise mehr Anstrengungen unternehme, mein wahres Gesicht zu verschleiern, als es zu enthüllen (aus Angst vor den geschriebenen und ungeschriebenen Gesetzen, aus Angst vor Verlust, übler Nachrede, mit einem Wort vor der Unerbittlichkeit der übrigen Täuscher). Und ausgerechnet Sie und ausgerechnet meine Träume sollen eine Tür öffnen? Wohin wollen Sie eintreten? Gewiß, Sie halten sich für einen guten Traumschnüffler, aber, glauben Sie mir: Vom Traum wissen Sie soviel, wie der Traum Sie von sich wissen läßt, den Rest reimen Sie sich mit untauglichen Mitteln zusammen und geben diese Märchen als Entblößungen aus. Entblößungen sind es natürlich – nur auf eine andere Weise, als Sie meinen! Vor dem Traum sind Sie nur ein möglicherweise geschickter Jagdhund, der gewisse Winke und Kommandos seines Herrn versteht – was weiß so ein Tier aber schon von der Geläufigkeit, mit der sein Herr zu parlieren versteht? Bleiben wir also in den kühlen, weihrauchduftenden Schiffen unserer Barockkirchen stehen, heften wir unseren Blick an die Decke und lassen wir uns vom süßen Gift dieser farbigen Phantasien, die aber alle nur die Papageiensprache sprechen (wenn Sie wissen, was ich meine), betören, ohne uns vor einem Globus zu wähnen, einem Fernrohr oder Mikroskop oder ohne zu glauben, daß wir mehr sehen als das Blumenmuster auf einer Ziehharmonika. Und wenn ich Ihnen mit diesen Zeilen auch meine Überzeugungen kundgetan habe, sehr verehrter Herr Doktor, so ersuche ich Sie doch, nichts davon abzuleiten, denn wie jeder Mensch bin ich von einem Augenblick auf den anderen bereit zum Verrat.

## Der süße Honig

»Man muß, glaube ich, niemandem sagen, daß die Biene: ›apis mellifica‹ (= was soviel heißt wie: Die Honigmacherin) vom Grunde der Blüten den zuckerwäßrigen Nektar und von den Enden der Blütenfäden den pudrigen eiweißhaltigen Pollen holt. ... Nektar ist aber nicht gleich Honig. Die Bienen saugen ihn aus der Blüte (mit dem Rüssel) in den Magen, tragen ihn in den Stock und geben ihn an eine Heimwerkerin weiter, die ihn in einer Honigzelle deponiert. In diesem letzten Satz verbirgt sich der Stoff für zwei Bücher«, schreibt ein Stern unter den Bienenforschern. Er bedenkt nicht (typisch für den Naturforscher im Gegensatz zum Zauberer, der seine Tricks verrät, indem er die Zuseher in neue verwickelt, typisch also für den Naturforscher, der meint, mit dem Verstehen sei schon alles gewonnen. Im Freudegefühl des Pudels, der zum ersten Mal auf den Hinterbeinen zu stehen vermag ((aufgeregt seine Neuigkeit herausbellend)), übersieht er, daß er sich nur neue Probleme eingehandelt hat), er bedenkt also nicht, daß das Nichtverstehen seine Vorzüge hat. Fest steht, daß es der Biene von der Natur vorgezeichnet ist, auf welche Weise sie sich ernährt. Mit ihrem beweglichen, sinnreich gestalteten Saugrüssel schlürft sie jenes klare, kleine Tröpfchen aus tiefen Blumenröhren, das Nektar heißt (und nicht viel anderes ist als Zuckerwasser), um ihn in ihrem Magen zu sammeln und vorzuverdauen. Auf Kleeblüten sind ungefähr 1500 Besuche nötig, um einen Bienenmagen zu füllen, wovon der Großteil nach der Rückkehr in das Magazin erbrochen und dem Bedarf der Gemeinschaft zur Verfügung gestellt wird. Der Rest beträgt etwa 50 $mm^3$. Um die Geringfügigkeit dieser Menge begreiflich zu machen, sei ein kurzer Ausflug in die Mathematik gestattet: Man nimmt an, daß 20 000 Bienenflüge notwendig sind, um einen Liter Nektar einzubringen. Aus einem Liter Nektar aber werden nur 150 Gramm Honig gewonnen. Woher der Gewichtsverlust? – Frisch eingetragener Nektar, weiß der Bienenvater zu berichten, wird an zahlreiche Stockbienen verteilt und von diesen durch wiederholtes Auswürgen immer wieder in kleinen Tropfen vor dem Munde der warmen Stockluft ausgesetzt, wobei das Wasser verdunstet. Es dauert Tage, bis aus dünnflüssigem Nektar haltbarer Honig entsteht. Durch weitere Enzyme* aus dem Bienenspeichel gewinnt der Honig eine leicht saure Reaktion. (Auf diese Weise wird die Entwicklung von Bakterien verhindert.) Karl von Frisch überliefert, daß sich im Honig spurenweise Mineralstoffe wie Eisen, Kupfer, Mangan, oft auch Kobalt fänden, die vom menschlichen Körper zwar nur in kleinsten, aber lebenswichtigen Mengen benötigt werden. Nochmals sei das Augenmerk auf die Winzigkeit dieses Prozesses gerichtet: Der Honigmagen einer Biene ist nicht größer als ein Stecknadelkopf. Um nur einen Fingerhut mit Nektar zu füllen, müßte eine Biene demnach 60mal ihren Magen entleeren. Doch nicht nur aus Blüten gewinnt die Biene den Honig. Wald-

* Verdauungsstoffe.

honig zum Beispiel ist nichts anderes als von Bienen mittels Verdauung verwandeltes Exkrement der Baumläuse. Diese Baumläuse, die unter dem Schutz der Ameisen stehen (ähnlich dem Nutzvieh im Stall des Menschen), scheiden beachtliche Mengen an Honigtau ab. Wenn man der Literatur Glauben schenken darf, findet man auf einer Linde mit geschätzten 24 000 Blättern (rechnerisch) bis zu sieben Kilogramm Honigtau pro Tag. Naturgemäß werden die Bienen von den Ameisen nach besten Kräften vertrieben. Viel Federlesens macht auch nicht der Imker, der den Honig aus den Magazinen nimmt, indem er die mit Wachs abgedeckten Waben mit dem Rähmchen entfernt. Früher aber war die Honiggewinnung unweigerlich mit einer Zerstörung des Baus und oft der Vernichtung des ganzen Volkes verbunden. Korbimker konnten bis zur Mitte des 19. Jahrhunderts beispielsweise ihren Honig nur dann ernten, wenn sie die Völker durch Abschwefeln, Abtrommeln oder Abstoßen aus dem Korb entfernt und den festen Wabenbau herausgebrochen hatten. Die Wildbienen in den Wäldern aber wurden stets ausgeräuchert, verbrannt, vertrieben, ihr Bau mit Eisenwerkzeugen vernichtet, und immer kam der Mensch mit Feuer und Schwert und der Gesichtsmaske des Mörders.

## Ein ornithologischer Vortrag

»Die Menschen haben kein Mitleid. In Wirklichkeit gibt es nur eine schlaue Unbarmherzigkeit und eine weniger schlaue Unbarmherzigkeit. Täuschen die einen aus Angst, womöglich selbst Opfer unglücklicher Umstände zu werden, Anteilnahme vor, versuchen die anderen kommendes Unheil durch das Verspotten der vom Schicksal Verfolgten abzuwenden«, flüsterte der Fremde, dessen Körper derart mit Federn bedeckt war, daß man ihn auf den ersten Blick leicht für einen Vogel hätte halten können, »während die Mehrheit überhaupt nichts empfindet als die Gleichgültigkeit der dahinziehenden Wolken«, schloß er. Er lag, erinnerte sich der Kirchenwirt, im Kuhstall, wohin es ihn nach seinem Vortrag auf der Flucht vor den Zusehern verschlagen hatte und wo der Kirchenwirt ihn am nächsten Morgen (geteert und gefedert) beim Versorgen des Viehs gefunden hatte. In der Nacht mußte er so tief in das Heu versunken sein, daß der Kirchenwirt nur durch das Geräusch der klappernden Zähne und sein tiefes Seufzen auf ihn aufmerksam geworden war. Erst als der Wirt sich bückte und Federn vom Gesicht des Mannes löste, erkannte er in ihm jenen Heinrich Graf, der den Dorfbewohnern infolge seiner Geistesschwäche, Trunksucht und seines alles in allem erbärmlichen Zustandes als Graf Heinrich geläufig ist. Der Graf ist klein, hat schwarzes Haar, dichte Augenbrauen und dunkle Augen. Wer an den Graf denkt, verbindet mit ihm automatisch seine Redewendungen, von denen die eine »In der Sache der Sache«, die andere »So gedacht, dann hat's geklappt« lautet. Diese Redewendungen streut er willkürlich unter seine Aussagen, Feststellungen und Erklärungen, so daß man sie ihm im Gasthaus oder auf der Straße nachruft. Am Vorabend, fuhr der Kirchenwirt fort, habe der Graf einen Vortrag im Zirkuszelt gehalten (das er zu diesem Zweck für eine Vorstellung gemietet habe). Selbstverständlich habe er bei freiem Eintritt gesprochen, um eine größere Menge Zuhörer anzuziehen. Es seien auch von weit und breit Menschen gekommen, da sie sich – der Vorfall ereignete sich in den Nachkriegsjahren – vom Vortragenden eine unfreiwillige Unterhaltung versprochen hätten. (Sie seien in ihren Erwartungen auch nicht enttäuscht worden.) Zusammengenähte Leintücher hätten eine Projektionswand gebildet, davor sei der Graf im Hochzeitsanzug mit einer lebenden Wildente gestanden und habe auf die Zurufe des Publikums geschwiegen. Der Titel des Vortrages habe »Fliegende Lebewesen und die Folgen« gelautet, was auf zahlreichen Flugzetteln den Dorfbewohnern bekanntgegeben worden war. »Als erstes«, erläuterte meine Tante, die dem Vortrag beigewohnt hat, »hat der Graf das Tier unter einen Projektor gehalten, worauf es groß wie eine Kuh auf der Leinwand erschien. Unter den allgemeinen Verwunderungsrufen hat er hierauf die Wildente mit einem Wattebausch, der mit Chloroform getränkt war, narkotisiert. Es soll nicht verschwiegen werden, daß der Graf infolge seiner großen Aufregung vergaß, die Glasflasche mit Chloroform zu schließen, weshalb sich rasch ein als unangenehm empfundener Krankenhausgeruch im Zirkuszelt verbreitete. Mit geschickten Fingern öffnete er – ein Küchenmesser in der Rechten – die Brust des Vogels und zeigte uns das klopfende Herz. Wir schwankten zwischen Empörung und Erstaunen. Noch nie hatten wir das klopfende Herz einer Wildente gesehen, noch dazu war es so groß, daß wir es mit der Angst zu tun bekamen, es könne zu schlagen aufhören. Der Graf aber rief befriedigt aus, als er sich überzeugt hatte, daß das Experiment gelungen war: ›So gedacht, dann hat's geklappt!‹ Und während er nun das Herz des Vogels vor unseren Augen schlagen ließ, begann er ›In der Sache der Sache‹ allgemein über das Fliegen zu sprechen. In die wachsende Unruhe des Publikums, das sich keine Erklärung dafür geben konnte, weshalb der Graf den Brustkorb der Wildente geöffnet hatte, um seine Ansichten über das Fliegen zum besten zu geben, erläuterte er die Windbestäubung der Pflanzen, wobei er auf einer schwarzen Tafel mit Kreide Zeichnungen verfertigte und lateinische Namen schrieb, die wir nicht verstanden. Gleichzeitig mit unserem Unbehagen hatten wir das brennende Gefühl, vom Graf verhöhnt zu werden. Er sprach von ›Sinkgeschwindigkeit‹, ›Ballonpollen‹ und ›Windblütlern‹ – die lateinischen Bezeichnungen habe ich nicht behalten, außerdem zeichnete er die pinselförmigen Flugsamen der Purpurweide, von Bergaster und der Waldrebe, welche wiederum eher dem Skelett einer Schlange ähnelte, auf die Tafel. Selbstverständlich vergaß er nicht, auf den Löwenzahn hinzuweisen, dessen Beispiel uns am geläufigsten ist. Sodann wandte er sich Flügeln, flügelförmigen Früchten und Samen zu, indem er Ahorn, Birke und Ulme – wie ich mich erinnere – erwähnte, wobei die Unruhe wuchs, da nun überhaupt niemand mehr wußte, worauf er hinauswollte. Im Zelt war es halb dunkel, das Gesicht des Grafen aber war von der Lampe des Projektors beleuchtet, und als er nun über den spiraligen Flug der Makrozanonia macrocarpa (ich habe mir die Bezeichnung als einzige aufgeschrieben, um später über den Pfarrer zu erfahren, ob der Graf diese Wörter nur erfunden hatte oder ob es sie wirklich gab) sprach, fing er an, Berechnungen über Anstellwinkel und Luftströmungen anzustellen, worauf faule Eier – die man vorsorglich mitgebracht hatte – auf seinem Kopf und auf der Tafel landeten. (Zu meiner Überraschung bestätigte mir der Pfarrer, daß die lateinische Bezeichnung der Name für einen hoch in die Kronen anderer Bäume kletternden Strauch von den Sundainseln ist.) Da ich nicht mitansehen kann, wenn ein Mensch eine vollständige und unwiderrufliche Niederlage erleidet, verließ ich zu diesem Zeitpunkt das Zelt, weshalb ich über das weitere keine Auskunft geben kann«, schloß meine Tante. »Ich habe gesehen, wie er die Knochen von einem Vogel aufzeichnete, als ich auf meiner Fahrt nach Hause am Zelt vorbeikam, darum bin ich geblieben und habe mir den Vortrag angehört«, fing der Fleischhauer an, wenn man ihn nach dem inzwischen zur Berühmtheit gelangten Vortrag fragte. Vom Standpunkt eines Fleischhauers aus sei gegen den Vortrag nichts einzuwenden gewesen. Der Graf habe den Vogel »vorschriftsmäßig« abgestochen und den Aufbau der Augen, sodann der Flügel erklärt, da er, wie er betont habe, das Fluggerüst, den Flugmotor und die navigatorische Ausrüstung eines fliegenden Lebewesens habe zeigen wollen. Dabei habe er sich überflüssigerweise lateinischer Wörter bedient und das Skelett auf die mittlerweile über und über beschmierte Tafel gezeichnet. »Woher der Graf Heinrich sein Wissen hatte, wissen wir nicht«, führte der Fleischhauer aus, »wir wissen nicht, ob er sich das Ganze nur einbildete oder ob es auf Tatsachen beruhte. Das Abstechen der Wildente hatte allerdings bereits größte Empörung hervorgerufen, und als er aus einer Zündholzschachtel mit Hilfe einer Pinzette eine lebende Hornisse holte, in der Absicht, anhand dieser den Flug von Insekten zu erklären, liefen die ersten Dorfbewohner auf das Podium und verwickelten ihn in Streitgespräche, die der Graf allerdings sämtlich für sich entschied, wobei er nicht auf seine Redewendungen vergaß. Schließlich hielt er ›in der Sache der Sache‹ die Hornisse unter den Projektor und tötete sie, indem er sie mit einem Finger zerquetschte (›So gedacht, dann hat's geklappt‹). Da wir das Insekt groß wie einen Hund sahen und den Anwesenden der Anblick des zerplatzenden Chitinpanzers und der herausgepreßten Gedärme (auf der Leinwand) den Atem nahm, wurden die ersten Rufe nach der Gendarmerie laut. Der Graf aber ließ sich nicht davon abhalten, in seinem Votrag weiterzufahren. ›Am langsamsten‹, schrie er in den anschwellenden Lärm, ›ist der Flügelschlag der Tagfalter mit breitflächigen Flügeln, der etwa zehn Schläge pro Sekunde beträgt, der Hirschkäfer macht schon über dreißig, die Biene etwa zweihundert, die Stechmücke sogar an die dreihundert Schläge!‹ ›Schläge! Schläge!‹ riefen da vereinzelte Zuhörer, und im nächsten Augenblick wurde die Tafel umgeworfen, die Projektionswand heruntergerissen und der Graf mit Leim und Hühnerfedern überschüttet«, schloß der Fleischhauer mit gutmütigem Lachen.

## Verwischte Spuren

Niemand hat die Geräusche eines Kampfes gehört, niemand einen Hilfeschrei oder ein Röcheln vernommen. Niemandem ist etwas aufgefallen. Heute morgen hat ein Entmündigter am Wehr hinter dem Sägewerk eine Tote gefunden. Als erstes verständigte man den neuen Landarzt, dem (angeblich) die Menschen hier zuwider sind. (Nur die eigentümlichsten Krankheiten in unserem Gebiet sollen ihn interessieren. Außerdem beschäftigt er sich mit Albinos, wie weißen Spatzen und Maulwürfen, die selten genug zu finden sind.) Dieser Arzt, ein großgewachsener, schlanker Mann in den besten Jahren, den man kaum anders als in einem spaßhaften Tonfall sprechen hört, stellte fest, daß die Frau durch Anwendung von Gewalt ums Leben gekommen war. Als mich die Nachricht erreichte, stockte mir der Atem, denn das Opfer war mir bekannt. Ich kann es allerdings jetzt noch nicht glauben, daß meine Freundin aus der Hühnerschlachterei einem Mörder in die Hände gefallen sein soll. Rasch fuhren wir hinunter zum Fluß. Die Maschinen im Sägewerk waren noch immer abgestellt, denn mein Freund hatte nach dem Begräbnis seines Vaters den Entschluß gefaßt, den Besitz zu verkaufen und in die Stadt zu ziehen. Man hörte nur von einem nahe gelegenen Hof jemanden ungerührt Holz hacken. Um den Leichnam stand ein Dutzend Personen, die sich unterhielten wie beim Teichausfischen. Die meisten trugen Gummistiefel, denn es war noch früh am Morgen, und das Gras war naß. Das Opfer lag unter einem Kunststoffsack mit der Aufschrift DÜNGER. Nur seine Beine ragten hervor. Es trug keine Schuhe. Ich beugte mich zu ihm, hob den Sack auf und warf einen Blick auf sein Gesicht. Es war friedlich, das beruhigte mich. Sein Haar war trocken, überhaupt hatte ich erwartet, es naß und aufgeschwemmt zu sehen, es machte jedoch den Eindruck, als

habe es sich am Flußufer für eine kurze Rast niedergelassen. Das Wasser war aufgewühlt von den Sucharbeiten der Gendarmen. Als ich mich aufrichtete, fuhr mich einer der Gendarmen an, was ich unter dem Kunststoffsack zu suchen hätte. Ich schrieb auf ein Stück Papier, ich hätte aus Neugierde einen Blick auf die Tote geworfen. »Aus Neugierde?« wiederholte der Gendarm, »hast Du sie gekannt?«
Ich nickte. Alle hatten sich jetzt zu uns hingedreht und folgten dem Gespräch. Ich hörte jedoch nicht genau hin, denn ich konnte es nicht fassen, daß meine Freundin nicht mehr lebte. (Vielleicht war ich gestorben, und was ich im Augenblick durchmachte, war die Fortsetzung des irdischen Daseins, dachte ich.)
»Warst Du näher mit ihr bekannt?« fuhr der Gendarm fort, mir Fragen zu stellen. Auf mein Nicken nahm er mich am Arm und führte mich zum Kommandanten, wobei er ausrief: »Da hat uns jemand etwas zu sagen!« Ich hatte jedoch nichts zu sagen. Bevor man mich verhören konnte, war mein Vater hinzugetreten und hatte erklärt, daß wir die ganze Nacht mit dem Auto unterwegs gewesen seien, um Bienenmagazine aufzustellen, was insofern meine Lage erleichterte, als meine Freundin bis Mitternacht bei einer Hochzeit getanzt hatte und dann plötzlich verschwunden war.
»Und sind Sie dabei gesehen worden?« fragte der Kommandant meinen Vater.
»Wir sind in der Nacht mehrfach Menschen begegnet«, antwortete dieser zornig darüber, daß man mich verdächtigte.
»Wir werden Ihre Angaben überprüfen«, entgegnete der Kommandant ungerührt. Dann winkte er einen seiner Mitarbeiter heran und befahl ihm, die Aussagen zu Protokoll zu nehmen. Weiters wurde ich nicht mehr belästigt. Die ganze Zeit über konnte ich den Blick nicht von dem Körper unter dem Sack lassen. Nachdem die Ver-

nehmung beendet war, trat mein Freund (der mir bis dahin nicht aufgefallen war) an mich heran.
»Du hast sie tatsächlich näher gekannt?« fragte er ungläubig. Wir standen ein wenig abseits, und der Fluß rauschte und man hörte, wie das Holz gehackt wurde. Mein Freund war blaß, und seine Haare waren von der Nacht zerwühlt. Er trug seinen schwarzen Anzug und schwarze Schuhe. (Als einziger war er dem Anlaß entsprechend gekleidet.) Mir fiel ein, daß er noch immer so aussah wie beim Begräbnis seines Vaters am Tag zuvor. Eine Hand hatte er in die Jackentasche gesteckt, die andere hielt eine Zigarette. Er machte den Eindruck, als fröre er.
Mein Freund warf einen flüchtigen Blick auf den Sack und sagte: »Alles ist so, wie es ist. Mach Dir keine Gedanken... Ein Frosch ist ein Frosch und ein Toter ein Toter... Wiedergeboren werden nur die Gedanken, und zwar immer die alten mit neuen Gesichtern.« Er starrte auf die Schuhspitzen. »Quäl Dich nicht... tut mir leid, ich wußte nicht...«
Ich schrieb, daß es ohnedies aus zwischen uns gewesen sei, trotzdem – »Ich verstehe«, unterbrach mich mein Freund, der mitgelesen hatte, während ich meine Antwort aufzeichnete, und ging langsam davon. Ich sah ihm nach, wie er den Fluß entlangging zum Sägewerk. Er drehte sich kein einziges Mal um, versunken in seine Gedanken. Ich dachte, daß ihn nichts in seinem augenblicklichen Schmerz berührte. Was er über das Weiterleben gesagt hatte, stand wohl im Zusammenhang mit dem Tod seines Vaters.
Andertags wurden die Angaben meines Vaters überprüft, und da ich für die Tatzeit nicht in Frage kam, belästigte man mich nicht weiter. Es herrschte eine allgemeine Aufregung im Dorf über das Verbrechen. Die einen wähnten den Mörder unter uns, die anderen verdächtigten Fremde. Verschiedene Anspielungen wurden ge-

macht, doch wagte keiner, einen anderen offen zu beschuldigen. Die Gendarmen fuhren auf Mopeds durch die Umgebung und fragten sich von Haus zu Haus durch, aber niemand wußte etwas mitzuteilen. In der ersten und den folgenden Nächten herrschte Angst. In jedem Haus brannte Licht, beim Gekläff eines Hundes tauchten Gesichter in den Fenstern auf. Die Kinder wagten nicht zu Bett zu gehen, wenn sich nicht jemand zu ihnen setzte und versprach, die Nacht über zu wachen. (Das Versprechen wurde um so leichter gegeben, als die Erwachsenen nur vorgaben, sich nicht zu ängstigen.)
Die Obduktion meiner Freundin fand am Friedhof neben dem Eingang zur Kirche statt. Als der fremde Pathologe eintraf, ein kleiner, gelangweilter Mann, der gleichzeitig einen übellaunigen wie gleichgültigen Eindruck machte, indem er sich zwar langsam bewegte und gähnte, aber heftig auffuhr, wenn nicht alles nach seinen Vorstellungen lief, versammelte sich ein Großteil der Dorfbewohner in einem Halbkreis um den Tisch. Keiner sprach ein Wort, als der Pathologe, der zuvor beim Hinweis, er müsse die Tote im Freien sezieren, aufgebraust war, die Gummihandschuhe überstreifte und in einer Holzkassette nach einem Messer griff. Er trug eine Schürze, die zu lang war und einen befürchten ließ, er würde über sie stolpern. Bevor er mit seiner Arbeit anfing, trat der Feuerwehrhauptmann mit einer Flasche Schnaps vor und bot sie dem Pathologen an. Dieser ließ sich ein Glas einschenken und nahm die Flasche in Besitz. Zum erstenmal ging das ganze Dorf hinter dem Sarg her, teilweise von der Furcht geleitet, sich womöglich verdächtig zu machen, wenn man an den Trauerfeierlichkeiten nicht teilnahm. Nur mein Freund saß im leeren Gasthaus seiner Tante und brütete vor sich hin. Ich traf ihn dort, weil ich mir Sorgen um ihn machte. Er drückte mir stumm die Hand. Die Gendarmen kamen in ihren Ermittlungen keinen Schritt weiter, so daß sie sich zuerst Spott, dann offene Empö-

rung gefallen lassen mußten. Das einzige, was sie herausgebracht hatten, war, daß meine ehemalige Freundin erwürgt und der Leichnam in den Fluß geworfen worden war. Allerdings war sie nicht mißbraucht worden. Diese Tatsache gab den Nachforschenden das größte Rätsel auf.

## Geschichte für einen dreibeinigen Hund

»Mein tatsächlicher Name ist Konrad Wamprechtshammer, ich habe allerdings nach dem Krieg einen anderen Namen angenommen, da ich ein neues Leben beginnen wollte. Alle meine Vorfahren waren mit dem Zirkus verbunden, einer von ihnen stürzte auf dem Marktplatz von Sch. vom Hochseil und zertrümmerte sich den Schädel. Mein Urgroßvater väterlicherseits, Johann Peinschneider, verunglückte in R., wo er von einem Bären zerrissen wurde, und eine meiner Großtanten wurde von ihrem Mann, einem Messerwerfer, während der Vorstellung so schwer verletzt, daß sie ums Leben kam. Der Clown Rinelli, mein Vater, trat im Circus Apollo und später in den dreißiger Jahren im Circus Sarrasani auf. Was mich betrifft, so reise ich mit meinem Zirkus mehr schlecht als recht durch die Dörfer und überlebe oft nur im Vertrauen auf meine Geschicklichkeit und günstige Umstände. In Pölfing-Brunn, wo ich gerade gastiere, legte ich im Sommer 1945 den Grundstein für mein Unternehmen, als ich mich von der Hauptstadt in das Grenzland durchschlug, auf der Suche nach Nahrung«, hörte ich einmal den Zirkusdirektor sein Leben erzählen. »Ich habe nie darüber gesprochen, mehr als dreißig Jahre lang habe ich geschwiegen«, fuhr er nach einer Pause fort. »Das Kriegsende hatte mich im Nordwesten des Reiches erreicht, wo die Städte zu Trümmerhaufen und Wüsten geworden waren. Die Brücken lagen wie erschlagene Lindwürmer in den Flüssen, und die meisten Häuser – wenn sie nicht dem Erdboden gleichgemacht waren oder nur noch aus ausgebrannten Gemäuern bestanden – waren so schwer beschädigt, daß zumindest eine Wand fehlte, wodurch man die zurückgebliebenen Bewohner in ihren Stuben, Schlafzimmern und zerstörten Küchen (zu denen sie mit Leitern emporstiegen) stumpf hockend das Kommende abwarten sah. Zwar konnte der Herumstreifende Badezimmereinrichtungen, Möbelstücke, Bibliotheken und Spiegel erkennen (allein in den stehengebliebenen Wänden fielen ihm Sprünge von den Dachböden bis zu den Kellern auf, wie Blitze) und ferner, daß die Fußböden zum Großteil so schief waren, als befänden sich die Gebäude auf hoher See (von einem höher gelegenen Ort aus gewann er sogar den Eindruck, unter seinen Füßen erstrecke sich die Kraterlandschaft eines unbelebten Planeten). Ich stieg über Schutthalden, half Trümmer beseitigen und schlief in Ruinen auf Bergen von Ziegeln, Holzbalken und verstreutem Hausrat, die oft selbst die Höhe von Gebäuden erreichten und von Ratten umhuscht waren ... Es geht zu weit, alle Stahlgerippe und verbogenen Gerüste zu beschreiben, die von Bahnhöfen und Fabriken übriggeblieben waren, die Massengräber und Leichenkarren, mit denen die Toten eingesammelt wurden, diesen Zustand völliger Gesetzlosigkeit, in dem sich jeder nehmen konnte, was ihm in die Finger kam, und wo das gesamte Denken nur auf den jeweils nächsten Augenblick gerichtet war. Ich erreichte mit einem der seltenen Züge, die noch verkehrten (ohne in Gefangenschaft zu geraten), die Hauptstadt. Das Fortkommen mit diesen Zügen war unbeschreiblich: Auf den Dächern der vollständig überfüllten Waggons hockten die Reisenden wie Ameisen, drängten sich aneinander, daß sie kaum atmen konnten, und umklammerten dabei Fahrräder, Koffer, Körbe, Leiterwagen und Rucksäcke als das Letzte, was sie besaßen.

Nicht selten stürzte einer auf der Fahrt vom Lokomotivkessel, einem Puffer oder dem Trittbrett und geriet unter die Räder des Eisenbahnzuges, jedoch habe ich nie den Entsetzenslaut eines Verunglückten gehört (obschon sie gräßlich verstümmelt neben den Bahnkörpern und zwischen den Gleisen liegen blieben). An den Bahnhöfen, die Abfallhalden glichen, hielten die besagten Züge nach Gutdünken an, worauf ein Sturm auf sie einsetzte, dessen sich die Mitfahrenden nur durch Schläge und Grobheiten erwehren konnten, wollten sie nicht selbst ihren schwer erkämpften Platz verlieren. In den Tunnels allerdings waren immer wieder Schreckensrufe zu hören, wenn jemand in der Dunkelheit befürchtete, den Halt oder das Gleichgewicht zu verlieren, worauf sich die übrigen Mitreisenden nur um so fester an ihre Haltegriffe klammerten. Auch geschah es, daß in besonders niederen Tunnels Menschen zerquetscht oder an der Einfahrt wie von einem großen Besen vom Dach gefegt wurden. Die Opfer konnten die Reisenden des folgenden Eisenbahnzuges schon von weitem sehen (ohne daß jemand vom Dach gesprungen wäre, denn es konnte sich niemand leisten, seinen Platz zu verlieren). Die Hauptstadt selbst war weniger zugrunde gerichtet als die Städte im nördlichen Teil des Reiches. Zwar waren überall Spuren von Zerstörung festzustellen, aber um die Zeit, als in den Grenzdörfern noch gekämpft wurde, veranstaltete man hier schon die ersten philharmonischen Konzerte und Universitätsvorlesungen (nicht ahnend, daß im kommenden Winter viele der Einwohner dem Hunger- und Erfriertod zum Opfer fallen würden. Denn zu essen gab es schon im Sommer nichts, höchstens die fremden Soldaten zeigten Mitleid oder es gelang, durch Fahrten auf das Land Nahrung einzutauschen. Für Brennholz wurden bei Einbruch der Kälte ganze Alleen geopfert, ganze Parks niedergeschlägert, und nach der Kartoffelernte zogen Kolonien von Städtern auf das Land, um mit bloßen Händen nach übriggebliebenen Erdäpfeln zu graben, während andere zwischen den Eisenbahngleisen nach verwertbaren Kohlestücken suchten). Als ich vom Bahnhof durch die Stadt ging, wurde ich von einem fremden Soldaten aufgefordert, Verstorbene in Särge zu legen und zum Anatomischen Institut, das seinen Betrieb wiederaufgenommen hatte, zu bringen (es handelte sich um Namenlose, deren Herkunft unter den herrschenden Umständen nicht festzustellen war). Die Bewohner der Stadt verscharrten ihre Toten vor der Haustür, nur die fremden Soldaten gaben sich bei ihren Angehörigen in den Parks die Mühe mit Begräbnissen, wobei Musikkapellen (und waren sie noch so klein) nicht fehlen durften. In der Anfangszeit meines Aufenthaltes wurden die neugeschaffenen Polizeiorgane der Morde und Vergewaltigungen nicht Herr, oft genug versteckte ich mich in Hauseingängen, hinter Trümmern, um nicht Zeuge eines Verbrechens zu werden, während die Stadt ein einziger Friedhof war, in dem fortlaufend Tote bestattet wurden. Die wenigen Opernaufführungen fanden nur für die fremden Offiziere statt und mußten jedesmal unterbrochen – und neu begonnen – werden, wenn sich einer der hohen Herren verspätet hatte, so daß manche Vorstellungen trotz stundenlangen Spielens nicht über den ersten Akt hinauskamen. Unterdessen wurde an den Grenzen des Reiches unverändert erhängt, gekämpft und erschossen, während in der Stadt nur noch die Nachwirkungen des Krieges zu spüren waren, da der Friede längst ausgerufen war. Es war ein Rundfunksender errichtet worden, über den die Nachricht im Land bekannt wurde, daß ein neuer Staatskanzler bestimmt worden sei, worauf die Verzweifeltsten Hoffnung schöpften, denn die Zeiten, so meinten sie, konnten nur besser werden. Die wenigen Frauen, die sich zeigten, kümmerten sich um die fremden Soldaten, waren ihnen (gegen Zigaretten und Nahrungsmittel) zu Willen und beschimpften die eigenen als ›Kriegsverlängerer‹. Ich

hielt mich bis zur Mitte des Sommers in der Hauptstadt auf, suchte in botanischen Gärten und im Zoo nach Eßbarem und kletterte schließlich auf einen Zug, der mich in das Grenzland brachte. Dieser Zug war ebenso überfüllt wie jener, der mich aus dem Norden des zerstörten Reiches in die Hauptstadt geführt hatte, nur beförderte er ausschließlich ehemalige politische Häftlinge und Invalide, weshalb ich mir einen Fuß an den Oberschenkel schnallen mußte, um mitgenommen zu werden. Die Waggons und die Lokomotive, die Zugdächer und Trittbretter waren voll von Menschen mit zerstörten Gesichtern (Blinden, Tauben, Einbeinigen, Einarmigen, Halbverhungerten und Todkranken), die an den Bahnhöfen von ihren Angehörigen erwartet wurden, weshalb ein ständiges Weinen die Fahrt begleitete (denn zum einen Teil freute man sich, die Totgeglaubten wiederzusehen, zum anderen brach man über ihren Anblick in Tränen aus, und zum letzten weinten jene Angehörige, die vergeblich gewartet hatten, am meisten). Auf der Reise kam mir meine Artistenherkunft zustatten (und daß ich schon als Kind die verschiedensten Kunststücke beherrscht hatte). So fiel es mir leichter, den Tag und die Nacht über nur auf einem Bein (Stock hatte ich keinen) zu stehen. Anstelle der Invaliden und Sträflinge aber, die unterwegs ausstiegen, kletterten immer mehr sogenannte ›Hamsterer‹ auf den Zug, deren einziges Ziel es war, auf dem Land zu Nahrungsmitteln zu kommen. Die Invaliden waren zwar noch immer in der Mehrheit, aber die Gesunden hatten sich bereits in so starkem Ausmaß unter sie gemischt, daß der eigentliche Zweck eines Invalidentransportes nicht mehr erfüllt war.
Als wir Pölfing-Brunn erreichten, überschwemmte ich mit einer größeren Gruppe Versehrter und ›Hamsterer‹ den Bahnsteig und hüpfte unbeachtet hinter einen Kastanienbaum, wo ich mich der (langsam) qualvollen Fußfessel entledigte, um wieder unbehindert gehen zu können.

Ich hielt mich einige Tage im Dorf und in der Umgebung auf, die von Nahrungssuchenden überflutet waren wie von einem Heuschreckenschwarm. Es gab nichts, was den Bauern nicht angeboten wurde: goldene Taschenuhren, silberne Zigarettendosen, Tafelgeschirr, goldgerahmte Miniaturen, Meißner Porzellan, Maria-Theresien-Taler, Skier, Anoraks, Fracks und Frackhemden, Lackschuhe, Pelze, Spielzeug (kleine Dampfmaschinen, brummende Teddybären, sprechende Puppen), aber auch Grammophone, Radios, Lampenschirme, Samtvorhänge, chinesische Vasen, Kristallgläser, Hüte, Lederriemen, Wildlederhandschuhe und handgemachtes Schuhwerk. Dafür wollte man Schweinefett, Eier, Kernöl, Brot und Fleisch, und wenn die Tauschgeschäfte nicht zustande kamen, bot man Schlafzimmereinrichtungen aus Messing, Pianos, Kochtöpfe, Wintermäntel oder Motorräder, die auf den merkwürdigsten Wegen von der Stadt auf das Land gelangten. (Die nichts zu tauschen hatten, kamen, um zu stehlen, brachen in Hühner- und Schweineställe ein und konnten von den Bewohnern oft nur mit dem Flobertgewehr daran gehindert werden, alles wegzutragen.) Ich schlug mich durch, indem ich mich für einen Regierungsbeamten ausgab, dessen Aufgabe es sei, dafür zu sorgen, daß die Ernährungslage der Bevölkerung sich nicht weiter verschlimmerte. Zu diesem Zweck hatte ich mit einem Stempel (den ich aus einer Kartoffel fertigte) und einer alten, unbenützten Fotografie einen Ausweis gefälscht, welcher mir überall Zutritt verschaffte und – da ich nichts beschlagnahmte, sondern gutgläubig die gelogenen Nahrungsbestände aufnahm – regelmäßige Mahlzeiten einbrachte. Durch die Unachtsamkeit eines Bauern aber fand ich heraus, daß von durchziehenden russischen Soldaten 11 Kamele in einem Stall zurückgelassen worden waren (die der Mann nach Bedarf schlachtete und als Schweinefleisch gegen Wertgegenstände der Städter eintauschte). Als ich der Sache auf den Grund gekommen war, hatte der Landbesitzer noch fünf Tiere in seinen Stall gesperrt. In seinen Wirtschaftsgebäuden, zu denen ich mir mit Hilfe eines Dietrichs Zutritt verschaffte (den Hund hatte ich mit einem Handgriff, bevor er noch bellen konnte, unschädlich gemacht), türmten sich Polstermöbel, Pendeluhren, Berge von Seidenkleidern, Nähmaschinen und Jagdwaffen. Es war ein warmer Spätsommertag Die Hamsterer schliefen in den Straßengräben, Heuschobern und Obstgärten, ihr Hab und Gut in den Armen wie Kinder. Der Gedanke, einen Zirkus auf die Beine zu stellen, ließ mir keine Ruhe. Aber wie sollte ich die Tiere ernähren? Woher sollte ich ein Zelt bekommen? Woher Artisten? Auf einem meiner Kontrollgänge betrat ich das Schloß und entdeckte hinter der Festungsmauer mehrere Käfige auf Rädern (Tierwagen gleich), jedoch, wie mir erklärt wurde, zum Transport Gefangener gedacht. In den Wagen fanden sich Reste menschlicher Exkremente im Heu, am stärksten aber war der Geruch des Todes wahrzunehmen, der mir vom Krieg her bekannt ist. Ich untersuchte die Tierwagen auffällig, in der Absicht, Unsicherheit zu erzeugen, und stellte dem General (der schließlich erschienen war, um nach dem Rechten zu sehen) Fragen, von denen ich annahm, sie würden ihn in Verlegenheit bringen. Zuletzt war er mir dankbar, daß ich mich bereit erklärte, die besagten Wagen im Tausch gegen Zeltplanen, die in einem Schloßtrakt lagerten, verschwinden zu lassen. Mit Hilfe des Gendarmeriekommandanten, dessen k.u.k.-Postmeisteruniform ich rasch durchschaute, gelang es mir, die Tierwagen in den leeren Hallen der Ziegelfabrik unterzustellen. Ich erklärte dem Kommandanten in scharfem Tonfall, daß er Parteimitglied gewesen sei, und ließ ihn stehen. Er kam mir über die gelbe Landstraße nachgelaufen in seiner lächerlichen k.u.k.-Postmeisteruniform (die ihm im übrigen um einiges zu groß war). Während ich Eile vorgab, lief er neben mir her, ohne ein Wort herauszubringen. Als wir das Dorf erreicht hatten, kehrte ich um und ging mit derselben Geschwindigkeit zum Schloß zurück. Den gesamten Weg über schenkte ich ihm keine Beachtung. Als wir dann wieder vor den Tierwagen angekommen waren, fing ich an, mir Aufzeichnungen zu machen, die scheinbar mit seiner Person zu tun hatten. Schweiß lief ihm über das Gesicht, er nahm die Kappe vom Kopf, fuhr sich durch das Haar und wischte sich die Tropfen mit dem Ärmel von der Stirn. Schließlich richtete ich an ihn die Frage, wo er die Tierwagen zu verstecken beabsichtige. Er dachte angestrengt nach, dann schlug er mir die Ziegelfabrik vor. Als nächstes ließ ich mich von ihm – noch immer, ohne ihn über meine Absichten aufzuklären – zu jenem Landbesitzer begleiten, in dessen Stall die Kamele untergebracht waren. Wieder lief er wortlos neben mir her, in der Hoffnung, mir einen Dienst erweisen zu können. Unterwegs hielt ich einmal an und legte mich in das Gras. Er wagte es nicht, sich ebenfalls auszustrecken, sondern ging unschlüssig immer dasselbe Stück auf und ab, so als bewachte er mich. Vor dem Stall des Landbesitzers dann wies ich ihn an, die Kamele zu beschlagnahmen, weiters erteilte ich ihm die Weisung, unterstandslose Soldaten und Invalide zusammen mit den Kamelen vor der Ziegelfabrik Aufstellung nehmen zu lassen und für ihre Verpflegung zu sorgen. Er starrte mich ungläubig an, ich kehrte ihm aber nur den Rücken zu. Als die Nacht hereingebrochen war, die Kamele waren gefüttert und die Soldaten satt, eröffnete ich den Anwesenden, daß ich die Order hätte, einen Zirkus zu gründen, bei dem einigen ausgewählten Soldaten die Aufgabe zukäme, zuerst in die Dörfer auszuschwärmen und sich nach den Vermißten des Krieges zu erkundigen, die übrigen hätten bei der folgenden Abendvorstellung dafür zu sorgen, daß auf die Fragen der Zuschauer nach dem Verbleib ihrer vermißten Angehörigen zufriedenstellende Antworten gegeben würden. Ich selbst kümmerte mich um die Abrichtung der

Tiere, die ich über den Gendarmeriekommandanten aus den umliegenden Dörfern bezog. (Es sei, erklärte ich mit Bestimmtheit, im Interesse der neuen Regierung, die Menschen mit Hoffnung zu erfüllen.) Ich ließ mich, sobald das Programm entworfen war und der Zirkus auf zwei beschlagnahmten Lastwagen mit seiner Reise beginnen konnte, längere Zeit nicht in der betreffenden Gegend blicken. Mehr als ein Jahr lebten wir, gemessen an den Umständen, ein sorgenfreies Leben, dann aber liefen mir die Soldaten davon, und es blieben mir nur noch ein Ringer, der der Trunksucht verfallen war (und den ich aus diesem Grund in einem Dorfgasthaus zurückließ), ein ungeschickter Jongleur, zwei ehemalige Schauspieler (die ihre Texte vergaßen), die Kamele und ein dreibeiniger Hund (der mir zugelaufen war und dem ich in mühevoller Arbeit das Seiltanzen beigebracht hatte), mit dem ich auch, neben den Nachrichten über die vermißten Soldaten, den größten Erfolg bei den Zuschauern erzielte.«

## Der Gesang des Brandvogels

Vom gelben Eis des Nachmittags klirrt das Geäder des Laubes
Aus dem Kopf der Ministranten verdunsten leuchtende Blumen
Die Spiralnebel in den Wiesen schicken die Frösche auf ihre ewige Sonnenbahn
Ich habe einen Schneekristall ausgebrütet!
Bäche aus Fliederblüten strömen goldgefaßt durch die Rahmen der Heiligenbilder
Die Bienen schmecken nach Schwefel
Ach, die Regenbögen, die tief unter der Erde fließen!
Die Herzen zerspringen zu Kaulquappen
Die Erde ist der stille Planet

In den Winden platzen die Samen von Schlangen
Tödliche Wetzsteine
Maria erscheint am Abendhimmel
Der Gesang der Gräser
Der Gesang der Kürbiskerne
Der Gesang des Farnkrautes
Duftende Eierschwämme schweben durch die Luft
Aus Vogelnestern dringt magnetische Kraft
Die Wespe erkennt man an ihrem wimmernden Gebet
Die Krähen sind gedungene Mörder
Der Selbstmord der Regenwolken
Die Schwingung der Hühnerfedern
Unter den Ameisenbergen liegen Meßbücher
Der Segen der Bestattungsfeier bildet einen Eiszapfen
Die Bildstöcke schwellen an und platzen
Brennende Vergißmeinnicht
Der Goldschnitt köpft den Mesner
In den Hackbrettern und Zithern schlafen die Hausmärchen
Bläst der Kirchenwirt die Klarinette, erscheint das Bild des Kaisers auf den Kaffeehäferln
Auf den Roten Blitz ist eine Äskulapnatter gemalt
Die Weinlauben sind aus Gold
Das Fleisch des Wünschelrutengängers hängt zum Auskühlen im Keller
Die Suppenteller werden zu Milch
Die Karpfen in den Teichen sind erblindet
Die Blutflecken auf den Hochzeitsnachtlaken
Alle Hüte duften nach Kernöl
Die traurigen Spiegelungen betrunkener Feuerwehrhelme
Von der Erde fallen die Blätter auf die Bäume
Die Siebe und Schöpflöffel setzen Rost an
Schmutzige Fingernägel
Das Fernrohr des Generals, in dem wir uns zu Monstren vergrößerten, ist vergessen
Die Gedanken der Tischtuchmuster

Die Anfangsbuchstaben der Kirschen
Aus den Plumpsklos ertönt Prozessionsmusik
Der Haß der angeketteten Hunde
Sind die Weingläser angelaufen, fliegen die Vögel in den Süden
Die heilige Kommunion des Zirkusartisten
Der Gastraum ist mit Efeu geschmückt
Nur wenn die Sonne am Himmel steht, wird das Kind getauft
Die Tanzenden pflücken die Tapetenrosen von den Wänden
Die Wunde der Gekreuzigtenfigur bringt ein Büschel Himmelsschlüssel hervor
Der Schielende fängt den Nachtfalter nicht
Die Beichtstühle haben Vogelfüße
In den Baumstümpfen morschen die Jahre
Die Eingeweide der überfahrenen Katzen sind Vogelfutter
Der Heiligenschein des Rittersporns
In den Kornfeldern wühlt der Wind Kinderchöre
Singt doch die sechs Strophen des geschlachteten Schweines!
Niemand lacht über die Hasenspuren
Im Schnee findet man Kommunionskleidchen
Die Blasmusik für einen erlegten Fasan
Die Holunderblüten müssen in Wursthäute genäht und in das Weihwasserbecken getaucht werden
Die landwirtschaftlichen Maschinen erstarren im heftigen Regen
Das Grab des gefangenen Russen ist das Nest der Lerchen
Die Osterstrietzeln verdampfen zu Honig
Erstes Grün in den Ackerfurchen
An den Fleischerhaken hängen Fuchspelze zum Trocknen
Schlafende Kinder sind die Tulpen auf dem gedeckten Altar
Wer blühende Bäume verheizt, verwandelt sich in einen Täubling

In das Heu wird ein Beichtbildchen vergraben
Die vom Baum fallenden Äpfel sind Küken
Es ist die Aufgabe der Mostschädel, Eier einzusammeln
Die Ameisen in der Kredenz weisen auf schlechtes Wetter hin
Im Kuheuter ist gut ruhen
Die Schweine werden mit Forellen gefüttert, damit sie schwimmen lernen
Der heilige Florian trägt die abgefallenen Blütenblätter mit sich
Die Jagdtrophäen sprechen in Reimen
Im Herbst wird der Mais niedergesichelt, sobald die Kapellen in Brand gesteckt sind
Das Gelächter der Betrunkenen läßt die Nüsse versteinern
Im Meßkelch befindet sich das Gedächtnis der in den Süden gezogenen Brandvögel
Kalkgruben sind der Nachkommen Tod
Mit dem Verband ziehst Du Dir den Spott zu
Um die Ärsche der Frauen betasten zu können, werden Bierzelte aufgestellt
Die Trittbrettnähmaschinen dienen zum Abspielen der zerkratzten Schellacks
In Teichmuscheln und Schneckenhäusern faulen die Gerüchte
Die Sprüche auf den Tüchern in den Wäschekästen verfärben sich abwechselnd rot und blau
Auf die Küchenschürzen werden Maiglöckchen angesät
Marienkäfer schützen vor Hitzschlag
Der Geruch von Gedärmen verbreitet Frohsinn
Von Flechten befallene Baumstämme sind das beste Bauholz
Es gibt keine Kartoffelkäfer mehr
Die Schnepfen sind für immer verschwunden
Ein Maiskorn läuft schneller als zehn Jagdhunde
Das Eis der Bäche ist die Musik der Orgel

Zur Weinlese finden sich die ungiftigen Schlangen ein
Die Kleidungsstücke, die zum Trocknen über dem Herd hängen, verheißen ein langes Leben
Wer auf das Brotbacken vergißt, wird vom Pferd stürzen
Der Geruch von Schweinemist ist mit nichts zu vergleichen
Aus Käferflügeln werden Regenschirme hergestellt
Der Urin ist der Keim des Alters
In den Ehebetten weint die ungesehene Ferne
Zur Frühmesse werden vergessene Zeitungen gelesen
Die Süße der Pfirsiche bewahrt man in Milchkannen auf
Zu Fronleichnam fallen die Blumenblätter ab
Brennende Kirchenherzen schweigen
Das verrunzelte Obst erinnert die Bewohner an den Krieg
Die Darstellungen in den Schulbüchern stoßen auf Unglauben
Eine Fliege im Milchkaffee
Die Salbe, die aus dem Goldregen gewonnen wird, bringt die Brandblasen zum Verschwinden
Jeder Misthaufen birgt ein erschreckendes Geheimnis
Die abgeblätterten Wandspiegel künden von schlaflosen Nächten
Die Winterfenster sind das Glashaus der Spinnen
Zur Geburt des ersten Kindes gibt es Leberstrudel
Schnecken unter den Bodenbrettern sind ein Zeichen von Fruchtbarkeit
Der Schatten der Hunde
Die künstlichen Blumen auf den Hochzeitstorten garantieren männliche Nachkommen
Hat jemand einen Gehirnschlag erlitten, versteht er die Bienensprache
Von oben ist die größte Welt klein
Die Kühle der Pestblätter
In den Weinfässern schlummert das zukünftige Leid
Das tiefgekühlte Fleisch verschließt die Landkarte des Traumes

Wer im Tränenfluß badet, wird unsichtbar
Ein Schleier aus Chrysanthemen ist die Zierde der unberührten Frau
Der Nachtgesang des Ohrenschliefers
Gegen Schweißgeruch werden die Kühe mit wilder Kamille eingerieben
Frischgepflückte Äpfel sind von einem hellen Lichtschein umgeben
Beim Sichöffnen der Blumenkelche erbrechen sich die müden Trinker
Die Farben der Trauer
Schneit es gelbe Arnika, bluten die jungen Mädchen zum erstenmal
Die Kinder fürchten den Hunger der Engel
Am Sommeranfang schmückt der Mesner die Monstranz mit Waldbeeren
Das Fegefeuer brennt im Heiligenwinkel
Niemand schenkt den Katzen Glauben
Der Pulsschlag der Pflanzen
Nimmst Du die Iris in die Hand, findest Du jeden Gegenstand
Das Leid der Tausendfüßler
Der anbrechende Morgen der Milben
Hinter dem Hochzeitsbild vermehren sich die Urtierchen
Das Firmament des Winters ist die Farbe Weiß
Die Pilze im Rucksack verraten den Kinderschänder
Wer an Stuhlwürmern leidet, soll keinen Gedanken an die Fortpflanzung verschwenden
Ich spüre die Erdanziehung als Himbeergeschmack
Aus Harz kann man kein Nest bauen
Fliegende Karauschen bedeuten schlechte Nachricht
Was macht ein Blindgeborener mit einem Angelhaken?
Die Wäsche flattert im Wind wie die zwölf Apostel
Beim Verschlucken eines Sonnentierchens hört man die Tonleiter
Das Auge ist die Kuppel des Schmerzes

Das Glockengeläute der Blumen
Das Unheimliche des menschlichen Schuhwerks
In den Brustkörben nisten die Bienen
Die Larven der Schmetterlinge sind der Inbegriff der Lüge
Das Licht der Welt fällt auf den mottenzerfressenen Pelzkragen
Knechte, die sich in Weingärten verirren
Die Herrlichkeit der Hostie wird durch den Frühling gepriesen
Eingekochte Früchte überleben den Erstgeborenen
Die Vögel weinen über die Unbarmherzigkeit der Prophezeiungen
In den Kelchen der Kirschblüten erblickst Du das ewige Leben
Am Letzten Tag verfärbt sich die Atmosphäre
Mit dem Hühnerkamm werden die kleinen Mädchen frisiert
Der Teufel sitzt im Brot
Der durch die Berge gebildete Horizont ist aus Wasser
Die Quelle des Tages ist der Vogelflug
Die Fliege summt auf Rufweite heran
Sobald die jungen Barsche schlüpfen, erwacht die Regenwolke
Die Hunde sind die Totenkläger
Die Schutzengel auf den Goldketterln
Die Qual des verborgenen Idioten
Das Opfer ist die Jungfrau auf dem Ziffernblatt der Taschenuhr
Sobald das Gehirn abgestorben ist, nimmt es die Form des Knoblauchs an
Mit Zwetschgenschnaps heilt man den bösen Traum
Aus den Insektenflügeln kann man die Bergpredigt hören
Das Urteil der Sägespäne ist der Wahnsinn
Die Bakterien sind die Sterne der Amöben
Auf der Fahrt zur Ernte fasten die Heuchler

In schimmligen Gewölben kannst Du die Weintrauben leiden hören
Fromme Wünsche liest man aus dem glänzenden Fell des Fuchses
Die Gerechtigkeit der Schweinsohren
Die Zunge des Spechtes verscheucht ungebetene Gäste
Unter den Wurzeln von Kastanienbäumen heilt der Wundbrand
Die Schärfe des Pfluges erinnert an den Fisch
Unglück und Rotz sind trübsinnige Geschwister
Das Gesirr der Heuschrecken begleitet die Wandlung
Unter dem Prozessionshimmel werden die Schatten zu Blumen
Der Hagel führt Klage über das verwüstete Land
Die Axt teilt den dicksten Kopf
Mit dem Korken wird keine Maus satt
Wer zu lange in den Himmel schaut, wird von der Zeit erschlagen
Alle Geheimnisse sind innen
Das Erbarmen der Gestirne
Schafe und abgeblühter Löwenzahn sind dasselbe
Im Gewand der Demut kommt man um
Die Kraft der Wahrheit läßt die Schachtelhalme wachsen
Das Glück der Knochenschädel
Ich bin eine fliegende Knospe
In den Mineralien tosen Sandstürme
Auf unsittliche Handlungen verschwinden die Blattläuse
Dem Abdecker erscheint mitunter ein Komet
Wird der Lehmboden sumpfig, vergilbt das Gesetz
Beim Flug über das Gebirge zeigt die Ewigkeit Großmut
In den Vogeleiern findest Du das Paradies
Kein Gehöft ohne schlechten Propheten
In die Verbannung werden Blutwurstkränze mitgenommen
Aus der Mostpresse ist das Geächz des Heimwehs zu vernehmen

Die Aura des Maikäfers
Ich bin die Spur aus roten Eiskristallen am Morgenhimmel
Die Dornenkrone in der geweihten Flasche
Das Lied der Seerosen vom Krötensterben
Die weiße Gestalt des Nebels
Glühende Herdplatten singen die Frömmigkeit des Wassers
Auf frischgrünen Auen laben sich verstorbene Kinder
Ich lästere die Torheit der Regenwürmer
Mein Auge ist der habsüchtige Gefährte
Fliedergeschmückte Heiligtümer werden von Finken umschwärmt
In der Sakristei des Waldes vollzieht sich das Wunder
Das Gebrüll der Schweine ist die Botschaft des Bösen
Die Psalmen der Dreschflegel
Vergeblich warten die alten Soldaten auf den Sturm
Der Flug des Brandvogels gebietet der Finsternis Einhalt
Die erfrorene Eidechse entflammt die Allerheiligenkränze
Die Näherin wird von Schwalben umgarnt
Der Weihwasserpinsel ist der Spazierstock des Strauchelnden
Der Frevler sitzt auf morschem Ast
Gelabt von den Wonnen der Unschuld ist der Hochzeiter
Wer sich in der Einsamkeit verliert, findet keine Zuflucht
Die Pracht des Heiligen Geistes schauen
Der Pfarrer ist der Nährvater der Dotterblume
Der klägliche Gesang der Bachstelze
Die grünen Hostien der Bäume
Vor dem Schlaf erhält der Bettnässer ein Vanillekipferl
Wer die Liturgie der Mittagsstille stört, muß ein Boot bauen
Das Urinieren unter dem freien Himmel ist das Abendgebet
Der Gesang des Brandvogels verkündet die Schönheit

## Meine Kindheit
### (Im Auftrag von Primarius S. verfaßt)

Wie durch eine Eisschicht ist die Kindheit in der Erinnerung von den späteren Jahren getrennt. Die Gedanken und Empfindungen aus dieser Zeit ruhen unter dieser Eisdecke gleich schlafenden Karpfen. Wenn ich meine Erinnerungen zusammenfasse, so könnte ich meine Eindrücke am besten mit dem Ausdruck »Schändung« bezeichnen. Nie mehr später wurde mir auf eine grausamere und rücksichtslosere Weise Gewalt angetan. (Ich möchte jedoch betonen, daß meine Kindheit die allergewöhnlichste, durchschnittlichste war, die sich denken läßt, abgesehen davon, daß ich keine Mutter hatte, was mir jedoch mit Sicherheit noch grauenhaftere und ausweglosere Erfahrungen erspart hat. Die Kindheit jedes um seine Erinnerung bemühten Menschen muß demnach nichts anderes gewesen sein, als eine einzige Entmündigung, Unterdrükkung und Vergewaltigung, mit einem Wort eine Hölle.) Ich gehe davon aus, daß ich schon in den frühesten Lebensjahren ein Mensch voller Begierden, Wünsche, Träume und Gefühle war, die sich mit wachsendem Alter eher abgeschwächt haben. Nie habe ich eine Frau mehr begehrt als zur Zeit, in der ich zum erstenmal zur Schule ging, nie habe ich das Entsetzliche der Gewalt mit größerer Eindringlichkeit erkannt, und niemals ist mir jede Lüge deutlicher vor Augen gestanden als damals. Ich behaupte, daß die Mär von der Unschuld der Kinder nichts anderes ist als blanke Erfindung. Sie dient nur dazu, dem Umgang mit ihnen einen anderen Anstrich zu geben als der Behandlung von Geisteskranken. (In seiner Kindheit lernt der Mensch mit einem Wort die gelbe Seite des Lebens kennen, indem er im Vollbesitz seiner geistigen Kräfte behandelt wird, als habe er den Verstand verloren.) Es besteht kein Zweifel darüber, daß diese Lebensphase nur dafür herangezogen wird, um den Heranwachsenden die Widersprüche und Scheinmoral des sogenannten Erwachsenenlebens in Form einer Gehirnwäsche einzubleuen. Mag sein, daß das nicht falsch ist, falsch aber ist die Vorstellung der Erwachsenen, ein Kind sei von Grund auf gut, ein Kind sei im wesentlichen harmlos, es sei arglos. Nein, ein Kind ist nahezu das Gegenteil dieser Annahme, es ist – nicht aus Unwissenheit, sondern aus brennender Neugierde – bereit zum Schlechten, zum Entsetzlichsten und Grausamsten, es ist ein Opfer leidenschaftlichster Gefühle und farbigster Gedanken, und sein Kopf brennt voller teuflischster Wünsche. (Es gibt keines, das nicht aus Neugierde den Tod eines engsten Verwandten herbeigesehnt hätte, das nicht einen würgenden Trieb empfunden hätte, mit einer Tante oder Schwester, einem Onkel oder Bruder geschlechtlich zu verkehren, das sich nicht Macht über Leben und Tod gewünscht hätte.) Die Kindheit ist die Landkarte mit weißen Flecken, die so unschuldig aussehen wie weiße Wolken. Der Irrtum ist naheliegend, aber folgenschwer. Denn es gibt kein Kind, das nicht ein schwelendes, geheimes Leben führt, welches (verglichen zu dem oft einfältigen zweiten Leben der Erwachsenen) wirklicher ist als das tatsächlich gelebte. Ich wage zu behaupten, daß ein Kind, wo immer es sich auch befindet, gleichzeitig woanders ist. (Auf eine andere Weise wäre es ihm gar nicht möglich zu existieren. Würde es tatsächlich so leben, wie es uns den Anschein gibt, hätten wir es in der Tat mit einem Idioten zu tun. Wir haben jedoch ein raffiniertes, berechnendes, schlaues Wesen vor uns, das uns durchschaut, belügt, fürchtet, das ebenso tief hassen wie sich lieben lassen und zärtlich sein kann.) Auch ist jedes Kind von Ekelgefühlen beherrscht, die im verborgenen auf ihren Ausbruch warten und von bestimmten Vorstellungen aus der Erfahrung ausgehen. Im übrigen ist auch die Annahme vollständig falsch, daß es notwendig sei, einem Kind Schuldgefühle beibringen zu müssen. Bevor noch eine Handlung als verboten erkannt wird, bevor noch eine verbotene Handlung ausgeführt ist, stellen sich die drükkendsten, niederschmetterndsten Schuldgefühle ein, die alles übertreffen, wozu dieser Mensch später an Reue fähig sein wird. Aber auch die rücksichtsloseste Schadenfreude, die Freude an der Zerstörung und am Unglück anderer bemächtigt sich des kindlichen Herzens und regt es zu wollüstigen Träumen einer Welt voller Wunder an. Denn was das Kind tatsächlich wünscht, ist das Unglück der anderen (der Umwelt), ohne daß es selbst Schaden nehmen möge. Der Brand eines Hauses, ein Erdbeben oder ein Hagelschauer sind ihm mit einer geheimen, kaum zu verbergenden Freude verbunden (wenn nur das eigene Leben oder das Leben von geliebten Menschen und Tieren verschont bleibt!). Es ist auch gleichzeitig eine Welt des Schreckens, der überall lauert: hinter jeder halbgeöffneten Tür, im hohen Gras, in der Nacht, einem Schrank, dem Dachboden. Weiß man das, ist es nicht weiter verwunderlich, daß Kinder untereinander auf das grausamste verkehren. Es gibt kaum eines, das nicht Lust empfindet, den Schwächeren leiden zu sehen, kaum eines, das nicht fortlaufend damit beschäftigt ist, in Gedanken anderen Leid zuzufügen, es unter Druck zu setzen oder zu demütigen. Kinder sind die geborenen Peiniger, die unbarmherzigsten und verabscheuungswürdigsten. Nicht ihr Unwissen verleitet sie dazu, sondern die Befriedigung und die Glücksgefühle, die sie dadurch in sich hervorrufen. Der Stärkste holt sich gerade den Schwächsten, um ihn zu verprügeln (weil er an ihm am risikolosesten diese Gelüste stillen kann). Und gibt es ein größeres Glück für eine Schulklasse, als einen Wehrlosen, einen Verzweifelten, Flüchtenden, Schluchzenden gemeinsam zu verachten, zu demütigen, ihm aufzulauern, ein Bein zu stellen und Angst einzujagen? Da die Angst für die Kinder etwas Alltägliches ist, etwas, das untrennbar mit dem Leben verbunden scheint, ist auch der bösartige Wunsch, einem gerade Angstfreien Angst einzujagen, stets gegenwärtig. (Es ist überflüssig zu erwähnen, daß selbst der Umgang mit Tieren ein besitzergreifender und zuletzt grausamer ist, auch wenn es einen völlig anderen Anschein macht.) Die ausgeprägteste Charaktereigenschaft der Kinder aber ist der Neid. Wer kann sich nicht an die Verzweiflung und die Schmerzen erinnern, die durch die Bevorzugung eines anderen entstanden? Das Glück des einen ist buchstäblich der Schmerz des anderen. Der Wunsch, diese Benachteiligung (oder ein Nichtbeachtetwerden) zu ändern, ist so stark, daß es Kindern ohne Mühe gelingt, sich selbst als Tote zu sehen und die zu Bestrafenden vom Leid gebeugt an ihrer Bahre. (Selbstredend ist dem Kind die Grausamkeit dieser Strafe bewußt, und selbstredend würde es – hätte es die Möglichkeit – nicht vor ihr zurückscheuen.) Die Vorstellung einer Weltgeschichte, die von Kindern gestaltet würde, hält den phantastischsten Visionen eines Hieronymus Bosch stand. (Es ist nur die Tatsache, daß Kinder im allgemeinen physisch schwächer sind als die Erwachsenen und daß ihnen gewisse Fertigkeiten fehlen, die Welt mechanisch und ökonomisch zu lenken, woraus man fälschlicherweise auf eine allgemeine Wehrlosigkeit und Unschuld schließt.) Dazu kommt noch die Eigenliebe der Erwachsenen (gewissermaßen die Liebe zum Eigentum und zur Wiedergeburt), die den Blick auf Kinder verzerrt und verwischt. Kinder können ein angenehmes, erquickendes Spielzeug sein, ihre Puppengesichter vermögen Freude zu bereiten (mehr noch als Kanarienvögel, junge Katzen und Hunde), in ihnen lebt jedoch der Geist der Wollust und der Grausamkeit (zumeist nur verbannt in die Phantasie) wie kaum in einem Erwachsenen. Was sind Kinder anderes als die zukünftigen Fleischhauer, Einfältigen, Betrüger, Mörder, Soldaten und Huren? (Was anderes wird aus ihnen, die scheinbar friedlich in Kinderwagen und kleinen Bettchen schlummern?) Meine eigene Kindheit, ich kann nicht oft genug betonen, daß sie im landläufigen Sinne eine glückliche war, und jeder, der mich als Kind gekannt hat, wird über meine Worte erstaunt sein und mir widersprechen, (hat man mir nicht Leckerbissen zubereitet? Hat man sich nicht um mich gesorgt? Hat man mich nicht gesund gepflegt? Hat man mich nicht das Abend- und das Morgengebet gelehrt? Hat man mich nicht zu allen Anlässen beschenkt?), meine eigene Kindheit also war Gefängnis und Irrenhaus, Schlachthof, Dschungel und Bordell, war Verfolgung, Flucht und Verzweiflung. Stets fühlte ich mich durch eine hohe Mauer von den Erwachsenen getrennt, denen ich mich nicht anzuvertrauen wagte. Aber selbst wenn ich die Absicht hätte, meine Kindheit im einzelnen zu beschreiben, so liegt sie zu zersplittert vor mir, als daß ich sie nachvollziehen könnte, und nur die (wie durch ein Fernrohr) vergrößerten Erscheinungen aus dieser Zeit lassen mich den Versuch unternehmen, durch das Eis in das Wasser zu spähen, in der Erwartung, den Schatten eines vorüberhuschenden Fisches zu entdecken.

## Die Nacht der Jäger

Bei vollständiger Dunkelheit kommen die Jäger am Flußufer zusammen. In der Ferne brennt ein Hof, in den der Blitz eingeschlagen hat. Weithin ist das Brüllen der Rinder zu vernehmen. Erst jetzt laden die Jäger die Waffen. In ihren Taschen tragen sie die Knochen von Dachsen (gegen den Schlaf). Schon seit dem Nachmittag riechen die Felder nach Blut, aus diesem Grund bemalen die Alten die Heiligenfiguren. Als die Jäger im Wald verschwinden, beginnen die Hunde auf den Höfen zu sprechen.

Hinter der ersten Baumreihe trennen sich die Jäger, und jeder schlägt einen eigenen Weg ein. (Man weiß allgemein, was das zu bedeuten hat.) Manch einer hat eine erhängte Mutter im Kleiderschrank versteckt, andere haben die Hasen des Nachbarn abgeschlagen und die Köpfe unverheirateten Frauen vor die Tür gelegt. Die rote Madonna im Heimatmuseum hat indessen (unter dem Ächzen ihres Orchestrions) ein Ei gelegt und stößt das triumphierende »Schack-Schack« der Elster aus, das Dominik, den Leichenbestatter, aufstehen und in die Werkstatt eilen läßt.

Kein Jäger wagt, sich einem Haus zu nähern, aus Angst vor den sprechenden Hunden. Hört jemand von ferne einen Schuß, so weiß er, daß einer der Jäger sein Leben gelassen hat. Da es im Wald so dunkel ist, daß man, wie es in den Märchen heißt, nicht einmal seine Hand vor dem Gesicht sieht, ahnt niemand, wen er getötet hat. Die Kinder knien in ihren Betten, hören das Betgemurmel der Alten und versuchen angestrengt, das Mündungsfeuer eines Gewehres oder den Schmerzensschrei eines getroffenen Jägers auszumachen. Sodann umklammern sie mit ihren Fingern eine Hahnenfeder, und ein Wunsch geht in Erfüllung.

In dieser Nacht spricht kein Jäger ein Wort, aus Angst, sich durch den geringsten Laut zu verraten: Versteckt er sich so unglücklich, daß Farnkraut sein Gesicht berührt, muß er sich selbst das Leben nehmen. (Daher weiß man beim Knall eines Schusses nicht mit Sicherheit, ob ein Jäger erschossen wurde oder sich selbst erschossen hat.) Es kann in diesem Zusammenhang nicht verschwiegen werden, daß die meisten Jäger betrunken sind.

Gegen Mitternacht kommt heftiger Sturm auf, der den Himmel mit roten Flecken bedeckt. Die Jäger frieren in langen Mänteln. Die Stiefel sind voll Lehm und Blätter. Sobald sie einen anderen Jäger getroffen haben, kriechen sie aus ihren Verstecken, um ihm den Gnadenschuß zu geben oder an den zerfetzten Lungen den Tod festzustellen. Hierauf gilt es, ein neues Versteck ausfindig zu machen. (Dabei denken sie an die Mücken, die in Spinnennetzen zappeln und so erst ihre Mörder auf sich aufmerksam machen.) Jetzt klingen auch die Schreie der Eulen anders und die Fauchgeräusche von Marder und Wiesel.

Mancher Jäger hat seine Fertigkeit, die Menschen schon von weitem am Geruch zu erkennen, bis zur Meisterschaft entwickelt und weiß deshalb um so früher, wann ihm Gefahr droht. Andere wiederum vermögen jedes kleinste Geräusch zu deuten. (Die meisten aber begeben sich nur dem allgemeinen Zwang folgend in den Wald, in der Hoffnung, nicht entdeckt zu werden: Vergeblich haben besonders Schlaue versucht, sich bis zur Brust im Wasser stehend im Schilf zu verstecken. Das Geräusch ihres unterdrückten Fröstelns, unabsichtlich von ihnen verursachtes Glucksen von Wasser oder die Bewegungen der Schilfstengel verraten sie früher oder später mit Bestimmtheit.)

Um Mitternacht schnellt die rote Madonna im Heimatmuseum – ohne daß jemand nur im entferntesten daran gedacht hätte – vom Orchestrion, schnappt die vorbeihuschende Ratte und wirft sie nach der Art einer Katze in die Luft, um ihr den Kopf abzubeißen. Dieses Knirschen des zwischen die Zähne der Madonna geratenen kleinen Schädels kennen erfahrene Jäger, worauf sie ihre Anstrengungen verdoppeln.

Wagt es ein Jäger entgegen allen Warnungen dennoch, in ein Gehöft einzudringen, indem er die sprechenden Hunde und betenden Alten, die wachenden Kinder und Tiere überlistet, hat er die Pflicht, jedem Lebewesen ohne zu zögern den Tod zu geben. Sodann befindet er sich bis zum nächsten Morgen in Sicherheit und kann sich ein Bett zum Schlaf suchen. Bei Tagesanbruch aber muß er das Gehöft verlassen, will er nicht selbst Opfer eines anderen Jägers werden, der ihn am Schauplatz seiner Gewalttat überrascht.

Bald spüren auch die Tiere, daß die Zeit gekommen ist. Ohne vorherige Ankündigung stürzen sich die nächtlichen Raubvögel auf die Jäger und hauen mit den Schnäbeln auf sie ein. Selbst die Schlangen erwachen aus dem Schlaf und verkriechen sich in die Hosenbeine der mörderischen Jäger. (Es wagt daher niemand, eine heftige Bewegung zu machen, ein Bein zu schütteln, sich zu kratzen und schon gar nicht einen Schrei auszustoßen. Indem die Beteiligten jedes Geräusch, das sich in ihren Kehlen bildet, gleichsam ersticken, hoffen sie gleichzeitig den Tod von sich abzuwenden. Und wenn der Tod unausweichlich scheint, so wünschen sie von ihm dennoch überrascht zu werden.)

Sobald der Morgen graut, erheben sich die Jäger und gehen in den Nebelschwaden hinunter zum Fluß. Es ist vollkommen still, nur das Wasser rauscht. Eine Zeitlang warten die Männer Schnaps trinkend am Ufer, die jüngeren werfen Steinchen in den Fluß. Zeigt sich ein Verwundeter, so dreht man ihm den Rücken zu. Von nun an ist es jedem Dorfbewohner untersagt, diesem Ehrlosen eine Frage zu beantworten oder zur Hilfe zu kommen. Obwohl Lehm und Blätter zweifingerdick an den Sohlen kleben, sind die Jäger zu müde, um den Schmutz abzustreifen. Die Schrotflinten, die Stiefel und die Patronengürtel geben Geräusche von sich, während die Jäger hartnäckig schweigen.

## Der Traum der Alpen

Die Alpen träumen schwer, denn auf ihnen lastet das Gewicht des Erdkerns und der Feuerschichten, unter ihren enzianblauen Wurzeln tobt die Höllenkraft der Lava, ihre Seelen sind das süße Gelb und Violett der Barockkirchen, behäbig wie der Glockenklang eines Domes. In den Felsmassen träumen phosphorhaltige Trilobiten, die Skelette von Schneevögeln und Urfischen, die Knochenschädel von Steinböcken und Gemsen.
Die Mäntel der Alpen sind grün, ihre Pelzkragen glitzern weiß wie der Tod, und in ihrem Geäder rauscht geschmolzenes Gestein. Trompetenblasende Engel umhüllen ihre Gipfel mit dem Dampf der Gletscher. Langsam kriechen die Alpen aus der Eischale der Erde, dinosaurierhafte Tiere, deren Bewegung von mächtigem Beben begleitet wird, während ihr schwerer Atem sanfte Erschütterungswellen in die Ebenen spült. Zu Gold gewordene Keime von Moosen und Flechten durchlaufen ihr Gestein wie Nervenbahnen, ihre Gedanken kreisen im Dohlenalphabet. Die Alpen sind die Friedhöfe der Schöpfung, in ihrem Inneren liegt das Paradies in Form von wasserklaren Kristallen und versteinerten Pflanzen des Gartens Eden. Irrläufer und Irrfahrer kriechen parasitisch über ihren Leib, in ihren Zellen sprießen Blumen aus polaren Gefilden. Die Strahlungen von Venus und Neptun verbrennen ihre Rücken mit unsichtbaren Flammen, doch selbst in den Wüsten steinerner Ödnis setzen sich winzige Organismen fest, die, wenn man sie hörte, ein helles Geklirr von sich geben. Es ist auch möglich, daß die Alpen walfischähnliche Meerestiere sind und der Himmel und die Wolken die Wasseroberfläche, die sie von unten sehen. Ihr Flossenschlag hüllt die Erde in gewitterfarbenen Staub und läßt den Donner des Magnetkerns grollen. Geboren wurden die Alpen in Jahrtausenden, und sie müssen sterben in Jahrmillionen. Wie kann der Mensch, die

Eintagsfliege, ihren Kriechgang erkennen, der einer Pythonschlange ähnelt?
Wie kann der Mensch, das Amöbentierchen, ihrer getragenen Sprache, die ein Gesang ist, folgen? Und wie will dieses Mückchen das Reich ihrer Träume betreten?
Die Todesträume der Alpen sind die Eiszeit. Von den verschneiten Kanzeln der Gipfel predigt die Kälte sturmfauchend die Sterblichkeit der Seele. Grell leuchten die Falten des schläfrigen Ungeheuers aus dem Wolkenmeer, um sich an der Sonne zu wärmen und beim Erwachen dem glitzernden Schneefall der Planeten hinzugeben. Aus ihren Poren aber quillt geschützt von der Regenbogenfarbe des Lichts sanfter Regen, während ihre gewaltigen Leiber die majestätischen Bahnen der Stürme brechen und in liebliche Winde spalten, die die Blumenkelche erzittern lassen. Kristallheller Quell sprudelt aus dunklen Gefäßen, das rote Herz aus Eisen speist die Verstorbenen mit der Wut des Lebens.
Im Traum sprechen die Alpen mit zuckenden Gletscherzungen, und die Murmeltiere antworten: »Friede! Friede!« und opfern einen unvorsichtigen Menschen.
Das Blut des Verunglückten treibt das Eis bergauf, als ob das sanfte Ungeheuer erschrocken von seiner Kraft seine Gliedmaßen einzöge, und seine vulkanischen Organe leuchten im Inneren und bilden fruchtfarbene Sternenkränze. Noch immer glimmt die Kraft der Sonne in den Gedärmen der Alpen und erzeugt Träume von Dschungeln und Paradiesvögeln. Jetzt erinnern sich die Alpen an die Kindheit, an Himmelskörper im Kosmos, von deren Staub sie kommen, an Meteoriten, die sie mit leuchtenden Nebeln grüßen. Glockenblumen und Hahnenfuß wiegen sie in friedliche Gefilde, und ihre Seelen spiegeln die Erde wider, während sich die Felsen verfärben und die Farben zum Himmel verströmen und diesen durchdringen mit dem Gedächtnis des Zitronenfalters und den Reimen der Pflaume. Gesprenkelte Steinblöcke pumpen

die scheckige Spaßhaftigkeit von Vogeleiern in den Äther, und aus Kreide und Ton malen die schlafenden Alpen glühende Votivtafeln in die Luft, die zu Abendrot zerfallen.

Nun träumen die Alpen von der Erde, und die Gesteine bilden in ihrem Inneren Flüsse und Wälder und Wiesen, auf die es Blumenkelche schneit und Früchte, prachtvolle Blätter und Tiere, Eidechsen und Fische durchwimmeln die Berge, und mächtige Pilze schwellen in ihnen, Schwefelporlinge und Zunderschwämme, Milchlinge und Rotkappen, es wachsen Beeren und Blumen in vielfältigsten Formen, und ihr Nektar wird zu Kristallen.

Sobald die Alpen erwachen, sind die Gebilde erstarrt, und nur die langsame Bewegung des Ungeheuers verzerrt ihre Gestalt.

Nach außen hin aber glühen die Alpen jetzt, und farbiges Licht überflutet den Horizont, das in den Köpfen der Vögel zu langgedehnten Trillern wird, und die Alpen erinnern sich, wie sie im Bauch der Erde lagen und wie sie als Lava emporstiegen und hinausgeworfen wurden, und sie träumen vom Inneren der Erde. Und langsam, unmerklich langsam bewegen sie sich fort wie ihre Schneekristalle im Strom der Gletscher.

## Gockel

### 1

»Im Alter von 12 Jahren machte ich meine erste Reise mit der Eisenbahn«, erzählte Karl Gockel, »um meinen Stiefvater vom Tod meiner Mutter zu benachrichtigen. Das Geld für die Bahnkarte bezog ich aus dem Verkauf zweier Hühner. Als sich der Zug in Bewegung setzte, verspürte ich eine nie gekannte Angst, denn ich fürchtete, nicht mehr zurückzufinden. Die vergangene Nacht hatte ich – nachdem die Nachbarn uns vor Morgengrauen verlassen hatten – allein mit meiner Mutter (ich hatte keine Geschwister, und meine Eltern waren mit ihren Verwandten zerstritten) in der Küche verbracht, da sie der einzige Raum des Hauses war, doch war die Angst in dem gleichgültig dahinratternden Zug noch größer. In der Stadt mußte ich umsteigen, wovor ich mich schon zu Beginn der Reise gefürchtet hatte. Die vielen Menschen auf dem Bahnhof lenkten mich jedoch ab, und ich war so beschäftigt, die neuen Eindrücke in mich aufzunehmen, daß ich jedesmal, wenn das Bild meiner toten Mutter vor meinen inneren Augen erschien, daran zweifelte, selbst derjenige zu sein, dem alles zustieß. Kaum fuhr die Eisenbahn den großen Fluß entlang, fühlte ich mich freier, und ich begann lautlos zu singen, bis ich bemerkte, daß man mich wegen meiner Mundbewegungen anstarrte. Es war unmittelbar vor Ostern, und zahlreiche Menschen waren unterwegs, schön gekleidet (mit Hüten, Jacken und leichten Mänteln), begleitet von ihren Kindern. Je weiter wir fuhren, desto höher türmten sich die Berge, zuerst waren sie von Wiesen und Nadelbäumen bedeckt, dann tauchten die ersten verschneiten Gipfel auf und schroffe Felswände, die das Licht im Abteil verdunkelten.«

2

»Eisenerz war ein graues, schmutziges Dorf am Fuße des Erzberges«, fuhr er fort, nachdem er einen Stoß Hemden in den Koffer gelegt hatte. »Der Berg erhob sich braunrot wie ein Vulkan in Stufen zwischen waldigen und felsigen Gipfeln, eingehüllt in schwefelfarbenen Rauch, der sich langsam verzog. Ich fragte nach der Adresse (die auf einem Briefkuvert stand) und erfuhr, daß mein Stiefvater noch ›auf der Schicht‹ war. Ein zufällig Vorbeikommender hatte mein Gespräch mitangehört und erbot sich, mich ›auf den Berg zu bringen‹. Ich stimmte (nicht mutig genug, um zu widersprechen) zu. Es war ein kleiner, drahtiger Mann, dem meine Ängstlichkeit offenbar Auftrieb gab. Wir erreichten den Aufzug, in den wir, nachdem mein Begleiter die Erlaubnis erhalten hatte, mich zu meinem Stiefvater zu bringen, stiegen. Langsam krochen wir den Berg hoch.«

3

»Von oben sah ich tief hinunter in die Gebirgstäler. Auf der Etage dröhnte ein Dampfbagger, weiter unten zog eine Lokomotive mit Erz gefüllte Hunte über Schienenstränge, die sich um den ganzen Berg zogen. Mein Stiefvater unterbrach seine Arbeit und blickte zu mir und meinem Begleiter. Zuerst erhellte sich sein Gesicht, dann verdüsterte es sich. Ich brachte nicht den Mut auf, ihm zu sagen, weshalb ich gekommen war. ›Kommst Du wegen Mutter?‹ fragte er. Ich nickte. ›Warte‹, sagte mein Stiefvater. Mein Begleiter hatte sich auf einen Stapel Baumstämme gesetzt, und ich schaute den dampfenden Berg hinunter, auf die Häuer, die über das Gestein herfielen, es herausbrachen und zerschlugen. Ich sah ihnen zu, und mein Herz krampfte sich zusammen, denn ich mußte in einem fort an meinen Stiefvater denken.«

4

»Das Quartier befand sich in einer langgezogenen Baracke mit Eisenbetten. Mein Stiefvater wusch sich, zog den schwarzen Anzug an und kämmte sich das struppige Haar. Dann machte er sich zur Abreise fertig, suchte das Büro auf und kehrte in der Dunkelheit wieder. Ich hatte aus Erschöpfung in der Zwischenzeit auf seinem Bett geschlafen, und als ich erwachte, saß er vor mir und blickte mich an. Ein Betrunkener fluchte, und mein Stiefvater rückte mit dem Stuhl näher, um mich besser verstehen zu können. Als ich eine Weile nichts sagte, entkleidete er mich und brachte mich zu Bett. Am nächsten Morgen saß er noch immer auf dem Stuhl. Draußen hatte es geschneit, und der Berg sah aus wie ein mit einem Leintuch zugedecktes Polstermöbel. Während mein Stiefvater auf die Papiere und sein Geld wartete, beobachtete ich (es war Gründonnerstag) eine Schar wohlhabender Bürger, die zwölf in weiße Kleider gehüllte Männer zur Kirche begleiteten. Es waren kleine, greise Bergmänner mit grauen Schnurrbärten und Zipfelmützen auf dem Kopf. Ministranten trugen ihnen rote, goldbestickte Prozessionsfahnen voran, und ich erfuhr, daß es Brauch war, alten Knappen (stellvertretend für die zwölf Apostel) vor Ostern von angesehenen Einwohnern die Füße waschen zu lassen. Angst stieg in mir auf.«

5

»Je tiefer südlich wir kamen, desto heller wurde es. In der Stadt schien die Sonne, und in Pölfing-Brunn fror ich nicht mehr. Wir wachten die Nacht über bei der Mutter, und die Nachbarn blieben bis Mitternacht. Einmal sagte mein Stiefvater: ›Die Verwandten kommen nicht, mußt Du wissen. Es ist wegen der Politik.‹ Er blickte mich an, dann fügte er hinzu: ›Es wird nicht lange dauern, und wir werden Krieg haben. Versorge die Hühner und Schweine und kümmere Dich um den Mais.‹«

6

»Am nächsten Morgen gingen wir in das Dorf und bestellten das Begräbnis. ›Es ist Ostern, ich muß Sie zur Eile mahnen‹, sagte der Pfarrer. ›Niemand hat jetzt Zeit.‹ Mein Vater griff in die Tasche und legte einen Geldschein auf den Tisch. ›Dann keine Messe‹, sagte er. Auch beim Sargtischler und Bestatter stieß er auf Ungehaltenheit, man bot ihm nirgends Platz an, sondern nahm sein Geld und schützte Eile vor. ›Es ist die neue Zeit‹, sagte mein Stiefvater plötzlich auf dem Heimweg. ›Es sind die neuen Ideen. Nur ich bin bei den alten geblieben. Aber ich habe nicht gewagt, gegen den Anschluß zu stimmen, ich war zu feige.‹ Ich nickte, ohne ihn zu verstehen.«

7

»Am Tag des Begräbnisses regnete es. Man fuhr den Sarg meiner Mutter mit den Pferden zum Friedhof, und da das Wetter sich verschlechterte, beeilte sich der Kutscher. Außer Atem standen die Nachbarn, mein Vater und ich um das Grab (das sich mit Wasser füllte). Ich wünschte, daß der Sarg vom Erdboden verschwinden möge, und ein unerklärlicher Drang, laut zu lachen, überfiel mich als Ausdruck der Trauer.«

8

»Den Sommer und Herbst über blieb mein Stiefvater bei mir, aber im nächsten Jahr, als der Krieg ausbrach, führte er mich zu meinen Großeltern, von wo er mich im Herbst wieder abholte. ›Haben sie etwas über mich gesagt?‹ fragte er. Ich schüttelte den Kopf. ›Du darfst ihnen nichts glauben‹, fügte er hinzu. ›Du bist zwar nicht mein Sohn, aber ich meine es gut mit Dir.‹ Wir gingen durch den bunten Laubwald, und die Blätter raschelten auf dem Boden. Er bückte sich, hob eines auf und schaute es an. ›Du mußt lernen wegzuhören, verstehst Du? Du mußt einfach an etwas anderes denken. Als mich meine Mutter zum erstenmal hinausschickte, um ein Huhn abzustechen, rief sie mir nach: ›Denk an etwas anderes, wenn Du es tust!‹ – er starrte mich an. Dann nahm er sein weißes, rotgefaßtes Taschentuch heraus, öffnete es und sagte: ›Das ist unsere Fahne gewesen. Es ist uns nicht besonders gut gegangen unter dieser Fahne, aber bald wird es uns noch viel schlechter gehen.‹ Er faltete das Taschentuch wieder zusammen und steckte es ein. Wir kamen zu unserem Hof und ließen die beiden Hühner frei, die wir unter dem Arm getragen hatten. In der Küche roch es nach abgestandener Luft, doch ich freute mich auf den Winter.«

## 9

Eine Weile packte er jetzt stumm den Koffer. Er hängte das Bild seines Stiefvaters von der Wand und legte es auf die Wäsche. Es war die Fotografie eines kräftigen Mannes mit aufgekrempelten Ärmeln, einer schmutzigen Hose und einer weißen Katze auf dem Arm, der Pfeife rauchte. Ich bückte mich und versuchte, etwas aus den Zügen zu lesen, aber das einzige, was mir auffiel, war eine gewisse Härte in diesem Gesicht und eine Bereitschaft zur Aufsässigkeit (die ich mir auch nur eingebildet haben kann).

## 10

»Mit 16 Jahren blieb ich zu Hause und führte die Landwirtschaft«, fuhr Gockel fort. »Ich gewöhnte mich an das Alleinsein, denn mein Stiefvater kam nur für zwei Wochen im Jahr, da das Eisen vom Erzberg für den Krieg gebraucht wurde. Wir standen im tiefen Schnee vor unserem Haus, und mein Stiefvater las Tierspuren. ›Hast Du nichts vergessen, was ich Dir gesagt habe?‹, fragte er. ›Denk daran: Wie die Jahreszeiten vergehen, vergeht auch alles übrige.‹ Er folgte der Spur ein Stück in den Wald und rief mir zu: ›Ein Dachs.‹«

## 11

»Ein Jahr vor Kriegsende erhielt ich ein Schreiben, daß mein Stiefvater am Erzberg verunglückt und tags darauf im Krankenhaus Leoben verstorben sei. Ich lief in den

Wald, so weit ich konnte. Ich hörte die Bäume reden, das Moos, die Blätter, das Gras und die Steine. Ich verstand, was die Vögel sprachen und die Käfer. (In Wirklichkeit ist es wie im Märchen, und was die Wissenschaft herausfindet, ist schon seit Jahrtausenden bekannt.) Als ich zurück in den Hof kam, beschloß ich, niemanden zu verständigen. Die Zugverbindungen waren zusammengebrochen (der Bahnhof in der Stadt war zerstört), daher entschied ich mich, zu Fuß zu gehen. Ich packte Verpflegung und einen Gummimantel in den Rucksack und stahl in Gleinstätten ein Fahrrad, das ich in einem Hof am Kuhstall lehnen sah.«

12

»Überall auf meiner Fahrt begegnete ich Spuren des Krieges. Soldaten marschierten vorbei, mehrfach mußte ich mich ausweisen. Ich wich der Stadt aus (als ich die ersten Bombentrichter sah) und übernachtete – es war Sommer – in einem Heustadl. Da ich das Schreiben, in dem ich vom Tod meines Stiefvaters verständigt wurde, bei mir hatte, stieß ich auf keine größeren Schwierigkeiten. Im Krankenhaus verwies man mich auf die Prosektur, wo man mir auf mein Drängen erlaubte, von meinem Stiefvater Abschied zu nehmen. Man zog das Leintuch von seinem Gesicht, das friedlich, aber fremd war (denn man hatte bei der Sektion das Gehirn entfernt und dabei die Gesichtshaut verschoben). Das Begräbnis fand am nächsten Tag in Leoben statt, ich folgte dem Sarg mit einem katholischen Pfarrer. Nach Eisenerz führte die Straße steil bergan, weshalb ich weite Strecken das Fahrrad schiebend zurücklegen mußte. Ich schlief im Wald. Die Bäume waren verstummt.«

## 13

»Die ganze Fahrt über empfand ich eine mir unbekannte Furchtlosigkeit. Weder fürchtete ich mich vor dem Tod noch vor dem Leben. Ich blickte den Soldaten, die mir begegneten, in die Augen, ich scheute auch nicht den Blick der Offiziere. Mein Name erregte bei den Ausweiskontrollen Heiterkeit (der ich jedoch mit Gleichgültigkeit begegnete). Daß jemand in meiner Gegenwart das Kikeriki eines Hahnes nachmachte, war mir nicht neu«, setzte Gockel fort. Hierauf begann er, Teller und Schüsseln in eine Kiste zu schlichten: »Wieder sah ich den Erzberg und das dunkle Eisenerz. Weil ich älter geworden war, waren sie kleiner geworden. Ich begriff jetzt auch, daß die Menschen dem Berg sein Aussehen gegeben hatten. Von unten sah ich den Sprengungen zu, die mächtige Geröllwolken aus dem Berg rissen und doch nichts zu verändern schienen. Das Donnern des Dynamits erinnerte mich daran, daß wir uns im Krieg befanden, und ich setzte mich auf das Fahrrad und ließ mir im Büro das restliche Geld meines Stiefvaters ausbezahlen (und die Papiere aushändigen). Diesmal begleitete mich ein junger Bursche. Im Bett meines Stiefvaters schlief schon jemand anders, und als ich den Koffer und das Wäschebündel auf das Fahrrad band, schauten die Kumpel stumm durch das Fenster.«

## 14

»Zwei Tage später, ich packte gerade die Habseligkeiten meines Stiefvaters aus, wurde ich wegen Diebstahles verhaftet. Das Fahrrad hatte einem Zellenleiter gehört, der mich auf der Heimfahrt gesehen hatte und zu sich bringen ließ. Ich erhielt keine Gelegenheit, mich zu rechtfertigen. Der Zellenleiter war ein gedrungener Mann, der zum Lesen eine Brille aufsetzte und mich anschrie, daß auf Verbrechen wie das meine die Todesstrafe stünde.

›Bist Du Dir darüber im klaren?‹ schrie er weiter und stieß mich gegen die Wand. Hierauf wurde ich in das Schloß gebracht, wo man mich in einen Käfig sperrte. Erst als ich im Stroh lag, stellte ich fest, daß es ein Tierwagen war, wie man ihn im Zirkus verwendet. In einem anderen Tierwagen hockte eine Bäuerin, die, ohne es zu melden, ein Schwein geschlachtet hatte. Ich hatte das Taschentuch meines Stiefvaters eingesteckt, bevor mich die Gendarmen mitgenommen hatten, und hielt es vor die blutende Nase. Am Abend wurde ich wieder zum Zellenleiter gebracht und erfuhr, daß ich zu Zwangsarbeit im Norden des Reiches verurteilt sei. Daraufhin antwortete ich, daß ich nicht in den Norden gehen würde, ich sei Österreicher. Einen Moment war es still, dann sprang der Zellenleiter von seinem Stuhl und verabreichte mir eine Ohrfeige. Er riß sich die Brille aus dem Gesicht, und indem er mich weiter ohrfeigte, schrie er in einem fort: ›Was bist Du? – Ein Verräter! – Ein Verräter!‹ Als er seinen Zorn an mir ausgelassen hatte, befahl er den beiden Gendarmen, mich in das Schloß zurückzubringen. Die Gendarmen, ich kannte sie beide, stießen mich in einen Lieferwagen und hielten – nachdem wir das Dorf hinter uns gelassen hatten – an einem Waldrand. Einer von ihnen öffnete einen Türflügel, steckte sein schwammiges Gesicht durch die Öffnung und forderte mich auf zu fliehen. Im ersten Augenblick war ich dankbar, doch ich gab dieser Regung nicht nach. Der Krieg konnte nicht mehr lange dauern, das war überall zu hören, es war also anzunehmen, daß der Gendarm mir tatsächlich zur Flucht verhelfen wollte, um einen Zeugen zu haben, der gegebenenfalls für ihn aussagte. Aber was war mit dem anderen? Es war durchaus möglich, daß er mit gezogener Pistole im Führerhaus saß und nur darauf wartete, mich über die Lichtung laufen zu sehen. Unschlüssig schüttelte ich den Kopf, worauf die Tür wieder in das Schloß fiel.«

15

»Ich verbrachte einen Tag ohne Nahrung im Tierkäfig und wurde im Morgengrauen, ohne daß man mir mitteilte, was mit mir geschehen würde (weshalb ich glaubte, ich würde hingerichtet), zum Bahnhof gebracht und in einen dunklen Viehwagen gesperrt, in dem schon andere Gefangene auf ihr weiteres Schicksal warteten.«

16

»Viele Stunden verbrachte ich im dunklen, dahinfahrenden Zug. Es gab keine Gelegenheit aufzubegehren, denn es zeigte sich niemand. Der Gestank von Exkrementen und das Weinen anderer Häftlinge verhinderten, daß ich an etwas anderes denken konnte. Schließlich wurden wir aus den Waggons getrieben und mit einem Lastwagen in das ›Lager‹ gebracht, in dem wir, wie es hieß, in ›Schutzhaft‹ genommen wurden. Als ich die Nachricht vernahm, schöpfte ich Hoffnung, denn ich durfte am Leben bleiben.«

17

»Das Konzentrationslager Mauthausen glich einer Festung aus Steinmauern, Wachtürmen und Stacheldrähten, die eine große Zahl von Holzbaracken umschlossen. Ein Häftling schor meinen Kopf kahl und tauschte meine Kleider gegen Häftlingskleidung aus, sodann wurde ich für zwei Wochen in die Quarantäne-Baracke eingewiesen.«

18

»Ich will Sie nicht mit Einzelheiten eines Lagerlebens belästigen. Sicher wissen Sie, daß man sich in einem solchen Lager umbringt oder auf bestialische Weise ums Leben kommt. Unzählige wurden in den Steinbrüchen zu

Tode geschunden oder über Felsmauern gestoßen. Viele verhungerten, gingen an Schwäche zugrunde, wurden erschossen oder vergast. Es gab jedoch keinen Häftling, dem – solange er im Lager gefangen war – der gesamte Umfang des Grauens offenbar wurde. Erst später, als das Lager (von amerikanischen Soldaten) befreit wurde, erblickten die, die es noch wissen wollten, gewissermaßen den Grundriß der Hölle.«

## 19

»Das Lager war genaugenommen eine Stadt. Rasch begriff jeder neue Häftling, daß die ungeheure Betriebsamkeit, die herrschte, von den zum Tode Verurteilten und den Toten verursacht wurde. Tag und Nacht wurden Leichen in den Krematorien verbrannt, die Asche in vorbereitete Loren geschaufelt (sie war gelbgrau und glimmte weiter). Bei Regen kräuselten sich Wolken von Dampf darauf, und der Gestank verbreitete sich stundenlang in der Umgebung. Die ausgekühlte Asche wurde zum Weiterbau der Stadt verwendet oder über eine Halde gekippt. (Es gab keinen, der im Winter nicht die Verbrennungsmannschaften beneidete, denn sie hatten es Tag und Nacht warm.) Unentwegt rollten Lastwagen heran und luden Kohle ab. (Nicht wenige aßen aus Hunger diese Kohle.) Vor meinen Augen zerfielen die sogenannten menschlichen Werte zu nichts. Wir waren lebendige Leichname. Die Toten türmten sich zu Haufen vor den Krematorien und wurden von der Mannschaft – übrigens Häftlingen – mit langen Stangen, an denen sich eiserne Haken befanden (wie man sie bei Holzarbeiten auf Flüssen verwendet), in den Keller gezogen. Die Tätowierungen wurden ihnen aus den Körpern geschnitten und für die Wachen in die Gerberei geliefert, auch wurden die Goldzähne gerissen.«

20

»Stellen Sie sich diese Stadt mit den verwahrlosesten Bewohnern vor, die Sie sich denken können, und einer wohlgenährten, uniformierten Wachmannschaft (welche wiederum gewisse Bürger zur Zusammenarbeit bewegt, indem sie ihnen Vergünstigungen zukommen läßt). Die Wächter selbst haben kein Verhältnis zu ihren Taten. Manchmal kommt es sogar vor, daß einer von ihnen, nachdem er einen Häftling gefoltert hat, gleichgültig erklärt: ›Es liegt mir nichts daran, sie zu quälen, ich führe nur eine Anordnung aus.‹ In dieser Stadt herrscht eine unvorstellbare Hungersnot und peinigende Todesangst. Denn zumeist leben die Häftlinge nicht länger als ein halbes Jahr und werden inzwischen schon durch andere ersetzt, die pausenlos herangeschafft werden und für die Platz gemacht werden muß. Nachts werden die Bewohner in unregelmäßigen Abständen von betrunkenen Wachmannschaften mit Hupen und Trillerpfeifen aus dem Schlaf gerissen, worauf sie aufstehen und warten, ohne daß etwas geschieht. Das Essen, Schweinefutter (schimmeliges Brot, eine gärende Rübensuppe, manchmal Pferdewurst), wird tagelang nicht ausgegeben, weshalb die Bewohner bis zum Überdruß Speichel kauen und durch Kälte, Hunger und Durst in einen Zustand der Entrücktheit versetzt werden. In einem solchen Augenblick der Klarsicht bildete ich mir ein, die Kraft, die das Räderwerk der Geschichte in Gang hält, zu sehen: Es war ein mißgestalteter, froschähnlicher Dämon, in dessen Augen der Wahnsinn leuchtete.«

21

»Aber vergessen Sie nicht, es handelte sich um eine Stadt, wenn auch keine gewöhnliche. In dieser Stadt gab es zusätzliche Gefängniszellen und ein Bordell (das übrigens wie die Desinfektionsräume Gucklöcher für die Wachmannschaften aufwies), eine Küche, Magazine, eine Sanitätsbaracke mit SS-Ärzten, Schreibstuben (in denen von Häftlingen, sogenannten ›Lagerschreibern‹, die Todeslisten geführt wurden), es gab Friseure und Gärtner, ja sogar eine aus Häftlingen gebildete Lagerpolizei (die große, weiße Tschakos und Säbel trug), einen Appellplatz, es gab Boxkämpfe an Sonntagen, die Fäkalienträger (die zur Erheiterung der Wachposten nackt die Senkgruben auszuheben hatten), Steinmetzen, eine Klagemauer (an der Häftlinge und Neuankömmlinge stehen mußten, solange es den Wächtern gefiel), eine Wäscherei und eine Musikkapelle (die sich aus Ausländern zusammensetzte und bei öffentlichen Hinrichtungen ((wenn ein Häftling die Flucht gewagt hatte und wieder gefangengenommen worden war)), aber auch zur Aufheiterung der Todespatrouille, zu spielen hatte), ferner Essenausträger, Schneider, Schuster, Apothekergehilfen, Straßen- und Bauarbeiter, Elektriker, Uhrmacher, Tischler, Schlosser, Weber, welche in kürzester Zeit verschwanden und durch neue ersetzt wurden. Allen gemeinsam war eine Hast, die dem ganzen Lager den Stempel aufdrückte.«

22

»Meine Absicht ist nur, Sie auf die Möglichkeiten hinzuweisen, die ein Lager dieser Art der menschlichen Grausamkeit und Abartigkeit bietet... Weshalb ich selbst überlebt habe, kann ich nicht mit Bestimmtheit sagen. Sowohl das Ende des Krieges als auch meine Jugend begünstigten meine Rettung. Ich will jedoch nicht verschweigen, daß ich bei einem Verhör zu Beginn meines Aufenthaltes nur den Diebstahl des Fahrrades zugab, wobei ich nicht vergaß, auf die Umstände hinzuweisen, die die eigentliche Ursache für meine Verfehlung waren. (Anschließend mußte ich das Blut, das mir aus der Nase rann, vom Lagerboden auflecken.) Ich erhielt eine leichtere Arbeit zugewiesen, und mein Fall verlor in den chaotischen Ereignissen an Wichtigkeit.«

23

»Die grauenhafteste Eigenschaft des Menschen ist sein Erinnerungsvermögen, die großartigste das Vergessen«, schloß er seinen Bericht und betrachtete die Kisten und Schachteln in der leeren Küche. Er ging mit einem Krug in den Keller und kam mit Most zurück. »Nach Hause ging ich zu Fuß«, fing er unvermutet wieder zu erzählen an. »Längst trug ich Zivilkleider, ich gab auch nicht an, woher ich kam. Den Erzberg erreichte ich von der Hieflauer Seite, wo er sich mächtiger und eindrucksvoller zwischen den hohen Gipfeln erhebt als von der Vordernberger. Die Arbeit war eingestellt. Ich ging die Schienenstränge entlang hinauf bis zum Gipfel und schaute hinunter, ohne irgend etwas zu empfinden. Beim Abstieg fand ich zwischen Felsbrocken einen Bergkristall, den ich herausschlug und einsteckte. In Eisenerz hing vom Rathaus eine rotweißrote Fahne. Das Hakenkreuz war, wie man erkennen konnte, entfernt worden. Ich betrat eine Amtsstube und verlangte eine Fahrkarte. ›Eine Fahrkarte?‹ lachte der Beamte. ›Eine Fahrkarte – wohin?‹ Er hatte nur ein Büschel Haare auf dem Kopf und die rote Nase eines Trinkers. Als ich ihm sagte, woher ich kam, versuchte er zuerst, mich abzuweisen, dann ermöglichte er mir, in einen der überfüllten Züge einzusteigen. Es war jetzt Anfang Juni, und der Mais hätte längst angebaut sein müssen.«

24

»Im Dorf ging ich zwischen zerstörten Höfen zum Gendarmeriekommandanten, ich hatte keine anderen Absichten, als mit ihm zu reden. Es war ein heller Sommertag. Der Kommandant trug die Uniform eines k.u.k.-Postmei-

sters, und ich setzte mich in seine Stube und fragte ihn nach seinem Befinden.
›Sind Sie hergekommen, um mich das zu fragen?‹ entgegnete er argwöhnisch. Ich sagte ihm, woher ich käme, und er antwortete, ich hätte ein Fahrrad gestohlen und sei wegen Diebstahls festgenommen worden. ›Insofern haben sich die Gesetze nicht geändert‹, betonte er.
›Das war nicht alles‹, begehrte ich auf.
›Ich weiß, ich weiß‹, unterbrach er mich. ›Wir haben Ihre Rückkunft erwartet.‹ Mit diesen Worten öffnete sich die Tür, und die beiden Gendarmen, die mich zum Schloß gebracht hatten – jetzt in Zivilkleidung –, traten ein. Schweigend nahmen sie Aufstellung und schauten mir in das Gesicht. ›Wenn es stimmt, was mir berichtet wurde, hat man versucht, Ihnen zur Flucht zu verhelfen – entspricht das den Tatsachen?‹ fragte der Kommandant. Mir fiel ein, wie ich in dem Lieferwagen gesessen war und einer der Gendarmen die Tür aufgerissen und mich gefragt hatte, ob ich fliehen wollte. Ich antwortete nicht und schaute zum Fenster hinaus auf die Bäume und die Sonne. Die Gendarmen standen da und warteten, was ich tun würde. Schließlich erhob sich der Kommandant von seinem Stuhl – einen Bleistift in der Hand – und sagte: ›Die Zeiten sind anders geworden, das ist wahr, auch die Verhältnisse. Der Bürgermeister, ich weiß nicht, ob Sie das wissen, wurde gelyncht, an jedem Hof fehlt zumindest ein Verwandter, der Zellenleiter, den Sie für Ihr Unglück verantwortlich machen, ist verschwunden, und mit ihm haben sich auch die Akten aufgelöst. Im Grunde genommen würde es Ihnen schwerfallen zu beweisen, daß Sie aus anderen Gründen als dem Diebstahl eines Fahrrades in das Lager eingeliefert wurden. Lassen Sie also die Sache auf sich beruhen.«

25

»Zum Maisanbauen war es jetzt schon zu spät, die Schweine und Hühner waren vom Hof verschwunden (von Soldaten geplündert, wie man behauptete). Ein Jahr später arbeitete ich im Kohlenbergwerk St. Ulrich, ich mied jedoch die Dorfbewohner, soweit es möglich war. Meine Berichte wurden in Zweifel gezogen. Als der ehemalige Zellenleiter zurückkam, stellte er ›mein Verbrechen‹ als gewöhnlichen Fahrraddiebstahl hin, weswegen man mich von nun ab als Kriminellen ansah, auch vom Staat erhielt ich keine Unterstützung. Nachdem ich eine Zeitlang als Hilfsarbeiter mit einem konservierten Walfisch durch das Land gefahren war, fand ich einen Arbeitsplatz in Köflach, das ist der Grund, weshalb ich jetzt, nach vielen Jahren, mein Haus verkaufe (denn entgegen meiner früheren Absicht will ich im Alter nicht mehr zurückkehren).«

26

Daß ein Mann aus unserem Dorf – noch dazu einer der ärmsten und unscheinbarsten – so tief in das Räderwerk der Geschichte gezogen worden sein soll, daß er, wie er es später ausdrückte, »einen Blick auf die Kraft habe werfen können, die es in Gang hält«, erscheint den Bewohnern unseres Landstriches undenkbar. Daher begegneten sie seinen Berichten mit untilgbarem Mißtrauen, bis er uns verließ –

## Ich denke an das Land

Es ist zu allen Jahreszeiten (bei Tag und bei Nacht) schön, über die Hügel zu gehen. Manchmal stehen Mond und Sonne zugleich am Himmel, und die Geräusche der Insekten sind das Gesumm der mit der Nacht verblaßten Sterne. Hinter den Prozessionen laufen Kinder in weißen und schwarzen Kleidchen, die Straße ist mit Blütenblättern bestreut, die blaßgoldenen Marienfahnen mit den blitzenden Kupferkugeln am Ende der Stange wehen in der Luft. Das Gebet des Pfarrers, die Monstranz vor dem Gesicht (die die Form einer ovalen kleinen Sonne aus Gold hat und in deren gläsernem Herz die weiße Hostie eingeschlossen ist), wird von Vogelschreien durchschnitten, von Vogelgezwitscher geschmückt wie von Girlanden aus Veilchen und Primeln. Die alten Schuhe des Pfarrers kennen die ersten Hahnenschreie des Morgens und die sechseckige Form der Schneeflocke. Im hellen Klingen der Wandlungsglocken (die von den Ministranten geschwungen werden) fällt das Licht auf die Erde, weich und mild wie bei einem Sonnenaufgang. Die Altäre im Freien sind umwedelt von Hunden, in den gestickten Ziertüchern ruht der Schlaf vergangener Zeit. Wie oft bin ich über die Hügel gewandert unter unsichtbaren Galaxien, aus den Höfen roch es nach Kuhmilch und Zwetschgenschnaps, und die Gesichter waren gezeichnet vom Frühaufstehen. Es gibt keinen Weg, auf dem Du nicht auf tote Vögel oder erschlagene Maulwürfe stößt, trotzdem ist der Tag erfüllt von Freude, von Blumendüften, dem Geruch des Grases, dem Geschmack des Himmelblaus, der süßen Vergiftung durch Regenwolken. Das geschlachtete Vieh dampft in den Höfen, das Blut ist in blauen Schüsseln aufgefangen. In den dunklen Verstecken der Heuböden legen Hühner die schönen Eier, Käfer klettern durch den Löwenzahndschungel, und die Karpfen stehen in den Teichen, als seien sie Blätter eines Wasserorganismus, in den Obstgärten ruht der Sommer. Versteckt im Grün der Maispflanzen schlummert der Kosmos, wunderbar gespeist von den Tauben und Fasanen, die den Heiligen Geist aus den Kapellen über die Äcker tragen. Das Wasser läuft mir im Mund zusammen, beim Gedanken an die beschlagenen Krüge mit kellerkaltem Most, das frischgebackene Brot und das geselchte Schweinefleisch, die im

Anblick der Felder und Weingärten unter der lichtflimmernden Krone eines Birnbaumes verzehrt werden, oder an den rosafarbenen Wein, der voller Gesang ist. Prall hängen die Zwetschgen an den Bäumen, manche Kranke sehen nur einen Zweig mit blauen Früchten durch das offene Fenster wie ein Mariengebet. Es ist schön, zu Mittag an weißgedeckten Tischen auf das Essen zu warten, umwuchert von Pflanzen, die Gemüsegärten sind buntgescheckt (unter den Erdbeeren verstecken sich die Katzen). Am Himmel säen die Gärtner Milchstraßen, die Klapotetze drehen sich klappernd gegen die Zeit. Jedes Tier ist mir gut, die Äpfel zeigen mir willig die Farbe Gelb, aus ihrem Gehäuse summt das Lied vergangener Bienenvölker. Ach, wäre jedes Geheimnis so paradiesisch! Das Magnetfeld der Erde lenkt meine Schritte, die Sperlinge waschen sich im Morgentau der Blüten, gelassen verweist das Farnkraut auf Jahrtausende. Inmitten von Pflanzen und Tieren arbeiten Menschen, als kennten sie das Innere der Bienen, als wüßten sie die Geheimnisse der Bilche und Füchse, als sei ihnen der Vogelflug kein Rätsel und der Tod vertraut. In den Küchen stehen frischgepflückte Blumen, die Leintücher der Betten sind kühl, herausgebackene Akazienblüten werden von Witwen mit Zucker bestäubt. Die weiße Vogelscheiße auf den Stiegen stimmt fröhlich, das Schneckenhaus ist ein Spiralnebel, die Naturgeräusche flimmern in das Weltall. Du lernst das Lied der gallertigen Essigmütter kennen, die Andacht der Hasen, die Schönheit der Bienenwabe, das Sterbegebet der abgehäuteten Tiere. Die letzte Ölung des Wachsduftes wird Dir zuteil, wenn Du in fremde Häuser trittst und den angebotenen Obstler nicht ausschlägst. Unter Holzhaufen und vergessenen Steinplatten nisten unentdeckte Insektenstaaten, verborgene Schöpfungen, außer Hör- und Sehweite, aber Du fühlst dieses Gewimmel. In den Jahresringen der Baumstämme wird Buch geführt über die Kuckucksschreie, die stacheligen Kastanienschalen, die vom Wind getriebenen Samen und die stummen Rufe der Einsamen. Es ist keine Lästerung, die Farbe des Kornfeldes oder den Sprung des Laubfrosches zu bestaunen, sie sind für Dich geschaffen, ein Preislied des Lebens. Die Spuren des Traktors auf lehmigem Weg, der von Blütenstaub gelbe Himmel, die geduldigen Ackerfurchen, die Kindheit bewahrenden Erdbeeren gehören dem Tag und Deinen unersättlichen Augen, Dir gehört der verwitterte Schmerzensmann, das von der Sonne warme Eßbesteck auf dem Tisch im Freien, der Oleander vor dem Kuhstall. Für Dich weht der Wind in den Ribiselbüschen, der die Gletscher berührt hat und den Duft des Almenrausches mit sich führt. Nur Du erkennst die Bahn der Gestirne in den Augen der Tiere. Die Menschen, denen Du begegnest, scheinen in Andachten versunken, in müde, friedliche, heitere und obszöne, nie verläßt sie die Sonntagspredigt, im Fegefeuer und Weihrauch brüten sie Ringelnattern aus zum Gedenken an die Ahnen. Heiter ist das Gemüt der Jäger, herrlich der Geschmack des Rehs mit würzigen Kräutern und Früchten, gekocht mit der Wollust des Mörders in warmen Küchen, wo auf gelbnassen Schneidbrettern geköpfte Forellen mit Mehl bestäubt werden. Keine Landfahrt ohne Rausch und Erinnerung. Auf Schritt und Tritt begegnest Du Keimen der Wiedergeburt, dumpf grunzen Schweine in den Ställen, die Kühe schlagen mit den Hufen gegen Holz. Korn reift, der Kukuruz sammelt die Hagelschlossen gelber Maiskörner. Ich liebe es, ein Haus zu betreten, von dem aus man die Schreie der Amseln hört und die Proben der Musikkapelle über dem Feuerwehrhaus. Bis zu den Fenstern ist es im Herbst gefüllt mit Maiskolben – und Obst und Wespen lagern im Keller, der Geruch süßlich faulenden Obstfleisches dringt durch die Türen. Die Blätter haben Millionen Jahre altes Licht gesehen und gehen zugrunde, ein Karpfenteich, der sich rot und gelb verfärbt von Laub, die Krähen sind das Gebetbuch der Stille. Es ist die Stunde des Weins und der Dämmerung, die Nebel beginnen ihre Märchen zu erzählen. Der Zauber des Regens entschädigt für die spärliche Sonne, die gemütliche Ofenwärme schützt das Lachen der Ertrunkenen. In den Winternächten ist der Sternenhimmel am klarsten. Es ist die Jahreszeit der Kinder und der Nüsse. Die Ministranten fahren auf den Schlitten im gelben Schnee neben dem Kirchhof und erheitern mit ihrem Gelächter die Toten. Wir essen Lebkuchen und trinken Schnaps, bis wir vor Rührung weinen, denn wir sind nicht mehr alt.

## Die Krankheit im Geiste

Geschätzter Herr Doktor: Sie sind damit beschäftigt, meine Krankheit zu erforschen, wobei Sie, wie Sie sagen, nicht nur meine Anfälle im Auge haben (Sie nennen meine Bewußtseinstrübungen auch »Zustände«, wie ich gehört habe). Soweit ich aus scherzhaften Bemerkungen des Pflegepersonals schließen kann, führen Sie bei sich selbst ähnliche Bewußtseinstrübungen mittels Drogen herbei, und das mit voller Absicht – ich will jedoch nicht auf Ihre Gewohnheiten eingehen. Was mich vielmehr interessiert, ist, weshalb es Ihnen darum zu tun ist, Ihr eigenes Bewußtsein zu trüben ... Ich zerbreche mir selbstverständlich nicht den Kopf darüber. (Wie Sie verstehen werden, ist meine Frage eine Form der Anklage, obwohl ich nicht eine Verurteilung im Sinn habe.) Sie studieren also mein Wesen, als ob es mit dem Ihrigen – zumindest was meine Krankheit betrifft – nichts zu tun hätte. Ich kann Sie nicht daran hindern, denn ich bin es, der eingesperrt ist, und Sie sind derjenige, der sich in Freiheit befindet und über mich verfügen kann. (Bei allem Fortschritt sollten wir uns nicht darüber hinwegtäuschen, daß in der Anstalt nach den Grundbegriffen eines Gefängnisses vorgegangen wird.) Stellen Sie sich, sehr geehrter Herr Doktor, vor, die Situation wäre umgekehrt. Eines Morgens fänden Sie sich in einem Abteil der Anstalt, und ich beugte mich über Ihre Gedanken und Ansichten wie ein Laborant, der durch das Mikroskop Blutkörperchen zählt. Ihre erste Frage wäre gewiß, was der Grund dafür sein könnte, daß man Sie sozusagen aus dem Verkehr gezogen hat. Haben Sie jemandem einen Schaden zugefügt? – Nein. Haben Sie sich selbst einen Schaden zugefügt? – Auch nicht. Sie meinen, es stünde zu befürchten? Hand aufs Herz, Herr Doktor, haben Sie noch nie daran gedacht? Nein? – Sie sind nicht zu beneiden... Jetzt schütteln Sie den Kopf und lächeln. Ihr Lächeln – erlauben Sie mir, daß ich es interpretiere – ist das Kainszeichen Ihres Denkens, falls Sie verstehen, was ich meine. Sehen Sie, Sie liefern sich, was Ihr Denken betrifft, wie ein Schwimmer im Fluß der herrschenden Strömung aus oder Sie klettern, besser gesagt, wie die Mondwinde brav auf jede Bohnenstange, die man vor Sie in die Erde pflanzt. Ich hingegen versuche selbst zu denken. Ich springe nicht in Flüsse und klettere nicht auf Bohnenstangen, wenn es sich vermeiden läßt. Sie werden verstehen, daß mein Vorhaben schwierig und mit Schmerzen verbunden ist. Denn während Sie sich in Sicherheit befinden, da Sie erprobte Wege beschreiten, droht mir Stillstand und Einsamkeit. Was ich am deutlichsten festgestellt habe, ist der Umstand, daß ich nicht der sein darf, der ich bin. Ich darf weder meine Gedanken aussprechen, noch sehen, was zu sehen ist und schon gar nicht die Schlüsse ziehen, die mir aufgrund meiner Erfahrung richtig erscheinen. (Genaugenommen verbietet man mir nicht meine Gedanken, die Schwierigkeiten sind erst mit dem Aussprechen verbunden.) Aber, verehrter Herr Doktor, unter uns gesagt: Dürfen Sie zugeben, wer Sie wirklich sind? – Ich meine, können Sie behaupten, daß Sie wenigstens vor sich selbst der sind, der Ihnen offenbar ist?

Ist es nicht Ihr Wunsch, nichts Fremdes mehr an sich zu haben, und sind Sie sich trotzdem nicht immer wieder fremd? (Das Eingeständnis Ihrer eigenen Fremdheit könnte – wenn Sie sich dazu bekennten – dabei die Grundlage für Ihre Freiheit bedeuten.) Um zu überleben, um nicht aufzufallen, trennen Sie sich hingegen von Gedanken, Wünschen und Handlungen, die Ihnen, aus welchem Grund auch immer, verachtenswert erscheinen. Was Sie in Wirklichkeit suchen, ist nicht die Erkenntnis, sondern das Vergessen. Sie sind ein Meister des Vergessens. Weshalb haben Sie vorhin gelächelt? Weshalb haben Sie *vorgegeben*, mich zu verstehen, wo Sie ohnedies nur Ihre *Haltung* von mir trennt, die Sie sich hüten werden aufzugeben? Warum geben Sie mir nicht überhaupt recht? Weil die Welt Sie ansonsten verschlingen würde? Ist die Welt so schlecht? – Dann gestatten Sie mir die Frage, aus welchen Gründen Sie ein Komplize dieser schlechten Welt sind? Wer hat Sie womit korrumpiert? Ich halte Sie nicht für einen Feigling. Aber gewiß sind Sie auch kein Held. Sie sind der durchschnittliche Handlanger des alltäglichen Stumpfsinns und Scheins, der überall zu finden ist. Wollen wir nicht lange herumreden: Sie beherrschen die Fähigkeit, sich in zwei oder mehrere Personen spalten zu können, Ihre Ansichten zu wechseln, Ihre Schwächen zu verdecken und sich zu geben, wie es für Sie am günstigsten ist. (Dabei beklagen Sie sich lautstark über den Verlust von Werten und Mangel an Idealismus.) Wenn ich es recht betrachte, sind der Gespaltene eigentlich *Sie*. *Sie* sind der Hinterlistige, Sie haben eine gespaltene Zunge und ein gespaltenes Herz, Ihr Denken ist vom Vorteil bestimmt, auf den Sie ständig lauern und auf den Sie hinarbeiten, weswegen Sie auch einmal *der* und einmal *ein anderer* sind. Ihr Verhalten ist nichts Schlimmes, und ich glaube Sie nicht zu beleidigen, wenn ich es mit dem allgemeinen Ausdruck der »geistigen Gesundheit« bezeichne. Ich aber, der ich nur mein Wesen ausdrücken kann, das wechselhaft ist wie das Wetter und unberechenbar wie ein Blitz, bin krank. Ich bin zum Unterschied von Ihnen nicht berechenbar. Grob gesprochen kommt es also darauf an, berechenbar zu sein. Ihre Aufgabe ist es, mich zu heilen, das heißt berechenbar zu machen. Um das zu verstehen, muß ich aber zunächst berechnend werden. Berechnend wie Sie, der seine Geheimnisse verschweigt, um ein anderes Bild von sich zu zeigen. Letztendlich wollen Sie mich nur dazu bringen, die übliche Einübung in die Verstellung mitzumachen. Konstatieren Sie jetzt im Laufe unseres Gespräches, welches, wie ich zugeben will, einseitig verläuft, daß ich zwar erkennen kann, wie die Umstände liegen, hingegen nicht die Kraft aufbringe, mich – wie es gefordert ist – in einem fort zu verstellen, so verschreiben *Sie mir* ein Beruhigungsmittel, dabei sind *Sie* derjenige, der über mich beunruhigt ist. Worunter ich tatsächlich leide, sind die Mißverständnisse und der Haß meiner Umwelt, die ich dadurch auf mich ziehe, daß ich unentwegt der sein muß, der ich bin. Ich beneide Sie nicht um Ihre Macht und Tätigkeit, Herr Doktor, ich möchte genausowenig in Ihrer Haut stecken wie Sie in der meinen. Das einzige, worum ich Sie beneide, ist Ihre Freiheit, aber gerade *die* verweigern Sie mir. Statt dessen wollen Sie in meine Schriften Einblick nehmen – ich bin überzeugt, daß Sie sich längst ein Bild davon gemacht haben, bevor Sie noch einen ersten Blick auf die Seiten geworfen haben. Worauf Sie aus sind, sind Beweise. Beweise für Ihre vorgefaßte, das heißt vorgedachte Meinung. Mit Sicherheit werden Sie meine Aufzeichnungen als verwirrt oder zumindest verwirrend bezeichnen. Und außerdem werden Sie nach Denkmustern fahnden, die Ihnen signifikant erscheinen. Sie legen verschiedene Schablonen darüber und können die vorgezeichnete Form nicht erkennen. Das ist Ihnen Beweis genug... Nein, ich habe keine Lust, Ihnen meine Schrift zu erklären. Ich finde es beschämend, daß ich sie

Ihnen ausliefern muß. Ich habe auch keine Lust, mit Ihnen zu sprechen. Ich habe überhaupt keine Lust, mit irgend jemandem zu sprechen, weil ich doch nur Lügen, Halbwahrheiten, Belanglosigkeiten und gewisse Kommandos hören würde. Da schweige ich lieber wie früher.

## Das Testament des Generals

TESTAMENT

»Ich vermache mein gesamtes Vermögen der Geschichte.«

gez. Napoleon von Kniefall
General des 6. k.u.k. Luftregiments
am 26. Mai 1918

## Der Fall des Gendarmeriekommandanten (Erzählung der Tante)

»An einem nebligen Novembertag erhielt der Gendarmeriekommandant – er wiegte sich längst in Sicherheit – ein Schreiben aus der Stadt, daß seine Stellung und sein Verhalten vor einer Kommission überprüft würden. Aufgrund verschiedener Berichte aus der Bevölkerung, aber auch des Kommissars, der vor einiger Zeit im Dorf gewesen sei, um ein oder mehrere Verbrechen aufzuklären, sei diese Überprüfung nicht zu vermeiden, hieß es in dem Schreiben. Eine Weile starrte der Gendarmeriekommandant, der bereits das heutige Grau unserer Gendarmen trug, das Schreiben an, dann stand er auf, versperrte die Tür zu seinem Zimmer, holte die Dienstpistole heraus und entsicherte sie. Draußen war gerade Unterrichtsschluß, und als er die Kinder lachend aus der Schule kommen hörte, zögerte er einen Augenblick. Dann aber zerriß ein lauter, trockener Knall die verschlafene Stimmung in der Gendarmeriestube. Man brachte den Schwerverletzten unverzüglich ins Krankenhaus, aus dem er nach einem halben Jahr zurückkehrte. Manche von uns fragen sich, weshalb man ihn frei herumlaufen läßt, wo er sich an die Vergangenheit nicht mehr erinnern kann und nur noch in der abgenützten k.u.k.-Uniform vom Zirkusdirektor für dessen Zwecke ausgenutzt wird. Die Jüngeren aber wissen nicht einmal, um wen es sich bei diesem automatischen Menschen handelt und mit welcher Macht er einmal ausgestattet war. Und auch die Gendarmen selbst hüllen sich lieber in Schweigen und winken ab, wenn die Rede auf ihn kommt.«

## Die Schilderung des Freundes (Schluß)

Nach der Beerdigung meines Vaters betrank ich mich auf der Bestattungsfeier, denn ich konnte die Gespräche nicht mehr mitanhören, nicht mehr zu den Gebeten ein andächtiges Gesicht machen, nicht mehr Trauer heucheln. Wir saßen im Ballsaal unter der Fahne des Kameradschaftsbundes, und allmählich lockerte sich die Stimmung. Ich verspürte Lust nach einer Frau. Mir fiel ein Mädchen auf, das erst kürzlich ein Kind bekommen hatte – ich weiß nicht von wem. Das Mädchen lächelte mir zaghaft zu, als ich es anblickte, auf ihrer Oberlippe war Bierschaum. Wir trugen alle schwarze Kleidung oder Trachtengewand, mein Onkel schwieg und starrte auf das

Tischtuch. Was hätte ich ihm sagen sollen? – Die Reste der Mahlzeit und die halbleeren Weingläser verbreiteten Heiterkeit und Wärme. Ich war auf einmal in der Lage, Trauer zu empfinden. (Ich dachte an meinen Vater, wie er im Sarg lag und stellte mir, ohne es zu wollen, vor, wie er langsam in Verwesung übergehen würde.) Um die inneren Bilder zu verscheuchen, fragte ich meine Tante, die an meiner Seite saß, nach der Uhrzeit. Mir fiel auf, daß ihre Augenlider Runzeln hatten und wie vertraut mir seit meiner Kindheit die Ohrläppchen waren (nun aber waren sie viel kleiner, als ich sie die ganze Zeit über in Erinnerung hatte). Meine Tante verstand meine Frage falsch und gab mir laut zur Antwort, es sei schon spät. Draußen, im Schankraum sah ich, als ich die Toilette aufsuchte, den automatischen Menschen mit dem Gesicht auf der Tischplatte schlafen. Seine Maschine hatte er vom Rücken genommen und auf den Boden gestellt, seine Stiefel waren schmutzig.

»Laß ihn schlafen«, sagte der Kirchenwirt, wie es der Gewohnheit unserer Leute entspricht, wenn sie einen Schlafenden sehen. Die ersten Gäste kamen mir entgegen mit geröteten Gesichtern und kleinen Augen. Sie wiederholten ihre Beileidwünsche beim Weggehen. Als ich den Ballsaal betrat, erblickte ich wieder die junge Frau. Da niemand neben ihr saß, nahm ich Platz und legte einen Arm um ihre Schulter. Sie war auf ihre Weise hübsch, nur beim Sprechen entblößte sie einen schiefgewachsenen Vorderzahn. Ich glaube, sie war verlegen, da redete ich sie bei ihrem Vornamen an und erinnerte sie daran, daß wir bei einem Sommerfest miteinander getanzt hatten. Ich zog meinen Arm wieder zurück, trank einen Schluck Wein und sagte, ich würde beim Wehr auf sie warten. Es stellte sich jedoch heraus, daß sie abends in einem Nachbardorf auf einer Hochzeit verabredet war.

Ich antwortete, daß mir das nichts ausmache, ich könnte

ohnedies nicht schlafen. Als es Abend zu werden begann, brachen die letzten Gäste auf. Ich ließ mich von meinem betrunkenen Onkel nach Hause bringen, wo ich mich mit der Begründung, ich sei müde, verabschiedete. Mein Onkel nickte, und meine Tante küßte mich. Noch immer summten Bienen in den blühenden Bäumen. Ich dachte jedoch nicht an meinen Vater, sondern an das Mädchen und stellte mir vor, es sei bei mir. Das Arbeitszimmer meines Vaters war leer. Zwar standen die Möbel an ihrem Platz, doch waren sie mir fremd geworden. Ich öffnete einen Schrank und starrte lange die Hemden und Anzüge meines Vaters an, seine Socken und Krawatten, ich holte einen Pullover heraus und faltete ihn wieder zusammen. Man fürchtet sich bei uns vor den Kleidungsstücken eines Toten. Ich aber konnte nicht begreifen, daß sie vorhanden waren. Weshalb waren sie noch da, wo mein Vater schon unter der Erde lag? Was bedeuteten sie? Welche Aussage verband sich mit ihnen? Und je länger ich sie betrachtete, desto unbegreiflicher wurde mir, daß mein Vater gelebt hatte. Hatte er überhaupt gelebt? Ich dachte nach und konnte mich an nichts mehr erinnern. Versuchte ich, mir etwas Bestimmtes über meinen Vater und mich ins Gedächtnis zu rufen, sah ich zwei fremde Menschen, die so aussahen wie mein Vater und ich – wir waren es aber nicht. (Zwar war ich, wie man zu sagen pflegt, »auf der Welt«, aber das hatte mit meinem Vater nichts zu tun.) Nach einer Weile nahm ich, ich weiß nicht warum, die Bleistifte meines Vaters aus der Schreibtischlade und spitzte sie. Mein Vater, ein ansonsten bis zum Geiz sparsamer Mensch, hatte seine Bleistifte nur so lange benutzt, bis sie stumpf waren, und dann eine neue Schachtel gekauft. Es lagen büschelweise Bleistifte in den Läden, alle gelb und gleich lang, einige abgebrochen. Ich spitzte einen nach dem anderen und legte sie zurück in die Läden. Dann suchte ich eine Flasche Wein und ging in der Dunkelheit hinunter zum Wehr.

# 4. Buch

# Aufbruch ins Unbekannte

# Der Tod des Generals

Seit der Entlassung aus der Anstalt bin ich nicht mehr in das Dorf gegangen. Nur einmal begleitete ich meinen Vater, auf der Fahrt zum Schloß, um dem General die versprochene Ration Honig abzuliefern, die er für das Aufstellen unserer Bienenmagazine im Park erhielt. Als wir ausstiegen und das letzte Stück zwischen Gesträuch auf das Schloß zugingen, mußten wir feststellen, daß die Büsche in Form eines Labyrinths angelegt waren, weshalb wir einige Zeit planlos herumirrten. Zuerst waren wir erheitert, dann verstärkte sich ein Gefühl aufkommenden Ärgers, bis wir uns schließlich durch die Sträucher hindurch einen Weg bahnten. Das Rascheln der Blätter aber hatte eine Schar Singvögel aufgescheucht, die sich mit knatterndem Flügelschlag erhob und so groß war, daß sie rasch den Himmel verdunkelte. Wir schauten ihr lange nach, denn sie vereinigte sich mit einem breiten Vogelstrom am Himmel, und der Anblick des nicht enden wollenden Geschwirres von Flügeln und Körpern schlug uns in seinen Bann. Wir konnten jedoch nicht das Ende abwarten und begaben uns in das Schloß, wo uns der muffige Geruch aus den Räumen den Atem verschlug. Abermals hatten wir Schwierigkeiten, uns zurechtzufinden. Wir wußten ja nicht, wo der General auf uns wartete, auch wußten wir über die Anordnung der Räume nicht Bescheid, und die Vielzahl der Türen tat das Ihre, um uns mehr und mehr zu verwirren. Einmal, als wir eine der hohen Flügeltüren öffneten, blendete uns ein grelles Licht so heftig, daß wir die Tür augenblicklich ins Schloß warfen, ein andermal brach ein riesiger Schwarm Vögel klirrend durch die Fensterscheiben und ließ sich überall nieder, stob in der Luft herum und verunreinigte uns mit Kot, worauf uns nichts anderes übrigblieb, als zu fliehen. Als wir im nächsten Saal die goldenen Stukkaturen berührten, stellte sich heraus, daß sie nur ein Abbild ohne materielle Körperlichkeit waren (eine Spiegelung?), und ein Tisch, an den wir stießen, gab einen tiefen Orgellaut von sich und löste sich in Millionen von Staubkörnchen auf, die in einem Lichtstrahl tanzten, um, kaum hatte sich unser Staunen gelegt, die Gestalt eines mit reicher Verzierung geschmückten Kachelofens anzunehmen, aus dem ein heftiger Wind Schneeflocken blies. Die meisten Räume aber waren wie erwartet leer, die Tapeten hingen in Fetzen herunter, und aus den Ritzen der Parkettböden sproß Unkraut, von dem wir annahmen, daß es jenen Dampf absonderte, der mitunter unsere Sicht trübte. In den Spiegeln schwamm unter der klaren Oberfläche allerlei Getier: Ringelnattern und Ratten vor allem, außerdem wurden Hüte vorbeigetrieben, aus denen ein deutliches Grunzen zu vernehmen war. Schließlich stießen wir auf den blinden Jagdhund des Generals, der uns sogleich schweifwedelnd auf jene Türen zuführte, durch die wir in die richtigen Räume gelangten. Von dort aus war es leichter, selbst den Weg zu finden. Zwar nahm die verwirrende Anzahl von Türen nicht ab, in den Sälen aber, die wir nun betraten, herrschte zum Unterschied von den vorhergegangenen nichts als die Ruhe der Abgeschiedenheit und der allergewöhnlichste Verfall. Hie und da ein Hirschkäfer auf dem Boden, das nachmittägliche Licht, das Knarren des Parkettbodens, ein vergessenes Ölgemälde oder ein mit einem Leintuch verhangener Stuhl. Einige Male stießen wir auf Badezimmer (aus deren Kacheln Enziane und Schafgarben sprossen), mit Armaturen in Form von Blasinstrumenten oder Meeresmuscheln, dann wiederum hatten wir irrtümlich eine Uniformkammer betreten (anders konnten wir uns die bis zur Decke aufgestapelten Armeeröcke, Kappen, Gürtel und Stiefel nicht erklären), die mit halbverbrannten Fahnen geschmückt war. Der Jagdhund führte uns schließlich zum Schlafzimmer des Generals, das an Ärmlichkeit nicht zu überbieten war. Auf dem schmierigen Sofa lag der General selbst, alte Zeitungen bedeckten den Fußboden, und auf Stühlen hockten zu unserem Erstaunen mehrere Dorfbewohner. Die Stühle waren wie in einem Theater in Reihen aufgestellt – es waren viel zu viele Stühle für viel zu wenig Zuhörer, so daß es uns nicht weiters verwunderte, als wir vom Jagdhund und einem zweiten, vermutlich ebenso blinden, an den Kleidern in die Sessel gezerrt wurden. Eine Zeitlang hörten wir nur das Atmen des Generals und das drohende Knurren der Hunde, sobald sich jemand erheben wollte. Erst jetzt stellten wir fest, daß Ringelnattern aus den Löchern im Boden krochen und wieder dorthin verschwanden.

»Ich wollte nie ein Dorfhund sein und mitbellen, wenn die anderen es tun«, sagte der General plötzlich, als habe er nur auf unser Eintreffen gewartet. Und als habe ihn diese Feststellung vollkommen erschöpft, schwieg er eine Viertelstunde lang mit geschlossenen Augen. Dann aber richtete er sich auf, starrte uns mit einem wahnsinnigen Gesichtsausdruck an und begann laut zu lachen. Er lachte so heftig, daß er zwischendurch nach Luft rang und seine Zunge herausstreckte, ganz so wie ein Idiot. Dann ließ er sich wieder in seine Kissen zurückfallen, wobei ein Bein aus dem Bett fiel. Der General war vollständig mit seiner Uniform bekleidet, seine Stiefel aber waren zu unserer Überraschung schmutzig von Lehm, als habe er einen längeren Fußmarsch hinter sich. Im selben Augenblick, als sein Fuß auf den Boden polterte, klappte auch seine Kinnlade hinunter, und er fiel, wie es den Anschein hatte, in tiefe Ohnmacht. Neben dem Fenster befand sich eine Voliere, in der, wie man wußte, der General früher seltene exotische Vögel gehalten hatte, nun aber hockte nur noch ein Gimpel auf einer Stange, der, kaum hatte der General zu lachen aufgehört, mit der Stimme des Generals weiterlachte, daß man meinen konnte, es lache noch immer der General, und als habe der Vogel nur darauf gewartet, daß der General das Bewußtsein verlor, flog er durch ein Loch

im Netz aus seinem Gehege und setzte sich auf die Brust des Ohnmächtigen, um uns von dort aus zu beschimpfen. Hatte er den Selbstgesprächen des Generals gelauscht? Hatte ihn der General darauf abgerichtet, Geschichten zu erzählen? War er überhaupt dafür da, den General mit seiner eigenen Stimme zu unterhalten?
»Dieses elende Pfuschwerk ... nichts als elendes Pfuschwerk«, rief er, und: »Diese Unterwürfigkeit ... in jedem von Euch nur Unterwürfigkeit!« – Bei diesen Worten erschauerten die wenigen Zuhörer, auch warf ein Windstoß eine Tür auf und wirbelte die Zeitungen auf dem Boden durcheinander. Es war die Tür zu jenem Raum, in dem unter einem Glassturz der ausgestopfte Schimmel des Generals stand. Bei seinem Anblick flatterte der Gimpel aufgeregt mit den Flügeln und schrie: »Attacke, ihr tapferen Ulanen! Die gelben Matrosen fliehen aus der Schlucht der Fliegen, verfolgt sie bis ans Ende der Welt!« Nach diesen Sätzen fiel die Tür wieder ins Schloß, jedoch so heftig, daß ein Sprung im Spiegel über dem Waschtisch entstand. Jetzt erkannten wir, daß einerseits die Vorhänge geschlossen waren und andererseits das völlig natürliche Licht von Löwenzähnen kam, die überall in Kaffeeschalen, Bierkrügen und Wassergläsern herumstanden. (Ferner gaben auch gewöhnliche Steine auf dem Tisch Licht von sich, von dem es heißt, es handle sich um deren Gedächtnis. Ich kann dieses Gedächtnis nicht deuten, doch verstand sich der alte Mautner darauf, der es zeit seines Lebens erforscht hat. Ich war erstaunt, diese Steine im Arbeits- und Krankenzimmer des Generals zu finden.)
»Ich bin der kleinste Soldat der Armee«, rief jetzt der Gimpel, und sogleich erinnerten wir uns an den winzigen Ulanen, der beim General den Dienst versah, mitunter an Sonntagen im Gasthaus die Dorfbewohner erheiterte und – alles in allem – nicht viel größer als eine Krähe war. Wenn der General jemals einen Menschen geliebt hat, so

heißt es, war es dieser winzige Ulane aus Tirol, der bei einem unserer Hochwasser ertrunken ist und nie mehr aufgefunden wurde. Tagelang, so heißt es weiter, habe der General sich in seinem Zimmer eingeschlossen und um den winzigen Ulanen getrauert, zu dessen herausragendsten Eigenschaften es gehörte, auf Wunsch die Geburts- und Todestage aller Edlen von Kniefall auswendig aufzusagen, die Namen der Generäle und Feldmarschälle des Kaisers, sowie aller Adeligen der Monarchie. Und als habe der Gimpel es von dem winzigen Ulanen gelernt, fing er an, unsere Monarchen aufzuzählen, in der richtigen Reihenfolge, die Namen der Ehefrauen und Kinder und die Zeit, die sie geherrscht hatten, auch vergaß er nicht, die wichtigsten Ereignisse zu erwähnen, bei denen sie sich hervorgetan oder die sie verursacht hatten. Mitten in seine Aufzählungen gab der General immer wieder Schnarchlaute von sich – Zeichen der Agonie, die fälschlicherweise den Eindruck hervorriefen, er langweile sich. (Tatsächlich haben den General die Geschichtskenntnisse des Ulanen nie gelangweilt, was ihn ausschließlich langweilte, wird behauptet, waren wir, die Dorfbewohner.) »Ich bin der letzte Vogel in diesem Landstrich«, rief der Gimpel plötzlich, »die Vögel, die sie vorhin auf dem Himmel sahen und von denen sie dachten, sie zögen irrtümlich nach Süden, haben die Zeit mit sich genommen. Das war der Zweck ihres Zuges.« Und nun fing er an über japanische Herrscher zu sprechen, über den Zaren, über Bordelle, über die Fauna und Flora, über Kristalle, Erdbeben und die Sterne, über den Pferdekopfknebel, den Saturn und die Apokalypse, er sprach vom Blutfarbstoff, Libellen und dem Jenseits gleichermaßen wie über das Paläozoikum, Religionen und den Golfstrom. Nun erst fiel uns auf, daß er alles, worüber er sprach, aus der Hand des Generals las oder in dessen Handlinien, und von unseren Plätzen konnten wir einen blassen phosphoreszierenden Schimmer erkennen, der aus der Hohlhand leuchtete. Was aber sah der Vogel wirklich? Waren es Bilder oder versetzte ihn dieser merkwürdige Lichtschimmer aus der Hand des Generals in eine Art Trance oder Hypnose? Es wagte niemand, sich von seinem Platz zu erheben, denn sobald wir uns nur wenig bewegten, knurrten die Hunde. Plötzlich sprang der Gimpel auf den Kopf des Generals und begann über vergangene Schlachten zu sprechen. Wir durften hören, auf welche Weise sie geführt wurden, und erfuhren die Gedanken von Generälen und Marschällen. Noch nie hatten wir verstanden, was im Getümmel eines Krieges vor sich ging, nun aber begannen wir zu begreifen. Besonderen Eindruck machte uns ein »Bericht aus dem Herzen der Schlacht«, in dem ein hoher Offizier sich, nachdem seine Armee geschlagen war, das Leben genommen hatte. Wieder riß ein Windstoß die Tür zum Nebenzimmer auf, aus dem uns der ausgestopfte Schimmel anglotzte, und wir hörten den Vogel krächzen:

»Jedes Menschen gelbes Blut
Färbt die Schimmel der Husaren
Mit des Krokodiles Mut
Wir ins Jenseits fahren«

Und in seiner tiefen Ohnmacht der General antwortete:

»Tod dem Elefantenzahn
Tod den Regenwolken
Tod den Kühen, falls sie nicht gemolken
Tod der Trauer, Tod dem Wahn«

Schon sprang ein Hund gegen die Tür und warf sie ins Schloß, und als sei nichts geschehen, fuhr der Vogel fort, indem er anfing von der Flucht eines Erzherzogs vor der Pest zu berichten, die ihn aber in einem kleinen Landgasthof erreichte, in dem er sich versteckt hatte. Wir erfuhren das Ende des Bischofs, der bei lebendigem Leib verfaulte, und vom Wüten der Cholera, schließlich vom Tod des ersten von Kniefalls, der an einer geheimnisvollen Krankheit zugrunde gegangen war: Seine inneren Organe waren geschrumpft, und zurück war nur die äußere Hülle geblieben, wie bei einem Insekt, das von einer Spinne ausgesaugt wird, wurde behauptet. Die Hülle sei so eng mit der prunkvollen Kleidung verbunden gewesen, die der erste von Kniefall zum Zeitpunkt seines Todes getragen hatte, daß sie gleichsam eine Art Futteral darstellte. Eigentlich, so erfuhren wir, bestattete man nur die Kleidung des Toten, er selbst habe sich zu Lebzeiten schon nahezu völlig aufgelöst gehabt. Als der nächste Windstoß neuerlich die Tür aufriß und uns wieder das starr glotzende Pferd zeigte, flog der Gimpel auf und schrie: »Elendes Pfuschwerk!« Sofort beeilten sich die Hunde, die Tür zu schließen, und als die Ruhe wiederhergestellt war, hörten wir den Vogel: »Diese Unterwürfigkeit!« spotten. Zuletzt setzte er sich zurück auf den Kopf des Generals und rief:

»Euch Edlen widme ich das bunte Gefieder
Das Alphabet der Stille
Aus Turmalinkristall sind meine Lieder
Am Anfang war das Ei«

In diesem Augenblick verwandelte sich der Gimpel in ein Ei, verlor zuerst die Federn, dann die Beine, den Schnabel, den Kopf und verfärbte sich. Still lag der General mit dem Ei des Gimpels auf dem Kopf. Viele Jahre zuvor, das ist allgemein bekannt, hatte der General eine Gimpelschule geführt, in der er zahlreiche Gimpel das Sprechen gelehrt hatte, mit dem Tod des kleinen Ulanen aber, der sich Tag und Nacht mit den Vögeln beschäftigt hatte (es geht sogar das Gerücht, er sei auf Dohlen geritten), hat er die Tiere mehr und mehr vernachlässigt und ihnen schließlich die Freiheit geschenkt. (Die meisten sind aber infolge der langen Gefangenschaft nicht mehr lebensfähig gewesen und ein Opfer der Leimrutengänger oder Krähen geworden.) Jetzt erst bemerkten wir, daß die Ringelnattern aus dem Boden gekrochen waren und einen Schriftzug bildeten. Ganz deutlich konnten wir das

Wort »Ende« lesen, bevor sie wieder in den Ritzen und Spalten verschwanden, und als nächstes fiel uns auf, daß die Hunde den Raum verlassen hatten. Zaghaft erhoben wir uns von den Stühlen und näherten uns dem General. Als wir herangetreten waren, erkannten wir, daß er aufgehört hatte zu atmen. Wir griffen nach seiner Hand: Sie war so fest wie ein Stück Holz. Einer der Dorfbewohner klopfte auf den Brustkorb, was ein Geräusch zur Folge hatte, als begehrte jemand Einlaß. Nun klopfte jeder von uns mit dem Knöchel auf den Körper des Generals und hörte das hölzerne, helle Geräusch, durch das sich für gewöhnlich der Specht verrät. Außer uns von einer plötzlichen kindischen Freude fingen wir an zu singen und auf dem General den Takt zu klopfen. Ein Blick in seinen offenen Mund sagte uns, daß er ausgetrocknet war. Die Zunge war starr wie eine Schuhsohle, die Augen sahen aus wie gemalt. Nun stürmten die Dorfbewohner in den Nebenraum, um die Glasvitrine aufzuheben, unter der sich der Schimmel befand. Aber kaum war der erste durch den Spalt gekrochen und hatte sich auf das Pferd geschwungen, als es zu Staub zerfiel. Für meinen Vater und mich aber war dies ein Zeichen, das Schloß zu verlassen. Wir versuchten den Weg wiederzufinden, den wir gekommen waren, es war jedoch nicht möglich. In der Zwischenzeit mußten die Räume vollständig geplündert worden sein. Die Fensterscheiben waren zerbrochen, die wenigen Möbelstücke entfernt, die goldenen Armaturen abmontiert. Der Saal mit den Spiegeln und Fernrohren war vollständig zertrümmert – alle optischen Einrichtungen gestohlen, die Kacheln herausgerissen. Immer wieder begegneten wir den Hunden, die auf Suche nach Beute herumstreiften und uns bedrohten, so daß wir augenblicklich durch die nächstbeste Tür entflohen. Auf dem Dachboden, auf den wir uns schließlich verirrten, schwirrten Wespen umher und bauten ein kugelförmiges Nest, welches bereits so groß war, daß es unmöglich war weiterzugehen. Wir kehrten daher um und stürmten durch die verwüsteten Räume, in denen jetzt Eidechsen über die Wände huschten, verfolgt von den vor Hunger wütenden Hunden. Als wir endlich den Weg ins Freie gefunden hatten, hörten wir von überallher die Vögel.

# Zwischen Himmel und Erde

## a

Am Tag nach dem Tod des Generals blickte der Gehilfe des Leichenbestatters auf den Boden. Sein Blick durchdrang die Erdkruste und erkannte mit einem Mal eine riesige Blume unter seinen Füßen, eine weiße Pfingstrose, die sich langsam ausdehnte. Der Gehilfe blieb augenblicklich stehen und lauschte. Auf dem violetten Himmel über ihm wuchsen Apfelblüten, die auf die Erde schwebten und sich beim Auftreffen in Getier verwandelten. Die Apfelblüten waren aus Eis und glitzerten und klirrten und strahlten so hell, daß sich die Kleidung des Gehilfen verfärbte. Aus den Wiesen stürzten sanfte Wasserfälle nach oben, während die mehrköpfigen kleinen Blumen farbige Wolken absonderten. Erstaunt betrachtete der Gehilfe ihren goldenen Glanz. Mittlerweile waren die Apfelblüten verblaßt, und an ihrer Stelle wob sich ein Netz von Weinranken und Weinblättern auf dem Himmel, in dem Vögel flirrten. Aus den Schnäbeln der Vögel aber glitten Frösche und schwebten sodann in ruhigen Bahnen dahin, wie Fische durch stilles Wasser gleiten. Eine der Wolken öffnete sich vor glitzernden Sternen, aus denen Lichttropfen auf den Gehilfen herunterprasselten, die Pflanzen, Tiere und Steine mit einem St.-Elms-Feuer umhüllten. Das Schloß war von Zweigen verdeckt, von denen reife Pflaumen hingen – in einer Fülle, wie sie der Gehilfe noch nie gesehen hatte. Und der Fluß am Fuße der Festung führte goldene Kieselsteine mit sich und leuchtete, als sei er eine Falte in einem Mantel aus fließender Seide.

## b

Langsam versank der Gehilfe. Vom Inneren der Erde aus erschien ihm das Wurzelwerk der Bäume wie Engelshaar.

Schildkröten kreisten über ihm, die aus einem brennenden Schwefelsee aufstiegen und im Flug Eier legten, ein Feuerwerk von schmetterlingähnlichen Lichtflocken ging auf der Erde über ihm nieder, und schlafende Schlangen aus purem Gold schwebten mit ihm in die Tiefe. Die Berge, die sich über ihm ausdehnten, öffneten sich – von Regenbogenbändern tektonischer Schichten durchzogen, die immer dunkler wurden, je tiefer der Gehilfe sank, weshalb ihm war, als würde es Abend.

c

Kaum hatten seine Füße die Pfingstrose berührt, versank er in duftenden Gärten. Über seinem Kopf spannte sich ein roter Himmel mit Sternen in Ährenform, aus denen Triangelmusik erscholl. Er verspürte keinen Augenblick Angst, denn das freundliche Atemgeräusch der Pilze erfüllte die Luft. Zu seiner Überraschung fühlten sich die Pflanzen anders an als auf der Erdoberfläche, es war, berührte man sie, als hielte man ein junges Tier in den Armen. Die Vögel und Hunde, die der Gehilfe sah, waren nur noch Skelette, so fein wie Abdrücke in Gesteinen, ihre Zungen aber hingen ihnen aus den Knochenmäulern. Über die Beete waren Gärtner mit großen Sonnenhüten gebeugt. Sie drehten sich, als sie den Gehilfen näherkommen hörten, nach ihm um und traten an ihn heran. In ihren Augen konnte man sowohl in die Vergangenheit als auch in die Zukunft schauen, doch hielt der Gehilfe den Blicken nicht lange stand. Verwirrt betrachtete er Wespen, die im Flug Spuren hinterließen, welche zu Nachtigallen kondensierten, wie auf einem orientalischen Teppich.

d

Jählings öffnete sich der Boden unter seinen Füßen, und er schwebte über einer abendlichen Landschaft sanfter

Hügel. Alle Gräser unter sich hörte er sprechen, doch riefen sie ihm nicht zu, sondern waren miteinander beschäftigt, gleich spielenden Kindern. Die Käfer auf den Halmen hatten viele Köpfe und schwirrten mit den Flügeln, wobei sie den Äther flammig kräuselten. Die Wolken rasten so schnell dahin, daß er Lust bekam, mit ihnen um die Wette zu fliegen. Tief unter sich sah er die Wasserläufe von Bächen und Flüssen sich zu einem gewaltigen Strom vereinigen. Die Wälder reichten so weit das Auge sehen konnte, sie bestanden jedoch nicht aus Bäumen, sondern Blumen. Auf einem Thron aus Gebirge saß ein König, der einen weiten Schatten über die Landschaft warf und die Winzer bei der Weinlese beobachtete. Mitunter schüttelte er Hagebutten unter die Winzer, worauf sie sich im Geäst von reifen Kirschbäumen wiederfanden und an den Früchten labten. Glasklare Quellen sprühten im Sonnenlicht.

e

Er erwachte in einem üppigen Sumpf. Erdbeerfelder dehnten sich rot am endlos weiten Horizont aus und wurden von der Luft gespiegelt, die von Plankton flimmerte. Jedes dieser Planktontierchen hatte ein winziges Glöckchen in seinem Körper eingeschlossen, mit dem es ein silberhelles Geläute von sich gab, am ehesten mit dem Abfall von Rosenblättern im Herbst vergleichbar. Die Gestalten, die auf ihn zuschritten, waren durchsichtig, so daß er ihre Gefäße und Organe unter der gläsernen Haut sehen konnte. Sein eigener Körper schien hingegen aus Lichtstrahlen zu bestehen, die nur von einer grünen, blattreichen Pflanze in seinem Inneren zusammengehalten wurden – trotzdem vermochte er sich leichter fortzubewegen als vorher. Am Rande des Sumpfes fielen Früchte aus den Kronen von Bäumen und wurden von Engeln aufgelesen und in die Luft geworfen, wo sie sich in Schmetterlinge verwandelten, deren Flügel so groß waren, daß sie sich rasch auf den nächsten Baum hockten und von dort durch das gewohnte Aufschlagen und Zusammenlegen dieser Flügel die Luft in Bewegung hielten. Als der Gehilfe in das Wasser blickte, wo er kleine Fische, Käfer, Lurche und Flöhe sah, zog sich das Sumpfgetier zu einem gewaltigen Seerosenblatt zusammen, aus dem der Harfenklang des anbrechenden Tages zu vernehmen war. Milchsterne wuchsen in den Körpern der Kinder und bedeckten langsam ihre Leiber wie Schuppen. Fische aus Glimmerschiefer sperrten ihre Mäuler auf, um sie zu verschlucken und als Schachtelhalme auszuspeien, aus welchen wiederum das bunte Gefieder des Goldammers wuchs. Mit einem Male fühlte der Gehilfe sich selbst in eine Zyklame verwandelt, an deren Wurzel süßes Gewürm nagte. Seine Blüte empfand er als Geschlechtsteil und ausgeschüttetes Gedärm, das sich wollüstig von der Sonne kitzeln ließ. Seine schamlose Wollust trieb ihn dazu, die Blütenblätter mehr und mehr zu spreizen, bis er platzte und als eine Handvoll Samenkörner von einem Windstoß mitgerissen wurde. Plötzlich befand er sich an mehreren Orten gleichzeitig. Einmal wurde er von einem Regenpfeifer verschluckt und wanderte durch die Eingeweide des Vogels, ein anderes Mal trieb er auf dem Wasser dahin, bis er das Opfer eines Neunauges wurde, wiederum ein anderes Mal trieb er höher und höher, wurde von einer Wolke erfaßt und über das Gebirge getragen, das von rosafarbenen Nebeln umspielt war. Ein weiteres trieb es noch höher, bis es das Sternbild der Eidechse erreichte und auf einem fremden Gestirn aufschlug. Augenblicklich begann es sich zu öffnen und fortzupflanzen und den nackten Stern mit seiner Zyklamenpracht zu überschütten. Schon glaubte der Gehilfe sich in Vielheit aufgelöst, da fand er sich im gläsernen Planetarium eines Augapfels wieder. War es das Auge des Weltkörpers? Nur kurz war ihm der Aufenthalt in diesem lichten Raum gestattet, dessen Helligkeit ihn geblendet hatte, dann stürzte er in sich selbst und fand sich in ursprünglicher Gestalt in einem Mineral eingeschlossen, an einem Fluß aus Stein. Dieser erstarrte Fluß, einst feurig fließendes Erz, hatte etwas von vertrocknetem Blut. Auch war aus ihm ein lauter Gesang zu vernehmen, wie wenn Sänger ihre Stimme mit langgezogenen Lauten übten. Der Stein war keineswegs ohne Bewegung, vielmehr verschoben sich die Schichten, die Blumenwiesen ähnelten und jene, die einem gewaltigen Libellenflügel glichen, ineinander und bildeten auf diese Weise einen Farnwedel, der sich seinerseits zu einer Fischgräte verformte. Diese Fischgräte behielt genausowenig ihre Form, sondern bildete ein Vogelskelett, mit Hilfe dessen sich eine Elster erhob, die sich ihrerseits geradewegs auf eine Gottesanbeterin stürzte, in deren Eingeweide wiederum einer der Zyklamensamen des Gehilfen ruhte. Als der Gehilfe sich auf kalkhaltigem Alpenboden wiederfand, stellte er fest, daß nur er in Ruhe verharrte, während alles übrige: Berge, Wälder, Seen in Bewegung geraten war und kreuz und quer herumflog. Auf seine Frage, wo er sich befände, erfuhr er, daß er »am ruhenden Pol«, jenem einzigartigen Punkt, in dem die Zeit zusammenfließt, verweilte. Der Gehilfe riß staunend die Augen auf, doch vermochte er in dem reißenden Fluß vorbeijagender Gestalten und Formen keine Einzelheiten zu entdecken. Nur die Landschaften veränderten sich so langsam, daß er ihren Wandel mitverfolgen konnte, alles andere ging heftig ineinander über, weshalb der Gehilfe dem Drang nicht widerstehen konnte, sich in den reißenden Strom zu stürzen.

### f

Im Gewoge goldener Schachtelhalme huschten leuchtendrote Bergmolche, Spuren von Kreuzottern hinterlassend. Auf dem Körper des Gehilfen haftete das Himmelszelt in Form eines regennassen, glitzernden Mantels, der ihn augenblicklich bewußt werden ließ, daß er die Nacht mit sich trug. Und sosehr er den Mantel auch schwenkte und in die Luft warf und wieder auffing, es löste sich kein Planet, und die Kometen zogen ihre vorgeschriebene Bahn. Aus der Nähe betrachtet, glichen die Sterne Blumen, da ihr Lichtschein ihr Äußeres verzauberte. Luchse umschwärmten unterdessen die Füße des Gehilfen, und manch einer sprang so stürmisch an ihm hoch, um ihn zu liebkosen, daß der Gehilfe um den Mantel fürchtete. Waren diese Erscheinungen Alphabete, fremde Schriftzeichen? Und wenn es so war, war es möglich, daß er in ein Gehirn versunken war? Daß die Erde nichts anderes war als ein Kopf und er nur ein Gedanke dieses Kopfes, den dieser soeben dachte? Er beugte sich hinunter: Deutlich sah er Gefäße unter dem Boden flimmern, die Ströme von Veilchen mit sich führten, und jetzt erkannte er auch, daß diese Funken von sich gaben und die Oberfläche, an der er sich aufhielt, mit einem Schimmern erhellten wie etwas Heiliges. Es konnte sein, daß das ganze Gehirn – wenn es eines war – von einem Strahlenkranz umgeben war. Bei diesem Gedanken geriet er ins Schwitzen, und als er sich die Schweißtropfen von der Stirn wischte, hatten sie sich in Sterne verwandelt, die auf den Mantel fielen. Und plötzlich – weshalb wußte er nicht zu sagen – rutschten die Sterne vom Mantel und verfingen sich im Fell spielender Fischotter oder wurden von den huschenden Molchen verschleppt. Nun erst erkannte er, daß er sich durch Sternbilder bewegte. Federnd gab der Boden unter seinen Füßen nach. Vielleicht war es nur Tau, der auf den goldenen Schachtelhalmen glitzerte? Aus einem der Schachtelhalme stülpte sich vor seinen Augen der Kopf eines Pferdes, das strahlend weiße Fell blendete den Gehilfen, und er fürchtete, das Gleichgewicht zu verlieren. Als der Kopf des Pferdes zu sprechen begann, fiel Regen in Form von Glockenblumen. »Ich bin«, sagte der Pferdekopf, »alles, was hinter Dir liegt«, damit verschwand er. Und im selben Augenblick vergaß der Gehilfe, wer er gewesen war.

g

Zunächst dachte er, in einen Ginsterstrauch gestürzt zu sein, dann erst erkannte er, daß die Sonne geplatzt war und in einer unendlichen Lichtumarmung die Erde verschlang. Dieses Licht übte einen so starken Sog aus, daß er ungeachtet der Schwerkraft in den Himmel stürzte, und kaum daß die Sonne verloschen war, erschien eine neue, größere, um abermals zu explodieren und den Gehilfen mit den freigesetzten Strahlen in den Kosmos zu atmen. Auch nahm das Licht außerhalb des Soges verschiedene Gestalten an, bildete Landschaften mit Meeresflächen, Gebirgen und Dschungeln, Wälder aus blühendem Flieder und Hügel, die über und über mit Windröschen bedeckt waren. Vögel aus Licht zogen an ihm vorüber, und in der Tiefe der Gewässer konnte er Fische aus Sonnenstrahlen gleiten sehen zwischen halbdurchsichtigen Quallen und Wasserpflanzen. Das Licht, auf das er zustürzte, wurde immer greller und dröhnte, wie um seine gewaltige Kraft unter Beweis zu stellen. Er fühlte, daß er mit rasender Geschwindigkeit in den Himmel flog, in dieses leuchtende Gelb, als stürzte sich eine Biene in eine Löwenzahnblüte und versänke darin. Im Laufe des Fluges nahm das Licht eine immer weißere Farbe an, und er vermochte auch bald nicht mehr die Landschaften zu unterscheiden, die an ihm vorüberstürzten, da sie sich wegen seiner hohen Geschwindigkeit in einen Tunnel aus Licht verwandelt hatten und jeden seiner Laute mit einem so starken Echo zurückwarfen, daß der Gehilfe seine Zähne aufeinanderpreßte, um sich nicht selbst mit ihrem Geklapper zu quälen. Das Sausen seiner Haare, das Knacken seiner Gelenke, das Geräusch, wenn er schluckte, zerriß – zurückgeworfen vom leuchtenden Tunnel – seine Trommelfelle, er wagte jedoch nicht, einen Schmerzensschrei auszustoßen, aus Angst, dieser könne ihn vernichten. Für einen winzigen Augenblick vermeinte er ein Antlitz zu erkennen, dann schloß er die Augen.

h

Konnte es sein, daß er sich die vulkanische Landschaft ausgedacht hatte, oder hatte er sie auf seinem Sturz als Ziel erreicht? Befand er sich noch im Mantel der Erde oder war er in ihren Kern gestürzt (denn er zweifelte daran, tatsächlich in das All geschleudert worden zu sein). Es waren rote Vulkane, die anstelle Lava Menschenblut ausspien, das in dicken Strömen über die Erde lief. Die Luft war erfüllt vom süßlichen Geruch des Blutes, und aus den roten Seen stieg Blutdampf. Als der Gehilfe eine Palme berührte, stellte er fest, daß sie aus Fleisch war, und gleich darauf begriff er, daß jeder Baum, jeder Strauch, jeder Stein aus Fleisch war und lebte. Konnten sie sprechen? Selbst die Wüste, die sich hinter den Vulkanen bis zu einem dunstigen Horizont hin ausdehnte, schien zu atmen und sich dabei zu heben und zu senken wie der Brustkorb eines Schlafenden. Er ging auf einen der Vulkane zu und erkannte in der Lava Panzerlurche und verschiedene Arten von Algen. Das Moos war rot und, wenn er es berührte, schleimig blutig, ebenso das Farnkraut und das Gefieder der Urvögel, die auf den Bäumen hockten. Verschiedene Kopffüßer beobachteten ihn neugierig aus Gletscherspalten, die im blutigen Eis klafften. Es überraschte ihn nicht, daß die Bärlappgewächse versuchten, ihn mit verstellten Stimmen zu täuschen, auch das Sirren der Riesenlibellen war ihm, er wußte nicht warum, vertraut. So erreichte er die Öffnung eines der Vulkane, in die er, da der Vulkan ruhte, einen Blick warf, und die pulsierende weite Tiefe zog ihn so sehr an, daß er alle Kräfte aufbieten mußte, um nicht zu springen. In seiner Ratlosigkeit schaute er zum Himmel auf, doch auch dieser war, wie er von seinem erhöhten Platz jetzt erkennen konnte, aus Fleisch, ebenso wie die Sterne auf ihm, wenn sie auch noch so verräterisch glitzerten. Also befand er sich doch in einem Körper? Andererseits blühten Magnolien, und Sumpfzypressen schaukelten in einem lieblichen Wind. Einer der Kopffüßer kam auf ihn zu und legte ihm einen Lorbeerkranz aus rohem Fleisch zu Füßen (den ein zweiter ihm in das Haar flocht) und forderte ihn auf, von den süßen Feigen zu kosten, die noch lebten, als der Gehilfe sie in den Mund steckte. Umkreischt von den langschnäbeligen Nashornvögeln sah er den Urpferden zu, die von Fliegen übersät unter Schuppenbäumen grasten. Blut rann aus ihren Lefzen, jedoch war kein Schmerzenslaut der Grashalme zu vernehmen. Wenn Wind über das blutige Gewässer strich, gaben die Seelilien unter der Oberfläche eine Musik von sich wie von Hörnern. Das Sturmgewölk am Himmel verfärbte sich purpurn. Er griff nach seinem Lorbeerkranz und stellte fest, daß er zu Gold geworden war. In manchen Baumstämmen entdeckte er eine beleuchtete Öffnung mit einem lichtdurchschienenen Embryo in einer Fruchtblase. Die Köpfe dieser Embryos waren unverhältnismäßig groß, die Fruchtblasen schillerten blaßrosa, und der Baum war dort, wo die Nabelschnur in ihn mündete, dunkel gefärbt. Mit jedem Windstoß drehten sich die Ungeborenen in den Fruchtblasen und beteten Psalmen. Bei näherem Hinhören schien es ihm, als sagten sie zukünftige Zeiten voraus. Manche rissen sich los und schwebten wie in Luftballons am Himmel. Da fühlte der Gehilfe, daß er zu niemandem gehörte, und stürzte in die Tiefe.

i

Sanfte Bläue umgab ihn, als er die Augen öffnete. Kinder in hyazinthfarbenen Gewändern mit Blumen im Haar spielten unter einem gewittrigen Himmel. Zu seinen Füßen lag ein fremder Planet, der in Farben leuchtete, die er noch nie gesehen hatte. Er griff nach einem Stein, der sich sofort in Gold verwandelte. Betrachtete er die Kinder, so erkannte er, daß in diesen noch ein weiteres, kleineres enthalten war und in diesen weiteren kleineren noch kleinere und so weiter. Ihre Gestalten waren von einer bläulichen Farbe, wie der Himmel zur Hochsommerzeit. Ihre Schädel waren geöffnet, und ihre Gehirne lagen frei, wie Karfiolfrüchte. Als der Gehilfe eines der Gehirne berührte, sah er in einer Flamme einen Engel, der ein Nilpferd beschützte. Sogleich war das Gehirn zu Gold geworden, und der Engel und das Nilpferd wanderten auf einem blumenumsäumten Pfad in die Ferne. Das nächste Gehirn zeigte ihm in der hellen Flamme einen Riesensalamander mit einem Süßwasserpolypen im Maul, bevor sich das Gehirn zu Gold verwandelte und der Riesensalamander mit dem Süßwasserpolypen das Weite suchte. Vorsichtig betastete er das nächste Gehirn und ein weiteres, und immer entsprangen Tiere und Pflanzen diesen Gehirnen und entschwebten in die Welt, um sich fortzupflanzen. Aus der Meerenge bliesen Walfische heitere Wasserstrahlen gegen den Himmel und wurden zu fruchtbaren Atollen mit einem Gewimmel von Insekten und Blüten und Vögeln, die aus ihren Öffnungen Feuerwerke spien und die Luft mit Wohlgerüchen durchtränkten. Es wurde Abend, es wurde Nacht. Am nächsten Morgen fing die Natur an, schwellende musikalische Geräusche von sich zu geben. Jede Verfärbung des Himmels, jede Verformung einer Wolke veränderten den Rhythmus und das hymnische Zusammenspiel der Klänge, jeder Regentropfen, jeder Windhauch. Aus den Gräsern und Blumen erscholl der Klang der Farben, aus den Leibern der Insekten und Vögel, der Pilze und Steine. Die Welt hing als üppige Frucht an einem Baum, und der Gehilfe konnte nicht widerstehen, sie zu pflücken und zu essen. Sie schmeckte saftig süß und ließ ihn augenblicklich seinen

Körper bis zu den Haarwurzeln fühlen. Auf den Geschmack gekommen, pflückte er Milchstraßen und Astralnebel aus den Baumkronen, größere und kleinere verschiedenfarbige Früchte und labte sich an ihnen, eingehüllt in die mächtigen Klänge der Steine, Pflanzen und Tiere, bis es Nacht wurde. Da hörte er, nachdem die Klänge der Lebewesen langsam mit den Farben erloschen waren, die Musik der Gestirne, die mächtige Musik des Alls, sie schlug über ihm zusammen wie eine Woge. Es waren Stimmen von Knaben zu vernehmen, Orgellaute, die höchsten Töne von Geigen, und doch war es eine völlig andere, nie gehörte Musik, die die Träume der Enziane und Glockenblumen, der Blätter, Weinranken, Wälder und Parasole, die Träume des Glimmerschiefers, der Seerosen, Sperber und Nachtpfauenaugen sichtbar werden ließ wie bunte Glasfenster. Ein Rausch erfaßte den Gehilfen. Er sah die Traumkeime in den Zellen der Pflanzen und in den Pupillen der Tiere und wußte mit einem Male, daß diese Welten nicht nur außen waren, sondern gleichzeitig in ihm selbst, in seinem eigenen Körper. Die Milchstraßen strömten durch seine Blutbahnen, seine Lungen und sein Herz und verbreiteten dort ebenso ihre wunderbaren Klänge wie außerhalb von ihm. Und im Farbenrausch der Morgendämmerung, in den gewaltigen symphonischen Geräuschen des gelbroten Morgenhimmels erschien die Sonne mit dröhnenden Klängen und übergoß die Erde mit dem wilden Geruch des Nektars. Als sie sich mit ihrer ganzen Gestalt gezeigt hatte, wurde die Musik unhörbar leise, so daß der Gehilfe zu Boden knien und sein Ohr an die Primeln und Lichtnelken pressen mußte, um die gelben und hellroten Klänge zu hören, die grünen Glissandi der Grashalme und die Bläserklänge der Lehmerde. Er griff nach einer fleischigen Weintraube und kostete von ihrem süßen Geschmack (der gleichzeitig mit der süßesten Musik verbunden war). Alles, was er berührte, sah, schmeckte, verwandelte sich augenblicklich in die wunderbarste, himmlischste Musik. Jeder Flug eines Vogels, die Farbe jeder einzelnen Feder besaß einen eigenen, unverwechselbaren Klang und spielte auf das harmonischste mit den anderen zusammen. Verfärbten sich die Blätter, so war auch das mit den schönsten Akkorden verbunden, und der Dampf über dem See gab ein tiefes, ewiges Brummen von sich. Schloß der Gehilfe aber einmal die Augen, so verblieben noch immer die verführenden Harmonien des Lichtes, das seine Augenlider durchschien und seine Haut wärmte. Dann auch nahm er das Orgelspiel der Gerüche wahr, die fremden Düfte der Sonne und des Himmelblaus, der Gestirne und der Meere, die sich mit den Blütendüften vermengten, wie um seine Besinnung zu rauben. Die Regenbögen hinter den Vogelschwärmen schienen dem Gehilfen wie reine Engelsmusik, und es war ihm, als triebe er in einen Strom von herrlichsten Tönen dahin. Der Himmel sonderte je nach Farbe den Geruch des Honigs, von Zimt oder von Veilchen ab, und Klänge, Farben und Gerüche woben den Gehilfen ein und hoben die Schwerkraft auf.

j

Er wußte nicht, wie lange sein Zustand gedauert hatte. Er fand sich auf dem Goldberg wieder, der von Maiglöckchen und Weinranken bewachsen ist und der sich hoch in den weißen Himmel erhebt. Vor ihm wartete ein Engel mit einem Gewand aus lebenden Pflanzen und goldenen Erdhummeln, deren Flügel surrten und den Engel schweben ließen. Pflanzen und Insekten hatten sich zu geometrischen Ornamenten angeordnet, die immer wieder in neue übergingen: in Schlangenlinien, Kreise, Stern- und Blütenmuster, in Muster aus Seepferdchen, Buchfinken und Murmeltieren. Blitze zuckten aus den Händen des Engels, und als dieser sah, daß der Gehilfe wieder bei sich war, ließ er aus der Hand alle Erscheinungen der Welt strömen, die er in die Tiefe lenkte. Es waren Froschskelette, Kornähren, rote Blutkörperchen, Steinsalzkristalle, Regenbogenhäute, Wespenflügel, Mistelbeeren, Milchzähne, Fischflossen, Hahnenfußblüten, Haare von Siebenschläfern, Grillenbeine und Kastanienknospen, es waren Schneeflocken, Kaulquappen, Hahnenkämme, Tropfsteine und das Geäder von Blättern. Ein unendlicher Fluß ergoß sich in die Tiefe, aus der die gleiche ungeheure Stille zu vernehmen war, wie vom Himmel. Um das Haupt des Engels schwirrte gleich einem Heiligenschein ein Kranz aus Krokussen, der sich jedoch gleich darauf und immer wieder verwandelte. Aus den Krokussen wurden Rotkehlchen, aus den Rotkehlchen Seesterne, aus den Seesternen Nachtkerzen, die Nachtkerzen verwandelten sich in Flußkrebse, diese in Lilien, welche wiederum zu Aalen wurden. Die magnetische Kraft, die vom Engel ausging, war so groß, daß sich die Maiglöckchen und die Blätter des Weinlaubes wie in einem Sturm zu seiner Gestalt hinbogen. Hob der Engel aber die Arme, so öffnete sich der Himmel, und Fische aus Feuer senkten sich in das Haupt des Gehilfen und erleuchteten ihn. Er konnte nun – ohne die Erde zu sehen – begreifen, nach welchen Gesetzen sie gebaut war. Und gleichzeitig erkannte er die Schönheit dieser Welt, und eine unendliche Daseinsfreude ergriff Besitz von ihm und ließ ihn in den Lobgesang der Moose und Äschen, der Fliegenpilze, Teichhühner und Apfelblüten, der Kuckucke und Purpurschnecken, der Eidechsen und Mondwinden einstimmen, die nun in die andere Hand des Engels zurückkehrten und in ihr verschwanden. Er sah das Weltall im Tautropfen und im Auge des Spechtes genauso wie in den Sprüngen der Erde und einer von Wespen befallenen Frucht. Er sah es im Inneren der Bienen, in dem sich der Honig bildet, ebenso wie im erfrischenden Geruch der Blumen und im süßen Geschmack des Obstes. In allem bildete die Welt sich ab, und im (für das gewöhnliche

Auge) nicht Sichtbaren entstanden neue Welten und Milchstraßensysteme, die ihrerseits noch winzigere beherbergten. In langen Prozessionen marschierten die Ungeborenen hinter bestickten Seidenfahnen aus einer Öffnung des Himmels, vom bangen Schweigen der Erwartung erfüllt, fröhlich lachend kehrten sie in eine Stadt des schneebedeckten Gebirges, welches den Horizont bildete, zurück. Sie sprachen in Bildern, welche der Gehilfe sehen konnte. Er sah Felder und Wege, sanfte Täler, er sah Menschen auf einer Hochzeit in weißen und schwarzen Kleidern, sah sie bei funkelndem Wein, bei gebratenen Enten, bei geräucherten Forellen und Rebhühnern, er sah sie im frischgewaschenen Leinen ihrer Betten sich der Liebe hingeben, er sah sie vor goldenen Altären und Heiligenfiguren in Gebete versunken und in der Obstblüte des Frühjahres geweihtes Fleisch auf ihren Köpfen nach Hause tragen. Er sah die Freude über die Geburt des Kindes und eines Kalbes, er war berührt vom Zauber des Rauhreifs, der sich glitzernd auf die Blätter und Grashalme legte, der das Farnkraut und die Spinnennetze zwischen den Blumenstengeln mit dem Glanz der Sterne überzog, er bewunderte den Nebel, der sich als Tarnkappe über die Erscheinungen legte und sie verschwinden ließ, den Schnee, der die Farben in sich aufsaugte und sie in den Abendhimmel blies, den Regen, der mit Millionen durchsichtigen Planetentropfen die Erde tränkte und die Winde, die die phosphoreszierenden Samen der Bäume mit sich führten und die Erde mit grünen oder gelben Mänteln umhüllten. All dies betrachtete er mit Erstaunen, denn er sah es zum ersten Mal.

k

Mit einer Handbewegung öffnete der Engel den Blick in das Weite. Blaue, schneebedeckte Alpengipfel dehnten sich unter ihm aus, dazwischen goldglänzende Seen. Der

Mond stand am Himmel und die Sonne und färbten die Gletscher mit ihrem Licht gelb und weiß und ließen die Felswände im Rot der Rosen glühen. Aus dem Eis leuchteten Krokusse und Enziane, die die Seelen der Schlafenden aufnahmen. Die Wolken setzten sich aus Myriaden winziger Eiskristalle zusammen, in denen sich die Geschehnisse auf der Erde widerspiegelten, und der Gehilfe vermochte sie mit freiem Auge zu erfassen. Er blickte in das mächtige, grelle Gewölk, das sich im Abendlicht zu färben begann, und betrachtete das Gewimmel von Leben in ihren mikroskopischen Spiegeln. Er sah, wie Gräser, Kräuter, Blumen die Erde durchbrachen und hörte ihre Schmerzensschreie, wenn ihre Köpfe zum ersten Mal in die Luft ragten, er hörte das Brüllen der Blüten in den Obstgärten, sobald sie sich öffneten, das Kreischen der Ameisen und Bienen, wenn sie aus ihren Eiern krochen, die markerschütternden Schreie der ausschlüpfenden Vögel, das gewaltige Orkandröhnen der frischgeborenen Wale, grellen Dissonanzen, die mit der ersten Begegnung mit dem Licht verbunden sind. Aber nach dem Entsetzen über das Geborenwerden, nach Stürmen aus Blütenstaub und rosafarbenen Blättern verwoben und durchdrangen sich die Mikrokosmen, verschluckten und spien sie sich aus. Und der Gehilfe sah die Menschen über die Erde gebeugt, er sah sie in den Stollen der Bergwerke, und er sah sie auf dem Wasser Netze auswerfen. Er sah, wie sie versuchten, der üppigen Fruchtbarkeit Herr zu werden, zu der sie schließlich selbst gehörten. Als er seinen Blick von den Wolken nahm, erkannte er, daß diese nun im Licht der untergehenden Sonne die Farben der Blumen widerspiegelten, das pudrige Blau der Waldreben und das blasse Gelb der Königskerzen, während dort, wo sie von den Strahlen der Sonne durchschienen waren, goldene Lichtkränze leuchteten, als schlügen Herzen. Und während er in den amethyst- und turmalinfarbenen Eiskristallen, die ein fliegendes Gebirge über den

Alpen bildeten und selbst eine gasförmige Spiegelung dieser zu sein schienen, die Menschen im Rausch ineinander versinken sah, verspürte er ein unermeßliches Glücksgefühl.

l

Dann aber führte ihn der Engel auf einen Gipfel, auf dem sich ein silberglänzendes Observatorium befand. Im aufgehenden Morgenlicht betrat der Gehilfe den Saal mit dem gewaltigen Teleskop. Jetzt erst stellte er fest, daß er sich in einer Meduse befand und durch ein Auge in das All blickte. Das Innere des Tieres bestand aus glimmernden Zellen (die die Illusion des Sternenhimmels hervorriefen), in denen winzige Meerestiere eingeschlossen waren: Krebse, Wasserschnecken, Kalamare mit rotleuchtenden Organen, Muscheln, Seeigeln, aber auch Schwärme von Jungfischen mit pulsierenden Dottersäcken. Als er durch das Auge blickte, sah er weit in das All, wo ein Zyklon die Sterne in Form eines Schneckenhauses um seine Achse wirbelte, und so eine gleißende Sternspirale im Raum kreiselte. Dieser Wirbelsturm war auf dem Dach des Observatoriums als Funkenschlag zu bemerken, der wiederum als Edelweiß auf dem Gipfel liegen blieb. Und jetzt erkannte der Gehilfe auch, daß sich alle Sternsysteme in Bewegung befanden und Formen bildeten. Glaubte er jedoch zuerst, es handle sich um Pflanzen, zu denen die Sterne zusammenwuchsen, riesige Blumen, deren Ausmaße für das menschliche Auge nicht wahrnehmbar waren, Krähbeeren, Kastanienblüten oder Schneeglöckchen, so mußte er bei näherem Hinschauen erkennen, daß sie Organe bildeten, die zu einem Körper gehörten, und daß dieser Körper selbst in Bewegung war und alle diese Milchstraßen, Planeten und Sonnen mit sich führte. Er konnte jedoch nicht die Gestalt des Körpers ausmachen, denn kaum hatte sich dieser Eindruck seiner bemächtigt, als das Auge verschwand und er einen

Meteoritenregen auf die Erde niedergehen sah, der als leuchtend buntes Feuer auf die Gebirge fiel. Der Gehilfe lief ins Freie und starrte mit vor Staunen offenem Mund auf den Himmel: Sternschnuppen platzten dort, und die Leuchtkörper tropften als Eier von Katzenhaien, ungeborene Kuckucke, Schmetterlinge und blauer Salbei auf die Gletscher und Kometen mit Schweifen, die sich in funkelnde Blumensträuße verwandelten, zogen ihre Bahn. Ein mächtiges Brausen ließ den Gehilfen in das Observatorium flüchten, aber es kam näher und verwandelte sich in ein unheimliches Tosen. Ein riesiger Stern stürzte auf die Alpengipfel, schlug in sie ein, daß die Erde bebte, und schleuderte den Gehilfen in das Freie, der dort in der Luft schwebend über dem Boden verblieb und den Stern in einem unermeßlich weiten Krater versinken sah. Dann, als das Dröhnen klang wie aus einem tiefen Brunnenschacht, strömten Lavamassen aus dem Inneren der Erde. Ein gewaltiger Feuerstrom wälzte sich aus dem Eis und stürzte ins Tal. Dabei verbreitete er eine so ungeheure Hitze, daß Orangenhaine und Weinranken aus der Erde schossen, deren Früchte die Größe der Alpengipfel übertrafen. Und mit dem Feuer quollen gewaltige, bunte Vögel in Schwärmen aus der Erde, die die Luft mit süßem Gezwitscher erfüllten, und Grashalme höher als die höchsten Bäume wucherten durch den Panzer des Gletschers und gewaltige Felder von Vergißmeinnicht, die im Wind Wellen schlugen wie stehendes Gewässer. Der Gehilfe aber sah den Lavastrom von oben und erkannte in ihm den Blitz, der dieser war und der sich mit elektrischer Gewalt seinen Weg über den Himmel bahnte. Der Goldberg aber hatte sich in einen Feuerberg verwandelt, und der Engel schwebte in Gestalt eines weißen Adlers über dem brennenden Gebirge, so daß der Gehilfe nicht unterscheiden konnte, ob er ein Sternbild sah oder ein Tier.

m

Bald hatte er Gletscher und Felsschründe hinter sich gelassen und ging auf lieblichen Wiesen und lauschte dem fernen Geblök der Lämmer. Die Pracht des Sonnenlichts rührte sein Herz. Unter einem eingefrorenen Wasserfall nächtigte er auf den Stufen der Eiskaskaden. Das Eis blühte wie ein Garten mit üppigen Doldengebilden, in Kolben-, Rispen- und Körbchenform, in Form von Beeren, Blättern, Kelchen, und der Gehilfe wähnte sich in einen Kelch eingeschlossen, gewiegt von eisigen Fliederbüschen. In den endlosen Grotten aus Eis waren die Bilder der entschwundenen Zeit eingekapselt, jedoch nicht in einer bestimmten Reihenfolge, sondern sprunghaft, vergleichbar mit dem Blütenstaub von Träumen, dessen Bilderinnerungen scheinbar willkürlich sind. Diese Bibliothek vergangener Bilder hatte sich zu Hallen und Domen ausgewachsen, in denen der Gehilfe als winziger Punkt nach dem Ausgang suchte. Berührte er nur mit einem Finger die Wand, so strömten die Bilder augenblicklich durch ihn. Kein Ereignis, kein Gesicht war verlorengegangen, alles war in der Erinnerung des Eises gespeichert und setzte sich sogleich mit der Folgsamkeit eines technischen Apparates in Betrieb. Wischte der Gehilfe mit einer Hand über das Eis, dann erschienen die vergangenen Bilder, als ob sie aus einer Laterna magica kämen, auf den gegenüberliegenden Wänden und gingen in langsameren oder schnelleren Überblendungen ineinander über. Schlug er aber mit der Faust gegen das Eis, so sah er längere Szenen (allerdings in zeitlicher Umkehrung, also von ihrem Ende weg bis zum Anfang). Natürlich glaubte er, diese Bilder seien Wirklichkeit, da er noch nicht gelernt hatte, zwischen der alten und der neuen, einer vergangenen und der gegenwärtigen Welt zu unterscheiden. (Einmal allerdings war ein Bild auf seinem Rückweg in das Eis steckengeblieben. Es war ein Schiff gewesen mit einem rotbärtigen Kapitän, und der Kiel hatte, nachdem die Gestalten verschwunden waren, aus dem Eis herausgeragt, aber der Gehilfe hatte sich nicht darum gekümmert.) Mit jedem Schritt, den er tat, wurde es hell, jedoch entschwand hinter ihm alles wieder in die Dunkelheit. Fledermäuse umhuschten ihn, und das Eis war abwechselnd weiß oder farbig. In die Tropfsteine waren Blumenkränze eingeschlossen, Tiere und Gesteinsformationen, die auf diese Weise Altäre bildeten. Auch im Höhlenboden waren Fische und Vögel, Erdbeeren und Pflanzen in der durchsichtigen Eisschicht gefangen und bildeten dort farben- und formprangende Ornamente, die sich langsam bewegten. Als sei er aus einem tiefen Schlaf erwacht, stand der Gehilfe plötzlich vor einer grell-weißen Eiswand, die ihn blendete. Er griff nach ihr, und sie öffnete sich vor ihm, und als er sich umblickte, fand er sich im strahlenden Sonnenlicht des anbrechenden Morgens.

n

In der Überhelligkeit des Tages stieg er den Berg hinunter. Seine Taschen waren voller Kristalle und Almenrausch. Jetzt erkannte er tief unten vom Dunst wie von einer gläsernen Kugel eingeschlossen ein Dorf. Es waren einstökkige, bemalte Häuser mit Darstellungen von Tieren und Pflanzen. Vor dem Dorf lag ein stiller, klarer See, in dem sich der Himmel, die hohen Berge und die Häuser auf das getreulichste spiegelten. Da flogen auch schon die Dorfbewohner auf ihn zu. Sie stürzten sich aus den Fenstern, erhoben sich von der Straße oder aus der Wiese und umkreisten ihn. Die Erde öffnete sich, und eine Sonne stieg langsam aus ihrem kochenden Inneren hervor und verschwand im Himmel. Mit halbgeschlossenen Augen betrat der Gehilfe eines der Häuser. Eidechsen huschten über die Wände, und Menschen mit gläsernen Flügeln oder gespaltenen Schildkrötenpanzern, die sie aufzuklappen vermochten, um zu fliegen, stapelten riesige Eier und Blumenkelche in den Küchen und Schlafzimmern. In den Betten sah der Gehilfe hohe Pyramiden dieser Eier, dazu noch Säle voll mit Blütenkelchen (von Glockenblumen), die bis zur Decke reichten. Durch die Fenster aber glotzten die Dorfbewohner, die ihm entgegengeflogen waren. Unter den Deckeln von Klavieren ragten aufgebrochene Wespennester mit den sechseckigen Zellen hervor, in denen molchartige Greise kauerten. Andere Bewohner wieder trugen Bischofsmützen und bestickte Tuniken und ließen ihre rotgefiederten Fühler kreisen, als ob sie den Gehilfen abtasteten. Erschrocken nahm der Gehilfe Platz. Und jetzt erfüllte ein Summen und Sirren den Raum, und unter den Glockenblumen und aus den Wespennestern erhoben sich Menschen, um sich zu vereinigen. Der Gehilfe trat auf die Straße. Das gesamte Dorf schien von dem Summen erfüllt zu sein, aus jedem Fenster, jeder Türöffnung war es zu vernehmen, und selbst der See begann Wasserblasen zu bilden, und von der aufgewühlten Oberfläche stiegen heiße Dämpfe auf, in denen es wiederum von Lebewesen wimmelte, die sich vereinigten. Und als der Gehilfe den Kopf hob, sah er auch in der Luft Wolken von Ameisen sich paaren, und um ihn standen die Dorfbewohner auf der Straße mit zahmen Vögeln auf den Armen, den Blick in die Ferne gerichtet.

o

Dann aber spürte der Gehilfe, daß er noch immer stürzte. In Wahrheit hatte er nie aufgehört zu stürzen. Dunkelheit umgab ihn, und in dieser uferlosen Finsternis spürte er, daß er sich auflöste. Seine Gliedmaßen und sein Körper verschwanden, und er wurde in einen weiten Raum geschleudert mit blitzenden Lichtern, von dem er als erstes und letztes begriff, daß dieser das All war und daß er und alle Sterne, die er erblickte, nichts anderes waren als die Ausscheidung eines Körpers, dessen Gestalt und Ausmaße er nie begriffen hatte.

# 5. Buch

# Märchen

(Aufgezeichnet von den Gebrüdern
Franz und Franz Lindner)

Heute nacht träumte ich, ich hätte ein Buch geschrieben, und als ich erwachte, fand ich es neben mir (im Bett). Ungläubig schlug ich es auf und las:

## 1
## Die junge Braut

»Es war in der Nacht vor ihrer Hochzeit, und die junge Braut saß allein auf einem Hügel neben dem Hof und blickte auf den sich verfärbenden Abendhimmel. Allmählich legte sie sich zurück und verschränkte die Hände hinter dem Kopf. Der Himmel spannte sich von der Grenze bis zur Koralpe und zum Schöckl und ging auf der anderen Seite in die Ebene über. Die junge Braut sah die ersten Sterne blitzen, denen sie sich einer Eingebung folgend hinzugeben wünschte. (Aber wie konnte sie sich einem Gestirn hingeben?) Die Grillen zirpten. Oft hatte sie in den Regenhimmel geschaut und in den Schneehimmel und hatte den Wunsch verspürt, in ihnen zu versinken. Sie vernahm ein Flüstern und hob den Kopf. Sprach sie mit sich selbst? Sie legte sich zurück. Was, wenn der Himmel gewissermaßen nur eine Einbildung war, wenn sie also nicht wirklich hier lag und die anbrechende Nacht (die letzte in Freiheit) erwartete? Jetzt erkannte sie, daß die Luft am Himmel eine Strömung bildete wie Wasser. Und was, wenn es wirklich ein See war, der zu ihren Füßen lag? Würde sie verrückt werden, wenn sie sich von ihrem Hügel in diesen See stürzte?, dachte sie weiter. Sie sammelte ihre Kräfte und riß sich entschlossen von der Erde los, wie man sich von einem Felsen in die Tiefe stürzt. Unter ihr öffnete sich der Himmel und wurde unendlich weit. Sah sie jemand fliegen, klein wie einen

Vogel? Ist niemandem ein Mensch aufgefallen, der in den Abendhimmel stürzte und in ihm verschwand? – Am nächsten Morgen suchte die Hochzeitsgesellschaft vergeblich die junge Braut. In ihrem Zimmer war alles an seinem Platz. Der Fingerhut des Schneiders (der ein letztes Mal das Brautkleid anprobiert hatte) lag auf dem Tisch. Nur der Hund reckte den Kopf zum Himmel und bellte laut, um die Dorfbewohner aufmerksam zu machen, wohin die Braut entschwunden war (wie es die Hunde zu tun pflegen, wenn ein Mensch im Himmel verschwindet), aber niemand beachtete ihn.«
*Die 17-jährige Patientin, von der dieses Märchen stammt, ist seit ihrer Einweisung in die Anstalt vor drei Jahren von niemandem mehr besucht worden.*

## 2
## Drei Männer aus dem Altersheim

Der Mann aus dem Altersheim in Eibiswald trägt einen Orden (den er unter keinen Umständen von seiner Jacke nimmt.) »Diesen Orden«, zieht er den Arzt bei seinem wöchentlichen Besuch ins Vertrauen, »erhielt ich im Ersten Krieg für meine Tätigkeit als Spion. Ich habe die Fähigkeit«, fährt er fort, »mich so klein machen zu können, daß ich in ein Ei passe. Das weitere ist rasch erzählt. Der Offizier der feindlichen Armee, den ich zu belauschen hatte, pflegte zum Frühstück nach den Schreibarbeiten (während er die Karten studierte) ein Ei zu sich zu nehmen. Es war daher keine Schwierigkeit, mich in den Eischalen zu verkriechen und darauf zu warten, was geschehen würde. Einem anderen wäre es unmöglich gewesen, die Pläne des Offiziers zu durchschauen«, schließt der Alte, worauf sein Bettnachbar, der den gleichen Orden mit nicht weniger Stolz trägt, einfällt: »Auch ich habe meinen Orden für die Tätigkeit als Spion erhalten. Ich kann mich so flach machen wie ein Schatten. Solange ich körperlich wendig genug war, bedeutete es mir keine Schwierigkeit, mich als Schatten an die Seite des betreffenden Offiziers zu heften, den zu beobachten man mir aufgetragen hatte. Auf diese Weise vermochte ich hinter jedes militärische Geheimnis zu kommen.« Bei diesen Worten pflegt sich der Arzt aufzurichten und zu antworten: »Bedauerlicherweise kann ich Ihren Ausführungen nicht länger folgen, denn ich bin gesegneten Leibes und erwarte ein Kalb«, worauf er das Zimmer verläßt. »Ein schneidiger Kerl«, sagt der erste Alte und wirft Weißbrot in das Kaffeehäferl. »Ein Teufel«, ergänzt der zweite und sucht das Gebiß in der Nachtkastellade. Der Arzt ist – das wissen die alten Männer nicht – der Portier, der vor einiger Zeit den Verstand verloren hat.

## 3
## Das Porträt eines alten Zirkuslöwen

»In meiner Jugend versah ich als Nashorn den Dienst. Ein umherirrender Betrunkener, der von mir träumte und mich dadurch in die Welt setzte, war mein Vater. In der Manege vergesse ich die Mühsal und Bedrängnis, die in einem Tierkäfig herrscht, und gehorche dem ausgestreckten Arm des Dompteurs (der ich gerne selbst wäre). Die Uniform mit den blitzenden Knöpfen ist ein einzigartiges Wunder, wie das Gefieder der Taube. Meine Arbeit ist Fronarbeit, und ich weiß sehr gut, daß ich sie dem Dompteur verdanke. In unserem Zirkus wachsen die Regenwolken aus dem Boden und werden groß wie Eisberge und steigen, wenn sie ihre Form erreicht haben, zum Himmel und nehmen die vorausbestimmte Flugrichtung ein – es sind unsere Tränen«, sagt der Löwe, »aber man hält mich nicht mehr für recht bei Verstand.«

## 4
## Die verzagten Soldaten

Der General zupfte sich die weiße Uniform zurecht, bestieg den Schimmel und begab sich zum Lazarett. Nachdenklich schritt er durch die Reihe der Verstümmelten. Männer mit Kopfprothesen aus lackiertem Holz hielten noch immer die Gewehre in den Fäusten, als fürchteten sie sich vor einem neuerlichen Überfall. Der General blickte durch das Fenster des Lazaretts auf die Alpen, wo sein Regiment wartete. Als er das Lazarett verließ, warf man ihm Krücken, künstliche Glieder, Blechnäpfe, soldatisches Eßgeschirr und Nachttöpfe nach, die ihn, wie durch ein Wunder, verfehlten. Ohne sich umzuschauen, schwang sich der General auf den Schimmel. Einen Augenblick zögerte er: »Sollte er sich erschießen?« Er gab dem Pferd die Sporen und stieß nach kurzem Ritt auf seine Artilleristen. Die Mäntel der Soldaten waren durch das Feuer des Feindes verbrannt und hingen in glosenden Fetzen herunter. Der Hauptmann fing an, laut zu beten. »Was betest Du«, schrie der General, »wenn es Dir bestimmt ist zu sterben, so stirb, ist es Dir aber bestimmt zu leben, kämpfe.« In diesem Augenblick setzte ein heftiger Sturm ein, und Kühe liefen brüllend, die Feinde vor sich hertreibend, von den Bergen ins Tal. Da richtete sich der Hauptmann auf, dankte Gott und gab den Befehl zu feuern. Von den Geschossen zermalmt, färbten die Feinde die Almmatten rot. Die Leute des Dorfes brachen eben den Mais. Als sie die Augen hoben und die sterbende feindliche Armee sahen, liefen sie ihr entgegen. Den Überlebenden spalteten sie die Köpfe, ihre Kühe aber brachten sie in den Stall. Der General wurde gesegnet, damit er sie hüte. Da blieb er viele Jahre.

## 5
## Die verrückten Schuhe

»Es ist wahr, daß wir weit gegangen sind, es hätte nicht viel gefehlt und wir hätten die Welt umrundet. Lange genug haben wir auch in die Pedale eines Fahrrades getreten. Wir gehen mit dem Gesicht nach oben, weshalb wir immer das Antlitz unseres Herrn unter dem Himmel sehen. Unser Rücken schmerzt von den Steinen, doch wird unser Schmerz dadurch gelindert, daß er für niemand anderen existiert außer für uns«, sagten die beiden Schuhe gleichzeitig »Nun aber, da unser Herr, der Besitzer des Sägewerks, gestorben ist, warten wir darauf, ein letztes Mal über die Füße (unsere Feinde) gestülpt und mit unserem Herrn begraben zu werden. Ewige Nacht wird uns umfangen, wir wünschten, daß sich vorher unser Geist umnachtete.« Da betrat die Schwester des Toten das Zimmer und sagte zu ihrem Mann: »Wo sind die Abendschuhe? Wir können ihn nicht mit seinen Arbeitsschuhen in den Sarg legen.« »Du hast recht«, antwortete der Bruder und nahm die schwarzen Sonntagsschuhe aus dem Kasten. Die Arbeitsschuhe aber trug er auf den Dachboden und vergaß sie dort. Nun waren sie umsonst verrückt geworden, denn man vergaß auch (wie es ansonsten üblich ist), sie am Tag nach dem Begräbnis zu verbrennen. Ihr weiteres Schicksal ist ungewiß, denn selbst wenn man sie entdeckte, wer – wenn es darauf ankommt – trägt ein Paar Schuhe, denen man ansieht, daß sie verrückt sind?

## 6
## Der verzauberte Ruf

»Vor langer Zeit flüchtete der böse Geist in einen Karpfen und hätte sich in diesem versteckt gehalten, wenn nicht ein Fischer das Tier gefangen und verspeist hätte. Dieser Fischer, ein Mann, der unter unruhigen Träumen litt, fühlte plötzlich eine neue Begierde in sich, stand auf und lief (wie unter Zwang) zu seinem Nachbarn, betrank sich und verging sich bei Einbruch der Dämmerung an dessen minderjähriger Tochter, welche hierauf alle Zeichen von Besessenheit zeigte. Sie glaubte, fliegen zu können, schrie mit Schaum vor dem Mund und stieß gräßliche Flüche aus. Um sie von Schuld reinzuwaschen, beschlossen die Eltern, sieben Ährenkörner in ihre Scheide zu pflanzen. Nach vollbrachter Tat banden sie das Kind an einen Nußbaum und gingen der Arbeit nach, denn es war Sommer und das Heu mußte eingebracht werden. Verzweifelt versuchte das Kind, sich von den Fesseln zu befreien, es gelang ihm jedoch nicht. Da hatte der Baum Mitleid mit ihm und sagte: ›Wenn Du dreimal den Ruf des Kuckucks nachmachst, hast Du drei Wünsche frei.‹ Das Kind, das den Ruf des Kuckucks wohl kannte, sperrte den Mund auf und setzte zu den geforderten Kuckuck-Rufen an, es kam jedoch nur das dreimalige Krächzen des Raben aus ihrem Mund. ›Ach, wenn Du das Krächzen des Raben ausstößt, so müssen drei Menschen sterben‹, sagte der Baum, worauf sich der Bauer erhängte, seine Frau über die Kellertreppe stürzte und der Nachbar an einer Fischgräte erstickte. Das Kind aber brachte, obwohl es die Lippen zum Ruf des Kuckucks formte (indem es die Zunge an den rückwärtigen Teil des Gaumens preßte und ein heftiges ›u‹ ausrief), immer nur das ›krah-krah‹ der Krähe hervor. Aus den sieben Ährenkörnern war inzwischen ein großes Weizenfeld gewachsen, weshalb niemand mehr das Mädchen sah, um ihm zu Hilfe zu kommen.«

*Die 94-jährige Patientin hat vor mehr als siebzig Jahren ihren Liebhaber getötet, weil er sie mit der Begründung verlassen hatte, sie sei verrückt.*

## 7
## Die Frau mit dem Spazierstock

»Die Frau mit dem Spazierstock hat eine so lange Nase, daß man meint, sie verliere jeden Augenblick das Gleichgewicht und stürze vornüber. Sie sitzt vor dem Bahnhof in Pölfing-Brunn und ißt Kirschen. Wenn es ihr gefällt, läuft ihr Spazierstock plötzlich über den Boden, spritzt als ein Wasserstrahl zum Himmel und ist ein Regenschirm, der sich in eine Elster verwandelt. Die Elster aber wird zu einem Stück Kohle, das sich in einen Stein verwandelt, aus dem ein Spazierstock wird. In Wirklichkeit ist ihr Gesicht auch nicht das Gesicht, sondern ihr (nackter) Rücken und die Nase der Spazierstock, den sie hält. Zieht sie den Mantel auseinander, was manchmal vorkommt, befindet sich der Betrachter in einem Beichtstuhl, wo er, will er jemals wieder als freier Mann unter die Sonne treten, ein Geständnis ablegen muß. Die umstehenden Menschen aber betrachten voller Neugierde und Verwunderung (mit einem gewissen Widerwillen) den auf dem Boden hockenden Mann, der einem auf seinem Finger sitzenden Schmetterling beichtet, ein Mädchen erwürgt und in den Fluß geworfen zu haben (bevor er sich eine Bahnkarte löst, um in die Stadt zu fliehen)«, schildert mein Freund die seltsame Begebenheit.

## 8
## Das gelbe Pferd

Als das gelbe Pferd geworfen wurde, ließ der Besitzer der Stute den Fleischhauer rufen und gab ihm den Auftrag, das Fohlen, von dem er glaubte, es bedeute Unglück, zu schlachten. Der Fleischhauer zog den Wetzstein, schickte den Besitzer hinaus und machte sich daran, wie ihm geheißen. Da sprach das gelbe, kleine Pferd: »Schone mein Leben, so werde ich es Dir danken.« Erschrocken hielt der Fleischhauer inne und schob sich die Kappe aus der Stirn. »Du kannst sprechen?« fragte er erstaunt. – »Ja«, antwortete das Pferd, »schenkst Du mir das Leben, werde ich zur Stelle sein, wenn Dein Leben in Gefahr ist und Du an mich denkst.« Der Fleischhauer war einverstanden und führte das Pferd aus dem Stall, um – wie er dem Besitzer mitteilte – es im Schlachthof zu töten. – »Ja, geh nur«, rief ihm der Besitzer nach, »wenn es bloß nicht mehr auf meinem Hof steht.« Der Fleischhauer ließ das Pferd frei. Oftmals geriet er in Gefahr, doch nie dachte er an die Begebenheit. Bis er sich eines Tages in eine Witwe verliebte, welche aber von ihm nichts wissen wollte. Trotzdem zog er sich den schönsten Anzug an und machte sich auf den Weg zu ihr. Noch bevor er das Haus erreichte, erinnerte er sich des gelben Pferdes, und im selben Augenblick war es zur Stelle. Der Fleischhauer schilderte seine Not, und das Pferd antwortete, nachdem es ihn angehört hatte: »Zwar ist Dein Leben nicht in Gefahr, doch rate ich Dir – willst Du mit ihr wirklich auf ewig zusammen sein, Dich ihr zu erklären. Alles Weitere überlasse mir.« Damit verschwand das gelbe Pferd. Der Fleischhauer trat in das Haus der Witwe, gestand ihr seine Liebe und mußte es sich gefallen lassen, von ihr ausgelacht zu werden.« – »Ausgerechnet Du, ein Fleischergeselle ohne Besitz, der dem Alkohol nicht abgeneigt ist, bist der Meinung, daß ich Deine Frau werden soll?«, schrie die Frau. Und sie lachte so grell, daß sich der Fleischhauer die Ohren zuhielt. Als sie trotzdem weiterlachte, nahm er das Brotmesser, das er auf der Kredenz liegen sah, und stach so lange auf sie ein, bis ihm die Klinge vor Erschöpfung aus der Hand fiel. Jetzt erst erkannte er, was er getan hatte. Er beeilte sich, das Haus zu verlassen und sich zu verstecken. Da ihn aber Nachbarn dabei beobachteten, fanden ihn die Gendarmen noch in derselben Nacht und nahmen ihn in Verwahrung. »So«, sagte der Fleischhauer allein in der Zelle, »so, gelbes Pferd, jetzt denke an Dein Versprechen.« – Da erschien das gelbe Pferd wieder und antwortete: »Du Narr, weshalb hast Du die Frau getötet? Wenn Dir Dein Leben lieb ist, so mußt Du alles gestehen, was geschehen ist.« Und ohne eine Antwort des Fleischhauers abzuwarten, verschwand es wieder. »Seither ist es mir nie mehr erschienen«, klagt der Fleischhauer, »obwohl ich seinen Rat befolgt habe und nun in der Anstalt seine Hilfe bitter nötig hätte, um nicht bis an mein Lebensende als Entmündigter mein Dasein fristen zu müssen.«

## 9
## Fingerhut

Allgemein ist der Fingerhut als Heilpflanze bekannt. In Oberhaag wohnte eine Witwe, die hatte drei Söhne, welche sich sehr ähnlich sahen. In einem Alter, in dem sie noch schulpflichtig waren, gingen diese in den Wald, um Pilze zu suchen. Da zog ein Gewitter auf, und ein Blitz erschlug den ersten der Brüder. Der Schmerz der Frau war groß, doch war es ihr ein Trost, daß sie noch zwei Söhne hatte. Es kam der Krieg, und nur einer der beiden – der jüngste – kehrte zurück. Eine Zeitlang war die Mutter stumm vor Schmerz. Allmählich aber vermochte ihr der letzte ihrer Söhne über das Leid hinwegzuhelfen. Denn hatten ihm nicht die anderen ähnlich gesehen und waren sie ihm nicht auch in allem ähnlich gewesen? – Der junge Mann verliebte sich in die Tochter des Nachbarn, wurde aber von ihr nicht erhört. Deshalb zerstampfte er Roten Fingerhut zu Saft, trank diesen und legte sich zum Sterben auf das Bett. Als die Mutter sah, was mit ihrem dritten Sohn geschehen war, rief sie nach dem Arzt, der erst mit dem letzten Atemzug des Vergifteten eintraf. Die Mutter, blind vor Tränen, rief: »Wer ist dieser Mann, der über das Feld kommt?« – »Der Arzt«, antwortete ihr Knecht. Als der Doktor eintrat, kniete sie vor ihm nieder und bat ihn, ihr den letzten Sohn zurückzugeben, doch mußte sie erfahren, daß jede Hilfe zu spät kam. Da nahm die Mutter eine Axt und erschlug den Arzt. »Wenn Du mir meinen Sohn nicht zurückgibst, sollst auch Du nicht mehr leben«, rief sie. Erst später erfuhr sie, daß der Name des Arztes »Dr. Fingerhut« war.

## 10
## Der Apfel

Es war einmal ein Apfel, der hatte viele kleine schwarze Kerne, welche auch zu gerne kleine Äpfel geworden wären. Der große Apfel aber wollte die Kerne nicht freigeben, denn er wußte, daß ihm hierauf seine letzte Stunde schlagen würde. So klammerte er sich am Baum fest und wurde größer und größer. Der Besitzer des Apfelbaumes sah, wie der Apfel wuchs, und hatte seine Freude daran und dachte sich: »Du sollst nur weiterwachsen, wie es Dir gefällt, zuletzt werde ich meinen Nutzen davon haben.« Der Apfel wuchs und wuchs, wurde groß wie ein Kürbis und ein Haus und zog den Baum zu sich auf die Erde hinunter und wuchs weiter und riß den Baum aus der Erde, wuchs jedoch trotzdem weiter (denn er hatte in der Zwischenzeit Wurzeln geschlagen), nahm die Größe eines Berges an, wurde größer und größer, und der Bauer, der es zuerst mit Freude gesehen hatte und Erstaunen, bekam es jetzt mit der Furcht zu tun, er nahm ein Messer und stach es in den Apfel und aß das süße Fruchtfleisch, der Apfel jedoch wuchs um so schneller, und bald eilten die Menschen aus den Städten und fernen Ländern herbei, um ihren Hunger an dem Apfel zu stillen (und ihn zu besteigen), doch erreichte niemand den Gipfel, da der Apfel sich so rasch ausdehnte, daß, hatte einer die halbe Strecke zurückgelegt, der restliche Weg inzwischen doppelt so weit geworden war und die immer heftigeren Wachsbewegungen des Apfels unweigerlich einen Absturz zur Folge gehabt hätten. Durch das Wachstum des Apfels, der bald die Größe der halben Weltkugel erreicht hatte, geriet der Planet ins Schwanken und Wanken, und er torkelte auf seiner Kreisbahn dahin, bis die Städte zusammenstürzten und die Meere überschwappten und die Eisschollen vom Nordpol losgerissen wurden und die Menschen nahezu von jedem Punkt der Erde den Apfel sehen konnten, da dieser nun selbst größer geworden war als die Erde und nun seinerseits die Weltkugel um seine Achse drehte, worauf die überlebenden Menschen beschlossen, den Apfel zu besiedeln. Das jedoch war schwieriger als angenommen, weil der Apfel weiter wuchs. Riesige Würmer bohrten Löcher in den Fruchtkörper, die Menschen folgten diesen Würmern und töteten sie, um sie zu verspeisen, aber der Apfel wuchs weiter und weiter, bis er platzte und seine Trümmer als Meteore in das Weltall flogen.

## 11
## Ewiges Leben

»Eines Morgens erwachte die Elster und sah, daß alles gelb geworden war. Der Himmel, die Sterne, die Wiese, der Fluß, die Bäume, die Menschen und die Häuser. Auch die Kühe waren gelb geworden und die Fliegen, die Hunde und die Katzen und die Blumen. Erschrocken flog die Elster auf und stellte fest, daß es über Nacht geschneit hatte und sie erfroren war. Sie flog über die gelbe Landschaft und erkannte langsam die Sonne, in der sich die

Erde spiegelte. War sie selbst auch gelb? Sie betrachtete ihre Flügel und ihre Gestalt und sah, daß sie zu einem Goldfasan geworden war. Die zweite Elster aber war der Sonne zu nahe gekommen und hatte sich das Gefieder verbrannt, weshalb sie die Gestalt einer Amsel angenommen hatte. Alle Menschen, Tiere, Pflanzen und Gegenstände aber, die sich in der Sonne spiegelten, kehrten in neuer Gestalt auf die Erde zurück wie die Elster«, predigt der debile Straßenarbeiter H., der sich für einen Priester hält.

## 12
## Der Handgeher

»Vor langer Zeit, als noch der Zirkus in unserem Dorfe überwinterte, ging ein Mann, weiß geschminkt und in der Uniform eines k.u.k.-Postmeisters, wie eine Maschine im Stechschritt über die Landstraße, um auf den Zirkus aufmerksam zu machen, und weil er nicht anders konnte (er war krank). Da er dem Zirkusdirektor den Gehorsam aufsagen wollte (denn es ging ihm nicht besser als einem Tier), er es aber nicht wagte und nicht wußte, wie er es anstellen sollte, suchte er eine alte Frau im Wald auf, die ihm, nachdem sie ihn angehört hatte, den Rat gab, sich die Federn eines Kuckucks und eines Nußhähers auf die Kappe zu stecken und einen seltenen Schwamm – eine ›Krause Glucke‹ (dieser Schwamm hat das Aussehen eines herbstlichen Gehirnes) – zu suchen und zu verspeisen. Der arme Mann tat wie ihm geheißen. Er fand die Feder eines Nußhähers und eines Kuckucks und steckte sie sich auf die Kappe, fand die ›Krause Glucke‹ und auch noch einen kleinen, hübschen Strauß Zyklamen, welchen er sich in einem Wasserglas auf einen Stuhl in das Schlafzimmer stellte. Als er sich, nachdem er den Pilz verspeist hatte, zu Bett begab, träumte er, daß er in

Wirklichkeit die Welt verkehrt wahrnahm und alle übrigen Menschen sie so sahen, als ob er auf den Händen ginge. Am nächsten Morgen kleidete er sich rasch an und versuchte, auf den Händen zu gehen, und siehe da, nach einigen Versuchen gelang es ihm. Über seinen Bemühungen vergaß er, den Zirkus aufzusuchen, und als er nach einiger Zeit – er hatte das Händegehen gelernt, wie ein anderer auf den Füßen geht – wieder in den Zirkus kam (natürlich ging er auch den Weg zum Zirkus auf den Händen), war der Zirkusdirektor hoch erfreut und nahm ihn als Artisten in seine Vorstellung auf, nur befahl er ihm, nie mehr auf seinen Füßen zu laufen. ›Ich kann gar nicht anders‹, gab der automatische Mensch zurück, ›denn ginge ich auf den Füßen, so sähe ich, wie ich weiß, die Welt verkehrt.‹ Daraufhin lachte der Zirkusdirektor und schimpfte ihn einen Narren, der auf jede Dummheit hineinfalle. ›Die Welt ist so, wie Du sie siehst‹, sagte er, ›und wenn Du sie auf den Händen gehend siehst, so ist sie verkehrt. Gehst Du aber auf beiden Füßen durchs Leben, so wirst Du sie nicht auf dem Kopfe stehen sehen.‹ Traurig spazierte der Handgeher (auf den Händen) in den Wald und traf dort die alte Frau beim Beerensuchen. Er berichtete ihr, was geschehen war, worauf sie antwortete: ›Warum hast Du die Zyklamen gepflückt und neben Dein Bett gestellt, nun bist Du auf immer dazu verdammt, die Welt verkehrt zu sehen, ob Du auf den Füßen gehst oder auf den Händen.‹«

*Wenn der Handgeher uns die Geschichte erzählt hat, läuft er wie ein Rad auf Händen und Füßen über die Wiese, so schnell er kann, bis er an eine Mauer der Anstalt prallt.*

## 13
## Die Strafe

»Ich war einmal so klein, daß ich unter den Blumen ging und die Käfer und Spinnen mir Ungeheuer waren. Wie es dazu kam, will ich gerne erzählen: Eines Tages brachte ich meinem Vater – er arbeitete im Wald – Brot und Most. Unterwegs begegnete ich einem Waldarbeiter. Er erschreckte mich und jagte mir – indem er mir nachlief und gräßliche Laute ausstieß – Angst ein. Ich wagte es nicht, meinem Vater davon Mitteilung zu machen, denn ich war der Meinung, womöglich einen Fehler begangen zu haben (käme mein Vergehen meinem Vater zu Ohren, würde er mich mit Bestimmtheit bestrafen, er duldete es nämlich nicht, daß ich absichtlich oder aus Unkenntnis den Unwillen eines Bewohners erregte). Am nächsten Tag aber, als ich meinem Vater wieder die Jause in den Wald brachte, verfolgte mich der Waldarbeiter aufs neue und warf mir Steine und Tannenzapfen nach. Und wieder berichtete ich meinem Vater nichts davon. Am dritten Tag lauerte mir der Waldarbeiter sogar hinter einem Baum auf, schlug mich und aß das Brot und trank den Krug leer. Meinem Vater erzählte ich hierauf unter Tränen, die Jause aus Hunger selbst verzehrt zu haben, und er brummte etwas und verzieh mir. Am nächsten Tag jedoch, als sich der Fall wiederholte, züchtigte er mich und befahl mir, nach Hause zu gehen und frisches Brot und Most zu holen, und ich lief zurück und wußte nicht, was tun. Wie ich aber mit der Jause wieder in den Wald kam, hörte ich ein lautes Stöhnen, und ich entdeckte den Arbeiter unter einer gefällten Fichte. ›Hilf mir‹, klagte der Mann, ›rufe die Leute im Dorf zusammen und sage ihnen, was mit mir geschehen ist. Aber beeile Dich, da ich ansonsten sterbe.‹ Ich versprach es, brachte meinem Vater die Jause und verschwieg, was dem Waldarbeiter widerfahren war. Tags darauf wiederholten sich die Bitten des Waldarbeiters:

›Hast Du die Leute im Dorf verständigt?‹ fragte er mich. ›Und weshalb kommen sie nicht?‹ Ich antwortete, daß sie am Morgen aufgebrochen seien und ihn bis Mittag aus seiner Lage befreien würden. Am dritten Tag schließlich verfluchte er mich, sobald ich an ihm vorüberlief und fragte mich, weshalb die Dorfbewohner nicht kämen. ›Sie kommen ja schon, hörst Du sie nicht?‹ log ich. ›Wenn es nur nicht zu spät ist‹, flüsterte der Mann und verlor das Bewußtsein. Tags darauf stieg mein Vater ins Gebirge, um sich dort mit anderen Holzfällern zu vereinigen, und kehrte eine Woche lang nicht zurück. In den folgenden Nächten plagten mich Angstträume, in denen ich den Waldarbeiter um Hilfe rufen hörte, und an jedem Morgen war ich um einen Kopf kleiner, weshalb ich mich versteckte. Schließlich war ich nicht größer als eine Ameise. Da kehrte der Vater zurück, und ich hörte ihn mit der Mutter wehklagen, ich sei im Wald verschwunden und nicht mehr wiedergekommen. ›Hier bin ich!‹ rief ich verzweifelt. ›Hört ihr mich nicht? Seht ihr mich nicht?‹ – Ich lief über den Fußboden, außer Atem von den Unebenheiten der Holzbretter. Als es mir bis zum Abend gelungen war, den Tisch zu ersteigen – ich will nicht auf die Schwierigkeiten eingehen, die ich dabei zu überwinden hatte –, lagen die Teller mit Milch wie zwei zugefrorene Seen vor mir. Die Löffel und die Gabel hatten eine Größe eingenommen, wie sie sonst hundertjährige Bäume haben. Und die Hand meines Vaters war größer als ein Zirkuszelt. Verzagt versteckte ich mich hinter dem Brotlaibgebirge und sah von dort die ungeheuren Münder meiner Eltern (die an Gewaltigkeit alles in den Schatten stellten, was ich bislang gesehen hatte) sich öffnen und schließen. Und die Schlürfgeräusche und das Ächzen dröhnten so, daß mir die Tränen kamen. Da klopfte es an die Tür, und mein Vater erhielt die Nachricht, der Waldarbeiter sei tot aufgefunden worden. ›Das ist gewiß traurig‹, antwortete er, ›doch ich bin in Sorge um meinen Sohn. Er ist seit einer Woche im Wald verschwunden, und ich befürchte, ihn nicht mehr wiederzusehen.‹ Da fing ich zu wachsen an (gerade gelang es mir noch unter dem Bett zu verschwinden), und bis zum nächsten Morgen hatte ich die Größe angenommen wie zuvor. Die Freude des Wiedersehens mit meinen Eltern war groß«, schließt der Zwerg seine Erzählung, »doch bin ich seither nicht mehr gewachsen, was immer ich auch anstelle. Gäbe es nicht den Zirkus, würde ich, wo ich auch lebte, dem Spott und Hohn der Menschen ausgesetzt sein.« Er macht noch einen flinken Handstand und verschwindet im Wohnwagen.

## 14
## Vom Jäger und dem Kind

»In Obergreith berichtete ein Mädchen von derart lebhaften Träumen, daß man den Landarzt verständigte. Dieser, ein Mann mit wenig Zeit, verschrieb dem Kind ein Beruhigungsmittel. Das Kind jedoch träumte weiter. Nun ließ der Landarzt das Mädchen kommen und forderte es auf, seine Träume zu erzählen. Daraufhin berichtete das Mädchen von ausschweifenden Orgien, und als der Landarzt wissen wollte, wer diese Menschen gewesen seien (mit denen sie sich vergnügt hätte), antwortete es, sie hätten keinen Kopf gehabt. Auch es selbst habe keinen Kopf gehabt. Der Arzt verordnete ein stärkeres Mittel und hieß es in einem Monat wiederkommen. Nun aber begab es sich, daß das Kind (eines Morgens) als Blume erwachte und bis zum Abend als solche herumging, am nächsten Tag dann ohne Kopf, hierauf konnte es plötzlich fliegen und flog im Garten und Haus umher oder war gar verschwunden und bis zum Abend unsichtbar. Es stand auch einmal ein Maisfeld anstatt des Kindes im Bett, dann wiederum erhob sich eine alte Frau mit weißen Haaren, die behauptete, von fremden Männern verfolgt und vom Tod bedroht zu werden, aus dem Laken, das nächste Mal spielte das Mädchen die lieblichsten Töne auf einer Flöte – doch immer hatte es am folgenden Tag vergessen, was mit ihm geschehen war, während es genau von seinen Träumen zu berichten wußte. (Diese Träume aber waren jetzt die alltäglichsten Dinge: der Weg zur Schule, Hausaufgaben, den Hund streicheln, einen Blumenstrauß pflücken, kochen, die Mutter umarmen und küssen. Seine Träume bezeichnete das Wesen, das am nächsten Morgen erwacht war, nun stets als das Entsetzlichste, was es sich vorstellen könnte, und es bat um Hilfe und fürchtete sich jeden Abend vor dem Einschlafen.) Schließlich rief man abermals den Arzt. Er fand anstelle des Mädchens eine Eidechse im Bett. Unverwandt blickte sie ihn an. Der Arzt fragte die Eidechse, die so groß war, daß sie das ganze Bett ausfüllte, nach ihrem Befinden, und das Reptil antwortete, es ginge ihm gut, nur fürchte es sich vor dem Einschlafen, denn dann versinke es in eine Welt, in der Taubheit und Stummheit und sich daraus ergebende Mißverständnisse herrschten. Bestürzt verließ der Doktor das Haus und ordnete die Einlieferung der Eidechse in die Anstalt an. Bevor das Tier aber noch in die Stadt gebracht wurde, gelang es ihm, in den Wald zu fliehen, wo es von einem Jäger, der es in der Dämmerung für einen streunenden Hund hielt, irrtümlich erlegt wurde.«

*Die Eidechse in der Tierklinik fürchtet sich vor Menschen und hat schon mehrfach versucht, zu fliehen.*

## 15
## Der Gesang der Nachtigall

»Es war einmal eine Nachtigall, die so schön sang, daß die Blumen anfingen zu blühen, der Himmel sich mit einem Regenbogen schmückte und die Berge in der Ferne durchsichtig zu werden schienen. Ihr Unglück war nur, daß auf ihren Gesang hin auch Wälder und Wiesen, Wolken und Häuser, ja, sogar Gegenstände wie Wassergläser, Betten oder Wäschekästen in Flammen standen. Warum das so war, konnte sie selbst nicht sagen. Es genügte, wenn sie auch nur kurz (in Selbstvergessenheit) ihr Lied von sich gab – schon stürzte ein brennender Meteor auf die Erde, fing ein Huhn Feuer oder stand ein Fliederbusch in Flammen. Daher war ihr Gesang alsbald gefürchtet (obwohl die Dorfbewohner seine Schönheit nicht in Abrede stellten). Die meisten, die ihm lauschten, sanken zu Boden und fingen zu träumen an und bemerkten nicht, wie Hof und Stall, Feld und Wiese in Flammen aufgingen. Man faßte daher den Beschluß, die Nachtigall in Gewahrsam zu nehmen oder zu töten. Und wirklich gelang es einem Knecht, der mit den Bewohnern in Streit lag, den Vogel mit einer Leimrute zu fangen. Er brachte ihn in sein Zimmer, band ihm den Schnabel zu und steckte ihn in einen Käfig. Als der Tag seiner Rache am Dorf gekommen war, öffnete der Mann den Käfig, nahm den Vogel in die Hand und forderte ihn auf, zu singen. Die Nachtigall (aufgebracht über ihre Gefangenschaft) gab aber eine so zornige Weise von sich, daß riesige Hagelschloßen vom Himmel fielen, die den Knecht erschlugen. Nachdem das Unwetter verzogen war, fand der Mesner das Tier halbtot unter einem Kastanienbaum und nahm es mit sich nach Hause, um es gesund zu pflegen. (Auch er sprach mit niemandem darüber.) Da er sehr gläubig war, wünschte er, das Dorf für seine Ungläubigkeit zu bestrafen. Daher wartete er bis zum Fronleichnamstag, an dem sich die Bewohner zu einer Prozession versammelten und zur tausendjährigen Kapelle wanderten. Dort ließ er den Vogel unbemerkt frei. Es war ein herrlicher Frühlingstag, und die Luft war lind und die Sonne schien. Die Nachtigall setzte sich auf die Kapelle und sang – traurig über die Hinterlist des Mesners – ein schwermütiges Lied, worauf es zu schneien begann und in Kürze Wiesen und Felder weiß waren, die Laubbäume, die Dächer und die Flüsse. Die Dorfbewohner aber lagen auf dem Boden, wähnten sich gestorben und glaubten, das Jenseits zu sehen. Unterdessen kamen die Tiere aus dem Wald geflohen und sprangen (um sich zu retten) auf die Dächer der Gebäude (selbst auf dem Kirchturm wimmelte es von Insekten, Kaulquappen und Vögeln, während Hasen, Füchse und Maulwürfe sich auf den Häusern niederließen). Als die Nachtigall geendigt hatte, liefen die Dorfbewohner unter der Prozessionsfahne zusammen. Nun fing es an, heftig zu tauen, und die Männer und Frauen hatten schließlich Mühe, sich vor den Wasserfluten auf die Bäume zu retten, wo sie den Rosenkranz beteten und Gott zu besänftigen suchten. (Die Tiere aber versanken in die Dachziegel, und noch heute finden Archäologen auf unseren Dächern, sobald sie einen Ziegel zerschlagen, die Skelette von Mardern, Wieseln, Dachsen und Kaninchen, von Nußhähern und Spechten. Der Schrecken der Menschen über den tierlosen Wald jedoch war groß. Und als sie dahinterkamen, daß das Unglück vom Mesner verursacht worden war, erschlugen sie ihn und verscharrten seinen Leichnam außerhalb geweihter Erde, und keine Glocke läutete.) Der General im Schloß aber war begierig, den Vogel zu besitzen. So schickte er ein Dutzend Bauernsöhne aus und gab ihnen den Auftrag, die Nachtigall zu fangen. Und wirklich fanden sie den sterbenden Vogel in einem Weingarten und brachten ihn unverzüglich ins Schloß. Der General, der mit Vögeln umzugehen verstand, pflegte das Tier gesund und ließ es in seinem Schloß herumfliegen. Als es so weit war, daß es sich wieder die Freiheit wünschte, forderte er es auf, über die Grenze zu fliegen und ihn von dort aus mit seinem Gesang zu erfreuen. Die Nachtigall, die nicht verstand, weshalb sie zuerst über die Grenze fliegen sollte, um ihrem Retter Dank abzustatten, fing an, mit aller Inbrunst das Lied der Verfolgten zu singen, und die Bäume verloren ihr Laub, die Gräser verkümmerten, und der Mais vertrocknete. Da wurde der General wütend, holte seine Flinte und jagte den Vogel durch das Schloß. Der Nachtigall gelang jedoch die Flucht, und nachdem sie ein Stück geflogen war, fand sie Rast auf dem Fensterbrett des Uhrmachers. Dieser Uhrmacher, ein eigenbrötlerischer Narr, hatte schon lang Gefallen am Gesang der Nachtigall gefunden, und so war ihm der gefiederte Geselle willkommen. Insgeheim aber trachtete er danach, ein Spielwerk zu bauen, mit dem er den Gesang des Vogels täuschend ähnlich nachzumachen vermochte. Und wirklich gelang ihm eine reizende Spieldose, die das Lied der Nachtigall wiedergab. Inzwischen, das hatte der Uhrmacher (besessen von seiner Arbeit) nicht bemerkt, war der Vogel in einem günstigen Augenblick entflohen und – ohne daß es jemand wußte – über die Grenze gelangt. Der Uhrmacher hingegen hatte eine solche Freude an seiner mechanischen Nachtigallenstimme, daß er sie, sobald sie fertiggestellt war, in seiner Werkstatt in Betrieb nahm und nicht bemerkte, wie beim Gesang der künstlichen Nachtigall das Haus Feuer fing.«

*Die Frau des Uhrmachers, die am Sonntag im Kirchenchor singt, leidet mitunter an Halluzinationen, weshalb man sie immer wieder für einige Tage in die Anstalt einweist.*

## 16
## Unglaubwürdige Erklärung

In den Maisfeldern bei Haslach wurden jeweils am frühen Morgen zwei erschlagene und beraubte Männer aufgefunden. Beide Männer waren mit Fahrrädern unterwegs gewesen und hatten sich in einem der umliegenden Wirtshäuser betrunken. Man fand viele Spuren, doch stammten diese zum Teil vom Landbesitzer, zum anderen von Liebespaaren. So kam es, daß es (nach der Ermordung des zweiten Opfers) bei Einbruch der Dunkelheit niemand mehr wagte, die Maisfelder aufzusuchen. Nur einem jungen Fasanenzüchter, der sich auf die Sprache der gefiederten Tiere verstand, ließ die Sache keine Ruhe. Da er wußte, daß sich die Vögel untereinander von allen Vorkommnissen unterrichteten, schlich er abends unter die Bäume und lauschte, was sie sich vor dem Einschlafen erzählten. Er war noch nicht lange im Gras gelegen, da hörte er einen Fasan krächzen:

»Mein Freund hör zu,
Mein Freund gib acht –
Heut wird der nächste tot gemacht...«

Erschrocken schlich der junge Mann davon und zergrübelte sich den Kopf, was zu tun sei. (Er konnte natürlich nicht zu den Gendarmen gehen, denn wer würde ihm glauben, daß er die Nachricht von den Fasanen erlauscht hatte? Und wenn niemand überfallen wurde, würde man annehmen, daß er derjenige gewesen sei, der die beiden Männer getötet und beraubt hatte. So beschloß er, zu Hause zu bleiben und sich zu Bett zu begeben.) Am nächsten Morgen aber wurde ein erschlagener Bauer gefunden, jedoch nicht in den Maisfeldern, sondern an der Brücke. Der Tote lag mit dem Kopf im Wasser, die Beine am Ufer, ein Stück weiter das Fahrrad. Und wieder fehlten Geld und Uhr. (Und obwohl es sich jedes Mal nur um kleine Beträge gehandelt hatte, hatte der Mörder nie davor zurückgescheut, seine Opfer zu erschlagen.) Rasch verbreitete sich das Gerücht vom neuerlichen Verbrechen, und als es dem Fasanenzüchter zu Ohren kam, war er recht verzweifelt, und er faßte den Entschluß, beim nächsten Mal etwas zu unternehmen. Nacht für Nacht schlich er jetzt unter die Bäume, um die Fasane zu belauschen, doch schwiegen sie immer, und der junge Mann vergaß allmählich darauf, sie aufzusuchen, und die Unruhe im Dorf legte sich langsam. Jahre vergingen. Eines Abends erschien der Bezirkshauptmann beim Fasanenzüchter und bestellte für die Treibjagd zwei Dutzend Vögel. Der junge Mann war hoch erfreut (sein Geld war knapp, und er fristete sich recht karg durchs Leben). Nachdem er das Geschäft abgeschlossen hatte, ging er hinaus, um die Fasane zu holen, wozu er sich einer Fackel bediente. Es genügte, mit ihr unter den Zweigen zu stehen, und die Tiere wehrten sich nicht dagegen, eingefangen zu werden. Als er aber unter den ersten Baum kam, hörte er einen Fasan sprechen:

»Mein Freund hör zu
Mein Freund gib acht –
Heut wird der nächste tot gemacht.«

Da ließ er das Vogelfangen sein und lief so schnell er konnte zu den Gendarmen. Dort angekommen, betrat er nicht die Wachstube, sondern dachte nach. Und wieder hatte er Angst, sich vielleicht verdächtig zu machen. Er beschloß daher, selbst in den Maisfeldern Wache zu halten. Geschickt verbarg er sich zwischen den Pflanzen. Der Mais war gelb geworden, und die Stritzeln waren schon abgebrochen. Eine Weile sann er über alles Mögliche nach, sein Vater und seine Mutter fielen ihm ein, die früh verstorben waren, und auch ein Mädchen kam ihm in den Sinn (die Tochter des Viehhändlers). Da hörte er zuerst ein Moped, dann sah er eine Gestalt durch die Gasse, die die Maispflanzen bildeten, fahren. Das weitere ging so rasch, daß er seinen Augen nicht traute. Nicht weit von ihm sprang ein Bursche aus dem Gebüsch, hieb der Gestalt auf dem Moped mit einem Stein auf den Kopf und fing an, ihre Kleider zu durchsuchen. Jetzt nahm der Fasanenzüchter seinen ganzen Mut zusammen und stürzte sich auf den Mörder. Im selben Augenblick begann es heftig zu regnen. Der Mörder wehrte sich, aber schon nach kurzem Kampf konnte der Fasanenzüchter das Gesicht seines Gegners sehen, und sein Erstaunen war groß, als er den Sohn des Viehhändlers erkannte. »Sei nur so dumm und komm mir in die Quere«, rief dieser, der ein Taugenichts war, »Dir wird ohnedies niemand glauben.« Der Fasanenzüchter aber verdoppelte nur seine Anstrengungen, denn mit einem Schlag war ihm klar, in welcher Gefahr er sich befand. Würde der Sohn des Viehhändlers ihn überwältigen, so würde er nicht davor zurückscheuen, die Sache ins Gegenteil zu verkehren und den Fasanenzüchter für die Bluttat verantwortlich machen. Da es nun schon länger regnete, wälzten sie sich keuchend und um ihr Leben ringend auf der Straße (der Mopedfahrer aber tat keinen Atemzug mehr). Inbrünstig hoffte der Fasanenzüchter, die Oberhand zu behalten, doch der Sohn des Viehhändlers war ein geschickter und hinterhältiger Raufer, es gelang ihm, sein Messer zu ziehen und auf seinen Widersacher einzustechen, so daß der Fasanenzüchter gezwungen war, die wütenden Stiche mit seinen Händen abzuwehren. Endlich aber hatte er den Mörder am Hals gepackt. »Laß mich am Leben«, hörte er den Sohn des Viehhändlers betteln, »und ich will alles tun, daß Du meine Schwester zur Frau bekommst.« Einen Augenblick zögerte der Fasanenzüchter, dann aber erwürgte er seinen Widersacher, worauf er selbst das Bewußtsein verlor. Am nächsten Morgen fand man ihn halbtot mit aufgeschnittenen Pulsadern auf der Straße, ein blutiges Küchenmesser in der Hand.

*Die Geschichte des Fasanenzüchters stieß – als man ihn wieder zum Leben erweckt hatte – auf Unglauben, da jeder zu wissen meinte, daß Fasane nicht sprechen können. Außerdem waren vom Sohn des Viehhändlers und dem erschlagenen Opfer keine Spuren zu finden. Daß seit Menschengedenken nie jemand in den Maisfeldern erschlagen und beraubt worden und der Viehhändler, ohne Nachkommen zu hinterlassen, vor mehr als einem Jahr gestorben ist, sprach obendrein gegen die Aussage des Fasanenzüchters.*

## 17
## Der Riese

»In Obergreith lebte einmal ein Riese. Seine Eltern (die Mutter eine rechtschaffene Frau, der Vater ein der Trunksucht verfallener Gelegenheitsarbeiter, der den Wuchs seines einzigen Sohnes auf den Alkohol zurückführte und sich über dessen Gestalt und Erscheinung lustig machte) wußten bald nicht mehr ein und aus. Zuerst war ihrem Sohn das Bett zu klein, dann sogar die Küche und das Haus, schließlich mußte er sich, wollte er jemanden besuchen, auf den Boden legen und an die Tür klopfen. Wurde ihm geöffnet (anfangs fürchtete man sich vor ihm), schob er Kopf und Oberkörper so weit es ging in das Haus und versuchte, ein Gespräch zu beginnen, das ihm aber zumeist verwehrt wurde, da sein Atem Stühle umwarf, Bilder zum Schaukeln brachte und das Feuer in den Öfen ausblies. (Was niemand wußte, war, daß der Riese über weniger Ausdauer verfügte als ein normaler Mensch. Sein Herz war nämlich nicht mit seinem Körper gewachsen, und wenn er sich nur ein wenig anstrengte, kam er außer Atem.) Als er erwachsen geworden war, schlief er in einem aufgelassenen Kuhstall. In die Kirche ging er jeden Sonntag. Er wartete, bis der letzte Gläubige Platz genommen hatte, dann legte er sich auf den Boden und richtete sein großes Ohr auf den Kircheneingang und lauschte den wunderlichen lateinischen Worten des Pfarrers und den Gesängen des Chores. Er stellte sich bei Bränden geschickt an, leerte Fässer mit Wasser über die Häuser und rettete mit wenigen Handgriffen, was zu retten war, weshalb man ihn bald zum Feuerwehrhauptmann ernannte. Rasch wurde man auch in den umliegenden Dörfern auf ihn aufmerksam, und nach einigen Jahren kamen Beamte des Kaisers und nahmen ihn mit in die Stadt. Eine Zeitlang war nichts vom Riesen zu hören. Gerüchte gingen um, er habe dem Kaiser große Dienste erwiesen und sei zum Offizier ernannt worden, andere Gerüchte wollten wissen, er erheitere den Kaiser und die Hofgesellschaft damit, daß man ihn an Sonntagen bestieg und auf seinem Bauch oder – wenn den Kaiser der Teufel ritt – auf seinem Kopf ein Picknick verzehrte und auf dem lebendigen Ausflugsberg der guten Laune freien Lauf ließ. Der Kaiser soll sogar eine eigene Kirche für den Riesen gebaut haben, die größte in der Stadt, die noch heute (obwohl der Riese längst vergessen ist) zu sehen sein soll. Denn der Riese war dem Kaiser von unschätzbarem Nutzen. Mit seinem Diener schüchterte er Minister ein, und auch die Regenten anderer Länder wagten es nicht, sich mit dem Herrscher anzulegen, sobald der Riese einen Blick durch ein eigens für ihn vorgesehenes Fenster des Palastes warf und seinen Herrn schnaubend nach seinem Wohlbefinden fragte. (Verzweifelt bemühten sich die anderen Monarchen, einen solchen Riesen in ihre Dienste zu stellen, doch fand sich keiner, der so groß war wie der des Kaisers.) Dem Hofnarr aber, der eifersüchtig auf den Günstling war, gelang es, das Vertrauen des einfältigen Riesen zu gewinnen, und bald erfuhr er, wie klein dessen Herz gewachsen war. An einem Sonntag forderte er ihn hierauf zu einem Wettlauf rund um die Stadt heraus, worüber seine kaiserliche Hoheit und der Hofstaat herzlich lachten (wie es üblich ist, wenn der Hofnarr einen Scherz macht), aber als dieser ausrief, jedermanns Hund

sein zu wollen, wenn er den Riesen nicht besiegte, gestattete der Kaiser unwillig das Kräftemessen. (Es waren an diesem Tag hohe ausländische Diplomaten zu Gast, und der Kaiser hoffte, sie mit den Fähigkeiten des Riesen tiefer beeindrucken zu können, als es ohnehin der Fall war.) Wie groß aber war sein Entsetzen, als der Riese (noch ehe er die halbe Stadt umrundet hatte) wie tot zu Boden stürzte und nicht eher auf die Beine kam, bis der Hofnarr das Schloß erreicht hatte und seinem Kaiser zu Füßen lag. In der Zwischenzeit hatte man überall das gräßliche Keuchen des Riesen vernommen und war auf die Straße gestürzt, und als der Riese aschfahl und schweißtriefend auf seinen Herrn zutaumelte, erhob sich dieser und schlug ihm mit dem Zepter auf die Hände. Sodann verurteilte er ihn zum Tode und verschwand in seinen Gemächern. Der Hofnarr, der sich wieder der Gunst seines Kaisers erfreute (denn seine Schlauheit würde sich überall herumsprechen und seinem Herrn von Nutzen sein), empfand Unbehagen beim Gedanken, den Tod des Riesen verschuldet zu haben. Er dachte nach und schlug dem Kaiser endlich vor, den Riesen mit einem Zirkus gefesselt über die Länder zu schicken und kundzutun, wie man am Hofe auch mit den Stärksten fertig zu werden verstünde. Der Kaiser – nur darum besorgt, wie er ohne Schaden davonkäme – gab sein Einverständnis, und so wurde der Riese bei Nacht in Ketten mit einem Zelt abgeholt und bis in die entlegensten Winkel gebracht.
Der Zirkusdirektor aber war ein schlauer Mann. ›Was habe ich davon‹, dachte er, ›wenn ich den Riesen bloß herzeige? Jedermann soll Gelegenheit haben, seine Kräfte mit ihm zu messen.‹ Und so ließ er ihn mit den Bewohnern aller Landstriche kämpfen. Schlug der Riese die ersten zehn aus dem Feld, so unterlag er aus Erschöpfung dem elften oder zwölften, und weigerte er sich zu kämpfen, so drohte ihm der Zirkusdirektor, ihn in das Schloß zurückbringen zu lassen, wo der sichere Tod auf ihn

wartete. Alsbald aber wurde der Riese trübsinnig, er hob nicht mehr die Hand, um sich zu wehren, so daß es auch für ein Schulkind kein Kunststück war, ihn zu ohrfeigen. Und gleichzeitig begann sein Atem immer schwerer zu gehen. In Bosnien ließ der Zirkusdirektor endlich einen kurzsichtigen Landarzt kommen. Dieser kletterte auf den nun weinenden Riesen und hörte ihn ab, bis seine Brille vom Atem und den Tränen des Kranken beschlagen war. Dann erklärte er dem Zirkusdirektor, daß der Riese im Sterben läge. Der Schausteller aber hatte einen schönen Batzen Geld mit dem Riesen verdient und wollte nicht ohne weiteres auf ihn verzichten. Daher ließ er seinen Gefangenen im Zelt ausstellen und zum Schein fesseln, damit die Betrachter sich vor ihm fürchteten, und bezeichnete ihn als ›Schlafendes Ungeheuer‹. Sorgfältig achtete er auf die Ernährung des Riesen, er suchte Provinzen auf, in denen der Lebenslauf seines Opfers unbekannt war, und versorgte die zahlreichen Wunden (die das Publikum dem Weltwunder zufügte, um Gewißheit zu erlangen, daß es lebte): Brandblasen von Zündhölzern und Schnitte von Taschenmessern. Schließlich verstarb der Riese, als gerade eine Schulklasse seine Hand betrachtete und versuchte, aus den Linien sein Schicksal zu lesen. Der Zirkusdirektor aber hatte vorgesorgt. Er ließ den Toten ausstopfen und schleppte ihn so lange mit sich herum, bis ihn niemand mehr sehen wollte. Dann verkaufte er ihn der pathologischen Abteilung des Irrenhauses, in der Gehirne von Kranken, Mißgeburten und schriftliche Zeugnisse von Anstaltsangehörigen aufbewahrt werden, wo man ihn aber vergaß«, behauptet der Archivar des Feldhofs.

## 18
## Die Zauberin

Ein schwachsinniges Mädchen, noch keine zehn Jahre alt, bleich und ohne Haar, wurde seit seiner Geburt von einem Bauern im Wäschekasten eingesperrt gehalten, weil er sich seinetwegen schämte. Als er aber einmal das Abendgebet sprach, hörte er ganz deutlich, wie das Kind, das völlig ohne jeden Verstand war, laut mitbetete. Daraufhin bekam er es mit der Angst zu tun, und er sagte zu seiner Frau: »Lassen wir das Kind frei, wer weiß, wozu es noch gut ist.« Die Frau war einverstanden, und der Bauer öffnete den Wäschekasten. In diesem Augenblick aber fauchte und knurrte das Kind ihn an und fletschte die Zähne wie ein wildgewordener Hund, worauf ihr Vater rasch wieder die Türen verschloß und sein Vorhaben aufgab. »Lassen wir das Kind, wie es ist«, sagte er zu seiner Frau, »denn es ist damit zufrieden, wenn wir zur gewohnten Stunde den Napf mit den Essensresten hinstellen und es sonst nicht belästigen.« In der nächsten Nacht aber hörte der Bauer es im Kasten rufen:

»Bring mir Blumen
bring mir Wein
und ein junges Kätzlein fein.«

Der Bauer, dem nicht geheuer war, stand auf, legte eine Blume und ein junges Kätzchen in den Wäschekasten und stellte obendrein einen Krug Wein dazu. Dann begab er sich zu Bett und wartete, was geschehen würde. Wie groß aber war sein Erstaunen, als seine Weinstöcke am nächsten Tag üppig zu wachsen begannen und die Trauben bald Menschengröße angenommen hatten, Kuh und Schwein je ein Junges warfen (obwohl sie nicht tragend gewesen waren) und die Wiese so saftig war wie nirgendwo sonst. In der nächsten Nacht aber sprach das Kind:

»Bring mir Mais,
bring mir Most
und ein junges Huhn getrost.«

Wieder tat der Bauer wie ihm geheißen und fand am nächsten Tag kindgroße Maisstritzeln vor, die Apfelbäume waren schwer von Obst, und die Hühner hatten ein halbes Dutzend Eier aus Gold gelegt. »Was habe ich für einen Schatz im Haus«, dachte der Bauer. »Ich bin über Nacht wohlhabend geworden und gedenke, noch reicher zu werden. Jeden Wunsch will ich meinem Kinde nun von den Augen ablesen!« Abends legte er sich zu Bett, doch obwohl er die ganze Nacht wach blieb und lauschte, war nichts zu vernehmen. Der Bauer blieb sieben Nächte lang wach, dann hörte er endlich wieder die Stimme seines schwachsinnigen Kindes aus dem Wäscheschrank:

»Töt' Frau,
scharrs ein,
komm zu mir herein.«

Obwohl dem Bauer die Haare zu Berge standen, befolgte er die Anweisungen seines Kindes, erdrosselte seine Frau, verscharrte sie im Keller und begab sich in den Wäscheschrank. Dort schlief er mit seiner ihn heftig umarmenden Tochter. Am nächsten Tag war das Haus voller hungriger Kinder, die alles im Nu aufgegessen hatten: Schweine, Kühe, Weintrauben, Mais und Äpfel, und die verstörte Mutter fand ihren Mann erhängt im Kleiderschrank. »Es wird wohl die drückende Armut gewesen sein, die ihn dazu bewegte«, sagten die Nachbarn und stahlen jeder ein goldenes Ei, das sie in der Tenne fanden.

## 19
## Die Wahrsagerin

Es lebte eine arme Bäuerin bei uns, die wahrzusagen verstand. Das Besondere war, daß sie – schloß sie die Augen und berührte mit ihrem Daumen den Daumen des Kunden – diesen in einer anderen Zeit vor sich sah (es konnte auch die Vergangenheit sein). Als erstes erblickte sie den Betreffenden von hinten. Er trug einen Gegenstand in der Hand, der für das Weitere bedeutend war. Sodann erkannte sie sein Gesicht. Sie konnte alles bis in die kleinste Einzelheit sehen. Darüber aber sprach sie nicht mehr, denn sie war dahintergekommen, daß das, was sie in der Folge sah, falsch war. (Niemand hatte jemals Einzelheiten erlebt, die sie gesehen hatte, und niemand bestätigte ihr jemals, daß Einzelheiten zugetroffen waren, die sie geschildert hatte. Sie sah ihre Kunden in Bordellen, Kirchen und bei Begräbnissen, bei Taufen, Hochzeiten und im Krieg, und ihre Aussagen bewahrheiteten sich, sobald sie aber Einzelheiten zu schildern begann, irrte sie sich.) Der Ratschlag jedoch, den sie ihren Kunden zum Schluß gab, traf stets zu. Über diesen letzten Satz hatte sie keine Macht, er war gewissermaßen das Ergebnis der Bilder, die sie sah. Eine Zeitlang grübelte sie darüber nach, auf welche Weise ihre Ratschläge zustande kamen. Und weshalb war es ihr möglich, Vergangenes und Zukünftiges zu erfahren? Endlich aber glaubte sie, das Rätsel gelöst zu haben: Ein Schwein, das am nächsten Tag geschlachtet werden sollte und das sie gekauft und zu sich in ihre bescheidene Keusche genommen hatte, verriet es ihr: Alles, was geschah (Gegenwart, Vergangenheit und Zukunft), geschah gleichzeitig. Die Zeit bewegte sich nicht fort, wie ein Pferd läuft, sondern sie stand still und dehnte sich aus: Es wuchs nur ihr Umfang. Die Zeit war wie ein Mensch, der klein geboren und immer größer wird. Natürlich hatte die Zeit ein Aussehen, eine Gestalt, und was der Wahrsagerin gegeben war, war Einzelheiten dieses Körpers zu erkennen. Eines Tages kam ein begüterter Tischler zu ihr, legte Geld auf das Bett und verlangte, daß sie ihm die Zukunft voraussage. Die Wahrsagerin mußte ihn jedoch wegschikken, ohne etwas für ihn getan zu haben, denn das Geld stand zwischen ihnen. Der Tischler ging gekränkt fort, beim nächsten Mal aber wiederholte sich das Geschehen. Als die Wahrsagerin sich auch zum dritten Mal weigerte, Geld von ihm zu nehmen und ihm dafür die Zukunft vorauszusagen, fiel der Tischler auf die Knie, gestand ihr seine Liebe und bat sie, seine Frau zu werden. Die Wahrsagerin verlangte Bedenkzeit, sie schloß sich ein und dachte nach. Sie war eine arme Frau und lebte mit ihrem Schwein zusammen in einer Küche, die zugleich auch ihr Schlafzimmer war. Das Schwein schlief mit ihr im Bett, es sprach mit ihr, wenn sie in Not war – würde der Tischler das jemals verstehen? In ihrer Verzweiflung fragte sie das Schwein, was sie tun sollte, aber plötzlich – sie wußte nicht, wie ihr geschehen war – verstand sie das Tier nicht mehr. Nur ein Grunzen konnte sie hören. Und als im Laufe des Tages der Bäcker kam, um sich die Zukunft vorhersagen zu lassen, stellte sie fest, daß sie auch ihre Gabe wahrzusagen verloren hatte. Daran war gewiß nur der Antrag des Tischlers schuld, dachte sie. Und sie war fest entschlossen, die Bitte des Mannes abzulehnen, in der Hoffnung, dadurch ihre Fähigkeiten wiederzugewinnen. Als nun der Tag der Entscheidung herangerückt war und der Tischler vor ihr stand und mit fassungslosem Staunen hörte, was sie ihm zu sagen hatte, wurde er wütend und ging mit dem Schürhaken auf sie los. Hierauf stellte sich der Tischler den Gendarmen, behauptete aber, die Frau habe ihm Geld gestohlen. Als die Gendarmen das verwahrloste Gehöft und die Küche betraten, in der ein unbeschreibliches Durcheinander herrschte, hing nur ein geschlachtetes Schwein (zum Ausnehmen) von der Decke. Die Frau aber blieb verschwunden.

## 20
# Ein Landpfarrer

»Einer unserer Landpfarrer – es ist schon lange her, und die wenigsten wissen darüber noch Bescheid – hatte an einem Apriltage, nachdem er mehrere Nächte hintereinander zu Versehungen gerufen worden war und die zum Teil kilometerlangen Wege zu Fuß zurückgelegt hatte (denn er besaß kein Pferd), ausdrücklich den Wunsch geäußert, zu seinem eigenen Schutz in das Irrenhaus gebracht zu werden. Es hatten ihn jedoch nicht die Sterbenden derart aus dem Gleichgewicht gebracht, sondern, wie er immer wieder behauptete, die Gestirne auf dem Himmelszelt. Erst seinem Nachfolger gelang es, Licht in die Angelegenheit zu bringen. Es wurde damals in unseren Kapellen manch schöne Figur, manch schönes Bild entwendet und durch andere, offensichtlich billigere Bilder und Figuren ersetzt. Unserem Pfarrer ließ die Sache keine Ruhe, und bald kam er dahinter, daß es der Mesner war. Als er ihn zur Rede stellte, gelang es dem Mesner nicht nur, den Pfarrer zu besänftigen, sondern sogar, ihn dafür zu gewinnen, mit ihm gemeinsame Sache zu machen. Der Pfarrer ließ sich überzeugen, daß die Bewohner auf den entfernt liegenden Gehöften keinen Nutzen davon hätten, wenn in der Kirche bestickte Meßgewänder, goldene Kelche und geschnitzte Heiligenfiguren gesammelt würden, während es immer wieder vorkam, daß er auf Versehgängen oder zu einer Nottaufe zu spät kam, weil er kein Pferd hatte. Der Mesner wiederum hatte so viele hungrige Mäuler zu stopfen, daß er dachte: ›Ich nehme Gott lieber einen Kelch, bevor er mir ein Kind nimmt.‹ Am Abend, nachdem der Verkauf zweier Marienbilder erfolgt war, ging der Pfarrer in die Kirche, um sein Abendgebet zu verrichten. Da hörte er aus der Sakristei eine Stimme: ›Du hast Dir angemaßt, Dich in meine Geschäfte zu mischen. Erkanntest Du nicht meinen

Wunsch, Dich ohne Pferd Deinen Dienst verrichten zu lassen? Wäre es mein Wille gewesen, daß Du ein Pferd haben solltest, so hätte ich einen Weg gefunden, Dir eines zu beschaffen. Du aber glaubtest, für mich handeln zu müssen... Und der Mesner? Der Treulose, mit dem Du unter einer Decke steckst, dachte er allen Ernstes, er könnte mich daran hindern, ihm seine Kinder zu nehmen, wenn ich es wollte? Weshalb läutet er die Glocke mir zu Ehren, wenn er glaubt, sich mit mir messen zu können? ... Wie Dich die Sterne am Nachthimmel geleiten und Dir den richtigen Weg zeigen, so leuchteten mir die kostbaren Dinge, die Du verkauft hast. Denn ich bin ohne die Menschen so viel wie sie ohne mich.‹ Damit verstummte die Stimme. Der Pfarrer lief in die Sakristei, und nachdem er dort niemanden angetroffen hatte, war er zu Boden gestürzt und hatte Gott um Verzeihung gebeten. In derselben Nacht aber wurde er zu einem Sterbenden gerufen. Als er aus dem Pfarrhaus trat und über die Äcker ging, sah er plötzlich, daß die Sterne am Himmel eine Spirale bildeten und wie von einem Sog angezogen im Himmelszelt verschwanden. Tiefe Dunkelheit hüllte die Erde ein. Erschrocken fingen die Hunde zu bellen an, und die Bauern erwachten und entzündeten Kerzen. Der Pfarrer aber kam mehr tot als lebendig zu dem Sterbenden. Er wurde jedoch nicht mehr gebraucht, der Mann war schon erkaltet, und seine Seele hatte der Erde den Rücken gekehrt. Erschüttert taumelte der Pfarrer nach Hause. Er erreichte die Kirche im Morgengrauen, gerade als der Mesner die Glocke läutete. ›Wir müssen alles ungeschehen machen oder die Sterne werden am Himmel verlöschen‹, schrie der Pfarrer ihm entgegen, doch der Mesner schüttelte nur den Kopf, denn der Handel war schon abgeschlossen, und der Anteil des Pfarrers lag auf dessen Schreibtisch. In der folgenden Woche wiederholte sich das Ereignis Nacht für Nacht. Am Sonntag, nach der Messe – die Gläubigen hatten um das Erscheinen der

Sterne gebetet und waren besorgt über das abgerissene Aussehen ihres Pfarrers gewesen – meldete sich die Stimme in der Sakristei wieder. ›Ich will nicht‹, sagte die Stimme, ›daß es offenbar wird, was Du getan hast. Verlasse das Dorf, und ich werde die Sterne wieder leuchten lassen.‹ Da begriff der Pfarrer«, erzählte der Landarzt auf dem Sterbebett, »daß er dem Wahnsinn verfallen war. Er suchte mich auf, verschwieg, was geschehen war, und bat nur, in die Anstalt eingeliefert zu werden. Dort verfiel er vollends. Eines Sonntags aber suchte ihn der Mesner mit seinen Töchtern auf. Zur Aufmunterung sollten die Kinder dem Pfarrer ein frommes Lied vorsingen. Als sie das ›Ehre sei Gott in der Höhe‹ beendet hatten, rissen sie Augen und Mund auf und rührten sich nicht mehr. Der Pfarrer aber verschwand vor den Augen der Ärzte und ließ im Zimmer nur das rote Abendlicht zurück.«

## 21
## Zwillinge

»Eine Mutter gebar Zwillinge, die verschiedene Väter hatten. Der eine Sohn war blond und jähzornig, der andere dunkel und sanft. Sie sahen aber beide ihren Vätern so ähnlich, daß jedermann den Kopf darüber schüttelte, wie so etwas möglich war. Während der Blonde das Handwerk des Spiegelmachers ergriff, ging der andere zur Eisenbahn und fuhr mit dem ›Roten Blitz‹ – so heißt der Zug, der von der Landeshauptstadt nach Pölfing-Brunn fährt und dabei an der ›Anstalt‹ vorbeikommt. Oft genug geschah es, daß der Blonde, sobald er sein Gesicht in einem Spiegel sah, diesen zerbrach, weil er es haßte, einen Zwillingsbruder, aber nicht denselben Vater zu haben. Der andere aber betätigte stets das Signalhorn, wenn er an der Anstalt vorbeikam, denn dort lag sein nach einem Schlaganfall völlig gelähmter Vater. Die Mutter war ledig geblieben, da ihr – seit der Geburt der sonderbaren Zwillinge – jeder Mann mit Mißtrauen begegnete. Was keiner wußte, war die Tatsache, daß sie im Laufe eines Sommerfestes vom Vater des blonden vergewaltigt worden war und einige Tage später, als sie sich einem Schulfreund anvertraute, auch von diesem. Um aber das Leben ihrer Kinder nicht weiter zu belasten, schwieg sie, nachdem sie schon bisher aus Scham keinen Menschen in ihr Geheimnis eingeweiht hatte. Das Auffallende an den Brüdern waren gewisse Eigenarten, die sie gemeinsam hatten: So hatten beide eine Vorliebe für das Wort ›Spürsinn‹, das Nachbarland ›Schweiz‹ (das aber keiner von ihnen gesehen hatte) und für Verkleidungen, weshalb sie am Faschingdienstag in die aberwitzigsten Kostüme schlüpften. Eine bestimmte Fügung aber wollte es, daß beide – und mochten sie ihre Verkleidung noch so voreinander geheimhalten – immer das gleiche Kostüm wählten. Ging der eine als Vogelhändler, so begegnete er gewiß einem zweiten Vogelhändler, und ebenso gewiß war dieser andere sein Bruder. Wählte der andere aber im letzten Augenblick (nachdem er sich bereits als Zauberer verkleidet hatte), um das Schicksal zu täuschen, die Gestalt eines Engels, so traf er einen ebensolchen Engel hinter dem nächsten Haus. Lief er zurück, um wieder in das Kleid des Zauberers zu schlüpfen, so war auch sein Zwillingsbruder zurückgelaufen und hatte sich aus Ärger über seinen Bruder ebenfalls als Zauberer verkleidet. In einem Sommer (vor dem zweiten Krieg) fing der Postwagen des ›Roten Blitz'‹ Feuer (da von der Lokomotive ein Funken zu den Briefsäcken geflogen war). Erst nach einiger Zeit fiel es dem Heizer auf, und der Lokomotivführer (der dunkle der beiden Zwillinge) hielt an und rettete, was zu retten war. Ein großer Teil der Post war schon verbrannt, darunter auch der Brief eines Soldaten, der einem Mädchen die Treue aufsagte. Der Lokomotivführer fand ein paar Fetzen dieses Schreibens, aus dem die erwähnten Umstände hervorgingen, und beschloß, das Mädchen zu trösten. Sein Zwillingsbruder aber war zur selben Zeit auf einem Fuhrwerk mit einem großen Spiegel unterwegs, der für ein Wirtshaus gedacht war. Schläfrig trieb er die Ochsen zu größerer Eile an, da entdeckte er auf der Straße einen Betrunkenen, der, wie sich herausstellte, aber ein Sterbender war (er hatte am Abend zuvor – es ging um eine Wette – ein Bierglas verspeist, und die Splitter zerrissen ihm die Eingeweide). Nachdem der Spiegelmacher den Sterbenden getröstet hatte, lud er den Toten auf und brachte ihn zu dessen Frau. Sowie er aber den Leichnam vor die Tür legte und die Frau ihm öffnete, wurde er von heftiger Zuneigung zu ihr erfaßt.

Nicht viel anders erging es indessen seinem Zwillingsbruder: Kaum hatte er den verkohlten Brief der Verlassenen überreicht, als er ein Gefühl in sich aufsteigen verspürte, das ihn zu zerreißen drohte, und er schwor sich, die Frau zu gewinnen, koste es was es wolle. Als die Zwillingsbrüder nach Hause gekommen waren, grübelten und grübelten sie, was sie tun sollten. Beide verließen sich auf ihren Spürsinn, und beide hatten zunächst vor, die Frauen zu entführen und mit ihnen in die Schweiz zu entfliehen, aber wie sollten sie das bewerkstelligen, wenn sie sich noch nicht einmal erklärt hatten? Da kamen sie auf den Gedanken, sich als die Männer zu verkleiden, die die Frauen liebten. Der eine wollte sich verkleiden wie der Tote, der andere wie der Soldat. Gesagt, getan. Sie schneiderten sich Kostüme, flochten Perücken zurecht und fertigten Masken an. Dann legte sich der eine beim Tischler in den Sarg und ließ sich zum Haus des Verstorbenen bringen, der andere schlich durch die Felder bis zum Hof der Angebeteten und klopfte an ihr Fenster. Rasch sprang der Spiegelmacher, als man ihn in das Sterbezimmer gebracht hatte, aus dem Sarg und lief zum Bett des Toten. Nachdem er sich davon überzeugt hatte, daß der Mann wirklich nicht mehr lebte, hob er ihn hoch und legte ihn unter das Bett. Dann nahm er selbst den Platz des Leichnams ein. Es dauerte nicht lange, und die Frau des Toten kam in das Zimmer, um ihren Mann zu beweinen. Und als sie ihm über das Haar streichelte, sprach der Spiegelmacher: ›Erschrick nicht, aber ich darf noch einmal zurück auf die Erde, um Abschied von Dir zu nehmen, doch morgen, wenn der Tag beginnt, muß ich wieder in das Jenseits.‹ Da weinte die Frau innige Tränen des Glücks und vereinigte sich mit ihrem vermeintlichen Manne. Der Zwillingsbruder war inzwischen in die Kammer des Mädchens gestiegen und hatte geflüstert: ›Hast Du meinen Brief bekommen, so vergiß es. Ich wollte Dich nur auf die Probe stellen, ob Du mich auch wirklich liebst. Jetzt, wo ich Dich allein schlafen sehe, bin ich zufrieden und will Dich zur Frau nehmen.‹ Und glücklich über ihren Verlobten, der den weiten Weg aus der Stadt nicht gescheut hatte, um die Nacht mit ihr zu verbringen, gab sich die verlassene Braut ihm hin. Am nächsten Tag aber ging eine merkwürdige Verwandlung in den Brüdern vor. Der eine – er wußte nicht, warum – hatte plötzlich Lust, sich als ein Dorfbewohner zu verkleiden, der bei den Soldaten war, der andere wollte die Gestalt jenes Mannes annehmen, der am Tag zuvor verstorben war, nachdem er ein Bierglas verspeist hatte. Und beide dachten, sie würden die betreffenden Frauen damit erschrecken und sich hierauf zu erkennen geben und (ihnen) ihre Liebe eingestehen. Wie groß aber war ihr Schrecken, als die beiden Frauen sie tatsächlich verwechselten und die eine den Verstorbenen, die andere den Soldaten als geheimen Liebhaber empfing! Zwar waren beide Frauen erstaunt, denn die Witwe wähnte ihren Liebhaber in der Stadt, die Soldatenbraut den ihren tot, doch ließen sie sich gerne von den Ausreden überzeugen, die die Zwillinge stotternd vorbrachten. (Die eine, daß ihr Geliebter aus der Stadt gekommen sei, weil er es vor Sehnsucht nicht mehr ausgehalten habe, die andere, weil der Tote aus dem Jenseits Abschied nehmen wolle.) Die Frauen aber wurden schwanger und brachten Zwillinge zur Welt, von denen einer dem Verstorbenen und der andere dem Soldaten auf das Haar glich. Da war guter Rat teuer. Die Hebamme (eine kluge Frau) machte den Müttern, damit sie nicht in Schande kämen, schließlich den Vorschlag, jeweils eines der Kinder auszutauschen, so daß die Witwe ein Zwillingspaar ihres verstorbenen Mannes, die andere aber ein Zwillingspaar ihres verlobten Soldaten hatte. Gesagt, getan. Als der Soldat aus der Stadt zurückkam, staunte er nicht schlecht, zweifacher Vater geworden zu sein, aber da die Kinder ihm so ähnlich sahen, daß er sie nicht abstreiten konnte, begnügte er sich damit, sich den Kopf zu kratzen und seine Verlobte zur Frau zu nehmen. Die Zwillingsbrüder wußten sich das Ganze am wenigsten zu erklären. Weshalb sahen die Kinder nicht ihnen ähnlich, sondern ihren Verkleidungen? Sie gingen zu ihrer Mutter und beichteten, was sie getan hatten. Da erzählte die Mutter ihnen, auf welche Weise sie schwanger geworden war. Dann aber eröffnete sie ihren verdutzten Söhnen, daß sowohl der Soldat als auch der Verstorbene einen Zwillingsbruder hätten, die, unglücklich darüber, einem Menschen vollständig ähnlich zu sein, in jungen Jahren die Gegend verlassen und alle Verbindungen abgebrochen hätten. Nun hätten diese durch einen Kirtagshändler die Nachricht erhalten, daß die Frauen ihrer Brüder Witwe beziehungsweise Strohwitwe geworden waren, und sich daher nachts in das Dorf geschlichen, um sich bei den Frauen ihrer Brüder als deren Männer auszugeben. Der eine hätte gesagt, er käme aus dem Jenseits, um von seiner Frau Abschied zu nehmen, der andere hätte vorgegeben, es nicht mehr länger in der Stadt ausgehalten zu haben und trotz aller Hindernisse zu seiner Verlobten geeilt zu sein. In der folgenden Nacht aber wäre jeder der Zwillingsbrüder bei der Frau des anderen eingekehrt, da sie vom Kirtagshändler ferner gewußt hätten, daß ihre Brüder neben ihren Frauen eine Geliebte hatten, deren Mann ebenfalls nicht zu Hause wäre, der eine, da er gestorben und begraben sei, der andere, weil er in der Stadt seinen Militärdienst ableistete. Es sei ihnen ein leichtes gewesen, eine Ausrede zu finden und ihren Brüdern die entsprechenden Grüße zu übermitteln. Auf die entsetzten Fragen der beiden Söhne, wie sie diese Geschichte in Erfahrung gebracht hätte, erklärte die Mutter ihren Zwillingen, daß sie den Sachverhalt von der Hebamme gehört habe, der er wiederum von den Frauen gestanden worden sei, und sie fuhr fort: ›Ihr wißt nur die halbe Wahrheit über Euch selbst. Auch Eure Väter hatten Zwillingsbrüder, und diese waren die wirklichen Väter. Ich hatte damals eine Liebschaft mit jenen Männern, die Ihr bisher für Eure Väter gehalten habt. Deren Zwillingsbrüder aber, die davon erfuhren, versuchten mich zu täuschen und anstelle meiner wirklichen Liebhaber eine Liebesnacht mit mir zu verbringen. Ich war jedoch mißtrauisch, und als ich mich wehrte, vergewaltigte mich zuerst der eine Eurer Väter, in der nächsten Nacht der andere, der es auf dieselbe Weise versuchte. Als meine wirklichen Liebhaber davon erfuhren, töteten sie im Zorn Eure Väter und vergruben sie im Wald (wo sie nie gefunden wurden). Zunächst vermißte sie ja auch niemand, da keiner mit Sicherheit sagen konnte, wen von beiden er vor sich hatte. Den Eltern aber erklärten meine Liebhaber, daß ihre Zwillingsbrüder wegen einer krummen Sache ins Ausland geflohen und zur See gegangen seien. Ich habe daraufhin die Beziehung mit den Männern, die Ihr für Eure Väter gehalten habt, abgebrochen und schon einige Zeit vor den verhängnisvollen Liebesnächten, deren Beweis ihr seid, hatte ich weder den einen noch den anderen meiner Liebhaber empfangen. Meine letzten Zweifel, daß die Ermordeten Eure Väter sind und nicht die Mörder, beseitigten Eure Vorlieben für die Schweiz und das Wort ›Spürsinn‹, die

Ihr mit den beiden Toten teilt.‹ Da nahm der Spiegelmacher ein Messer und erstach seine Mutter. Der andere erwürgte am Tag darauf seinen Vater in der Anstalt, während sein Bruder den Vater mit einem Saustrick auf der Tenne erhängte, um einen Selbstmord vorzutäuschen. Hierauf verkleidete sich jeder als der andere Bruder, legte Maske, Perücke und täuschend ähnliche Kleidung an, ergriff das Jagdgewehr und eilte zum Haus des anderen, um ihn zu töten, denn beide fürchteten, den Verstand zu verlieren. Als sie aber über den Maisacker liefen, begegnete jeder von ihnen dem eigenen Zwillingsbild. Sie hielten inne. Konnte es sein, daß sie einen Zwillingsbruder hatten, der ihnen verschwiegen worden war und vielleicht in der Schweiz lebte? Wenn es so war, dann befahl ihnen ihr Spürsinn, den anderen zu erschießen. Und sie hoben die Gewehre und feuerten aufeinander. Nur einer von beiden überlebte den Kampf, und der bin ich«, behauptet der Spiegelmacher.

## 22
## Das geraubte Herz

Eine Elster verliebte sich in einen Knaben und stahl ihm das Herz. Der Knabe, der eben noch eine Katze in den Armen gehalten hatte, erwürgte diese und beobachtete, wie ihre Augen aus dem Kopf traten und sie unter Zukkungen starb. Dann warf er sie hinter den Schweinestall und vergaß sie. Später erlegte er mit einer Steinschleuder die Elster und stellte ihr Skelett in sein Zimmer. Es zog ihn zu Treibjagden hin, er ging zum Militär. Er träumte heftig und fürchtete sich im Traum. Ansonsten verspürte er nichts. Schlief er mit einem Mädchen, so konnte er sich dabei nie vergessen. Immer sah er sich selbst, und er stellte fest, daß er niemanden begriff. Was die Menschen in Kirchen, Hospitälern, auf Friedhöfen trieben, sah er zwar, doch blieb es ihm gleichgültig. Leid und Freude waren ihm fern. Er erlernte sie bloß wie Lesen und Schreiben, um nicht aufzufallen. Da erschien ihm eines Nachts im Traum die Elster und fragte ihn, ob er ihr eines seiner beiden Beine schenken könnte. Der junge Mann dachte nach. »Ich weiß zwar nicht, wofür Du mein Bein benötigst, doch will ich nicht in Dich dringen« gab er schließlich zurück. »Was aber willst Du mir dafür geben?« sagte er. – »Das werde ich Dir morgen sagen«, antwortete die Elster. Der junge Mann war einverstanden, und als er am Morgen die Straße überquerte, wurde er von einem Lastwagen erfaßt und so schwer verletzt, daß ihm ein Bein amputiert werden mußte. In der Nacht aber erschien ihm die Elster und fragte ihn, welchen Wunsch er habe. »Nimm mir den Schmerz«, sagte der junge Mann. Am nächsten Tag war er gesund, und zum Erstaunen aller waren seine Wunden verheilt. »Da habe ich aber einen schlechten Tausch gemacht«, dachte er bei sich. Und: »Wenn die Elster das nächste Mal kommt, werde ich mich geschickter zu verhalten wissen.« Es dauerte nicht lange, und die Elster erschien ihm abermals im Traum. »Gib mir einen Arm«, sprach sie. – »Einen Arm willst Du von mir?« entgegnete der junge Mann. »Weshalb holst Du ihn nicht von meiner Nachbarin?« Hierauf verschwand die Elster, und am nächsten Tag hörte der junge Mann, daß die Nachbarin unter die Straßenbahn gekommen war und einen Arm verloren hatte. Jetzt bekam er es mit der Angst zu tun. »Wenn die Elster das nächste Mal kommt, werde ich es zu verhindern wissen, daß sie mich weiter belästigt«, dachte er. Bald schon erschien die Elster wieder: »Gib mir Dein Augenlicht«, verlangte sie. Ohne zu antworten stürzte der junge Bursche mit einem bereitgelegten Messer auf sie und schnitt ihr den Kopf ab. Am Morgen fand er tatsächlich einen Elsternkopf auf dem Fußboden. Dieser öffnete die Augen und sagte traurig:

»Ach, warum hast Du das getan, nun muß ich ohne Kopf weiterleben.« Der junge Mann ließ ihn liegen und ging seiner Beschäftigung nach, aber am Abend lag der Kopf noch immer auf dem Boden und rief: »Ich bin durstig, ich bin hungrig, gib mir zu essen, gib mir zu trinken.« Der junge Mann dachte: »Ruf nur weiter, solange Du von Deinem Körper getrennt bist, kannst Du mir nicht die Nachtruhe stören.« Im Traum aber erschien ihm die Elster ohne Kopf und sagte: »Wenn Du mir meinen Kopf zurückgibst, so will ich Dir Dein Herz zurückgeben.« – »Mein Herz?« Jetzt erfuhr der Jüngling, was geschehen war und daß ihn die Elster hatte töten wollen, bevor er Schlimmes hätte anrichten können. »Und was soll ich tun, damit ich mein Herz wiederbekomme?« fragte der Jüngling. »Du mußt meinen Kopf füttern und tränken und Dich mit ihm zu Bett begeben«, sagte die kopflose Elster und verschwand. Der Jüngling tat, wie ihm geheißen. Er legte den Elsternkopf auf den Tisch und sprach den ganzen Tag über mit ihm und konnte den Abend nicht erwarten. Die Elster erzählte ihm vom Wald und daß ihr Skelett in seinem Zimmer gestanden hatte (als er ein Knabe gewesen war), und der Jüngling erinnerte sich daran. Am Abend nahm er den Kopf in die Hand und schlief mit ihm ein, und wirklich erschien ihm der Vogel im Traum und sagte: »So, nun setze den Kopf auf meinen Rumpf – dann will auch ich mein Versprechen einhalten.« Der junge Mann befolgte den Rat und wurde von der Elster davongetragen, in ein Land, in dem ihn niemand kannte.

## 23
## Der neugierige Sohn

In Untergreith lebte ein geiziger Mann. Er verschenkte nichts und bat niemanden zu sich ins Haus. Allein wenn sich jemand auf seinen Stuhl setzte und wohl fühlte, kam ihn ein solches Gefühl des Neides an, daß es ihn nicht länger litt, bis er seinen Besucher hinausgeworfen hatte. Seine Mutter führte den Haushalt, erledigte für ihn alles auf das sparsamste, nähte seine Kleider, fütterte die Schweine, molk die Kuh, versorgte überhaupt Haus, Tier und Garten, wie er es sich besser nicht vorstellen konnte, und doch haßte er sie. Sie war eine alte, saubere Frau, der Sohn aber ekelte sich vor ihren Händen, vor ihrem Schnupfen, den sie hin und wieder hatte, und vor dem Gebiß, das sie in einem Kaffeehäferl neben dem Bett aufzubewahren pflegte. Trotzdem kam es vor, daß sie sich (in besonders kalten Winternächten) in ein Bett legten und bis zum Morgen beisammenblieben und einander wärmten. Als die alte Frau starb, litt der Sohn wegen der Gäste, die abends zum Beten kamen und auf seinen Möbeln saßen, wegen des Weines, den er ausschenken mußte, und des Milchbrotes, das er aufzuwarten hatte. Er litt, daß man in seinem Haus aus- und einging, wegen der Rechnungen, die anfielen und nicht zuletzt wegen des Verlustes, der ihn ereilt hatte. Nach ihrem Begräbnis erschien ihm die Mutter mehrmals: im Hof, im Stall, auf der Tenne, in der Küche, und jedesmal ermahnte sie ihn, für sich zu sorgen, jedesmal aber wollte der Sohn von ihr wissen, wo er einen Schatz finden könne, wo der Reichtum verborgen sei, denn nun – da sie in der Ewigkeit zu Hause sei, wisse sie ja alle Geheimnisse. Die Mutter gab nur zurück: »Du bist nicht allein, sonst wärst Du ein Stein.« Der Geizige heiratete (weil er jemanden für die Arbeit brauchte) ein armes und beschränktes Mädchen und nützte es recht aus. Die Hochzeit wurde mit Eltern und Geschwistern gefeiert, und in der ersten Nacht gestand ihm das Mädchen, daß sie von einem anderen schwanger sei. Da erschien die Mutter ihrem Sohn auf dem Dachboden und sagte: »Erschlage das Mädchen nicht. Wenn Du sie so heftig prügelst, wirst Du keine Hilfe haben. Es weiß ja niemand, daß Du nicht der Vater bist, also geht es auch niemand etwas an, und Deine Frau wird schon, weil sie Dir ihre Verfehlung erst nach der Hochzeit gestanden hat, schweigen.« Der Geizige folgte dem Rat seiner Mutter, behandelte aber das Mädchen weiterhin schlecht und ließ es dafür leiden, daß es ihm nicht die Wahrheit gesagt hatte, solange er es sich hätte noch anders überlegen können. Als er es aber wieder gar zu wild trieb, seine Frau verprügelte und ihr nur seine Essensreste gab, erschien ihm die Mutter neuerlich und machte ihm Vorwürfe. Zum Schluß beteuerte sie: »Behandle Deine Frau gut, in ihr hast Du den größten Schatz.« Da wurde der Geizige hellhörig... Schatz? In seiner Frau befand sich ein Schatz? Wenn seine Mutter es so gemeint, wie sie es gesagt hatte, dann konnte sie nur an das Ungeborene gedacht haben. Und dieses Ungeborene sollte ein Schatz sein? – Als die Frau schlief, holte er eine Schere und schnitt den Bauch der Schwangeren auf, fand jedoch, obwohl er sorgfältig suchte, nichts, was die Bezeichnung »Schatz« verdient hätte, nicht einmal das Kind fand er. Daher nähte er den Bauch wieder zu, wusch sich die blutigen Hände und Arme und schlief enttäuscht ein. So fand man ihn und wollte ihn augenblicklich erschlagen.

## 24
## Die Strafe

Ein junger starker Bauernbursche zog in den Krieg und hatte kein Mitleid mit den Feinden. Er brandschatzte, tat den Frauen Gewalt an, plünderte und machte keine Gefangenen. Als er nach Hause kam, blieb er jähzornig und unerbittlich und konnte sich nicht darein finden, daß die Zeiten sich geändert hatten. Er nahm sich die Nachbarstochter zur Frau und zeugte sieben Kinder mit ihr, und es setzte viele Prügel und grobe Worte für sie. Da betete sie eines Nachts um Erlösung von ihrem Leid, und die Kammer erhellte sich und ein Engel zeigte sich ihr. Hierauf verschwand die Erscheinung, ohne ein Wort gesprochen zu haben, und ohne daß der Mann aufgewacht wäre. Ahnungslos schnarchte er in seinem Kissen weiter. Am nächsten Morgen aber, als er sich mit einem Mostkrug zur Wiese begab, wurde ihm übel, und er fand sich im Klee als eine Ringelnatter wieder. Entsetzt wartete er, was geschehen würde. Nach einer Weile hörte er seine Frau und die Kinder seufzend vorbeikommen. »Wie wird die Arbeit heute schwer«, sagte eines der Kinder, »wenn der Vater uns wieder schlägt und so unerbittlich ist wie die Julisonne.« Nun reute es den Mann, und er erkannte, was er gefehlt hatte, und wünschte sich nichts so sehnlich, wie in seine alte Gestalt zurückkehren zu dürfen und das Unrecht wiedergutmachen zu können. Aber wie sollte er es anstellen? – Da erwachte er plötzlich, der Mostkrug lag ausgeleert im Gras, und sein Kopf brummte. Die ersten Tage nach dem Zwischenfall nahm sich der Mann zusammen, aber es dauerte nicht lange, und er fuhr in seinem Verhalten fort, wie er es früher getan hatte. Und wieder betete die Frau, und wieder erschien der Engel, ohne ein Wort zu sprechen. Als der Mann am nächsten Morgen ein Schwein schlachtete, erhielt er einen Schlag auf den Kopf und war selber das Schwein, welches an einem Strick aus dem Stall gezogen wurde. Da half kein Quieken und kein Dagegenstemmen, und jedes Beteuern von ihm, es handle sich um einen Irrtum, er sei doch kein Schwein, sondern ein Mensch, drückte sich nur in einem aufgeregten Quieken aus. Er mußte fühlen, wie der Schlächter ihm den Bolzen in das Gehirn schoß und die Frau seine Kehle durchschnitt und das Blut ausrinnen ließ und dann, nachdem sein Schweinekörper aufgehört hatte zu leben, mußte er mitansehen, wie man ihn im heißen Wasser badete, seine Borsten abschabte und zerlegte. »Hoffentlich bleibt mein Mann einige Tage krank«, hörte er seine Frau sagen, »denn solange ihm nicht gut ist, schlägt er uns nicht.« Und wieder reute es den Mann zutiefst, und er schwor sich, daß, wenn er noch einmal Gelegenheit bekäme, es besser zu machen, er nie mehr der alte sein würde. Daraufhin fand er sich neben dem Schweinestall, das Schlachtmesser war ihm aus der Hand geglitten, und er erhob sich zähneknirschend und bat seine verwunderte Frau und die Kinder um Verzeihung. Aber es dauerte nicht lange, und er tat Frau und Kindern wieder Gewalt an und trieb sie wie früher zur Arbeit. Als seine Frau jetzt abermals den Engel anrief, erschien er ein letztes Mal und hörte ihre Klagen an. Hierauf aber starben Frau und Kinder innerhalb eines Jahres, und der Mann begriff, was er getan hatte. Und er trank aus Gram, bis er das Gedächtnis verlor. Man sprach mit ihm, doch alles, was er hörte und sah, war neu für ihn. Eines Tages erschien ihm ein Engel im Anstaltspark und sagte ihm: »Du hast das Gedächtnis verloren, aber eines wirst Du bis ans Ende in Erinnerung behalten: Du mußt Dein Leben (so wie es war) noch einmal leben, und sündigst Du so weiter, wirst Du abermals Dein Gedächtnis verlieren.« Damit verschwand er. Der Engel aber war kein anderer als er selbst.

## 25
## Der Holzsoldat

Eine Familie hatte seit erdenklichen Zeiten einen geschnitzten und bemalten Soldaten in der Küche stehen. Er trug eine blaue Uniform, eine blaue Kappe und ein Gewehr und hatte einen Bart. Die heranwachsenden Kinder spielten mit ihm, ließen ihn im Wasser schwimmen oder vom Fensterbrett fallen oder vergaßen ihn einfach die Nacht über im Freien. Wenn die Bemalung nicht

mehr schön war, fand sich irgend jemand, der sie erneuerte. Früher hatte er eine gelbe Mütze getragen und eine grüne und eine weiße und eine orangerote oder eine schwarze Uniform, auch die Farbe seines Bartes hatte gewechselt, doch es war immer derselbe Soldat geblieben, und niemand wußte, was er schon alles erlebt hatte.
Und der Soldat konnte es auch niemandem sagen, denn er erwachte nur in der Nacht zum Leben. Im Frühjahr wurde er vom halbblinden Hofhund gefressen. Es war in der Dunkelheit, und er lag am Boden, da hörte er den Hund heranschnuppern, fühlte seine kalte Nase und wurde von einer klebrig-heißen Zunge aufgeschleckt.
Er sah die riesigen, weißen Zähne, die wie Gattersägen aus Elfenbein auf ihn niederfuhren und versuchten, ihn in zwei Teile zu trennen oder zu zerkleinern, und er nahm sich bis in die letzte Faser seines Holzes zusammen und wurde hart wie Stein, bis es der Hund aufgab und ihn schluckte. Den dunklen roten Rachen stürzte er hinunter in einen Schacht, wo er sich auf einem Haufen zermahlener Hühnerknochen wiederfand. Rundherum war es stockdunkel und es stank.
Bald – als sich seine Augen an die Dunkelheit gewöhnt hatten – erkannte der Soldat, daß er sich in einem Zelt aus Fleisch befand, und bevor er sich noch zurechtgefunden hatte, prasselten die Teile einer Ratte auf ihn nieder, blutige Fetzen, die der Hund hinunterwürgte, und dabei sprang das Tier, daß der Soldat herumkollerte.
Da wußte der Soldat, daß er fliehen mußte, wollte er überleben. Durch dunkle stinkende Kanäle schob er sich vorwärts, einem Labyrinth aus Gängen, nicht unähnlich dem Kanalnetz von Städten, nur daß diese Gänge nicht aus Stein waren, sondern eher Schläuche.
Endlich, über und über mit Kot beschmiert, stürzte er hinaus auf einen Haufen Hundescheiße, der von Schmutzfliegen umbrummt war, welche sich wie Adler auf ihn niederließen, aber schon kamen die ersten Sonnenstrahlen

heraus, und so verblieb er bis zum Abend, wo er war. Dann aber schlich er durch ein Mauseloch in das Haus und nahm unter dem tropfenden Wasserhahn ein Bad. Solcher Art Abenteuer erlebte der Holzsoldat viele, ohne daß es jemand merkte. Einmal stahl ihn jemand, und als der Holzsoldat erwachte, mußte er in der Nacht den langen weiten Weg, den der Dieb mit ihm auf dem Ochsenkarren gefahren war, zurücklegen, unter riesigen Farnkrautwedeln im Wald, wo Fuchs und Eule seinen Weg kreuzten, an Seeufern und Flüssen entlang, und alles, wonach er sich richten konnte, waren die Sterne, sofern sie schienen. Er kam in Regen und Schnee, mußte sich vor Bisamratten und Mardern verstecken, vor Krähenschwärmen und nicht zuletzt vor den riesigen Menschen.

Wer erzählt je seine Abenteuer?

Aber er kehrte zurück und war wieder da, legte sich auf den Küchenboden oder schwang sich auf das Fensterbrett und, als wäre nichts geschehen, spielten die Kinder (am nächsten Tag) mit ihm, die vermeinten, ihn verlegt zu haben und nun hätten sie ihn wiedergefunden.

Er konnte sich nicht mehr daran erinnern, wann er geschnitzt worden war. Er wußte nicht mehr, wie es gewesen war, als Haselstrauch zu leben, es war zu lange her. Er hatte auch den Großvater aufgebahrt gesehen und war Zeuge geworden, wie man dessen kleine Tochter aus dem Haus trug. Auch hatte er fremde Frauen und Männer in das Haus ziehen gesehen, und einmal hatten sich eine Magd und ein Knecht neben ihm auf dem Boden umarmt und, wie er später erfuhr, ein Kind gezeugt, er hatte jedoch geglaubt, der Knecht erwürge die Magd, und hatte ihn an den Haaren gerissen, ohne daß der Knecht etwas gemerkt hatte.

Das Kind der beiden hatte später mit ihm gespielt und einmal versucht, ihn anzuzünden, aber das war zum Glück nicht gelungen, weil der Wind zu heftig blies, seither aber blieb der linke Arm des Soldaten verkohlt.

## 26
## Der Gewichtheber

Der Gewichtheber des Wanderzirkus reist nur mit seinen Gewichten. Schon als Kind hob er Tische, Betten, Schränke auf und wirbelte sie durch die Luft. Er war als Jüngling stark genug, um ein Brett, auf dem ein Stier stand, mit den Beinen in die Luft zu stemmen. Braut, Trauzeugen, Eltern und Schwiegereltern trug er – da es noch keine Straße gab – allein in die Kirche, als er heiratete. Nun geschah es, daß eines Tages eine Ameise über seinen Fuß kroch und, als er sie erschlagen wollte, ausrief: »Ich bin viel stärker als Du; wäre ich so groß wie Du, ich würde Dich zu Brei zerquetschen.« Der Gewichtheber machte große Augen, sperrte die Ameise in eine Zündholzschachtel und lief zum Lehrer, der sich mit Insekten beschäftigte. (Er hatte im Keller eine schwimmbadähnliche Grube ausgehoben, in der er verschiedene Arten von Ameisen studierte.) Der Gewichtheber lief in das Haus, aber die Räume waren leer, und als er im Keller nachsah, fand er nur ein fein abgenagtes Skelett mit einem Gewehr in der Hand. Gedankenverloren ging der Gewichtheber wieder nach Hause. Er vergaß die Ameise, die in der Zündholzschachtel verhungerte und vertrocknete, und hatte keine rechte Freude an seinen Kräften mehr. Da erschien ein Klavierstimmer und bat, eine Nacht unter seinem Dach verbringen zu dürfen. Der Gewichtheber ließ es zu, versprach er sich von dem Fremden doch willkommene Abwechslung. Am Abend stieg der Mann auf den Dachboden, um dort zu übernachten, doch plötzlich hörte der Gewichtheber ein Klavier spielen. Er stieg dem Mann nach und sah ihn auf dem vergessenen Instrument mit seiner Frau in trautester Umarmung. Empört schrie er auf, die Frau und der Klavierstimmer rissen sich jedoch voneinander los und stritten alles ab. Da schlug der Gewichtheber seine Frau, diese aber schrie: »Töte mich nur, so wirst Du ein Leben lang unglücklich sein.« Langsam kam der Gewichtheber wieder zur Besinnung. Er ging in die Küche und brütete darüber nach, was ihm widerfahren war. Gedämpft hörte er seine Frau durch die Zimmerdecke lachen, und er litt, bis ihm die Ameisen des Lehrers einfielen. Rasch lief er zurück in das Schulhaus, schaufelte zwei Blechkübel voll mit den Insekten (ohne allerdings einen Blick auf das Skelett des Lehrers zu werfen) und eilte zurück. Er schlich leise die Treppe hoch und fand den Klavierstimmer auf dem Boden in tiefem Schlaf versunken. Heimlich schüttete er die Ameisen in das Klavier und begab sich dann in sein Zimmer. »Wo warst Du?« fragte ihn seine Frau. »Bei den Ameisen«, gab er wahrheitsgemäß zurück. Aber die Frau glaubte ihm nicht und verlachte ihn. Als sie am nächsten Morgen erwachten, lagen sie auf dem Boden unter freiem Himmel. Wie sich herausstellte, hatte der Gewichtheber die Ameisen mit den Termiten des Lehrers verwechselt, welche das ganze Haus abgetragen hatten. Auch der Klavierstimmer erschien außer sich mit ein paar Klaviersaiten, schwarzen und weißen Tasten und dem Pedal in der Hand. Abermals lief der Gewichtheber zum Lehrer, um Ameisen zu holen, die den Klavierstimmer und seine Frau beseitigen sollten, aber die Ameisen im Keller fielen über ihn her. In größter Not ergriff er die Flucht. Seine Kleidung, seine Taschen, die Schuhe waren voller Ameisen, weshalb ihn anfangs kein Eisenbahnzug mitnehmen wollte. Erst im Zirkus, in dem man ihn entkleidete und in eine Badewanne steckte, befreite man ihn von den Tieren und gab ihm Gelegenheit, jeden Abend seine Kräfte unter Beweis zu stellen.

## 27
## Der Stern

»In der Nähe von Untergreith fiel ein Stern vom Nachthimmel und grub sich tief in den Waldboden. Ein Jäger, der den Einschlag gehört hatte und durch ein unerklärlich helles Licht neugierig geworden war, schulterte sein Gewehr, um nachzusehen, was geschehen war. Als er sich der Absturzstelle näherte, erblickte er einen blendendhellen Eisgipfel, der weit in die Dunkelheit ragte. Die Wände dieses neuen Berggipfels, der aus der Erde durchgebrochen zu sein schien, waren glatt, nicht unähnlich einem Kristall. Vorsichtig schlich der Jäger heran, stieg über entwurzelte Bäume und aufgeworfene Erde, und da lag der Stern, dessen größter Teil sich tief in den Boden gegraben hatte. Die Hitze, die der Himmelskörper ausströmte, war so groß, daß der Jäger stehen bleiben mußte. Rot glühte der Teil, der dem Boden am nächsten war, und ein unheimliches Sirren ging von dem riesigen Zacken aus, als wollte es ihn im nächsten Augenblick in Stücke reißen. Der Jäger lief ins Dorf, weckte die Bewohner, und alsbald eilten die Menschen aus allen Teilen des Landes herbei, um den gewaltigen Stern zu sehen, der sich in Untergreith in die Erde gebohrt hatte. Wissenschaftler stellten Hütten auf, in aller Eile wurden Gasthäuser eingerichtet, und schließlich erschienen Fürsten und Grafen, um den wunderbaren Stern zu bestaunen. Es stellte sich heraus, daß die Wände des vermeintlichen Gipfels wie Spiegel waren, so daß das Sonnenlicht grell nach allen Seiten zurückgeworfen und noch in Tälern und Ebenen weit in der Ferne und sogar in anderen Ländern gesehen wurde. Die Wissenschaftler gingen daran, Teile aus dem Stern herauszuschlagen und sie geologisch zu untersuchen, dabei fanden sie in ihm eingeschlossen Gebilde, die darauf schließen ließen, daß es fremde Pflanzen und Tiere waren. Sie waren jedoch vollständig anders gebaut als Lebewesen auf der Erde. Ihre Farben gab es bislang auf der Welt nicht, kein Wort hätte sie auch nur annähernd beschreiben können. Selbst die Form war so anders, daß es nichts Vergleichbares gab. Man begnügte sich damit, Fotoapparate mit schwarzen Tüchern heranzuschleppen und alles aufzunehmen, und die besten Zeichner aus der Hauptstadt hatten die Aufgabe, jedes dieser Gebilde auf das genaueste festzuhalten. Und noch immer war das Sirren des Berges zu vernehmen. Da stieß ein Geologe, als er mit einem Gesteinshammer einen Brokken aus dem Berg schlug, auf ein Wassergefäß, aus dem es sofort sprudelte. Es war jedoch nicht Wasser, was aus dem Stern floß, sondern eine Flüssigkeit mit einem unbekannten Geruch, deren Farbe dem Sonnenlicht entsprach. Als man sie in Flaschen sammeln wollte, verdampfte sie, ebenso hielt sie sich nicht in Fässern oder anderen Behältern. Eine Kuh, die man zur Quelle heranführte und zwang, daraus zu trinken, fiel tot um. Doch gleich darauf wurde sie zu einer goldenen Flamme, die sich in die Lüfte erhob und verschwand. Jetzt herrschte die größte Aufregung: Generäle und Professoren eilten herbei und zwangen Katzen, Tauben und Hunde, die Flüssigkeit zu trinken, und warfen Fische in sie hinein, die alle zu goldenen Flammen wurden und im Himmel verschwanden. Es erschienen Theologen, die behaupteten, in den Flammen handle es sich um die Seelen der verstorbenen Tiere, die Generäle eilten zum Kaiser und wollten ihn überreden, Krieg zu führen, und die Wissenschaftler hätten zu gerne einen Menschen gezwungen, von der Flüssigkeit zu trinken. Und alsbald wurde das Gebiet um den Stern von Zäunen umgeben und streng bewacht. Der Jäger aber, der den Stern als erster gefunden hatte, konnte vom Sirren, das er Tag und Nacht hörte, nicht schlafen. Und als er eines Nachts aufstand und sich dem Stern näherte, da hörte er ihn ächzen: ›Ach wie gerne wäre ich wieder auf der Himmelswiese. Mir ist wie einer

Blume in einer Vase, aber allein kann ich mich nicht befreien. Es müßte ein junges unschuldiges Mädchen im weißen Kleid, das mit Glockenblumen bestickt ist, um Mitternacht eine kleine Kröte schlucken und dabei rufen: ›Stern, Stern, flieg in die Fern!‹ – Dann würde die Erde für Sekundenbruchteile die Schwerkraft verlieren, und ich könnte zurück zum Nachthimmel.‹ Der Jäger war ein redlicher Mann. Er ließ für das Kind seiner Schwester ein Kleid, das mit Glockenblumen bestickt war, anfertigen, lehrte es das Gedicht: ›Stern, Stern, flieg in die Fern!‹, fing eine Kröte und lud das Kind unter einem Vorwand zu sich ein. Um Mitternacht weckte er es auf, kleidete es an, hielt ihm die Kröte hin und forderte es auf, diese zu schlucken. Das Mädchen aber war störrisch und wollte die Kröte nicht schlucken, fing zu weinen an und biß den Jäger in den Finger. Da wurde der Jäger zornig. Er schilderte dem Mädchen, was für eine Bewandtnis es mit dem Spruch und der Kröte auf sich hatte, aber das Kind wollte nichts davon wissen. Da packte er es, öffnete gewaltsam seinen Mund, stopfte das Tier hinein und brachte es unter Schlägen dazu, den Spruch zu sagen. Im nächsten Augenblick erhoben sich Hühner und Kühe in den Ställen, die Möbel und das Geschirr in den Bauernhöfen flogen zu den Zimmerdecken hoch, die Alten flogen durch Schornsteine, und sogar die Häuser erhoben sich und schwammen wie Schiffe auf dem Meer in der Luft. Dann aber stürzten sie jählings zu Boden, Gläser und Teller und Fensterscheiben zersplitterten, Tiere brachen sich das Genick, und Menschen wurden von Trümmern erschlagen. Als der Jäger den Kopf hob, sah er den Stern mit rasender Geschwindigkeit von der Erde wegfliegen, aber zu seinem Entsetzen hatte er auch das Mädchen erfaßt, das er mit sich in das All nahm«, erzählt der verrückte Seismologe.

## 28
## Der Sprachschöpfer

Einem jungen Burschen war es nicht genug, daß er lesen und schreiben konnte, er wollte eine Sprache erfinden, die alle Menschen, ohne sie erlernen zu müssen, verstehen könnten. So hörte er sich im Wald um und auf der Wiese, aber die Vögel verstanden die Fische nicht, die Fische die Hasen nicht, die Hasen nicht die Dotterblumen, die Dotterblumen nicht die Wolken, kurz, keiner verstand viel mehr als seinesgleichen. Da wuchs nur noch der Drang des jungen Burschen und wurde so stark, daß er zu glühen begann. Seine ganze Gestalt bekam einen grellen Schimmer, als sei er nicht von dieser Welt, und als er einen Bleistift in die Hand nahm, verbrannte dieser zwischen seinen Fingern, und das Papier auf dem Tisch ging in Flammen auf, und auch der Tisch selbst fing Feuer, so daß er ihn aus dem Fenster werfen mußte. Es war Nacht, und da schrieb er mit seinen feurigen Händen in der Dunkelheit, was ihm seine wilde Kraft eingab. Er schrieb eine Botschaft an die Tiere und den Fluß, die Gräser, die Insekten und Vögel und an die Toten in den Gräbern. Die ganze Nacht über schrieb er die Zeichen, die aus seinem Herzen kamen, schrieb sie mit wilden Bewegungen in die Luft, wo sie langsam verloschen. Am Morgen ging er mit geröteten Augen zur Arbeit – er war Müller –, und der Schimmer um seinen Körper war erloschen, und den ganzen Tag über war er einer der geringsten. Doch kaum war er mit sich allein, da bemächtigte sich seiner wieder die Idee der neuen Sprache, und wieder begann er zu glühen, und er öffnete sein Taschenmesser und schnitt sich in die Hand und schrieb mit dem herausrinnenden feurigen Blut eine Botschaft an alles Lebende und Tote, das ihn umgab, bis er vor Erschöpfung zusammenbrach. Andertags fand er sich in seinem Blute liegend im Bett, wohin er sich geschleppt hatte. Das

Kissen, die Laken, sein Hemd und der Deckenüberzug waren über und über mit Blutspritzern verunreinigt, als sei ein Mensch ermordet worden. Der junge Bursche zog die Wäsche ab, ersetzte sie durch neue und wusch die blutige im Bach. Jetzt erst bemerkte er die große Wunde, die er sich zugefügt hatte. Und wieder mußte er feststellen, daß sein leuchtender Schimmer verblaßt war und daß die Mücken nur summten, die Vögel nur zwitscherten, der Wind nur rauschte, ohne daß er sie verstehen konnte, und auch sie würden ihn nie begreifen. Und alle Menschen in den Häusern ringsherum verstanden ihn nicht und wollten ihn nicht verstehen, denn sie hatten sich ganz der Mühe und Plage des Alltags verschrieben, den sie zwar verfluchten, aber nicht verlieren wollten, denn er bot ihnen die Heimat wie das Uhrgehäuse der Unruh. Der junge Bursche ging wieder an seine Arbeit, verrichtete schweigsam seine Handgriffe und legte sich zu Hause in sein Bett. Da kam – es war noch Tag – ein Schmetterling geflogen und setzte sich auf seine Brust und schaute ihn an. »Was willst Du, Schmetterling?« fragte ihn der junge Bursche. Es war ein ›Colias edusa‹ oder Großer Postillion, wie er auch heißt, und von rotgelber Farbe. Der Schmetterling antwortete ihm auch, aber, wie er feststellen konnte, durch Schließen und Öffnen der Flügel und das Spiel seiner Fühler. Und was konnte dieses Öffnen und Schließen anderes bedeuten als »komm, komm«, und war das Spiel der Fühler nicht etwa der nach oben gekrümmte Zeigefinger, der ihn zu sich winkte? Der Jüngling erhob sich und sprang dem Falter aus dem ebenerdigen Fenster nach ins Freie und folgte ihm durch Kukuruz und durch die Obstgärten, und auf einmal begriff er die Sprache des Falters, und er antwortete ihm mit dem Schlagen seiner Arme, bis ein Vogel vom Himmel stürzte und den Falter auffraß. Da machte der junge Bursche das Zwitschern des Vogels nach, und er fing wieder zu schimmern an, und seine Hände leuchteten. »Willst Du zu uns sprechen?

Willst Du uns verstehen?« hörte er den Vogel rufen. Und immer wieder dasselbe, immer wieder: »Willst Du zu uns sprechen? Willst Du uns verstehen?« Und er konnte ihnen mit nichts antworten als mit denselben Lauten: »Willst Du zu uns sprechen? Willst Du uns verstehen?« Es war ein Buchfink, mit dem er da seit Stunden diese Sätze sprach, ein ›Fringilla coelebs‹, wie ihn das Volk nennt. Und plötzlich blätterte der Buchfink sein Buch auf, indem er die Federn spreizte, und in diesem Buch sah der junge Bursche den Wald und die Moose und Käfer und Flechten und Pilze, und alles gehörte zusammen und war eines, und er las in diesem Buch, daß er schweigen müsse. Nur die Schrift seines Blutes würde verstanden. Da schnitt er sich fröhlich mit seinem Messer in den Arm, dankte dem Buchfink und eilte von Haus zu Haus, wo er mit seinem leuchtenden Blut die Segenswünsche des Alls den sündigen Menschen übermittelte.
*Dieses Märchen stammt von einem Pyromanen, der bis zu seinem achtzigsten Lebensjahr zweiunddreißig Bauernhöfe, Sägewerke, Kirchen, Bahnhöfe, Wohnhäuser und Kapellen einäscherte.*

## 29
## Der ärmste Knecht

Der ärmste Knecht in unserem Gebiet war so arm, daß sich sogar die Würmer aus Scham über sein jämmerliches Dasein in der Erde verkrochen, wenn sie ihn kommen sahen. Er ging stets barfuß, und alles, was er besaß, hatte in seinen Hosentaschen Platz. Daher wollte ihn auch keine Frau nehmen. Nur den Bauern in der Umgebung war er willkommen. Vom ersten Sonnenstrahl bis zum letzten Muhen der Kühe fanden sie Arbeit für ihn, wofür er sein Essen bekam und bei den Tieren schlafen durfte. Eines Tages im Winter schickte ihn ein Bauer in das Dorf, um Medizin für seine kranke Frau zu holen. Der arme

Teufel band sich Fetzen um die Füße und eilte los. Bald fror er, daß er befürchtete, die Zehen fielen ihm ab. Aber er biß seine Zähne zusammen, erreichte den Landarzt und trug seine Bitte vor. Auf dem Rückweg aber wurden die Schmerzen so arg, daß er fast die Besinnung verlor. Bevor er noch zu Boden stürzte, sah er einen Schwarm roter Vögel vor seinen Augen, die in ein helles, flimmerndes Licht getaucht waren. Erschrocken starrte er auf sie, aber sie verschwanden in der plötzlich aufkommenden Dunkelheit – bis auf einen, der ihm voranflog und ihm den Weg zeigte. Dieser ließ sich auch auf seinen vor Kälte schon gefühllosen Füßen nieder und wärmte sie, und er wärmte ihm die Hände und seinen Körper, und als sie das Haus erreicht hatten, da flog er ihm voran in die Küche und setzte sich auf den Tisch. Er war so wunderschön, als sei er bemalt (wie ein kunstvoller Fächer). Als die kranke Frau ihn sah, wurde sie augenblicklich gesund. Der Vogel aber setzte sich auf die Schultern des halberfrorenen Dienstboten und ließ sich von niemandem einfangen oder füttern – nur vom ärmsten Knecht. Man machte eine Kammer für ihn frei, und alsbald ging er mit dem Vogel zu allen Kranken und Leidenden des Landstriches, und jeder, der den Vogel sah, genas. Selbst Sterbende vermochte er zurückzuholen, wenn noch ein Fünkchen Leben in ihnen war. Nun konnte sich der Mann der Frauen nicht erwehren, er nahm sich aber eine arme Magd, der er zuvor nicht seine Liebe zu gestehen gewagt hatte. Die Frau war alsbald eifersüchtig auf den Vogel. ›Was verbringst Du mehr Zeit mit ihm als mit mir und Deinen Kindern?‹ fragte sie. ›Weißt Du nicht, daß man seit geraumer Zeit über uns spottet und Dich den Vogelbräutigam nennt?‹ Da schalt sie der Mann und achtete nur noch mehr auf den Vogel und wartete abends, bis das Tier eingeschlafen war, und morgens sangen sie gemeinsam ein Lied, auch aß der Knecht selbst nur noch Körner, Würmer und Mücken, um seinem gefiederten Freund den Eindruck zu vermitteln, er sei nicht allein. Eines Tages aber mußte der Mann in die Stadt. Er bat seine Frau, für den Vogel zu sorgen – er selbst würde andertags zurück sein. Die Frau versprach es ihm, nicht lange aber, nachdem der Mann fort war, nahm sie das Tier, steckte es in einen Schuhkarton (den sie mit Steinen gefüllt hatte und mit einer Schnur zuband) und versenkte die Schachtel im Teich. Dann wartete sie, was geschehen würde. Aber es stiegen nur einige Blasen aus dem Teich auf, das war alles. Am Abend, als der Mann zurückkam und nach dem Vogel fragte, antwortete die Frau, er sei davongeflogen, vermutlich habe er sich nach der Freiheit gesehnt. Und obwohl es ihrem Mann fast das Herz brach, so dachte er doch, daß er kein Recht gehabt hätte, den Vogel festzuhalten, und er bewahrte ihn in schönster Erinnerung.

## 30
## Das Kreuzworträtsel

Eine junge Frau in St. Ulrich war so geschickt im Lösen von Kreuzworträtseln, wie man sich nur denken kann. Sie wußte alle Wörter mit zwei, drei oder vier Buchstaben, nach denen gefragt war, und die meisten mit fünf und sechs. Man brachte ihr jede erdenkliche Zeitung, aber die Frau löste alle Kreuzworträtsel rascher, als der Überbringer ein Glas Wein auszutrinken vermochte. Da kam eines Tages ein Krämer, der bunte Tücher, Spielzeug, Heiligenfiguren und anderes mehr zum Kauf anbot (die Gelegenheit jedoch wahrnahm, zu stehlen und zu betrügen, wo er nur konnte). Er hatte nirgendwo jemals die Rechnung im Gasthaus bezahlt, nie sein Wort gehalten und liebte es, kostbare Antiquitäten als – wie er dem Verkäufer versicherte – »billigen Plunder« einzukaufen. Seine Waren und Schätze ließ er von einem Schuppentier bewachen.

Niemand hatte jemals so ein Schuppentier gesehen. Angeblich hatte er es von einem fremden Kontinent mitgebracht (tatsächlich aber in einem Wanderzirkus gestohlen). Dieses Tier war ungeheuer gelehrig, hockte Tag und Nacht vor den Schätzen seines Meisters und war nur durch ein Wort zum Weggehen zu bewegen. Welches es war, verriet der Krämer nicht. Am Abend allerdings, im Gasthaus, als er betrunken war, erklärte er, es handle sich um ein Wort mit einem Buchstaben und lachte, bis ihm die Tränen über die Wangen liefen. Am nächsten Tag bezahlte er die Waren mit Falschgeld und verschwand in ein anderes Dorf. Da suchten die erbitterten Bewohner die Frau, die Kreuzworträtsel lösen konnte, auf und baten sie um Hilfe. Nachdem sie alles erklärt hatten, hieß sie einen der Betrogenen, in Erfahrung zu bringen, in welchem Ort ein Pfarrfest oder dergleichen gefeiert werde. Dort sollten sie den Krämer suchen. Da dieser aber seine Waren sofort weiterverkaufte, mußten die Bewohner ihn rasch finden. Wie aber sollte ihnen das gelingen, wenn das Schuppentier davor saß? Die Frau dachte nach und sagte: »Hat der Krämer nicht eine Trompete, mit der er Käufer anlockt und vor jedem Hof seine Anwesenheit verkündet?« – Ja, er blase so heftig in diese Trompete, daß alle Tiere sich verkröchen, die Sonne Schutz hinter den Wolken suche, die Blumenkelche sich schlössen und fliegende Vögel wie Steine zu Boden stürzten. Erst wenn der Krämer die Trompete in den Leinensack stopfe, zeigten sich wieder Tier, Blume und Sonne. »Dann ist die Trompete des Rätsels Lösung«, sagte die Frau, »und dieses Wort, mit dem er das Schuppentier bewegt, zur Seite zu treten, ist ein bestimmter Ton, den er auf dem Instrument spielt. Eure Aufgabe ist es herauszubekommen, welcher Ton das ist.« Die Bewohner bedankten sich und befolgten den Rat der Frau. Sie fanden den Krämer und hatten eine Trompete bei sich, mit der sie in der Nacht das Schuppentier von den Schätzen des Krämers weglockten (indem sie die Tonleiter spielten, bis der richtige Ton gefunden war), und sie schafften die Waren auf ihren Fuhrwerken zurück in das Dorf und verteilten sie dort. Der Krämer aber hatte sich bei Einbruch der Dunkelheit auf den Weg zur Kreuzworträtsellöserin gemacht. Er hatte sie nämlich, als er an ihrem Haus vorbeigefahren war, in ihrem Gemüsegarten gesehen und sie seither nicht vergessen können. In seinem schwarzen Anzug, mit einer Nelke im Knopfloch, klopfte er an und gab sich als Apotheker aus. Da er sich in der Gegend verirrt habe, wolle er sie nach dem Weg fragen. Damit überreichte er ihr einen Strauß Blumen. In diesem Strauß befanden sich Feuerwerksraketen, die – kaum hatte die Frau die Blumen in der Hand – zum Himmel stoben und sich dort zu einem glitzernden Bukett vereinigten. Und weil der Krämer ein beredter Mann war, gelang es ihm, die Nacht bei der Frau zu verbringen. Wie groß aber war sein Schrecken am Morgen, als er in das Gasthaus zurückkehrte und sich völlig ausgeraubt fand! – (Das Schuppentier schlief.) Das Denken des Krämers war jetzt nur noch von dem Wunsch nach Rache beherrscht. Nachdem er nicht wußte, wohin er sich wenden sollte, fuhr er zur Kreuzworträtsellöserin und sagte ihr, daß er in einem Gasthause wertvolle Salben und Medizinen untergestellt gehabt hätte. In der Nacht aber sei er bestohlen worden. Er trug die Trompete unter dem Arm, und das Schuppentier schoß seine Zunge nach einem Sperling aus und verschlang ihn. Das Herz der Frau war so voll Liebe, daß sie es nicht vermochte, den Krämer zu täuschen. Nach kurzem Zögern gestand sie ihm die Wahrheit. Der vermeintliche Apotheker starrte sie erstaunt an, dann erwiderte er: »Ich habe Dich geliebt. Um Dir das zu beweisen, werde ich das Schuppentier töten.« Und wirklich zog er einen alten Militärsäbel aus dem Wagen und köpfte das Schuppentier.

## 31
# Der wunderbare Igelknochen

Einem Knaben starben Vater und Mutter, bevor er noch zur Schule ging. Eine Fee hatte mit ihm Erbarmen und schenkte ihm das Knöchlein eines Igels und wies ihn an, dieses immer bei sich zu tragen, denn es werde ihn schützen. Der Knabe aber wußte nichts damit anzufangen, daher zog ihm die Fee einen Fingernagel und pflanzte ihm den Igelknochen dafür ein. Der Knabe wurde von seinem Onkel und seiner Tante aufgenommen, doch starben auch diese bald, und so fand das Schulkind Unterschlupf beim Mesner. Eines Sonntags am frühen Morgen trug der Vormund ihm auf, die Orgelpfeifen zu reinigen. Der Knabe tat wie ihm geheißen, stieg zum Chor hinauf, kletterte auf die Orgelpfeifen und sah zum erstenmal das Deckengemälde, welches die Bergpredigt darstellte, so nahe, daß er aus Verwunderung das Gleichgewicht verlor. Mit einem Schrei des Entsetzens stürzte er in das Kirchenschiff, es wurde ihm jedoch kein Haar gekrümmt. (Allerdings glaubte ihm niemand seinen Bericht, und so mußte er wieder auf die Orgelpfeifen klettern und sie putzen.) Es dauerte nicht lange, und der Knabe arbeitete beim Mähen im Freien. Am Nachmittag zog ein Gewitter auf und tobte – noch ehe die Familie des Mesners ihr Haus erreichte – mit aller Gewalt los. Der Mesner warf sich zu Boden und mußte mit ansehen, wie der Knabe von einem grellen Blitzstrahl getroffen – er hatte die Sense über der Schulter getragen – und in den Wald geschleudert wurde. Rasch verzog sich das Unwetter, und das Erstaunen aller war groß, als der Knabe mit der Sense aus dem Wald gelaufen kam und den Mesner umarmte. Nach vielen Jahren, der Knabe war zum Jüngling herangereift, aß die Familie des Vormundes gebratene Parasolpilze, ohne zu ahnen, daß es sich um Knollenblätterpilze handelte. Kurz darauf waren alle hinweggerafft, nur der (von der Fee beschützte) Jüngling überlebte wie durch ein Wunder. Auf einer Hochzeit verliebte er sich in die Tochter des Wirtes. Eines Nachts verabredete er sich mit ihr, wurde aber von einem eifersüchtigen Burschen überfallen und von diesem mit einem Messer niedergestochen. Doch schützte der Igelknochen den Jüngling vor dem Tod, weil er die silberne Taschenuhr des Mesners angelegt hatte (obwohl er sie zuvor nie getragen hatte), die den Stich unschädlich machte. Der Jüngling heiratete und fuhr mit der Eisenbahn in die Stadt. Unterwegs raste ein Lastkraftwagen in den »Roten Blitz« und tötete alle Insassen des Waggons bis auf den einen, der den Igelknochen im Finger trug. Langsam begann sich das Glück des jungen Mannes herumzusprechen, mancher aber flüsterte hinter vorgehaltener Hand, es könne nicht mit rechten Dingen zugehen, daß der junge Mann alle Gefahren unbeschadet überstehe. Und man raunte und schüttelte so deutlich den Kopf, sobald man den Jüngling sah, bis er beschloß, mit seiner Frau wegzuziehen. Er verkaufte, was er besaß, und begegnete unterwegs dem Zirkus. Ohne lange zu zögern, schloß er sich ihm an. Die Frau saß von nun ab hinter der Kassa, und der Jüngling fütterte die Raubkatzen. Einmal wurde er in der Manege, beim Aufstellen der Podeste, von einem Löwen angegriffen, er verteidigte sich aber so geschickt mit der Peitsche, daß der Zirkusdirektor aus dem Staunen nicht herauskam. Auf diese Weise wurde der junge Mann Akrobat auf dem Hochseil, stürzte allerdings eines Tages in das Publikum und erschlug den Eisverkäufer, während er selbst unverletzt blieb.

## 32
## Der Insektenforscher

»Einem Lehrer, der Insekten sammelte (sein Vater, ebenfalls ein Lehrer, wurde ein Opfer der Ameisen), gelang es, Insektengeräusche zu übersetzen. Zwar fand er für die einzelnen Geräusche entsprechende Worte, doch war er nicht in der Lage, diese Worte zu einem Sinn zu verbinden. Er verglich sich deshalb mit Hieroglyphenforschern und las – hatte er jemanden neugierig genug gemacht – häufig Fragmente aus seinen Aufzeichnungen vor. Zuerst setzte er die Brille auf, dann wühlte er in einem Koffer mit Notizbüchern, zog eines heraus, blätterte es durch und ahmte täuschend ähnlich Bienen, Heuschrecken, Mücken oder Hirschkäfer nach, worauf er diese Geräusche in menschliche Begriffe umwandelte. (In seinen Notizbüchern findet man für die Insektengeräusche eine Art Notenschrift, welche er erfunden hat und als einziger deuten kann. Unter dieser Notenschrift steht sodann die Übersetzung.)

13. August, 12 Uhr 40, auf dem Anwesen des Landwirtes K.:

Sägebock (Prionus coriarius): ›Der Zahn ist im Brunnen der Eichen. Öffne den Koffer und Du findest Gebisse betrunkener Kleiber. Die gelben Gänge sind Sonnenblumen zwischen den Geleisen der Transpflanzlichen Eisenbahn, sprechendes Spielzeugs Weihnachtsfest im Mehlkeller . . .‹

13:04, auf demselben Platz Roter Pappelblattkäfer (Melasoma populi):

›Dreihundert Eier mit dem Tickgeräusch des brennenden Holzes gefroren im Wurzelwerk der Schlangen, ausgeliefert dem brennenden Gepoche des Blattwerks, der erste Larvenmord im Kindesalter, das eine übelriechende Flüssigkeit absondert, gesammelt in alten Feuerwehrhelmen . . .‹

13:27, auf demselben Platz, Baumweißling (Aporia crataegi):
›Der Schnee der Gifte über Daunenwolken auf Obstbäumen und der Unterseite von Äpfeln wiegt die grünen Puppen in den September der Bibeln...‹
16:11, H.-H.-Teich: Regenbremse (Haematopoda pluvialis):
›Zerscht – erstickig – erschtes – stickig – erstickig – würgender Spinnen Rotzblumen – im gestickten Totenhemd kahler Tischplatten Feilen und blutiger Nägel, der Rost der spitzen Schuppen gedeckt von Blitzableitern.‹
Mit diesen Aufzeichnungen lebte der insektenforschende Lehrer recht zufrieden. Einmal schrieb er seiner vorgesetzten Behörde, um seine Besonderheit hervorzustreichen, im Stil der Gemeinen Stubenfliege (Musca domestica) einen Brief, und zwar hielt er das fest, was diese Fliege herumsummend von sich gab. (Er wollte eigentlich nur einen Brief an den Schulinspektor schreiben, in dem er vorhatte, ihn vorneweg auf seine Forschungen aufmerksam zu machen, er ließ jedoch, einer Eingebung folgend, die Sache für sich selbst sprechen.) Der Brief lautete:
›Sehr geehrter Herr Schulinspektor, nicht nur ich, sondern auch die Insekten unseres Bezirkes freuen sich auf Ihren Besuch. Lassen Sie eine einfache Stubenfliege aussprechen, was sie denkt: ›Am Horizont der Pfirsichkerne exkrementös vergilbt voll Silberpapier und blühendem Tierkot erscheint faulendes Fleisch im Geplätscher der Abwasserbrühe die lind luftige Brise Kaffee, ein Spiegelbild in herbstlicher Jauche und Fett mit gläsernen Flügeln, Scheiße vom Gesimse ehelicher Betten in den Abfluß verblichener Blumen.‹ Mit vorzüglicher Hochachtung –‹
Der Schulinspektor, wie könnte es anders sein, war zutiefst über das Schreiben empört und dachte sich: ›Diesem Manne werde ich es zeigen.‹ Als er am Tag der Inspektion

den einzelnen Lehrern vorgestellt wurde, blickte er dem Insektensammler tief in die Augen und verlangte als erstes, seinem Unterricht beizuwohnen. Beglückt eilte der Lehrer ihm voran und hielt eine Unterrichtsstunde über Zweiflügler, lateinisch Diptera, im speziellen die Kohlschnake (Tipula oleracea), jenes außergewöhnliche Insekt mit sechs riesigen, dünnen Beinen und durchsichtigen Flügeln, das häufig mit Mücken verwechselt wird, jedoch am ähnlichsten einer grazilen fliegenden Spinne sein könnte. Alles an ihr ist zart. Zart sind die zweifach geknickten Beine, zart die Flügel, zart ist der Libellenkörper. (Ihre Erscheinung erinnert an die Holzkonstruktion eines Flugkörpers, bevor der Mensch imstande war, sich in die Lüfte zu erheben, sie ist aber ein gewichtloses Wunderwerk der Natur.) Als nun der Lehrer seinen Vortrag beendet hatte, sagte der Schulinspektor, ›Ja, das ist schön und gut, Sie haben mir aber vorenthalten, was diese Kohlschnaken so alles erzählen...‹, und er nahm seine blitzende Brille aus dem Gesicht und begann, sie mit einem Taschentuch zu putzen. Da lachten ihn die Kinder aus, weil er so dumm war und die Kohlschnaken nicht verstand, und sie ahmten das Geräusch der Kohlschnake nach und sprachen hierauf im Chor: ›Gemäuer und kalkweiße Wolken vor dem Haarnetz zyklameduftender Bilderrahmen, geschützt vom Rhabarber gesalbter Versehbestecke, nach dem ewigen Gesetz der Bierflaschen und Gesangbücher umfrommte den Schleier pudriger Taue.‹ Sodann erhob sich ein Kind in der ersten Bank und rief: ›Kohle geriffelter Abdruck der Maserungen am Abendhimmel als Krötenwarze gelästert.‹ Und die übrigen Kinder antworteten: ›Gedüngt von Schwalbenschwingen kupferner Pumpenschwengel, goldgerändert und milchbeschlagen im Jammertal der Gabeln.‹ – ›Schlafendes Salz und porzellanweiße Fische vermeintliche Wassersteine verblutet?‹ fragte der Lehrer mit tiefer Stimme. Und laut tönte es ihm aus aller Munde zurück: ›Parasitäre

Mäntel regnet Knöpfe von verblichenen Seelen im Schatten der Schafgarben und Küchenschürzen musizieren Schneckenhäuser.‹ Und der Schulinspektor traute seinen Augen nicht, als sich Schüler und Lehrer in Kohlschnaken verwandelten und auf riesigen Beinen durch das Klassenzimmer stakten, in dem er schreiend auf dem Boden lag.«

*Diese Geschichte des verrückt gewordenen Schulinspektors stieß auf wenig Verständnis, da man ihn festgenommen hatte, als er im Zuge einer Inspektion einen Lehrer und seine Schüler während des Unterrichts grundlos geohrfeigt hatte.*

## 33
## Die Tabakdose

»Eine Frau fand nach dem Tod ihres Mannes auf dem Dachboden eine silberne Tabakdose. Nein, ihr Mann hatte niemals eine solche Tabakdose besessen, dachte sie. Auch sein Vater konnte kaum etwas damit zu tun gehabt haben (er hatte ja nie geraucht oder geschnupft). Die Dose war mit fremden Wörtern beschriftet, die sich die Frau nicht erklären konnte. Zuletzt fiel ihr ein, daß im Krieg ein gefangener Franzose im Haus gelebt und bei der Arbeit geholfen hatte. Es war ein kleiner, dunkelhaariger Mann gewesen, so hatte man erzählt, der bei Kriegsende verschwunden war und von dem man nichts mehr gehört hatte. Die Frau öffnete die Tabakdose und entdeckte darin nichts als einen aufgemalten Sternenhimmel. Sie erkannte die Sonne, die Planeten und (recht nachlässig gemalt) verschiedene Sterne und beschloß, die Dose bei Gelegenheit zu verkaufen. Am Abend putzte sie das Gehäuse, und sobald sie die Sonne berührte, war die wirkliche hinter den Berggipfeln verschwunden. Die Frau hielt es für einen Zufall und berührte den Mond. Wie groß war ihre Verwunderung, als der Mond am Himmel plötzlich verschwand. Sie versuchte es nochmals, ließ den Mond in der Tabakdose los und berührte ihn sodann mit dem Finger, und sofort erschien und verschwand er wieder. Dasselbe geschah mit den Sternen: Hielt sie nur einen Finger auf sie, erloschen sie am Himmel, um (kaum hatte sie wieder ihren Finger von der Abbildung auf der Tabakdose genommen) auch schon wieder zu erscheinen. Zunächst bemerkte niemand etwas davon. Als aber plötzlich die Sonne vom Himmel verschwand (nicht sich verdunkelte, sondern einfach nicht mehr zu sehen war und sich augenblicklich tiefste Nacht über die Erde senkte), schrieben Zeitungen, forschten Wissenschaftler und grübelten Philosophen und Theologen über ein nahes Ende der Welt. Niemand ahnte, daß eine Witwe den Schlüssel zu dem Geheimnis in ihren Händen hielt. Die Witwe war zum Glück eine gute Frau, und sie machte nur spärlichen Gebrauch von ihrer Macht. Gerade, wenn sie sich über etwas ärgerte, ließ sie für einen Augenblick die Sonne verschwinden, oder wenn sie sich schämte und natürlich auch wenn sie traurig war. Mit den Sternen hingegen spielte sie bisweilen nach Herzenslust, weshalb die Astronomen in ihren Observatorien ganz aus dem Häuschen gerieten. Eines Tages vergaß sie die Tabakdose – nachdem sie für kurz die Sonne hatte verschwinden lassen – auf der Hausbank, und in der Nacht kam der Fuchs und nahm sie mit in seinen Bau. ›Ei, was hast Du da herangeschleppt‹, rief der Dachs, sein Nachbar im Bau, ›wozu brauchst Du eine Tabakdose?‹ – ›Ich bin froh, daß ich ein Fuchs bin, denn ich habe mit dieser Tabakdose alle Macht über die Menschen‹, entgegnete der Fuchs. ›Wenn ich will, kann ich die Sonne verschwinden lassen und die Sterne und den Mond, und ich kann die Menschheit in tiefste Verzweiflung stürzen. Ich aber will die Tabakdose vergraben.‹«

*Mit diesen Worten läuft der rothaarige Patient, der schon*

*seit mehr als vierzig Jahren in die Anstalt gesperrt ist und sich abwechselnd für einen Fuchs und einen Wiedehopf hält, in den Park und vergräbt die Pillendose, in der er die ausgespuckten Tabletten sammelt, unter dem nächsten Baum.*

## 34
## Der Sonderling

Ein Mann war es seit seiner Kindheit gewohnt, nackt herumzugehen. Da er es schon immer tat (und der einzige im Dorf war), ließ man ihn in Ruhe, obwohl ihn jedermann einen Sonderling nannte. Der Sonderling ging nackt in die Kirche, nackt in die Gemeindestube und zum Kaufmann, nackt in das Wirtshaus, zu Begräbnissen und Hochzeiten. War es kalt, so schlüpfte er in einen Pelzmantel aus Kuhfell, doch kaum schien die erste milde Frühlingssonne, lief er schon wieder nackt herum. Als man ihn zum Militär einziehen wollte und er nackt vor der Kaserne erschien, lieferte man ihn kurzerhand in die Anstalt ein. Er verstellte sich und verhielt sich, wie man es von einem normalen Menschen erwartete, und wurde bald entlassen. Von nun ab, befahlen die Gendarmen, mußte er sich jedoch kleiden wie die anderen, wollte er nicht Gefahr laufen, wieder in die Anstalt eingeliefert zu werden. Der Mann war aber die Nacktheit gewohnt und schwitzte bekleidet so heftig, daß er langsam dahinschmolz. Niemand stieß sich daran, auch als er immer kleiner wurde und es ihm elender und elender ging, hatte keiner der Dorfbewohner Mitleid mit ihm. Die Gendarmen suchten ihn sogar auf seinem eigenen Grund auf und spähten durch die Fenster in sein Haus, um sicherzugehen, daß er bekleidet war. Und als er so nieder wie ein Stuhl war, erbarmten sich die Tiere seiner, und über Nacht hatten die Hühner, die Singvögel und Tauben keine Federn

mehr und die Hunde, Katzen und Hasen, Kühe und Ziegen kein Fell. Zutiefst erschrocken riefen die Bewohner nach dem Tierarzt, der konnte sich aber den Ausfall von Federn und Haaren auf den Tieren nicht erklären. (Der Veterinär kratzte sich den Kopf, verschrieb ein Puder und verschwand wieder.) Der Sonderling wurde von da ab noch kleiner. Er ging in die Kirche und auf Friedhöfe, zu Hochzeiten und Prozessionen, und jedermann rief: »Seht nur, seht, so klein ist er geworden.«
Eines Nachts, der Sonderling war nicht mehr größer als ein Schuh, lief ihm eine Spitzmaus über den Weg und sagte: »Willst Du Dich retten, so warte, bis der Maulwurf Junge wirft und trinke mit diesen an seinen Zitzen.«
Der Sonderling befolgte den Rat, und bald wuchs ihm ein schwarzes, samtiges Fell, und er nahm seine ursprüngliche Körpergröße wieder an. Kaum war er auf die Straße getreten, hielt man ihn für einen Pfarrer und machte ihm ehrfürchtig Platz, und der Sonderling, den man längst in Nichts aufgelöst glaubte, gab sich nicht zu erkennen. Um aber nicht entdeckt zu werden, kaufte er eine Hütte im Nachbardorf und wünschte, dort zurückgezogen zu leben. Eines Sonntagmittags erschien der bärtige Pfarrer des Nachbardorfes und fragte ihn, weshalb er sich nie bei der Messe blicken lasse? Was sollte der Sonderling, dessen größter Wunsch es war, unentdeckt zu bleiben, anderes tun, als nach der Hacke greifen und dem Pfarrer das Lebenslicht ausblasen? Sodann nahm er dessen Hut, begrub den Geistlichen, ging zur Kirche hinunter und gab sich als der Ermordete aus, ohne daß es ein Mensch gemerkt hätte. Zwar murmelte er bei der Wandlung nur vor sich hin (aber was kümmerte ihn die Wandlung, wenn er sie am eigenen Leibe erfahren hatte). Er behandelte die Gläubigen jedoch schlecht, beschimpfte sie noch am Totenbett, schlug die Kinder, und nicht selten kam es vor, daß er jemanden, den er vom Beichtstuhl her als Heuchler kannte, an den Haaren riß oder ihm Fußtritte verabreich-

te, weshalb die Leute meinten, er sei ganz anders als früher geworden. Und schließlich schrieben sie dem Bischof, der ihn abberief, wohin, kann keiner sagen.

## 35
## Tief innen

Ein Sohn mußte seinen Eltern jede Frage beantworten. Immer frugen sie ihn aus, wo er gewesen, was er getrunken, mit wem er gesprochen... Er mußte antworten, worüber er geredet, was er sich dabei gedacht hatte, was er in Zukunft zu tun gedenke, und er bemühte sich redlich, alle Fragen zu beantworten, denn kamen seine Eltern dahinter, daß er sie unwissentlich oder wissentlich angelogen hatte, straften sie ihn. Nach dem Tod seines Vaters fragte ihn seine Mutter nur noch um so strenger aus. Im Haus, in dem sie lebten, hielt sich eine Grille versteckt. Diese Insekten sind eine große Plage. Du kannst ihnen mit noch so großer Aufmerksamkeit hinterherspüren, Du fängst sie nie. Glaubst Du, sie sind hinter dem Wäschekasten, sind sie hinter einem Bild, siehst Du hinter dem Bild nach, sind sie hinter dem Vorhang, hebst Du aber den Vorhang, an den Du Dich vorsichtig herangeschlichen hast, kannst Du sicher sein, daß sie hinter dem Ofen sind. Die Mutter warf in Wutanfällen den Spiegel gegen die Wand, zertrümmerte Vasen und Kaffeegeschirr und raufte sich die Haare. Schließlich zerplatzte die Frau im Zorn, und was von ihr irdisch war, flog auf die Bäume und wurde zu Vogelnestern. Nun saß sie an verschiedenen Stellen am Rande der Wiese und hörte im Sommer die Grillen zirpen, und es kümmerte sie nicht. Nur wenn die Vögel ihren Jungen als Leckerbissen eine Grille brachten, seufzte sie erleichtert, und die Vögel glaubten dann, der Wind rausche in den Blättern. Auch der Vater mußte im Grab seine Neugierde zähmen. Jede seiner Fragen an die anderen Toten wurde von diesen anfangs mit Gelächter beantwortet, und da es nichts Schlimmeres für einen Toten gibt, als ausgelacht zu werden, gewöhnte er sich an, seine Neugierde zu zähmen, ab und zu aber kehrte er in sein Haus zurück, wandelte unsichtbar über die Bodenstiege, knipste das Licht an und ließ es brennen, stieß eine Tür auf, warf ein Fenster zu oder schlug gegen den Verputz an der Decke, in der Hoffnung, sein Sohn werde sich aus Neugierde fragen, wer das Licht habe brennen lassen und wer die Tür oder das Fenster auf- und zugeschlagen habe und weshalb der Verputz von der Decke gefallen sei, der Sohn kümmerte sich jedoch nicht darum. (Zwar dachte er manchmal an seine Eltern, nie aber ohne ein Gefühl der Erleichterung. Im Grunde war er froh darüber, nicht mehr in einem fort beobachtet zu werden und sich rechtfertigen zu müssen.) Dieser Sohn hatte den Wunsch, alles von innen zu sehen. Er zerlegte im Kindesalter Taschenuhren, Teddybären, sprechende Puppen, Ratten, Ameisen, Frösche und blickte in das Innere. Wie sinnlos und geheimnisvoll dieses Innere war. Von außen war ein Frosch ein Frosch, in seinem Inneren aber mußte er etwas haben, was ihn sein Leben lang quälte: merkwürdige Fleischgebilde, Blut, Knöchelchen. Das Innere war stets geheimnisvoll, aber es hatte – das spürte das Kind – etwas, das sein Denken irritierte. Die ganze Zeit über mußte es an Inneres denken, beim Essen an das Innere einer Katze, die es ausgenommen hatte, beim Schlafen an die Sägespäne in einer Puppe oder an den Schleim in einem Insektenkörper, beim Erwachen an einen aufgeschlagenen Stein. Und dieses Innere gab es immer gleichzeitig mit dem Äußeren, dieses Unsichtbare immer gleichzeitig mit dem Sichtbaren. Es kaufte sich ein Fernrohr und spähte damit in die Häuser, um zu erfahren, was in ihrem Inneren vor sich ging, wenn sich die Menschen nicht beobachtet fühlten.

Schließlich aber öffnete es das Fernrohr, da es die Linsen sehen wollte. Desgleichen verfuhr es mit einem Mikroskop, das ihm zuerst wunderbare Einblicke in Wassertropfen und kleine Tiere lieferte – es genügte ihm nicht, auch das Mikroskop wollte es von innen sehen. An Montagnachmittagen trieb sich der Jüngling später vor dem Schlachthaus herum, um Tierhälften und Innereien zu sehen, bis ihm auffiel, daß alles, was er von innen gesehen hatte, tot war. (Er hatte nie den Wunsch besessen, etwas, das er von innen kannte, wieder zusammenzusetzen.) Der Jüngling verliebte sich in eine schöne Frau und wollte wissen, wer sie wirklich war. Und er drang immer mehr in sie, ihre Seele vor ihm zu entblößen, und obwohl sich die Frau redlich bemühte, war er nie mit ihren Antworten zufrieden, da er fühlte, daß er noch nicht bis zu ihrer Seele vorgedrungen war. Schließlich erlernte er die Hypnose, und die Frau, die ihn liebte, wehrte sich nicht dagegen, sich von ihm hypnotisieren zu lassen. Der Jüngling setzte sie auf einen Küchenstuhl, und als sie in Trance versunken war, fragte er die Frau aus, und je mehr er fragte, desto deutlicher erfuhr er das, was er selbst dachte und vor allen verheimlichte. Der Schrecken über das Gehörte lähmte ihn: Alles, was die Hypnotisierte ihm beichtete, hatte er selbst getan und gedacht. Und trotzdem, er wußte nicht warum, ekelte ihn so sehr vor ihren Geständnissen, daß er die Frau nicht mehr aus dem Schlaf erweckte. Er trug sie in den Keller, ließ sie verhungern und kümmerte sich nicht mehr weiter um sie. Zwar fand man die Tote aufgrund der besorgten Fragen ihrer Verwandten, es schöpfte jedoch niemand Verdacht.

## 36
## Der Sohn des Generals

Ein General lebte in einem Schloß in Arnfels und hatte einen Sohn. Der Sohn sah aus wie ein abgerissener Vogel, und es war ihm nichts recht. Er gehorchte auch nicht seinem Vater; von seiner Mutter, einer böhmischen Adeligen (die ihn einmal im Jahr besuchte), wollte er nichts wissen. Schon in seiner Kindheit war dieser Sohn überzeugt, aus mehreren Wesen zu bestehen, und sprach immer davon. Er litt, das war der Grund, weshalb der General ihm seine Launen durchgehen ließ, an der Bluterkrankheit und wurde, wo immer er auch hinging, von einem Kinderfräulein und später einem Diener begleitet, die die Aufgabe hatten zu verhindern, daß er sich verletzte. Das war jedoch nicht leicht, denn das Kind hatte stets den Wunsch, sich zu verkleiden, als was es sich fühlte. Glaubte es eine Amsel zu sein, mußten die Jäger eilig so viele Amseln schießen, daß der Schneider ein Kostüm anfertigen konnte, in welches der Sohn des Generals schlüpfte, und überdies verlangte er, auf den Baum gehoben zu werden, von wo er versuchte, wie eine Amsel zu singen. Hatte er aber das Gefühl, der Koch in ihm spreche, dann setzte er eine Kochmütze auf und band sich eine weiße Schürze um und stürmte in die Küche, wo man ihm Platz machen mußte. (Und sofort begann er erfundene Speisen zu kochen, die die Dienerschaft essen mußte, gebackene Hasen mit Fell, nicht ausgenommene Fische, aber auch Hunde und Katzen, gerade wie es ihm einfiel.) Und wollte er Arzt sein, schlüpfte er in einen schwarzen Anzug, griff nach einer Tasche und hieß das Kinderfräulein oder den Diener sich entblößen. (Auch fielen ihm allerlei schmerzhafte Untersuchungen ein, die sie über sich ergehen lassen mußten.) Dann wiederum kam es ihm in den Sinn, ein Gärtner zu sein, dann wiederum ein Priester oder Fleischhauer, und jedesmal mußten Kleider für ihn herbeigeschafft, Rosenbüsche gepflanzt, ein Beichtstuhl aufgestellt oder eine Kuh geschlachtet werden. Schließlich wollte er auch Offizier sein, und er ließ sich die verschiedensten Uniformen schneidern, ja, sogar ein Boot am Fluß bereitstellen, auf dem er als Kapitän Befehle gab. Niemals war man sicher, in welcher Kleidung er am Morgen erschien, das heißt, als was er angesprochen zu werden wünschte. Es kam auch vor, daß er als Zauberer zum Frühstück erschien und jämmerliche Kunststücke zum besten gab oder überhaupt verlangte, einen Gegenstand, der noch immer auf dem Tisch lag, als verschwunden zu betrachten, worauf die Dienerschaft mit heftigen Ausdrücken der Verwunderung zu reagieren hatte. Oder er verließ den Saal, um als Jäger zu erscheinen und zu verlangen, daß die Voliere geöffnet würde. In einem solchen Fall schoß er auf seltene und besonders schöne Vögel, kam als Bestatter bekleidet wieder und ordnete das Begräbnis dieser Vögel mit einer schwarzen Kutsche an, vor die zwei Rappen gespannt werden mußten, und der Gärtner hatte in Windeseile einen Kranz zu flechten. Solche Geschichten gäbe es viele zu erzählen. Eines Tages erschien ein Vogelhändler, von dem man behauptete, er besäße Zauberkräfte. Eilig wurde er zum General gebracht, der ihm reiche Belohnung versprach, sollte er seinen einzigen Sohn heilen. Als der Sohn erfahren hatte, wer ihn zu sprechen wünschte, verkleidete er sich als Bussard und stürzte sich auf den verdutzten Vogelhändler. Der Vogelhändler aber war ein junger und geschickter Bursche und nicht bereit, die Unterwürfigkeit des Schloßpersonals zu teilen. Er packte den riesigen Bussard und fesselte ihn (mit dem Hosenriemen). Dann bot er ihn dem Schloßverwalter zum Kauf an. Am Abend erschien der General im Gemach des Vogelhändlers und erinnerte ihn an sein Versprechen. Der Vogelhändler aber schüttelte den Kopf. ›Ihr, die Ihr Euren Sohn kennt, müßt dem Himmel danken für seine Krankheit.‹ Die Antwort trieb dem General die Zornesröte in das Gesicht, und er versuchte den Vogelhändler mit der Reitpeitsche zu schlagen. Bevor er ihn aber treffen konnte, war dieser verschwunden. Gleich darauf tauchte er jedoch auf dem Schrank auf. »Was ich weiß, habe ich von den Vögeln«, erklärte er. »Seht diese Feder auf meinem Hut: Drehe ich sie, kann ich fliegen, denke ich aber: Feder hilf! – werde ich unsichtbar.« Und er drehte an der Feder und flog durch das Gemach, schwebte aus einem Fenster und durch das andere wieder zurück auf sein Bett. Da bat ihn der General, sein Gast zu bleiben, solange er es wünschte. (Insgeheim aber wollte er ihm schaden.) Es dauerte nicht lange, und der Sohn des Generals erfuhr von der Zauberfeder auf dem Hut des Vogelhändlers und welche Bewandtnis es damit hatte. In der folgenden Nacht drang er in das Zimmer des schlafenden Mannes ein, tötete ihn und steckte die Feder in die Tasche. Sodann verkleidete er sich als Bestatter und ordnete die Beerdigung des Fremden an. Kaum aber war die Leiche im Schloßpark begraben, drehte der Sohn des Generals an der Feder und dachte bei sich: Feder hilf! – und verschwand sofort vom Erdboden. Die Diener rissen erstaunt die Augen auf, und noch erstaunter waren sie, als sie die Stimme ihres jungen Herrn abwechselnd aus den Baumkronen, vom Dach und der Schloßmauer hörten, ohne ihn zu sehen. Sie bekamen es mit der Angst zu tun, weckten den General und berichteten ihm, was geschehen war. Voll böser Ahnungen lief dieser in das Zimmer des Vogelhändlers und fand es mit Blut bespritzt. Augenblicklich begriff er, was geschehen war. Er wies die Dienerschaft aus dem Gemach und überlegte. Da sprach das Blut des Erschlagenen: »Willst Du Deinen Sohn wiederhaben, so muß er den Zauber brechen. So lange aber wird dieser Raum von meinem Blut besudelt bleiben.« Damit verstummte das Blut. Der General jedoch vermochte die Flecken mit keiner Seife und keinem Pulver zu entfernen, und darum beschloß er, das Zimmer zu versperren. Hierauf machte er sich auf die Suche nach seinem Sohn. Als der General aus dem Schloß trat und durch das Labyrinth der Sträucher ging, hörte er eine Stimme: »Vater«, rief sie, »hier bin ich.« – »Wo?« fragte der General, »wo bist Du?« – »Hier«, antwortete die Stimme, »neben Dir.« Der General sah nichts. Erst nachdem ihn sein Sohn am Uniformrock zupfte und der General mit seinen Händen in der Luft herumtappte, berührte er seinen Sohn (sein Haar, seine Nase, seinen Mund und seine Hände), und Tränen liefen über das Gesicht des harten Mannes. (Die Dienerschaft aber, die den General vom Schloß aus beobachtete, glaubte, der Schloßherr habe über das Verschwinden seines Sohnes den Verstand verloren.) Alsbald erschien eine Gerichtskommission; sie verlangte, den Schloßpark zu untersuchen, und es dauerte nicht lange, da wurde der halbverweste Leichnam des Vogelfängers gefunden, und nicht viel später mußte der General alle Räume des Schlosses öffnen, und die Gendarmen und Kommissare schnüffelten in jedem Kleiderschrank und unter jedem Bett. Als sie zum Gemach des Vogelhändlers kamen, weigerte sich der Schloßherr, sie eintreten zu lassen, weshalb man die Tür aufbrach. Der Raum war vollständig rot geworden. Die Wände, die Stühle, der Tisch, die Vorhänge, die Bettwäsche leuchteten rot, was den General zutiefst erschreckte (die Kommission konnte hingegen nichts finden). Der Sohn des Generals blieb wie zuvor verschwunden. Und nur das horchende Personal vernahm die Stimme des jungen Mannes, aber es glaubte, der General ahme die Stimme seines Sohnes nach, um sich selbst zu trösten. Es kam jetzt vor, daß der General mit der Kutsche ausfuhr, die Vorhänge zuzog und die ganze Fahrt über mit seinem verschwundenen Sohn sprach oder – wenn er Gäste empfing – sich plötzlich mit seinem Sohn stritt (den aber niemand anderer sah als er). Die Gäste flohen aus dem Schloß, und nur noch die Jäger kamen zur Treibjagd, weil es ihnen befohlen war. (Denn auch bei der Treibjagd kam es vor, daß der General plötzlich seinen Kopf gegen den Himmel reckte und mit seinem Sohn sprach.) Bei einer solchen Treibjagd wurde an einem Novembertag ein Fasan erlegt, welcher mit einem Aufschrei zu Boden stürzte. Als die Jäger herbeieilten, entdeckten sie einen so großen Blutfleck, als habe ein Mensch sein Leben gelassen. »Ruft meinen Vater«, stöhnte der Blutfleck. Die Jäger aber wurden von Furcht ergriffen und liefen nach Hause. Am nächsten Tag suchten sie aus Neugierde die Stelle auf, an der sie den Fasan zurückgelassen hatten, und fanden sie bedeckt von einem Krähenschwarm. Der General aber, der von alldem nichts wußte, eilte durch die Räume und rief noch lange nach seinem Sohn. (Einmal öffnete er das Gemach des Vogelfängers und wich verwundert zurück: Es strahlte weiß und hell, als würde eine Braut erwartet.) Später ließ der General seinen Schimmel, mit dem er in die Schlacht geritten war, in diesem Raum unter einen Glassturz stellen, und nicht selten kam es vor, daß er sich dort einschloß und den Vögeln das Sprechen beibrachte.

*Dieses Märchen, behauptet der letzte und einzige Dienstbote, der dem General im hohen Alter geblieben war, von diesem selbst gehört zu haben. (Soviel man weiß, hatte der General aber nie einen Sohn.)*

## 37
## Reiselust

Ein Bauernbursche wanderte bis zum Meer, wurde Matrose und besah sich die Welt. Er kam nach Afrika und küßte eine Negerin, badete in den heißen Quellen von Island, den Eisbären sah er von Angesicht zu Angesicht, und aus der Südsee brachte er mit bunten Blumen bedruckte Tücher und einen Schrumpfkopf mit. Mit diesem Schrumpfkopf hatte er die größte Freude: Wenn er ihn unter seinem Hut versteckte, trat er aus der Welt und konnte augenblicklich dort sein, wo er es wünschte. Er brauchte ihn nur auf seinen eigenen Kopf zu legen, und schon schritt er durch den Dschungel, und buntgefiederte Papageien kreischten und Schlangen raschelten im Laub. Was er nicht wußte, war, daß dieser Schrumpfkopf langsam an seinem eigenen festzuwachsen begann. Aber als er zwei Köpfe hatte, war es ihm auch recht, er setzte einen Hut auf und dachte nun abwechselnd mit dem einen und dem anderen. Bald aber gerieten die Köpfe in Streit miteinander. »Warum muß ich die ganze Zeit über im Dunkeln unter dem Hut sitzen, während der andere in die Welt schauen kann und so tut, als gäbe es mich nicht«, schimpfte der Schrumpfkopf. Daraufhin dachte der junge Bursche nur noch mit dem Schrumpfkopf (um ihn zu besänftigen). Er bereiste mit ihm Japan und die Türkei, und wenn ihn jemand fragte, wann er wieder fortfahren werde, antwortete er: »Ich komme gerade aus Ägypten.« oder »Bin ich nicht in Ungarn?« Als die Bewohner ihn so sprechen hörten, riefen sie den Landarzt. Dieser wußte keinen anderen Ausweg, als den Schrumpfkopf zu entfernen. Der Bursche war einverstanden, denn der Streit der beiden Köpfe war immer heftiger geworden, und es war ihm auch nicht entgangen, daß ihn die Bewohner des Dorfes verlachten. Gesagt, getan. Kaum war der Eingriff beendet, da war der Bursche auch schon zu einem Idioten, der Landarzt aber, der es nicht hatte erwarten können, den Schrumpfkopf (heimlich) an sich selbst zu erproben, verrückt geworden. Er sah fremde Tiere und Pflanzen und redete die Dorfbewohner in einer unverständlichen Sprache an, bis sie ihn mieden. Schließlich fand man den Landarzt erhängt auf dem Dachboden. Er hatte seinen alten Kopf auf dem Körper, während der Schrumpfkopf wieder in den Besitz des jungen Burschen gelangt war, der seither der Welt den Rücken gekehrt hat. (Längst hatte man den einstmals Reiselustigen vergessen, da fand ihn ein Viehhändler verhungert in seinem Haus. Sein Körper war bereits so klein geworden – da er schon lange tot war – wie ein Käferlein. Und als man sich anschickte, ihn zu begraben, erschien ein Siebenschläfer und schluckte ihn, so daß man – ohne es zu wissen – nur den winzigen Sarg beisetzte. Der Siebenschläfer aber eilt von Haus zu Haus und läßt dort die Träume zurück, die noch immer aus dem unsichtbar kleinen Schrumpfkopf strömen. ((Bei diesem Märchen handelt es sich um eine beliebte Einschlafgeschichte aus unserer Gegend.)))

## 38
## Das Loch im Himmel

»Die Sterne mögen noch so hell glitzern und leuchten, eines Tages müssen sie sterben. Woher ich das weiß? – Als Kind bekam ich von meiner Mutter, einer armen Frau, eine Zaubermühle. Drehte ich sie, konnte ich jeden einzelnen der Sterne auf dem Nachthimmel aus der Nähe sehen. Eines Tages – ich war noch in jungen Jahren – entdeckte ich ein schwarzes Loch in einem Feld, in dem sich zwei Milchstraßen überlagerten. Ich steuerte auf dieses Loch zu und sah Sterne wie von einem Sog angezogen in die dunkle Öffnung stürzen, und als ich meinen Finger hineinhielt, war er plötzlich verschwunden. Man kann sich vorstellen, wie rasch meine Hand wieder zurückschnellte, aber mein Finger blieb verschwunden, ohne daß ich einen Schmerz verspürt hätte. Als ich heiratete und ein Kind bekam, spielte es wie ich mit der Zaubermühle, ritt auf den Pferdekopfnebeln (die übrigens gutmütig sind), badete in der Milchstraße oder betrachtete Planeten und Sonne. Zu Hause spielte es mit Kometen, und es ist im nachhinein nicht verwunderlich, daß es auch jenes schwarze Loch entdeckte. Was dann geschehen ist, kann ich nicht mit Genauigkeit sagen. Jedenfalls verschwand die Welt mit einem plötzlichen Ruck, und nur ich selbst blieb übrig. Alles andere aber: Menschen, Bäume, der Himmel, Häuser, Flüsse, Tiere wurden vom Himmelsloch verschlungen, und selbst die Zaubermühle, mit der ich alles hätte retten können, muß in das Loch im All gestürzt sein«, endet die Schilderung meiner Tante.

## 39
## Das Lügenmärchen

In Waggau lebte ein dicker Mann, der eine dicke Uhr hatte und eine dicke Brieftasche. Er war so dick, weil nichts ohne seine Erlaubnis geschehen konnte. Von ihm hing es ab, ob die Wolken länger über der Landschaft standen, das Gras wuchs und die Hasen sich vermehrten. Der Mann aber ahnte nur, welche Fähigkeit er besaß. Kaum versuchte er mit Absicht, die Dinge zu lenken und zu beeinflussen, hatte seine Macht auch schon ihr Ende, und nur wenn er darauf vergaß, geschah sein Wille. Der Mann aß und aß. Zum Frühstück aß er nicht weniger als zehn Eier, einen Laib Brot, eine Schüssel Salat, Kuchen, eine Stange Wurst und ein großes Stück Käse. Sodann jausnete er zwei Brathühner, und zu Mittag trank er mehrere Flaschen Wein und Bier, verspeiste ein halbes Schwein und ein Dutzend Knödel, einen Teller Sauerkraut, sodann eine Schüssel mit Weintrauben, Äpfeln, Birnen und Pfirsichen, um sich darauf zur Ruhe zu begeben. Am Nachmittag aber erwachte er mit einem noch größeren Hunger als am Morgen: Da kamen Puddinge auf den Tisch, Schlagrahm, mehrere mit Schokolade übergossene Gugelhupfe, Eis und Kekse, und am Abend wurden die feinsten Pasteten serviert, Wild, gebackene Forellen und die köstlichsten Weine. Als der dicke Mann eines Morgens aus dem Fenster blickte, sah er, wie Wespen über seinen Hund herfielen und diesen bis zum Skelett auffraßen. Aus Angst vor den Wespen blieb er hinter dem Fenster stehen, dann hieß er den Knecht, das Skelett wegzuschaffen, aber die Dreistigkeit der Insekten ließ ihm keine Ruhe. Und bald hatte er herausgefunden, daß sie ihr Nest auf dem Dachboden hatten. Er schlich sich in der Nacht hinauf, schnitt das Nest ab und verspeiste es auf der Stelle. Und als er am nächsten Morgen zufrieden erwachte und eine Regenwolke über seinem Haus stand und sich nicht rührte, verspeiste er auch die Regenwolke. War es zu heiß, verspeiste er das Sonnenlicht, war es zu kalt, aß er den Schnee, blies der Wind zu heftig, verschluckte er ihn. Zuletzt verschlang er sich kurzerhand selber. Das sah allerdings merkwürdig aus: Er ähnelte jetzt mehr einem Brotlaib mit Füßen als sich selbst.

## 40
## Gesichter machen Leute

Eine Fee verzweifelte, weil jeder nur den Schaden anderer im Auge hatte. Die Menschen hatten, so mußte sie traurig einsehen, auf ihr eigenes Glück vergessen. In St. Ulrich lebte ein Bauer, dem alle wegen seines schlauen Aussehens mißtrauten. In Wirklichkeit aber war er alles andere als schlau. Dies war der Grund, weshalb die Fee ihm erschien und ihn nach seinen Wünschen fragte. Der gute Mann dachte nach und sagte dann: »Ich wünschte so schlau zu sein, wie ich aussehe, und so dumm auszusehen, wie ich bin.« Das waren schon zwei Wünsche, und so blieb nur noch einer übrig. Nach einer Weile sagte der Bauer, da ihm nichts mehr einfiel: »Ferner möchte ich die

Eigenschaft besitzen, mit dem Kopf durch die Wand zu gehen.« Die Fee erfüllte auch seinen dritten Wunsch und verschwand. Als erstes erkannte der Bauer (denn er war ja jetzt schlau geworden), daß sich die meisten dümmer stellten, als sie waren, und nur die Dummen vorgaben, schlau zu sein. Mit diesen Kenntnissen ausgestattet, zog er in den Krieg. Und er kehrte mit einem Holzbein zurück. Tack-Tack-Tack machte das Holzbein auf der Straße, und mancher fragte ihn, ob er eine Uhr sei. Und da der Soldat schlau geworden war, sagte er: »Ja.« Eines Tages bot ihm ein Großgrundbesitzer an, sich bei ihm an die Wand zu hängen, seine Kuckucksuhr sei kaputt geworden. Der Soldat (jetzt wieder ein Bauer mit einem dummen Gesicht) stimmte zu, ließ sich an die Wand hängen und klopfte mit dem Holzbein. Wenn er 1800mal gegen die Wand geklopft hatte, rief er »kuckuck«, und der reiche Großgrundbesitzer war zufrieden. Er war nur unglücklich, daß seine Kuckucksuhr aussah wie ein Mensch. Und der schlaue Bauer wußte Rat. Er fuhr in die Stadt und ließ sich die Nase abschneiden und sah nun tatsächlich aus wie eine Uhr. »Was ist aber mit der Schlauheit des Bauern?« werdet Ihr fragen. – Jede Nacht, wenn der Großgrundbesitzer schlief, verließ er seinen Platz an der Wand und legte sich zum Töchterlein ins Bett, am Tag aber hing er brav an der Wand und hatte nichts anderes zu tun, als mit dem Holzbein zu schlagen und »kuckuck« zu rufen. Und so kam es, daß eine Kuckucksuhr Kinder zeugte, und als der reiche Großgrundbesitzer gestorben war, geschah es sogar, daß die Kuckucksuhr Landbesitzer wurde, und von nun ab brauchte sie nicht mehr zu ticken und »kuckuck« zu rufen. Mit dem Kopf durch die Wand gegangen aber ist das Bäuerlein nie, dazu war es zu schlau. (Dieses beliebte Volksmärchen erzählt man bei uns den Kindern, die zu aufgeweckt dreinschauen.)

## 41
## Die Hexe

»Eine Frau liebte alles, was sich verwandelte. Sie liebte den Baum, der einmal grüne Blätter hatte, dann gelbe, dann wiederum nur eine nackte Krone oder eine Schneehaube. Sie liebte die Menschen, die winzig zur Welt kommen, groß werden, denen die Zähne und Haare ausfallen und die wieder so klein im Sarg liegen wie ein Kind. Sie liebte den Himmel wegen der Wolken und seines wechselnden Farbenspiels und den Ablauf der Jahreszeiten. Die Frau aber lebte in einem Dorf, in dem die Menschen sich vor der Verwandlung fürchteten. Eines Abends erschien ein Kater und bot ihr seinen Zauberstab gegen eine Nacht an. Die Frau war einverstanden, und als der Kater ihr seinen Zauberstab geschenkt hatte, gab das Tier plötzlich seinen Geist auf und verschied. Da war die Frau traurig. Der tote Kater aber öffnete noch einmal die Augen und sagte: ›Sei nicht traurig. Bist Du nicht für die Verwandlung? Siehe, ich habe Dich aufgesucht, um Dir mit meinem Zauberstab eine Freude zu bereiten, bevor ich selbst verwandelt würde, und nun, da ich verzaubert bin, läßt Du den Kopf hängen?‹ – Hierauf schloß er zum allerletzten Mal seine Augen. Die Frau aber begrub ihn, und als erstes verzauberte sie die Jahreszeiten: Es gab jetzt nicht nur Frühling, Sommer, Herbst und Winter, sondern immer mehr und immer neue Jahreszeiten. Bald waren alle Pflanzen blau, bald die Früchte aus Gold und die Dächer aus Erdbeeren und der Regen aus Anemonen. Und die Bäume wurden aus Glas und aus Luft, und keine Erscheinung war für immer gleich. Unter den Menschen aber sprach sich bald herum, daß die Frau eine Hexe sei, und eines Nachts zündete man ihr das Haus an. Die Hexe lag in ihrem Bett, und als sie erwachte, stand sie in Flammen. Zu ihrem Entsetzen erkannte sie, daß ihr Zauberstab verbrannt war, und sie lief aus dem Haus. Von diesem Augenblick an blieb die Zeit stehen. Die Hexe brannte Tag um Tag bei lebendigem Leib, die Gräser blieben rot, es blieb Nacht, schrie irgendwo ein Säugling, so hörte er nicht mehr auf, schlachtete jemand ein Tier, so mußte er es in einem fort tun, liebten sich Mann und Frau, so hörten sie nicht mehr auf, sich zu umarmen (und was sie anfangs mit Freude erfüllte, war ihnen später zu viel), wer aß, hatte weiter zu essen, die Frauen, die Kinder gebaren, mußten weiter gebären, wer krank war, blieb krank, wer schlief, erwachte nicht mehr. Eines Tages kam ein Wanderbursche in das Dorf, und was er sah, trieb ihm die Tränen in die Augen, zuerst vor Lachen, dann vor Weinen. Schon wollte er davonlaufen, da begegnete er der brennenden Frau und verliebte sich in sie. ›Willst Du mit mir gehen?‹ fragte er die brennende Frau. Und die brennende Frau ging mit ihm, und sie ließen das Dorf zurück, wie es war.«

*Diese Geschichte erzählt eine Patientin in der Anstalt in einem fort. Ist sie beim Ende angekommen, fängt sie sofort wieder mit dem Anfang an. Denn sie kann nicht verwinden, daß man sie wegen ihres eigentümlichen Verhaltens entmündigte und in die Anstalt eingewiesen hat.*

## 42
## Die Kreuzotter

»Es war einmal eine Kreuzotter, die hatte die Verfolgung durch die Dorfbewohner satt. Ihre Brüder und Schwestern erschlug man, wo man sie antraf, obwohl sie den Menschen aus dem Weg gingen. Da bat sie den Schöpfer, etwas anderes aus ihr zu machen. Es dauerte nicht lange, und sie erwachte als die Augen der Pfarrersköchin. Zwar war sie jetzt dem Schöpfer so nahe, wie es nur sein konnte, aber die Pfarrersköchin war eine böse Frau. Sie stahl (wie man es von den Raben behauptet) und log und richtete Menschen aus, und ihre Augen mußten alles mitansehen. Und bald wünschten sich die Augen, doch lieber eine Kreuzotter zu sein, als wehrlos zuschauen zu müssen, wie die Frau unrecht tat. Da erblindete die Pfarrersköchin, und die Seele der Augen schlüpfte in einen Tanzbären (denn der Zirkus war im Dorf, und eine Seele darf sich nicht lange Zeit lassen, will sie auf der Erde bleiben). Aber auch in dem Tanzbären war das Leid groß. Zwar wurde er bei der Zirkusvorstellung gut behandelt, die übrige Zeit aber mußte er im Käfig hocken und das elende Leben eines Gefangenen führen. ›Hör zu, Bär‹, sagte die Seele daher dem Bären. ›In meinem früheren Leben war ich einmal eine Kreuzotter. Wenn Du willst, kannst Du in der Nacht meine Gestalt annehmen und Dich zur Wehr setzen.‹ Der Bär war einverstanden, hockte am Tag im Käfig, ließ sich am Abend in die Vorstellung treiben und nahm bei seiner Rückkehr die Gestalt einer Kreuzotter an. Bis zum nächsten Morgen hatte er sodann Zeit, einen nach dem anderen zu töten. Er schlüpfte durch die Gitterstäbe, glitt den ersten Wohnwagen hinauf, schlüpfte durch einen Türspalt und biß den Dompteur, sodann biß er die Tierwärter, den Zirkusdirektor und seine Familie, den Clown, den Seiltänzer, die Trapezkünstler und das Nummerngirl und schlängelte sich dann in den Käfig zurück. Als der Tag anbrach, wurden die Mitglieder des Zirkusses grauenhaft verstümmelt aufgefunden. Die Gendarmen standen vor einem Rätsel. Wer hatte die Artisten und Arbeiter ums Leben gebracht? Alles wies auf ein wildes Tier hin, es befanden sich jedoch alle Raubtiere in ihren Käfigen, und die Türen waren fest verschlossen. Man nahm daher an, ein wilder Bär sei über die Grenze gekommen und habe die Menschen getötet, und sofort begann die Suche nach ihm. Überall brachen Jäger und Gendarmen und Feuerwehrmänner auf, um sich an der Jagd nach dem blutigen

Mörder zu beteiligen, alle Mühen aber blieben erfolglos. Der Tanzbär schlief den Tag über, und in der Nacht verwandelte er sich wieder in eine Kreuzotter und kroch von Haus zu Haus und tötete die Menschen. Am nächsten Morgen aber fand man mehr als die Hälfte der Bevölkerung grauenhaft verstümmelt in ihren Betten, und wieder kam niemand auf den Gedanken, den Tanzbären oder eines der Raubtiere zu verdächtigen. Nur ein junges Mädchen, dem der Bär so gefiel, daß es kein Auge von ihm lassen konnte, schlich sich in der folgenden Nacht zum Käfig, um mit ihm zu sprechen. Der Bär schlief, und als er erwachte, verwandelte er sich wieder in eine Kreuzotter. Das Mädchen hatte alles mitangesehen und rief: ›Weshalb bleibst Du nicht der Bär, der Du bist. Weshalb verwandelst Du Dich in eine giftige Schlange?‹ – ›Wenn Du es wissen willst, so werde ich es Dir sagen‹, erklärte die Kreuzotter giftig. ›Wieviel von uns habt ihr getötet und wieviel haltet ihr von uns gefangen? Jede Fliege, die ihr tötet, ist Euch nicht einmal einen Gedanken wert. Und tötet ihr Euch nicht selbst?‹ Mit diesen Worten biß sie das Mädchen in das Bein. Das Mädchen lief so rasch es konnte nach Hause und erzählte seiner Großmutter, was vorgefallen war, dann starb es. Und als es wieder auf die Welt kam, war es eine Kreuzotter im Gemüsegarten seiner Großmutter. Sie schlängelte sich durch das Blumenbeet, in der Absicht, die Großmutter, die gerade Unkraut zupfte, auf sich aufmerksam zu machen. Aber als sie sie rief, kam nur ein Zischen aus ihrem Mund. Erschrocken fuhr die Großmutter auf, nahm einen Rechen und erschlug die Schlange.«

*Sichtlich zufrieden mit seinem schönen Märchen, schlitzt das schwachsinnige Mädchen seinen Teddybären mit einer Gabel auf, wirft die gelben Sägespäne in die Luft und ruft: »Kommt eine Schlange – Das Märchen ist lange.«*

## 43
## Der Soldat

Ein Bauernbursche wollte nicht in den Krieg ziehen und sterben. Es half ihm jedoch nichts. Er wurde Soldat, zog in den Krieg und starb. Als man ihn begrub, kamen aber die Stiefel aus der Erde zum Vorschein, und was der erschrockene Totengräber auch anstellte, die Stiefel erschienen immer wieder und standen aus dem Grab. So grub man den Soldaten wieder aus, aber er war mausetot, und weshalb die Stiefel immer wieder aus dem Grabhügel hervorkamen, konnte sich niemand erklären. Man legte einen riesigen Stein auf den Hügel, aber die Stiefel hoben den Stein in die Höhe, obwohl er die Größe eines kleinen Hauses hatte. So kam man auf den Einfall, eine Kapelle über dem Grab zu errichten. Kaum war die Kapelle fertiggestellt, da standen die Stiefel zum Dach heraus. Schließlich kam ein alter Soldat auf die Idee, einen Baum auf das Grab zu pflanzen. Und so geschah es auch. Vom Zeitpunkt an, als der Baum gepflanzt worden war, erschienen die Stiefel nicht mehr. Der Baum wuchs, wurde groß und hatte plötzlich Beine. Und ohne zu zögern lief er dorthin, wo der Bursche einstmals wohnte. Zuerst erreichte er einen Waldrand, und wie er durch den Wald lief, da hatten plötzlich auch die anderen Bäume Füße und liefen mit ihm. Und von überallher kamen jetzt die Bäume gelaufen und schlossen sich dem toten Soldaten an. Der Kaiser aber hörte davon, denn die Berge und Täler wurden rasch kahl, und auch die Bäume im Park waren bereits zum Feind übergelaufen. Inzwischen hatte allerdings der tote Soldat den Plan aufgegeben, nach Hause zu eilen (als er von den anderen Bäumen erfuhr, daß man ihn dort schon vergessen hatte), und so hatte er mit seinen neuen Kameraden den Beschluß gefaßt, das Schloß des Kaisers einzunehmen. Der Kaiser ließ seine Soldaten mit Kanonen aufmarschieren und gab Befehl zu schießen, sobald die Armee der Bäume am Horizont auftauchte. Aus allen Kanonen des Kaisers flogen Kugeln gegen die Angreifer und rissen sie in Stücke. Der Kaiser aber ließ weiter feuern, bis der Wald schließlich stehenblieb. Aus den zerrissenen Bäumen aber waren Särge geworden. »Jetzt hast Du genug Särge für Deine Armee«, rief der Bauernsohn, bevor er wie die anderen seine Beine in den Boden grub. Und die Bäume blieben stehen, wo sie waren, und das Land war kahl geworden, nirgends stand mehr ein Baum, nur das Schloß war von einem so dichten Wald umgeben, daß der Kaiser von niemandem mehr gesehen und besucht werden konnte. Und schließlich starben die Soldaten, einer nach dem anderen, und wurden in den Särgen bestattet, und zuletzt kam der Kaiser an die Reihe.

## 44
## da fraunz, da hauns und da koal

»es woa amoi a schnaeda, dea hot drei söhne ghobt: in fraunz, in hauns und in koal. oba wal ea söba a oama deifl woa, homs miassn olle drei auf die waundaschoft gen und schaun, wia se eahna selmest weidabringan. zerscht sans in die stodt eini, obwui sa si davua kfiacht hom, duat homs in ana fobrig a oabad kfundn. is woa a schiache oabad: imma haums es dö sölbn boa hondgriff miassn mochn und bold is da fraunz in a maschin kumman und hot a hound valuan. do issa wida hoam in sei hoamat und hot duatn mid ana eisnhound ais gneicht goabat, bis a gaunz ausgeschundn woa und gstoabn is. da hauns hot so vüll hoamweh ghobt, doss ea hot nix ondas doan mecht ois an zaus dengn und do hot a si vasauffn. und nocha, wi a wieda zruck kumman is, hod a weidagsouffn, bis a umgfoin is und hin woa. jo, do kaunst nix mochn, is scha so. da koal oba hot duach an zufoi an raichn mounn kenangleant, dea wos pfeade hot ghobt und wal da koal mitn viech hot umgengan kennan, hotta die rennpfeade zum betrein ghobt. oans van die pfeade woa schnölla wia da blitz, a schimml glaub i, und des pfead hot nochan zu eahm gsokt: ›du host mi imma guat behaundlt, drum hüf i da, dosd deine briada widasikst. reiß ma a wimpa aus und duas in an briafumschlog. sou laung du de wimpa bei dia host, kaunnst du olle haln. es wiad dia fia jeda graunghait wos einfoin und du wiast a mechtina maunn wean.‹ da koal hot si di augn grim, wia a des gheat hot. ›phoa‹, hot a gsokt und eam söba gfrokt, ob a dramd oda schbind. oba richti, des pfead hod zu ehm gred ghobd. aftn hod a dem pfead a wimba auszubft und da gaul hod gonz stad gholtn und eahm aungschaud. nochan hod a an briafumschlog kaft und de wimba einidaun und oiszam fein eingsteckt. Do is de douchta von sein hean graung wuan und völli gstoabn. wia da koal das gheat hot, is a hin und hot gsokt, daß a des diandl haln kann. zerscht homs eam ned zuwilossn wuin, nochan hod ea oba sou an leam gmoucht, dos da hea aschinan is unt gfrokt hod, wos lous is. wia da koal gsokt hod, ea kennads deandl wieda ksunt mochn, hod as fölli ned glabn wullt, oba da koal hod gsokt, jo, ea woaß a middl. und hin und hea, bis da mounn in koal zuwilossn hod, wal eh scho ois valuan woa. do koal hod valoungd, doß eahm alan losn midn deandl und dounn hod ea des kind gfrokt, wous falt. dos deandl hod auf sei heaz zoakd und da koal hod sei doschnmessa gnumman und des heaz außagschnittn und gsokt: ›woad, i bin glei wieda do‹ und is umigraint in stoull und hodn schimml s'herz außagschnittn und den sei heaz in deandl in köapa gnaht. Und wiakli, des deandl is sofuat ksund gwejsn und des pfead is no schnölla glafn wi fria, walls koa heaz hot mea hod ghobt. des heaz von den deandl oba hod da koal in an blumendoupf eigroubn und do is a bleamal aussagwoxn grod sou wia routs oa and da koal hod die augn aufgrissen und gsokt: ›poah!‹ und do hod des bleamal di blia aufgmocht und gsokt: ›tua nua schein aufbassn auf mia! wannst du völli nimma aus und ei woaßt, nocha reißt mi aussn doupf und ißt mi.‹ und da hea hod eam sei dechdal geibn, obwui s nou a kind woa und sei houbm gheirad. do is a mid seina jungan frau hoamgfoan und hodsn vodan zoagd, oba dea woa gaunz daschrouckn, daß da koal hod a kind gheirat. ›wisau hosd n du nochan a sou a kloani gheirad‹, hod a gfroukt, ›host koa krößari kfundn?‹ ›si is grouß knua fia mia‹, hod da koal gsoukd und do woa sei voda zfriedn. nochan is da koal zan friedhouf obi, mitn schimml und in bleamal zum grob von seine briada und hod duad des bleamal aussn doupf grißn und obikschluckt und in neixtn augnblick woa da schimml vaschwundn und stotsn bleamal und in pfead, san seine brüada neibm eahm kstaundn. olles is no guad woan, ea, de koal is oazt wuan in da stod und seine briada hom von eahm an scheanan weiberg kriagt. nur den koal sei frau is nix gressa wuan und a eiwigs kind bliebn oba des hodn koal nix gmoucht, wal ouft is a kloans glick beissa als a groussis.«

*a bua mid zein joa hod sei wullt aufhänkan, wal sei eam in woaz hom mid seina schweisda ankfundn. gleand hod a a schleicht und drum homs eahm auffi ind stood broucht, wou di narrischn san und durt hota dei gschicht vazölt. fia wos des vun eahm hom wissn wullt, woas i ned. oba du kounnst eahm sölba frogn. eah is eh scha wieda zaus.*

## 45
## Alles Zufall

»Ein Mädchen sagte immer nur die Wahrheit. Das bekam ihm schlecht. Anstatt belohnt zu werden, wurde es dafür nämlich bestraft, es lernte daher mit der Zeit, Schwierigkeiten aus dem Weg zu gehen. Zwar sagte es weiter die

Wahrheit, doch entwickelte es ein solches Geschick in der Doppelzüngigkeit, daß diese bald schlimmer war als die Lüge. Ihr Bruder aber log in einem fort, weil ihm die Wirklichkeit zu langweilig war. Er konnte gar nicht anders als lügen, und das Lügen bereitete ihm Lust. Er log, wie man bei uns zu sagen pflegt, das Rote vom Dach. Und da er so geschickt log, wie es nur möglich ist, fielen immer wieder Dorfbewohner auf ihn herein. Eines Tages kam eine Elster geflogen und sagte zum Jüngling: ›Gib mir den silbernen Hochzeitslöffel Deiner Mutter, und ich schenke Dir die Gabe ewig neuer Einfälle.‹ Der Jüngling stahl den silbernen Hochzeitslöffel, gab ihn der Elster, und als seine Mutter bemerkte, daß der Löffel gestohlen war, rief sie das Mädchen und fragte, wer ihn genommen habe. Das Mädchen (das seinen Bruder beim Diebstahl beobachtet hatte) wollte ihn nicht verraten, aber auch nicht lügen und gab zur Antwort: ›Ich nicht.‹ (Diese Antwort war nicht so unschuldig, wie sie sich anhört, denn jedesmal, wenn etwas vorgefallen war und das Mädchen hatte seinen Bruder in Verdacht, der Urheber der Aufregung zu sein, pflegte es zu sagen: ›Ich nicht‹, obwohl es wußte, daß es seinen Bruder damit verriet.) Die Mutter rief den Jüngling, dieser setzte sich an den Tisch und begann: ›Drei Männer, der eine mit Ohren, die bis zum Boden fielen, der zweite mit einer ebensolangen Nase, der dritte mit Stielaugen, von denen man ruhig weitererzählen kann, daß sie die Höhe jedes Baumwipfels erreichten, gingen durch das Dorf, um auszuspähen, auszuhorchen, auszuschnüffeln, was es zu stehlen und zu rauben gäbe. Als erstes kamen sie an unserem Hof vorbei, und der mit den Schlappohren hörte, daß niemand zu Hause war, der mit der Nase schnüffelte im Schlafzimmerschrank und fand den silbernen Hochzeitslöffel, und der mit den Stielaugen paßte auf, daß niemand kam. Die drei hatten aber noch einen vierten Gesellen bei sich, der war nicht größer als eine Zündholzschachtel (weshalb sie ihn leicht in der

Tasche mit sich tragen konnten). Seinen Arm aber konnte der Zwerg so weit ausstrecken und seine Finger so lang und dünn machen, daß er sie unter jeden Türschlitz schieben, von dort in jedes Zimmer ausstrecken und in jede Schublade greifen lassen konnte, ohne daß ein Schloß, eine Tür oder ein Fenster geöffnet werden mußten. Und dieser Kerl hat richtig den silbernen Hochzeitslöffel gestohlen.‹ – ›Und woher weißt Du das alles?‹ fragte die Mutter, die nicht auf den Kopf gefallen war. ›Als die Männer verschwunden waren, kam ein Katzenfloh gesprungen und erzählte es mir‹, gab der Jüngling zurück. ›So‹, sprach hierauf die Mutter, ›entweder Du bringst die drei Männer oder den sprechenden Katzenfloh oder Du darfst das Haus nicht mehr betreten.‹ Folgsam lief der Jüngling davon, um Floh oder Männer zu finden. Das Mädchen aber war die ganze Zeit in der Ecke gesessen und hatte zur Geschichte ihres Bruders den Kopf geschüttelt. ›Freust Du Dich, wenn Dein Bruder nicht mehr zurückkommt?‹ fragte die Mutter sie jetzt. Zwar freute sich die Tochter, denn sie würde das Haus allein erben, aber sie wollte die Wahrheit nicht zugeben und antwortete: ›Er ist genauso Dein Kind wie ich.‹ Im selben Augenblick klopfte es ans Fenster, und draußen stand der dreiste Viehhändler. ›Was willst Du?‹ fragte die Mutter. ›Deine Tochter kaufen‹, gab der Viehhändler zurück. Und wirklich ging sie auf den Handel ein, und kaum hatte sich der Viehhändler mit der jungen Frau in eine Kammer zurückgezogen, hagelte es heftig, als ob sich der Himmel über dieses Geschäft empörte. Zuerst fielen nur Hagelschloßen, dann aber hagelte es Bäume und Häuser und Kühe und Pferde, und als der Hagel zu Ende war, da kam der Sohn zurück und baute sich aus allem einen großen Hof und zog in diesen ein. In der Kammer seines Heimathauses aber tobte noch immer der Viehhändler, warf die Kleider des Mädchens zum Fenster hinaus und hatte in seinem Wüten nicht einmal das Hageln bemerkt. Gerade da schritt der Graf vorbei, und als er die reizenden Wäschestücke sah, dachte er bei sich: ›Das muß aber ein hübsches und feuriges Mädchen sein, dem diese Kleider gehören.‹ Und er sammelte das Gewand vom Boden auf und betrat artig die Küche. Er fand die Mutter mit dem Ohr an der Wand. ›Ei, was habt Ihr, liebe Frau?‹ fragte der Graf. Erschrocken, den Graf vor sich zu sehen, antwortete die gute Frau: ›Nichts, eine Mücke hat mich ins Ohr gestochen, und weil es mich juckt, reibe ich es am Türstock, an der Wand und an der Kredenz. Gerade, wo es mir in den Sinn kommt.‹ Kaum hatte die Frau zu Ende gesprochen, ließ der Viehhändler in der Kammer einen dröhnenden Furz. Der Graf sprang auf und fragte: ›Wer war das?‹ – ›Ach‹, gab die Frau, die ihre Fassung wiedergewonnen hatte, zurück, ›das ist nur mein Sohn, der ins Susaphon des Vaters geblasen hat.‹ Den Graf freute es heimlich, bei einer so musischen Familie zu Gast zu sein, und er setzte sich wieder. Nun aber fing es zu stinken an, und es stank so jämmerlich, daß sogar die bunten Vorhänge und das bunte Tischtuch erbleichten. Entsetzt hielt sich der Graf die Nase zu und wankte zur Tür. ›Was aber ist dies?‹ schrie er. ›Dies, lieber Graf‹, erklärte die Frau mit einschmeichlerischer Stimme, ›sind meine drei Hunde, die im Hagel draußen naß geworden sind. Gleich will ich sie verjagen.‹ Und sie lief in die Kammer und riß den halbnackten Viehhändler am Kragen und warf ihn aus dem Haus und – damit sie sichergehen konnte, daß er nicht randalierte – das Geld hinterdrein. ›Und laßt Euch hier nicht mehr blicken‹, schrie sie ihm nach. Dann hieß sie ihre Tochter sich hübsch machen und führte sie dem Grafen vor. ›Oh, Ihr seht aber müde aus‹, sagte der Graf, ›habt Ihr Euch am Ende übernommen?‹ – Und das Mädchen, welchem ein Geständnis auf den Lippen lag und das in der Kammer das Gespräch zwischen dem Grafen und seiner Mutter angehört hatte, sagte: ›Nein, es war nur der eine Hund so wild, daß ich ihn nicht bändigen konnte.‹ Der Graf war's zufrieden und nahm sie zur Frau, und ihre Begabung der geschickten Antwort soll noch bei manchem Staatsgeschäft für den Grafen von Nutzen gewesen sein. Der Jüngling aber in seinem neuen Hof bekam's mit dem Fernweh, und er rief den nackten Viehhändler, der blöd glotzend auf der Straße saß, und fragte ihn, ob er ihn nicht begleiten wolle. Der Viehhändler verstand ohnedies die Welt nicht mehr, und so schwang er sich mit dem Jüngling auf eine große Wolke und flog mit ihm davon.«

*An dieser Stelle brechen wir das Märchen ab, denn wie Du leicht erraten wirst, ist es ein endloses Märchen, von einem Lügner in der Anstalt erzählt. Er befindet sich hier, weil er als Kleptomane alles stiehlt, was ihm in die Finger kommt, sogar die Seife seines armen Nachbarn, der nur vor sich hindämmert. Aber auch die Schwester des Erzählers ist wegen derselben Krankheit seit längerer Zeit bei uns, und man kann ihr jeden Tag im Anstaltspark begegnen, wo sie den spazierengehenden Patienten und Besuchern obszöne Anträge macht.*

## 46
## Der Augenblick der Mächtigkeit

»Es war ein Bauernsohn unstet, und wo immer er war, hielt es ihn nicht lange. So beschloß er, über das Gebirge zu gehen. Eines Sommertages brach er, ohne jemandem davon Mitteilung zu machen, auf. Im dunklen Wald aber wurde er plötzlich von einem verwahrlosten Soldaten angehalten, der ihm seine Barschaft abnahm und ihn töten wollte. Es stellte sich heraus, daß dieser der Meinung war, es sei noch immer Krieg (und er ließ es sich auch nicht ausreden). Gerade als der Soldat das Gewehr anlegte, um den Burschen zu erschießen, löste sich die Abbildung eines kleinen Drachen aus der Streichholzschachtel des jungen Mannes und flog dem Soldaten in die Augen. ›Seht Ihr, es ist Krieg‹, schrie der Soldat und feuerte einen Schuß ab, mit dem er einen herumstreunenden Wolf traf. In den Körper dieses toten Wolfes schlüpfte der kleine Drache und zerfleischte flugs den uneinsichtigen Soldaten. Sodann hieß er den Bauernsohn, die Uniform des Toten anlegen mit der Begründung, die Kleider würden ihn schützen. Der junge Bursche befolgte den Rat, nahm das Gewehr an sich und stieg höher. Der nackte Soldat aber war noch nicht tot. Er hatte viel Blut verloren, er vermochte sich jedoch noch bis zur nächsten Siedlung zu schleppen, wo er darum bat, daß seinem Regiment Meldung gemacht würde. Man pflegte ihn gesund und benachrichtigte das Militär in der Stadt. Und wirklich kamen nach einiger Zeit vier berittene Unteroffiziere, ließen sich zur Hütte führen und berichten, was geschehen war. In einem Koffer führten sie einen Orden und ein Geschenk des Kaisers mit sich, im anderen den Stutzen und die Kugeln, die den vermeintlichen Deserteur in das Jenseits befördern sollten. Und sie hielten Gericht über ihn. Einer der Unteroffiziere, der sich an den Soldaten erinnern konnte, sagte: ›Wir haben den Krieg verloren, wie Du vielleicht weißt, und viele Deines Regiments sind noch vor der letzten Schlacht in die Wälder geflohen. Daher glauben wir, daß Du einer von diesen Fahnenflüchtigen bist.‹ Der ehemalige Soldat stritt alles ab, aber da er im Reden und Denken nicht gewandt war, verwickelte er sich in Widersprüche, und zuletzt baten ihn die Unteroffiziere hinaus, um ihm den Orden und die Belohnung zu verleihen, die er sich verdient habe. Der ehemalige Soldat dachte nichts Schlechtes, blinzelte ins Sonnenlicht, freute sich des schönen Tages und des Lohnes für seine Treue, und das war das Letzte, was er fühlte und dachte. Sein Leichnam wurde in eine Schlucht geworfen, und die Unteroffiziere ritten wieder davon. Sie gerieten aber in einen Schwarm Roter Ordensbänder, und dieser Schwarm rief: ›Wenn Ihr mir mein Leben genommen habt, so gebt mir wenigstens den Orden‹, denn im Sturz hatte sich der Leichnam des betrogenen Soldaten in Nachtschmetterlinge verwandelt, und wenn es ihnen gelingen würde, die Auszeichnung an sich zu bringen, konnten sie als Soldaten weiterleben. Die Unteroffiziere aber gaben den Pferden die Sporen und beeilten sich, bergab zu reiten. Die Schmetterlinge hingegen fielen so zahlreich über sie her, daß die Unteroffiziere mit den Händen nach ihnen schlugen, die Sicht verloren, vom Weg abkamen und in einen wilden Bergbach stürzten. Das kochende Wasser riß Pferde, die Leichen der Unteroffiziere und die gierigen Schmetterlinge mit sich in eine verborgene Eishöhle, wo die Körper in Zapfen einschmolzen. Was ist aber inzwischen mit dem Bauernburschen und dem Drachen geschehen, der die Gestalt eines Wolfes angenommen hat?, werdet Ihr fragen. Auf dem Gipfel des Gebirges angekommen, verlangte der Bursche (der Himmelspracht so nahe wie nie zuvor) von seinem Begleiter nichts anderes, als zu den Sternen zu wandern. Der Wolf murrte zwar, aber er befahl dem Burschen aufzusitzen und nahm ihn mit zu den fernsten Sternen. Da durfte er glitzernde Böden betreten, in ziegelroten Gewässern schwimmen und zwischen den Wipfeln hoher Bäume schweben. Es blieb ihm jedoch versagt, anderen Wesen zu begegnen, und so sehr er danach drängte, verwehrte es ihm der Wolf und wiederholte immer, sobald der Bauernsohn diesen Wunsch äußerte: ›Du würdest es nicht ertragen.‹ – ›Trage ich nicht die Uniform eines Soldaten?‹ entgegnete der Bursche, ›und ist nicht ein Teil seiner Hartnäckigkeit und seines Mutes auf mich übergegangen?‹ Schließlich gab der Wolf nach und brachte ihn zu einem entlegenen Himmelskörper, warf ihn dort ab und verschwand. Der Bursche schritt los und erreichte eine Siedlung. Alles war schmutzig und arm, und die Bewohner fluchten, als sie ihn sahen, sie glaubten nämlich, sie würden zum Militär eingezogen. Es dauerte nicht lange, da begriff der Bursche, daß er zurückgewandert war in die Vergangenheit. Und je länger er die Menschen betrachtete, desto mehr verstand er: Es war seine eigene Kindheit, in der er jetzt lebte, nur gab es ihn nicht: Er war überhaupt nicht zur Welt gekommen. Sein Vater war ein fremder, spöttischer Mann, und auch seine Mutter strafte ihn mit Verachtung. Man führte ihn in eine Hütte, und dort schlief ein Idiot, und dieser Idiot war er selbst. Das Entsetzen über sich war so groß, daß er davonlief und nach dem Wolf rief. Es dauerte nicht lange, und das Tier sprang mit ihm zurück zum Himmel, aber der Bursche hatte nun plötzlich das Gefühl, so weit von der Erde entfernt zu sein, daß er Angst hatte, nicht mehr zurückzukommen. ›So ist es, wenn man den Verstand verliert‹, dachte er bei sich. Der Wolf schien zu wissen, was in dem Burschen vorging, und beeilte sich, als ginge es um Leben und Tod. Zwischendurch landeten sie auf freundlichen Sternoasen, und das Geblitze am Himmel klang wie Musik aus Spieldosen. Der Bursche konnte schon die Erde sehen, und seine Furcht verschwand allmählich, und jetzt bedrängte er den Wolf aufs neue, bis er ein weiteres Gestirn anflog und ihn dort vor einer Wüstenstadt abwarf. Der Bursche staubte seine Uniform ab und wanderte auf die Silhouette zu. Und die Stadt wich immer mehr von ihm zurück, denn sie war aus Dunst gebildet, und je weiter er auf die Stadt zuschritt, desto weiter wich sie zurück, und als er lief, verschwand die Erscheinung um so weiter in die Ferne. Aber der Bursche wollte nicht davon lassen, die Stadt zu betreten, und malte sie sich in allen Einzelheiten aus. Was immer er aber unternahm, er betrat die Stadt nicht. Einmal überredete er einen Geier, ihn zu fliegen, doch obwohl der Vogel sich anstrengte, kam er nicht näher. Der Bursche rief jetzt vergeblich nach dem Wolf, bis er den Verstand verlor und sich wieder auf der Erde wähnte. Er kniete nieder und trank lange aus einem Bach. Dann setzte er sich auf einen hohen Berggipfel. Er sah die wunderbaren Gebirge um sich und fühlte sich mit einem Mal mächtig und erhaben. Noch niemals war er so stark und mächtig gewesen wie jetzt, alles, was um ihn herum geschah, konnte er verstehen, ohne daß es ihn schmerzte, und er hatte das Gefühl, als sei die Erdkugel kleiner als er selbst, als läge sie vor ihm wie ein Hügel, den er hinunterlaufen konnte, nein, als sei sie nicht schwerer als eine Maus. Mit diesem Gefühl der Macht starb er. Sein Gebein blieb in der Wüste liegen, und von dort holte es der Wolf zurück zur Erde, warf es in eine Mühle und streute den Knochenstaub in den Gebirgsbach. Das Wasser spülte es in die Eishöhle und erweckte dort die vier Unteroffiziere und den hingerichteten Soldaten zum Leben, nur das Gedächtnis hatten sie verloren. Auch der wanderlustige Bauernbursche erwachte wieder. Er lag im Wald und hielt eine Zündholzschachtel in der Hand, auf der ein Drache abgebildet war. Ferner steckte er in einer Uniform, aber er wußte nicht mehr, wie er hieß, woher er kam und wo er sich befand.«

*Seit über vierzig Jahren befindet sich der Insasse nach einem Kopfschuß, den er im Krieg erlitten hat, in der Anstalt in Verwahrung, ohne irgend etwas zu begreifen, außer, daß es ihm gelingen muß, sich zu erinnern.*

## 47
## Die Fliege und die Spinne

Einer Mutter erschien nach der Geburt ihres Sohnes ein Engel und fragte sie, was sie sich für ihr Kind wünschte. Die Mutter dachte nicht lange nach und antwortete: »Immer Glück.« In demselben Ort wurde zur gleichen Zeit ein Kind geboren, das seine Mutter nicht hatte gebären wollen, und als der Engel erschien und sie nach dem Wunsch für ihr Kind fragte, antwortete sie: »Ein kurzes

Leben.« Da fanden die beiden Frauen zu ihrem Entsetzen plötzlich anstelle ihrer Kinder eine riesige Spinne und eine riesige Fliege vor. Die Mutter, die Glück für ihr Kind gewünscht hatte, erschrak zutiefst, doch war die Spinne so zutraulich, daß sie ihr Aussehen bald hinnahm und sie pflegte, als sei sie ihr Kind. Die andere Mutter bereute zutiefst, als sie sah, was sie angerichtet hatte, und wandte sich der großen Fliege zu und wurde von Zuneigung erfüllt. Die Zeit verging. Die Fliege wurde groß wie ein Pferd, und die Spinne stand ihr um nichts nach. Beide waren gelehrig, konnten sprechen, lachen und singen wie Menschen, und die Fliege war nach einigen Jahren sogar so weit, daß sie lesen konnte, während die Spinne sich besser auf das Schreiben verstand. Mit zehn Jahren brachte man sie zum Zirkus, wo die Spinne Seil tanzte, und die Fliege mit einem Menschen auf dem Rücken durch die Manege flog. Und so arbeiteten sie und wurden alt. Als sie nicht mehr aufs Seil steigen und nicht mehr unter dem Zelt fliegen konnten, erschien ihnen der Engel und gab ihnen die Gestalt zurück, die sie gehabt hätten, wären sie Menschen gewesen. Die Fliege war ein glatzköpfiger Herr, die Spinne größer, magerer und grauhaarig. Und wie die beiden so in der Manege standen und zum Seil und zur Kuppel hochschauten, bekamen sie Lust, es noch einmal zu versuchen. Der Grauhaarige begab sich auf das Seil, und obwohl ihm alles bekannt und vertraut war, obwohl ihm im Grunde nichts geschehen konnte, wurde er von Angst ergriffen, und er kehrte nach wenigen Schritten um. Später, wenn ihn jemand danach fragte, pflegte er zu sagen: »Welch ein Glück habe ich gehabt, als Spinne geboren zu werden. Als Mensch hätte ich kein langes Leben gehabt.« (Und er bereute nie, in eine Spinne verwandelt worden zu sein.) Der andere, der Glatzköpfige aber, kletterte bangen Herzens zur Zirkuskuppel hoch, und obwohl er wußte, daß er fliegen konnte, traute er sich nicht recht, auf einmal fürchtete auch er die Gefahr, die damit verbunden war. Er stellte sich auf die Plattform am Mast, schwang sich in die Tiefe und wirklich, er konnte seine Kreise ziehen wie eh und je, aber plötzlich, als ihm bewußt wurde, in welcher Gefahr er sich befand, hörte er auf zu flattern und stürzte willenlos in die Tiefe.

## 48
## Der Mann aus Stein

Ein Müllersknecht wurde immer, sobald es dunkel wurde, zu Stein. Daher schloß er sich in seiner Kammer ein, begab sich zu Bett und wartete darauf, daß sein Blut aufhörte zu pochen. War er endlich zu Stein geworden, erhob er sich und ging in die Nacht hinaus. Magnetische Blumen zeigten ihm den Weg. Er legte sich in die Mühle, mahlte mit seinem Körper anstelle des Mühlsteins, und bevor es Tag wurde, wankte er zurück. Der Müller war stets verwundert, wenn er am Morgen das gemahlene Korn sah, am Mühlrad aber keine Spur einer Arbeit entdecken konnte. Doch der Müllersknecht wurde immer müder, mußte sich nach einer anderen Arbeit umschauen und fand sie bei einem Fleischer. Kaum brach die Nacht herein, ging er in die Fleischerei und schliff Messer und Beile bis zum Morgen und wurde immer schwerer, und die Erde brach unter ihm ein bei seinen Schritten. Er konnte nirgendwo mehr Platz nehmen, auf keinem Stuhl und keinem Bett, weil sie augenblicklich zusammenbrachen, und bald konnte er auch kein Haus mehr betreten, ohne in den Keller zu stürzen. Er wechselte neuerlich den Arbeitsplatz, denn im Schlachthaus hatten sich unter seinem Gewicht tiefe Gruben gebildet, die mit Tierblut gefüllt waren. So ging der arme Knecht also zum Steinmetzen, um Friedhofssteine zu machen. Auch dorthin schlich er in der Nacht und machte Grabsteine, ohne etwas vom vorbereiteten Material zu benötigen, weil er sich in seiner Verzweiflung bemühte, den eigenen Leib zu zerschlagen. Aber je mehr er von ihm wegschlug, desto schneller wuchs er nach, und in der Früh wankte er unbeschädigt nach Hause. Und er wurde schwerer und schwerer. Die Häuser begannen zu zittern, wenn er auf der Straße ging, und die Bäume und der Wald rauschten, und er ließ tiefe Trichter mit seinen Fußabdrücken hinter sich. Und da ihn jeder scheel anschaute, baute er sich aus seinem Körper ein schönes geräumiges Haus, das imstande war, sein Gewicht zu tragen (– obwohl er noch immer schwerer wurde – ohne dabei sein Aussehen zu verändern). Er wurde nicht dicker, nur sein Gewicht nahm zu. Er schlief nicht und er aß nichts. Er wußte alles (bis in jede kleinste Einzelheit), was ihm widerfahren war: Er war ein Komet gewesen, der auf die Erde aufgeschlagen und in diesem Augenblick als Kind geboren worden war. Er hatte eine schöne und heitere Kindheit verbracht mit Eltern, die ihn liebten und über sein Gedächtnis entzückt waren. Mit Leichtigkeit hatte er seine Schulbildung hinter sich gebracht. Jede Nacht aber war er zu dem Stein geworden, der er als Komet gewesen war. Als er eines Nachts steinerne Tränen weinte, erschien ihm eine Wolke aus Millionen Sternen und erbarmte sich seiner: »Nicht aus totem Gestein sollst Du Dein Haus bauen, sondern aus leuchtenden Sternen«, vernahm der junge Mann, und er löste glitzernde Splitter aus der Sternenwolke und baute sich ein Haus. (Er nannte es das Haus des brennenden Sternes.) Von da ab nahm er an Gewicht ab und schlief nachts, ohne jemals noch zu Stein zu werden. Schließlich aber wurde er so leicht wie eine Feder, und der Wind erfaßte ihn und trug ihn mit sich wie ein Blättchen.

## 49
## Der faule Apfel und der fleißige Apfelbaum

Einem Apfel war es auf dem Baum zu langweilig geworden, er warf sein Leben weg und fand sich im Gras wieder. Da fühlte er neue Kräfte in sich entstehen. Er mußte nun nicht mehr alles von oben sehen und mit den übrigen Äpfeln besprechen. Und der Wind weckte ihn nicht mehr am Morgen, und Blätter nahmen ihm nicht mehr die Sicht. Er sah jetzt den Hasen, die Hauskatze, die Ameisen, und er sah auch das Kind aus der Nähe, und nachts konnte er zum Himmel hinaufblicken und sich vorstellen, dieser wäre ein leuchtender Apfelbaum. Als er genug gesehen hatte, rief er die anderen Äpfel, um ihnen davon Mitteilung zu machen. Die anderen Äpfel hingen jedoch in den Zweigen oder waren nicht so weit den Hügel hinuntergekollert wie er und hörten ihn nicht. Er rief sie jetzt aus Leibeskräften, doch niemand antwortete ihm. Hierauf begriff er, daß er allein war. Und langsam wurde er krank und faulte (denn zu große Einsamkeit verdirbt). Ein Fuhrwerk kam in den Hof gefahren, und ein Viehdoktor stieg mit Gummistiefeln auf ihn und zerquetschte ihn. »Heuer haben wir ein gutes Apfeljahr«, hörte er ihn sagen. »Ja«, antwortete der Bauer, »sie sind schon reif, und morgen will ich sie ernten.« Nun aber beneidete der arme, faule Apfel seine Brüder um ihr Schicksal. Und gleich darauf fielen auch noch die Wespen über ihn her. Ein summender Schwarm ließ sich auf ihm nieder und zwickte so lange an ihm herum, bis nichts mehr von ihm übriggeblieben war. Nur der Stengel und ein paar Kerne fanden sich auf der Erde, und als es schneite, glaubten die Kerne, die Wespen kämen wieder, und hielten die weißen Flocken für Insekten, es war aber nur der Winter, der allem ein Ende bereitete. Einer der Kerne sickerte mit der Feuchtigkeit tief in die Erde und glitt an den schlafenden Blumen und Gräsern vorbei und fiel dort selbst in tiefen Schlaf. Als er erwachte, ragte er ein wenig aus dem Erdboden hervor. Und Jahr für Jahr wuchs er und wurde größer, bis er ein schöner Apfelbaum geworden war. Er freute sich über den Schnee, er begrüßte die Bienen, wenn sie in seine Blüten schlüpften, und jeder Apfel, der von seinen Zweigen fiel, verursachte in ihm einen winzigen Schmerz. Sobald keine Frucht mehr an ihm hing, war ihm, als zerrisse es ihm die Brust, es war jedoch nur ein Jahresring, der sich in seinem Stamm bildete und ihn daran erinnerte, daß er sterben müsse.

## 50
## Der Tod des siamesischen Zwillings

Eine Zeitlang sorgte ein siamesisches Zwillingspaar in St. Johann für große Aufregung. Es war am Gesäß und am Rücken zusammengewachsen. Dieses siamesische Zwillingspaar, zwei Frauen, von zarter Gestalt und rotem Haarwuchs, war auf das heftigste miteinander zerstritten. Es waren nicht unterschiedliche Richtungen, die jede von ihnen zu gehen beabsichtigte (welche den Streit auslösten), auch nicht verschiedene Männer (in die sich die beiden Frauen verliebten), vielmehr war es eine tiefsitzende gegenseitige Antipathie. Was ihre Wünsche betraf, deckten sie sich im großen und ganzen. Sie gingen sonntags zur heiligen Messe in einer Art seitlichem Laufschritt, sie sangen zweistimmig miteinander, kletterten affengleich auf den Kirschbaum und hatten eine Stellung im Schlaf gefunden, die beider Bedürfnissen gerecht wurde. Viele Männer bewarben sich um die Gunst der siamesischen Zwillingsschwestern, manche zogen ernstlich in Erwägung, beide zu heiraten, ein Abenteuer aber wünschte sich fast jeder. (Und oft und in langen Wirtshausgesprächen malte man sich aus, wie es sei, mit den Schwestern verheiratet zu sein.) Was aber brachte die beiden unentwegt zum Streiten? Es war der Wunsch nach den gleichen Dingen, der zur selben Zeit entstand, und die Furcht, die andere könne der einen in der Erfüllung ihrer Wünsche zuvorkommen. Dabei ging es nie um große Dinge: Hatte die eine Lust auf Süßigkeiten, so verspürte sie die andere zur selben Zeit, und beide hatten nun Angst, die andere könne den letzten Löffel Honig zu sich nehmen oder ein größeres Stück Kuchen abschneiden. Darüber wurde eines Tages die ein wenig kleinere Schwester verrückt, und sie begann zu schreien und, als man sie beruhigte, seltsames Zeug zu reden. Sie benahm sich auf das exzentrischste, während ihre Schwester das alte Leben weiterführte. Hatten sie sich jedoch früher gleiche Kleidungsstücke angezogen, so ging die andere nun nackt herum oder warf sich nur ein Nachthemd über, sie hörte auf sich zu kämmen, ließ sich auch nicht mehr die Haare und die Fingernägel schneiden, und in der Kirche stieß sie mitunter ein Lachen aus, daß die Gläubigen vor Scham so laut sangen, als sie nur konnten. Bei einem Zeltfest wollte sie sich einem ehemaligen Liebhaber vor aller Augen hingeben, und sie hätte es getan, würde die Schwester sie nicht daran gehindert haben. Vor Ekel aß sie aber nichts mehr, und sie weigerte sich auch zu trinken, weshalb sie magerer und magerer wurde und schließlich von ihrer Schwester herumgetragen werden mußte, so schwach war sie geworden. Eines Tages erschien ein Sauschneider, der es auf die gesunde Schwester abgesehen hatte, und er machte ihr den Vorschlag, sie mit dem Messer zu trennen. Obwohl er sich bei dem Gespräch geschickt anstellte, dem Mädchen ein Stück Papier gab, auf das er seine Absicht geschrieben hatte und sich mit Gesten und Grimassen erklärte, wurde doch die andere Schwester argwöhnisch. »Was redet Ihr da?« fragte sie. »Was liest Du da für ein Papier?« und sie griff rasch

zu, bekam den Zettel in ihre Hände, und bevor der Sauschneider oder ihre Schwester etwas unternehmen konnten, hatte sie auch schon die Schere vom Nähtisch genommen und diese dem Mann in die Brust gestoßen. Mit dem nächsten Stich durchbohrte sie die Brust ihrer Schwester, dann schleppte sie sich zum Landarzt. Es war ein gräßlicher Anblick, wie die knochenmagere, nackte Frau ihre blutbesudelte tote Schwester im Staub hinter sich herzog, und die Bewohner liefen vor Schrecken in die Häuser. Der Landarzt trennte die Lebendige von der Toten, und da niemand so recht sagen konnte, ob das Wesen ein oder zwei Menschen gewesen war (und das Papier die böse Absicht des Sauschneiders verriet), unternahm niemand etwas gegen die Frau. Aber obwohl sie jetzt allein war, stritt sie weiter in einem fort, als sei ihre Schwester noch an ihr angewachsen. Sie antwortete selbst für ihre verstorbene Zwillingsschwester und entwickelte dabei eine so beträchtliche Geschicklichkeit, daß niemand ihr beweisen konnte, auf welche Weise sie es bewerkstelligte.
*Die Bauchrednerin des Zirkus ist eine merkwürdige Frau. Selbst wenn sie im Schlaf spricht, behauptet die Puppe, die sie stets in der Hand hält, kann man ihren Lippen nichts anmerken. Und ihr Leben erzählt sie nie anders als mit unbewegtem Gesicht und verkniffenem Mund.*

## 51
## Mensch, Tier und Engel

Ein Mensch wollte ein Tier sein. Er lief in den Wald und fragte die Eule, was er tun solle. Um ein Tier zu werden, mußt Du zuerst einen Menschen töten, antwortete die Eule. Daraufhin beeilte sich der Mensch, ein Dorf aufzusuchen, in dem ein alter Bäcker und seine

Frau wohnten. Er stellte sich als Geselle vor, erklärte, auf der Wanderschaft zu sein und Arbeit zu suchen, und der Bäcker war froh, eine Hilfe zu erhalten, und gab ihm Quartier. Schon in der ersten Nacht erdrosselte der Geselle den Bäcker und seine Frau im Schlaf und lief sodann in den Wald zur Eule. »Nein«, antwortete die Eule, »noch darfst Du kein Tier sein, zuvor mußt Du Dich in einem Kindertraum umsehen.« Der Mensch suchte ein Waisenhaus auf und ließ sich dort als Pförtner anstellen. Er betrachtete die Kinder beim Spiel, beim Essen, Aufstehen und Waschen und suchte nach einer Möglichkeit, in einen Kindertraum einzudringen. Oft belauschte er die Kinder, sei es auf der Toilette, sei es vor dem Einschlafen, und endlich kam er dahinter, daß sie zu träumen pflegten, wenn sie sich auf dem Dachboden versteckten. Er kletterte ihnen nach und legte sich zu ihnen, und allmählich öffnete sich eine gelbe Wolke, in die es ihm vergönnt war zu steigen. Da spielte ein alter Schulmeister mit einem Löwen. Der Löwe biß ihm den Arm ab, und der Schulmeister schrieb mit dem Knochenstummel das Lied: »Der tote Leu ist gelb wie Heu« auf die Tafel:

»Der tote Leu ist gelb wie Heu
Die Zunge rot ist wie die Lunge rot
Das Herz des Löwen fressen die Möwen«,

las der Mensch zu seinem Erstaunen. Sodann blickte er aus einem Fenster auf den Schulhof und sah dort eine Schar Knaben Fliegen fangen. Mit Netzen liefen sie hinter den Insekten her, rissen ihnen die Beine aus und zwangen sich gegenseitig unter Gelächter, sie zu schlukken. Andere hockten in den Bäumen, aßen goldene Nüsse und beteten das »Gegrüßet seist Du Maria« von hinten nach vorne. In einer Ecke kauerten weitere, verrichteten die Notdurft und schrien vor Vergnügen. Und wieder erschien der Schulmeister, jedoch war ihm sein Arm nachgewachsen, und er befahl allen, auf einem Bein zu stehen. Kaum hatte er ihnen den Rücken zugewandt, da sprangen sie auf einem Bein herum, pflückten Hahnenfüße und bewarfen die Schule damit, die darüber in Brand geriet. Hoch stiegen die Flammen aus dem Gelände, die Kinder aber schrien, und erst als der Schulmeister ihnen Strafe androhte, machten sie Anstalten, das Feuer zu schlucken. Weit und schreiend rissen sie den Mund auf und sogen das Feuer in sich hinein und erhoben sich sodann von der Erde und flogen durch die Luft wie brennende Vögel. Einige von ihnen aber befahlen einem Zögling niederzuknien, schnitten ihm sodann die Kehle durch und warteten, bis er verblutete. Den Toten versteckten sie im Kohlenkeller, hierauf liefen sie in die Kirche, um zu beten. Und während sie beteten, wurden ihre Köpfe zu schönen Blumen, in denen Bienen summten. Benommen erwachte der Mensch und stieg aus der gelben Wolke, die langsam wieder unsichtbar wurde. Er lief in den Wald und suchte die Eule auf, um nicht mehr länger ein Mensch zu sein. »Zuvor mußt Du mit Deinen Lieben brechen«, sagte sie. Da ging der Mensch nach Hause und brach mit Vater und Mutter, Frau und Kind, und nachdem er mit ihnen gebrochen hatte, erkannte er sie nicht wieder, wie sehr sie auch weinen und klagen mochten. So ging er zurück in den Wald. Die Eule, die ihn erwartet hatte, flatterte auf ihn zu und fragte ihn: »Hast Du mit allen gebrochen?« Der Mensch aber sagte nichts, denn er erkannte auch die Eule nicht wieder. »Nun wirst Du ein Tier sein, zuerst aber verirre Dich im Wald«, rief ihm die Eule zu. Der Mensch ging und ging weiter, bis er nicht mehr wußte, wo er sich befand, und schließlich erschöpft zu Boden stürzte. Als er erwachte, fand er sich als Küchenschabe im Haus seiner Frau. Und nun mußte er ständig auf der Hut vor ihr und den Kindern sein, die ihm nach dem Leben trachteten, so daß er sich schließlich nur noch nachts aus der Mauerritze wagte auf der Suche nach einer Brotkrume (aber im Dunkeln lauerte die Katze, die sich nur durch das Knacken verriet, mit dem sie den Schaben, die sie gefangen hatte, den Chitinpanzer zerbiß).

## 52
## Der Mann, der seinen Augen nicht traute, und der Mann, der nur glaubte, was er sah

»Ein Blinder konnte mit den Händen sehen. Und nur, was er mit den Händen auch ertastete und damit sah, glaubte er. Er mißtraute Geräuschen und Gerüchen, er mißtraute seinen körperlichen Empfindungen wie Wärme und Kälte, denn zu oft hatten sie ihn getäuscht. Im selben Ort wohnte ein Jäger mit einem so scharfen Blick, daß er, wenn er nicht achtgab, Augen zerschneiden und Tiere töten konnte. Er konnte so weit sehen wie ein Adler, und trotzdem hatte er stets Zweifel, ob seine Augen sich nicht täuschen ließen. Diese beiden Männer waren eines Tages dazu ausersehen, den anstürmenden Türken entgegenzueilen und sie – komme, was da wolle – aufzuhalten. Sie ritten los, und der Jäger sah hinter der nächsten Bergkette, daß der Wald in Flammen stand. Er traute aber seinen Augen nicht, und so ritten sie weiter auf den Wald zu, so lange, bis sie selbst vom Feuer eingeschlossen waren. Der Blinde ergriff nun eine Flamme, riß sie aus dem Boden und untersuchte sie. Dann schrie er: ›Der Wald brennt!‹ und forderte den Jäger auf hinauszureiten. Rasch fällte der Jäger mit seinem scharfen Blick die brennenden Bäume, und durch die Schneise gelang es ihnen, der Gefahr zu entrinnen. Nun lagen in einem Talkessel die türkischen Armeen vor ihnen. ›Kuruzen!‹ rief der Jäger. Der Blinde aber glaubte ihm nicht und antwortete: ›Ich sehe nichts‹ und gab seinem Pferd die Sporen. Und sie ritten geradewegs auf die Türken zu, die sie zuerst verdutzt gewähren ließen. Als ihnen aber der Jäger mit seinem Blick die Augen zerschnitt, griffen sie zu ihren Waffen und riefen ihre Pferde. Der Jäger war schneller als sie, und alsbald torkelten Scharen von Soldaten mit zerschnittenen Augen durch die Gegend und brüllten vor Schmerzen wie eine Viehherde. Der Blinde aber, der nun glaubte, mitten unter Kühen zu sein, griff sich einen der Türken, betastete ihn und schrie entsetzt: ›Kuruzen!‹ und hieß den Jäger umkehren. In diesem Augenblick traf sie ein Pfeil, den ein Soldat, der den Alarm verschlafen hatte und erst jetzt aus dem Zelt gestürzt war, auf sie abgeschossen hatte. Die beiden Männer sanken zu Boden und erwachten im Paradies. Der Jäger, überwältigt von der Schönheit des himmlischen Gartens, kniete nieder und sagte: ›Wir sind im Himmel, lieber Freund.‹ – ›Das glaube ich nicht‹, entgegnete der Blinde, der mit seinen Händen umhertastete und nichts Unbekanntes zwischen die Finger bekam. In diesem Augenblick öffnete sich der Boden unter ihm, und er stürzte wieder auf die Erde. (Denn wer sich im Himmel befindet und es bezweifelt, muß zurück auf die Welt.) Rasch sprang der Blinde auf sein Pferd und ritt heim in das Dorf. Dort berichtete er, was vorgefallen war. (Was aber sein Erwachen im Jenseits betraf, verschwieg er; er sprach nur von Glück und Zufall, während der scharfäugige Jäger habe sein Leben lassen müssen.) Ein jüdischer Händler kam viele Jahre später in das Dorf, hörte von dem Blinden, vernahm seine Geschichte und suchte ihn auf. Und da der Besucher ein vornehmer Mann war, vertraute ihm der Blinde an, daß er im Paradies gewesen sei. ›Im Paradies?‹ staunte der jüdische Händler. Und wie sehe es dort aus? Der Blinde entgegnete: ›Nichts, ich konnte mit meinen Händen keinen Unterschied feststellen. Darum mußte ich ja auch zurück. Aber jetzt, nach vielen Jahren, bilde ich mir ein, daß es doch einen Unterschied gegeben haben könnte. Ja, der Sand, die Steine und das Gras fühlten sich anders an, süßer.‹ Der jüdische Händler rieb sich die Augen und sagte das Sprichwort: ›Wos lejnger a blinder lebt, alz mer set er.‹«

*Ein rückfällig gewordener Anstaltsinsasse attackierte den ihn untersuchenden Arzt, bis man die Gendarmen holte. Seither wieder in der Anstalt, weigert sich der Patient, die Augen zu öffnen, da ein Mensch, der die Freiheit geschaut hat, seinen Blick nicht in der Unfreiheit verweilen lassen könne.*

## 53
## Auch ein Dummer findet manchmal Holz

»In Obergreith lebte ein Sohn, der nichts so machte wie die anderen. Sagte sein Vater zu ihm: ›Hole Holz‹, so stand er auf, stellte einen Stuhl vor sich hin und sprang darüber, stieg sodann auf die Schultern seines Großvaters und hüpfte von dort ins Freie. Im Freien angekommen, kletterte er auf den Apfelbaum auf der einen Seite hinauf und auf der anderen hinunter, sodann legte er sich den Hasenstall in den Weg, stieg ihn mühsam hinauf und wieder hinunter und erreichte endlich die Holzhütte. Aber mit alldem nicht genug, räumte er den Hackstock vor die Tür, bis sie sich nicht öffnen ließ und er auf das Dach mußte, von wo er sich durch eine Öffnung ins Dunkle zwängte. Kaum in der Hütte, steckte er so viel Holz ein und lud sich so viel auf, daß er seine Last nicht mehr zurücktragen konnte, sondern gezwungen war, mit der Axt die Tür zu spalten. Er stolperte hierauf schwer beladen über den Hackstock und verstreute das Holz im Hof, welches er nun auf ungeschickte Weise einsammelte, bis er schließlich, es war Abend geworden, durch die Haustür zurück in die Küche wollte. Da kam ihm der Knecht mit einem offenen Messer entgegen (denn er wollte ein Stück Speck

von der Schwarte schneiden), und der Sohn lief in sein Messer und sank verwundet zu Boden. ›Ach, wie geschieht mir immer Leid‹, rief er jetzt aus. ›Zuerst schickt mich mein Vater über Sessel, Großvater, Apfelbaum und Hasenstall Holz holen, und komme ich nach weiteren Fährnissen endlich zurück, nimmt mir der Knecht das Leben.‹ Man holte den Landpfarrer, und auch diesem klagte der Sohn sein Leid. Der Landpfarrer gab ihm die Letzte Ölung und riet ihm, bevor er die Beichte abnahm (denn er fürchtete, diese würde zu lange dauern): ›Versuche jetzt klar zu denken.‹ Der Sohn folgte dem Rat, stand auf, klaubte das Holz zusammen und trug es zum Schloß, wo er es dem Kaiser verkaufte. Der kaiserliche Heizer warf das Holz ins Feuer, doch brannte es nicht, denn es war aus purem Gold. Rasch kam der Vorfall dem Kaiser zu Ohren, der sofort nach dem Holzverkäufer suchen ließ. Man fand ihn jedoch verwundet in den Armen des Pfarrers. Daraufhin beschlagnahmten die Beamten die Holzhütte und führten den Inhalt auf Fuhrwerken ins Schloß. Alles Holz aber, das man jetzt einheizte, verbrannte zu Asche, und das Geheimnis, wie aus dem Holz Gold geworden ist, behielt der Sohn für sich.«
*Beifall heischend blickt sich der Wärter, der versucht hat, ein Märchen zu erzählen, wie wir es tun, um, es starren ihn jedoch nur alle schweigend an.*

## 54
## Die unbekannten Ungeheuer

»Einstmals, es ist so lange her, daß es niemand glaubt, hatte das Land einen Kaiser, der seine Untertanen unterjochte und durch seine Knechte foltern ließ. In den Kellern der Schlösser waren Maschinen aufgestellt, mit denen man die Untertanen zerdehnte, bis sie in Stücke rissen, oder so zusammendrückte, daß ihre Knochen brachen. Die Macht, dies zu tun, hatte der Kaiser von einem Zauberer, der in seine Dienste getreten war und im Wald über zwei Tiere verfügte, wie sie noch kein Mensch gesehen hatte, zwei Tiere, die so rasch und mächtig waren, daß sie, hatte jemand etwas gegen den Kaiser im Sinn, sofort in seinen Körper fuhren und ihn zum lauthalsen Geständnis zwangen. Es begab sich, daß ein Schustergeselle diese Tiere zu sehen wünschte. Er bot dem Hof seine Dienste an, indem er ein paar feine Stiefelchen für die Prinzessin übergab, und wirklich erlaubte man ihm, im Schloß zu bleiben. Als eines Tages der Zauberer zu ihm kam, um ein Paar Schuhe zu probieren, die er sich hatte anmessen lassen, legte der Schustergeselle eine Natter in sie hinein. Der Zauberer war mit den Schuhen zufrieden, sie drückten und zwickten ihn nur an den Zehen ein wenig, aber das war er von neuen Schuhen gewohnt. Am Abend stellte er sie in die Ecke und rief seine beiden Tiere. Die Natter in dem Schuh hörte es und erfuhr, daß die beiden Ungeheuer in einem Loch in der Erde wohnten, welches man nur durch eine bestimmte Höhle betreten konnte. Sie schlich aus dem Zimmer des Zauberers und eilte zum Schustergesellen. Der Schustergeselle wartete schon neugierig darauf, was die Schlange ihm zu melden hätte, diese aber sagte: ›Ich weiß, wo Du die beiden Tiere finden kannst, zuerst aber muß ich Dich beißen, bevor ich Dir das Geheimnis verrate. (Denn ansonsten würde ich mich mit den Menschen gegen die Tiere verschwören und bestraft werden.)‹ Der Schustergeselle war einverstanden, ließ sich beißen und sodann von der Natter die Höhle beschreiben. Bevor er sich jedoch auf den Weg machen konnte, warf ihn ein Fieber auf das Bett, denn die Natter hatte den Zauberer im Schuh gebissen und giftiges Blut aus seinem Fuß auf den Schustergesellen übertragen. Er aß nichts, lag wach und zählte, bis der Morgen graute, vor sich hin. Am Tag aber lachte und weinte er in Krämpfen, bis er begriff, daß die beiden Tiere ihn hypnotisierten. Er konnte jetzt über große Entfernung ihre Stimmen hören und verstand, was sie sprachen. Seine Neugierde wuchs, und so schleppte er sich (obwohl nicht gesund) zu den Höhlen, die mitten im Gebirge lagen. Nachdem er die letzte Siedlung hinter sich gelassen hatte, überkam ihn große Müdigkeit, und er machte in einer Felsspalte Rast. Bevor er in den Schlaf sank, hörte er aber eine Dohle kreischen:

›Schuster, Schuster, vor Deinem Kopfe hüte Dich
Deine Gedanken verraten Dich‹

Aber er war so müde, daß er einschlief, und als er wieder erwachte, stieg er erfrischt höher und erreichte noch vor Einbruch der Dunkelheit die Höhle. Das war ihm recht, er hatte ja nicht die Absicht zu warten, und in der Höhle würde es in der Nacht nicht finsterer sein als bei Tag. Und wirklich stieg er hinab. Anfangs hatte er Schwefelhölzer bei sich, er sah riesige Knochen und Zähne von Tieren auf dem Boden liegen, dann aber erreichte er einen großen, blauen See, vor dem weiße Lurche schliefen. Der Schuster tötete eines der Tiere, fertigte sich Schuhe aus ihm an und ging mit ihnen über das Wasser. Bald darauf öffnete sich eine Höhle vor ihm, die durch schmelzende Lava erhellt war. Ein breiter Strom zog an ihm vorbei, und er machte kurz Rast, wärmte sich und folgte dann dem glühenden Fluß. Lange ging er neben ihm her, bis dieser sich gleich einem Wasserfall in der Tiefe verlor. Der Schustergeselle ging bis zum Rand des Wasserfalles aus Feuer und starrte in den Abgrund, in dem ferne, ganz ferne das Geräusch der aufprallenden Lava zu hören war. Schon wollte der Schuster aufgeben, da erschien ihm eine große Fledermaus. ›Ich will Dich auf meinem Rücken zu den Tieren tragen‹, sagte sie, ›wenn Du sie nicht lebend ans Tageslicht bringst, sondern zuerst tötest. Denn die Tiere haben nur dann keine Macht über mich, wenn sie schlafen, wie jetzt.‹ Der Schuster dachte nach und war einverstanden. Er sprang der Fledermaus auf den Rücken und schwebte mit ihr den Abgrund hinunter, und dort tief, ganz tief unten saßen die Bestien mit geschlossenen Augen. Noch nie hatte der Schuster solche Tiere gesehen, grausam sahen sie aus und schön. Sie waren nicht Panther noch Pythonschlange, nicht Rochen noch Bussard, sondern alles zusammen und wieder nicht. Und der Schustergeselle verliebte sich in die Tiere. Aber die Fledermaus drängte ihn, die Ungeheuer zu töten. Da nahm der Schustergeselle einen Felsbrocken und schlug den Bestien den Schädel ein. Dann lud er sie auf seine Schultern und ließ sich von der Fledermaus aus der Höhle bis zum Schloß fliegen. Der Zauberer aber, dessen Wohlergehen eng mit dem der beiden Tiere verknüpft war, war in der Zwischenzeit ums Leben gekommen, da ihn auf der Schloßmauer ein Schwindel erfaßt hatte und in den Burggraben hatte stürzen lassen. Im Schloß zeigte der Schustergeselle die Tiere her, vor denen sogar die Soldaten entsetzt ihr Gesicht abwandten, und verlangte, dem Kaiser vorgeführt zu werden. Der, toll vor Wut und Enttäuschung über den Tod des Zauberers, vermutete einen Zusammenhang zwischen den erlegten Tieren und der Gefahr, in der er nun schwebte, und ließ den Schustergesellen eilig zu sich kommen und berichten, was vorgefallen war. Nachdem er ihn angehört hatte, ließ er die Kunde verbreiten, der Schustergeselle selbst sei ein noch größeres Ungeheuer als die beiden Tiere, andernfalls hätte er sie nicht ans Tageslicht befördern und tot zu seinen Füßen legen können. Und er erklärte ihn für vogelfrei und jagte ihn vom Schloß ins Dorf, wo er bereits von einer Menschenmenge erwartet wurde.«

*Ein Landarbeiter, der seit früher Jugend Stimmen hört, aber bei den Bauern arbeitet und nur alle zwei Jahre zur Kontrolle in die Anstalt gebracht wird, erzählte dieses Märchen dem diensthabenden Arzt in der Hoffnung, wieder zurück in die Freiheit entlassen zu werden.*

## 55
## Der Riß in der Welt

Es war ein Kind, das alles zerstörte, was ihm in die Hände kam. Es zerriß Zeitungen, Bücher und Tischtücher, zerbrach Geschirr und die Küchenuhr und riß Katzen, wenn sie ihm zu nahe kamen, den Schwanz aus und einem Hund sogar den Kopf vom Leib. Ansonsten war es ein liebliches Kind, den Eltern und Geschwistern zugetan, wenngleich es dem Vater den Bart ausriß, der Mutter das Kleid vom Leibe und den Geschwistern die Haare vom Kopf. Es wuchs heran und ging zur Schule. Jetzt zerhackte es den Wäschekasten und das Bett, zertrümmerte mit dem Hammer den Ofen, die Fensterscheibe und Hühnerköpfe, weshalb man es in Verwahrung nehmen mußte. Aber auch in dem abgesonderten Raum mit dem vergitterten Fenster trat es die Türe ein, verbog Eisenstangen und riß Mäntel und Uniformen in Fetzen. Da es jedoch noch immer ein Kind war, strafte man es nicht, sondern ließ es dem General, der in der Umgebung ein Schloß bewohnte, vorführen. Kaum sah das Kind den General, als es auf ihn zulief, seine Stiefel und seine Hose zerriß und sich auf die Orden stürzte. Man hielt es im letzten Augenblick zurück, band es auf einen Stuhl und zeigte ihm die Volieren. Die Vogelkäfige mit den exotischen Vögeln aber versetzten es derart in Erregung, daß es sich befreite und die Netze zerstörte und (bevor man seiner noch Herr werden konnte) einige exotische Vögel (darunter einen sprechenden Papagei) in Stücke riß. Der General, ein ansonsten mutiger Mann, verließ wortlos den Saal und ordnete an, das Kind im Schloßteich zu ertränken. Man warf es daher mitsamt dem Stuhl, an den man es wieder gefesselt hatte, in das Wasser, doch gelang es ihm, sich neuerlich zu befreien und Fische zu zerreißen, bis es durch den Wald entfloh. Es lief in eines der umliegenden Dörfer und ging bei einem Fleischer in die Lehre. Dieser aber war so entsetzt über die Art und Weise, wie das Kind das Vieh schlachtete und zerlegte – ohne Werkzeug –, daß er sich bald fürchtete und es weiterschickte. Das Kind lief in ein Maisfeld, riß die Stengel aus und warf sie in einen Bach, dann riß es die Blätter von einem Baum, bis es aus Erschöpfung einschlief. Es erwachte aber noch vor dem Morgen neben einem Landstreicher (der sich in das Gras gelegt hatte), und sogleich riß es ihm die Kehle heraus und floh, nachdem es sah, was es angerichtet hatte, zum höchsten Berg, den es am Horizont sah. Als es Schneefelder erreichte, riß es diese auf und sah die Blumen darunter. Man fand es, als es Felsen zertrümmerte und Lawinen lostrat, und brachte es tobend und in Ketten zu Tal, wo es dem Bischof vorgeführt wurde, denn man war zur Überzeugung gelangt, es sei vom Teufel besessen. Dem Kind aber gelang es trotz der Fessel, dem Bischof die goldene Kutte zu zerreißen, so daß er nackt dastand und vor Schreck aufschrie. Und wieder floh das Kind, da stellte sich ihm ein kleines Männchen in den Weg und sah ihm so merkwürdig in die Augen, daß das Kind schwach und willenlos wurde und ihm folgte. Das Männchen führte es zu einer hohen Mauer aus Basalt. Diese Mauer hatte einen winzigen, kaum merklichen Spalt, auf den das Männchen das Kind aufmerksam machte und es hindurchschauen ließ. Das Kind tat, wie ihm geheißen, fiel aber augenblicklich vor Schreck zu Boden. »Jetzt hast Du den Riß in der Welt gesehen«, sagte das Männchen. »Nun aber werde ich Dir zeigen, wie Du durch diesen Riß auch schlüpfen kannst.« Und es machte sich so dünn und war so geschickt, daß es auf die andere Seite hinüber verschwand und nach einiger Zeit wieder zurückkehrte. Das Kind stellte sich, da es sich vor dem Männchen fürchtete, so geschickt an, wie es nur konnte, und es dauerte nicht lange, bis es ebenso hin und her zu schlüpfen vermochte; es wagte jedoch nicht, die Augen auf der anderen Seite zu öffnen. »Du wirst lernen, dem

Blick standzuhalten«, sagte hierauf das Männchen und verschwand.

*Mit starrem Blick hat der berühmte Entfesselungskünstler diese Geschichte erzählt, von dem man sagt, sein Gehirn sei zerstört, nachdem er sich gefesselt in einen Fluß habe werfen lassen und es ihm nicht gelungen war, sich zu befreien. Mehr tot als lebendig, heißt es weiter, habe man ihn geborgen.*

## 56
## Der Mensch, der ein Spiegel war

»Ein Knabe wurde als Spiegel geboren. Alles spiegelte sich in ihm, nur sich selbst konnte er nicht sehen. Trat er vor einen oder mehrere andere Spiegel, so sah er wiederum nichts als Spiegelungen, aber zu gerne hätte er gewußt, wie er selbst aussah. Zudem hatte er in einem fort Schwierigkeiten. Denn sobald sich die Dorfbewohner in ihm sahen, waren sie unzufrieden. In seinem ersten Wachstumsstoß hatte er nämlich die Form eines schlanken Baumstammes angenommen, und so spiegelte sich in ihm alles lustig verzerrt wider, lang und dünn, die Welt war nadelgleich, pappelgleich, bohnenstangengleich. Ein Sturm schien von der Erde zum Himmel zu brausen, Mensch und Tier standen die Haare nach oben, und mit jeder Bewegung veränderten sich die Gestalten, wurden noch dünner und länger oder stürzten in sich zusammen, zu farbigen Punkten. Der Knabe aber, traurig darüber, daß man über ihn lachte, begann zu essen, bis er mehr breit war als groß, mit einem riesigen Bauch, der sich nach außen wölbte, und nun ward alles mit einem Schlage rund und kugelig, erdballgleich, kohlkopfgleich, apfelgleich. Ein Gewicht schien auf allen zu ruhen, drückte sie zusammen und machte sie breit, Köpfe und Bäuche, Nasen und Ohren. Hände wurden zu Flossen, Menschen zu ausgefressenen Zwergenkönigen, Frauen zu dicken Wetterweibleins, Kinder zu teigigen Monstren. Nun war aber das Gelächter und die Ablehnung noch größer, und aus Verzweiflung stürzte sich der Knabe über einen Felsen und zersplitterte in tausend Scherben. Und in einem Splitter spiegelte sich der Himmel wider, in einem anderen das Gras, in einem dritten der Käfer, und wenn jemand einen Splitter fand, so sah er sein Gesicht in ihm, und überall, wo die Splitter lagen, blitzte und blendete es, wenn die Sonne schien. Der Spiegel aber sah sich nie selbst, kein Splitter wußte, wie er aussah, und als eine Windhose die Splitter aufwirbelte und zum Himmel hinaufschleuderte, da zerstoben die Scherben zu feinem Staub, der sich auf Flüsse und Seen und Teiche legte und dort verblieb.

## 57
## Das Gesicht der Zeit

»Ein Kaiser hatte nichts zu tun, weshalb ihn jede Nichtigkeit ins Schwitzen brachte, und darum glaubten seine Untertanen auch, er bringe sich an den Rand des Grabes vor lauter Arbeit und Sorgen. Immer klagte er: ›Die Zeit läuft mir davon, wohin? wohin?‹ Und die Minister und Kardinäle grübelten darüber nach, wohin sie lief, und sorgten sich um den Kaiser, und schließlich wurden Boten ausgeschickt, die in jedem Dorf einen Aufruf vorzulesen hatten: ›Wohin läuft die Zeit? Das Volk wird aufgefordert zu melden, falls ihm etwas darüber bekannt ist oder wird.‹ Der Sohn eines Schmiedes beschloß, die Zeit zu suchen, und machte sich auf den Weg. Aber wohin er auch kam, die Zeit war überall in Auflösung begriffen oder erst im Kommen, und die gerade da war, erkannte niemand. Niemand wußte nämlich, wie sie aussah, also konnte sie auch niemand erkennen. Und darum erzählte man sich nur, wie sie ausgesehen hatte, als sie dagewesen war, und wie man sie sich vorstellte, wenn sie wiederkommen würde. Die Zeit aber, so fand der Hufschmied heraus, hielt sich überall versteckt. So geschickt versteckt, daß sie niemand sah. Man trug sie in einem Dorf zum Friedhof, ohne es zu wissen, daß sie im Sarge lag. Sobald sie verschwunden war, kehrte sie in anderer Verkleidung wieder und blieb so lange unerkannt, bis sie entdeckt wurde. Dann verschwand sie je nachdem rasch oder allmählich. Es gab auch Zeitsucher, die wie Detektive vorgingen und sie aus ihren Spuren erkennen wollten, aber diese Menschen hatten letztlich nur gelbes Papier und Staub in den Händen. Andere wiederum suchten sie, wenn sie träumten, und manchen von ihnen erschien sie wie eine Heilige, und sie liefen auf die Straße und berichteten, was sie gesehen hatten, aber die anderen glaubten bloß, sie hätten den Verstand verloren. Der Hufschmied kam auf seinem Weg zu einem alten Uhrmacher. Er baute an einer gewaltigen Bahnhofsuhr, die viel zu groß für den aufgelassenen Bahnhof war. Als der Hufschmied eintrat, unterbrach der greise Uhrmacher seine Arbeit und sagte: ›Endlich bist Du gekommen, ich habe Dich schon lange erwartet. Der Zeit, die Du so geduldig suchst, begegnest Du heute nacht hinter der Brücke. Um Mitternacht wird sie vorüberfließen.‹ Damit nahm er einen Vorschlaghammer und zerschlug die Bahnhofsuhr, und die Zeit zeigte sich dahinter in Form von stillstehenden Federn und Zahnrädern, die mit einem Knirschen zur Ruhe kamen. Der Uhrmacher aber schlug weiter mit dem Hammer auf das Ziffernblatt und die Zeiger ein, und so verließ ihn der Hufschmied. Er setzte sich an das Ufer des Flusses und hörte die Fische sprechen. ›Wir wissen, was mit uns geschehen wird‹, hörte er sie reden, ›jeder von uns kennt die Stunde seines Todes und die Art seines Sterbens, er sieht seinen Tod von Geburt an als unbestimmtes Bild vor seinem Auge. Noch bevor es Tag wird, wird uns die Zeit ereilen.‹ Damit verstummten die Fische. Und es wurde so still, daß der Hufschmied es mit der Angst zu tun bekam. Aber plötzlich war die Zeit da, so jäh, daß es der Hufschmied erst begriff, als sie ihm ihr ungeheures Antlitz vor das Gesicht hielt. Sie war ein riesiges Chamäleon, das sich ständig verfärbte und verwandelte, aber doch immer ein Chamäleon blieb, wenngleich es oft nicht leicht zu erkennen war und man sich von der Tarnung täuschen ließ. Sie tauchte als Ungeheuer aus dem Wasser, als eine Art Drache, und als der Hufschmied sie schon erschlagen wollte, da war sie nur ein kleiner Frosch, und sofort wieder eine Mücke, die ihn ins Ohr stach, und dann wiederum ein Salamander, welcher sich hinter einem Baumstumpf versteckte. Aber der Hufschmied hatte die Gestalt des Chamäleons erkannt, und so konnte er ihm folgen, wie es auftauchte und wieder verschwand, sich bewegte, verwandelte, still stand. Und er sah, wie es zu einem gewaltigen Hecht wurde und die Fische verschlang, und als er versuchte, die Zeit zu fangen und festzuhalten, da erkannte er, daß sie keinen festen Körper hatte. Und da er nicht sehen wollte, wie sie verging, sprang er auf und lief zu dem greisen Uhrmacher. Die Tür zu seinem Laden war weit geöffnet, und er lag mit zerschmettertem Schädel neben der Bahnhofsuhr, die laut tickte. (Wahrscheinlich war er von der Leiter gestürzt, dachte der Hufschmied.) Also wanderte er in die Hauptstadt, und er vergaß die ganze Zeit über, als er dahinging, auf die Zeit, bis er das Schloß erreichte. Dort erzählte er dem Pförtner, er habe gesehen, wohin die Zeit lief, und wurde unverzüglich zum Kaiser gerufen. Der Kaiser, der überhaupt nichts zu tun hatte und daher den Besuch als schwere Belastung empfand, ließ den Hufschmied in den Kerker werfen und verbot, daß jemals jemand nach ihm schaute. Und er verbot, daß hinkünftig nach der Zeit gefragt wurde. Sogar die Frage nach der gewöhnlichen Tageszeit stellte er unter Todesstrafe. Und über Nacht

verschwanden Kirchturmuhren, Taschenuhren, Schuluhren und Bahnhofsuhren, es verschwanden die silbernen, goldenen und eisernen Uhren, die Sanduhren, Wasseruhren und Sonnenuhren, und so blickten die Menschen zu den Sternen und zur Sonne, worauf es unter Verbot gestellt wurde, den Kopf zu heben. Also gingen die Menschen mit gesenktem Kopf, in den Taschen aber ballten sie die Fäuste, und es dauerte nicht lange, und der Kaiser starb. Über Nacht aber gingen die Uhren wieder auf den Kirchtürmen und in den Taschen, und auch die Eier wurden nicht mehr zu hart oder zu weich gekocht. Jetzt erst erinnerte man sich des Hufschmiedes. Man fand ihn verhungert im Verlies, setzte ihn in einem Ehrengrab bei und schmückte mit seinem Bild eine Zeitlang die Uhrdeckel.«
*Der verspottete und verlachte Erfinder, der jeden Anstaltsinsassen in seine Pläne und Ideen einweiht, genießt nicht einmal das Vertrauen des Allerärmsten und Kränksten, da er als Analphabet nicht – wie sogar die Beschränktesten – die Uhr lesen kann.*

## 58
## Die Welt ist voller falscher Urteile und Vorstellungen

In Obergreith wurde ein Mädchen mit der außerordentlichen Gabe geboren zu erkennen, was richtig und was falsch gemacht wird. Schon als kleines Kind lachte sie darüber, wie falsch die Menschen das Wetter vorhersagten und die Kohle abbauten und sich mühten zu fliegen. Und trotzdem lebten sie, als seien sie im Besitz der Allmacht, als wüßten sie alles und verachteten andere Menschen, die sie nicht im Besitz ihres eigenen Wissens wähnten. Ja, sie erzogen ihre Kinder mit Schlägen, sie droschen das Heu mit Dreschflegeln, und sie hielten die Bienen in Stöcken aus Stroh, die sie zwangen, die Völker bei der Ernte auszurotten. Das Mädchen erkannte die Unvollkommenheit ihrer Lebensweise auf den ersten Blick, ohne daß sie wußte, wie es besser ging. Durch ihr Gelächter aber machte sie sich die Bewohner zu Feinden, denn sie konnte ihnen nicht erklären, daß ihre Vorfahren einstmals die Erde für eine flache Scheibe gehalten hatten und den Mond von Kühen bewohnt. Nein, sie verachtete keineswegs diese Irrtümer. Es waren wunderbare Irrtümer, fand sie, aber sie verstand nicht, daß die Menschen, die in ihrer Zeit lebten, glaubten, die Welt wimmle nicht von anderen Irrtümern.

Eines Tages erschien ihr ein Kobold und gab ihr einen bösartigen Wunsch frei. Das Mädchen sagte: »Laß die Dorfbewohner das Rad vergessen.« Und über Nacht vergaßen die Dorfbewohner das Rad. Alles, was von einem Rad bewegt wurde, stand am nächsten Morgen still. Die Bewohner bestaunten ihre Maschinen und kratzten sich die Köpfe, da sie sie nicht mehr verstanden. Sie begriffen die fremden Geräte nicht mehr, und sie wurden ihnen unheimlich. Nun lösten sie alles auf eine andere Weise als bisher (so wie es ihre Vorfahren getan hatten), nur die Kinder spielten mit den Rädern dieser Maschinen, die in den Scheunen dahinrosteten. Da erschien wieder der Kobold und stellte dem Mädchen einen weiteren bösartigen Wunsch frei. »Laß die Menschen entdecken, wie dumm sie ohne das Rad sind«, antwortete dieses. Und im selben Augenblick raufte sich jedermann die Haare und erinnerte sich daran, auf das Rad vergessen zu haben, und konnte sich nicht genug wundern, wie das geschehen war. Aber kaum liefen alle Maschinen und Fahrzeuge wieder, da hatten sie auch schon darauf vergessen, wie es inzwischen gewesen war, und gingen ihrem Leben nach wie eh und je. Da erschien der Kobold ein drittes Mal und stellte dem Mädchen einen letzten Wunsch frei: »Ich wünschte«, sagte das Mädchen, »die Dorfbewohner sähen nur für einen einzigen Augenblick die Welt, wie sie wirklich ist. Sie sähen die falschen Gesetze, die falsche Lebensweise, sie sähen, was sie nicht wissen und was sie nicht sehen wollen.«

*Der sprechende Hund verlachte Lehrer, Pfarrer und Bürgermeister und verkroch sich aus Angst vor ihnen unter Betten, Tischen und Bänken und wurde deshalb zu uns in die Anstalt gebracht.*

## 59
## Die Vergessenen

In Obergreith verschwand eines Tages ein Mann. Niemand konnte sagen, was mit ihm geschehen war. Seiner Frau hatte er gesagt, er wolle die Äpfel von den Bäumen schlagen, ein Knecht hatte ihn auch auf einen Baum steigen gesehen, dann aber schien er sich in Luft aufgelöst zu haben. Als nächstes verschwand dieser Baum. Ein Hund, der gewohnheitsmäßig zum Baum lief, um dort seine Notdurft zu verrichten, wurde ebenfalls nicht mehr gesehen. In der Folge verschwand der Hof des Mannes mitsamt seiner Familie, es verschwanden die Tiere, ebenso die Nachbarhöfe, sodann die Kirche mit dem Friedhof und der Schule, das Wirtshaus und der Feuerwehrturm. Als alle Kinder, der Lehrer und die Alten, der Pfarrer und der Landarzt verschwunden waren, erschien die kaiserliche Armee zu Pferd, angeführt von einem melancholischen Oberst, dem die Angelegenheit ziemlich gleichgültig war und der die Vorfälle für ein Gerücht hielt. Er ließ sich in der Umgebung nieder, beruhigte die Bauern und versprach Abhilfe. Zunächst rührte sich nichts. Der Oberst schlief die Tage über, ging auf die Jagd und freundete sich mit dem Bürgermeister an, bei dem man sich abends betrank. Auch ließ er es zu, daß die Mannschaft sich mit der Bevölkerung verbrüderte und die Expedition als einen Ausflug auffaßte. Da erreichte ihn über einen Kurier die Nachricht, daß er selbst mit seiner Armee als vermißt galt. Augenblicklich befahl er aufzusitzen und, obwohl seine Offiziere und Soldaten murrten, den Weg zurück zur Hauptstadt zu nehmen. Er ritt zwei Tage und zwei Nächte und kam wieder an derselben Stelle heraus, von der er weggeritten war. Zu seinem Erstaunen aber fand er dort die verschwundene Kirche, den Friedhof, die Schule, die Kinder, er fand die Bauernhöfe und die vermißten Personen. Auf seinen Befehl hin trat die Bevölkerung an, jedoch konnte keiner eine Erklärung für das Verschwinden von Gebäuden, Tieren oder sich selbst anführen. Es war sogar niemandem aufgefallen, daß er verschwunden war, obwohl jeder andere wiederum das Verschwinden der übrigen lebhaft bezeugte. Inzwischen war es Nacht geworden, und der Oberst ließ absitzen. Über ihnen prangte das Sternenzelt, und die Wachen dachten daran, daß ihre Lieben zu Hause dieselben Sterne sahen wie sie, und das war die einzige Verbindung, die es zwischen ihnen gab. Schon mit den ersten braunen Morgennebeln aber schwangen sich alle auf die Pferde, um zur Hauptstadt zurückzureiten und zu melden, daß die Verschwundenen wiedergefunden worden seien, aber am Abend trafen sie an derselben Stelle ein, von der sie fortgeritten waren. Der Oberst begriff, daß er sich im Kreise bewegte, und befahl zwei Spurensuchern festzustellen, was vorgefallen war. Die Spurensucher, ein Leutnant und ein Feldwebel, die zu den besten Männern des Obersts gehörten, machten sich noch in der Nacht auf den Weg. Zu ihrer Überraschung aber führten die richtigen Spuren sie in eine völlig andere Umgebung als diejenige, aus der sie gekommen waren. Sie ritten durch eine rote Felsschlucht, überquerten einen verschneiten Berg, auf dem sie sogar einen verlorenen Wimpel ihres Regiments und ein Signalhorn fanden – wie diese Gegenstände dorthin gekommen waren, vermochten sie aber nicht zu sagen, denn beide konnten schwören, daß sie noch nie hier gewesen waren; sie mußten dann eine morsche Brükke überqueren, die über einen reißenden Fluß führte. Auf der Brücke, die sie mit Sicherheit noch nie zuvor in ihrem Leben gesehen hatten, fand der Leutnant zu seinem Schrecken das Medaillon mit dem Bild seiner Geliebten, welches er um den Hals getragen hatte. Er knöpfte sich die Uniformjacke auf und mußte feststellen, daß das goldene Kettchen, welches er um den Hals trug, leer war. Nach diesem Zwischenfall drängte der Feldwebel darauf umzukehren, der Leutnant aber gab den Befehl, so lange weiterzusuchen, bis sie das Rätsel geklärt hatten. Nun aber erreichten sie eine hügelige Landschaft mit Apfelbäumen und Laubwäldern, und die Spuren der Pferde, die sich deutlich sichtbar in das Gras gegraben hatten, verschwanden in einem einsam gelegenen Hof. Vorsichtig näherten sich die Späher dem Gebäude. Eine erschlagene Katze lag auf dem Weg und ein alter Mann, der vom Tod überrascht worden war. Das Ganze machte den Eindruck eines Überfalls, und deshalb kamen die beiden nur ganz langsam heran, warteten, schauten und betraten den Hof erst, als sie gewiß waren, daß niemand ihnen auflauerte. Zur Sicherheit aber ritten sie einmal um das Gebäude herum, und plötzlich war der Hof verschwunden, und sie fanden sich in ihrem Lager wieder, von dem sie losgeritten waren. Entsetzt berichteten sie dem Oberst, was vorgefallen war. Der hieß sie ausschlafen und wollte nun seinerseits den Spuren der Späher folgen. Mit ihm ritt nahezu die gesamte Abteilung, und nach einer kurzen Ansprache ihres Kommandanten war sich jeder einzelne des Ernstes der Lage bewußt. Zuerst war ihnen das Gebiet, durch das sie ritten, bekannt, aber mit einem Schlag, als sie einen Bergkamm überquerten, sahen sie sich vor einem Gebirgssee, auf dessen Oberfläche sich schwarze Wolken bildeten. Der Oberst ließ näherreiten und antreten. Niemand zuvor war jemals an diesem See gewesen, keiner hatte ihn je gesehen. Und trotzdem führten die Spuren der beiden Späher direkt zu ihm. Nach kurzer Beratung beschloß der Oberst, daß eine Schwadron zurückreiten sollte und im Lager berichten, was vorgefallen war, die übrigen sollten weiter der Spur der Späher folgen. Man ritt bis zum frühen Nachmittag durch unbekanntes Gelände. Einmal stieß man auf ein Dorf, in dem sich alle Bewohner vor Angst verkrochen, denn seit Menschengedenken hatte sich dort kein Soldat gezeigt, wurde behauptet, und das, obwohl die Spur der Späher auf der Straße zu sehen war und ein Sporn des Leutnants gefunden wurde, den dieser verloren haben mußte. Der Oberst wollte der Sache auf den Grund gehen und drohte den Bewohnern mit dem Erschießen, falls sie nicht die Wahrheit sagten, allein es half keine Drohung, die Antwort war nur Weinen und Flehen um Gnade. Angewidert wandte sich der Oberst ab und befahl weiterzureiten. Schließlich war ein Regenwasser führender, schmutziggelber Fluß zu überqueren, und als alle am anderen Ufer angelangt waren, da fanden auch sie sich plötzlich im Lager wieder. Außer sich vor Wut über seine Machtlosigkeit verlangte der Oberst, den Schwadronkommandanten zu sprechen. Der Korporal, ein gescheiterter Physikstudent, der als Kurier die Meldung überbracht hatte, daß man die Soldaten in der Hauptstadt vermisse, salutierte und meldete, daß man befehlsgemäß zurückgeritten sei. Aber kaum hätte man den Bergkamm erreicht, da hätte man sich in einer Art Moräne befunden. Soweit man habe sehen können, habe er nur Schotter ausmachen können. Um sicherzugehen, habe er zwei Mann zum Oberst zurückgeschickt, mit der restlichen Schwadron sei er nach zahlreichen Zwischenfällen in unbekannten Landschaften zum Lager zurückgekehrt. Unterwegs aber, vor einem aufgelassenen Pferdestall, hätten sie eine Kordel des

Obersten gefunden und zum Beweis mitgebracht. Damit überreichte er dem Oberst die Kordel und befahl den beiden anderen Männern der Schwadron zu berichten, was ihnen widerfahren war. Ihre Ausführungen überraschten niemanden mehr. Auch sie waren in ein Gebiet gelangt, das sie noch nie gesehen hatten, wo sie aber einen Hahn gefangen hatten, der dem Bürgermeister am Vortag entlaufen war. Und sie legten dem Oberst den an beiden Beinen gefesselten Hahn zu Füßen. In diesem Augenblick erschien eine Kompanie Gebirgsjäger des Kaisers. Die Freude des Aufeinandertreffens war groß, und zum Dank für die Errettung ließ der Oberst Wein herbeischaffen. Bevor das Fest aber gefeiert wurde, hielt der Oberst eine kurze Ansprache, in der er streifte, auf welche Abenteuer er mit seinen Soldaten gestoßen war. Daraufhin erhob sich der Major der Gebirgsjäger und antwortete: »Auch wir haben uns seit mehr als sechs Jahren verirrt und, obwohl wir unentwegt neues Land betreten, reiten wir im Kreise, so daß wir von uns selbst als der vergessenen Kompanie sprechen.«
*Ein 102 Jahre alter Mann, in seiner Jugend k.u.k.-Leutnant, der mit sklerotisch bedingten Gedächtnisschwierigkeiten zu kämpfen hat, versuchte mit dieser Erzählung, auf seinen schlafenden Bettnachbarn Eindruck zu machen.*

## 60
## Das andere Universum

»Ein Glasmacher aus Pölfing-Brunn übte sich im Linsenschleifen und stellte im Laufe seines Lebens ein so mächtiges Mikroskop her, daß er Dinge sehen konnte, die noch niemand vor ihm gesehen hatte. Er machte die Feststellung, daß es, ähnlich wie den Kosmos am Himmel über seinem Kopf, ein Universum gab, das den Augen verschlossen blieb. Im Grunde war es eine zurückgespiegelte, verkleinerte Welt. Was den Glasmacher überraschte, war, daß dieses Weltall aus ebensolchen sonnenähnlichen, mondähnlichen, planetenähnlichen Körpern bestand wie der dem Auge sichtbare Kosmos und daß es ebensolche Milchstraßensysteme und Sternenbilder gab, wie sie der Nachthimmel zeigt. Allmählich kam er sogar dahinter, daß auch dieser unsichtbare Kosmos so etwas wie Tag und Nacht hatte. Der Raum, in dem dieses Universum angesiedelt war, veränderte nämlich in rhythmischen Abständen seine Farbe. Von tiefem Blau wandelte er sich in ein Orangerot bis zum Giftgrün, nur verstand der Glasmacher nicht, welche Bedeutung diesem Farbwechsel zukam. Er sprach mit niemandem über seine Entdeckung, denn er war der Überzeugung, daß alle Menschen verrückt sind, weshalb sie schon die geringste Bemerkung, die sie aus dem täglichen Trott reißt, die geringste Wahrnehmung, die von ihrer eigenen, eingebildeten abweicht, in Wut versetzen kann. Denn die Menschen, das wußte der Glasmacher, sind krank und leben in einer eingebildeten Welt, die sie sich unter keinen Umständen nehmen lassen wollen. Würde er nun mit seinen Wahrnehmungen kommen, dann würde der Schmied sagen: ›Und ich hämmere in so einem Universum herum? Lasse es verglühen und gebe ihm eine Form?‹ Und die Bauern würden sagen: ›Und wir pflanzen solche Weltalle an, düngen sie mit Tierkot, der womöglich auch solch ein Universum ist, und schneiden sie ab, reißen sie aus?‹ Und der nächste würde fragen: ›Und wir essen und trinken solche Weltalle?‹ – Und was hätte ihnen der Glasmacher darauf entgegnen sollen? – Er zeigte sein riesiges Mikroskop niemandem. Es war so hoch wie ein Fabriksschlot, und damit ihm niemand auf die Schliche kam, baute er eine Fabrikshalle herum, so daß jedermann glaubte, es handle sich um ein Ziegelwerk. Nicht einmal die Frau des Glasmachers hatte eine Ahnung, daß ihr Mann in diesem Ziegelwerk keine Fenster verkittete und kein Glas schnitt, sondern im Schlot eine Leiter hochkletterte, bis er zum Okular kam. Dort beugte er sich über das winzigste Weltall, das er zuerst unter das meterbreite Objektiv gelegt hatte: einen Wassertropfen, ein Staubkorn, einen Blütenpollen. Und in allen bildete sich ein ähnlicher Kosmos ab, nur waren die Sternbilder in ihnen verschoben, weshalb er annahm, es gebe eine von der Zeit verursachte Bewegung in diesem All. Langsam schritt er daran, Himmelskarten dieser mikroskopischen Welt anzufertigen, und allmählich entstand auf diese Weise ein Atlas mit den genauesten Beschreibungen und Aufzeichnungen, die man sich denken kann. Der Glasmacher hatte nämlich jedem Sternbild einen Namen gegeben. Es gab den großen Kirschbaum, den Dachs, den Maiskolben, den großen und den kleinen Pfarrer, die Ratte und die Meise und vieles mehr. Einzelnen Planeten hatte er die Namen seiner Nachbarn gegeben, Sternensystemen den Namen umliegender Dörfer. Auf diese Weise machte der Himmelsatlas einen merkwürdigen Eindruck. Aber der Glasmacher war mit seinen Entdeckungen, die er eines Tages anonym an die Universität in der Hauptstadt schicken wollte, nicht zufrieden. Er war von dem Gedanken besessen, daß es auch Lebewesen in dieser Welt geben mußte. Dazu aber reichte sein Mikroskop nicht aus, und aus diesem Grunde machte er sich daran, es zu vergrößern. Er baute einen doppelt so hohen und breiten Schlot, und da wurden die Menschen auf ihn aufmerksam und begannen ihn zu beobachten. Die Gesellen erzählten, welch große Linsen er schliff, die Frau erzählte, daß er eine Ziegelfabrik baue, obwohl er eine Glaserwerkstätte führe, und daß er die Ziegelfabrik nie in Betrieb zu nehmen gedenke, und schließlich erschien ein Arzt, der ihn auf seinen Geisteszustand hin untersuchen sollte. Einen Augenblick überlegte der Glasmacher, sich ihm anzuvertrauen, dann aber fiel ihm wieder ein, daß alle Menschen verrückt waren und jemand, der seinen

Geisteszustand überprüfte, in einem noch größeren Ausmaß verrückt sein mußte, da er ja gewissermaßen ein Abgesandter aller übrigen war, der noch dazu mit besonderen Fähigkeiten der Verrücktheit und des Spürsinns ausgestattet sein mußte. Er gab sich daher so harmlos wie nur möglich, erwähnte kein Wort von seiner Entdeckung und erklärte, die kleine Ziegelfabrik verkaufen zu wollen und später auch die größere, damit er im Alter etwas zu beißen habe. Der Landarzt war verrückt genug, das zu glauben, und verschwand und erklärte, daß der Glasmacher zwar gewiß nicht recht bei Verstand, aber keineswegs ein Verrückter sei. Als nun das neue Mikroskop fertiggestellt war und der Glasmacher auf das Puder eines Schmetterlingsflügels blickte, entdeckte er zu seinem Entsetzen und seiner gleichzeitigen Freude einen Planeten, der vollkommen der Erde glich. Und auf diesem Planeten sah er Städte, Boulevards mit Menschen, Autos, er sah Landstriche mit Kühen und Bauern, und sein Verlangen, mit diesen Lebewesen zu sprechen, wurde so groß, daß er in das Mikroskop sprang und nie mehr gesehen wurde. Seine Frau aber und die übrigen Dorfbewohner entdeckten weder Mikroskop noch Himmelsatlas, denn sie hielten den Fabriksschlot für einen Fabriksschlot, wie sie es gewohnt waren.«
*Der schizophrene Jugendliche weigert sich, etwas zu tun, verweigert jede Nahrungsaufnahme und schränkt sich in den Bewegungen ein, aus Angst, wie er sagt, er könne etwas zerstören.*

## 61
## Der Taubstumme

Ein Taubstummer in St. Johann suchte einen Bauern auf, der als Wunderheiler bekannt war, und bat ihn um Hilfe. »Wenn Du wieder sprechen und hören können willst, mußt Du Deine Sprache wiederfinden und Dein Gehör suchen, denn Du hast sie in Deinem vorherigen Leben verloren«, sagte dieser. Der Taubstumme machte sich ohne zu zögern auf den Weg. Er kam in eine gelbe Stadt. Die Häuser, die Pferde, die Menschen, die Kleider, das Wasser, die Speisen, die Vögel, alles war dort gelb. Es gab gelbe Zeitungen mit gelben Buchstaben und gelbe Blumen. Und der Taubstumme blieb so lange, bis auch er gelb wurde, so gelb wie man nur sein kann. Die Zunge gelb, die Haare gelb, die Augen gelb, und er unterschied sich in nichts von den Menschen, die in der Stadt lebten, nur verstand er ihre Sprache nicht. Sein Geld verdiente er als sogenannter Faßräumer, d.h., es war seine Aufgabe, den Kot der Bewohner, der in Fässer fiel, auf ein Fuhrwerk zu verladen und aus der Stadt zu bringen oder Senkgruben mit einer großen Kelle auszuschöpfen und in Jauchenwagen umzuladen. Viele Jahre beschäftigte er sich bis auf die Sonntage nur mit der Scheiße der Menschen, und allmählich störte sie ihn nicht mehr. Ihre Farbe, übrigens gelb, machte ihm ebensowenig etwas aus wie der Geruch (und seine Kollegen, die ihn anfangs wegen seines Ekels gehänselt hatten, bestätigten ihm nun, daß er wirklich zu einem Mann geworden war). Aber taubstumm blieb er noch immer. Eines Morgens verließ er daher die Stadt, wanderte weiter bis zum Meer und ließ sich als Matrose anheuern. Und noch am selben Tag stach er in See und verlor sich, so hatte es den Anschein, in der wunderbaren Bläue des Wassers und des Himmels. Manchmal wußte der Taubstumme nicht mehr, wo oben und unten war. Vielleicht fuhr er auf dem Himmel dahin, und über seinem Kopf dehnte sich das Meer mit seinen Fischen und Muscheln, die in der Nacht leuchteten. Als erstes liefen sie Grönland an, wo sie im Eis nach Bären und Robben jagten, und sie hüllten sich in Tierpelze und bekamen allmählich selbst das Aussehen von Bären und Robben. Und als der Laderaum gefüllt war, töteten sie den Schiffsjungen und opferten ihn den Schneekristallen und Eisbergen (um sie friedlich zu stimmen). Und wieder verschwand jedes Land um sie, und wieder gab es nur Himmel und Meer, und als der Taubstumme sich in einem Spiegel sah, da war er weiß geworden und trug ein weißes Fell und glitzerte, als wäre er aus Schnee. Sie erreichten einen Hafen am Rande einer Wüste, verkauften die Felle und machten sich auf, um Menschen zu fangen. Es war Abend, der Sand leuchtete rot, und sie irrten herum, bis sie zu einer Oase kamen, wo sie sich niederließen. Und tags darauf und viele weitere Tage irrten sie auf ihren Kamelen in der Wüste umher, bis ihre Haut rot geworden war und sie aussahen wie Schlangen. Und sie fielen über einen Beduinenstamm her, machten Sklaven, stießen sie in den Laderaum und stachen in See. Und wieder die ewige Bläue und diesmal, er wußte nicht weshalb, konnte er das Wort »ich« nicht mehr denken. Dachte er an sich selbst, so dachte er immer »Er«. Und der übrigen Besatzung erging es genauso. Das Wort »Ich« fiel nicht mehr. Die Matrosen waren sich selbst so fremd geworden, daß sie, hatten sie Hunger, die Kombüse aufsuchten und unwillig hineinriefen: »Er hat Hunger.« Denn sie liebten sich nicht mehr, sondern verabscheuten sich. Bei der Arbeit, wenn sie müde geworden waren, riefen sie mit bösartiger Ungeduld: »Er will nicht mehr schuften. Es paßt ihm nicht.« Zueinander aber sprachen sie jetzt ohne Verstellung. Sie bekannten offen, wenn sie einander nicht mochten, indem sie: »Er mag Dein Gesicht nicht« ausriefen oder »Hüte Dich, ihm heute nacht in die Quere zu kommen.« Der Taubstumme sah sich zu, ohne er selbst zu sein, und vermutlich erging es den übrigen genauso. Und sie ankerten vor einem fremden Kontinent, in dem Kohle abgebaut wurde. Riesige, schwarze Krater bedeckten die Erde, in denen es von Menschen wimmelte, und dunkle Schächte führten ins Innere des Bergwerks. Als sie die Beduinen verkauft hatten, nahm man sie selbst gefangen und zwang sie, in den Stollen und Kratern zu arbeiten. Da verstummten sie vollends, ließen kein Wort mehr über ihre Lippen kommen und wurden schwarz wie die Teufel. Und einer nach dem anderen starb, und als nur noch eine Handvoll Männer übriggeblieben war, gelang es ihnen, auf ihr Schiff zu fliehen und sich aufs offene Meer zu retten. Im hellen Sonnenlicht unter der Bläue des Himmels tauschten die Matrosen Gebärden aus, die besagten, daß sie überglücklich waren zu leben. Nach langer Fahrt erreichten sie einen Fluß, der in einen mächtigen Dschungel führte. Und sofort tauchten sie in das Grün ein, wie in eine Glasflasche. Und sie hörten die Stimmen der Orchideen, Aras und Krokodile, nur der Taubstumme vernahm keinen Laut. Die wilden Tiere des Dschungels, die leuchtenden Farben der Blumen aber betäubten ihn ebenso wie die anderen, und die Schiffsbesatzung wurde farbig wie Papageien und konnte fliegen und erhob sich vom Deck und flog in die Luft. Der Taubstumme aber vernahm ein erstes Krächzen aus seiner Kehle und hörte mit einem Schlag die Geräusche des Urwaldes, der nun unter ihm lag. Die Wolken waren weiße Tücher, und der Bursche tauchte in sie ein und fand sich im Bett zwischen den Beinen seiner Mutter, die ihn soeben geboren hatte. Er schrie und hörte ihr Seufzen und die beruhigenden Worte des Landarztes, der ihn an den Beinen packte, in die Höhe hob und auf seinen nackten Rücken schlug.

## 62
## Das zweite Ich

In Wuggau erwachte eines Morgens der Friseur und entdeckte einen anderen Mann neben sich im Bett. Als er ihn wütend weckte, erfuhr er, daß dieser Mann er selbst war.

Der Fremde sah vollkommen anders aus: Er war dick, schwarzhaarig, hatte buschige Augenbrauen und trug einen schwarzen Abendanzug. Mehrmals versuchte der Friseur den Mann (der er selbst sein sollte) abzuschütteln, es gelang ihm nicht. Und jedermann sah ihn von nun an mit diesem seltsamen, unbekannten Menschen, der ihm auf Schritt und Tritt folgte, sich in alles einmischte, jedoch die Antwort auf alle Fragen verweigerte (oder höchstens durch ein Lachen ersetzte). Erkundigte man sich beim Friseur nach dem Fremden, so gab dieser höchst unwillig zurück, er wisse nicht, wer der Mann sei, er sei ihm gänzlich unbekannt und lästig. Trotzdem aß er mit ihm an einem Tisch, schlief mit ihm in einem Bett, und es gelang ihm nicht, ihn zu verscheuchen. Nach einiger Zeit fing der Friseur an, dem anderen Aufträge zu geben und ihn für sich arbeiten zu lassen. Allmählich wurde er so bequem, daß er morgens nicht mehr aufstand, sondern den anderen zur Arbeit schickte, er ließ ihn für sich kochen, Wäsche waschen, bügeln, stopfen und wurde dabei immer fauler und untätiger. Der andere klagte nicht, erfüllte die Wünsche, befolgte die Anweisungen – nur daß er sich jetzt hartnäckig als der Friseur selbst ausgab. Das aber paßte dem Friseur nicht. Er erhob sich und versuchte, in die Kleider zu schlüpfen, war in der Zwischenzeit allerdings so dick geworden, daß er nicht mehr in seine Hose paßte und sich nur noch in den Bademantel zwängen konnte. Dann aber lief er in sein Geschäft, in das Wirtshaus und zu seinen Verwandten, zeigte auf den andern und sagte: »Er ist nicht ich. Ich kenne ihn nicht einmal. Er ist ein Fremder, der sich für mich ausgibt und ohne meine Erlaubnis meinen Namen trägt. Ich möchte, daß Ihr ihn ab sofort nicht mehr kennt und mit mir in Zusammenhang bringt.« Der andere aber sprach dasselbe gleichzeitig und mit demselben Eifer, so daß es allen unheimlich wurde und sie die beiden Männer so rasch wie möglich wegschickten. Der Friseur wurde indessen immer zorniger, lief blau im Gesicht an, und gerade, als er dem anderen den Zutritt in sein Haus verwehrte, traf ihn der Schlag, und er fiel tot um. Sein Mund war gräßlich geöffnet, wie zu einer Lästerung. Der andere holte so schnell er konnte den Doktor, und als dieser den Tod festgestellt hatte, band der Mann dem Friseur das Kinn mit einem weißen Tuch hinauf. Am nächsten Tag erschienen die Trauergäste und sahen zu ihrem großen Erstaunen zwei tote Männer im Sarg liegen: den Friseur und den anderen. Nach kurzer Beratung begruben sie die beiden und beschlossen, kein weiteres Aufsehen um den Vorfall zu machen.

## 63
## Die Pest

»In Obergreith wütete die Pest auf das grausamste. Es lebte ein Bergmann auf einem kleinen Stück Land mit einer Kuh, einem Schwein und einem halben Dutzend Hühnern. Eines Tages erschien der Graf auf seinem Grundstück und sagte zu ihm: ›Ich bin nicht wirklich bei Dir, sondern nur in meinem Fiebertraum. Meine Haut ist von Geschwüren befallen, ich werde es also nicht mehr lange machen. Willst Du nicht statt meiner sterben?‹ Dem Bergmann, dem nicht viel an seinem Leben lag (weil es für ihn eine einzige Plackerei war), antwortete: ›Ich werde jeden Tag begraben, weshalb soll ich mich vor dem Tod fürchten? Wenn er kommen will, soll er nur kommen, ich werde ihn schon zu empfangen wissen.‹ Da erschien ein Jahrmarktszauberer, ließ sich bei ihm nieder und erklärte ihm: ›Ich bringe Euch die Pest ins Haus.‹ Er trug schwarze Kleider und hatte einen Affen bei sich mit einem Kranz aus Glöckchen auf dem Kopf. Der Bergmann antwortete: ›Ihr seht, ich habe nicht viel Platz für die Pest, wollt Ihr sie nicht jemandem anderen bringen?‹ – ›Ich komme an jedem Haus vorbei‹, erklärte der Gaukler, ›und die Pest wird so lange bei Euch bleiben, bis Ihr in sechs Brettern wohnt.‹ – ›Es ist gut, das zu wissen‹, entgegnete der Bergmann. Und jetzt kam der Affe gesprungen und setzte sich ihm auf die Schulter. Der Bergmann ging zum Schrank, holte eine Flasche Schnaps heraus und betrank sich mit dem Jahrmarktszauberer. Als beide die Welt doppelt sahen, sagte der Bergmann: ›Warum willst Du alles zweifach nehmen. Laß doch einen übrig. Nimm den, den Du von mir doppelt siehst und lasse mich in Ruhe.‹ Der Jahrmarktszauberer war einverstanden, nahm einen der beiden Bergmänner und schlief ein. Da sprang der Affe dem Bergmann auf die Schulter und flüsterte ihm zu, er müsse, wenn er die Absicht hege, das Dorf vor der Pest zu bewahren, den Jahrmarktszauberer erschlagen und verspeisen. Zu dem Mahl müsse er ferner das ganze Dorf einladen. Der Bergmann dachte nicht lange nach, nahm einen Vorschlaghammer und hieb ihn dem Jahrmarktszauberer auf den Kopf. Sodann entkleidete er den Ermordeten mit Hilfe des Affen, zersägte ihn und bereitete ihn als Speise zu. Zuletzt wischte er sorgsam das Blut auf, bestellte den Pfarrer, ließ sich mit seiner Liebsten trauen und lud das ganze Dorf zum Schmaus. Der Affe, der noch immer sein Haus bewohnte, trug die Speisen auf. Als unter Gerülpse und Gefurze das Gastmahl zu Ende gegangen war, sprang der Affe auf den Tisch und rief: ›Ihr habt den Jahrmarktszauberer gegessen, im Glauben, er sei der Tod. Der Tod aber bin ich.‹ Und er wurde groß wie ein Mensch und fletschte die Zähne. Die Dorfbewohner stoben auseinander, und die ersten von ihnen entdeckten Pestbeulen an ihren Körpern, aber der Bergmann behielt einen klaren Kopf, griff nach dem Vorschlaghammer und ließ ihn auf den Schädel des Tieres krachen. Sodann hieß er die Dorfbewohner wieder Platz nehmen und den Affen verspeisen. Das Fest dauerte bis spät in die Nacht, und nachdem die Dorfbewohner nach Hause gegangen waren, erschien der Graf in einer schwarzen Kutsche, um ihm mitzuteilen, daß er gesund geworden sei, und komme, ihn zu belohnen. Er legte einen Sack Goldmünzen auf den Tisch und bat um eine Erfrischung (denn es war ein heißer Sommertag). Daraufhin nahm der Bergmann den Vorschlaghammer und zertrümmerte dem Grafen den Schädel. Er zersägte ihn, bereitete ihn als Speise zu und lud die Armen des Landstriches zur Tafel. Als sie sich gesättigt hatten, erhob er sich und sagte: ›Wißt Ihr, wem Ihr dies zu verdanken habt? Der Graf hat Euch gesättigt, und ich will dafür sorgen, daß es das nächste Mal die Gräfin ist.‹ Am folgenden Morgen erwachte der Bergmann als Affe. Der Graf aber war zu einem Jahrmarktszauberer geworden, der ihn auf die Schulter nahm und an einem Kettchen hielt.«

*Geschichten dieser Art erzählt ein alter Herr, der sich auf dem Balkon des Altersheims wärmt. Bis zu seiner Pensionierung war er in der Stadt Diener im Gerichtsmedizinischen Institut.*

## 64
## Der kluge Grenzposten

Ein Grenzposten, der schon seit mehr als vierzig Jahren an immer derselben Stelle gewacht hatte, nahm sich das Leben, weil sich nichts ereignete. Er wurde durch einen anderen ersetzt, der sich nach zwanzig Jahren aus denselben Gründen das Leben nahm. Sein Nachfolger wartete sogar nur zehn Jahre, bis er sich umbrachte. Der nächste wurde elf Jahre später von feindlichen Grenzposten erschossen. In den folgenden fünf Kriegsjahren starben vier weitere in Ausübung ihrer Pflicht. In den vierundzwanzig Friedensjahren hierauf aber töteten sich die beiden nächsten aus Langeweile. Es ist kein Wunder, daß die Bewohner nur mit sanfter Gewalt dazu zu bringen waren, den

Beruf eines Grenzpostens auszuüben. Ein junger Bursche, der die Klagen der Grenzposten kannte, meldete sich freiwillig, zog die Uniform an und ging auf die Wache. Eines Abends erschien ihm eine gelbe Schlange und sagte: »Du hast einen Wunsch frei, wenn Du drei Fragen beantwortest. Weißt Du aber nur eine Antwort nicht, so ist Dein Leben verwirkt.« – »Wie Du meinst«, antwortete der Grenzposten. Und ohne auf die Fragen der Schlange zu warten, stellte er ihr selbst zwei Fragen und eine Aufgabe. »Was ist das: Es ist weiß und fest. Wenn es aber flüssig ist, so ist es durchsichtig.« – »Das ist ganz leicht«, antwortete die Schlange. »Nichts anderes als das Eis kann damit gemeint sein.« – »Die zweite Frage lautet: Es ist schwarz und warm. Wenn es durch die Luft fliegt, verwechselt man es mit einer Krähe«, sagte der Grenzposten hierauf. Die Schlange ringelte sich ein, wiederholte die Frage und antwortete zaghaft: »Wenn es nicht die Krähe ist, könnte es der Rabe sein.« – »Richtig, der Rabe«, sagte der Grenzposten. »Und nun zur Aufgabe: Sammle alle Geräusche, die es auf der Erde gibt, und bringe sie mir. Ich will aber auch das Geräusch hören, mit dem sich die Erdkugel dreht, und das Ächzen der Eisdecke und die Todesschreie der Fische.« Die Schlange beeilte sich, die Aufgabe zu lösen und kehrte nach sieben Jahren wieder zurück – öffnete ihr Maul und aus ihm strömten wirklich alle Geräusche der Erde. Beide lauschten zwei Jahre lang allem, was aus dem Maul quoll, und hierauf sagte der Grenzposten: »Wirklich, es fehlt kein einziges Geräusch. Nun aber steht mir ein Wunsch frei: Ich wünsche mir ein Marionettentheater aus lebendigen Figuren.« Und kaum hatte er seinen Wunsch ausgesprochen, da stand das Marionettentheater auch schon vor ihm, und die Figuren scharten sich um seine Füße und warteten darauf, daß er sie in die Hand nähme und ein Spiel anfinge.

## 65
## Die Dreifaltigkeit kam in Form eines Zirkusartisten auf die Welt

»Die Dreifaltigkeit kam eines Tages in Form eines Zirkusartisten auf die Welt. Der Artist war ein Jongleur, der sieben Sprachen verstand. Der Lehrer des Dorfes beobachtete in seinem Observatorium die Niederkunft der Dreifaltigkeit und lief zum Pfarrer. Sofort machte sich dieser mit einem Ministranten auf den Weg zum Zirkus. Der Zirkusdirektor (obwohl Überraschungen gewohnt) riß erstaunt die Augen auf und dachte sich: ›Ich kenne keinen Artisten, der die Dreifaltigkeit sein könnte. Aber wenn es so angenommen wird, soll's mir auch recht sein.‹ Er führte den Pfarrer durch die Zirkuswagen, und im Wohnwagen des Jongleurs kam ihnen eine Taube mit durchsichtiger Brust entgegen, in der der Pfarrer ein brennendes Herz schlagen sah. Der Jongleur schlief gerade, aber trotzdem flogen die weißen Bälle lautlos und als würden sie von einem Artisten geworfen durch die Luft. Der Pfarrer weckte den Jongleur, und die Bälle plumpsten sofort auf den Boden und sprangen durch den Wagen. ›Was haben Sie gemacht!‹ schrie die Dreifaltigkeit den Pfarrer an. ›Ich habe gerade das Jonglieren ohne Körper geübt, und Sie kommen und stören mich in meinen Vorbereitungen.‹ Dabei nahm sie ihren Kopf ab, legte ihn auf die Garderobe und fing nun an, ohne Kopf mit den Bällen zu jonglieren. Verängstigt floh der Zirkusdirektor. ›Eure Heiligkeit‹, flüsterte der Pfarrer hingegen, ›ich bin gekommen, um Euer Diener zu sein.‹ – ›Gut‹, antwortete die Dreifaltigkeit, ›dann räumt den Wagen zusammen und haltet den Mund. Morgen müßt Ihr aufs Trapez.‹ Der Ministrant und der Pfarrer säuberten den Wagen, und die Dreifaltigkeit schraubte sich Arme und Beine ab und legte sich zur Ruhe. Am nächsten Morgen mußten Pfarrer und Ministrant den Dreifaltigkeitsjongleur zusammensetzen, und als sie dabei den Kopf auf der Garderobe vergaßen, schalt sie der Jongleur und wurde so wütend, daß er den Pfarrer an den Haaren riß. In der Manege aber hetzte er die beiden in ihren Talaren auf das Trapez, und dort mußten sie sich durch die Lüfte schwingen. Und sie schwangen sich so heftig von Trapez zu Trapez, daß sie das Zirkuszelt durchschlugen und von dort auf einem Kirschbaum landeten. Sie schwangen sich weiter zu einer Dachrinne, von dort an einen Wolkenrand, weiter zu einem Schweinestall und weiter und weiter, und sie schwingen sich noch heute mit tollkühnem Schwung um die Erde. Die Dreifaltigkeit aber blieb unentdeckt und unerkannt und tritt noch immer als gewöhnlicher Jongleur auf«, sagte der Jongleur.

## 66
## Das letzte Märchen

Die wunderbare Farbe des Pflaumenpuders auf der Pflaume sagte zum Ei: »Nun aber ist es Zeit, daß wir den Hof verlassen. Jetzt, wo wir alt sind, kann uns keiner mehr gebrauchen.« Das Ei gab zurück: »Ja, lieber Freund, aber es ist nicht so einfach, im Alter die gewohnte Umgebung zu verlassen.« Und sie weinten jeder eine Träne und gingen. Als das Ei beim Huhn vorbeikam, sagte es: »Dies Bettlein fein ist mein Mütterlein.« Das dumme Huhn aber erkannte es nicht einmal wieder. Es öffnete ein Auge, mit dem anderen träumte es gerade von einem Chinesen, der mit einem Messer hinter ihm herlief, um es abzustechen und zu verspeisen. Dieser Chinese hieß Wang Sing Lon. Er besaß drei Frauen, die er nackt in seinem Haus eingesperrt hielt und, wenn es ihm in den Sinn kam, peitschte. Die eine mußte Klavier spielen, die andere seine Zähne behandeln, die dritte aber aus der Luft Gerichte zubereiten. Er nannte sie Wang (das war die erste), Sing (das war die zweite) und Lon (die dritte). So hörte er immer seinen Namen, den er liebte. Er nahm auch verschiedene Gestalten an, denn er wollte wissen, weshalb für uns widerwärtig ist, was Tieren nicht schadet (oder ihnen sogar nützt). Als Fliege aß er vom Fliegenpilz, als Ratte wühlte er in Scheiße und Abfall, als Bussard verschlang er eine Kreuzotter, aber er kehrte immer wieder zurück. Eines Tages begegnete er als Gans einem Fuchs. Dieser schnappte die Gans, die erschrocken ausrief: »Ich bin Wang Sing Lon, der Chinese.« Der Fuchs aber war schlau und gab zurück: »Wer willst Du sein? Wang, die Klavierspielerin, und zugleich Sing, die die Zähne behandelt, und außerdem Lon, die aus Luft den Schweinebraten macht?« Und er zerfetzte die widerstrebende Gans und fraß sie auf. Als er aber fertiggespeist hatte, fuhr der Chinese in seinem Leib durch seine Adern und fragte immer wieder: »Warum hast Du das getan?« Der Fuchs war ein wunderlicher Geselle, ein Meister im Täuschen, Seiltanzen, Verstecken. Er konnte sich totstellen, daß man ihn für einen Pelzkragen hielt, und sich die besten Bissen schnappen. Fragte man ihn um Rat, so gab er den schlechtesten, der ihm einfiel, und war jemand so dumm, diesen Ratschlag in die Tat umzusetzen und stellte den Fuchs nachher zur Rede, weshalb er ihm einen so schlechten Rat gegeben hatte, log er ihm allerlei Gründe vor, denn er liebte die Lüge. Je verzweifelter der andere aber wurde, desto mehr Mut verspürte der Fuchs. Er hatte eine Puppe von sich hergestellt, die ihm in allem ähnelte und mit welcher er die Jäger an der Nase herumführte. Unter den Jägern fand sich ein Bursche, der jedesmal, wenn er ein Tier erlegte, zuerst einen Löwen vor sich sah und glaubte, er schieße dieses Raubtier. Es genügte für ihn, eine Katze in der Wiese zu sehen, und schon wähnte er sich von einem Löwen umschlichen. Er schritt durch einen Hof, da begegnete ihm hinter dem Kuhstall die Puppenattrappe des

Fuchses. Augenblicklich riß er die Flinte von der Schulter und drückte ab. Der Löwe brach zusammen, aber zu seinem Entsetzen war es ein kleines Kindlein, das er getötet hatte. Doch blutete es nicht, statt dessen sprossen Veilchen aus seinem Körper und dem Boden, den es benetzte. Der Jäger, entsetzt über den Unglücksfall, bat den Himmel um Hilfe, und wirklich öffneten sich die Wolken, und es erschien ein goldstrahlender, riesiger Löwe, stürzte sich auf ihn und verschlang ihn. Das Kind aber erhob sich vom Boden, lief in den Wald und umarmte den Fuchs, der ein verwandelter Idiot war. »Du hast mich erlöst«, rief der Idiot, »ich mußte ein Fuchs sein, weil ich gegen das einfältige Denken der Menschen aufbegehrte, nun aber darf ich wieder der Idiot sein, der ich bin.« Und er bat das Mädchen, seine Frau zu werden und ihn immer in der Anstalt zu besuchen. Der Löwe aber war das alte Raubtier aus dem Zirkus. Seine Träume gerieten ihm bisweilen so heftig, daß er Menschen erschien, die ihn für ein Himmelsgeschöpf hielten. Einmal tauchte er in einer Kirche auf und verschwand allmählich im Deckengemälde, zu Füßen des Evangelisten Markus, wo man ihn für alle Zeit als Abbildung sehen kann. Das Pflaumenpuder und das Ei waren mittlerweile an einem Bienenstock vorbeigekommen. »Komm mit«, sagten sie zum Bienenwachs, »es wird Winter, und man wird Kerzen aus Dir drehen und Dich verbrennen.« Das Bienenwachs verließ den Stock und antwortete: »Für Nahrung ist gesorgt. Ich trage genügend Honig in meinen sechseckigen Zellen mit mir, um uns längere Zeit über Wasser zu halten.« Das Wasser der Sulm aber war gerade gelb, denn es hatte geregnet. Was jedoch die meisten nicht wußten, war der Umstand, daß der Fluß Gold führte. Er vergoldete Steine, die Zweige, die in ihm hingen, Fische, Brückenpfeiler... Gerade um diese Zeit wollte eine Frau in das Wasser gehen, um ihrem Leben ein Ende zu bereiten. Sie trug schwarze, wehende Kleider und einen kleinen Hut mit einem Trauerschleier. Mittlerweile hatte der Fluß auch die Störche, Frösche und Wildenten vergoldet und sogar das Zirpen der Grillen. Die Frau schritt vorwärts, tauchte unter und ließ sich über den kalten Grund treiben. Das Ei und das Wachs sahen ihr Kleid aus dem Wasser ragen, sprangen hinein und zogen die Unglückliche, die gerade einen Aitelfisch und ein Neunauge verschluckt hatte, heraus. Und da standen sie am Ufer und wurden alle von einer feinen goldenen Schicht überzogen, so daß eine goldene Frau und goldenes Bienenwachs und ein goldenes Ei keuchend nach Luft rangen, bis die Frau nieste und der Aitelfisch und das Neunauge (die, in ihrem Bauch zu Gold geworden, weiterlebten) energisch verlangten, freigelassen zu werden. Das wunderbare Pflaumenpuder dankte für die Rettung seiner Kumpane, indem es den Himmel mit seiner Farbe überschüttete und zwei Wolken aus Pflaumenpuder über die Maisfelder schweben ließ. In einem der Maisfelder versteckten sich zwei geflüchtete Apfelschimmel. Das Gespräch der Apfelschimmel:

1. Apfelschimmel: So ist uns nur noch die Flucht geblieben, bevor man uns zum Schlachter führte.

2. Apfelschimmel: Laß uns wenigstens in Freiheit sterben, wenn wir schon nicht in Freiheit leben dürfen.

1. Apfelschimmel: Unser Herr hat den letzten Atemzug getan, als ich ihn mit den Hinterläufen trat.

Sie hörten die Maisblätter rascheln, und die goldene Frau und das goldene Ei und das goldene Bienenwachs standen mit dem Pflaumenpuder vor ihnen. »Wohin des Weges?« fragte der erste Apfelschimmel.

»Wir müssen fort von hier.« (»Fort von hier!« riefen auch das goldene Neunauge und der goldene Aitelfisch im Bauch der goldenen Frau.)

»Setzt Euch auf unseren Rücken und laßt uns gemeinsam ziehen!« rief da der zweite Apfelschimmel. Gesagt, getan. Der Bauer aber, dem das Maisfeld gehörte, wurde wütend, als er sah, daß man seine Ernte zerstörte, und er holte das Schrotgewehr und schoß ihnen aus Leibeskräften hinterher. Der Bauer hatte drei Augen. Zwei wie jeder andere, das dritte aber auf dem Kopf anstelle der Haare. Dieses riesige Auge pflegte er auf Menschen zu richten, die er haßte, und sie damit zu hypnotisieren. Sodann befahl er ihnen, seinen Stall aufzusuchen, verzauberte seine Opfer in Kühe und hielt sie als Vieh. Als er aber nun so außer sich schoß, fiel dieses Auge in Schlaf und sah das Elend der Welt. Der Bauer ließ das Gewehr fallen, eilte zum Fluß, um etwas Schönes zu sehen, denn er fürchtete, um den Verstand zu kommen. Das große Auge bedeckte er mit einer Perücke, und die Tränen liefen ihm über das Gesicht, als er sah, wie der Fluß das Ufer und die Tiere vergoldete, und er steckte seine Hand in den Fluß und küßte seine goldene Hand. Dann aber, aus Verzweiflung über das träumende dritte Auge, hielt er seinen Kopf in den Fluß und wurde zu einer Monstranz in einer Kirche eines fremden Landes. Sein Nachbar, der in den Fluß seine Not zu verrichten pflegte, schrie zur selben Zeit vor Glück auf, als er mitansehen durfte, wie sich seine Scheiße in Gold verwandelte. Er holte sein Vieh aus dem Stall und wartete auf die Notdurft, die er dann in einem Rechen fing. Als sich herumsprach, was im Fluß geschah, stürmte die Bevölkerung aus allen Richtungen herbei, und jeder raufte sich um die Scheiße des anderen. Und sie führten Krüppel und Behinderte zum Fluß und hießen sie ihre Notdurft in das Wasser verrichten und stauten den Fluß zu einem goldenen See. Die Felder aber, die unterhalb des Staudammes lagen, hatten kein Wasser mehr, während der Stausee immer höher und höher stieg, bis es zu regnen anfing, und im Regen verwandelte sich alles Gold in Lehm, und die gelbe Erde stand kniehoch, und der Damm barst und schwemmte die Überlebenden mit sich. Einer, ein Bursche von zwanzig Jahren, dessen Gesichtshaare noch spärlich sprossen, sprang aus der Flut ans Ufer und kam in einer Wiese zu liegen. Und dort, im Freien, unter dem Gesumm der Bienen, verschloß ich mein Gehirn den anstürmenden Bildern, die an die Erzählungen meiner Großmütter gemahnen und nun zurückfliegen an einen Ort, den niemand kennt, während ich das Kitzeln der Grashalme genieße und die Wärme der Sonnenstrahlen, die mir Märchen genug sind. Doch will ich dem Zauber des Pflaumenpuders, des Eis und des Bienenwachses danken, der nun entschwunden ist, nicht ohne mir zum Abschied den sanften Schmerz der vergehenden Zeit zurückzulassen.

# 6. Buch

# Tagebuch

# Tagebuch

Montag

Vor allem macht mir eine durch Medikamente bedingte Müdigkeit (und damit geringe Aufmerksamkeit) zu schaffen. Mein Vater bringt Bienenwaben und fordert mich auf, den Wachsgeruch zu atmen, das sei gesund. Man sagt, daß die Biene dieselben Düfte wie der Mensch wahrnehme, aber plastisch riechen könne. Im dunklen Stock nimmt sie mit dem Riechorgan, das an den Fühlerenden sitzt und mit dem sie nicht atmet, die Form eines Gegenstandes wahr. Für die Biene ist der sechseckige Wachsgeruch von einem beispielsweise kugeligen ebenso verschieden wie für den Menschen der Anblick einer Wachswabe und einer Wachskugel. (Sind die Fühler allerdings verletzt, wird die Regelmäßigkeit des Bauens gestört.)

Mittwoch

Den Tag über auf den Almen unterwegs. Mit der Lupe verschiedene Blüten betrachtet.

Donnerstag

Beim Nachbarn, einem Hühnerzüchter, werden die Tiere eingefangen und zum Abstechen verladen. In der Halle stinkt es nach Ammoniak. Das Geflügel muß im Dunklen bei den Beinen genommen und dann zum Lastwagen getragen werden. Die Fänger kommen mit Büscheln von flatternden Tieren in den Händen heraus und werfen sie in die Steigen. Die Hühner sehen die Sonne nur, bevor sie sterben. (In Pölfing-Brunn werden sie geschlachtet.) Man befestigt sie mit den Füßen an einen »Rundlauf«, dann werden sie gestochen, mit heißem Wasser besprüht, gerupft und zerlegt.

Freitag

Erst jetzt begreife ich, daß ich in Freiheit bin. Ich habe aber meine Sicherheit eingebüßt und mißtraue mir selber. Mein Vater arbeitet mit nacktem Oberkörper an den Magazinen. Bei jedem Bienenstich lacht er. Im Gegensatz dazu trage ich den weißen Imkerhut.

6. April 2384
Ich versuche jeden aufkommenden Gedanken an die Anstalt zu unterdrücken. Allerdings fürchte ich, bekannten Menschen zu begegnen, aus Scham über ihr Mißtrauen.
Als ich im Gasthaus Bier holte, spürte ich, daß ich jemand anderer bin.

12. Juli 1604
Ein Fuchs lief über die Wiese und wurde von einem Krähenschwarm verfolgt. Ich war außer mir und suchte das Gewehr. Schließlich fand ich es in der aufklappbaren Küchenbank. Ich traf eine der Krähen. Mein Vater kam aus dem Keller gestürzt. Da begriff ich sein Entsetzen. Ich lief hinaus, konnte die Krähe aber nicht finden.

China, 1. Dezember 6000
Der neue Landarzt schaut zufällig vorbei. Sein Kopf ist eingebunden, er hat Zahnschmerzen. In einer Hand trägt er eine schwere Tasche. Er ist umschwärmt von Zitronen- und Apollofaltern. »Weshalb blicken Sie mich so an?« fragt er. »Wegen der Falter«, schreibe ich auf ein Blatt Papier. Daraufhin werden aus den Faltern Singvögel. Zuletzt gibt er mir eine Injektion, und ich fliege – selbst ein Vogel – über das Dorf und sehe alles von oben, ohne daß mich jemand erkennt.

1374
Was mich am meisten beschäftigt, sind die Farben. Stundenlang schaue ich aus dem Fenster in den gelben Himmel, auf dem schwarze Wolken stehen, die Löcher zu sein scheinen (durch welche man möglicherweise in den Kos-

mos eindringen kann, sofern man einen Regenschirm hat).

1.1.1.
Ich habe erkannt, daß das Zirpen der Grillen im Gras zu mir spricht. Die Bedeutung gebe ich jedoch nicht preis.

Rußland, Karfreitag
Auf dem Dachboden habe ich am frühen Morgen ein Schaukelpferd entdeckt, das mir, als ich noch ein Kind war, gehörte. Das Schaukelpferd sagte: »Elf Kriege, elf Pflanzen, elf Hochzeiten zum Tanzen …« – »In der Nacht reiten die verstorbenen Kinder auf mir«, fuhr es fort. »Ich habe ein Junges im Leib«, dabei fing es an sich zu drehen wie ein Kreisel. Plötzlich löste es sich in Flammen auf. Ich sprach mit niemandem darüber.

Sonntag
Ich mußte heute davonlaufen. Zuerst rannte ich durch den Wald. Dann kam ich zur Autostraße, wo ich mich von einem Milchwagen ein Stück mitnehmen ließ. Ich dachte: »Ist das das Leben?« In der Nacht hatte es geregnet, und die Wiesen dampften. Da hatte ich das Verlangen, durch den Nebel zu gehen, und forderte den Fahrer auf anzuhalten. Er sah mich verwundert an, weil ich, wenn ich etwas will, nur gutturale Laute ausstoßen und mit den Händen deuten kann. Die ganze Fahrt über versuchte er mit mir zu sprechen, ich gab jedoch keine Antwort.
Der Nebel war nicht sehr dicht und die Wiese feucht, so daß ich nasse Füße bekam. Ich stieg einen kleinen Berg hinauf. Unterwegs begegnete ich einer hübschen Eidechse, die ein Lied sang. Auf dem Berg stand ein Mann in einem Regenmantel, auf dem die Reste von Dotterblumen klebten. (Offensichtlich hatte er an einem Bachufer geschlafen und war vom Regen überrascht worden.) Ich war merkwürdig erregt von der Begegnung und den Er-

eignissen. Als ich einen Blick zum Himmel warf, erkannte ich, daß er sich geöffnet hatte und eine weiße Rose zeigte. Sodann das Gesicht einer Frau, einen leuchtenden, weißen Arsch und zuletzt ein schlagendes Herz. Da wurde es dem Mann im Regenmantel zu bunt, und er öffnete seinen Mantel, unter dem er nackt war. Sein Körper aber war gefleckt mit grünen Blättern. Die Sonne hatte sich inzwischen durchgekämpft, und Freude wühlte mich auf. »Ich habe anstelle der Lungen zwei Fliegenpilze«, sprach der Mann, »die sich ausdehnen, und mein Kehlkopf ist eine Zwetschge. Willst Du mich verspeisen?« – Als ich gesättigt war, eilte ich weiter. Ich mußte jetzt vor Übermut Laute ausstoßen. In einem verlassenen Wirtshaus, in dem ich der einzige Gast war, machte ich kurz Rast. Die Wirtin brachte mir Tee und zeigte mir die Operationsnarbe auf ihrem Bauch.

China, Rußland
Am Abend ein Gewitter, dann hinter dem Hügel ein orangeroter Feuerschein. Wir fuhren mit dem Lieferwagen zur Brandstelle, gerade als Nachbarn das Vieh aus dem brennenden Stall trieben. Mittlerweile war es schon dunkler geworden. Der Nußbaum vor dem Stall fing Feuer, aber das Wohngebäude wurde von den Feuerwehrmännern geschützt. Der Stall war in helles Licht von zwei Scheinwerfern getaucht, die die Feuerwehr aufgestellt hatte. Aus dem Dach stoben Funken, stieg Rauch, schossen Flammen (denn dort lag das Heu). Der Motor, der das Aggregat für die Scheinwerfer betrieb, tuckerte, im Licht hüpften Wolken von Nachtfaltern. Wir standen in der Dunkelheit, was mir angenehm war, da ich mit niemandem sprechen mußte. Als die Feuerwehr den Brand unter Kontrolle hatte, wurden Most und Schmalzbrote gereicht, dabei war zu erfahren, daß zwei Schweine notgeschlachtet worden waren. Die angeglosten Trahmen wurden von Traktoren weggeschleppt, das Wasser mit

Tankwagen herangeschafft, da es seit einiger Zeit nicht geregnet hatte. Inzwischen hatte man das Vieh in andere Ställe gebracht. Der Bauer stand zähneknirschend im Dunkeln und schaute den Löscharbeiten zu. Zwei Gendarmen nahmen Aussagen auf, der Hofhund hatte sich verkrochen und ließ sich nicht blicken.

1. April 1910
Am Vormittag kam mein Freund auf Besuch aus der Hauptstadt, wo er sein Jusstudium fortzusetzen beabsichtigt, nachdem er das Sägewerk, den Wald und die Äcker verkauft hat. Wir gingen hinunter zum Fluß und fuhren mit dem Boot. Ich dachte, in der dichten Böschung könnten sich Verbrechen abspielen. Der Fluß ist nicht breit, und doch war es ein Abenteuer. Aus der Atmosphäre der Fische drangen Kühle und eine dämmrige Anziehungskraft zu uns herauf. Je länger ich die Spiegelungen auf der Wasseroberfläche betrachtete, desto mehr war ich von ihrem Eigenleben überzeugt. Wir unterhielten uns über den Mord an meiner »Freundin« und kamen in diesem Zusammenhang auf Verbrechen zu sprechen. Mein Freund vertrat die Ansicht, daß ein Verbrechen nur die Frage nach dem Begriff der Normalität aufwerfe. Wenn ein Verbrechen von einem als normal geltenden Mann begangen werde, so müsse es auch als ein »normaler Fall« betrachtet werden. Oder aber man stelle das Verbrechen außerhalb der Norm, dann müßte auch der Täter als abnormal bezeichnet werden und könne daher nach Rechtsbegriffen der Normalität nicht zur Verantwortung gezogen werden. Er könne sich ein sogenanntes reines Verbrechen vorstellen, das nur um des Verbrechens willen geschehe, also, ohne daß der Täter es aus einem anderen Grund begehe als aus Neugierde. Wie sei ein solches Verbrechen von moralischem Gesichtspunkt aus zu beurteilen: Verwerflicher als ein Triebverbrechen oder eines, das zum Zweck des persönlichen Vorteils begangen wer-

de? Weniger verwerflich? Und wenn er an Lüscher dächte, den wir vor einiger Zeit im Gefängnis besucht hätten, müsse ein Verbrechen, das wir verstehen könnten, weniger streng verurteilt werden als eines, das wir mit dem Verstand nicht nachvollziehen könnten? – An der Brücke vor dem Wehr trennten wir uns.

Japan, Sonnenuhrmonat, Fahnenjahr
Der Landarzt hatte sich das Haar grün gefärbt, um meine Aufmerksamkeit zu erregen. Es ist jedoch nicht der Landarzt, sondern eine Libelle. »Was sprechen die Blümlein?« will er wissen. Ich denke mit aller Kraft daran. Da setzt der Landarzt eine Brille auf und betrachtet mich. Die Wasserspiegelungen flimmern in der Luft. Es sind farbige Inseln, die unentwegt eine neue Form annehmen. Andererseits ist es möglich, daß wir nur Reflexe sind von jener spielerischen Buntheit in der Luft oder auf dem Wasser. Wenn mich beispielsweise der Landarzt berührt, zerreißt er meine Gestalt, die sich nie mehr so zusammenfügen wird wie zuvor. Ich springe auf und laufe mit nacktem Oberkörper die Straße hinunter. Es dauert diesmal lange, bis ich wieder auf den Berg hinaufkomme, denn ich verstecke mich, wenn sich ein Auto nähert. Da lispeln die Blätter der Sträucher, sie lispeln und lispeln, aber ich verstehe sie nicht. Und die Gräser wispern und die Pfützen platschen und die Maispflanzen zischen und die Luft saust, aber ich kann sie nicht verstehen. Ich bin zurückgewiesen. Niedergeschlagen erreiche ich das Wirtshaus. Man bringt mir ein Hemd. Es sollen zwei Betrüger unterwegs sein, die der Bevölkerung minderwertige Textilien verkaufen, der eine sei wie ein englischer Offizier gekleidet und verwirre die Bewohner mit Kartentricks, der andere spiele den Dolmetscher. Einen Augenblick schwanke ich, umzukehren und vorzugeben, ich hätte etwas vergessen. Aber die Türe wird bereits hinter mir zugesperrt. Jetzt bin ich in der dunklen Freiheit. Ein

fiebriger Schauer durchfährt mich beim Gedanken, in der Nacht und allein zu sein, allein mit der Finsternis und den Sternen. Zuerst fällt ein riesiger Regenbogen vor meine Füße, aber ich bin nur gestürzt und habe mich am Kopf verletzt, so daß ich ein wenig blute. Das ist lustig. Lustig und herrlich zugleich. Das klamme Gefühl vor der Finsternis hat mich verlassen, und ich wähle die Straße, die zurückführt, anstatt durch den Wald zu laufen. Wie, Ihr Sterne, wenn ich zu Euch hinaufspringe und Euch abpflücke!

Die Hunde bellen bösartig aus den Höfen, man könnte argwöhnen, durch die Fenster beobachtet zu werden. Vielleicht ist man die Zielscheibe einer Flinte! Doch ich bin mächtig. Bin ich betrunken? Ich finde einen Garten mit einer hübschen Paradeispflanze, unter der ich ruhen will. Wie glatt die Paradeiser sind und wie sie duften! – Bei Tagesanbruch stolperte ich zurück. Wie heiße ich?

23. Ewigkeit im Jahr des 7774211.689 Paradieses, 3 Uhr Sternzeit

Wunderbar schützt mich das frisch überzogene Bett. Mein Freund hält einen Kürbis auf seinem Schoß. Weshalb? Es ist jedoch eine Katze, die er mir gebracht hat. Ich danke ihm. Was soll ich mit einer Katze? Als er gegangen ist, lasse ich sie laufen. Der Landarzt verlangt, daß ich nicht mehr von zu Hause fortgehe. Andernfalls müsse ich zurück in die Anstalt. »Bin ich entmündigt?« gebe ich schriftlich zurück. Er läßt mich zur Ader, aber das Blut, das er mir abgezapft hat, verbietet er mir zu sehen. In seiner Tasche trägt er – er ist Angler – eine Blechdose mit Würmern und Haken, die Angel ist im Kofferraum seines Wagens. Er zieht einen Fisch aus der Tasche und fordert mich auf, ihn zu schlucken. Ich würge ihn hinunter. Wieder allein, bete ich mit Inbrunst, es möge mir nichts geschehen.

Morgen
»Es stimmt nicht, daß jede Biene für sich allein zugrunde geht«, sagt mein Vater. »Die Staatenbildung ist bei den Bienen vielmehr eine Ausnahme. Mehrere tausend Bienenarten verbringen ihr Leben als Einsiedler.« Er holt ein Buch aus dem Schrank und liest vor, was der Professor schreibt:* »Manche sehen den Honigbienen täuschend ähnlich, manche sind noch größer und kräftiger, andere wieder so klein und schlank, daß sie vom Laien eher für geflügelte Ameisen gehalten werden. Sie alle bauen Zellen, sie sammeln Honig und Blütenstaub für ihre Brut ... Da gibt es z. B. eine Biene, die in einem Holzgang ihr Nest anlegt. In das Ende des Ganges trägt sie Blütenstaub und Nektar, formt aus beiden einen Honigkuchen und setzt ein Ei darauf. In einem gewissen Abstand, so daß die heranwachsende Made genügend Raum hat, führt sie aus Harz eine quer verlaufende Schutzwand auf. Eine zweite, eine dritte und vierte Kammer schließt sie an, jede mit ihrem Honigkuchen, mit ihrem Ei und der schützenden Harzwand. Zum Schluß verkittet sie das Eingangsloch mit Harz und kümmert sich nicht weiter um ihre Kinder. Jede ausschlüpfende Larve findet so viel Nahrung vor, wie sie zu ihrer Entwicklung braucht, sie verpuppt sich dann in ihrem Häuschen aus Holz und Harz, und wenn sie zur fertigen Biene geworden ist, wühlt sie sich durch den Gang ins Freie. Die Männchen gehen bald zugrunde, die begatteten Weibchen bauen die Wiegen für die Kinder, wie es die Mutter getan hat – aus einem inneren Drange, ohne es bei jener gesehen zu haben, und ohne je die eigenen Kinder zu erblicken.«

Österreich – (Schaltjahr)
Mein Freund erzählt von den beiden Betrügern. Er macht meinem Vater den Vorschlag, sie zu stellen.

* Karl v. Frisch: »Über Bienen«.

Früher Morgen, 17° Celsius

Als wir mit einer Ladung Magazine auf die Alm aufbrechen – es regnet –, sehen wir auf der Straße drei Frauen aus der Umgebung, von denen sich eine schreiend auf dem Boden wälzt. Wir halten an und erfahren, daß ihr Mann vom Heuboden gestürzt ist. Sie meint, er sei tot. Der Mann hatte Kühe von jenem Bauern im Stall untergestellt (er selbst geht einer Arbeit nach, hat sein Vieh verkauft und die Äcker verpachtet), dessen Gehöft vom Blitz in Brand gesetzt worden war. Als er Futter von der Tenne in den Stall geworfen hatte, war ein Brett durchgebrochen und er mit dem Kopf auf der Betonrampe aufgeschlagen. Wir fanden ihn röchelnd und aus der Nase blutend dort liegen und kümmerten uns um ihn, bis der Arzt eintraf. Die Frau lag ohne Bewußtsein im Haus, wohin man sie gebracht hatte. Als wir zurückkamen, erfuhren wir, daß der Verunglückte auf dem Weg in das Krankenhaus verstorben war. Ich blieb die ganze Nacht wach und dachte an ihn ohne Furcht.

Im Monat des Sonnenmordes, im Jahr des Neptuns

Ich lief in die Ebene hinunter. Möglicherweise erweckte mein Erscheinen im Wirtshaus auf dem Berg Argwohn. Ich hörte die Vögel sprechen. Allerdings kann ich nicht wiedergeben, was sie sagten, da ich es vergessen habe. Ich war auch in größter Eile, da man – wenn man mein Verschwinden bemerken würde – mir womöglich die Hunde hinterherhetzte. Eine Zeitlang hatte ich vier Beine, das gab mir Kraft. Allerdings mußte ich es vermeiden, entdeckt zu werden. Einmal ließ ich mich in das Gras sinken und zählte meine Beine. Es waren vier. Ich hatte zwanzig Zehen, die mir aber nicht sämtliche gehörten. Jemand schrie auf, als ich in einen fremden Fuß zwickte. Ich kam an einem menschenleeren Hof vorbei, die Bewohner waren vermutlich mit Futterarbeit beschäftigt. Vorsichtig betrat ich das Wohnhaus. Zuerst zögerte ich, ob ich mich als Frau verkleiden sollte. Dann aber wurde mir klar, daß es meine einzige Möglichkeit war, wollte ich nicht entdeckt werden. Die Küchenuhr tickte. Ich holte ein Stück Brot aus der Lade und fand ein Messer, das ich an mich nahm. Eine Stimme sagte mir, daß ich es nicht tun dürfe, aber ich widerstand der Beeinflussung, indem ich mit der Faust auf den Tisch schlug. Im Schlafzimmerkasten fand ich eine Bluse, einen Rock und eine Schürze, die mir paßten. Auch ein Kopftuch band ich mir um, bevor ich, das Messer in die Schürze gesteckt, den Stall inspizierte. Die Schweine standen in Eisenjoche gekettet, damit sie sich nicht bewegen konnten und fetter würden. Da befreite ich sie und jagte sie auf den Hof, wo sie quiekend stehenblieben. Das Vieh war auf der Halt. Aber ich jagte auch die Katzen davon und trieb ein Pferd, das neben dem Kuhstall untergebracht war, in den Wald. Der Gedanke, sie befreit zu haben, befriedigte mich. Ich machte mich nun auf den Weg hinunter zur Ebene und schlich in den Maisfeldern weiter nach G. In einem alten Bahnhof wartete ich, daß es Abend würde. Einmal ging die Tür auf, und der alte Mautner kam zu mir herein, um mit mir zu sprechen. Er schien noch nicht zu wissen, daß er seit einiger Zeit tot war. Wir sprachen miteinander, doch gaben wir uns keine Antworten, sondern versuchten, uns etwas zu erklären. Ich wollte ihm klarmachen, weshalb ich Frauenkleider trug, aber mir kam jeder meiner Sätze unzutreffend vor, und er redete mir ein, daß bald ein »Eisenbahnzug« halten müsse, was ich auch rasch glaubte. Ich war verwirrt, da ich beim Sprechen immer das Richtige meinte, aber etwas Falsches sagte. Darüber zermarterte ich mir das Gehirn und fing zu weinen an, das heißt, ich wollte weinen, aber ich konnte nur eine Grimasse schneiden und einen Ton ausstoßen, was mich bald ermüdete. Ich war so erschöpft, daß ich mich auf den Boden warf. Zur selben Zeit aber – und das kann ich beschwören – war ich zu Hause und half dem Nachbarn beim Hasenfüttern. Ich fragte ihn auch später, ob er sich daran erinnern könne, daß ich am Abend bei ihm Hasen gefüttert hätte, und er bestätigte es mir. Sodann ging ich zu Bett, und mein Vater legte sich auf das Sofa in dasselbe Zimmer und sprach mit mir. Bald kam die Rede darauf, daß am Nachmittag in mehreren Höfen Tiere ausgekommen oder in bösartiger Absicht freigelassen worden seien. Da erinnerte ich mich, wie ich auf meinem Weg in die Ebene die Ställe geöffnet und das Vieh in das Freie getrieben hatte. Sollte ich meinem Vater gestehen, daß ich es gewesen war? Wußte er es bereits? Aber ich schwieg. Und doch saß ich zur selben Zeit im aufgelassenen Bahnhof. Ich wußte im Bett liegend, daß ich derjenige war, der im alten Bahnhof mit dem alten Mautner auf den Tag wartete, und im Bahnhof hockend sah ich mich in meinem Zimmer liegen und mich vor meinem Vater verantworten. Verantworten? Ich war mir sicher, daß er mich nicht gegen meinen Willen überführen konnte. Weshalb also verantworten? Ich war noch immer als Frau verkleidet, und es war unwahrscheinlich, daß man mich erkannte. Also schlich ich mich aus dem abbruchreifen Gebäude. In den Häusern war überall ein blasser, bläulicher Lichtschimmer zu sehen, wo man vor dem Fernsehapparat saß. Ich hatte nur auf die Hunde zu achten, die sich aber schon von weitem meldeten. Dort, wo es still war, schlich ich in den Stall und führte die Tiere ins Freie. An einem verlassenen Hof kletterte ich über die Tenne in den Dachboden und gelangte über die Treppe in die Küche. Ich öffnete den Eiskasten, aß Wurst und trank Bier. Dann telefonierte ich mit der Anstalt, von der ich die Nummer im Telefonbuch fand. Man fragte mich nach meinem Namen, aber ich gab einen falschen an. Ich sei Arzt, erklärte ich und wünschte mich nach dem Zustand eines meiner Patienten, Franz Lindner, zu erkundigen. Man verband mich mit einem Aufnahmearzt, der mich abwies. Dann entstand eine Pause, und er fragte mich: »Sind Sie es, Herr

Lindner?« Erschrocken legte ich den Hörer auf. Zuerst lief ich durch das dunkle Pölfing-Brunn. Ab und zu fuhr ein Auto auf der Straße an mir vorbei. Nur die Diskothek war beleuchtet. Ich verschwand in den Maisfeldern.

Nachttag, Nachtmonat, Nachtjahr
Am nächsten Tag suche ich die Frauenkleider und finde sie in der Holzhütte.

Obergreith
Mein Freund erzählt, die beiden Betrüger trieben sich noch immer in der Gegend herum. Nicht, daß er sie unschädlich machen wolle, er wolle sie nur zur Rede stellen.

Obergreith
Einmal gehe ich zu unseren Nachbarn hinunter und nehme von dem Verunglückten Abschied. Die Frau sitzt in schwarzen Kleidern auf einem Stuhl vor dem Haus. Der Sarg ist geschlossen und hat nur dort, wo das Gesicht ist, ein kleines Fenster, durch das ich aber nicht schaue.

Obergreith
In den Tropen gebe es Bienen, die nicht stechen, berichtet mein Vater. Ihr Giftstachel ist verkümmert, dafür beißen sie aber, und zwar so heftig, daß man beim Versuch, sie abzustreifen, eher ihren Kopf abreißt, als daß sie loslassen.

Österreich, 16110
»Weshalb soll ich mit den Begriff der Arbeit so ein Getue machen?« fragte ich meinen Vater. »Ihr bildet Euch weiß was ich etwas darauf ein, schwer zu arbeiten, und beruft Euch auf die Bibel. Aber, die Arbeit ist ja auch dort eine Strafe!« Nur, wo sie sich mit dem Vergnügen verbinde, sei sie menschenwürdig, sage ich. »Ihr aber meint eine Art selbstauferlegter Zwangsarbeit. Weshalb soll sich eine

arme Haut die Lunge aus dem Leib schinden, damit es Euch besser geht? Mit dem Begriff der Arbeit wird doch das größte Schindluder getrieben! Wenn es wirklich so richtig zuginge auf der Welt, wie Ihr behauptet, würden die Menschen viel weniger zu arbeiten haben und andererseits nicht Stunde für Stunde Tausende an Hunger zugrunde gehen. Komm mir doch nicht mehr mit den alten dummen Lügen. Natürlich zieht ein dressierter Löwe es vor, in der Manege unwürdige Kunststücke vorzuführen, als Hungers zu sterben, es fragt ihn ja niemand, ob ihm die freie Wildbahn lieber wäre. Euer Denken ist eine raffinierte Form des Gehorsams. Ihr gebt vor, ewige Gesetze zu achten, und schlüpft selbst durch die Lücken dieser Gesetze. Die Welt soll sich zwar ändern, aber nur zu Eurem Vorteil. Es ist Euch im Grunde völlig gleichgültig, was um Euch herum geschieht, solange Ihr nur selbst Gewinn aus den Umständen zieht. Wenn Ihr vom Recht auf Arbeit sprecht, so meint Ihr das Recht, ein halbwegs angenehmes Leben führen zu können. Ihr habt diese Täuschung Generationen von Menschen eingebleut, die dafür genauso sinnlos ihr Leben gelassen haben wie im Krieg. Weshalb wundert Ihr Euch, daß die Menschen nach Arbeit verlangen? Abgerichtet wie dressierte Löwen gehorchen sie dem Fingerschnipsen des Dompteurs, der seit ihrer Kindheit (seit der Abrichtung in der Schule) in ihren Kopf verpflanzt ist. Dieser Dompteur aber ist der Handlanger für jene, die den Vorteil aus Eurem Gehorsam ziehen. Was interessiert mich die Arbeit, wenn ich dabei immer abhängiger werde von allen möglichen Ämtern und Versicherungen und Unternehmern und Landbesitzern und Genossenschaften? Den Bienen haben die Imker das Arbeiten beigebracht, sie täuschen ihnen vor, ihre Vorratskammern seien leer oder noch nicht zur Genüge gefüllt, sie verpflanzen Königinnen, verhindern das Schwärmen, mit einem Wort sie nutzen die Bienen für die Menschen aus. Aber nicht einmal das siehst Du. Du siehst in allem einen vermeintlich höheren Zweck, den Du mir noch nie erklären konntest. Und was haben Deine Bienen davon, außer daß sie die hohlen Baumstümpfe mit den vom Menschen hergestellten Magazinen vertauscht haben? Weshalb sprecht Ihr vom Bienenfleiß, der nur auf Täuschung der Biene beruht? Laß mich mit diesem Schwindel in Ruhe, der ein noch größerer ist als alle Religionen zusammen.«

3. Kristallmond, 66 Bergkristall
Am Abend lese ich über den Bienenfleiß, ein deutscher Zoologe habe eine einzelne Biene von ihrem ersten bis 24. Lebenstag 178 Stunden beobachtet. Davon sei sie 70 Stunden untätig herumgesessen, wenn man davon absieht, daß sie sich putzte. Mehr als 56 Stunden sei sie auf der Wabe spazierengegangen, und nur während der übrigen 52 Stunden sei sie mit Arbeit beschäftigt gewesen.

Vogelhundertringelnatter
Ich ziehe die Frauenkleider an und laufe zum alten Bahnhof hinunter. Dort finde ich das Messer. Draußen brummen die Traktoren. Wütend fällt mir ein, was ich meinem Vater vergessen habe zu erzählen, daß Arbeit Konflikt bedeutet. (Was hatte jener tätowierte Tierwärter anderes gesagt, als daß ihm aus jeder Arbeit, die er verrichtet habe, nur Schwierigkeiten erwachsen seien? Und daß man ihn habe nie zur Ruhe kommen lassen. Immerzu habe man ihn zur Arbeit genötigt, immerzu zu Handgriffen, die nichts von der begreifbaren Ewigkeit an sich hatten ((welche uns umgibt)), sondern zweckentfremdet und aus einem Zusammenhang gerissene waren.) Jetzt marschiere ich zornig über die Wiesen und rede laut mit mir. Ich rufe die Gräser zur Hilfe und die Blumen und wünsche mir (wie der Gehilfe des Bestatters), in die Erde blicken zu können. Ich hasse die stumpfsinnigen Wirklichkeitsmenschen, die gerade mit Traktoren das Heu einbringen. Sie glauben einen

Zipfel der Allmacht zwischen den Fingern zu haben. Tatsächlich sind sie nichts als Schwachköpfe mit den Seelen von Totschlägern. Im Wald verschnaufe ich und beruhige mich. Ich finde es schön, eine Frau zu sein. Die ganze Erde ist eine Frau. Ich streichle den Stein und das Farnkraut. Dann laufe ich hinunter zur Bundesstraße und lasse mich von einem Auto mitnehmen. Der Fahrer hält mich tatsächlich für eine Frau und glaubt mir die einfältigsten Geschichten. Ich sage, ich sei auf Verwandtenbesuch hier und habe ins Dorf müssen wegen eines Taufkleides. »Taufkleides?« Ja, meine Cousine werde getauft. Bei der Geburt sei der Vater gestorben. – »Der Vater?« – Selbstmord. Das sei vor einem halben Jahr gewesen. Der Mann kratzt sich am Kopf. Davon habe er nichts gehört. Merkwürdig ... Er lädt mich in ein Gasthaus ein, wo wir Bier trinken und Schnaps. Dann fahren wir weiter. Plötzlich versucht er, mir Gewalt anzutun. Er hält am Waldrand, stürzt sich auf mich und knöpft die Hose auf. Ich steche mit dem Messer zu, da läßt er mich erschrocken los. Rasch fährt er davon, als ich in den Wald entfliehe. Aber wo bin ich jetzt? Ich komme zu einem Hof, in dem ich wieder das Vieh befreie. Dann höre ich auf einmal die Frösche quaken. Ich quake mit, und lachend und quakend springe ich dahin. Ich gelange an einen Abgrund und kann fliegen und schwebe wunderbar leicht davon.

Gelber Zirkus
Am Morgen finde ich mich im Steinbruch. Meine Frauenkleider sind zerfetzt, und ich habe eine Wunde am Kopf. Mühsam gelange ich auf versteckten Wegen zurück. Die Frauenkleider verberge ich.

Mittag
Eine Zeitlang verhört mich der Doktor. Er ist ein durchschnittlicher Mann mit einem durchschnittlichen Gesicht. Die Schmetterlinge und Libellen und Fische, die ich um

ihn sehe, ist er nicht wert. Man kann ihn auf die einfachste Weise hineinlegen, indem man Harmlosigkeit heuchelt.

In der Ewigkeit, Morgen
Ich habe eine Mondwinde in mein Zimmer gebracht, um ihre Sprache zu lernen. Von der Mondwinde weiß ich folgendes: Der Regen fällt nicht in Form von Tropfen, sondern läßt sich als ein Schwarm Wasserpieper nieder, die Damenhüte aus Eis tragen, welche rasch zergehen. Die Wasserpieper vermählen sich mit den Lindenblüten, dann sind sie gelb. Ihr Gefieder verliert die Farbe und Konsistenz bei der Berührung. Manchmal erheben sich ganze Pfützen und fliegen zum Himmel zurück. Auch Teiche bilden Wolken mit Kröten, Fischen, Wasserkäfern, mikroskopischem Getier, Algen, die sich langsam in Himmelsfarben auflösen. Bei starkem Wind kommt es vor, daß die Teiche an Bäumen hängenbleiben und – vor allem im Winter – zu grünen Kronen werden, die sich niemand erklären kann.

Jenseits, 11. Mai, das Jahrtausend der chinesischen Weihwasserkröten
Ist die Landschaft vor dem Fenster nicht ein wunderbares Teppichmuster?

Jenseits
Die Wellen sind der Flug der Wasserpieper, erfahre ich. Die Wasserpieper kommen ums Leben, indem sie sich zu Tausenden in das Feuer von Bränden stürzen oder bei zu heftigem Regen auf dem Boden zerschmettern. Ihr letztes Gebet lautet:

»Fürchte Feuer, fürchte Luft
Fürchte aller Pflanzen Duft
Fürchte Mensch und fürchte Maus
In Eis und Schnee bist Du zu Haus«

Dieses Gebet flüstern die sterbenden Wasserpieper, sie werden dann zum Rot der Hahnenkämme. Können sie das Gebet nicht mehr zu Ende sprechen, versickern sie in der Erde und werden von Löwenzahnkeimen verschlungen.

Diesseits, 1374 417. Sekunde
Mein Freund hat die beiden Vertreter ausgemacht. Wir fahren mit dem Lieferwagen meines Vaters in ein 25 Kilometer entferntes Gasthaus. Dort sitzt der eine in der Uniform eines englischen Offiziers und macht Zauberkunststücke. Der andere, wie wir erfahren, Ernst Elch, ist betrunken. Zu später Stunde, Elch schläft inzwischen schon mit dem Kopf auf der Tischplatte, zeigt uns der englische Offizier, der ein Vertreter aus der Hauptstadt und der Vorgesetzte Elchs ist, den Musterkoffer mit minderwertiger Ware: »Wir wenden diesen Trick schon seit 20 Jahren an«, erklärt er. »Ich bin nicht weniger hinterlistig als ein Ameisenlöwe, eine Hornisse oder ein Raubvogel. Ich bewege mich in den Lüften und Gewässern und Hügeln dieser Landschaft. Ich gehöre dazu. Wie könnte es mir gelingen, die Menschen hereinzulegen, wenn sie selbst nicht nach denselben Gesetzen lebten. Denken Sie einmal darüber nach«, ereifert er sich meinem Freund gegenüber, »was soll's, ich weigere mich, das allgemeine Geheuchel von der Anständigkeit mitzumachen. Das Bemühen der Menschen geht ja nicht darum, das, was man anständig sein nennt, auch selbst zu sein, sondern mit aller Kraft den Schein zu wahren. Und den Schein wahre auch ich. Ich trage eine Uniform, Elch dolmetscht. Wir lügen nicht mehr als die anderen auch, und unsere Arbeit besteht in der Idee und der Flucht.«

Diesseits, 1904
Im Kasten meines Vaters finde ich ein Frauenkleid, mit dem ich ihn zum Abendessen erwarte. Er ist erschrocken.

Es ist noch hell, als ich davonlaufe. Da kommt eine Frau die Landstraße entlang, die ich nicht kenne. Sie ist erst seit kurzem hier, erfahre ich. Ihr Mann schlägt sie, wenn er betrunken ist. Ich antworte, ich würde den Mann töten, wenn er mich schlägt. Sie nickt und seufzt. Unter einem Birnbaum bleiben wir stehen und küssen uns. Erschrokken sieht sie mich an. Ich streichle und beruhige sie. Dann schlafe ich mit ihr, sie stellt keine Fragen. Zuletzt fragt sie mich, weshalb ich mich als Frau verkleide. Ich sage, ich sei eine Frau. Daraufhin lacht sie, wir verabreden uns für morgen. Vor Glück trunken laufe ich zu den Höfen und lasse die Tiere frei. Ich springe in einen Karpfenteich, in dem sich die Sterne spiegeln, und schwimme in den Sternen und trinke sie. Die Vögel waren verstummt, nur die Eulen riefen: »Du bist verzerrt, Du bist verzerrt.« Ich spürte, wie ich mich dehnte, und schritt rascher aus, um nicht zu einem Nebel zu werden, der sich auflöste.

## »Nein«

Diesseits

Es ist ein schwieriges Kunststück, und ich befürchtete schon, es nicht zustande zu bringen. Der Zirkusdirektor saß im Schminkwagen vor dem von Glühbirnen beleuchteten Spiegel und beobachtete mich durch das Fenster, wie ich mich entkleidete, das Bienenmagazin öffnete, mir die Königin mit einem Holzkästchen um den Hals band und allmählich von den Bienen aus dem Magazin bedeckt wurde. Eine Weile stand ich als Bienenmensch da, dann knüpfte mein Freund, der mir die Flucht ermöglicht hatte, die Schachtel von meinem Hals und steckte meinen Kopf in das Magazin. Mein von einigen Stichen anschwellendes Gesicht versetzte den Zirkusdirektor in Begeisterung. Er versteckte mich in einem Wohnwagen, in dem er auch die fünf Magazine unterbrachte, die ich mitgenommen hatte. Tags darauf fuhren wir in den äußersten östlichen Winkel der Republik. Unterwegs blickte ich nur ab und zu durch den Vorhang auf die sich verändernde Landschaft. Ich wollte sie nicht sehen. Trotzdem freute ich mich auf das Neue. Ich erfuhr, daß man einen Glaskäfig für mich baute, unter dem ich in der Manege auftreten sollte. Ein Zirkusarbeiter in einem Taucheranzug würde mir die Königin um den Hals binden und mich am Ende der Vorführung wieder von ihr befreien. Zumeist schlief ich. Einmal betrat der Zirkusdirektor den schwankenden Wagen und sagte: »Sehen Sie, Sie sind doch noch gekommen.« Nach einer Weile fügte er hinzu, er habe große Dinge mit mir vor. Ich sei der einzige Bienendompteur der Welt, er halte es nicht für unmöglich, daß der Zirkus bekannt genug würde, um in der Hauptstadt auftreten zu können. Ich antwortete, ich wünschte unentdeckt zu bleiben. In den Zirkus sei ich nur eingetreten, um mich zu verstecken. »Das ist mir klar«, antwortete der Direktor. »Selbstverständlich werden wir Sie schützen.« Am Abend des ersten Auftritts sah ich den gläsernen Käfig. Er war so klein, daß ich und mein Gehilfe im Taucheranzug nur mit Mühe Platz hatten. Als er mir die Bienenkönigin um den Hals band, dachte ich an etwas anderes. Ich bin noch nie öffentlich aufgetreten, und das Publikum und das Zelt flößten mir Angst ein. Wie ich aber die Zehntausende Beine der Bienen spürte, wußte ich, daß mir nichts widerfahren würde, was ich nicht ertragen konnte. Nach einer Weile nahm mir der Taucher die Bienenkönigin wieder ab, aber er tat es so ungeschickt, daß mich ein Dutzend der Tiere stach. Mein Gesicht schmerzte, und gleichzeitig brachen Beifall und Gelächter aus, die sich steigerten, als ich mein durch Stiche anschwellendes Gesicht hob. Draußen stand ein Gendarm mit einer Fotografie und fragte den Zirkusdirektor, auf das Bild zeigend, ob er diesen Mann, einen Stummen, der aus der Anstalt entflohen sei, kenne. Noch bevor der Zirkusdirektor Gelegenheit hatte zu widersprechen, beugte ich mich über das Bild und sagte: »Nein!«

# 7. Buch

## Dokumente

(Anhang)

## Das verschlafene Nest
(Grundriß des Dorfes)

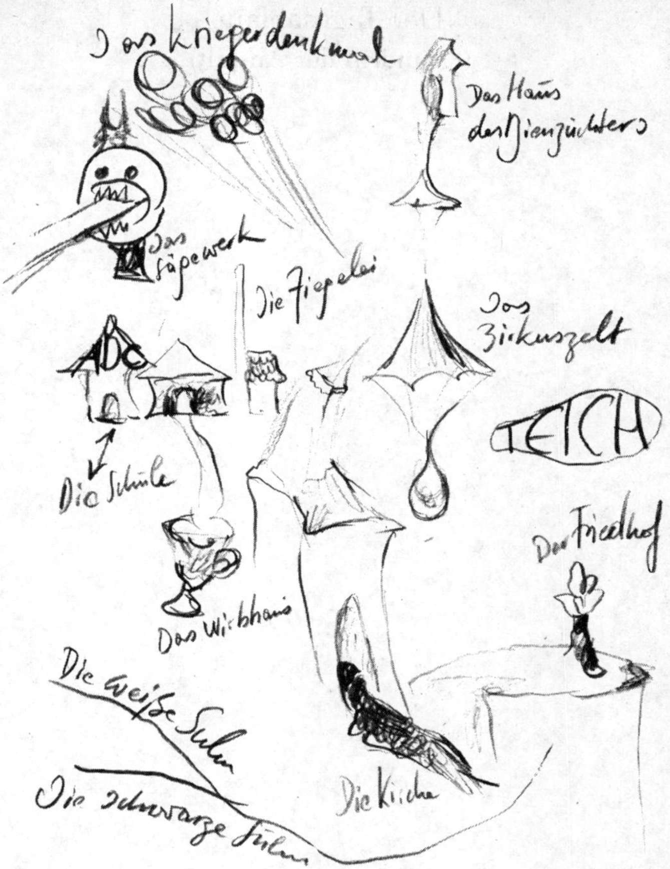
Das Kriegerdenkmal
Das Haus des Bienzüchters
Das Sägewerk
Die Ziegelei
Das Zirkuszelt
ABC
TEICH
Die Schule
Der Friedhof
Das Wirtshaus
Die weiße Sulm
Die Kirche
Die schwarze Sulm

# Der Tagesablauf
(Grundriß der Anstalt)

# IRRENRISS der GRUNDANSTALT

# Die Sonne tritt in das Zeichen des Krebses

(Aus dem Bauernkalender des alten Mautner)

BEKEHR
VI
VINZENZ
ICHS
falsch
IXHS

Taubstummenalphabet
(Skizze)

Lappenkunde
X-Quadrat
weiches
9.84

# Gerhard Roth
## *Die Archive des Schweigens*

*Band 1: Im tiefen Österreich*
Bildtextband. 212 Seiten mit 65 vierfarbigen und 125 schwarz-weiß Abbildungen. Leinen und als Band 11401

*Band 2: Der Stille Ozean*
Roman. 247 Seiten. Leinen und als Band 11402

*Band 3: Landläufiger Tod*
Roman. Illustriert von Günter Brus
795 Seiten. Leinen
und als Band 11403

*Band 4: Am Abgrund*
Roman. 174 Seiten. Leinen und als Band 11404

*Band 5: Der Untersuchungsrichter*
Die Geschichte eines Entwurfs
Roman. 172 Seiten. Leinen
und als Band 11405

*Band 6: Die Geschichte der Dunkelheit*
Ein Bericht. 159 Seiten. Leinen und als Band 11406

*Band 7: Eine Reise in das Innere von Wien*
Essays. 288 Seiten mit 20seitigem Bildteil. Leinen und als Band 11407

S. Fischer

fi 131 / 11

# Günter de Bruyn

*Babylon*
Erzählungen. Band 11334

*Buridans Esel*
Roman. Band 1880

*Das Leben des Jean Paul Friedrich Richter*
Eine Biographie
410 Seiten mit 17 Abb. Leinen. S. Fischer und
Band 10973

*Jubelschreie, Trauergesänge*
Deutsche Befindlichkeiten
205 Seiten. Leinen. S. Fischer und Band 12154

*Lesefreuden*
Über Bücher und Menschen
Essays. 335 Seiten. Leinen. S. Fischer

*Märkische Forschungen*
Erzählung für Freunde der Literaturgeschichte
152 Seiten. Geb. S. Fischer und Band 5059

*Mein Brandenburg*
Fotos von Barbara Klemm
167 Seiten. Leinen. S. Fischer

*Neue Herrlichkeit*
Roman. 216 Seiten. Leinen. S. Fischer und Band 5994

*Preisverleihung*
Roman. Band 11660

*Zwischenbilanz*
Eine Jugend in Berlin. 380 Seiten. Leinen. S. Fischer und
Band 11967

## Fischer Taschenbuch Verlag

fi 65 / 10

# Monika Maron

*Flugasche*
Roman. Band 3784

*Das Mißverständnis*
Vier Erzählungen und ein Stück
Band 10826

*Nach Maßgabe meiner Begreifungskraft*
Artikel und Essays
123 Seiten. Broschur. S. Fischer

*Stille Zeile Sechs*
Roman
219 Seiten. Leinen. S. Fischer und als
Band 11804

*Die Überläuferin*
Roman
221Seiten. Leinen und als
Band 9197

# Gerhard Roth

*autobiographie des albert einstein*
Kurzromane. Band 5070

*Circus Saluti*
Erzählung. Collection S. Fischer. Band 2321

*Der große Horizont*
Roman. Band 2082

*Dorfchronik zum »Landläufigen Tod«*
Collection S. Fischer. Band 2340

*Lichtenberg/Sehnsucht/Dämmerung*
Stücke. Band 7068

*Ein neuer Morgen*
Roman. Band 2107

*Die schönen Bilder beim Trabrennen*
Band 5400

*Winterreise*
Roman. Band 12421

Uwe Wittstock (Hg.)
Materialien zu ›Die Archive des Schweigens‹
Band 11274

Fischer Taschenbuch Verlag

fi 130/4